Double jeu

Double jeu

Norma Beishir

Traduit de l'anglais
par Evelyne Stauffer

Édition
Mortagne Poche
250, boul. Industriel, bureau 100
Boucherville (Québec)
J4B 2X4

Diffusion
Tél.: (514) 641-2387
Téléc.: (514) 655-6092

Dépôt légal
Bibliothèque nationale du Canada
Bibliothèque nationale du Québec

2e trimestre 1995

ISBN: 2-89074-559-7

1 2 3 4 5 - 95 - 99 98 97 96 95

Imprimé au Canada

PROLOGUE

La neige tombait doucement. D'un bout à l'autre de la 5e Avenue les vitrines de tous les magasins fabuleux – Cartier, Saks, Tiffany & Co, Van Cleef & Arpels, Harry Winston, Gucci, Bergdorf Goodman, Steuben Glass – brillaient de mille trésors mirifiques invitant les clients à pénétrer à l'intérieur. Les bruits des klaxons remplissaient l'atmosphère dès qu'un flot de piétons – clients chargés de cadeaux de Noël aux emballages scintillants, employés de magasins heureux de quitter leur travail, touristes aux yeux écarquillés se rassasiant d'images, et l'éventail habituel des camelots – affluait dans les rues ; on eût dit une scène de l'Exode. La circulation s'effectuait pare-chocs contre pare-chocs dès que bus, taxis ou limousines avec chauffeurs se frayaient une place le long de la chaussée.

Blottie à l'arrière de l'une de ces limousines, Meredith, en quête de plus de chaleur, serra sur elle son manteau de lynx russe. En vain. Le froid l'avait pénétrée trop profondément, mais le temps n'y était pour rien. Il faisait chaud dans la limousine… Meredith était seulement figée d'une peur qu'elle était incapable d'exprimer. D'ordinaire, elle était heureuse de voir s'achever une journée, heureuse de rentrer chez elle. Mais ce soir-là, elle n'éprouvait aucun réconfort. Elle avait l'impression que son univers croulait sans qu'elle pût rien faire pour l'en empêcher.

Ce soir-là, Meredith oublia l'animation palpitante inhérente à Manhattan. Elle regardait les vitrines d'un air absent ; son humeur de fête l'avait subitement désertée. Son regard fixe traversa la vitre tandis que la limousine se rapprochait de sa destination. Sur le côté ouest de l'avenue, entre les 48e et 50e rues, se dressait le vaste ensemble de gratte-ciel, places, magasins et cafés connu sous le nom de Centre Rockefeller. « Solide comme sept millions de dollars, » lui avait dit un jour Alexander. D'habitude, Meredith avait hâte de rentrer chez elle pour passer une soirée paisible avec son mari ; mais ce soir-là, elle préférait le savoir absent. Alexander était à Paris pour affaires, et Meredith en était soulagée. Il la connaissait si bien ! Il aurait immédiatement décelé sa tension. Il se serait vite aperçu que quelque chose n'allait pas, et Meredith n'était pas certaine de pouvoir lui faire part de son malaise. Pas encore.

La limousine ralentit et s'arrêta devant la Tour Olympique, à l'angle de la 5e Avenue et la 51e Rue. Le chauffeur lui ouvrit la portière, et tandis que Meredith sortait dans l'air froid du soir, le vent fit voler sa longue chevelure blonde autour de son visage. Elle s'immobilisa un instant en levant les yeux sur l'édifice, superbe joyau de bronze dressé dans le ciel crépusculaire. Cinquante-deux étages d'opulence incontestable digne d'un roi. Comme elle avançait vers la tour, le portier en livrée, planté à l'entrée tel un membre de la garde prétorienne, lui ouvrit la porte en souriant. Elle lui fit un signe de tête machinal et foula le tapis rouge du hall en direction de l'ascenseur. Elle sonna l'ascenseur avec impatience, à coups répétés. Vite ! pensait-elle anxieusement. Vite... de grâce...

— Quelque chose ne va pas, Mme Kirakis ?

Elle se retourna, surprise. L'un des concierges, facilement reconnaissable à son uniforme – pantalon marron, veste gris-bleu, gilet et nœud papillon en satin blanc – se tenait derrière elle, la mine inquiète.

— Vous sentez-vous bien, Mme Kirakis ? demanda-t-il, se voulant serviable.

Elle réussit à sourire faiblement.

— Oui... Juste un peu fatiguée, assura-t-elle. La journée a été longue. Je suis contente de rentrer enfin chez moi.

Il sourit.

— Votre mari est arrivé depuis environ une heure, dit-il en retenant la porte de l'ascenseur.

Meredith tourna vivement la tête vers lui, incapable de dissimuler son étonnement.

— Mon mari ? Etes-vous sûr ?

Il hocha la tête.

— Oui, madame, dit-il. Pas d'erreur possible. Je suis monté dans l'ascenseur en même temps que lui.

— Merci, conclut-elle tandis que la porte se refermait lentement et que la cabine entamait son ascension. Elle s'appuya contre la paroi en tremblant. Elle se demandait pourquoi Alexander était revenu si tôt. Que s'était-il donc passé ? Quel autre contretemps ?

Il l'attendait quand elle pénétra dans leur appartement. Il vint l'embrasser tendrement.

— J'espérais que tu ne serais pas en retard, dit-il en relâchant son étreinte.

— Tout s'est bien passé à Paris ? demanda-t-elle en retirant son manteau.

— Bien sûr. Pourquoi cette question ?

— Je ne sais pas. Il m'a semblé que nous vivions dans l'œil d'un ouragan ces derniers temps. Je ne peux pas m'empêcher de me demander comment vont aller les choses maintenant, avoua-t-elle avec lassitude. L'affaire pour laquelle tu étais parti pouvait avoir échoué…

— Elle n'aurait pas pu mieux tourner.

Il l'examina un long moment ; ses yeux, réduits à deux fentes, exprimaient sa suspicion.

— Peut-être devrais-tu me dire ce qui t'inquiète ?

— Moi ? Son rire était sans gaieté. Surmenée, c'est tout. Personne n'a prévenu Harry Peterson de l'abolition de l'esclavage !

— Ton travail ? Est-ce bien tout ?

— Parole de scout ! dit-elle en forçant la légèreté du ton. J'ai un mal de tête atroce. Je pense que je devrais m'allonger un peu avant le dîner. Tu veux bien ?

Il secoua la tête. Elle savait fort bien qu'il n'en croyait rien. Elle lui était simplement reconnaissante de ne pas insister davantage. D'ailleurs, elle n'avait pas menti quant à son mal de tête ; elle en ressentait effectivement les élancements douloureux dans sa tempe droite. Elle embrassa encore Alexander et se retira dans leur chambre avant qu'il ne se décide à lui poser d'autres questions.

Allongée dans l'obscurité, elle essaya de ne penser à rien, mais cela lui fut impossible. Elle n'avait cessé de ruminer son problème depuis qu'un messager spécial s'était présenté à son bureau le matin. Pas de lettre, rien qui pût identifier l'expéditeur ; seulement la photocopie d'un document juridique n'exigeant aucune explication supplémentaire. Le message n'était que trop clair. Ce qui inquiétait le plus Meredith, c'était de n'en pas connaître l'envoyeur. Cela signifiait que quelqu'un savait la vérité et qu'il pouvait la transformer en une arme redoutable. Meredith s'assit et alluma sa lampe de chevet. Elle prit l'enveloppe dans son grand sac à bandoulière avec autant de précaution que s'il se fût agi d'une bombe. Elle retira la feuille de l'enveloppe et la considéra longuement. « Comment présenter cela à Alexander ? se demandat-elle pour la centième fois de la journée. Comment lui faire comprendre ? La croirait-il si elle lui disait qu'elle n'avait aucune idée de la personne qui avait envoyé ce document ? »

Si elle tombait entre de mauvaises mains, cette unique feuille de papier pouvait les détruire.

I

Meredith Courtney, journaliste à la station de télévision KXLA, gara sa voiture face à la rue venant de l'hôtel Beverly Wilshire et consulta sa montre : 9h45. Bien. Elle était en avance. Elle se regarda dans son rétroviseur et passa son peigne dans son épaisse chevelure blond cendré. Elle vérifia machinalement son maquillage, une habitude qu'elle avait prise depuis le jour où un collègue lui avait dit qu'elle avait l'air épuisée devant l'objectif de la caméra. Elle se retourna sur son siège et remarqua que la camionnette de production itinérante de la KXLA se rapprochait. Son cameraman était arrivé. Elle descendit de voiture et fit un signe de la main à Brian qui commençait à décharger son matériel. Il lui sourit.

— Bonjour madame, dit-il avec bonne humeur. On vous fait travailler tôt aujourd'hui. Il n'est pas encore midi !

Elle sourit à son tour.

— Nous ne sommes pas tous des oiseaux de nuit, n'est-ce pas ? taquina-t-elle. Vous avez été gâté en faisant les prises de vue de nuit avec Harry Jacobs.

— À propos, qui est ce type ? demanda Brian comme ils traversaient le boulevard Wilshire. Un diplomate étranger ou quoi ?

— Constantine Kirakis ?

Meredith éclata de rire à cette idée.

— Où avez-vous la tête, Brian. C'est simplement l'un des hommes les plus riches du monde. Vous n'avez vraiment jamais entendu parler de lui ?

Le cameraman haussa les épaules.

— Sans doute ai-je vécu à l'abri de tout jusqu'à maintenant.

— C'est certainement cela, acquiesça Meredith avec amusement. Pour les annales, Constantine Kirakis est un authentique magnat grec de l'industrie – bateaux, pétrole, mines de diamant, tout le paquet. Sa vie est l'histoire classique de l'homme passant de la pauvreté à la magnificence : un gamin misérable né du mauvais côté de la voie et qui construit un empire grâce à sa seule ambition.

— Il fait donc partie de l'actualité.

— Certainement.

Des têtes se tournèrent vers Meredith qui traversait le hall du Beverly Wilshire, mais elle ne s'en souciait pas. Elle était habituée à ce qu'on la reconnût sur son lieu de travail. N'occupait-elle pas une place très en vue ? Il ne lui était jamais venu à l'esprit que l'on pût la remarquer en dehors de sa profession. Meredith était une superbe femme élancée au teint bronzé, aux traits fins et réguliers et aux yeux bleus comme sur les couvertures de magazines, sans oublier sa longue crinière vaporeuse de cheveux blonds. Une jeune femme typique de la Californie.

Meredith entra dans la salle de réunions déjà bondée et prit place tandis que Brian cherchait l'emplacement d'où il aurait une vision nette et dégagée du podium destiné à Kirakis. Car si Brian ne connaissait rien de Constantine Kirakis, il savait par contre que cet enregistrement était important pour Meredith ; c'était tout ce qui lui importait. Il savait, d'une précédente expérience, que Meredith Courtney était une perfectionniste qui exigeait de ses collaborateurs un engagement total et un professionnalisme sans faille. Brian savait qu'elle serait intraitable si ce dernier projet ne se révélait pas parfait. Il fit quelques légers réglages et attendit le signal.

Quand Constantine Kirakis fut introduit, Meredith plongea sa main dans son grand sac à bandoulière et en retira un épais carnet ainsi qu'une poignée de crayons. Elle prit des notes rapides en sténo, contente d'avoir pris le temps d'apprendre cette technique. Ses notes lui serviraient plus tard à la préparation de son émission.

Elle avait déjà en tête différentes choses à mentionner touchant le thème de son émission, et ses notes l'aideraient à s'en souvenir. Elle fit comprendre à Brian qu'elle désirait un gros plan. Constantine Kirakis était un monsieur imposant ; elle tenait à transmettre cette idée aux spectateurs qui verraient cet enregistrement aux informations de onze heures. Elle tenait à ce qu'ils sentent le pouvoir et l'autorité derrière les gestes énergiques de l'homme et dans sa voix au fort accent anglais. Elle tenait à ce qu'ils perçoivent tout ce qu'elle ressentait tandis qu'elle était assise dans la salle surpeuplée. C'était une espèce de géant – elle notait à présent sa haute et puissante stature ; c'était un personnage imposant dans son costume noir qui accentuait son visage rougi et buriné de même que ses cheveux et sa moustache étonnamment blancs.

« Sans doute a-t-il été un bel homme au temps de sa jeunesse », pensa Meredith.

À mesure que la conférence progressait, Meredith eut de plus en plus l'impression de perdre son temps. Les journalistes du *Shipping News* dominaient la conférence, et cela contrariait Meredith. Pour eux, c'était manifestement l'occasion idéale pour questionner Kirakis au sujet du tonnage, des quotas de chargement, des voies maritimes et du transport par bateau par rapport au fret aérien. Ces thèmes n'intéresseraient pas ses téléspectateurs ; ils réclamaient plutôt des précisions concernant les nombreux projets de la société Kirakis en cours de réalisation aux États-Unis, projets qui se traduiraient par des centaines, voire des milliers d'emplois. Ils s'intéressaient au fabuleux collier de diamant et d'émeraudes que l'on disait valoir plus de deux millions de dollars, cadeau de Kirakis à son épouse pour le cinquantième anniversaire de leur mariage. Ils voulaient qu'on leur parle du fils Kirakis, Alexander, vraisemblablement l'héritier de l'empire Kirakis, le Casanova de la « Jet Society » dont les aventures romanesques défrayaient la chronique dans le monde entier. Si les choses évoluaient selon leur cours actuel, pensa Meredith tristement, elle devrait sans doute abandonner l'idée de diffuser l'enregistrement de Kirakis.

À 11h45, un assistant des relations extérieures de la Compagnie Kirakis interrompit la conférence et suggéra à tous de se rendre à la Bella Fontana, le restaurant de l'hôtel, où un déjeuner les attendait. Si elle réussissait à s'asseoir près de lui... ce serait parfait ! Tandis que le groupe quittait la salle de réunions, elle s'arrêta pour donner quelques ultimes instructions à Brian avant de le renvoyer à la station émettrice. Il ne serait pas permis d'enregistrer à la Bella Fontana – elle ne le demanda même pas – mais si elle pouvait seulement parler à Kirakis, peut-être serait-il possible d'enregistrer plus tard un entretien dans sa suite.

Toutefois, à sa grande déception, les journalistes du *Shipping News* la battirent sur ce terrain. « On dirait une bande de vautours affamés », pensa-t-elle avec colère en se dirigeant vers une table vide. Distraite par sa révolte, elle se heurta à un homme qui marchait dans la même direction.

— Excusez-moi, je ne…

L'homme n'était pas un collègue. Il était très grand, vêtu d'un costume qui avait probablement coûté une petite fortune. Il était brun avec des traits bien marqués et symétriques et des yeux comme elle n'en avait jamais vus. Ils étaient si noirs qu'ils semblaient sans pupilles. Ses cheveux, également noirs, étaient joliment mis en forme et tombaient en une vague profonde sur son front. Il lui sourit, et ses yeux brillèrent alors comme de l'onyx poli.

— Je suis Alexander Kirakis, se présenta-t-il.

Sa voix résonnait profondément, avec un léger accent totalement différent de celui de son père.

— Je suis Meredith Courtney – Informations KXLA, dit-elle.

Elle le regardait fixement comme une idiote, incapable de détourner les yeux.

— Une journaliste ? demanda-t-il avec une pointe d'étonnement. Je ne l'aurais jamais deviné. Vous êtes bien trop jolie pour être qui que ce soit, sauf peut-être un modèle ou une actrice.

Elle sourit.

— Dois-je voir là un peu de machisme ?

— De ma part ? Oh, jamais !

Il éclata d'un rire rauque et profond.

— Pardonnez-moi… Mon éducation s'est faite dans l'observance de certaines traditions du vieux monde…

Elle leva la main.

— Inutile de vous expliquer. Excuses acceptées, M. Kirakis.

— Alexander, rectifia-t-il.

— Alexander, répéta-t-elle lentement.

Alexander tourna la tête vers la table où son père était assis avec quatre hommes du *Shipping News*.

— Vous espériez rencontrer mon père, n'est-ce pas ?

Elle fit un hochement de tête affirmatif.

— Les requins m'ont malheureusement précédée.

— C'est bien dommage pour mon père, commenta Alexander en se retournant vers elle. Il n'a pas souvent l'occasion de déjeuner avec de jolies femmes pendant ses voyages, dit-il avec un sourire éblouissant qui fit rougir inopinément Meredith.

— Merci, mais…

— Quant à moi, je ne laisse jamais passer une occasion aussi prometteuse, poursuivit-il. Je serais très honoré si vous vouliez bien vous joindre à moi, Meredith.

— Je veux bien, dit-elle sans hésiter.

— Parfait !

Il lui prit le bras et elle ressentit un frisson irrépressible dans tout son corps.

— Venez. Nous allons dans l'un de ces cabinets particuliers.

Il la guida vers l'un des cabinets fermés par des rideaux procurant une totale intimité.

— Je préfère la tranquillité d'un cabinet privé chaque fois que cela m'est possible. Cela m'arrive si rarement en ce moment, expliqua-t-il tandis qu'ils s'installaient. J'espère que vous n'y voyez pas d'inconvénient.

— Aucun, répliqua-t-elle vivement.

Meredith regarda autour d'elle. Elle n'était pas venue ici depuis un certain temps, et elle avait oublié la splendeur de ces lieux. Le velours rouge tapissant le mur et la fontaine jaillissant au centre de la pièce donnaient à cet endroit une atmosphère élégante. Des fleurs partout. Elle se serait crue magiquement transportée avec Alexander dans quelque pied-à-terre européen artistement décoré, peut-être à Vienne ou Budapest.

— Cela me rappelle un séjour en Autriche, commenta Alexander, comme s'il avait lu ses pensées. Dites-moi, avez-vous déjà déjeuné ici ?

— Une ou deux fois… il y a longtemps, avoua Meredith.

— La nourriture… comment est-ce ?

— Oh ! Excellente, assura-t-elle. Sans comparaison possible avec celle d'un autre local.

— Je me fie à votre jugement, dit-il promptement.

— J'espère que vous ne serez pas déçu, alors, dit-elle avec un sourire.

Peut-être obtiendrait-elle cet entretien tout de même ; personne ne saurait être plus proche de Kirakis que son propre fils. Elle parcourut le menu d'un air absent, consciente de son regard sur elle.

— J'espère que vous profitez bien de votre séjour à Los Angeles, dit-elle enfin.

Elle se sentit de nouveau comme une écolière sous son regard.

— Infiniment, répliqua-t-il avec un sourire suggestif. Tout ce que j'ai vu jusqu'à présent est fort beau.

Meredith rougit encore.

— J'aurais cru que notre brouillard serait difficilement supportable. Là d'où vous venez…

— D'où je viens ?

Il rit à gorge déployée.

— J'habite New York !

— N'avez-vous pas été élevé en Grèce ?

— En effet. Il fit une pause. Je suppose que vous n'y êtes jamais allée.

— Non, jamais.

— Athènes ressemble beaucoup à Los Angeles, raconta-t-il. En fait, on a souvent dit d'Athènes que c'était Los Angeles plus les ruines. La ville a le même brouillard, le même trafic dense, le même afflux de touristes. Ce fut autrefois une charmante vieille cité, mais au cours de ces dernières années, le commerce s'y est considérablement développé.

— Je crois comprendre que vous n'approuvez pas cela, conclut-elle en réprimant un sourire.

— Non, c'est vrai. Athènes est chargée d'histoire, de traditions. En devenant un centre attractif pour des touristes de plus en plus nombreux, elle perd sa particularité. Je trouve cela fort attristant.

— Et puis, votre vie new-yorkaise ne vous a-t-elle pas amené à rompre vos liens avec votre héritage grec ?

Il la considéra avec surprise.

— Où allez-vous chercher une idée pareille ?

— Eh bien ! chacun sait que vous vivez aux États-Unis depuis presque treize ans. Et chacun sait que votre père n'est pas d'accord. Ne vous êtes-vous donc pas un peu américanisé ?

— Par certains côtés, peut-être, répondit-il en souriant. J'incline cependant à penser que l'on n'échappe jamais complètement aux traditions familiales. Je me surprends à observer encore bien des coutumes qui m'ont été inculquées, quel que soit le lieu où je séjourne.

Le garçon vint prendre leur commande. Tout en déjeunant, Alexander parla de ses parents et de son enfance en Grèce. Il conta des anecdotes sur les gens et les situations rencontrés au cours de ses voyages en qualité de premier vice-président de la compagnie Kirakis. Meredith en vint à se demander si cet homme était bien celui qui défrayait tant la chronique. Elle ne voyait rien du playboy arrogant et égoïste dans cet homme intelligent et spirituel au charme incontestable. L'homme assis en face d'elle quittait son attitude habituelle pour devenir cordial. Elle se souvint alors que cette attitude orgueilleuse faisait partie de son charme, de cette fascination qu'il exerçait sur les jolies femmes à travers le monde. Ce matin encore, elle avait vu une photo de lui dans le *Los Angeles Times* ; il y était en compagnie de sa compagne du moment, la star italienne Francesca Correnti.

Alexander lui répondit franchement lorsqu'elle parla d'un entretien avec son père.

— Nous partons dès la fin de cette conférence de presse. Notre jet nous attend à l'aéroport. Nous rentrons à New York cet après-midi. Croyez que je suis désolé ; père aurait probablement été heureux de vous recevoir.

« Sans doute serait-il vain de prier pour qu'un épais brouillard recouvre l'aéroport, » pensa Meredith, contrariée.

— La prochaine fois, peut-être, dit-elle sur un ton optimiste.

— S'il y a une prochaine fois, répliqua lentement Alexander. Père ne vient pas souvent aux États-Unis... depuis que j'assume la direction des affaires en Amérique du Nord. Ces dernières années, il est rarement sorti de Grèce. Je suppose qu'il adopte un peu l'attitude d'un reclus l'âge venant.

— Peut-être est-ce vous que j'interviewerai la prochaine fois, suggéra-t-elle.

Il lui lança un petit sourire étincelant.

— Vous avez ma parole. Je vous accorderai une entrevue lors de notre prochaine rencontre.

— J'ai bien l'intention de vous rappeler votre parole, avertit-elle

« Comme si j'allais encore tomber sur lui comme aujourd'hui ! » pensa-t-elle.

Alexander et Constantine Kirakis quittèrent l'hôtel Beverly Wilshire cet après-midi là, flanqués des vigiles auxquels tenait le vieux Constantine où qu'il aille. Ils montèrent dans la limousine qui les emporta vers l'aéroport où leur jet privé les attendait.

— Alexander, tu ne veux vraiment pas rentrer en Grèce avec moi ? demanda Kirakis tandis que la limousine roulait vers le sud sur l'autoroute de San Diego. Ta mère serait si contente de te voir.

— Père, vous savez que je ne peux absolument pas partir pour le moment. J'ai trop d'affaires en cours, trop de réunions…

Kirakis observa son fils du coin de l'œil.

— Es-tu certain que ce soient les affaires qui t'empêchent de rentrer ?

Il montra à son fils un exemplaire du *Los Angeles Times* replié de façon à mettre en évidence la photo d'Alexander et de Francesca Correnti.

— Cette dame ne serait-elle pas en cause ?

— Pas vraiment, répondit Alexander avec indifférence.

Il savait que Francesca attendrait son retour, quelle que soit la durée de son absence. Elle était toujours à sa disposition. Il trouvait parfois sa dévotion étouffante, il lui arrivait d'éprouver le besoin de s'éloigner d'elle pendant un certain temps. Rien ne lui aurait fait plus de plaisir que de retourner en Grèce pour une semaine ou deux. Il n'avait pas vu sa mère depuis des mois, et elle lui manquait terriblement. Elle avait eu des malaises dernièrement, et ses médecins lui avaient déconseillé les longs voyages, même par avion. Elle n'était donc pas venue voir son fils à New York, ainsi qu'elle l'avait fait fréquemment dans le passé.

Kirakis fronça les sourcils en regardant la photo du journal.

— Il me semble que tu aurais pu être plus discret, Alexander, dit-il enfin.

— Cette photo a été prise…

— Au moment où toi et cette dame entriez au Plaza… où elle séjourne actuellement, acheva Kirakis. Tu n'aurais pas été plus explicite sur cette… affaire… si tu avais publié une pleine page publicitaire dans le *New York Times*.

— C'est très difficile d'être discret, père, alors que les paparazzi me suivent partout, rétorqua Alexander sur la défensive. Je n'ai pour ainsi dire plus de vie privée maintenant.

— C'est toi-même qui t'es posé en cible pour ces gens, insista Kirakis avec un déplaisir évident. Ils ont compris qu'en restant près de toi, ils te surprendront tôt ou tard dans une situation qui vaudra la peine d'être photographiée. Aujourd'hui, c'est la Signorina Correnti. Qui sera la suivante la semaine prochaine… ou le mois prochain ? Tu es devenu une célébrité pour les médias, mon fils. Malheureusement, la publicité ainsi obtenue est des plus regrettables.

— Père, est-ce une réprimande ? demanda Alexander d'un ton glacé.

— Ta mère et moi n'approuvons pas la manière dont tu mènes ta vie privée, Alexander – nos sentiments sur ce point ne sont pas un secret – mais nous sommes conscients que nous ne pouvons pas vivre ta vie à ta place, dit Kirakis en choisissant soigneusement ses mots. Nous te demandons seulement d'être le plus discret possible. Ta mère est très sensible en ce qui concerne la lessive familiale étalée en public, si je peux m'exprimer ainsi.

Alexander respira profondément.

— Très bien. Je m'efforcerai d'agir selon vos souhaits, promit-il. Et maintenant… pourrions-nous changer de thème ? Celui-là me fatigue.

— Je te crois, accorda Kirakis. Mais dis-moi, Alexander, ne t'arrive-t-il jamais d'envisager sérieusement le mariage ? Ne songes-tu jamais à fonder ta propre famille – avoir des enfants ? Le ton trahissait une inquiétude sincère.

Alexander eut un petit rire.

— Père, je ne suis pas prêt pour le mariage – et encore moins à devenir père. Et même si je l'étais, je n'ai pas encore rencontré la femme que je pourrais considérer comme une épouse convenable.

— Quand j'avais ton âge… commença Kirakis, contrarié.

— Quand vous aviez mon âge, père, toi et mère étiez mariés depuis presque dix ans. Vous aviez déjà fondé l'Athena Shipping Company – devenue plus tard l'Athena Maritime – flambeau du consortium Kirakis. Mère avait fait deux fausses couches et on l'avait avertie qu'elle risquerait sa vie si elle devait subir une troisième grossesse, acheva Alexander en dénombrant les faits sur les doigts de sa main gauche. Oui, père, je connais par cœur notre illustre histoire. Je le peux. Je l'ai apprise quand j'étais enfant, de la même manière que les autres enfants mémorisaient les contes de fées.

— Alexander, tu prends cela à la légère, mais c'est ton héritage – c'est ce qui te revient de droit. Quand j'aurai disparu, tu seras le seul héritier de tout ce que j'ai eu tant de mal à rassembler. Comme tous les empires, si l'on veut qu'ils durent, il faut des successeurs.

Alexander regarda son père.

— Ainsi, c'est pour cela que les gens ont des enfants ? demanda-t-il avec une pointe d'amertume dans la voix. Dites-moi, père, pourquoi les pauvres ont-ils des enfants puisqu'ils n'ont rien à leur léguer ?

— Je m'efforce d'être patient avec toi, Alexander, mais tu ne fais rien pour me faciliter les choses, dit Kirakis sur un ton calme tout en fixant un regard distrait sur la file de voitures se dirigeant vers l'aéroport international de Los Angeles. Je supposais que tu serais le premier à comprendre. Le groupe doit être dirigé par un Kirakis. Un Kirakis doit toujours être l'actionnaire majoritaire.

— Où est-ce écrit, père ? demanda Alexander froidement.

— Décidément, c'est bien inutile d'essayer de parler avec toi ! grogna Kirakis.

« Alexander peut se montrer tellement déraisonnable parfois, pensa-t-il. Sera-t-il prêt un jour à accomplir sa destinée d'héritier de l'empire Kirakis ? »

Dans son petit bureau de l'immeuble de la station KXLA, Meredith rendit compte à Kay Wilson, une directrice technique de la KXLA, des événements de l'après-midi. Meredith fit part de son désappointement de n'avoir pu obtenir l'entrevue désirée, mais elle expliqua à Kay que le fils de Constantine Kirakis lui avait fait une forte impression.

— Je me suis assise en m'attendant à voir une espèce de Barbe-Bleue, mais il s'est révélé être le Prince Charmant, confia-t-elle à sa collègue. Vraiment, il m'a agréablement surprise.

— C'est ce qu'il me semble, dit Kay en remplissant une tasse de café au percolateur qui se trouvait dans un coin du bureau de Meredith. Elle prit deux sucres dans un petit sucrier et chercha dans le placard le pot de crème que Meredith avait coutume d'y ranger.

— Dites-moi, est-il vraiment aussi bel homme que sur les photos ?

— Il est mieux, répondit Meredith sans hésiter. C'est bizarre… il n'a pas l'air vaniteux du tout. Il est vrai qu'un homme qui a sa prestance doit se connaître, à moins qu'il ne se soit jamais trouvé devant un miroir de sa vie !

— Hem… Je vois qu'il vous a impressionnée, dit Kay avec un sourire malicieux.

— Ce n'est pas du tout ce que vous croyez dans votre petite cervelle soupçonneuse. Il m'a paru charmant. Évidemment, on ne peut guère dire grand-chose de quelqu'un avec qui on a passé une heure dans un restaurant bondé !

— Évidemment, admit Kay de bonne grâce. Mais, dites-moi donc, il a manifestement marqué des points auprès de vous. Pourquoi ne pas l'avoir interviewé, lui ?

— J'y ai bien pensé, confessa Meredith. Il m'avait paru tellement ouvert d'abord. Je pensais qu'il me serait facile de le faire parler. Mais à mesure que le temps passait, je me suis rendu compte que j'étais en train de perdre mon temps. Tout n'était que superficiel. Il était agréable et charmeur, mais il n'abordait aucun sujet de quelque importance. Je l'ai quitté en ayant l'impression qu'en réalité, il était resté sur ses gardes.

— Tiens, tiens ! Un homme à mystère ! déclara Kay triomphalement. Voilà qui es intrigant.

Elle se planta au coin de la table de travail de Meredith et jeta un coup d'œil sur le carnet de notes.

— Qui interviewez-vous demain, si ce n'est pas indiscret de vous poser la question ?

— Nick Holliday – mieux connu du grand public cinéphile en tant que jeune réalisateur, la célébrité de l'année. Je me permets d'ajouter que ce sont les termes employés au studio, non les miens.

Le ton de Meredith était sceptique.

— Son ego est probablement aussi vaste que l'univers.

— On ne sait jamais, dit Kay.

Meredith fit une grimace.

— À en juger d'après la chance qui a été la mienne jusqu'à présent, je suis prête à parier une semaine de salaire.

Kay rit de bon cœur.

— La journée a été dure, c'est tout. On appelle cela le syndrome du « je n'ai rien à montrer ce soir ». Voir et attendre. La marée change, toujours.

NEW YORK

— C'est donc définitif ! Tu ne veux pas rentrer en Grèce avec moi ? demanda Constantine Kirakis à son fils comme ils traversaient ensemble le terrain d'atterrissage de l'aéroport international Kennedy en direction du jet privé bleu et blanc de la compagnie. Ta mère serait si heureuse.

— Père, rien ne me rendrait plus heureux que de rentrer à la maison et de passer quelque temps avec elle, mais je vous l'ai déjà dit, je ne peux absolument pas m'éloigner d'ici pour le moment, dit Alexander d'un air las. J'ai tellement de choses en cours…

S'arrêtant en bas de la rampe, Kirakis leva la main pour faire taire son fils.

— Ah ! oui, toujours les affaires, soupira-t-il. Je suppose que je devrais être content de te voir t'intéresser tellement aux affaires. Parfait. J'essaierai d'expliquer cela à ta mère. Mais je t'avertis, elle sera très déçue.

— Pas plus que moi en ce moment, souligna Alexander. Vous voudrez bien lui transmettre mes regrets ?

Kirakis hésita un moment en observant Alexander d'un regard étrange.

— Bien sûr. Reviens dès que tu le pourras.

D'un mouvement impulsif, il étreignit son fils, ce qu'il n'avait pas fait depuis qu'Alexander n'était plus un enfant.

— Tu vas me manquer terriblement, mon fils.

— Vous aussi, vous me manquerez.

Alexander répondit à l'étreinte de son père silencieusement. Combien il eût aimé effacer les frictions existant entre lui et son père depuis qu'il avait choisi de vivre à New York. Il aimait profondément son père et souhaitait en retour son amour et sa considération. Si seulement il était capable de lui faire comprendre cela. Mais parfois, Alexander ne comprenait même pas son propre comportement.

— Bon voyage, papa, dit-il doucement.

Il y avait bien des années qu'il n'appelait plus son père « papa ».

— Je rentrerai dès que possible.

— Une promesse que tu tiendras, j'espère, dit le vieil homme en relâchant son fils.

Il se retourna et escalada les marches du jet en attente ; il s'arrêta en haut de la passerelle pour faire un dernier signe d'aurevoir à Alexander. Alexander leva la main à son tour, puis il se retourna brusquement et se dirigea vers sa limousine.

Kirakis s'assit dans la partie réservée aux passagers et boucla sa ceinture de sécurité. Il vit la limousine s'éloigner en regardant par le hublot. Il aurait bien aimé persuader son fils de l'accompagner. Il y avait si longtemps qu'Alexander n'était pas revenu chez lui. Trop longtemps. Constantine Kirakis était inquiet au sujet de son fils.

Plus qu'il ne voulait l'admettre.

— Alex, *caro*, apprends à te relaxer.

Francesca Correnti s'assit dans son lit. Le drap retomba sur sa taille, exhibant ses seins superbes, mais Alexander n'y prêta pas attention.

— Apprends à oublier les affaires de temps en temps, et concentre-toi sur le plaisir, dit-elle.

Alexander était nu près de la fenêtre, regardant distraitement le vaste panorama de Central Park. « Son corps est si beau », pensa Francesca. Comme les statues qu'elle avait souvent admirées dans les grands musées du monde. Parfait, absolument parfait. Francesca Correnti, qui avait fait l'amour avec quelques-uns des hommes les plus splendides du monde, avait l'impression que celui-ci devait avoir été créé grâce à quelque fait extraordinaire de sorcellerie. Une telle perfection ne pouvait être le produit d'un accident génétique ; ce hasardeux mélange de gènes et de chromosomes pouvait produire soit un désastre, soit un spécimen parfait tel qu'Alexander Kirakis.

Elle sortit du lit ; nue, elle traversa la chambre avec une gracieuse détermination. Elle entoura de ses bras le cou de l'homme et se mit à mordiller les lobes de ses oreilles.

— Reviens au lit, *caro mio*, murmura-t-elle. Reviens, nous ferons l'amour encore et encore…

Il eut un petit rire.

— Et tu m'apprendras à faire durer le plaisir ? demanda-t-il en laissant errer sa main sur sa peau.

— Oh !… tu ne pourrais avoir de meilleur guide, *diletto mio*, je suis experte dans l'art de donner du plaisir.

— Ah oui ?

Il rejeta la tête en arrière et la regarda avec un sourire en coin.

— Cette adresse dont tu parles, peux-tu en donner la preuve ?

Elle sourit.

— Tu as besoin d'une preuve ?

Francesca relevait le défi ; il savait qu'elle le ferait. Elle l'embrassa passionnément en suivant du bout des doigts la ligne de sa poitrine mince et musclée. Elle s'écarta lentement, sciemment, et se mit à genoux devant lui. Prenant son pénis dans une main, elle le caressa lentement et tendrement de l'autre main tout en murmurant des mots d'amour en italien.

— Prends-le dans ta bouche, Francesca, implora-t-il.

— Oui, *carissimo*, le moment venu. Il faut que tu apprennes la patience, dit-elle d'une voix caressante. Apprends à te maîtriser, sinon, cela finira trop vite.

Elle prit dans sa bouche le bout du membre qu'elle suça avec lenteur à mesure que l'organe gonflait. Elle l'attira dans sa bouche autant qu'elle pût, tandis qu'elle caressait doucement ses testicules du bout des doigts. Alexander sentait son désir affluer comme une immense vague de fond menaçant de l'engloutir. Il se mit à balancer les hanches tout en maintenant fortement la tête de Francesca. Ces choses qu'elle lui faisait avec sa bouche, sa langue… à peine pouvait-il se maîtriser, à peine pouvait-il contenir l'explosion.

Il ferma les yeux. « Non, pensa-t-il en rassemblant ses forces pour conserver le contrôle de lui-même. Pas encore. pas encore. »

Mais il chancela. C'était le moment de la posséder sinon… il s'écarta brusquement et la renversa, le dos sur le tapis. Tombant sur elle, il la pénétra d'un seul mouvement rapide, plongeant en elle avec une ardeur qui la fit crier.

— Tu ne te vantes pas, *cara mia*, haleta-t-il. Tu es vraiment une experte en plaisir.

Il continua à se projeter en elle, toujours plus profondément. Francesca soulevait ses chanches à sa rencontre, elle enfonçait ses ongles dans sa chair.

— *Diletto mio*, j'essaie de te plaire parce que je t'aime, dit-elle dans un souffle Je t'ai aimé dès le moment où je t'ai vu.

Il la regarda étrangement, comme s'il la voyait pour la première fois.

— Non, gronda-t-il. Non, abstiens-toi de me dire cela. Tu dis que tu m'aimes, mais tu mens !

Elle le regarda, stupéfaite, ne comprenant pas pourquoi il doutait d'elle.

— Je ne comprends pas, *caro*. Je t'assure que je t'aime. Tu es toute ma vie ! Pourquoi ne me crois-tu pas ?

Il secoua la tête furieusement; il ne pouvait pas y croire ou bien refusait-il d'y croire.

— Non… ne mens pas ! rugit-il, ses mouvements se faisant plus violents à mesure que montait l'orgasme.

Il y avait dans ses yeux une douleur toujours présente chaque fois qu'ils faisaient l'amour, mais Francesca n'en avait jamais compris l'origine.

— Ne mens pas.

— Je t'assure que je t'aime ! cria-t-elle, emportée par la frénésie de l'homme. Je t'aime assez pour avoir abandonné tout ce qui était important pour moi, dans le seul but de vivre avec toi.

— Non !

Son visage était noir de rage.

— Des mensonges. Toujours des mensonges. Ne dis pas cela !

Son corps fut subitement secoué avec violence. Il eut l'impression de rester suspendu dans le temps et l'espace pendant une éternité. Finalement, il retomba mollement sur Francesca, le visage contre ses seins.

Elle caressa tendrement sa tête.

— Je t'aime, *caro mio*, murmura-t-elle. Si seulement je pouvais te le faire comprendre.

Quand il se sépara enfin d'elle, ses yeux étaient rouges et mouillés de larmes. Il s'efforça de prendre un ton léger

— Eh bien ! Tes talents ne sont pas surestimés.

Elle eut un sourire forcé.

— Je n'ai aucune raison de me prétendre ce que je ne suis pas, dit-elle simplement.

Le sourcil froncé, il se leva et ramassa ses vêtements. Il alla dans la salle de bains, se doucha rapidement et s'habilla en silence. « L'histoire s'est répétée une nouvelle fois », pensa-t-il avec mauvaise humeur. Dès qu'elle tente de lui dire qu'elle l'aime, c'est comme si un brouillard voilait son cerveau, et tout ce qui suit s'embrouille dans sa mémoire. Apercevant son reflet dans les miroirs, il s'immobilisa, se regarda comme il eut regardé un étranger encore jamais vu.

— Et *toi* ? se demanda-t-il, troublé. Prétends-tu être ce que tu n'es pas, ou caches-tu ce que tu es ?

Alexander se tenait à la fenêtre de son bureau, dans son appartement de la Tour Olympique ; il regardait pensivement la ligne d'horizon de Manhattan devant lui, avec ses millions de lumières clignotantes scintillant comme une mer de pierres précieuses aussi loin que portait le regard. Il se sentait bizarrement soulagé que Francesca fût partie plus tôt ce soir-là à bord d'un avion d'Alitalia, en direction de Rome. Elle devait travailler sur son dernier film dans deux jours. Elle avait offert de refuser son contrat pour rester à New York avec lui, mais il avait insisté pour qu'elle accepte le rôle. Il n'était jamais à l'aise pendant très longtemps avec Francesca. Elle était beaucoup trop possessive. Il avait parfois l'impression qu'elle cherchait à l'avaler tout entier. Il savait qu'elle voulait l'épouser, elle ne l'avait d'ailleurs jamais caché. Mais Alexander ne lui avait jamais dit que son intérêt pour elle n'allait pas au-delà de l'intense attraction sexuelle qui les avait réunis. Il réalisa alors avec un mélange d'inquiétude et de regret qu'aucune de ses relations passées n'avait dépassé le stade physique initial. Toutes ces liaisons s'étaient diluées au bout de quelques semaines, et il était toujours reparti en quête d'un nouvel amour sans une pensée même fugitive pour la femme qui venait de quitter sa vie.

Alexander connaissait Francesca Correnti depuis plus d'un an, mais ils n'étaient jamais restés ensemble plus d'une semaine ou deux à la fois. Lorsqu'ils se rencontrèrent pour la première fois, au cours de son été à Rome où elle l'avait invité à partager sa maison de l'Olgiata, il avait insisté pour prendre une suite à l'Excelsior, sur la Via Veneto. À New York, il lui avait toujours réservé une suite au Plaza bien qu'elle lui ait fait clairement comprendre qu'elle entendait demeurer chez lui. « C'était indispensable », pensa-t-il maintenant. Il fallait qu'il la tienne à distance. Il avait insisté dans ce sens.

Francesca n'avait jamais compris, mais elle avait accepté, n'ayant pas le choix. Alexander n'était pas homme à faire la moitié du chemin pour rencontrer les gens. Ce n'était pas l'homme des compromis. Il vivait selon sa propre loi.

Alexander Kirakis ne s'était jamais soucié de ses partenaires au point de faire passer leurs sentiments et leurs désirs avant les siens.

L'horloge de la table de chevet ancienne marquait 2h15. Alexander s'agitait de droite et de gauche comme s'il était tourmenté ; il râlait avec incohérence.

— Non ! cria-t-il subitement.

Il se redressa, les yeux exorbités, tout frissonnant, les lèvres écartées en un hurlement silencieux. Il resta immobile pendant quelques secondes, cherchant son souffle. Il savait qu'il venait de faire un cauchemar, mais maintenant qu'il était éveillé, il ne s'en souvenait plus. Il savait seulement qu'il était terrifié. Il passa une main nerveuse dans ses cheveux et tâtonna dans l'obscurité pour trouver l'interrupteur de sa lampe. Quand vint la lumière, il aspira profondément et se laissa retomber, soulagé. « De quoi ai-je donc rêvé, se demanda-t-il. Qu'est-ce donc qui m'a effrayé à ce point ? »

Il se leva et tituba vers la salle de bains, alluma les globes de chaque côté du miroir ovale à l'encadrement doré au-dessus du lavabo en marbre italien. Il se pencha au-dessus du lavabo et tourna l'un des gros boutons d'or. L'eau froide jaillit instantanément du robinet. Il la recueillit dans le creux de ses mains jointes et s'en aspergea le visage jusqu'à ce que cesse son tremblement. Il arrêta l'eau et prit une serviette. En se redressant, il se vit dans le miroir.

Quelle étrange sensation! Comme si un étranger le regardait. Il avait la mine fatiguée, ses yeux étaient hagards. Il fixa longtemps le reflet du miroir, puis il jeta la serviette et repartit dans sa chambre.

Comprenant qu'il ne pourrait pas dormir, il enfila sa robe de chambre et alla dans son bureau. Sa table était couverte d'un tas de rapports qui requéraient son attention. Autant faire bon usage de son temps d'insomnie. Il s'assit dans son fauteuil à haut dossier et prit le premier document de la pile. Il essaya de le lire, mais il se trouva incapable de se concentrer. Son esprit restait prisonnier du cauchemar qui avait interrompu si violemment son sommeil.

Rageur, il jeta le document sur sa table. Ce n'était certes pas la première fois. Cela lui était déjà arrivé par le passé, plus souvent qu'Alexander voulait bien s'en souvenir. Toujours la même chose. Il se réveillait en sursaut en pleine nuit, violemment tiré de son sommeil par un rêve si terrifiant qu'il ne pouvait plus se rendormir ensuite. Et pourtant, jamais il n'avait pu capter ce rêve une fois éveillé.

Il se redressa dans son fauteuil et respira à fond. Bien qu'il y ait eu de nombreuses femmes dans sa vie, bien qu'il ait mené une vie sexuellement active pendant ces dix années passées, jamais il n'était resté une nuit entière dans le lit d'une femme, jamais il n'avait amené l'une de ses amantes dans sa chambre. Il s'était toujours dit qu'il avait besoin de maintenir une distance affective entre lui-même et ces femmes, qu'il avait besoin de se sentir libre de s'en aller une fois satisfait. Mais la vérité était qu'il n'avait jamais pu s'endormir après avoir fait l'amour parce que le rêve pouvait surgir, révélant à ces femmes ses moments de faiblesse.

Il se revit chevauchant Francesca avec la fureur d'un possédé sur le sol de la suite du Plaza. Il n'était même plus certain de ce qui s'était passé en réalité. La déclaration d'amour de Francesca avait déclenché dans son cerveau quelque chose qui s'était exprimé par une violence forcenée qui le stupéfiait. Il s'était refusé à l'entendre dire qu'elle l'aimait.

«Pourquoi?» s'étonna-t-il.

II

BURBANK, CALIFORNIE

Meredith arrêta lentement sa MG bleue décapotable devant les portes des Studios Centurion ; elle attendit patiemment que le surveillant cherche son nom sur sa liste des laissez-passer. Il la conduisit dans le bureau de Nick Holiday qui se révéla bien différent de ce qu'elle attendait. Elle fut introduite dans une petite pièce en désordre pas plus grande qu'un boudoir et occupée par une jolie rousse qui n'avait guère plus de dix-huit ans, vêtue d'un jean délavé, d'un sweater et de baskets.

— Nick vous attend, dit la fille d'une voix stridente. Il revient tout de suite… probablement aux W.-C.

Meredith réussit à sourire légèrement.

— Merci.

La fille sortit et Meredith regarda autour d'elle. La table était couverte de scripts, de lettres non ouvertes et de coupures de journaux, sans doute des critiques de films. Des posters encadrés étaient accrochés aux murs, rien que des films que Nick avait dirigés. Les quelques chaises étaient occupées par des boîtes en carton remplies de divers accessoires ayant servi à ces films. Une vareuse de travail très usagée était suspendue à un porte-manteaux fixé au mur, et une pile d'anciennes publications de « variétés » se dressait sur un meuble de classement, dans un angle de la pièce. « L'homme qui occupait ce bureau était soit très occupé, soit un incurable gâcheur, pensa Meredith. Ou les deux à la fois. »

Il s'encadra dans la porte subitement, le nez penché sur un script, un crayon coincé derrière l'oreille. Il paraissait plus jeune que Meredith ne s'y attendait – peut-être vingt-neuf ou trente ans. Il portait un jean et une chemise de travail bleue. Ses cheveux étaient noirs, épais et mal coiffés, mais sa barbe était bien taillée. Meredith ne pouvait pas voir ses yeux à travers ses lunettes noires d'aviateur.

— Désolé d'être en retard, s'excusa-t-il. Ce lieu est une véritable taule aujourd'hui. Vous attendez depuis longtemps ?

— Non, dit Meredith en secouant la tête. Dix minutes – un quart d'heure au plus.

Il prit le crayon derrière son oreille et jeta quelques notes sur les pages cornées du script, puis il l'écarta et ôta une boîte de jouets de sa chaise et s'assit.

— C'est pour le film, expliqua-t-il en désignant la boîte d'un geste.

Elle hocha la tête en souriant.

— Oh ! Excusez-moi. J'ai oublié de me présenter. Je suis Nick Holliday.

Il eut un petit sourire malicieux en retirant ses lunettes. Ses yeux étaient d'un bleu étincelant.

— Comme je vous l'ai dit, c'est un jour de folie !

— J'imagine, dit-elle aimablement. Je suis Meredith Courtney, des Informations KXLA.

Il leva les sourcils en une surprise feinte.

— Ah ? Je ferais donc partie de l'information aujourd'hui ?

— Vous êtes dans l'information dans la mesure où vous concernez le public cinéphile, dit-elle. Un collègue de la chaîne vous a contacté, non ?

— Ah ! Oui. Quand et où ? Voyez-vous, je peux me servir de toute espèce de publicité, d'où qu'elle vienne.

Sa voix prit le ton de la conspiration.

— Les affaires ne sont pas tellement bonnes ces temps-ci, acheva-t-il dans un souffle.

Elle éclata de rire.

— Allons donc, dit-elle lentement. J'ai une liste de questions, et si vous êtes d'accord, j'aimerais qu'un cameraman vienne enregistrer notre entretien cet après-midi.

Il parcourut la liste qu'elle lui donna, puis il regarda Meredith.

— Ce truc me semble tout à fait convenable, approuva-t-il. Rien qui puisse me causer des ennuis pour détention de drogue, rien sur les orgies de Malibu, rien touchant le canapé où je distribue les rôles. Va pour cet après-midi. Amenez votre homme dans les décors et nous ferons cela entre deux tournages. D'accord ?

— Formidable ! acquiesça-t-elle. Si vous disposez d'un peu de temps maintenant, j'aimerais que nous allions voir sur place pour régler quelques détails avec l'enregistrement.

Il hocha la tête.

— Cela me semble raisonnable.

Il consulta sa montre.

— Il est presque midi. Avez-vous déjeuné ?

— Non, dit-elle.

— Avez-vous faim ?

— Eh bien, oui, avoua-t-elle.

— Bien ! Si nous mangions un morceau au réfectoire du studio ? La nourriture n'y est pas extraordinaire, mais il n'y a pas eu un seul cas d'intoxication depuis plus d'une semaine. Je suppose que nous ne risquons rien.

— Sans doute. Pourquoi pas ?

— Ainsi… vous prenez des risques ! Une jeune femme selon mon cœur ! s'écria-t-il. Je dois m'arrêter une minute sur le plateau ; je vous promets que ce ne sera pas long.

Il se leva.

— On y va ?

Ils marchèrent ensemble dans un labyrinthe de vastes édifices tous semblables. Meredith en fit la remarque à Nick Holliday avec un léger étonnement. Il semblait perpétuellement pressé et parlait en faisant de grands gestes avec ses mains. Son enthousiasme pour son travail confinait à l'excitation maniaque.

Ils allèrent voir le plateau préparé pour l'après-midi et donna quelques instructions de dernière minute à l'équipe technique avant d'emmener Meredith au réfectoire. Pendant le déjeuner, qui fut bien meilleur que ce que Nick avait voulu lui faire croire, ils discutèrent le plan de l'interview, et il fit quelques suggestions. Il lui offrit d'enregistrer un fragment du tournage de l'après-midi afin qu'elle l'insère dans son interview, ce qui enthousiasma Meredith. L'homme était certainement le plus accommodant qu'elle ait jamais rencontré. Kay avait peut-être raison, pensa-t-elle. La marée est peut-être en train de changer de cours.

Nick Holliday parla franchement de ses antécédents et de ses études cinématographiques à l'université de Californie. Il parla de l'homme qui lui avait donné sa première grande chance.

— J'avais l'habitude de traîner devant les portes – c'est de cette façon que j'ai connu une foule de gens qui travaillaient ici. Et puis un jour, j'ai eu ma chance. Tom Ryan m'a remarqué. Vous avez entendu parler de lui, n'est-ce pas ?

Meredith hocha la tête. Qui n'en avait pas entendu parler ? Tom Ryan était pratiquement une légende à Hollywood ; on le considérait comme l'un des réalisateurs les plus prestigieux de l'histoire du cinéma.

— En tout cas, Ryan eut pitié de moi et me proposa de jeter un coup d'œil sur quelques échantillons de mes travaux. Cela lui plut, et me voici !

Nick eut un mince sourire.

— Évidemment, je ne suis pas le seul qu'il lança dans la carrière. Il a été derrière les plus grands noms d'Hollywood : Sarah Gallison, Grant Mallory, Elizabeth Weldon, Tara Spencer…

— Il a été marié avec Elizabeth Weldon, non ?

Elle vit Nick froncer les sourcils pour la première fois.

— Oui, pendant presque cinq ans, jusqu'à la mort d'Elizabeth en '53, dit-il sur un ton uni. Mais c'est un sujet interdit. Personne n'ose lui parler de cette époque.

— Aviez-vous rêvé un jour d'obtenir le succès qui est le vôtre aujourd'hui ? demanda Meredith, pressentant qu'il désirait changer de sujet. Même avec un fabricant de stars comme Tom ryan derrière vous, pensiez-vous réussir aussi vite ?

Nick ricana.

— La vérité ?

— Bien sûr.

— Eh bien non, j'avoue que je n'y ai pas cru, dit-il franchement. Cette expérience a été fantastique. Plus exactement, j'ai toujours su que j'arriverais à quelque chose. Je continuerais à camper devant les portes de l'université si Tom n'était pas venu. Il aurait bien fallu que quelqu'un regarde mon travail, ne serait-ce que pour se débarrasser de moi. Non. Ma carrière est allée au-delà de mon imagination débordante. Je n'avais jamais pensé devenir une espèce de célébrité ou quelque chose de ce genre.

Meredith fit une pause avant de reprendre :

— Comment vous expliquez-vous l'étonnant succès de vos trois films ? Car enfin, ils sont en tête des sondages les plus sérieux depuis longtemps ?

— Oh ! Je ne saurais le dire exactement. Sauf peut-être… voyez-vous, j'ai grandi dans la tradition la plus typique de la classe moyenne américaine. Avant la mort de papa, nous étions des gens moyens. Peut-être ai-je un rapport inné avec Monsieur Tout-le-Monde, cinéphile moyen. Peut-être le public aime-t-il mes films parce que moi, je les aime ; peut-être parce que j'ai toujours fait partie de ce public.

Elle sourit. Elle avait d'abord pensé que tout cela n'était que façade, image soigneusement cultivée. Jamais elle n'aurait pu imaginer un homme aussi célèbre que Nick Holliday se dépréciant lui-même, fût-ce modérément. Mais après tout, peut-être avait-il raison. Peut-être son incroyable succès venait-il de sa relation avec le public de cinéma et de l'éducation acquise dans cette classe moyenne dont il se proclamait un élément. Peut-être, enfin, était-il vraiment ce qu'il paraissait être, pensa Meredith.

L'enregistrement de l'après-midi se passa bien, mieux que ne s'y était attendue Meredith. Nick insista pour l'accompagner à sa voiture ensuite, et elle le remercia de sa coopération.

— Pas de quoi, répéta-t-il. Comme je vous l'ai déjà dit, je peux exploiter toute publicité gratuite. De plus, je crois que je suis amoureux.

Elle rit de bon cœur, refusant de le prendre au sérieux.

— Etes-vous toujours ainsi ?

— Non… pas toujours. Il lui prit la main. Écoutez… Que faites-vous ce soir ?

— Probablement des heures supplémentaires, répliqua-t-elle sur un ton désinvolte.

— Je suis sérieux, dit-il solennellement. Que faites-vous pour dîner ?

— Très probablement un rapide plat chinois dans mon bureau de la station.

Elle savait où il voulait en venir mais s'efforçait de ne pas comprendre.

— Et si vous preniez le temps de dîner avec moi? Je connais un petit restaurant italien de premier choix à Glendale…

— Je ne peux vraiment pas, persista-t-elle.

— Et demain?

— Je travaille tard presque tous les soirs.

Elle s'apprêtait à monter dans sa voiture, mais il reprit sa main. Nick était obstiné.

— Dans ce cas, nous prendrons un petit déjeuner, dit-il vivement. Il y a un petit café près de la plage; on peut manger en plein air en regardant le lever du soleil.

— Je ne peux pas. Vraiment pas.

Elle lui retira enfin sa main et se glissa devant son volant.

— Merci tout de même pour votre proposition.

— Je sais que vous n'êtes pas mariée ni rien de la sorte; j'ai posé la question à la station par téléphone, dit-il alors. Vous ai-je offensée d'une manière ou d'une autre?

— Non. Vous n'y êtes pour rien. Je… Je ne mélange jamais les affaires et les distractions. C'est tout. Je ne sors pas avec quelqu'un que j'interviewe, dit-elle à voix basse.

Il était en train de lui rendre tout refus impossible. Elle mit son moteur en marche, elle le remercia de nouveau et démarra, pensant l'avoir vu pour la dernière fois.

Elle ne pouvait pas connaître le second secret du succès de Nick Holliday: il n'abandonnait jamais un projet qui lui tenait à cœur.

— Des fleurs pour Meredith Courtney, chantonna l'employé du courrier en apportant un grand carton blanc dans le petit bureau faisant suite à la salle de rédaction. Troisième fois cette semaine, dit-il avec un sourire finaud en lui remettant le carton. Il doit y avoir un type qui tient à vous.

— Je souhaiterais que vous ne le diffusiez pas dans toute la maison, dit-elle d'un air morne en ouvrant la boîte.

Elle n'avait pas besoin de lire la carte. Elle savait déjà le nom de celui qui avait envoyé les fleurs.

Le jeune homme siffla doucement.

— Des roses, cette fois. Ça marche bien, dit-il. Croyez-moi, c'est le chemin du mariage.

Meredith fronça les sourcils en brandissant un ouvre-lettres menaçant.

— Dehors ! Avant que je ne fasse la première des journaux pour vous avoir tué devant tous ces témoins !

Il fit retraite en riant très fort.

Meredith déplia la carte et la considéra fixement. Le message était toujours le même : « Pourquoi ne pas me donner une chance de vous prouver que je suis un gentil garçon ? Amour. Nick. »

« Amour ! Toquade, peut-être, mais certainement pas de l'amour, se dit-elle. Il ne me connaît même pas ! Peut-être est-ce là une raison de le faire lâcher prise. Je pourrais sortir une fois avec lui. Sans doute y aura-t-il une faille entre son imagination et la réalité, et alors… »

— Encore des fleurs ?

Meredith leva la tête. Kay se tenait dans le chambranle de la porte.

— Encore des fleurs, répéta-t-elle en écho en hochant la tête. Il semble qu'une réponse négative ne vaille rien pour lui.

— Peut-être devriez-vous sortir avec lui.

Kay pénétra dans le bureau et ferma la porte.

— Quoi ? Meredith eut l'air sincèrement surpris. Vous plaisantez !

Le visage de Kay était sérieux.

— Pourquoi plaisanterais-je ? De toute évidence, il vous aime bien… ou bien il possède un magasin de fleurs. Il se donne beaucoup de peine pour vous impressionner.

— C'est sûr.

Meredith avait la mine sombre.

— Vous savez fort bien comment opère ce genre de cinéastes. Ils disent à toutes les filles qu'ils rencontrent qu'ils les aiment jusqu'à ce qu'elles viennent dans leur lit, et puis après…

— Allons donc ! Il faut vraiment que vous ayez été mise à mal un jour par quelque type ! conclut Kay.

— Qu'est-ce qui vous fait dire cela ? demanda Meredith avec emportement.

— Vous en voulez vraiment aux hommes. Tous ne sont pas des ogres, vous savez.

Kay commença à peler une orange.

— Si vous voulez mon avis…

— Je n'en veux pas, interrompit Meredith avec vivacité.

— Si vous voulez mon avis, insista Kay, je crois que vous avez des préjugés déraisonnables.

— Des préjugés ?

Meredith eut l'air blessée.

— Oui, des préjugés. Vous vous êtes mis dans la tête que sous prétexte qu'Holliday est un cinéaste à succès, il doit nécessairement être un coureur. Il semble qu'il ne vous soit jamais venu à l'idée qu'il existait quelques gens charmants dans l'industrie cinématographique, des gens qui ne se droguent pas, qui ne changent pas d'épouses comme de vêtements et qui ne participent pas à la vie décadente d'Hollywood. Certains d'entre eux, ajouta-t-elle avec satisfaction, vont même à l'église le dimanche et vivent des unions longues et heureuses.

— D'accord. Vous avez marqué un point, dit Meredith avec résignation. Et maintenant, voudriez-vous refermer la porte en sortant ?

— Je ne m'en vais pas encore.

— C'est bien ce qui m'effraie, grogna Meredith.

Kay approcha une chaise.

— Écoutez-moi. Je n'ai jamais rencontré ce garçon mais d'après ce que vous m'en avez dit, il m'a l'air bien. Il est clair qu'il a un sérieux béguin pour vous car les fleurs et les coups de téléphone ne cessent pas depuis presque deux semaines. Je crois que vous devriez au moins lui donner une chance. Vous n'êtes pas obligée de l'épouser. Contentez-vous de dîner avec lui. Vous pourriez avoir une agréable surprise, savez-vous ?

— J'ai été tellement occupée ces derniers temps…

— Mauvaise excuse, dit Kay vivement. Vous ne pouvez pas passer votre vie entière à travailler.

— On le peut… et il le faut… si l'on veut avancer dans la profession. Surtout quand on est une femme, insista Meredith.

— Caryn Hammond vient de se marier, et elle est notre chef.

— Que cherchez-vous à me dire ? demanda Meredith en posant son crayon.

Il était vrai qu'elle n'avait pas eu une vie mondaine très active depuis qu'elle travaillait à la KXLA, mais elle avait fait ce choix. Elle voulait se concentrer pleinement sur sa carrière. Une liaison sérieuse ne pouvait que l'entraver. De plus, comment pourrait survivre une liaison dans ces conditions ? Kay savait cela mieux que personne ; son propre mariage s'était terminé par un divorce l'an passé.

— L'ambition, c'est très beau, dit Kay, mais le succès peut vous rendre joliment solitaire quand vous n'avez personne avec qui le partager. Vous savez ce que l'on dit... les sommets sont bien déserts.

Meredith sourit pour la première fois.

— D'accord. D'accord. Vous avez gagné. La prochaine fois, j'accepterai son invitation. J'en profiterai pour lui dire quelle avocate il a en vous !

Kay eut un mince sourire.

— Bien. Vous pouvez le lui dire tout de suite. Il est à la réception.

— Vous venez souvent ici ?

Meredith était assise en face de Nick Holliday à une table de coin d'un petit restaurant italien bien douillet à l'éclairage tamisé, situé à Glendale. Elle sirotait un verre de vin blanc.

Il hocha la tête.

— J'ai découvert Angelino quand j'ai été engagé par la Centurion, il y a quelques années. J'ai tout de suite aimé ce local, surtout parce qu'il ne ressemble pas aux restaurants « in », comme on dit aujourd'hui. Personne ne vient ici pour voir ou pour être vu. S'il y avait des gens pour le faire, ils en seraient pour leurs frais, acheva Nick avec un rire narquois.

Meredith jeta un coup d'œil circulaire dans la petite salle presque déserte.

— Manifestement, commenta-t-elle, légèrement étonnée.

— Personnellement, j'espère que cela durera ainsi, dit Nick en posant sa fourchette.

Meredith sourit.

— S'il ne change pas, il disparaîtra dans l'année, prédit-elle en repoussant une mèche de cheveux par dessus son épaule gauche.

Nick secoua la tête.

— Ça ne va pas toujours aussi lentement.

Il se tut, admirant la jeune femme dans la lumière vacillante. Elle portait une robe de lin vert toute simple, largement décolletée et retenue aux épaules par de fines bretelles ; un simple collier de perles et de petites boucles d'oreilles pour tous bijoux. Ses cheveux tombaient librement sur ses épaules.

— Vous êtes particulièrement belle, ce soir, dit-il.

Elle accepta gracieusement le compliment.

— Merci.

Puis elle prit une bouchée de lasagnes. Elles étaient exactement comme elle les aimait : avec beaucoup de fromage épais et mœlleux.

— Je crois comprendre que vous n'aimez pas spécialement la société hollywoodienne, dit-elle enfin.

Il haussa les épaules.

— Je me contente de lui fermer ma porte. Ce mode de vie n'est pas mon style.

— Quand je vous ai interviewé au studio, vous avez immédiatement parlé de vos origines dans la classe moyenne, rappela-t-elle tandis que le garçon remplissait leurs verres. D'où venez-vous exactement ?

— De Los Angeles. J'ai grandi dans la vallée San Fernando.

Il prit une grosse bouchée de pâtes.

— Et vous ?

Meredith hésita un moment.

— Je viens de l'une de ces petites villes du Middle-West dont personne n'a jamais entendu parler, dit-elle en prenant son verre. L'une de ces villes qui sont si petites qu'elles n'apparaissent pas sur les cartes et où chacun connaît tout des autres.

— Une espèce d'Hollywood en somme ?

Elle éclata de rire.

— Pas exactement, mais vous voyez le genre.

Il l'observa un moment.

— Pourquoi en êtes-vous partie ? demanda-t-il, espérant ne pas se montrer trop curieux. Qu'est-ce qui vous a poussée à vous joindre à cette course de rats ?

Elle réfléchit un moment.

— Je n'en sais rien. Sans doute ai-je toujours éprouvé le besoin de partir, comme si ma place n'était pas là-bas. Je voulais être quelqu'un, et je savais que ce n'était pas là-bas que j'y réussirais.

Le ton de sa voix donnait clairement à entendre qu'elle ne désirait pas discuter davantage sur ce sujet.

— Et vous ? Avez-vous jamais eu l'envie de lâcher cette course de rats, comme vous dites ?

Il eut un haussement d'épaules.

— Ma priorité était de m'éloigner de mes origines, avoua-t-il. J'ai toujours eu le sentiment que ma vie avait mal commencé. Papa était catholique, maman était juive, et les familles n'ont jamais accepté ce mariage, et encore moins l'enfant qui en était issu. Inutile de dire que je ne les ai pas vues beaucoup ; j'ai grandi sans elles.

Meredith le regarda, attendant qu'il en dise davantage. « Dieu, pensa-t-elle, il a connu le même isolement affectif que moi dans mon enfance ! »

— Papa est mort quand j'avais sept ans, se souvint Nick en plissant le front. Il était voyageur de commerce, presque toujours sur les routes. Un jour, il n'est pas rentré. C'est du moins comme cela que j'ai ressenti la chose à l'époque.

Meredith regardait son assiette.

— Désolée, dit-elle doucement.

Et pour elle-même : « Je connais ce sentiment. »

— Il m'a manqué. Je l'ai haï d'être mort, de nous avoir laissés ainsi, sans avertissement, sans rien. Un jour il était là, et le lendemain il n'y était plus. J'ai mis du temps à surmonter cela. Il ne restait plus que maman et moi, et en plus, j'étais le seul enfant juif de l'école. J'en ai souffert énormément. J'ai pris l'habitude de passer mon temps à la maison, tout seul, ou dans les cinémas. C'est le cinéma qui m'a sauvé ; c'était mon échappée hors du monde réel auquel je n'appartenais pas.

Meredith resta un moment silencieuse. Elle n'aurait jamais supposé qu'un homme aussi jovial et optimiste que Nick pût être le produit d'une enfance aussi solitaire et perturbée.

— Est-ce cela qui a suscité en vous l'envie de faire des films ?

Il hocha la tête.

— J'avais un petit appareil Kodak bon marché. Je n'arrêtais pas de prendre des photos, séquence par séquence. Je les ai ensuite classées dans un cahier ; j'ai ajouté des sous-titres sous chacune d'elles ; et j'ai fini par avoir une histoire, expliqua-t-il en serrant ses doigts pour former une pyramide. À quatorze ans, j'avais économisé assez pour acheter une vieille caméra au mont-de-piété local. J'ai fait alors toutes sortes de films sur un tas de sujets : circulation sur l'autoroute, les enfants à la plage, les événements sportifs, j'ai fait des expériences avec les angles de prise de vue et les sujets.

Il se tut un moment.

— Quand j'ai dit à ma mère ce que je voulais faire dans la vie, elle m'a soutenu à cent pour cent. Elle a tenu deux emplois pendant plus de cinq ans pour me mettre à l'école de cinéma de l'université. Je suis bien content de pouvoir prendre soin d'elle maintenant.

— Où est-elle ? demanda Meredith au moment où le garçon apportait le dessert.

— En Israël, répondit Nick. Elle a toujours voulu y aller, alors je l'y ai envoyée. Il y a presque quatre mois qu'elle y habite et d'après ses lettres, je crois qu'elle n'est pas pressée de revenir.

— Il n'y a pas beaucoup de gens qui se souviennent de leur famille quand ils ont réussi, commenta Meredith.

Elle-même n'avait pas vu sa famille depuis des années.

— Pas question de faire autrement.

Il regarda l'heure.

— Écoutez, il est encore tôt. Je connais un autre petit local formidable…

Elle secoua la tête.

— Je ne peux pas. Il faut que je sois à la station à cinq heures demain matin.

— Demain soir alors ?

Elle lui prit affectueusement la main par dessus la table.

— Nick, cette soirée m'a vraiment fait plaisir, dit-elle doucement, mais chaque chose en son temps, d'accord ?

Constantine Kirakis regarda fixement les papiers étalés devant lui sur son bureau jusqu'à ce que ses yeux se brouillent. La journée avait été longue, mais il avait fait beaucoup de choses et il était satisfait du résultat. Ce même jour, il avait signé des contrats qui se traduiraient par des milliards de dollars en faveur de la Compagnie Kirakis. La majorité de ces affaires passaient par des bureaux nord-américains, et Kirakis était heureux qu'Alexander fasse du bon travail à New York. Pourtant, Kirakis eût souhaité que son fils n'ait pas choisi d'habiter là-bas. Il eut été beaucoup plus satisfait de le voir s'installer en Grèce pour travailler côte à côte avec lui au siège du groupe. Il avait toujours rêvé de voir Alexander à Athènes, au sommet des affaires internationales de la compagnie. Il avait espéré être celui qui préparerait Alexander pour le jour où il deviendrait président du conseil d'administration. Un jour, Kirakis serait la multinationale la plus importante, et Alexander serait au centre de ce complexe. Il fallait qu'il s'y préparât.

— Il est très tard, Costa. Pourquoi ne laisses-tu pas tes affaires pour venir te coucher ?

Kirakis leva la tête. Melina, sa femme, s'encadrait dans la porte du bureau, portant une robe de velours bleu pâle. Sa lourde chevelure blonde, normalement retenue en un chignon serré, descendait librement autour de ses épaules, et Kirakis pensa en lui-même qu'elle paraissait dix ans plus jeune ainsi. À soixante-sept ans, elle était encore une jolie femme. Les années avaient été indulgentes pour elle. Il se leva et lui tendit les bras.

— Excuse-moi, *matia mou*, dit-il comme elle approchait. Je n'avais pas réalisé l'heure qu'il était.

Il l'enlaça doucement. Elle semblait si fragile à présent.

Elle le regarda en souriant.

— Il me semble que tu n'es plus un jeune homme, Costa. Tu devrais apprendre à te relaxer plus souvent.

Il sourit à son tour.

— Tu parles comme ce vieux filou de Karamanlis, dit-il sur le ton du reproche. N'auriez-vous pas encore conspiré pour que je me retire ?

— Il n'y a pas eu de conspiration, dit Melina en s'asseyant dans l'un des fauteuils de velours bleu foncé, près du bureau. Nous nous faisons simplement du souci pour toi. Tu te surmènes.

— Ridicule ! Je fais ce qui doit être fait, c'est tout.

— Il faut que ce soit fait, d'accord, mais dois-tu obligatoirement être celui qui fait tout ? J'ai l'impression qu'il faudrait donner plus de responsabilités à Alexander. N'est-il pas capable…

— Alexander est plus que capable, répliqua vivement Kirakis. Il est brillant, et il possède d'immenses possibilités. Malheureusement, il y a d'autres facteurs qui m'empêchent de lui transmettre toute l'autorité que je souhaiterais.

— Quels autres facteurs ? Lui en veux-tu toujours parce qu'il a choisi de faire sa vie à New York ?

Kirakis secoua la tête. Il s'approcha de la fenêtre et observa un bateau, au loin. Le clair de lune illuminait la mer Egée, calme et scintillante.

— Rien à voir avec son choix pour les États-Unis, bien que je sois le premier à désapprouver ce choix. Non, Melina, ce n'est pas cela. C'est le mode de vie qu'il a adopté qui m'ennuie.

Il prit une coupure de journal dans sa poche et la donna à sa femme.

— Cela s'est passé pendant que j'étais à Los Angeles.

Melina déplia soigneusement la feuille et la considéra un moment. C'était une photo détachée d'un journal américain, une photo d'Alexander et d'une femme dont le visage n'était que trop familier à Melina Kirakis.

— Francesca Correnti, dit-elle. Elle est donc revenue dans sa vie ?

— Apparemment, dit Kirakis d'un ton crispé et nettement réprobateur. Il semble que celle-ci ait dépassé les autres.

— Peut-être cela devrait-il nous encourager, reprit Melina pensivement, les yeux encore fixés sur la photo.

— Nous encourager ?

Kirakis lui lança un regard stupéfait.

— Je n'en crois pas mes oreilles. Veux-tu dire que tu aimerais voir notre fils épouser cette femme ?

— Non, bien sûr que non.

Melina replia la coupure de presse et se tourna vers son mari.

— Je ne suggère pas qu'Alexander épouse cette femme, ni même qu'il envisage ce genre de chose. Je veux seulement souligner qu'il est peut-être en train d'apprendre à se stabiliser. N'est-ce pas un pas dans la bonne direction ? Naguère, ses liaisons ne duraient pas plus de quelques semaines.

— Tu as raison. C'est encourageant, à moins qu'il n'ait des projets précis touchant cette femme-là. Mais il aurait pu faire un autre choix… Francesca Correnti est une actrice, elle a eu de nombreux amants. Elle n'est guère une fréquentation convenable pour Alexander, du moins pas dans le cas d'un arrangement durable.

— Un arrangement ? s'exclama Melina avec un rire léger. Mon Dieu, Costa, on dirait que tu vis dans les temps reculés ! Je suis surprise que tu n'aies pas essayé d'arranger toi-même un mariage pour lui !

— Tu sais très bien que les mariages arrangés se font encore dans la société que nous fréquentons, lui rappela Kirakis en se versant un *ouzo*. En veux-tu ? demanda-t-il en levant son verre.

Melina secoua la tête.

— Monsieur mon mari, tu sais qu'Alexander ne se laisserait jamais faire.

— Non, notre fils sait ce qu'il veut. Toutefois, je crois que je serais capable de lui choisir une meilleure épouse parmi les femmes que je lui ai connues… à condition qu'il veuille une épouse, bien entendu.

— J'incline à penser qu'il est presque prêt à abandonner son statut de célibataire et à se ranger, dit Melina.

— J'aimerais te croire, soupira Kirakis. Mais c'est une chose à laquelle je ne m'attends pas pour tout de suite.

Melina resta silencieuse un moment.

— C'est ce que tu veux dire en parlant d'autres facteurs qui te retiennent de donner plus de responsabilités à Alexander dans le cadre de la compagnie ? demanda-t-elle enfin. Tu as l'impression que sa vie privée risque d'interférer sur sa capacité à faire face à ses responsabilités ?

Melina connaissait bien son mari ; elle lisait presque dans ses pensées.

Kirakis plissa le front en sirotant son *ouzo*.

— Disons simplement qu'Alexander n'a jamais été habile avec les femmes, dit-il posément. Il a récolté des succès personnels du côté des medias. Je crois qu'il ne se passe pas un jour sans que son nom ou sa photo n'apparaisse dans un quotidien ou un magazine publié dans le monde. Or, cette publicité n'a pas été bonne pour l'image du groupe Kirakis.

— C'est ce qui t'inquiète le plus ? L'image de la compagnie ?

Il y avait de la colère dans la voix de Melina. Elle n'avait jamais approuvé le dressage d'Alexander dès son enfance, liant toujours l'avenir de l'enfant à celui de la compagnie, comme s'il ne devait pas avoir d'autre but que celui que Kirakis avait tracé pour lui.

Kirakis secoua la tête.

— Melina, c'est plus compliqué que tu ne crois. Nous faisons des affaires avec quelques-unes des banques les plus importantes du monde. Nous empruntons de temps en temps des sommes considérables pour financer des projets pour le compte du groupe dans différentes parties du monde. Nous sommes en bons termes avec ces banques, pour le moment. Le fait que Kirakis est une société solide et conservatrice compte pour beaucoup dans la confiance que nous font ces banquiers.

— Et tu penses que la mauvaise presse que s'est acquise Alexander au cours de ces dernières années amènera ces banquiers conservateurs à hésiter à traiter avec lui ?

Kirakis la regarda, et Melina vit la réponse dans ses yeux.

— Oui, *matia mou*. Ils lisent les articles le concernant, ils entendent toutes ces histoires sur sa vie trouble dans les décors de la « jet society ». Et ces gens sont prudents par nature. Ils se posent des questions quant à ses capacités de décision dans les affaires sérieuses. Ils le jugent irresponsable.

— Je pense que ce serait injuste de le juger d'après sa vie privée. Si papa t'avait jugé sur les premières impressions…

— Si ton père n'avait pas pris le temps de fouiller sous la surface, toi et moi ne nous serions jamais mariés… et il n'aurait jamais financé les débuts de la flotte Kirakis, acheva Kirakis avec un léger sourire. Mais Alexander pourrait avoir moins de chance. Les temps sont différents aujourd'hui, et notre fils n'a pas eu la bonne idée de tomber amoureux d'une fille de banquier.

— De sorte qu'il est jugé sur sa conduite en privé autant que sur ses résultats d'homme d'affaires ?

— J'en ai bien peur... Et s'il continue ainsi...

— Costa, je sais à quel point c'est essentiel pour toi, depuis toujours, qu'Alexander accomplisse son destin d'unique héritier, dit Melina tournée vers son mari. Dieu sait que tu as tout prévu pour ce jour-là depuis sa cinquième année. Je sais que c'est difficile pour toi d'accepter, mais Alexander est jeune. Il a encore du temps...

— Il aura trente et un ans le 17 novembre, lui rappela Kirakis. À trente et un ans, nous étions déjà mariés depuis plusieurs années. J'étais installé, comme mari et comme homme d'affaires.

— Mais tu l'as dit toi-même, les temps ont changé depuis que toi et moi avions l'âge d'Alexander.

— Pas autant que cela, persista Kirakis.

Elle leva la tête vers lui en souriant.

— Plus que tu ne te plais à le croire, j'en ai bien peur.

Il secoua la tête.

— J'ai quelquefois l'impression que tu es aveugle en ce qui concerne Alexander.

— Et il m'arrive d'avoir la même impression à ton sujet.

Elle l'embrassa affectueusement sur la joue.

— C'est à désespérer de nous deux, non ?

— Il semble.

— Viens te coucher. Il est tard et tu ne peux rien faire ce soir quant à la vie amoureuse d'Alexander.

Il posa son verre sur le bureau.

— Vas-y, je te suis dans un instant.

— Tu ne vas pas te remettre...

— Non. Je te rejoins dans quelques minutes.

— Parfait, dit-elle avec un signe de tête.

Il la regarda monter l'escalier avec la grâce d'une duchesse, une grâce qui ne pouvait être qu'innée, il le savait. Son inquiétude, pour Melina autant que pour son fils, s'accroissait cependant. Il retourna dans son bureau et se versa un autre verre. Près de la fenêtre, pris par le grand silence nocturne de la mer Egée, il réfléchit sur la conversation qu'il venait d'avoir avec sa femme. Bien que celle-ci soit toujours prompte à défendre Alexander, il la savait fort inquiète à son sujet, peut-être l'était-elle même davantage que lui. Kirakis sourit. La dévotion de Melina pour Alexander était plus forte que sa désapprobation pour son mode de vie trouble et superficiel. Melina pardonnerait tout à Alexander, Kirakis l'avait compris depuis longtemps.

Tandis qu'il éteignait les lumières et se dirigeait vers l'escalier, Kirakis se demanda si lui-même saurait pardonner à son fils si sa réputation douteuse devait mettre en péril l'avenir de l'empire Kirakis ?

LOS ANGELES, OCTOBRE 1979

— Vous changez toujours de sujet dès que je vous questionne sur votre enfance. Pourquoi ? demanda Nick.

Nick et Meredith marchaient pieds nus dans le sable de la plage de Santa Monica, leurs pantalons relevés presque jusqu'aux genoux. Meredith portait une ample chemisette de coton ; elle n'avait qu'une bague en argent à sa main droite pour tout bijou. Avec ses longs cheveux flottant dans la brise légère, Nick pensa qu'elle n'avait jamais été aussi séduisante.

Elle éclata de rire.

— Holliday, je croyais que vous m'aviez invitée pour vous observer en train de filmer, non pour m'interroger, taquina-t-elle en lui prenant affectueusement la main.

— Pourquoi évitez-vous toute discussion ? insista-t-il.

— Je n'évite rien du tout, persista-t-elle en rejetant ses cheveux de son visage. C'est tout simplement qu'il n'y a rien à dire. Mon passé est très terne.

Il eut l'air sceptique.

— Il doit bien y avoir quelque chose à en dire, dit-il sur un ton incrédule.

Meredith secoua la tête, étonnée de tant d'obstination.

— Je viens d'une petite ville, vous souvenez-vous ? .

— Peyton Place était aussi une petite ville et tout le monde sait ce qui s'y est passé, souligna-t-il en faisant glisser ses lunettes noires sur son crâne.

Elle hocha la tête.

— D'accord, vous avez gagné.

Sa voix prit une nuance dramatique.

— Autant tout avouer. Je ne sors pas du tout d'une petite ville. Je suis née à Londres. Mon père était ambassadeur à la Cour de St. James. J'ai grandi sur le continent, cours privés en Suisse, la Sorbonne à Paris. J'ai vécu mon premier amour à quinze ans, avec le fils d'un producteur de vins français de renommée mondiale. Il y eut ensuite le pilote de course automobile de Monte Carlo, l'acteur italien à Rome et… oh ! oui, ce prince arabe qui voulut m'acheter à mon père pour une douzaine de chameaux. Cette affaire-là a failli provoquer un incident international !

— Soyez sérieuse ! gronda Nick.

— Je suis sérieuse ! affirma-t-elle avec une indignation feinte. Vous tenez tant à entendre les détails sordides de mon passé.

— J'essaie de mieux vous connaître, dit-il, mais vous ne me facilitez guère les choses !

— Désolée, répliqua-t-elle, subitement sérieuse. Mais si vous tenez vraiment à mieux me connaître, Nick, ne me ramenez pas toujours à mon passé. Il y a longtemps que je l'ai laissé derrière moi, et j'aimerais en rester là.

« Je voudrais oublier qu'il a existé », pensa-t-elle.

NEW YORK

La pluie s'abattait avec insistance. Étant donné le temps et l'heure tardive, peu de gens marchaient dans les rues de Manhattan. La circulation toutefois n'était guère affectée par les éléments : taxis, bus et limousines dépassaient Alexander qui cheminait le long de Central Park Sud sans prêter attention ni au trafic, ni au temps. Alexander n'avait pas peur de marcher seul dans la nuit à New York. Il le faisait souvent. Les mains enfoncées dans les poches de son pardessus, il prit à grands pas l'angle de la 5e Avenue. Un chauffeur de taxi surgissant près de lui au moment où il traversait l'avenue l'injuria, mais Alexander ne répondit pas. Son esprit était ailleurs.

Sa journée avait été longue et pénible. En quittant son bureau, il avait ressenti un élancement à la base du cerveau, prélude à un terrible mal de tête. Il avait alors congédié son chauffeur et était parti à pied dans l'espoir de se détendre. Et maintenant, s'arrêtant pour consulter sa montre, il réalisa qu'il marchait depuis presque quatre heures et demie. Heureusement, les élancements avaient cessé dans sa tête. Ces maudits maux de tête l'avaient toujours tourmenté, aussi loin que remontait sa mémoire. Quand il était enfant, sa mère lui avait raconté qu'il avait eu un accident grave, une blessure à la tête, dont il avait failli mourir. À l'époque, les médecins d'Athènes avaient craint une lésion définitive. Mais il avait eu de la chance ; les seules séquelles persistantes se résumèrent à ces fréquents maux de tête.

Il se frotta la nuque distraitement tandis qu'il tournait au coin de la 51e Rue pour pénétrer dans le hall au tapis rouge de la Tour Olympique. Le reconnaissant immédiatement, le nouveau concierge le salua d'un sourire et retint l'ascenseur. Alexander remercia d'un signe de tête, sans dire un mot. Lorsque les portes de l'ascenseur se refermèrent, l'esprit d'Alexander était centré sur une affaire à laquelle il avait travaillé pendant les six derniers mois. Il était temps de la réaliser enfin.

À condition de la faire accepter à son père.

LOS ANGELES

Aussitôt après l'émission de onze heures, Meredith retourna très vite dans son bureau pour y prendre ses affaires. Pressée de s'en aller, elle courait vers la sortie, mais elle fut arrêtée par l'un des cameramen.

— Eh, Meredith ! cria-t-il, où y a-t-il le feu ?

— Ce n'est pas le feu, Hank, dit-elle en riant. Seulement un rendez-vous important.

— Avec qui ? « Comme si je ne savais pas… »

— Je dois voir Nick, et je suis déjà en retard !

« Il le savait très bien, pensa-t-elle en traversant le parking. Tout le monde sait à KXLA. »

Comme elle roulait rapidement sans se soucier de la vitesse limite affichée, elle regarda l'heure. Nick devait se demander ce qui lui était arrivé. Elle aurait dû téléphoner, mais Nick comprendrait.

Il était minuit passé quand elle arriva à la cité de grand standing Malibu où habitait Nick. Nick l'attendait, et elle eut l'impression qu'il s'était donné beaucoup de peine pour que cette soirée fût parfaite : le feu rugissait dans l'immense cheminée, le vin était au frais dans un seau à glace sur le comptoir du bar ; lumières tamisées, musique douce.

— Holliday, c'est une véritable mise en scène, observa-t-elle d'un air mitigé. J'espère que vous ne serez pas déçu.

Il la prit dans ses bras et l'embrassa.

— Je ne serai pas déçu, lui murmura-t-il à l'oreille. J'en suis certain.

Il prit sa valise et la monta dans la grande chambre à coucher. Meredith le suivit, s'imprégnant silencieusement de tout ce qu'elle voyait. Lorsqu'il lui avait expliqué qu'il habitait une maison au bord de la mer, elle s'était imaginé quelque chose de différent. Cette maison était aussi grandiose qu'un château. Tout y était incontestablement masculin.

— J'ai acheté cette propriété avec l'argent de mon premier film, expliqua-t-il tandis qu'ils pénétraient dans la chambre à coucher.

Il posa la valise sur le grand lit en cuivre et ouvrit les rideaux sur la vue panoramique de l'océan Pacifique.

— Que pensez-vous de cette piscine d'arrière-cour ?

— Faites-vous tout dans un style aussi grandiose ? demanda-t-elle en passant ses bras sous les siens.

Il eut un petit sourire.

— Tout. Absolument tout.

Il l'enlaça et l'embrassa avec ferveur. Ses lèvres parcoururent sa nuque jusqu'à la base, ses mains se glissèrent sous la chemisette et caressèrent doucement ses seins.

— Dieu, je te désire, chérie, murmura-t-il.

— Oui, Nick...

La voix était basse mais comportait une nuance d'impatience qui ne trompait pas.

— Oh, oui...

Il l'allongea sur le lit et se pencha sur elle, l'embrassant tout en déboutonnant sa chemisette. Meredith lui entoura le cou de ses bras, offerte à Nick qui suçait ses seins, passant de l'un à l'autre. Frissonnante d'excitation, elle défit la chemise de Nick et ses doigts glissèrent légèrement dans les épaisses boucles brunes recouvrant sa poitrine. Du bout des doigts, elle fit se dresser ses mamelons. Il roula sur le dos, et ce fut elle qui vint sur lui. Elle passa ses doigts dans les cheveux de Nick quand il ouvrit la fermeture à glissière de son pantalon et le repoussa autour de ses genoux. Ses doigts jouaient entre ses jambes, la caressant et l'excitant. Elle se débarrassa enfin du reste de ses vêtements. Le corps de Nick était mince et fort, plus qu'elle l'avait imaginé.

— Tu as l'avantage, dit-elle à Nick en caressant ses épaules. Tu es encore partiellement habillé. Comment faire l'amour avec toi si tu gardes ton pantalon ?

Il s'écarta et s'assit.

— On peut y remédier très vite, dit-il en débouclant sa ceinture.

Meredith tendit la main vers la fermeture à glissière, mais il l'arrêta.

— Chérie, je sais que tu es pressée, mais attends encore une minute, d'accord ?

Il sortit de son jean en gigotant et la reprit dans ses bras.

— Eh bien… où en étions-nous ?

— Là…

Elle roula Nick sur le dos et le bécota dans le cou, sur sa poitrine, son ventre, et jusqu'à son pénis érigé parmi une masse épaisse de poils noirs. « Quelle longueur a-t-il ? s'étonna-t-elle. Combien de temps s'était-il écoulé depuis qu'elle avait désiré un homme à ce point, ou depuis qu'elle ne se souciait même plus de l'amour ? » Elle prit le pénis dans sa bouche et le suça doucement tout en prenant les testicules dans le creux de sa main en les caressant légèrement. Nick trembla à ce contact. Elle sentait grandir son excitation. Puis, brusquement, il se retira et la poussa rapidement sur le dos.

— Pas si vite, murmura-t-il. C'est mon tour.

Il glissa le long du corps de Meredith et quand sa tête se trouva sur la toison dorée de son pubis, il écarta les lèvres de sa vulve. Sa langue était humide contre le clitoris. Il le lécha et l'absorba tel un affamé prenant son premier repas depuis des semaines. Une délicieuse chaleur se répandit dans le ventre de Meredith et se concentra en un violent orgasme. Tandis que son corps se tordait de plaisir, Nick s'écarta et se dressa subitement sur elle. Il la pénétra d'un seul élan dont elle ressentit toute l'ardeur. Il balança les hanches en cadence tandis qu'elle enfermait son corps entre ses jambes ; puis elle suivit les mouvements de Nick, projetant ses hanches à sa rencontre, le suppliant d'aller plus vite, gémissant de plaisir au moment où il eut son orgasme et où son corps resta tendu pendant un long moment avant de devenir inerte.

Il enfouit sa tête dans sa crinière blonde et reprit péniblement son souffle. Il se souleva finalement et lui sourit, tout imprégné de sueur.

— Eh bien… Je peux dire que cela valait la peine d'attendre, non ? demanda-t-il.

— Sans aucun doute, souffla-t-elle, délicieusement satisfaite.

Ils firent l'amour trois fois cette nuit-là, et ce fut toujours de mieux en mieux. Ensuite, trop épuisés pour bouger, ils reposèrent dans l'obscurité dans les bras l'un de l'autre. Nick tenait Meredith comme s'il ne voulait plus jamais la laisser repartir. « Jamais, pensa-t-elle, je ne m'étais sentie aussi heureuse ni aussi protégée. »

— Le sommeil ne vient pas ? chuchota Nick.

Meredith secoua la tête, n'osant se fier à sa voix.

Il l'enlaça.

— Il semble que nous ayons le même problème, dit-il.

— Que suggères-tu dans ce cas ?

Il pressa son index sur les lèvres de Meredith.

— Chut, dit-il doucement en baisant le bout de son nez. J'ai quelque chose à te dire et je dois le faire maintenant. Ne dis rien tant que je n'aurai pas fini, d'accord ?

Elle opina de la tête, le regard interrogateur.

— J'ai réfléchi sur nous, sur ce que nous devrions faire, commença-t-il. Après cette soirée, je suis convaincu de ne plus pouvoir te quitter. Je veux que tu sois près de moi tout le temps. Je veux me réveiller près de toi tous les matins et m'endormir dans tes bras tous les soirs. Je veux que tu viennes habiter ici avec moi.

— Oui, dit-elle tout bas, incapable de s'imaginer sans lui.

Il l'embrassa encore.

— Dieu me vienne en aide, je crois que je suis en train de tomber amoureux de toi, dit-il en caressant ses cheveux.

Elle le regarda.

— Cela te bouleverse ?

— Cela me fait peur, avoua-t-il.

— Pourquoi ?

Il haussa les épaules.

— J'ai toujours eu peur d'aimer quelqu'un, peur de me brûler, expliqua-t-il lentement.

Elle l'observa un moment.

— Qui t'a blessé, Nick ?

Il fronça les sourcils.

— Personne, pourquoi ?

— Celui qui a peur d'aimer a généralement été blessé. Est-ce cela ?

— C'est une longue histoire, dit-il d'un ton égal.

— J'ai tout mon temps si tu veux en parler.

Il secoua la tête.

— Une autre fois, peut-être. D'accord ? Je ne veux pas gâcher ce que nous venons de vivre.

Il repoussa les draps et lui fit encore l'amour.

III

NEW YORK

— Je pense que mon père se montre terriblement borné dans cette affaire, se plaignit Alexander en arpentant la pièce comme un animal en cage. Il ne manque pourtant pas de voir les nombreux avantages d'un transfert à New York du siège mondial de la compagnie.

Il fit une pause devant la fenêtre de son bureau de la Tour Olympique et regarda pensivement l'horizon de Manhattan. Il se retourna tout à coup.

— Vous n'avez pas eu grand-chose à dire, George. Quelle est votre opinion ?

George Prescott, l'un des premiers vice-présidents de la compagnie et le seul véritable homme de confiance d'Alexander, était assis dans l'un des fauteuils de cuir noir faisant face au bureau, ses pieds reposant sur un coin de la table, ses bras repliés derrière sa tête.

— Vous savez que je suis d'accord avec vous ; mais quels que soient nos sentiments personnels, il est toujours aux commandes. C'est son vote qui compte.

— Et il n'y a pas à revenir sur ce qu'il a décidé, dit Alexander d'un air sombre.

— Absolument. À moins que vous ne trouviez un moyen détourné pour l'amener à penser comme vous, le bureau du quartier général restera à Athènes aussi longtemps qu'il respirera et sera capable de lutter contre nous.

Alexander plissa le front.

— Je crains que vous n'ayez raison. J'ai essayé de lui parler, de raisonner avec lui, mais mon père est obstiné. J'avais espéré rallier les membres du conseil d'administration pour faire un peu pression sur lui, mais s'il y avait vote…

Sa voix s'éteignit.

— Vous perdriez encore, conclut George en passant sa main dans ses épais cheveux blonds. Malheureusement, cinquante et un pour cent des votes lui donnent la majorité. Quoi que vous fassiez, vous perdrez.

Alexander s'assit et réfléchit quelques secondes.

— Il doit se rendre à une réunion cette semaine. Peut-être devrais-je le contacter encore une fois.

George sourit sans rien dire. Il savait qu'Alexander n'était pas homme à abandonner s'il était persuadé d'avoir raison. George connaissait fort bien son ami. Alexander et George étaient liés depuis l'École de Commerce de Harvard ; leur solide amitié reposait sur une admiration et un respect mutuels. George Prescott était le seul directeur, parmi les cadres supérieurs de la compagnie Kirakis, qui osât parler franchement à Alexander sans risquer un congédiement immédiat. Lui seul pouvait se permettre de dire à son ami qu'il avait tort ou se conduisait irrationnellement. Alexander, qui d'ordinaire décourageait quiconque tentait de se rapprocher de lui, voyait en George le frère qu'il n'avait jamais eu. Ceux qui désiraient attirer l'attention d'Alexander savaient que la clé pour y parvenir passait par George Prescott, car ce dernier avait l'oreille d'Alexander Kirakis en personne.

Or, George était en train de comprendre qu'Alexander ressemblait énormément à son père, peut-être trop. Comme Alexander, Constantine Kirakis refusait de réviser une opinion s'il pensait avoir raison. Tous deux étaient des forces irrésistibles et des objets inamovibles. « Il serait intéressant de voir lequel allait gagner cette fois, pensait George, amusé. »

— Peut-être devriez-vous lui laisser un peu de temps, dit-il après un silence en prenant son étui à cigarettes en or. Vous dites vous-même que l'évolution du marché nord-américain l'impressionne vraiment. Les chiffres parlent d'eux-mêmes. Il ne pourra pas nier longtemps l'évidence : l'avenir de Kirakis est ici.

— Peut-être avez-vous raison, admit lentement Alexander.

Il se tut un long moment.

— Avez-vous fait des projets pour vos vacances d'hiver ? J'ai loué un chalet près de Gstaad...

GSTAAD, SUISSE

Alexander arriva en Suisse à la fin de la première semaine de décembre avec l'intention d'y rester deux semaines au minimum. Il avait loué le chalet pour la saison, certain que plusieurs directeurs en profiteraient également durant les trois mois suivants. George ne manquerait certainement pas de saisir l'occasion. Il avait grandi dans le Colorado, il fut dans sa jeunesse un athlète olympique prometteur, parcourant les pentes d'Aspen, Vail, Keystone et Steamboat Springs. Encore aujourd'hui, dix-sept ans après avoir abandonné son rêve de médaille d'or, le ski restait une activité importante dans sa vie. Le sport avait toujours été une discipline plus sérieuse pour George que pour Alexander.

Alexander arriva pour la course de ski Gstaad-Château d'Oex, et les amateurs, venus de tout le continent, se pressaient en grand nombre sur les pentes, avides de rivaliser avec les plus grands athlètes européens. Toutefois, Alexander ne partageait pas leur enthousiasme. Bien qu'il excellât dans plusieurs sports, y compris le ski, les compétitions ne l'avaient jamais intéressé. Le polo était le seul sport qu'il pratiquât sérieusement. Le ski n'était qu'un amusement. Du temps de son adolescence en Grèce, il avait passé ses vacances hivernales dans les lieux les plus renommés d'Europe : Gstaad, Saint-Moritz, Kitzbïhel. Il avait vite découvert que ces élégants paradis servaient de splendides décors aux interludes romanesques les plus sensuels ; ils étaient également une vaste réserve de partenaires complaisants et ardents. Si les journées sur les pentes étaient vivifiantes, les nuits l'étaient encore davantage.

Il rencontra Marianne Hauptmann durant l'après-midi du second jour suivant son arrivée. Il l'avait d'abord vue le matin sur les pentes et avait aussitôt décidé qu'elle était sans aucun doute la vision la plus belle que Gstaad pût lui offrir. Elle était mince mais bien proportionnée et une lourde crinière de cheveux noirs encadrait son exquis visage ovale. Ses traits étaient délicats et confinaient à la perfection, et ses grands yeux étaient d'un noir presque aussi profond que ceux d'Alexander. Ils semblaient s'embraser en lui souriant. Il se présenta sans perdre de temps et l'invita à déjeuner dans une auberge avoisinante.

— Je vous ai vue là-bas, dit-il en français tout en désignant les pentes d'un geste. Vous skiez fort bien.

— Vous aussi, dit-elle d'une voix douce, dans un excellent français mais avec un fort accent germanique. Je vous ai observé sur le Hahnenkamm.

— Hanenkamm ?

Alexander comprenait très peu l'allemand. Elle sourit.

— La pente à descente rapide, expliqua-t-elle. Vous descendez en professionnel. Skiez-vous souvent ?

— Pas autant que je le voudrais, avoua-t-il tandis qu'ils marchaient dans les rues encombrées de la bourgade. Vous êtes de Gstaad ?

Elle secoua la tête.

— Non, malgré les apparences ; je passe simplement beaucoup de temps ici, expliqua-t-elle avec un petit rire. Je suis originaire de Zürich. Mon père est fonctionnaire à l'Union des banques suisses. Il a été transféré à Neufchâtel où j'ai vécu depuis l'âge de huit ans. Je suis actuellement étudiante à l'université de Genève.

Il ouvrit la porte de l'auberge.

— Vous venez souvent à Gstaad, disiez-vous ? demanda-t-il en traversant la salle bondée.

— Je skie dès que j'ai un moment.

Elle était plus jeune qu'il ne l'eût souhaité, réalisa-t-il en l'entendant parler avec l'enthousiasme d'une étudiante. C'était cependant une femme, une femme qu'il désirait posséder.

Ils parlèrent surtout de ski durant le déjeuner. Marianne avait un solide appétit, constata-t-il avec amusement en la regardant dévorer son repas.

— J'ai toujours trop mangé, et trop vite... quand je m'énerve, avoua-t-elle en avalant la dernière bouchée. C'est une très mauvaise habitude, mais dont je n'arrive pas à me débarrasser.

— Pourquoi donc seriez-vous nerveuse?

— Je ne sais pas très bien, confessa-t-elle en s'essuyant le coin des lèvres avec sa serviette. Peut-être parce que je vous trouve sympathique. Je n'ai encore jamais connu quelqu'un comme vous, et je souhaiterais tant que vous m'aimiez bien.

Son regard sombre était ardent.

Il lui prit la main par-dessus la table.

— Ne vous inquiétez pas pour cela, assura-t-il. Je vous aime beaucoup, Marianne.

Il la persuada sans difficulté de l'accompagner ce soir-là. Tandis qu'ils roulaient vers le superbe chalet surplombant le village de Gstaad, Alexander pensait qu'il n'avait jamais douté que cette journée se terminerait avec Marianne dans son lit. Il le savait depuis leur première rencontre sur les pistes.

Aussitôt arrivés, Alexander alluma le feu dans la cheminée et mit une bouteille de vin à refroidir. Marianne explora le chalet, découvrant le décor intérieur avec la timidité d'un enfant le matin de Noël.

— C'est beau! s'exclama-t-elle en se tournant vers Alexander, le visage illuminé. Tout cela vous appartient?

— Malheureusement non, dit-il en prenant deux verres dans le placard. C'est beau, n'est-ce pas?

— Beau? s'écria-t-elle en éclatant d'un rire sonore. On dirait un petit château.

— Dans ce cas, j'ai bien fait de vous amener ici, dit-il en s'installant près du feu et l'invitant à venir près de lui. Un château, c'est le seul endroit qui convienne à une princesse.

— Vous êtes trop gentil, dit-elle en rougissant.

Il l'observa un moment.

— Gentil? Non, Marianne. La gentillesse n'a rien à faire ici.

Il la prit dans ses bras.

— Il me semble que vous ne réalisez pas à quel point vous êtes belle et désirable. J'ai l'intention de vous le prouver ce soir.

Il l'embrassa avidement.

— Oh! Oui, Alexander, murmura-t-elle en enfonçant ses ongles dans ses épaules. Oui... aimez-moi... je vous en prie... aimez-moi...

Il la serra contre lui, l'embrassa, caressa ses cheveux et son corps à travers ses vêtements. Il la sentit timide et hésitante à se donner à lui. Il avait déjà compris qu'il ne lui serait pas facile de la séduire. Elle n'avait probablement pas une grande expérience des hommes. Le vin la libérerait de ses inhibitions, pensa-t-il avec confiance. Il la lâcha subitement et s'empara de la bouteille. Il la déboucha et remplit un verre qu'il tendit à Marianne.

— Cela vous aidera à vous détendre, assura-t-il.

— Ça va aller. Je n'ai pas besoin…

— Buvez, Marianne, dit-il sur un ton ferme. Je tiens à ce que vous soyez totalement détendue. Je tiens à ce que vous jouissiez de ce qui va se passer entre nous cette nuit.

Elle opina lentement de la tête. Elle désirait avant tout lui plaire. Elle but le vin et laissa Alexander remplir encore son verre. Une chaleur délicieuse lui parcourut le corps. Ils bavardèrent un long moment près du feu, jusqu'à ce que la bouteille fût vide. Il la reprit alors dans ses bras. Il la baisa, ses lèvres tâtonnèrent lentement sur son cou tandis qu'il allongeait Marianne sur le sol. Il glissa une main sous son sweater et caressa tendrement le bout de son sein.

— Je te désire, Marianne, murmura-t-il d'une voix rauque. Je veux te faire l'amour.

— Oui… gémit-elle.

Il lui ôta son sweater et bécota les seins qui frémissaient nerveusement au contact de ses lèvres.

— Laisse-toi aller, murmura-t-il. Détends-toi et jouis de ce que je te fais.

Il suça le bout de ses seins tout en ouvrant la fermeture à glissière du pantalon de laine qu'il fit ensuite glisser sur les jambes de Marianne. Il explora de ses doigts la chaleur humide nichée entre les cuisses et Marianne se détendit sous les tendres mouvements.

— Bientôt, Marianne, murmura-t-il en débouclant sa ceinture de pantalon.

Il se débarrassa de ses vêtements en se contortionnant et se retourna ensuite vers elle pour se presser en elle.

— Tu sens comme je te désire ! Sens, Marianne, haleta-t-il.

— Oh, oui ! cria-t-elle tandis qu'il se propulsait en elle, prenant possession de sa chair, accomplissant la promesse qu'il s'était faite lors de leur première rencontre.

Son souffle n'était que violents halètements, ses mouvements étaient d'une énergie folle ; il la possédait avec une ardeur qu'il ne comprenait pas lui-même. Son orgasme vint, rapide et explosif, avant même qu'il pût satisfaire Marianne. Il retomba à côté d'elle, épuisé et heureux.

Il demeura un long moment à regarder le plafond. Puis il se tourna vers elle et rompit le silence.

— Viens, montons dans la chambre. Nous allons faire l'amour jusqu'à ce que nous soyons tous deux satisfaits.

Marianne ne fut pas déçue. Cette nuit-là, Alexander lui fit l'amour encore et encore sous les fins édredons de la grande chambre. Marianne avait couché avec d'autres hommes avant Alexander, mais jamais elle n'avait connu l'orgasme. La bouche, les mains et le corps superbe d'Alexander avaient procuré à Marianne une multitude de sensations exquises qu'elle n'avait même jamais osé imaginer.

Plus tard, allongée près de lui dans l'obscurité silencieuse en pensant à ce qui s'était produit entre eux, elle était comblée d'un bonheur si complet qu'elle avait peine à croire qu'il fût réel. « Ce n'est que le commencement », se dit-elle. Il représentait pour elle l'homme idéal. Elle sombra finalement dans le sommeil et dans des rêves d'avenir heureux auprès d'Alexander.

Quand elle se réveilla le matin suivant, il était parti.

Alexander était en bas, où il avait passé presque toute la nuit. Affalé dans un fauteuil, il regardait fixement la pâle lueur du feu mourant dans la grande cheminée de pierre. Il s'efforçait de raisonner sur son comportement. Il savait qu'il s'était mal conduit. Marianne avait le corps épanoui et attirant d'une femme, mais elle n'était encore qu'une enfant. Une enfant, bon sang ! Dépité, il se passa la main dans les cheveux. Il n'aurait jamais dû l'amener ici, et pourtant, lorsqu'il l'avait vue sur la piste, il avait été incapable de se contenir. Il n'avait plus rêvé que de la posséder.

La posséder. Incapable de résister à la tentation. Toujours la même histoire. Certaines femmes agissaient sur lui d'une façon bien particulière sans qu'il sût pourquoi. Il les regardait, les désirait, et il ne pensait plus qu'à cela. Mais après avoir pris son plaisir, il avait toujours l'impression de se retrouver couché avec un autre homme, un garçon, quelqu'un avec qui il n'aurait pas dû coucher. Il se sentait alors malade à en vomir. «Comment se fait-il que je recommence toujours? Pourquoi ce comportement alors que je connais à l'avance le malaise qui en résultera?»

Et sachant tout cela, pourquoi cette envie de posséder encore Marianne?

— Tu retournes déjà à New York?

Marianne était assise sur le lit, jambes croisées, vêtue d'un délicat peignoir de soie rose. Elle le regardait s'habiller en plissant le front.

— Je pensais que tu resterais au moins encore une semaine…

— Je ne peux pas faire autrement.

La voix d'Alexander était nettement crispée. Il faisait son nœud de cravate devant la glace.

— Ce sont les affaires qui me réclament.

— Je comprends.

Elle jouait avec le délicat bracelet d'or qu'Alexander lui avait donné la veille.

— Il est si beau, dit-elle doucement. Je ne le quitterai jamais.

Mais Alexander n'écoutait pas. Son esprit était uniquement occupé par le télégramme que George lui avait envoyé le matin. Son père était en route pour New York et comptait bien rencontrer son fils. La nouvelle était tout à fait inopinée, mais Alexander était optimiste. Peut-être son père avait-il reconsidéré sa proposition de transfert du siège de la société. Peut-être était-il prêt à entendre raison.

— *Liebchen*, tu n'as pas entendu un mot de ce que je viens de dire, n'est-ce pas? dit Marianne, une nuance de reproche dans la voix.

— Non, avoua-t-il. Excuse-moi. Je suis très préoccupé en ce moment.

Elle sourit.

— Je suis fille de banquier. Je suis habituée à ce genre de distraction. Je voulais seulement te dire que j'aime beaucoup ce bracelet.

— Oh!… J'en suis heureux, dit-il d'une voix sans timbre.

Elle alla à la fenêtre. Le valet d'Alexander entassait les bagages dans le coffre de la voiture. Elle fronça les sourcils. Il partait vraiment.

— Ce que j'aime le plus, dit-elle lentement en se retournant vers lui, c'est qu'il me fera me souvenir de toi chaque fois que je le regarderai.

Alexander ne répondit pas. Il pensait toujours à son père.

— Tu vas me manquer, disait Marianne.

— Pardon ? Aucune idée… répliqua-t-il distraitement.

Elle se tut un moment.

— Alexander, pourquoi t'éloignes-tu toujours de moi après que nous ayons fait l'amour ? demanda-t-elle enfin. Je m'endors tous les soirs dans tes bras, mais quand je me réveille, tu n'es plus là.

Alexander eut un haussement d'épaules.

— Je suis souvent agité la nuit. Je ne veux pas te déranger.

— Insomnie ? demanda-t-elle. On dirait que c'est un mal commun à tous les hommes d'affaires. Mon père aussi a eu d'innombrables nuits d'insomnie.

Il prit les clés du chalet dans sa poche.

— Dans combien de temps retournes-tu à l'université ?

Son cœur fit un bond.

— Dans deux semaines. Pourquoi ?

Il lui donna les clés.

— J'ai loué cette maison pour la saison. Restes-y aussi longtemps que tu le voudras.

— Oh ! Non, je ne peux pas…

— Mais si. Reste et amuse-toi, dit-il en souriant.

Il griffonna une adresse au dos de l'une de ses cartes de visite et la lui remit.

— Laisse les clés à ce monsieur quand tu partiras, d'accord ?

Elle hocha la tête en silence. Elle avait espéré qu'il l'emmènerait avec lui à New York.

Le valet parut.

— La voiture est prête, monsieur, annonça-t-il.

Alexander fit un signe de tête. Il enfila son manteau, posa un petit baiser sur le front de Marianne et sortit sans se retourner. Il ne vit pas les larmes qui se mirent à couler dès qu'elle entendit claquer la porte d'entrée.

Il ne regarda derrière lui qu'une seule fois, au moment de monter dans la voiture. Elle agitait la main depuis la fenêtre. « Au fond, ce n'est pas plus mal d'avoir à interrompre brutalement ces vacances, pensa-t-il tandis que la voiture démarrait. Marianne se comportait comme une collégienne amoureuse. Autant en finir maintenant, avant que je ne sois plus maître de la situation. » Il ne pouvait pas savoir qu'il était déjà allé trop loin dès le jour où il avait amené Marianne au chalet.

Marianne était amoureuse de lui.

LOS ANGELES

Meredith rencontra Tom Ryan, le mentor de Nick et sans doute le metteur en scène le plus prestigieux de tous les temps, dans les décors du dernier film de Nick. Ryan était plus grand que Meredith ne se l'était imaginé, mince et d'allure athlétique, avec des traits mâles et fortement marqués et une épaisse tignasse blonde coiffée en arrière, laissant le visage dégagé. Un air de mélancolie flottait autour de ce solitaire d'Hollywood qui paraissait rarement en public, une tristesse indicible et profonde que Meredith perçut parfaitement durant les quelques minutes qu'elle passa avec lui.

— Il semble si lointain, comme s'il vivait dans un autre monde, dit-elle à Nick ce soir-là, alors qu'ils étaient allongés ensemble dans le lit. Comme s'il était entouré de vide, un vide que j'ai véritablement ressenti.

Nick regardait fixement le plafond.

— L'homme a beaucoup souffert dans sa vie, répondit-il d'un ton égal.

Meredith se souleva sur un coude.

— Nick, que s'est-il passé ? Je veux dire, comment sont morts sa femme et son enfant ?

— Je ne connais pas tous les détails, dit Nick en se tournant vers Meredith. Personne ne les connaît vraiment... sauf Tom lui-même, bien sûr. Mais lui n'en parle jamais.

— Il n'en a jamais parlé à personne ?

— Pour autant que je sache, non.

— Pourtant, on a beaucoup écrit là-dessus… c'est une histoire qui a fasciné les passionnés de cinéma pendant des années, et elle continue d'ailleurs à les fasciner…

— Oui, je sais. Mais Tom n'a jamais voulu en parler avec qui que ce soit, et certainement pas avec les médias. Il est rempli d'amertume, et il n'a jamais eu la situation en main.

— Il ne t'a jamais rien dit à toi non plus ?

— Je te l'ai déjà dit, il n'aime pas en parler, et je ne lui ai jamais rien demandé. Je suppose que s'il voulait me faire des confidences, il le ferait. Il s'est contenté de dire qu'ils tournaient en extérieur, ce qui ne se faisait pas souvent à l'époque, mais c'était un grand film ; il y a eu un accident, on ne sait pas en quoi il a consisté, et le gamin a été tué. Elizabeth n'a pas pu surmonter la mort de son fils. Elle s'est effondrée. Je suppose qu'elle a fait une congestion ou quelque chose de ce genre.

— Et il refuse toujours d'en parler après toutes ces années ?

Meredith était visiblement intriguée.

— Oui. Et je ne peux pas dire que je le blâme. Quand on est revenu de l'enfer, on n'a pas envie de revivre les souvenirs déplaisants, dit-il d'une voix sombre.

— Tu sais, si quelqu'un l'amenait à en parler…

Nick se redressa.

— Écoute, je crois savoir ce que tu as en tête, et je peux te dire tout de suite que ça ne marchera pas. Il ne parlera ni à toi ni à personne d'autre, surtout pas à un journaliste. Il est resté silencieux pendant tout ce temps, pourquoi sortirait-il toute l'histoire maintenant ?

— Peut-être que si tu lui demandais… commença-t-elle.

— Non. Je ne veux pas me mêler de cela, dit Nick avec fermeté, visiblement agacé. Je t'ai dit que cet homme avait été comme un père pour moi. Je considère qu'il a le droit de laisser sa femme et son fils en paix si tel est son désir. Il a le droit de porter seul son chagrin s'il le veut.

— On dit que Tom Ryan songerait à revenir au cinéma. Revivre son histoire pourrait relancer sa carrière.

— Je ne pense pas qu'il se soucie de relancer sa carrière. Je ne crois pas qu'il se soit d'ailleurs soucié de beaucoup de choses depuis l'accident.

— Tu ne veux pas que je publie cette histoire, hein ? Que ce soit avec ou sans ton aide.

— Je mentirais en disant le contraire. J'aime beaucoup Tom. Je déteste l'idée de le voir exploité, surtout si c'est toi qui le fait.

— Exploité ? s'exclama Meredith, surprise.

— Parfaitement. Il ne tient manifestement pas à ce que son histoire soit rendue publique, sinon, il l'aurait déjà fait lui-même. Et il ne songe certainement pas à le faire maintenant dans le seul but de sauver sa carrière. Alors, dis-moi : s'agit-il d'exploiter un sujet ou non ?

— Je n'avais pas envisagé l'affaire sous cet angle…

— Tu penses aux avantages que tu en tirerais, non ?

— Bien sûr, mais…

— Une exclusivité comme celle-là donnerait sans doute un grand coup de pouce à ta carrière. Chérie, je ne te blâme pas d'être ambitieuse. Dieu sait que je le suis aussi. Mais que ce ne soit aux dépens de personne. Tom meurt d'une mort lente depuis cet accident. Commencer à le traquer de cette manière pourrait le pousser à sauter la haie.

— Ainsi, c'est donc vrai ? demanda Meredith.

— Quoi ?

— J'ai entendu dire que Tom Ryan avait un problème de boisson ; il paraît qu'il passe beaucoup de temps dans les bars et qu'il a pris l'habitude de se défoncer. On dit même qu'il est incapable de conduire pour rentrer chez lui.

— Je ne suis pas au courant, dit Nick d'une voix crispée. Je ne l'ai jamais vu ivre. Tout ce que je sais, c'est que je ne supporte pas l'idée de lui faire revivre ce qu'il a vécu.

Nick se leva et enfila sa robe de chambre.

— Où vas-tu ? demanda Meredith en allumant la lampe de chevet.

— Je n'arrivais pas à m'endormir de toute manière. Je vais descendre lire le script. Il me reste quelques mises au point à faire avant le tournage de demain.

L'air matinal était froid. Un groupe de mouettes s'envola quand le soleil d'or rouge s'enflamma à l'est. À l'horizon, un petit bateau aux voiles vives et gonflées par le vent avançait vers la terre. En bas de la plage, deux coureurs en short couraient pieds nus sur le sable. Meredith eut un vague sourire en serrant son sweater contre son corps. Elle n'était pas la seule idiote à être dehors à cette heure impie, pensait-elle.

Elle avait mal dormi. Elle ne pouvait s'empêcher de réfléchir à ce que Nick lui avait dit. Il s'obstinait à refuser toute intervention auprès de Tom Ryan. Elle n'était d'ailleurs pas tout à fait sûre elle-même de vouloir cette interview. Sa brève rencontre avec l'homme lui avait laissé une image qui la hantait : celle d'un être qui portait au plus profond de son âme un chagrin indicible depuis de trop nombreuses années. Cependant, la journaliste qui veillait en Meredith voulait cette histoire, elle voulait découvrir ce qu'il cachait au monde depuis vingt-six ans. Elle éprouvait même une légère rancœur contre Nick qui se mettait en travers de son chemin.

Au début, Meredith avait eu peur de s'engager avec Nick. Elle était certaine que son étoile qui montait rapidement risquait d'éclipser la sienne. Elle craignait aussi que leurs relations s'insèrent difficilement dans ses projets et dans son avenir professionnel soigneusement programmé. Mais Nick avait su la convaincre que leurs vies pouvaient se compléter sans inconvénient. Elle l'avait cru jusqu'à ce jour. Et maintenant, elle se demandait si elle devait laisser l'amitié de Nick et de Tom Ryan contrecarrer son enquête. Le succès de sa recherche lui ouvrirait des portes, elle le savait fort bien.

— Meredith… attends ! cria une voix derrière elle.

Elle se retourna vers Nick qui courait à sa rencontre.

— Je croyais que tu dormais encore, dit-elle.

Il s'arrêta pour reprendre haleine.

— Je dormais et je me suis réveillé… et tu n'étais plus là.

— Je ne pouvais pas dormir, avoua-t-elle. Tu es toujours fâché ?

Il la considéra.

— Fâché ? Je n'ai jamais été fâché contre toi.

— Écoute, Nick. Penses-tu que j'aie vraiment cru que tu allais relire un script en pleine nuit.

— Il m'est déjà arrivé de le faire.

— Certainement. Mais cette nuit, c'était pour une toute autre raison.

Il resta un moment silencieux.

— D'accord, dit-il enfin. J'étais un peu contrarié. Tom a été bon pour moi. Je ne tiens pas à ce qu'il repasse par tous ces désagréments. Je ne veux pas non plus dire des choses stupides que je regretterai plus tard.

— C'est bien mon avis.

— Es-tu encore fixée sur cette interview ?

— Je n'en sais rien, admit-elle. J'y réfléchis depuis un bon bout de temps. Je ne voudrais pas me tromper.

Ils marchèrent en silence. Nick ramassa un morceau de bois et le jeta en l'air. Il atterrit sur le sable plusieurs mètres devant eux.

— Tu y attaches beaucoup d'importance, hein ?

C'était à peine une question.

— Je crois que cela pourrait être important, en effet, répliqua-t-elle en donnant distraitement un coup de pied dans le sable.

— D'accord, dit-il lentement. Et si je t'emmenais voir Tom… Ce week-end par exemple ?

Elle leva les yeux vers lui.

— Tu m'aiderais vraiment à obtenir cette interview ? dit-elle, stupéfaite. Je pensais que…

— Minute ! interrompit-il. Je n'ai pas dit que je lui demanderai quoi que ce soit. C'est ton travail, et je ne veux pas m'en mêler. J'ai dit : Je t'emmène le voir. Si tu peux le persuader de te parler, parfait. Je te souhaite seulement de réussir puisque cela a tant d'importance pour toi.

Elle le prit dans ses bras.

— Oh ! Nick, je ne sais que dire. Je sais ce que tu ressens et malgré cela…

— Oui, il y a cette amitié très forte, mais il y a aussi mes sentiments très forts vis-à-vis de toi.

Il se tut un instant.

— Un point encore…

— Lequel ?

— S'il refuse de participer à ton projet, laisseras-tu tomber ? Il en a tellement vu ! La presse l'a poursuivi pendant des années. Il faudra bien que cela se termine quelque part.

Meredith l'embrassa :

— Marché conclu !

Alexander eut la surprise de voir sa mère arriver dans son appartement de la Tour Olympique la semaine précédant Noël.

— Pourquoi ne m'avez-vous pas prévenu de votre arrivée? demanda-t-il en l'embrassant affectueusement.

Elle semblait si petite à présent, si frêle.

— Si j'avais téléphoné, il n'y aurait pas eu la surprise, n'est-ce pas? dit Melina Kirakis en retirant son manteau de fourrure. C'est tout simplement que je ne pouvais me faire à l'idée de ne pas avoir ma famille près de moi pour Noël.

Noël n'était jamais célébré le 25 décembre en Grèce, mais Melina, dont la mère était anglaise, avait toujours tenu à ce que l'on célébrât cette fête en son temps, en hommage à celle qu'elle n'avait jamais connue. Se remémorant le passé, Alexander constatait en effet que la famille avait toujours été réunie pendant ces quelques jours de vacances. Or, son emploi du temps était actuellement si chargé, surtout après cette semaine à la montagne, qu'il ne voyait guère la possibilité de s'absenter de son bureau. Il n'avait pas compté avec l'insistance de sa mère à suivre la tradition, fût-ce au mépris des conseils de ses médecins qui s'étaient prononcés contre ce voyage.

— Je croyais que le docteur Karamanlis vous avait interdit tout voyage.

— Ce charlatan! rugit-elle. Qu'est-ce qu'il en sait?

— Allons, *mama mou*, vous savez parfaitement que c'est l'un des meilleurs médecins de toute la Grèce. Alors, s'il vous déconseille de voyager, je pense que vous devriez l'écouter.

— Et me priver de passer Noël avec mon unique enfant? Je ne veux pas entendre parler de cela! s'obstina-t-elle. Dussé-je retourner en grèce sur une civière, je ne veux pas voir ma famille disséminée aux quatre vents pour Noël!

— Mère, en dépit de votre fragilité, vous avez une volonté de fer, observa Alexander avec affection.

Sa beauté était du type classique, teint de porcelaine immaculé, maintien royal, une femme à l'élégance parfaite. S'il avait seulement la chance de trouver une épouse comme elle... mais il était persuadé qu'une telle femme n'existait pas. Sa mère était décidément unique.

— Vous avez fait un long voyage, dit-il enfin. Vous devez être fatiguée. Pourquoi ne pas vous reposer avant le dîner ?

— Me reposer ? Ton père et toi ne pensez qu'à cela ! s'indigna-t-elle. Tu lui ressembles bien ! Je veux que tu saches que je ne suis pas aussi malade que vous deux semblez le croire.

— Mère... commença Alexander.

Elle lui caressa la joue affectueusement.

— Tu es si gentil, Alexander. Dis-moi... quand comptes-tu prendre femme et faire de moi une grand-mère heureuse ?

Il sourit.

— Je doute que cela se produise un jour, *mama mou*. J'ai abandonné l'idée de trouver une femme comparable à vous.

Elle eut un rire triste.

— Je ne suis pas la sainte que tu t'imagines, Alexi. Je suis loin d'être parfaite.

— Pour moi, vous êtes la perfection.

— C'est du parti pris, dit-elle sur un ton accusateur. Je m'inquiète pour toi, mon fils. Tu as maintenant trente et un ans et tu n'as pas encore de liaison sérieuse. Ce n'est pas bon. Quand ton père avait ton âge...

— Quand mon père avait trente et un ans, vous étiez mariés depuis plusieurs années, acheva Alexander. Nous avons déjà parlé de tout cela, et je vous ai répété plusieurs fois, à vous et à père, que je n'avais pas encore rencontré la femme de ma vie. Ce n'est pas si simple...

Elle s'installa sur le sofa et l'invita à en faire autant.

— Dis-moi, Alexander, as-tu jamais envisagé la possibilité de vivre ta vie avec *ta* femme et *tes* enfants ?

— J'y ai songé, dit-il les dents serrées, en évitant le regard de sa mère.

— Sérieusement ? Souviens-toi que j'ai toujours eu la capacité de déceler tes mensonges.

Il eut un moment la tentation de lui mentir, mais il savait qu'elle avait raison : il n'avait jamais pu la duper.

— Pas aussi sérieusement que tu l'aurais souhaité, cela est certain, avoua-t-il enfin.

— Peut-être as-tu des doutes ? Peut-être aimerais-tu parler de certaines choses ? Je suis prête à t'écouter, mon fils, tu le sais.

— Je sais, répondit-il en hochant la tête lentement.

— Tu dis n'avoir jamais rencontré l'épouse qui te conviendrait, reprit Melina. Mais il me semble cependant que tu as toujours choisi des femmes qui se ressemblaient énormément, des femmes qui avaient beaucoup de choses en commun. S'agirait-il de tentatives délibérées pour t'engager avec des femmes qui ne te conviennent pas ?

Il sourit faiblement.

— Tu as maintenant recours à la psychanalyse ?

— Nul besoin d'être un professionnel pour se rendre compte qu'il existe là un problème, Alexander. Tu m'as dit tout à l'heure que tu ne te marierais qu'avec une femme qui me ressemble. Et puis tu te lies avec des femmes qui sont tout le contraire de ce que je suis. Ce qui me fait penser que tu évites tout engagement émotionnel sérieux, puisque tu choisis des femmes dont tu sais ne pas tomber amoureux.

Il sourit.

— Il me semble que vous vous faites trop de soucis.

— C'est parce que je t'aime. Ton père et moi ne désirons que ton bonheur.

— Et pour être heureux, vous pensez que je dois me marier et avoir des enfants, conclut-il.

— Nous en serions très heureux, dit-elle simplement.

— Avez-vous été heureux lorsque Damian est mort ? Avez-vous été heureuse de toutes les fausses couches que vous avez supportées ?

Il baissa la voix devant l'expression de la physionomie de sa mère.

— Pardonnez-moi, mère, je ne voulais pas…

Melina secoua la tête.

— Ce n'est rien, avec le temps, la douleur devient plus supportable.

— Avez-vous vraiment surmonté tout cela ? La douleur s'est-elle jamais totalement apaisée ?

— On apprend à vivre avec elle, à se colleter avec, afin de continuer à vivre. Mais c'est vrai, la douleur ne disparaît jamais complètement.

Melina scruta le visage d'Alexander.

— Est-ce ce qui te trouble, interrogea-t-elle. Tu crains de t'engager parce que tu pourrais perdre cette personne ?

Il demeura pensif un long moment.

— Je ne sais pas exactement, dit-il doucement. Je n'ai jamais véritablement réfléchi à cette question. C'est simplement quelque chose que je ressens depuis toujours, quelque chose que je n'arrive pas à expliquer…

Melina sourit avec patience.

— Tu ne dois pas craindre de t'engager dans la vie. Tu ne peux pas continuer à te dissimuler, à maintenir le monde à distance parce que tu as peur. Il faut prendre des risques pour trouver le bonheur.

Il plissa le front.

— Je ne veux rien de plus que l'union que père et vous avez vécue, mais…

— Dans ce cas, cesse de te cacher entre les murs que tu as toi-même érigés. Accepte de faire les efforts nécessaires à la réalisation de ton désir. Ton père et moi avons certes vécu un excellent mariage, très fort, mais nous avons eu aussi nos problèmes. Nous avons pleuré de nombreuses pertes au fil des années, nous avons beaucoup lutté. Notre union a duré parce que nous n'avons pas laissé les drames nous séparer. Nous avons affronté nos problèmes ensemble, et notre couple en est devenu plus fort.

Alexander se détourna pour contempler l'horizon de Manhattan.

— Je crains que ce ne soit pas le cas pour tous les mariages, risqua-t-il.

— C'est parce qu'on ne leur a pas accordé cette chance, assura Melina en prenant les mains de son fils dans les siennes.

Elle reprit d'une voix pressante et passionnée.

— Ah ! Alexander, tu ressembles beaucoup à ton père en bien des points. Vous êtes tous deux volontaires. Vous êtes tous deux inflexibles et ambitieux. Malheureusement, ni l'un ni l'autre n'êtes capables de pardonner ou d'oublier. Ton père s'est adouci avec les années. Les drames qu'il a vécus ont émoussé l'acier. Toi, tu es encore jeune. J'espère que tu ouvriras les yeux avant d'en passer par où lui-même est passé. Mais surtout, je souhaite que tu trouves le bonheur.

Il se serra contre sa mère comme il ne l'avait plus fait depuis qu'il était sorti de l'enfance.

— Mère, murmura-t-il, je suis content que vous soyez venue.

— Je n'aurais jamais pu faire autrement, mon fils, dit-elle en le tenant contre elle. Tu verras. Un jour, ton tour viendra…

LOS ANGELES

La Villa Ryan, située en haut de la colline connue sous le nom de Bel-Air, avait été construite bien avant que Bel-Air ne devînt le lieu recherché par les célébrités. C'était une maison anglaise de style Tudor perchée au sommet d'une pente recouverte de gazon et d'arbres, soigneusement taillés, qui bordaient l'allée circulaire menant à la maison du maître. Un haut mur de pierre entourait les dix acres du domaine, et Nick expliqua à Meredith que Ryan avait fait construire ce mur lorsque lui et sa femme achetèrent la propriété en 1948.

— Ils voulaient avant tout préserver leur vie privée, dit Nick. Ils s'inquiétaient pour la sécurité de l'enfant. Ils craignaient un enlèvement.

Meredith était silencieuse, saisie par la splendeur de la maison.

— On dirait une maison de conte de fées. Je n'ai jamais rien vu d'aussi beau.

— Ils savaient vivre dans le style rétro, à l'époque, dit Nick en ouvrant la portière de sa voiture pour Meredith. Tom a atteint le zénith de sa carrière dans les années 40, l'âge d'or d'Hollywood. Les grandes stars vivaient comme des reines et des rois.

— Les temps ont changé, non? commenta-t-elle.

— Pour certains d'entre nous, c'est certain, acquiesça-t-il en sonnant à la porte.

Ils furent introduits dans la maison par la gouvernante mexicaine de Tom Ryan et conduits dans son bureau, où il les attendait.

Tom salua Nick avec chaleur.

— Il y a bien longtemps que tu n'es pas venu ici, Nick. Trop longtemps.

— Vous savez ce que c'est, Tom, dit Nick avec un petit sourire. Vous-même ne venez pas très souvent dans les studios.

Le vieil homme fronça les sourcils.

— Je n'ai pas grand-chose à y faire maintenant.

— Dans la profession ?

Tom éclata d'un rire caverneux.

— Il y a quelques années que je ne fais plus rien dans le métier. Tu le sais bien.

Meredith regardait le verre sur le bureau. Du Bourbon. Probablement pur. La bouteille presque vide se dressait à côté.

— Qu'est-ce qui t'amène ici ? demanda Tom. Des problèmes avec ton nouveau film, ou avec Ed Goldman ?

Goldman était le nouveau patron des Studios Centurion.

— Ni l'un ni l'autre, dit Nick légèrement gêné. En vérité, c'est Meredith qui voulait vous voir cette fois-ci.

Tom se tourna vers elle. La voyant qui regardait le flacon, il s'empressa de le faire disparaître.

— Eh bien ! Que puis-je faire pour vous ? demanda-t-il en s'efforçant de garder un ton désinvolte.

— Je fais partie du service des informations de la station KXLA…

— Je sais, dit-il. Je vous ai souvent vue au dernier journal. Je suis un peu un oiseau de nuit.

— J'aimerais discuter avec vous de la possibilité d'une interview ayant pour thème vous-même et votre défunte épouse…

— Non, répondit-il d'un ton bref.

Son humeur changea instantanément. Il s'adressa à Nick.

— Tu étais au courant ?

Nick hocha la tête affirmativement.

— Oui, je savais. Je savais ce que vous en penseriez, mais Meredith pense…

— C'est hors de question, dit Tom sans ambages. Liz et David sont morts depuis presque vingt-sept ans à présent. Qu'ils reposent en paix.

Meredith se leva de son fauteuil pour le regarder en face.

— M. Ryan, on a écrit des centaines d'articles et fait une masse de reportages vous concernant, vous et votre famille, au fil des années, lui rappela-t-elle. On a publié une douzaine de versions différentes de votre histoire. Elle a donné lieu à plus de spéculations que l'assassinat de Kennedy ! Si mon intention était seulement d'en tirer profit, je me contenterais de faire un film de montage en y ajoutant mes propres conclusions.

— Eh bien ! Qu'est-ce qui vous arrête ?

Il y avait de l'amertume dans ses paroles.

— Ce n'est pas ainsi que je vois les choses. Je ne veux pas faire ce que d'autres ont déjà fait. Je veux un film qui touchera le public. Je veux la vérité. Je veux raconter l'histoire telle qu'elle s'est déroulée.

— Et à quoi cela servira-t-il ? demanda Tom Ryan.

Meredith sortit de sa serviette un épais dossier contenant des photocopies d'extraits de presse qu'elle avait trouvés à la bibliothèque publique et dans les archives des salles de rédaction des journaux.

— Regardez un peu cela... tenez, cet extrait : on y raconte la mort de votre femme dans un hôpital européen à la suite de l'accident de votre fils. On y dit qu'elle était enceinte à cette époque et qu'ayant perdu la tête, elle tenta de se faire avorter à l'aide d'un croc métallique...

— Meredith...

Nick lui toucha le bras.

— Nick, il a le droit de savoir ce qui a été dit à l'époque, s'obstina-t-elle.

Puis elle se tourna de nouveau vers Tom.

— Et encore cet autre extrait : Elizabeth et David ne seraient pas morts du tout ; votre épouse vous aurait surpris avec une autre femme et aurait décidé de ne pas rentrer aux États Unis avec vous. Il y a des gens qui feraient n'importe quoi pour vendre une histoire, M. Ryan ! Regardez cet article où l'on prétend que votre femme aurait fait une dépression à la suite de la mort de votre fils et qu'elle vivrait encore dans quelque asile d'aliénés...

— C'est assez ! cria Tom Ryan, la face tordue de rage.

Nick prit Meredith par le bras.

— Je crois que nous devrions partir, dit-il avec calme.

— Non, Nick, pas encore, protesta-t-elle.

— N'oublie pas que nous avons conclu un marché.

Elle le considéra un moment. Elle vit de la réprobation dans son regard.

— Je... Oh ! D'accord.

Elle tendit le dossier à Tom. Comme il ne le prenait pas, elle le posa sur le coin du bureau.

— Je vous en prie, M. Ryan, lisez-le. Réfléchissez et faites-moi savoir si vous changez d'avis.

Elle se détourna et partit avec Nick, mais Tom Ryan ne prêta pas attention à leur départ.

Il regardait fixement l'un des extraits qu'elle lui avait donnés.

— D'accord, je me suis laissée emporter, je l'avoue, dit Meredith sur un ton morne tandis qu'ils reprenaient la route de Malibu. Je me suis laissée entraîner, et j'ai tout fait sauter.

— Nous nous étions mis d'accord, dit Nick doucement.

— Je sais, dit-elle en se tournant vers lui. Mais bon sang, Nick, je…

— Tu es allée trop loin, Meredith. Je t'ai expliqué comment il ressent cette affaire.

— Ne s'inquiète-t-il donc pas de savoir ce que l'on a écrit sur lui et sur sa famille ? Toutes les histoires que l'on a racontées ne le concernent-elles pas ?

— Je ne crois vraiment pas qu'il se soucie encore de quoi que ce soit, dit Nick en toute franchise. Il s'est mis à descendre la pente depuis l'accident. Il est mort à l'intérieur. Rien ne lui importe plus aujourd'hui.

— Pas même la mémoire de sa femme ?

Nick la regarda.

— Là, tu viens de marquer un point, dit-il, la gorge serrée.

— Penses-tu qu'il puisse changer d'avis ?

— Je n'en sais rien. J'en doute. Et s'il s'obstine dans son refus, n'oublie pas notre accord.

Elle opina de la tête.

— Je m'en souviendrai. S'il ne se manifeste pas, je laisse tomber. Même si cette idée me répugne, je laisserai tomber, promit-elle.

Il resta silencieux pendant quelques kilomètres.

— Écoute, je sais tout ce que ce projet représente pour toi. Mais le silence est tout aussi important pour Tom… peut-être encore davantage que ne l'est sa réalisation pour toi.

— Es-tu en train de me dire que je dois respecter son droit au silence ?

— Quelque chose comme ça.

— Je t'ai dit que j'y étais prête. S'il ne change pas d'avis, je le laisserai tranquille. Et maintenant, pourrions parler d'autre chose s'il te plaît ?

Meredith avait presque abandonné tout espoir d'entendre parler de Tom Ryan quand il téléphona à la station une semaine plus tard. Il demandait à la voir. Tandis qu'elle roulait dans Bel Air, elle se demandait s'il était possible qu'il eût reconsidéré la question. À son arrivée, il l'attendait dans sa bibliothèque et se montra beaucoup plus aimable que lors de leur précédente rencontre.

— J'ai réfléchi sur ce que vous m'avez dit l'autre jour, dit-il.

— Avez-vous changé d'opinion au sujet de mon documentaire ? demanda-t-elle pendant que la gouvernante lui versait du thé glacé.

Il sourit, et Meredith réalisa qu'elle le voyait sourire pour la première fois. Même sur les photos, il paraissait sombre et malheureux.

— Disons que je suis en train d'envisager la question. Après votre départ, la semaine dernière, j'ai parcouru les articles.

Il fit un geste en direction du dossier posé sur la table basse au centre de la pièce.

— J'avais cessé de lire les articles de presse nous concernant, Liz et moi, dès mon retour aux États Unis, après…

— Après l'accident ? risqua Meredith avec circonspection.

Il hocha la tête.

— Je ne m'étais donc jamais rendu compte à quel point tous ces articles déformaient les événements. J'ai réfléchi, et j'ai décidé de vous donner votre chance. Je suis d'accord pour parler avec vous, pour coopérer avec vous, jusqu'à un certain point. Si je vois que c'est du travail propre…

— Donc, vous seriez d'accord pour me raconter toute la vérité, me révéler ce qui est vraiment arrivé à votre femme et à votre fils ?

— Oui.

— Fantastique, s'écria-t-elle spontanément. Elle leva la tête vers le manteau de la cheminée au-dessus duquel était accroché un tableau à l'huile représentant une femme et un enfant. La femme était exquise avec sa longue chevelure brune et luxuriante et ses traits fins et aristocratiques. Ses yeux étaient les plus extraordinaires que Meredith eût jamais vus, noirs et curieusement mystérieux. L'enfant ressemblait étonnamment à sa mère; il avait la même carnation et les mêmes traits délicats.

— Elizabeth et David, dit Tom Ryan. La toile fut terminée trois mois avant…

Meredith hocha la tête et se retourna vers le tableau.

— Elle était belle.

Tom eut un sourire triste.

— La véritable beauté d'Elizabeth ne peut pas être restituée sur une toile, expliqua-t-il en regardant fixement l'œuvre. Elle était spéciale de bien des manières. Je n'ai jamais connu une autre personne comme elle, quelqu'un qui soit aussi exclusivement et totalement soi-même. J'ai toujours pensé que David lui ressemblerait. Comme vous le voyez, leur ressemblance physique était frappante.

— C'est certain, acquiesça Meredith.

— Je crois que je n'oublierai jamais la première fois que je la vis. Les mots ne sauraient la décrire. Il y avait en elle une rare combinaison d'innocence et de sensualité; de la séduction, mais aussi de la vulnérabilité. Je suppose que ce fut tout le secret de son succès; elle portait en elle une douzaine de femmes différentes dont elle était le superbe emballage. Durant les cinq années de notre vie commune, elle n'a jamais cessé de me surprendre. Je ne savais jamais ce qui m'attendais.

— Beaucoup de gens pensent que vous avez « fait » Elizabeth Weldon.

— Je pense que Liz aurait été une grande star, même si nous ne nous étions pas rencontrés, dit Ryan avec sincérité. Il y avait une espèce de magie dans son jeu, magie difficile à trouver même chez les meilleures actrices. Elle avait tout ce qu'il faut pour être une star, elle avait une présence, même en dehors de l'écran.

Meredith regarda la statuette d'or qui luisait sur la cheminée. C'était l'Oscar qu'Elizabeth avait remporté, à titre posthume, pour son dernier film. « S'il pouvait parler, que raconterait-il », se demanda Meredith.

— Elle était originaire du Texas, disait Ryan. Son père était l'un de ces riches barons arrogants du pétrole, et Liz fut élevée à San Angelo. Elle s'est enfuie de chez elle à dix-huit ans. Elle voulait déjà monter sur les planches, mais ses parents mettaient les actrices tout juste un échelon au-dessus des prostituées. Ils lui avaient déjà tracé son avenir, ce qui l'avait décidée à partir. Elle s'y prépara pendant des mois. Elle arriva ici dans un car de la compagnie Greyhound; c'était pendant la guerre. Elle prit des cours d'art dramatique et faillit s'épuiser à travailler dans un stand de hamburgers, dans le quartier ouest d'Hollywood, jusqu'au jour où elle obtint des rôles réguliers. Je l'ai vue un jour tout à fait par hasard. Un agent que je connaissais voulait que je voie l'un de ses clients qui jouait les «utilités» dans le même film. Le client était mauvais, mais Elizabeth était incroyable, elle me subjugua littéralement.

— Tellement elle était bonne?

Ryan éclata de rire pour la première fois.

— Non, ce n'est pas du tout ce que je veux dire. Son inexpérience était visible dans chacun de ses gestes. Mais j'étais dans le métier depuis assez longtemps pour déceler des potentialités réelles. Il y avait décidément quelque chose de spécial en elle. Sans doute était-elle belle, mais il y avait plus que cela, beaucoup plus. C'est vraiment difficile de définir cela. Elle n'était pas seulement une actrice jouant un rôle. Elle devenait le personnage qu'elle jouait, de la manière la plus complète qui soit. Je n'avais encore jamais vu cela.

— Vous l'avez rencontrée après avoir vu le film?

Il sourit avec tristesse.

— Presque une semaine après. Il m'a fallu tout ce temps pour la dépister, pour trouver où elle était et comment la contacter. Je la fis appeler par ma secrétaire pour la prier de déjeuner avec moi. Elle n'était encore jamais allée au Brown Derby, c'était à l'époque le local à la mode. Elle s'encadra dans la porte, regarda autour d'elle, et j'ai cru qu'elle allait s'évanouir.

— Ce fut à ce moment-là que vous êtes tombé amoureux d'elle?

Meredith espérait ne pas se montrer grossière.

— Je crois, oui, mais je ne m'en suis aperçu que plusieurs mois plus tard, avoua-t-il. Elle était si belle ce jour-là. C'était le plein été, il faisait chaud. Elle portait une robe blanche à volants brodés de fleurs et un grand chapeau blanc à large rebord. Je me souviens avoir pensé en moi-même qu'il était dommage qu'elle soit née trop tard pour jouer Scarlett O'Hara. C'était une authentique belle du Sud. Dans une ville renommée pour ses jolies femmes, elle était extraordinaire.

— A-t-elle regretté un jour d'avoir abandonné son métier après la naissance de votre fils ? demanda Meredith avec précaution.

— Des regrets ?

Cette supposition le fit rire.

— Non, absolument pas. Liz savait qu'elle n'avait pas besoin de sacrifier quoi que ce soit si elle ne le désirait pas. Elle se retira volontairement. Après la naissance de David, elle ne supporta pas l'idée d'être séparée de lui. Il me semble qu'il eût mieux valu pour tous qu'elle consentît à le quitter, ne fût-ce qu'une fois…

— Vous pensez à ce voyage en Europe ?

Il hocha la tête affirmativement, craignant que sa voix ne le trahisse.

— Comment est-ce arrivé ? demanda tout bas Meredith.

— Nous filmions en extérieur, se souvint-il, sa voix étant douloureuse. David était avec nous. Nous nous étions efforcés de lui expliquer qu'il était important pour lui de rester près de nous. Nous ne connaissions pas bien les environs ; c'était une étrange région où très peu de gens parlaient anglais. Mais comment raisonner un enfant de cet âge ? Il avait à peine cinq ans ! Il alla se promener, pas très loin, mais suffisamment pour…

Meredith demeura silencieuse ; elle attendit que Tom Ryan poursuive.

Il retrouva enfin sa voix.

— Il est tombé dans quelque vieux puits hors d'usage depuis plusieurs années. C'était un trou étroit, très profond, au moins trois cents pieds de profondeur. Pendant quatre jours, nous avons essayé d'atteindre l'enfant, mais nous sommes arrivés trop tard…

Il se mit à pleurer sans retenue.

— Il est mort dans ce puits.

Ryan regarda Meredith, les yeux remplis de larmes.

— Imaginez comme cela a dû être horrible pour lui ? Comment pouvait-il savoir que nous avons fait tout ce que nous pouvions pour le sauver ? Qu'a-t-il pu penser en mourant ?

IV

AÉROPORT INTERNATIONAL KENNEDY

Marianne Hauptmann était impatiente et excitée. Impatiente parce que le vol avait été très long depuis Genève, et excitée car elle ne connaissait pas New York et parce qu'elle allait revoir l'homme qu'elle aimait.

Elle n'avait pas envoyé de télégramme à Alexander pour lui annoncer son arrivée, pas plus qu'elle n'avait l'intention de lui téléphoner de l'aéroport. Non. Elle voulait le surprendre. Un certain temps s'était déjà écoulé depuis leur séparation, mais elle était persuadée qu'il serait heureux de la revoir. Il n'avait ni écrit ni téléphoné depuis qu'il avait quitté la Suisse, mais Marianne se disait que beaucoup d'hommes n'aimaient pas écrire. Sans doute Alexander faisait-il partie de cette catégorie. Quant à téléphoner, elle était sûre qu'il avait été trop occupé pour le faire. Tout cela n'avait d'ailleurs plus aucune importance. Ils allaient se retrouver bientôt, et c'était l'essentiel.

Marianne savait que son père serait furieux quand il apprendrait qu'elle avait quitté l'université au début du semestre. Mais il finirait par comprendre lorsqu'elle serait mariée avec Alexander. Elle n'avait plus besoin d'un enseignement universitaire à présent. Elle désirait surtout apprendre à être une bonne épouse pour Alexander. « À quoi bon un diplôme d'histoire ? » se demandait-elle tandis que les douaniers inspectaient scrupuleusement ses bagages à main.

Elle prit dans son sac la carte d'affaires d'Alexander et la lut soigneusement. Son anglais était convenable, mais loin d'être parfait. Elle serait au moins capable de donner au chauffeur de taxi l'adresse du bureau de Manhattan. Elle savait qu'Alexander habitait dans la Tour Olympique et que son bureau était au coin de la 5e Avenue et de la 50e Rue. Elle n'aurait donc pas de mal à le trouver. Elle rassembla ses bagages et se dirigea vers la sortie.

Assise à l'arrière d'un taxi en route vers Manhattan, Marianne s'appuya au dossier et respira profondément. Elle regarda par la vitre au moment où le taxi traversa le Queensboro Bridge. Le ciel était clair et lui laissait découvrir l'horizon du centre de Manhattan tout illuminé du soleil matinal. C'était comme un autre monde qui faisait la jubilation de Marianne. Exactement le lieu qui convenait à Alexander. Il ne ressemblait à aucun autre lieu qu'elle avait visité, beaucoup plus grand que Bâle ou Zürich, les deux villes les plus importantes de la Suisse. Elle se souvint avoir lu autrefois que New York était la ville la plus grande du monde. Elle ne savait pas si cela était toujours vrai, mais elle le crut à ce moment-là.

— Nous sommes arrivés, mademoiselle, annonça le chauffeur en s'arrêtant devant la Tour Olympique.

Marianne fit un signe de tête.

— Merci, dit-elle en vérifiant l'adresse sur la carte. Elle paya, donna un généreux pourboire, puis attendit qu'il prenne ses bagages dans le coffre pour les déposer près du portier.

Elle prit l'ascenseur jusqu'à l'étage occupé par les bureaux de la Compagnie Kirakis. En quittant l'ascenseur, la première chose qu'elle remarqua fut le bureau de l'hôtesse d'accueil : style moderne, demi-circulaire, bois d'acajou poli. L'hôtesse était une blonde coquettement habillée qui semblait avoir à peu près le même âge que Marianne et qui s'affairait à la console d'un téléphone compliqué qui ne cessait de sonner. Derrière elle, le mur était occupé par une gigantesque carte du monde sous plexiglass. Le centre s'ornait du blason de la compagnie, et au-dessous, en lettres capitales d'argent, elle put lire : *Compagnie Kirakis – Siège nord-américain*. Entre différents appels téléphoniques, l'hôtesse indiqua à Marianne le bureau d'Alexander. Elle le trouva sans difficulté, mais la secrétaire lui refusait l'entrée du bureau si elle ne donnait pas son identité.

— Je suis Marianne Hauptmann, je viens de Genève pour le voir, dit Marianne dans un anglais hésitant. « Quelle fille stupide, ne comprend-elle pas que c'est la future Mme Kirakis qui se tient devant elle ? » Est-il là, oui ou non ?

— Oui, il est là, mais il est… commença la secrétaire.

Marianne, soulagée, sourit.

— Ne m'annoncez pas. J'aimerais lui faire une surprise.

Elle se précipita dans le bureau d'Alexander avant que la secrétaire pût la retenir. Il était au téléphone. Il mit rapidement fin à sa communication et se leva d'un bond. Il ne parut nullement heureux de la voir.

— Stacey, je vous avais dit de ne pas m'interrompre, pour quelque raison que ce soit ! lança-t-il à l'adresse de sa secrétaire qui s'était élancée à la suite de Marianne, la mine désolée.

— J'ai essayé de l'arrêter, M. Kirakis, dit la femme, désemparée.

Il se tourna vers Marianne.

— Que faites-vous ici ? demanda-t-il méchamment.

— *Liebchen*, je pensais que vous seriez heureux de me voir, répondit-elle sans comprendre son comportement. Je suis venue de Genève pour vous faire une surprise.

Il la dévisagea un moment, puis se tourna vers sa secrétaire.

— Laissez-nous, Stacey, dit-il d'une voix égale.

— Bien, monsieur, puis elle referma la porte derrière elle.

Alexander s'adressa à Marianne.

— Je pensais bien que vous retourneriez à l'université après avoir quitté Gstaad, dit-il avec sévérité.

— C'est ce que j'ai fait, expliqua-t-elle en baissant les yeux. Mais sans nouvelles de vous, je n'ai pu supporter votre absence, alors je suis venue…

Il se détourna.

— C'est la chose la plus stupide que vous ayez pu faire, dit-il enfin.

Elle ne comprenait décidément par cet étrange comportement.

— Je pensais que vous seriez heureux de me voir. Je pensais que vous m'attendiez…

Il lui fit face de nouveau.

— Où êtes-vous allée chercher une idée pareille ?

— À Gstaad… nous étions heureux, dit-elle, au bord des larmes. J'étais sûre que vous m'aimiez. Je savais qu'une fois mariés…

— Mariés ?

La surprise d'Alexander était sincère.

— Je ne vous ai jamais demandé de m'épouser !

— Bien sûr, vous ne me l'avez jamais demandé avec des mots, mais j'aurais pu dire… reprit-elle nerveusement.

Il fit le tour de son bureau et la saisit par les épaules.

— C'était une *supposition* de votre part, Marianne. Si je souhaitais épouser une femme, il me semble que je saurais trouver l'opportunité de le lui demander. Etes-vous d'accord sur ce point ?

Elle sanglotait sans retenue.

— Mais à Gstaad…

—À Gstaad, nous avons vécu le plus agréable des interludes. Ce n'était que cela, Marianne. Un interlude plaisant, pour tous deux, dit-il en baissant la voix.

Il commençait à avoir pitié d'elle.

— Si vous avez mal interprété certaines de mes paroles, j'en suis désolé.

— Désolé ?

Elle s'écarta de lui, le visage rougi et déformé par les pleurs.

— Faut-il que j'aie été idiote, et aveugle ! Que j'ai été stupide ! Moi qui croyais que vous m'aimiez vraiment ! Je n'étais pour vous qu'une fille à mettre dans votre lit !

— Nous nous connaissons à peine ; comment aurions-nous pu tomber amoureux l'un de l'autre ? dit-il tranquillement.

— Eh bien ! Moi, je vous aime ! cria-t-elle. J'ai tout abandonné, mon père, mes études, tout, pour venir ici, pour être près de vous ! J'ai fait de vous la part la plus importante de ma vie, et je découvre que je n'étais rien pour vous ! Parfait, Alexander, je vais sortir de votre vie aussi vite que possible.

— Si je vous avais aimée, reprit lentement Alexander, n'avez-vous pas trouvé étrange que je n'aie jamais repris contact avec vous depuis notre séparation à Gstaad ? Il y a plus de deux mois de cela, Marianne. Je ne sais pas comme vous ressentez ce genre de choses, mais si j'étais amoureux, je ne pourrais pas rester aussi longtemps éloigné de la femme que j'aime sans lui donner au moins un coup de téléphone.

Elle hocha la tête.

— J'ai été tellement sotte, dit-elle d'une voix étranglée.

— Que comptez-vous faire maintenant ? demanda-t-il, n'étant pas sûr qu'elle l'avait bien compris.

Il ne l'avait pas trompée. C'était dans sa propre imagination qu'elle avait puisé sa foi en son amour.

Elle essuya ses larmes.

— Ce n'est plus votre affaire à présent, rétorqua-t-elle entre ses dents.

— Avez-vous besoin d'argent pour rentrer à Genève ? Je tiens à vous aider.

— Non ! s'écria-t-elle. Il me suffit de vous avoir laissé vous servir de moi. Il me suffit d'avoir cru bêtement que vous vouliez de moi pour femme. Je ne veux pas de votre argent. Alexander, je me sens à présent toute sale et rabaissée. Si je prenais votre argent, j'aurais l'impression de n'être plus qu'une vulgaire prostituée !

Elle leva la tête vers lui ; son regard était plein de chagrin.

— Je vais m'en aller. Je vais retourner en Suisse. Je vous promets de ne plus vous importuner.

Elle s'élança hors du bureau avant qu'Alexander pût faire un geste pour l'arrêter.

LOS ANGELES

En temps normal, Meredith aimait faire le trajet entre Los Angeles et Malibu. Elle ne se fatiguait pas de longer cette côte de la Californie du Sud. Mais ce jour-là, elle la remarqua à peine. Elle pensait à sa récente rencontre avec Tom Ryan et se demandait si Nick avait raison. Était-elle allée trop loin dans son histoire ? Au cours des dernières semaines, elle avait noté un changement dans la personnalité de Tom, et cela la perturbait. Il était devenu lunatique et réservé, refusant souvent la communication. Quand elle était chez lui, il buvait trop, elle fut souvent obligée d'interrompre leur entretien parce qu'il était incapable de continuer. Elle avait confié à Nick qu'elle envisageait parfois d'abandonner son projet.

Elle jeta un coup d'œil sur les deux gros carnets de notes déposés sur le siège voisin. Ryan les lui avait prêtés. C'était les carnets qu'Elizabeth avait tenus durant sa vie. Ils contenaient des photos des coupures de presse et des critiques sur ses prestations, critiques que Ryan avait souvent prié sa femme d'ignorer, en insistant sur le fait que seuls les résultats du « box office » étaient importants. Meredith se demanda si Tom avait ajouté quelque chose à ces carnets après la mort d'Elizabeth. Probablement pas. Elle avait plutôt l'impression qu'il n'avait pas pu se décider à les examiner après son décès. Il ne les avait même pas ouverts en les lui remettant.

Nick était absent, il tournait des extérieurs au Mexique. Meredith serait donc seule toute la soirée. Elle aurait le temps d'examiner à fond ces carnets, y compris les photos et les coupures de presse. Lorsqu'elle arriva à la maison de la plage, elle se souvint que c'était le soir de sortie de la gouvernante. Elle se doucha, se prépara un léger dîner d'œufs brouillés et de toasts et s'installa dans le lit pour étudier les carnets. Dans le premier, elle trouva des photos de la jeune Elizabeth venant tout droit du Texas et débarquant à Hollywood, pressée de réaliser ses rêves. Elle paraissait si jeune, si vulnérable, sur ces photos. Meredith s'efforça d'imaginer ce qu'elle avait éprouvé. Avait-elle eu peur de ne pas réussir ? A-t-elle songé à abandonner ? A-t-elle connu des moments de découragement ou de déception ?

« Elizabeth, qu'avez-vous pensé en regardant derrière vous ? demanda Meredith à haute voix. Avez-vous eu un jour l'impression de vous être trompée ? Avez-vous songé à retourner au Texas ? »

Elle trouva une photo publicitaire prise en studio représentant Elizabeth dans son premier grand rôle. C'est vrai qu'un charme magique et très particulier transparaissait même sur de simples photos. « Rien d'étonnant qu'elle soit devenue une star », pensa Meredith en examinant la photo.

Elle lut les critiques. Certaines étaient favorables, ce qui ne surprit nullement Meredith. En règle générale, les critiques avaient tendance à éreinter les grands succès commerciaux. On eut dit qu'ils en voulaient à un acteur, à un écrivain ou à un artiste qui arrivait à un certain succès dans sa spécialité. « Ils ont dû être très malheureux », pensa vicieusement Meredith.

Il était presque trois heures du matin quand Meredith termina le second cahier. Sur la dernière page s'étalait une photo de journal jaunie représentant Tom, Elizabeth et leur fils David à l'aéroport, le matin de leur départ pour l'Europe. L'enfant ressemblait étonnamment à sa mère. S'il avait vécu, il serait un homme à présent. « Sans doute aussi un accroche-cœur », pensa Meredith en repoussant les carnets de côté et en éteignant la lampe.

Elle aurait souhaité que Nick fût là. Elle se sentait soudain insupportablement seule.

Nick revint à Malibu le vendredi soir, plein d'enthousiasme pour le nouveau film auquel il travaillait.

— Je crois que cela va être mon meilleur film jusqu'à maintenant, raconta-t-il à Meredith qui l'aidait à défaire ses valises. En fait, je ne serais pas étonné qu'il soit en tête du box-office de cette année.

Elle sourit.

— Il est si bon que cela ?

— Mieux encore, dit-il avec assurance. Attends de voir les rushes.

— Je suis impatiente.

Il rangea une valise vide dans son vestiaire.

— Avec un peu de chance, je n'en aurai plus besoin pendant longtemps.

— J'espère bien. Je commençais à me sentir solitaire, avoua-t-elle.

Il eut un petit sourire en la prenant dans ses bras.

— Je ne risque pas de te laisser seule, chérie, dit-il en l'embrassant. Je t'emmènerais avec moi si tu étais libre.

— Je souhaiterais l'être parfois.

Elle s'interrompit.

— Tu as vraiment l'air fatigué. Peut-être devrions-nous laisser tomber le dîner et nous coucher tout de suite.

— Je suis tout à fait d'accord, chérie, mais souviens-toi, voilà plusieurs semaines que je suis absent. Il y a de grandes chances pour que je ne m'endorme pas tout de suite.

Il lui fit un clin d'œil.

— Tu vois ce que je veux dire ?

Elle fit une grimace.

— Quand je parle de nous coucher, je veux dire *dormir*.

Elle baisa le bout de son nez par jeu.

— Tu sais, je me pose parfois des questions à ton sujet, Holliday.

— Ah oui ? Pourquoi ?

— Regarde-toi ! Chaque fois que tu tournes en extérieur, tu rentres avec la mine de quelqu'un qui a perdu cinq kilos et qui n'a pas dormi depuis des semaines. Tu ne prends donc pas le temps de manger et de dormir, même si ce sont des choses mineures ?

— Non, confessa-t-il. J'essaie de travailler aussi vite que possible pour venir te retrouver ici.

— Tu es désespérant ! dit-elle avec un grand rire.

— Écoute. Puisque nous n'avons rien à faire pendant ce week-end, pourquoi ne pas en profiter ?

— À quoi penses-tu ?

— Eh bien ! Nous pourrions faire une longue promenade sur la plage le matin. Puis nous pourrions aller déjeuner quelque part, voir un film et réserver au Hungry Tiger pour le dîner ?

Il la bécota dans le cou et sa barbe la piqua.

Meredith rit de bon cœur en se dégageant de son étreinte.

— Cela me semble formidable, mais dernièrement, j'ai pu constater qu'il pleuvait chaque fois que nous étions tous deux libres pour le week-end. On dirait qu'un sort a été jeté sur nous.

— Ridicule ! Je tiens de bonne source que ce week-end sera exceptionnellement chaud, ensoleillé et sans un nuage en vue.

Il déboutonna sa chemise.

— Il ne peut pas pleuvoir. Pas cette fois !

Il plut sans arrêt.

— C'est tout ce que tu as gagné avec tes menaces, Holliday, dit Meredith qui observait la pluie à la fenêtre de leur chambre. On ne plaisante pas avec Mère Nature, tu sais.

— Je ne pense pas que ce soit l'expression qui convient, chérie, mais j'ai bien reçu le message en tout cas.

Nick s'étala sur le lit et feuilleta le journal.

— Nous pourrions aller au cinéma si tu veux.

— Non, merci. Je préfère rester ici, et au sec, répliqua-t-elle d'un air morose.

— Nous pourrions trouver quelque chose à faire ici, dit-il d'une voix traînante en la regardant du coin de l'œil.

Meredith se tourna vers lui.

— Monsieur Holliday, ton esprit ne fonctionne qu'à sens unique, dit-elle en ricanant.

— On me l'a déjà dit.

Il se redressa. Il remarqua une grosse pile de magazines de cinéma sur le sol, près du lit. Il prit l'exemplaire du dessus et le feuilleta.

— Pourquoi sont-ils ici ?

— Pour faire des recherches.

Il l'observa.

— Tu as revu Tom ?

— Hier. Il a conservé tous ces vieux magazines pendant toutes ces années, le croirais-tu ? Il m'a dit qu'ils appartenaient à Elizabeth. Il semble qu'elle ait gardé tous les numéros où elle était représentée.

Nick trouva un reportage illustré sur les Ryan et l'étudia un long moment.

— C'était une beauté éblouissante, hein ?

— Elle était belle, acquiesça Meredith. Quel dommage. Elle n'avait que vingt-huit ans quand elle mourut…

— D'après ce que j'ai compris, Tom ne t'a pas tout raconté de ce qui s'est passé pendant ce tournage, dit Nick en reposant le magazine sur la pile.

Meredith secoua la tête.

— Je pense qu'il me faudra un certain temps pour mettre Tom de mon côté, soupira-t-elle. Après tout ce qu'il a enduré, il considère toujours la presse comme une ennemie.

— Peut-être.

— Tu n'as pas l'air tellement optimiste !

— Écoute, chérie. Je connais l'homme, sans doute mieux que la plupart des gens qui l'entourent. Il ne s'est jamais confié à personne. Je ne le vois pas prendre un virage à 180 degrés maintenant. Je pense que tu vas vers un échec.

— Cela, c'est mon problème. D'accord ?

Elle vint mettre ses bras autour du cou de Nick.

— Je suis une grande fille. Je suis de taille à l'accepter, s'il se produit.

— Chut !

Il l'attira sur le lit, à côté de lui.

— Sais-tu ? Il semble que nous ne parlions plus que de Tom et de ses secrets les plus obscurs.

— Je croyais que tu aimais Tom, dit Meredith en lui ébouriffant les cheveux pour s'amuser.

— C'est vrai. Mais je peux penser à des choses plus agréables pendant nos rares moments de solitude à deux.

Il l'embrassa légèrement.

— Et je peux aussi faire autre chose.

— Par exemple ? demanda-t-elle, la mine innocente.

Il eut un petit rire entendu.

— Comme celle-ci…

NEW YORK

Alexander regarda les journaux étalés sur son bureau.

— Les rapports sont excellents, dit-il lentement. Vos gens sont parfaits.

George, assis en face de lui, hocha la tête.

— C'est pour cela que je les ai choisis.

— Eh bien ! Quel est votre avis ? demanda Alexander en le regardant.

George haussa les épaules.

— Chacune de ces sociétés serait une excellente acquisition, répondit-il sans hésiter. Chacune d'elle représenterait un investissement avisé.

— Oui, mais si vous deviez décider vous-même, laquelle choisiriez-vous ?

— Eh bien ! Puisque vous voulez mon avis, Les Technologies Nationales recueilleraient mon vote. Leurs résultats sont impressionnants. Ils viennent encore d'obtenir un grand nombre de contrats avec le gouvernement.

— Vous avez entièrement raison. Mais qu'en est-il de la Société de Développement de l'Empire Hills ? Elle semble évoluer considérablement.

George secoua la tête.

— Elle va au-delà de ses possibilités, expliqua-t-il. Gros problèmes financiers. Je ne la reprendrais que si je cherchais une réduction d'impôt.

— Peut-être pourrions-nous la racheter et modifier sa politique, suggéra Alexander qui songeait à l'extension des biens immobiliers de la Société Kirakis.

Malgré les difficultés évidentes auxquelles devait faire face la société de développement de l'Orégon, l'opération lui semblait prometteuse.

— J'y réfléchirais longuement et sérieusement, dit George franchement. Je commencerais par étudier scrupuleusement le dossier.

Alexander opina de la tête.

— Peut-être avez-vous raison, dit-il enfin.

Il mit de côté les dossiers des deux sociétés en question.

— La compagnie pétrolière semble en bonne voie.

— Ses prospecteurs viennent de faire une heureuse découverte dans le golfe, commenta George en se souvenant d'une conversation qu'il avait eue le matin avec l'un des administrateurs de la société.

— Je crois...

Des voix rageuses s'élevaient de l'autre côté de la porte, et les deux hommes se retournèrent. La porte s'ouvrit violemment et Constantine Kirakis fit irruption dans le bureau en brandissant un journal plié. Son visage était noir de colère.

Alexander se leva.

— Père, je ne vous attendais pas...

— Je savais que tu ne m'attendais pas ! s'écria Kirakis.

Il s'adressa à George.

— Voulez-vous nous excuser, je vous prie ?

George regarda l'homme et se leva rapidement.

— Alexander, appelez-moi quand vous serez libre, d'accord ?

Alexander fit un signe de tête affirmatif. George quitta la pièce. Alexander se tourna alors vers son père.

— Que se passe-t-il ? Ce n'est pas mère au moins ?

— Ta mère va bien, étant donné les circonstances.

Kirakis fourra le journal dans les mains de son fils en martelant furieusement du doigt un article précis.

— Lis cela ! ordonna-t-il d'un ton bref.

Alexander parcourut rapidement l'article. Il retomba dans son fauteuil et regarda son père.

— Je ne savais pas, commença-t-il lentement.

— Tu connaissais cette jeune femme, n'est-ce pas ?

— Marianne ? Oui. Je l'ai rencontrée il y a deux mois à Gstaad. Mais…

— Tu as eu une liaison avec elle ?

Le ton de Kirakis était implacable.

— Oui, concéda Alexander.

Le journal faisait état d'un suicide.

— Je ne savais absolument pas qu'elle était aussi perturbée. Je n'aurais certainement jamais cru qu'elle était capable de mettre fin à sa vie.

Le regard de Kirakis était froid.

— Elle a voulu mourir à cause de toi, rugit-il. Cela ne signifie donc rien pour toi ?

Alexander eut l'air surpris.

— À cause de moi ? Père, je la connaissais à peine ! protesta-t-il. Nous avons passé une semaine ensemble à Gstaad.

— Et elle est venue te voir à New York, car elle s'attendait à ce que tu l'épouses, compléta Kirakis.

— Comment avez-vous su cela ?

— Les nouvelles vont vite dans les affaires, Alexander ; elles vont même jusqu'en Grèce que tu crois si loin de l'actualité, rétorqua son père avec irritation. Je sais tout du bref épisode qui s'est joué dans ce bureau. C'était la semaine dernière, n'est-ce pas ?

— Mon nom n'est pas mentionné dans l'article, dit Alexander. Qu'est-ce qui vous fait penser qu'elle s'est suicidée à cause de moi ?

Les mâchoires de Kirakis se serrèrent visiblement.

— Pendant ces dix dernières années, j'ai dépensé énormément de temps, et d'argent, pour éviter toute mention de ton nom dans les manchettes des journaux. J'ai parfois échoué. En tout cas, je ne laisse rien au hasard. Mes contacts, en Suisse particulièrement, sont excellents. Par chance, plusieurs d'entre eux sont en poste dans les services de la police de Genève.

Il prit une feuille de papier dans la poche intérieure de son veston et la remit à Alexander.

— La jeune femme a laissé une note. L'un de mes contacts a réussi à la prendre avant que la presse n'ait eu vent de l'histoire.

Alexander lut le billet à trois reprises. Quand il leva de nouveau la tête vers son père, son visage était pâle.

— Je n'avais aucune idée qu'elle ait pu être aussi... troublée. Je n'aurais jamais pensé...

— Ton problème tient en entier dans le creux de la main, Alexander. Tu n'as jamais pris le temps de considérer les conséquences possibles de tes actes !

— C'est que... elle m'était apparue absolument normale, dit Alexander qui se souvenait de son enjouement et de son enthousiasme le matin où il la rencontra sur la piste. Rien n'indiquait qu'elle pût être déséquilibrée de quelque manière que ce fût. Nous avons passé toute la semaine ensemble, et l'idée ne m'est jamais venue...

— Et quand elle est venue à New York ?

Alexander plissa le front.

— Là, je n'ai plus été aussi sûr. Je ne voyais pas du tout comment elle avait pu interpréter mes paroles d'une façon aussi erronée, ni comment elle avait pu se mettre dans la tête que je voulais l'épouser, expliqua-t-il. Elle est repartie visiblement bouleversée...

— Tu as essayé de l'arrêter ?

— Non, avoua Alexander. Je pensais que cela n'arrangerait rien, bien au contraire. Quand elle a dit qu'elle retournait en Suisse, j'ai supposé qu'elle irait à l'université. Rien dans ses paroles n'indiquait qu'elle envisageait de se suicider.

— Alexander, tu es allé trop loin cette fois.

Il y avait une menace dans la voix de Kirakis.

— C'est une affaire grave, ce n'est plus seulement un jeu où tu te prouves que tu es un vrai mâle avec toutes les femmes qui passent. Il s'agit d'un suicide. Une femme s'est supprimée à cause de toi. Il pourrait y avoir des répercussions si cela transpirait dans les médias. As-tu songé à l'influence que ce drame pourrait avoir sur ton avenir dans le monde des affaires, et sur l'avenir du groupe.

— Cela n'a rien à voir avec...

— Ce drame a *tout* à voir avec notre situation ! rugit Kirakis. Kirakis a toujours été considérée comme une affaire solide. Financièrement fiable. Tu la contrôleras un jour et alors, tu seras à la merci de ces mêmes banquiers qui te jugeront irresponsable ! S'ils te considéraient comme dangereux le jour où tu auras besoin de leur aide, c'est-à-dire le jour où tu leur demanderas un prêt, qu'adviendra-t-il de toi ? Qu'adviendra-t-il de la société ?

Alexander était silencieux. Il n'avait jamais pensé à cela.

— C'est la dernière fois, Alexander, dit Kirakis. J'en ai assez de toi et de ton genre de vie inacceptable ! Les choses vont devoir changer, et rapidement, sinon, je te ferai regretter amèrement d'avoir négligé mes avertissements. Je t'en donne ma parole !

— Père vous devez me croire. Je n'ai pas cherché à la duper. Je ne lui ai jamais fait aucune promesse. Je ne lui ai jamais dit que je l'épouserais. Je ne lui ai jamais dit que je l'aimais !

— Tout cela n'a plus d'importance à présent, Alexander, dit Kirakis sur un ton aigre. Elle est morte, et le billet qu'elle a laissé est un lien entre son suicide et toi. Ce qui s'est passé ou non à Gstaad ne veut plus rien dire aujourd'hui.

Il se dirigea vers la porte et s'arrêta.

— Je te suggère de réfléchir à ce que je viens de te dire.

— Attendez, père, s'empressa Alexander. L'article du journal rapporte qu'elle s'est suicidée dans une chambre d'hôtel de Genève.

— Et alors ?

— Comment ? Comment est-elle morte ?

Kirakis plissa le front.

— Elle s'est pendue.

V

Alexander aurait aimé croire que le pire était passé et que son père avait tout dit au sujet du suicide de Marianne avant de quitter le bureau sans cérémonie cet après-midi là. Mais il savait fort bien que les choses ne faisaient vraisemblablement que commencer. Son père n'avait pas coutume de discuter de ses affaires privées, surtout de celles qui étaient de nature scandaleuse, dans les lieux publics. Malheureusement, la scène qui se déroula dans le bureau d'Alexander faisait exception à cette règle; la colère de son père était si forte qu'il n'avait pas réussi à la contrôler. Maintenant qu'ils étaient seuls, Alexander avait la désagréable certitude que le pire allait venir.

— Je ne peux tolérer plus longtemps une conduite aussi visiblement irresponsable, Alexander.

Constantine Kirakis se tenait de l'autre côté de la pièce, le dos tourné à son fils comme s'il ne supportait pas sa vue.

— J'ai ignoré beaucoup de choses dans le passé, ou plus précisément, je me suis efforcé de les ignorer. Quand cela était impossible, j'ai payé largement pour que les journaux n'en parlent pas. Je me suis dit d'abord que c'était normal. Tu étais jeune, et les expériences sexuelles sont naturelles. J'ai dit à ta mère qu'il n'y avait pas de quoi s'alarmer, que tu te calmerais avec le temps. Je l'ai assurée que ce n'était qu'une question de temps, que tu prendrais femme et vivrais normalement un jour.

Kirakis se retourna et regarda son fils.

— Mais ce dernier incident est inexcusable, Alexander. Il me fait douter de ta capacité à prendre ma succession. Je doute que tu puisses assumer cette responsabilité.

Alexander, assis à son bureau, leva sur son père un regard hostile.

— Que voulez-vous dire ? se risqua-t-il à demander.

— N'ai-je pas été assez clair ? Je doute de toi en tant que successeur à la présidence du Conseil d'administration. Je me pose des questions quant à ta capacité à prendre un jour ma place, répondit sans ambages Kirakis.

Alexander se leva. Il dévisagea son père, médusé.

— Ce n'est pas juste, père ! Vous me tenez responsable des actes d'une femme qui était manifestement déséquilibrée, une femme qui mourut de sa propre main !

— Après que tu l'aies rejetée !

Kirakis se tourna vers son fils avec emportement.

— Tu as profité, lâchement, d'une jeune femme troublée et impressionnable. Tu t'es servi d'elle. Tu l'as séduite et utilisée pour ton propre plaisir, et tu l'as ensuite détruite !

— Je n'avais aucun moyen de savoir ! cria Alexander sur la défensive. Nous avons vécu ensemble cette unique semaine à Gstaad ! Je n'ai pas réalisé…

Kirakis le fit taire d'un geste de la main. Sa face était rouge de colère. Il reprit la parole, la voix basse mais empreinte d'une gravité implacable.

— Tu dois bien penser maintenant que j'envisage sérieusement de changer mon testament.

Alexander leva la tête, pétrifié.

— Changer votre testament ? Vous ne parlez pas sérieusement ! À cause de cela ?

— Je suis sérieux, Alexander. Si je ne peux pas être certain que tu seras capable de maîtriser ta vie privée, je ne peux pas te faire confiance comme successeur. Je ne veux pas laisser la société aller à sa ruine. D'ailleurs, je suis sûr que tu comprends mes sentiments sur ce point.

— Mais qui… reprit Alexander, visiblement bouleversé.

— Qui héritera des actions de la société ?

Kirakis secoua la tête.

— Je n'en ai aucune idée, pas encore. Je n'ai pas eu l'opportunité de réfléchir sur mes options. Mon fils, je crains que tu ne m'aies placé dans une situation très désavantageuse. Je n'avais jamais pensé devoir affronter un jour ce genre de problème. Jusqu'à ce jour, il n'y avait aucun doute dans mon esprit : tu me succèderais un jour.

Le visage d'Alexander était gris comme la cendre.

— Je n'arrive pas à croire que vous feriez cela, dit-il d'une voix lente, les doigts crispés sur le bord de son bureau.

— Tu dois me croire, parce que je le ferai très certainement, dit Kirakis d'un ton égal. Ce n'est pas de bon gré que je ferai cela, mais si tu ne me laisses aucun autre choix, il me faudra impérativement en passer par là. Si tu n'affiches pas un comportement plus responsable à l'avenir, je n'aurai pas d'autre choix que de placer le contrôle de la société entre les mains de quelqu'un qui saura diriger cette affaire comme elle doit l'être si elle doit perdurer.

Il se retourna de nouveau vers la fenêtre.

— Considère ceci comme un dernier avertissement, Alexander. Tu es un Kirakis. Le dernier de la lignée, mon seul héritier, pour le moment. Commence à vivre comme un individu responsable avant qu'il ne soit trop tard.

Il se retourna soudainement et quitta le bureau.

Alexander resta dans son bureau longtemps après le départ de son père. Il réfléchissait à l'ultimatum de Kirakis. Connaissant bien son père, Alexander ne douta pas un instant de sa volonté de sévir. Constantine Kirakis ne faisait jamais de vaines menaces. Personne ne savait cela mieux qu'Alexander. Même si son père ne désirait pas refuser à Alexander la direction du groupe, il le ferait tout de même s'il le jugeait nécessaire.

Alexander poussa un profond soupir et tendit la main vers une pile de rapports étalés sur son bureau. Au bout de quelques minutes qui lui parurent une éternité, il abandonna leur lecture car il était incapable de se concentrer. Il repoussa les papiers et se massa les tempes pour essayer de réduire sa tension. Il avait l'impression qu'un étau était enfermé dans son crâne. Il se leva lentement et fit le tour de sa table de travail. La forte odeur des cigarettes égyptiennes de son père emplissait encore l'atmosphère.

À la fenêtre, il riva son regard dans l'obscurité, mais il ne vit rien. Il ne pouvait s'empêcher de se demander si ses rapports avec son père redeviendraient un jour ce qu'ils avaient été jusque là. En se suicidant, et surtout en le citant nommément dans sa lettre, Marianne avait réussi à creuser un fossé entre Alexander et son père, un fossé qui pourrait bien être définitif. «Quelle ironie du sort», pensait Alexander; de nombreuses femmes avaient traversé sa vie, chacune d'elles ayant juré de «lui rendre la pareille» et voilà que Marianne, qui n'avait certainement pas pensé à une quelconque vengeance en se suicidant, avait réussi à lui asséner un coup dont il ne se relèverait peut-être jamais. Sa mort menaçait la seule chose au monde qui importait vraiment à Alexander : son droit d'aînesse. La société Kirakis était la seule passion qui le consumait, sa seule maîtresse exigeante et impétueuse; elle suscitait des émotions puissantes jaillies de quelque source profondément incrustée dans son âme. Jamais une mortelle n'avait su l'exciter à ce point. Pour Alexander, la perspective de perdre cela était pire que la mort elle-même.

Il fallait trouver un moyen de prévenir cette catastrophe.

LOS ANGELES

— Ce serait un documentaire fantastique, dit Meredith à Chuck Willard, directeur de chaîne à la station KXLA. Cette histoire a fasciné les gens pendant des années, probablement parce que Tom Ryan a toujours refusé d'en parler. Personne n'a jamais pu apprendre la vérité, enfin, jusqu'à ce jour.

— Qu'est-ce qui vous fait penser que vous êtes en mesure de faire parler Ryan alors qu'aucun autre journaliste n'a pu l'approcher ? demanda Willard avec scepticisme.

— Je ne pense pas que je le peux, Chuck. Je *sais* que je le peux, confia Meredith.

— J'ai déjà entendu cela auparavant.

L'homme n'était pas convaincu.

— Vous savez, Meredith, je démarrais dans le métier quand tout cela a commencé. Je me souviens que je voulais à tout prix être celui qui obtiendrait toute l'histoire de Ryan à l'instant où il descendait de son avion. J'étais présent, avec d'autres journalistes. À l'époque, il n'a voulu parler à personne et, pour autant que je sache, il n'a jamais parlé.

— Il me parlera à moi. En fait, il l'a déjà fait.

L'homme la considéra un moment.

— Vous lui avez déjà parlé ?

Il y avait de l'incrédulité dans sa voix.

— Comment se fait-il que vous ayez pu parler avec lui, alors que personne d'autre n'a jamais pu obtenir de lui qu'il réponde seulement au téléphone ?

Meredith sourit.

— Aucun de ces autres journalistes ne vit avec Nick Holliday, Chuck, dit-elle simplement.

— Oh ! Je vois. Vous avez accès chez Tom Ryan parce qu'il est intimement lié avec Holliday. J'aurais dû deviner.

— Maintenant, attendez, dit-elle rapidement, toute tendue sous le coup de la supposition sous-jacente que c'était Nick qui avait organisé ces entretiens avec Ryan.

— Que les choses soient bien claires. Nick est opposé à ce projet. Il ne veut y avoir aucune part. Je ne l'ai pas amené à intervenir en ma faveur auprès de Ryan. Il ne l'aurait pas fait même si je l'avais voulu. Il s'est contenté de me présenter à Ryan, *rien de plus*.

— Mais il va de soi que Ryan vous considère d'un œil plus favorable du fait de vos relations avec son protégé, conclut Willard.

— Peut-être que oui, peut-être que non. Mais moi, je vois les choses ainsi : si cela me fournit un tremplin, pourquoi ne pas m'en servir ? Je suis sûre de n'être pas la première journaliste à tirer quelques ficelles pour avoir un sujet.

— Non, en effet. Dites-moi seulement, que lui avez-vous dit pour le convaincre de vous parler ?

— Ce ne fut pas tant ce que j'ai dit que ce que je lui ai montré qui l'a décidé.

Meredith lui parla des coupures de presse qu'elle avait laissées chez Tom Ryan.

— Je savais qu'il ne changerait pas d'avis du jour au lendemain. J'ai pensé qu'il ne regarderait même pas le dossier pendant un jour ou deux. Il fallait lui laisser le temps de mesurer son courage, il ne lisait plus depuis longtemps ce qui paraissait sur lui et sa famille dans la presse. Mais si on lui laissait encore une chance de réfléchir à tout cela, j'étais sûre qu'il ferait volte-face.

— Il n'en a pas fallu davantage ? Un petit discours d'encouragement et quelques vieilles coupures de journaux ? demanda Willard avec stupéfaction.

— Pas seulement cela, dit-elle avec un sourire en coin. Il m'a fallu vraiment remuer ciel et terre pour gagner sa confiance, pour le convaincre que mon intention n'était pas de l'exploiter ni d'exhiber complaisamment ses souffrances.

Elle expliqua les termes de son accord avec Ryan.

— Et vous pensez qu'il s'y tiendra ?

Meredith avait confiance.

— Je ne pense pas qu'il aurait pris la peine de me téléphoner s'il n'avait pas l'intention de me donner au moins une chance. Cela n'aurait aucun sens, n'est-ce pas ?

— Je suppose que vous avez raison.

— Je crois que le jeu en vaut la chandelle, dit Meredith. À mon avis, je n'ai rien à perdre et tout à gagner. Si je réussis à le mettre de mon côté, cela pourrait être la meilleure chose qui me soit arrivée depuis que je suis à KXLA. Sinon, je retourne à la case départ, mais au moins, j'aurai fait de mon mieux.

Willard demeura pensif un moment.

— C'est certain. Mais qu'arrivera-t-il si je m'engage fermement dans ce projet et que Ryan décide de s'en retirer ? Nous n'aurons rien du tout, et moi, je serais bien embarrassé !

— Pas nécessairement.

— Comment voyez-vous cela ?

— Supposez que je travaille sur le sujet comme sur n'importe quel autre. Si nous n'allons pas jusqu'au bout, nous le laissons tomber et l'oublions. Mais si Ryan me parle vraiment, vous me laissez le temps de la rédaction et nous le diffusons en émission spéciale. Cela pourrait être un véritable succès, non seulement local, mais peut-être aussi national. Nous pourrions le vendre à tout le réseau.

— Possible, dit-il lentement.

— Je reste sur les talons de Ryan pour lui faire raconter son histoire par tous les moyens, promit-elle. Si j'échoue, vous ne perdez rien.

— D'accord. Vous concluez un marché avec vous-même, en comptant sur ces quelques ficelles qui vous attachent, bien sûr, acquiesça-t-il finalement. Allez-y et faites votre meilleure prise.

Meredith tendit la main :

— Marché conclu.

Tom Ryan se versa un autre verre. Mais la bouteille étant vide, il la jeta dans sa corbeille à papier près de son bureau. Il alla en chercher une autre au bar, mais il n'y trouva que deux bouteilles vides. Il regarda dans le placard, mais les étagères étaient nues. « Où sont-elles donc ? » se demanda-t-il. Le vendeur d'alcool avait effectué sa livraison normale la semaine précédente. Encore un coup de cette damnée gouvernante ; elle avait probablement tout enlevé. Ce n'était pas la première fois. Elle ne cessait de lui prêcher de ne pas trop boire. Il savait bien qu'elle ne songeait qu'à l'aider, qu'elle ne voulait que son bien, mais il ne pouvait s'empêcher de lui en vouloir.

Il leva la tête vers le tableau accroché au-dessus de la cheminée. Même maintenant, après plus de vingt-cinq ans, il avait l'impression qu'on lui arrachait le cœur en regardant cette peinture. Même maintenant, il était incapable d'accepter le fait qu'il avait à jamais perdu ces deux êtres. Comment cela avait-il pu leur arriver, à eux ? Ils étaient si heureux. Ils avaient tout : un mariage heureux, un bel enfant, des carrrières compatibles, des succès et des triomphes incroyables. Leur avenir se présentait sous le jour le plus brillant. Et puis, en une seule nuit infernale, tout cela leur avait été enlevé brusquement, cruellement. David était mort. Liz était morte et Tom Ryan aurait voulu être mort lui aussi.

Son regard resta longtemps accroché au tableau ; Tom se souvenait du jour où il avait été achevé. David, un gamin normalement turbulent pour ses quatre ans, s'était montré impatient et agité durant les longues séances de pose, jusqu'au dernier jour. Selon Liz, il s'était conduit comme un ange. Il avait posé sans se plaindre et l'artiste avait su capter la vraie nature de l'enfant dans les bras de sa mère. Liz avait ri, c'était bon signe à son avis. Ce rire... Dieu, comme il eut souhaité l'entendre à présent ! Ce rire étonnant et magique capable d'ensorceler ceux qui l'entendaient. Tom Ryan se souvenait encore du bonheur de sa femme ce matin-là. Elle venait d'apprendre qu'elle avait obtenu le rôle pour lequel la moitié des actrices d'Hollywood étaient prêtes à tuer. Le rôle qui ne manquerait pas de lui rapporter l'Oscar tant convoité. À l'époque de sa retraite, en 1948, elle avait dit aux journalistes qu'elle ne regretterait pas de ne plus jouer parce que personne dans le métier ne la prenait au sérieux en tant qu'actrice. On ne voyait en elle qu'une star, certes incontestable. Or, elle était lasse de n'être regardée que comme une déesse sexuelle. Mais ce film-là, elle en avait l'impression, changerait tout cela. Il deviendrait un classique. Il lui permettrait de se prouver qu'elle était une actrice de première grandeur.

Ce rôle l'avait rendue tellement optimiste. Le matin même de leur départ pour l'Europe, elle avait déclaré à toute la presse que c'était l'événement professionnel le plus important qui ait pu se produire pour elle. Tom Ryan cacha son visage dans ses mains en se souvenant de ses paroles adressées aux journalistes à l'aéroport. La prophétie de sa femme concernant ce film s'était réalisée : le film était devenu un classique, il lui avait prouvé qu'elle était une brillante actrice, l'actrice que Tom avait toujours décelée en elle, et qui lui avait rapporté un Oscar. Mais le prix à payer pour cette consécration fut trop élevé, même pour Elizabeth. Ils avaient dû sacrifier tout ce qui leur importait le plus au monde : leur enfant, leur amour et leur bonheur commun. Si seulement ils avaient pu prévoir ! Si seulement ils avaient reçu un avertissement, d'une manière ou d'une autre.

Il regarda encore le portrait et refoula ses larmes. Sur la cheminée, à droite de la peinture, il y avait l'Oscar. Il fut pris d'une telle rage en le voyant qu'il dut faire un effort pour ne pas jeter cet objet damné par la fenêtre. « Pourquoi a-t-il accepté de parler à Meredith Courtney ? » se demanda-t-il. Ses tâtonnements avaient réveillé tous ces souvenirs pénibles qu'il avait tenté d'enfouir depuis vingt-six ans.

Il réfléchit un moment puis décrocha son téléphone et composa le numéro familier du service des réservations de la Swissair à Los Angeles. Il avait déjà composé ce numéro tant de fois qu'il n'avait plus besoin de le chercher.

— Je voudrais faire une réservation… oui. Pour le premier vol disponible vers Lausanne. Ce soir ? Ce serait parfait, oui…

— Nous allons faire la fête ce soir, dit Meredith à Nick lorqu'il l'appela à son bureau cet après-midi là. Je viens de parler avec Chuck Willard ce matin et il m'a donné le feu vert pour le documentaire Ryan.

— C'est fantastique, chéri, dit Nick. Mais tu n'es pas la seule à apporter de bonnes nouvelles aujourd'hui. Je crois que chacun de nous a un événement à célébrer.

— Ah oui ?

« Tout est prétexte à grand spectacle pour Nick », pensa Meredith avec amusement.

— Holliday, ne fais pas durer le suspense. Quelle est ta bonne nouvelle ?

— Je l'ai su ce matin : *Reflexions* a été couronné comme le meilleur film par l'Académie. Et ton fidèle serviteur a reçu le prix de la meilleure réalisation.

Sa jubilation était presque palpable pour Meredith.

— C'est merveilleux ! s'écria-t-elle. Mais franchement, ne t'y attendais-tu pas ?

— Je n'étais pas certain, avoua-t-il. Je pensais certes que le film était assez bon, mais on sait bien que les nominations dépendent davantage de la politique de production d'Hoolywood que de la qualité des films. Songe à certaines récompenses décernées dans le passé.

— Sans doute. Mais toi, tu mérites vraiment cette distinction, et je ne parle pas seulement en critique partiale amoureuse du réalisateur. *Reflexions* est un grand film.

— Espérons que l'Académie pense comme toi, dit Nick avec désinvolture. Où souhaites-tu aller pour célébrer tout cela ?

— Oh ! Je n'en sais rien. Que dirais-tu d'un certain petit local italien à Glendale ?

— Chez Angelino ? s'exclama Nick en riant. Dieu, depuis combien de temps n'y sommes-nous pas allés ?

— Depuis trop longtemps, si tu veux savoir. Qu'en dis-tu ? Nick, tu es d'accord ?

— Je ne refuse pas. Mais vois-tu je ne pensais pas que tu étais aussi sentimentale.

Meredith réfléchit un moment.

— Je pensais… Et si nous invitions Tom Ryan ? Il me semble que ni l'un ni l'autre n'aurions rien à célébrer ce soir s'il n'avait pas été là.

— Si tu y tiens réellement, dit Nick lentement, sans grand enthousiasme.

— Cette idée n'a pas l'air de te plaire beaucoup.

— C'est que je pensais à une petite fête plus intime.

Meredith éclata de rire.

— Ne t'inquiète pas. Nous ferons la fête en privé ensuite, chez nous. Je te donne ma parole. Qu'en dis-tu ? Je peux appeler Tom pour lui demander s'il est libre ?

Nick se tut un moment.

— Oui, bien sûr, pourquoi pas ? acquiesça-t-il finalement. Du moment que tu te souviens que lorsque nous serons rentrés…

— Holliday, tu es impossible ! Mais je suis d'accord. Je vais appeler Tom avant de partir d'ici cet après-midi.

— Pourquoi ne pas essayer de l'avoir maintenant ? suggéra Nick. Je suis pressé ; nous avons eu des problèmes en masse sur la scène. Je ne me suis même pas arrêté pour déjeuner.

— Pauvre chou, dit-elle avec insouciance.

Le déclic du récepteur résonna dans son oreille. Elle attendit un moment, puis elle composa le numéro de Tom Ryan. La sonnerie se fit entendre à plusieurs reprises avant qu'il ne décroche.

— Tom, c'est Meredith Courtney.

— Bonjour, Meredith, répondit-il d'une voix bizarre. Je crains que vous n'appeliez au mauvais moment. J'allais justement sortir.

— Je ne vous retiendrai qu'une minute, promit-elle. Nick et moi faisons une petite fête ce soir. En effet, *Reflexions* vient d'être choisi pour une récompense académique, et je viens de recevoir le feu vert pour mon idée de documentaire. Nous aimerions que vous vous joigniez à nous.

— Je regrette que cela me soit impossible.

La voix crispée de Ryan étonna Meredith.

— Je quitte la ville pour quelques jours.

— Désolée… Désolée que vous ne puissiez pas vous joindre à nous. Mais…

— Pourquoi ne vous appellerais-je pas à mon retour ? dit-il alors. Si ce voyage se passe bien, nous pourrons nous entretenir longuement, et je vous dirai tout ce que vous désirez savoir.

— D'accord, Tom, dit Meredith, le souffle coupé parce qu'elle entendait.

Était-il sincère ? Allait-il vraiment lui révéler tout ce qui était arrivé à sa femme et à son fils ?

— Je ne veux pas vous retarder. Nous nous reverrons à votre retour.

Il y eut une pause.

— Oui. Je vous appellerai.

Puis plus rien.

Meredith considéra l'appareil pendant un long moment. Où allait-il donc ? Et pourquoi le destin de son documentaire dépendait-il de ce voyage ?

À qui allait-il rendre visite ?

— Au risque d'employer un cliché, je donnerais volontiers un penny pour connaître vos pensées, charmante dame, dit Nick d'une voix taquine en lui montrant une pièce.

Il souriait à Meredith et ses yeux bleus semblaient danser.

— Voilà quelques minutes que tu restes sans bouger, ta fourchette à la main, le regard lointain ; tu n'as même pas touché à ton assiette.

Meredith sourit à son tour. L'éclat doré des chandelles se mêlait à son visage, à son opulente chevelure blonde qui tombait librement sur ses épaules, et même à la soie rose de sa robe.

— Je pensais justement à la dernière fois que nous sommes venus ici, dit-elle en coulant son regard sur la foule du restaurant. T'en souviens-tu ?

Il roula ses yeux vers le plafond en laissant échapper un gémissement d'angoisse simulée.

— Comment l'oublier ? J'ai dû faire tellement d'efforts pour t'impressionner. J'ai tout fait, sauf faire tenir une balle en équilibre sur mon nez !

Meredith eut un petit rire.

— Et moi, je m'efforçais aussi sévèrement de ne pas m'en laisser imposer.

Elle se tut et baissa les yeux sur son assiette.

— Tu sais, c'est un petit miracle que nous nous soyons entendus.

Il tendit la main de l'autre côté de la table et prit la sienne.

— Je ne sais pas exactement comment cela est arrivé, mais je suis content que nous nous soyons rencontrés, dit-il tout bas.

Elle le regarda, ses yeux d'un bleu pâle luisant dans la lumière vacillante des chandelles. Elle posa son autre main sur celle de Nick.

— Moi aussi, dit-elle doucement.

— Je sais que tu voulais que Tom se joigne à nous ce soir, mais moi, je suis heureux qu'il n'ait pas été libre. Je voulais vraiment être seul avec toi.

Meredith sourit en faisant le tour de la salle du regard.

— Je ne dirais pas que nous soyons seuls.

— Tu sais ce que je veux dire.

Elle hocha la tête. Les minuscules diamants ornant les lobes de ses oreilles lancèrent des reflets.

— Je sais fort bien ce que tu veux dire.

Elle prit son verre.

— Si nous portions un toast ? Nous sommes venus ici pour célébrer deux événements.

Il acquiesça de la tête en lâchant sa main pour prendre son verre à son tour.

— Tu as absolument raison.

Il leva son verre :

— À nous, à mon oscar, et à ton succès pour ton documentaire. Que notre chance nous accompagne toujours.

Ils trinquèrent.

— Jusqu'au bout, ajouta-t-elle.

Elle but son vin à petites gorgées.

— Tu sais, il n'y a pas si longtemps que nous sommes venus ici pour la dernière fois, mais de nombreux changements sont déjà intervenus.

Nick observa la salle et se gratta la barbe pensivement.

— Ils se sont agrandis. La piste de danse n'était pas là. Il y avait si peu de place que nous pouvions à peine faire le tour des tables. Pas question de danser à l'époque. Ce n'est pas ce qui m'ennuyait d'ailleurs.

— Tu n'aimes pas danser ? demanda Meredith qui réalisait soudain qu'ils n'avaient jamais dansé ensemble depuis les mois qu'ils vivaient ensemble.

Il ricana.

— Tu ne voudrais pas danser avec moi, chérie. Je suis célèbre pour mes deux pieds gauches !

— Tu te sous-estimes toujours, accusa-t-elle. Je me demande parfois si tu ne fais pas cela pour m'amener à protester.

— Non. Mais je n'irai pas jusqu'à prétendre que je ne suis pas ravi quand tu m'assures que je suis formidable !

Elle rit de bon cœur.

— Tu n'as pas besoin de moi pour cela. Tu n'as qu'à continuer à lire *Variétés* !

— Venant de toi, cela me fait encore plus plaisir.

Les musiciens prirent place sur l'estrade et commencèrent à jouer. Meredith regarda Nick.

— Eh bien ! Tu m'invites à danser ou non ?

— Tu aimes vivre dangereusement, hein ?

Il se leva cependant et lui tendit la main.

— Vos désirs sont des ordres, princesse, dit-il galamment.

Meredith se leva. Ils se tinrent un moment par la main, puis il la guida sur la piste de danse et la prit dans ses bras. Elle posa les mains sur ses épaules et se laissa aller contre lui au rythme de la musique. Elle sourit.

— Deux pieds gauches, vraiment ! s'exclama-t-elle. Tu danses beaucoup mieux que tu ne le dis !

Il eut un petit sourire.

— Attends un peu !

Elle posa la tête sur son épaule. Depuis combien de temps n'étaient-ils pas sortis ainsi, elle et lui ? Quand avaient-ils joui de leur solitude à deux pour la dernière fois, sans intrusion de qui que ce fût ?

— Nous pourrions sortir ainsi plus souvent, murmura-t-elle.

— Aller danser ?

— Nous ferions n'importe quoi, pourvu que nous soyons ensemble.

— Une suggestion qui sonne agréablement.

Nick la regarda, et le reflet d'amour qu'il vit dans ses yeux l'émut. Il la guidait autour de la piste très fréquentée et leurs corps ondulaient ensemble sur le rythme lent et sensuel de la musique. Il sentit alors monter en lui un désir qu'il n'était pas certain de maîtriser. Meredith le ressentit également et fut submergée d'un sentiment très puissant dans lequel elle crut s'engloutir. Tous deux s'abandonnèrent à une excitation de plus en plus forte et finalement, incapable d'y résister plus longtemps, Nick pencha la tête et l'embrassa derrière l'oreille.

— Partons, murmura-t-il. Rentrons chez nous.

Elle leva la tête et sourit d'un air entendu.

— La fête est déjà finie ?

— Non, répliqua-t-il d'une voix basse et rauque. Ce n'est qu'un début.

Tandis qu'elle attendait Chuck Willard dans son bureau, Meredith se demanda combien de fois elle y était venue au cours des deux années écoulées sans réellement remarquer l'environnement. D'ordinaire, elle y venait quand il y avait crise ; mais ce jour-là, elle avait le temps d'apprécier le décor ultramoderne qu'il s'était choisi : lignes nettes et contemporaines depuis les tables en chrome et en glace jusqu'au bureau et à la crédence nets et sans enjolivures, depuis les fauteuils tout simples en cuir gris jusqu'au palmier en pot disposé près de l'immense fenêtre. Quand les rideaux n'étaient pas fermés, il pouvait observer le chaos de la salle de rédaction par la paroi en verre qui le séparait de ses collaborateurs. «Personne ne peut s'échapper sans qu'on le voie d'ici», pensa méchamment Meredith. Elle regarda sa montre : 9h30. Où était-il donc ? Il n'avait pas l'habitude d'être en retard. Pas Willard. Lorsqu'il lui avait téléphoné chez elle, la veille au soir, pour lui demander de passer à son bureau dans les premières heures de la matinée, il semblait considérer ce rendez-vous comme tellement important que Meredith avait tenu à arriver de bonne heure. Elle aplatit sa jupe sur ses genoux. Elle portait son tailleur gris, celui qu'elle préférait, du même style que ceux que créa Dior dans les années 40. Veste cintrée, épaules légèrement rembourrées, revers de velours noir dont l'un s'ornait d'un petit diamant que Nick lui avait acheté lors d'un tournage à Rome. Meredith aimait cet ensemble pour son allure sophistiquée et son élégance subtile.

Tout à coup, Chuck Willard se précipita par la porte comme un taureau furieux, attaché-case en main et le visage crispé par la contrariété.

— Excusez mon retard, grommela-t-il en fermant la porte. Une matinée infernale. Vous attendez depuis longtemps ?

— Un moment, répliqua Meredith franchement.

Willard retira son manteau et le suspendit. Il s'assit à son bureau et sonna sa secrétaire à l'interphone.

— Retenez tous les appels jusqu'à nouvel ordre, Sally, ordonna-t-il.

Puis il se tourna vers Meredith.

— Je voulais d'abord vous voir pour vous demander si cela vous intéresserait d'assumer le poste de co-présentatrice pendant que Dana est à l'hôpital, annonça-t-il sans préambule.

Dana Welles était la présentatrice de KXLA au journal télévisé du soir. Elle était entrée à l'hôpital la semaine précédente pour une biopsie des seins, et elle était en train de se remettre d'une double mastectomie. La semaine passée, son poste avait été assumé par Roy McAllister, un présentateur vétéran venant de Seattle, qui s'était récemment joint à la station KXLA. « Pourquoi le remplacer ? » se demandait Meredith.

— J'allais partir ce matin quand j'ai reçu un coup de fil de Dana. Elle est toujours à l'hôpital, mais elle pense qu'elle se doit de me faire savoir sans retard qu'elle donne sa démission. Elle en a parlé avec son mari, ils sont vraiment paniqués face à cet éventuel cancer, et ils ont décidé qu'elle ne reviendrait pas ici en sortant de l'hôpital. J'aimerais que vous la remplaciez, en permanence, si cela vous intéresse.

— Bien sûr que cela m'intéresse, dit Meredith avec circonspection. Mais qu'en est-il de Roy ? Je pensais que son travail était excellent.

— Il était… il est excellent. Malheureusement, les spectateurs ne s'emballent pas pour lui. Ils aiment voir une femme dans l'équipe. Et il me semble que vous seriez la meilleure femme pour ce travail.

Meredith réfléchit un moment.

— Quand voulez-vous que je commence ?

— Aujourd'hui. Tout de suite.

LAUSANNE, SUISSE

De l'extérieur, la clinique de Lausanne ne ressemblait pas du tout à un hôpital et encore moins à l'institution psychiatrique à la plus fine pointe de toute l'Europe. Au premier regard, on eut pu la prendre pour un hôtel de luxe. Elle se dressait sur des centaines d'acres de gazon parfaitement entretenu, le tout étant entouré d'un haut mur. Le seul accès était constitué par un lourd portail en fer forgé ouvrant sur une longue allée bordée d'arbres qui menait au bâtiment principal, un immense château du 17e siècle. À l'intérieur, les pièces formaient des suites élégantes qui procuraient une parfaite intimité à chaque patient. La surveillance était sévère, les patients étant le plus souvent des célébrités internationales appartenant au monde de la politique, du spectacle et des arts ; il s'agissait même fréquemment de proches parents : époux ou enfants. L'équipe médical se composait de psychiatres et de psychanalystes de premier plan venus de tout le continent. La clinique offrait aux patients et à leurs familles le meilleur qui se puisse acheter.

Le personnel de la clinique de Lausanne, depuis les infirmières et les assistantes jusqu'au personnel de maintenance, s'enorgueillissait de sa discrétion autant que de la qualité de ses soins. Des journalistes et des photographes tentèrent bien d'approcher des membres du personnel afin d'accéder à tel ou tel patient, mais ils se heurtèrent toujours à un refus, quelle que soit la somme d'argent offerte. Ces gens n'étaient pas plus sensibles aux promesses de fortune qu'aux visages familiers, et souvent célèbres, de leur patients ; ils étaient en effet accoutumés à ces réalités autant qu'aux divers aspects horribles des maladies mentales.

— Je souhaiterais vous donner de l'espoir, monsieur, mais ce serait cruel de ma part, dit le docteur Henri Goudron, chef de l'équipe médicale. Voyez-vous, dans un cas comme celui-ci, le traumatisme a été plus violent que ce que pouvait supporter le mental. Quand le mental ne peut résister, il fait retraite, c'est une espèce de mécanisme de défense.

Tom Ryan plissa le front.

— Vous êtes en train de me dire qu'il n'y a pas d'espoir, ni maintenant, ni jamais ?

— Je ne fais que vous répéter ce que je vous ai déjà dit si souvent, dit calmement le docteur Goudron. Vingt-six ans, monsieur, c'est très long. Plus longtemps dure sa séparation de la réalité, plus…

Il haussa les épaules en signe d'impuissance.

Tom Ryan alluma une cigarette.

— Vous me dites qu'il n'y a aucune chance pour qu'elle sorte un jour de son état ?

— Ah ! Monsieur, il y a toujours une chance, s'empressa de répliquer Goudron. Mais dans le cas de madame, elle est très faible, très faible en vérité. À peu près inexistante. Je ne peux pas être optimiste, conclut-il avec un geste qui soulignait ses paroles.

— Je comprends, dit Ryan à voix basse.

— Comme je vous l'ai déjà dit, je pense que vous perdez votre temps et votre argent à lui rendre visite chaque mois comme vous le faites depuis toutes ces années. Elle ne vous reconnaît pas. Elle ne sait même pas que vous êtes près d'elle.

— Mais *moi,* je sais que je suis là, rétorqua Ryan.

Le docteur Goudron soupira.

— Je comprends. Si cela vous apaise de la voir, c'est une affaire entre vous et votre conscience, monsieur. Mais pour ce qui est de madame, cela ne lui sert à rien.

— Puis-je la voir maintenant ? demanda Ryan avec impatience.

— Bien sûr.

Les deux hommes se levèrent et quittèrent le bureau du psychiatre. Ils marchèrent en silence dans des couloirs déserts et montèrent l'escalier large et ornementé jusqu'au second étage. Le médecin ouvrit la porte de la suite qu'occupait la malade et fit signe à Tom d'entrer. Ryan entra dans la pièce. Liz était assise dans un grand fauteuil rouge près de la fenêtre, son beau visage baigné dans la chaude lumière du soleil de l'après-midi. C'était tellement incroyable ; elle avait à peine changé durant ces vingt-six ans. Elle était toujours aussi belle qu'autrefois, avant que leur vie ne devint un enfer réel. Le temps n'avait pas touché son visage. Son opulente chevelure noire brillait toujours et était toujours coiffée comme autrefois. C'était comme si le temps se fut arrêté dans cette chambre. Il s'agenouilla près du fauteuil et prit la main de sa femme. Comme toujours, elle fixait devant elle ses yeux sans expression, sans un seul clignement, sans se rendre compte de sa présence. Il soupira puis dit doucement :

— Bonjour, Liz.

Le vol entre Lausanne et New York dura treize heures. À mi-traversée de l'Atlantique, le 747 fut pris dans une turbulence, mais le pilote annonça immédiatement que la situation n'était nullement grave et qu'il n'y avait pas lieu de s'alarmer. Tom Ryan n'avait pas été inquiet. Rien ne l'aurait rendu plus heureux que de voir l'avion plonger dans l'océan ou exploser dans les airs ; il en aurait ainsi fini avec la vie. « Je suis mort depuis un quart de siècle, pensa-t-il avec stupéfaction ; on ne m'a pas encore enterré, c'est tout. »

L'hôtesse lui offrit un oreiller, mais il le refusa d'un geste. Il n'était pas fatigué ; il n'avait pas faim non plus, il n'avait même pas soif. Il désirait seulement qu'on le laisse tranquille avec ses pensées, avec les souvenirs pénibles qui l'assaillaient de plein fouet après chacune de ses visites à Elizabeth. Souvenir du soir où leur enfant leur avait été arraché. Souvenir d'un autre soir où il avait dit à Liz qu'il n'y avait plus d'espoir, que David était mort. Souvenir de la manière dont elle s'était retirée de la vie : d'abord des hurlements hystériques, puis l'effondrement dans ses bras au milieu d'un silence de mort qui fut désormais son tombeau. Il refoula une larme. Dieu, elle resterait ainsi jusqu'à la fin de sa vie ! Goudron l'avait pour ainsi dire admis. Les paroles du médecin résonnaient encore dans son esprit : « Un mince espoir, pratiquement inexistant... tellement éloignée du monde que je ne peux pas être optimiste... vingt-six ans, c'est très long... » Ryan ferma les yeux avec force. Il était déchiré entre son besoin de partager sa souffrance avec quelqu'un, n'importe qui, et son vœu de protéger Elizabeth du monde extérieur jusqu'à la fin de ses jours. Il avait bien souvent pensé à mettre fin à ses propres jours mais c'était hors de question aussi longtemps que Liz serait en vie. Il fallait qu'il vive pour elle. Qui s'occuperait d'elle, qui s'assurerait qu'elle est bien soignée s'il n'était plus là ? À qui pourrait-il confier cette tâche sacrée entre toutes ? Il pensa à Meredith Courtney, à la conversation qu'il avait eue avec elle le jour où il était parti pour Lausanne. Il avait promis de tout lui raconter. Il désirait le faire. Non seulement il avait de l'affection pour Meredith, il lui faisait aussi confiance. Il était certain qu'elle n'essaierait pas d'exploiter Liz et sa maladie comme d'autres l'avaient fait au cours des années. Toutefois, qu'arriverait-il à Liz s'il laissait la vérité transpirer ? Malgré les années,

Elizabeth Weldon-Ryan était encore un thème journalistique, surtout à Hollywood. Serait-il encore capable de la protéger des loups ?

Il se souvint du matin où il l'avait laissée à la clinique, il se souvint de cette belle matinée de septembre 1953 où il s'était fait violence pour lui dire au revoir. Revenir sans elle aux États-Unis avait été presque aussi pénible que d'annoncer à Liz que son fils était mort. Mais Tom Ryan ne cessait de se dire qu'il n'avait pas le choix ; c'était le seul moyen de la protéger des journalistes qui n'auraient pas manqué de l'attendre s'il l'avait ramenée avec lui. Il avait préféré la mettre dans un établissement suisse parce qu'il savait que s'il l'avait placée dans un hôpital américain, un membre peu scrupuleux de la presse aurait réussi à la dépister tôt ou tard et sa vie serait vite devenue une attraction foraine. À Lausanne, elle était en sécurité. Personne ne viendrait la troubler. Le docteur Goudron l'avait assuré qu'elle jouirait d'une tranquillité parfaite aussi longtemps qu'elle serait sa patiente ; c'était cela qui avait décidé Tom Ryan. Liz avait assez souffert. S'il ne pouvait rien faire d'autre pour elle, il pouvait au moins veiller à son confort jusqu'à la fin de sa vie.

L'avion atterrit à l'aéroport Kennedy et Ryan s'aperçut alors qu'il lui restait une heure à perdre en attendant le vol de Los Angeles. Il alla au salon de l'aéroport et commanda un martini. Quand le vol pour Los Angeles fut annoncé, il avait déjà bu quatre verres et se préparait à en demander un cinquième. Il avait déliberé sur son cas désespéré jusqu'à ce qu'il ne soit plus capable d'aligner deux pensées cohérentes.

Et il n'avait toujours pas décidé de ce qu'il allait raconter à Meredith.

LOS ANGELES

Meredith jura tout bas en attaquant les virages aigus et les tournants de la route pleine d'embûches de la Côte Pacifique dans sa MG décapotable. Elle détestait cette route 1, mais tant qu'on ne lui indiquerait pas un meilleur chemin pour atteindre la Cité Malibu, elle en était réduite à l'emprunter. La journée avait été longue et lugubre, Meredith était épuisée. Elle alluma la radio de sa voiture et chercha un programme de musique continue. Le bruit de la musique et l'odeur salée de l'océan à plusieurs centaines de mètres au-dessous d'elle la détendaient ; c'était un changement bienvenu après le rythme sauvage qu'elle avait dû soutenir pendant toute cette semaine. Elle chaussa une paire de lunettes noires pour faire écran au soleil éblouissant de cette fin d'après-midi. Elle décida de se coucher de bonne heure ; dîner léger et au lit à neuf heures. Elle n'avait rien d'urgent à faire ce soir, et Nick était à Carmel jusqu'au vendredi suivant.

« C'est bizarre, pensa-t-elle en quittant la route principale pour s'engager dans la cité, si l'on m'avait dit il y a un an que je me retrouverais un jour dans une telle situation, j'aurais bien ri. » En effet, elle s'était juré depuis longtemps de ne jamais dépendre de personne, ni financièrement, ni affectivement. Etre ainsi dépendante, c'était permettre à l'autre un certain contrôle sur sa vie, et elle s'était toujours opposée avec obstination à cela. Jusqu'au jour où elle rencontra Nick. Nick avait tout changé. Il l'avait amenée à faire des projets d'avenir, tant professionnels que personnels. En tombant amoureuse de lui, elle avait pris conscience que sa seule carrière ne lui suffisait pas, aussi importante qu'elle fût à ses yeux. Malgré son ambition, elle avait découvert que son seul métier ne la satisfaisait pas totalement. Elle avait besoin de Nick, elle avait besoin de la vie qu'ils s'étaient forgée ensemble.

Elle reprit soudain contact avec le présent quand elle arrêta sa voiture devant la maison de la plage. Remarquant les volumineux nuages qui arrivaient par l'est, elle décida de mettre la capote sur sa voiture. On prévoyait de la pluie, et il semblait qu'elle tomberait ce soir. Elle rentra dans la maison et descendit dans le salon ovale situé en contrebas. Elle posa son attaché-case sur le divan tapissé de bleu et retira son imperméable. Elle alla à la porte-fenêtre et regarda l'océan. La vue panoramique était interrompue au centre de la pièce par la pierre massive de la cheminée entourée de plantes hautes et enchevêtrées mais soigneusement entretenues. C'était elle qui avait pensé aux plantes. Elle avait refait la décoration du lieu qui, à présent, n'avait plus cet aspect strictement masculin qui était le sien lorsqu'elle y était venue pour la première fois. Avec ses murs lambrissés de chêne, son plafond à poutres et ses pierres apparentes, il avait un air rustique bien marqué.

Meredith mit en marche le répondeur téléphonique. Lorsqu'il s'absentait, Nick appelait chaque jour et laissait des messages sur la bande. Elle écouta tout en laissant tomber son sac sur le divan et se déchaussant à coups de pied. Un sourire lui vint aux lèvres en entendant le dernier message de Nick. Il rentrait bien vendredi, pas de retard jusque là. Il l'aimait, elle lui manquait, et il avait hâte d'être près d'elle.

Le message suivant émanait de Kay. Elle savait que Meredith était seule cette semaine et elle l'invitait à dîner ce même soir. Pourquoi Kay ne lui avait-elle pas fait sa proposition au bureau ? Meredith secoua la tête. Cela ressemblait bien à Kay de penser à ce genre de choses sur l'inspiration de l'instant. Elle allait rappeler Kay pour la remercier de son offre et lui dire qu'elle était fatiguée et avait l'intention de se coucher tôt, contrairement à son habitude.

Puis vint une autre voix familière : celle de Tom Ryan.

— Meredith, je veux simplement vous dire que je suis revenu. J'ai beaucoup réfléchi à notre sujet, et j'ai décidé de vous faire confiance. N'essayez pas de m'appeler, je serai absent une grande partie de l'après-midi. Je serai chez vous vers huit heures.

Le cœur de Meredith battit un grand coup. Ce message ne pouvait signifier qu'une chose : Tom était enfin décidé à s'ouvrir à elle. Il allait lui raconter toute la vérité. « Ce serait un soir qui compterait », pensa-t-elle en débranchant le répondeur. Elle ne se souciait plus de rien d'autre. Elle était prête à rester debout toute la nuit.

Elle consulta sa montre : 6h30. Elle avait le temps de prendre une douche et de se changer avant qu'il n'arrivât. La gouvernante allait préparer une collation légère ; peut-être demanderait-elle à Tom de rester à dîner. Elle rappela Kay puis alla dans la cuisine pour discuter du dîner avec Pilar. Tandis qu'elle s'élançait dans l'escalier pour aller se doucher, elle réalisa qu'elle n'était plus fatiguée du tout. Elle avait envie de chanter. Elle avait hâte de voir la physionomie de Chuck Willard quand elle lui offrirait son exclusivité. Elle était sur le point de résoudre un mystère qui avait intrigué les fanatiques du cinéma pendant plus d'un quart de siècle.

Cela lui ouvrirait toutes les portes de la profession !

Tom Ryan était assis seul au bar d'une petite taverne de Santa Monica, tenant entre ses mains un scotch tiède. « Quelle différence y a-t-il ? » pensait-il. Il ne savait même plus depuis combien de temps il était là. Il sirotait son verre en faisant la grimace. « Dieu, quelle horreur ! » Il fit enfin signe au tenancier.

— Smit, apportez-moi un scotch frais. Celui-ci ressemble plutôt à du gazole !

— Ami, ne pensez-vous pas que vous avez bu suffisamment ? demanda le jeune homme du bar en l'observant attentivement.

— Je vous le dirai quand j'en aurai bu assez, s'écria Ryan d'un ton mauvais. Ça vient, ce verre ?

Smitty secoua la tête.

— Oh, très bien ! dit-il en prenant un verre propre.

— C'était toujours la même chose : il venait au bar deux ou trois fois par semaine, buvait jusqu'à perdre la raison, puis Smitty le renvoyait chez lui en taxi. Mais ce soir-là, il paraissait bizarrement différent. Il était d'une humeur particulière. Smitty était curieux, mais il se garda bien de poser des questions directes.

Tom Ryan se retourna sur son tabouret et regarda vers la fenêtre. Il se demanda à quel moment il commencerait à pleuvoir. Le ciel était nuageux quand il était arrivé à l'aéroport international de Los Angeles le matin. Il détestait les nuits pluvieuses. Elles lui rappelaient les nuits avant que Liz… Il serra très fort ses paupières. Il pensa à ce qu'il allait faire, et il espérait avoir raison.

— On dirait qu'il va pleuvoir à seaux cette fois, commenta Smitty en posant le verre de scotch sur le comptoir, devant Ryan. Vous habitez loin d'ici ?

— Dans les collines, répondit Ryan distraitement. Je ne rentre pas directement chez moi ce soir. J'ai encore une importante affaire à régler d'abord, quelque chose que j'aurais dû faire depuis longtemps.

— Oui, sûrement, dit Smitty en opinant de la tête.

Chaque fois que ce grand homme blond venait, il divaguait sans cesse au sujet de l'épouse et de l'enfant qu'il avait perdus depuis des années. Ses histoires n'avaient jamais beaucoup de sens, mais Smitty s'imaginait que l'épouse était partie en emmenant l'enfant avec elle.

— Voulez-vous que j'appelle un taxi ?

Ryan secoua la tête.

— Non, pas ce soir, dit-il d'une voix blanche.

— Cela ne me dérange pas…

Ryan le regarda directement.

— Comme je viens de vous le dire, j'ai à faire ce soir.

Il prit son verre et en vida le contenu d'un long trait.

— Il faut que je sois seul.

Le tenancier haussa les épaules et reprit son travail. Il s'efforçait d'avoir l'œil sur les innocents automobilistes aussi bien que sur ses clients réguliers, mais ce n'était pas toujours possible.

Tom Ryan consulta sa montre : 6h45. Il fallait qu'il se mette en route s'il voulait arriver à Malibu à huit heures. Il eut l'idée d'appeler Meredith, simplement pour s'assurer qu'elle était chez elle, mais il se ravisa. Il devait l'affronter avant de perdre courage. Il prit un pince-notes en or dans sa poche et en retira un billet de cinquante dollars qu'il posa sur le comptoir devant Smitty.

— Garde la monnaie, mon gars, dit-il en se levant.

Il se dirigea ensuite vers la porte.

Smitty prit le billet et regarda Ryan s'éloigner, l'air incrédule.

— C'est un billet de cinquante, ami, dit-il enfin.

Ryan fit un signe de tête.

— Garde-le, dit-il avec un sourire las. Parfois, Smit, parfois, je pense que tu es mon seul ami.

Smitty le regarda fixement, ne sachant que dire.

— À la semaine prochaine, à moins qu'il nous faille construire une embarcation, dit Ryan en ouvrant la porte. Nom d'un chien, il pleut à verse !

— Vous êtes sûr de ne pas vouloir de taxi ?

— Non, pas ce soir.

— D'accord.

Smitty abandonna à contrecœur.

— Merci pour le pourboire, ami.

— Vous l'avez gagné, Smit.

Ryan referma la porte derrière lui.

Smitty quitta le comptoir et alla à la fenêtre. Il regarda Tom Ryan monter dans sa Rolls-Royce et se demanda une fois de plus pourquoi un type pareil passait la plus grande partie de son temps dans une boîte comme celle-ci, en buvant jusqu'à ne plus rien voir.

Il ne connaissait même pas le nom de cet homme, mais il savait qu'il était riche. Il dépensait l'argent comme s'il en avait des liasses à brûler. Il conduisait une voiture qui lui avait certainement coûté une petite fortune.

Une fois dans sa voiture, Ryan fouilla dans ses poches pour trouver sa clé. Ayant pêché la bonne, il mit le contact et le moteur s'anima. Il écouta son léger bourdonnement pendant quelques instants, puis il jeta un coup d'œil sur la grande enveloppe jaune posée sur le siège voisin : les coupures de presse que Meredith lui avait données la première fois que Nick l'avait emmenée chez lui. Il les lui rendrait ce soir. Il ne supportait plus de les voir. Il était écœuré par la manière dont tous ces gens avaient spéculé sur son chagrin. Ce soir, il se promettait de mettre fin aux rumeurs et spéculations une fois pour toutes.

La route de la Côte Pacifique avec ses virages difficiles était déjà considérée comme dangereuse pour un conducteur chevronné et par beau temps. Alors pour un homme qui avait bu plus que de raison et parvenait tout juste à se concentrer sur sa tâche, elle était une invite au suicide. Derrière le volant de sa Rolls-Royce, Ryan se tendait pour voir la route, mais son esprit était à des milliers de kilomètres de distance. Il pensait à Elizabeth tandis qu'il s'engageait maladroitement dans les virages en épingle à cheveux. Il l'avait laissée à la clinique parce qu'il savait qu'elle y était en sécurité ; elle serait protégée du monde extérieur. Mais qu'allait-il lui arriver maintenant ? En quoi risquait-elle d'être affectée par sa décision de révéler son histoire, leur histoire, à Meredith ? Le semblant de vie dont elle jouissait en Suisse n'allait-il pas être détruit à cause de ce qu'il se préparait à faire ? Il lui fallait croire que rien ne serait changé. Il lui fallait croire qu'il faisait le bon choix car après tant d'années de mutisme, il éprouvait le besoin de se délivrer de son fardeau. Il avait besoin de raconter son histoire, il avait besoin de mettre fin aux mensonges et aux rumeurs, une fois pour toutes.

Tout à ses réflexions, il ne vit pas le semi-remorque qui venait à sa rencontre. Le gigantesque camion avait pris un virage très large et ses phares étaient éblouissants. Ryan dut lâcher son volant en tentant de se protéger les yeux. La voiture vacilla follement en se précipitant contre le rail de sécurité latéral avant de se projeter sur la pente qui tombait dans l'océan. La scène se déroula si rapidement que toute réaction fut impossible. Il n'y avait eu qu'un seul flash aveuglant, suivi d'un bruit de verre cassé et de métal écrasé ; puis un rugissement assourdissant.

Et puis plus rien que les ténèbres de l'oubli.

Meredith était debout près de la fenêtre à regarder la pluie s'abattre contre les vitres en se demandant ce qui avait pu arriver à Tom Ryan. Il disait dans son message qu'il serait chez elle vers huit heures. Or, il était 10h30. Avait-il, encore, changé d'avis ? Elle ne comptait même plus les fois où il lui avait accordé un rendez-vous, puis l'avait brusquement annulé ou était absent lorsqu'elle se présentait à Bel Air. Si seulement elle avait pu connaître ses pensées, et ce qu'il avait en tête. Que cachait-il ? Et quel rapport existait entre ce qu'il dissimulait et la mort de sa femme et de son enfant ?

Elle se décida à téléphoner chez lui. Après la cinquième sonnerie, la gouvernante se fit entendre.

— Ici Meredith Courtney. M. Ryan est-il chez lui ?

— Non, répondit la gouvernante au fort accent espagnol. M. Ryan, il est parti au début de l'après-midi, et je ne l'ai pas vu depuis. Il m'a dit qu'il allait vous voir.

— Je l'attends depuis deux heures et demie. Devait-il aller ailleurs ?

— Non, pas que je sache. À moins que…

La femme s'interrompit brusquement.

— Où pourrait-il être allé ? Vous alliez dire quelque chose. Qu'est-ce que c'était ? Où pensez-vous qu'il soit allé ?

— Nulle part, s'obstina la gouvernante, visiblement nerveuse. Ce n'est pas à moi de le dire. M. Ryan… serait furieux.

— Il peut lui être arrivé un accident, lui rappela Meredith. Toute indication pourrait être importante.

— Non, persista la femme. S'il ne rentre pas chez lui, ou si vous n'avez pas de nouvelles de lui bientôt, alors peut-être… mais je ne peux pas parler maintenant. Vraiment… je ne dois pas.

Meredith soupira.

— D'accord. Je comprends. Dès qu'il rentrera, demandez-lui de m'appeler, quelle que soit l'heure ?

— *Si*. Je peux faire cela.

Le récepteur cliqueta dans son oreille. Meredith l'abaissa lentement et le remit en place. Il n'était pas besoin d'être devin pour savoir ce que pensait la gouvernante. Ryan devait être dans un bar quelconque à boire jusqu'à en perdre la raison.

Meredith retourna à la fenêtre. Elle attendait son appel, ne serait-ce que pour savoir s'il venait ou non. Il pouvait être exaspérant parfois. Si ce documentaire n'était pas aussi important pour sa carrière, si elle ne tenait pas tant à réaliser son projet jusqu'au bout, elle laisserait tomber et lui dirait ce qu'elle pensait de ce jeu incessant d'avance et de retrait. Dans quel but ?

Le téléphone sonna. Surprise, elle saisit le récepteur.

— Allô ? répondit-elle, une note d'anxiété dans la voix.

— Meredith ?

C'était Kay.

— Je n'étais pas sûre de te trouver chez toi.

— Où irais-je ? demanda Meredith sur un ton irrité. Tu sais bien que j'attends Tom Ryan.

— Tu n'es donc pas au courant alors !

— De quoi, pour l'amour du ciel !

— On en a parlé à la radio, à la TV…

— Je n'ai pas allumé la télévision de toute la soirée, dit Meredith en cherchant une chaise. Qu'y a-t-il ?

— Tom Ryan… Il a eu un accident sur la route 1. Je suppose qu'il allait chez toi. La chaussée était glissante à cause de la pluie. Un type dans un semi-remorque a pris un virage très large et lui a coupé la voie. Il s'est jeté contre le rail de sécurité. Il est mort, Meredith.

Meredith darda son regard sur le récepteur comme s'il s'agissait d'un objet étrange encore jamais vu. Tom Ryan… mort ? Elle avait peine à y croire.

— Meredith ? s'écria Kay. Ça va ?

Meredith retrouva sa voix et porta le récepteur à son oreille.

— Ça ira, dit-elle d'une voix lente. Nous en discuterons demain. D'accord ?

Elle raccrocha d'un geste lent et se tourna vers la fenêtre. Elle regarda dans l'obscurité, dans les trombes d'eau qui s'abattaient, et brusquement, elle eut froid. « Ce n'est qu'un mauvais rêve », pensait-elle. Un horrible cauchemar. Tom va frapper à ma porte et me raconter toute son histoire. Mais Ryan était mort. Il ne lui dirait jamais le destin qui fut celui d'Elizabeth après la mort de son fils. Elle ne réaliserait jamais son documentaire.

Elle refoula ses larmes. Elle avait une réelle affection pour Tom Ryan ; elle l'aimait dans les limites que lui-même avait tracées. D'autres le jugeaient froid, distant, souvent rude. Mais elle, durant les heures passées avec lui, avait trouvé un homme profondément tourmenté dont l'âme portait un fardeau terriblement lourd.

Pourquoi ?

VI

Il pleuvait le matin de l'inhumation de Tom Ryan. Ce fut sous un ciel gris et lugubre que de nombreux affligés se rassemblèrent à Forest Lawn pour rendre un dernier hommage à leur ami et collègue. Ces visages familiers abrités sous les parapluies noirs et agglutinés autour de la tombe ouverte ressemblaient à une congrégation de célébrités hollywoodiennes, stars aux grands noms, producteurs et réalisateurs connus, journalistes en vue, directeurs de studios, célébrités qui, pour la plupart d'entre elles, avaient connu Ryan dès son apparition dans le métier. «Elles avaient également connu Elizabeth», pensait Meredith. Elle était avec Nick, vêtue d'un simple tailleur noir accompagné d'un chapeau noir à large bord. Elle baissa les yeux quand le service commença. Elle s'étonnait du fait que Ryan avait des places dans ce cimetière, depuis plusieurs années selon Nick, mais curieusement, Elizabeth et David n'y avaient pas été enterrés. «Pourquoi?» se demanda-t-elle. Y avait-il une raison valable pour qu'il ne les ait pas fait inhumer à l'endroit où il serait lui-même enterré?

«Arrête donc! gronda-t-elle en elle-même. Cesse de tenter de démêler ces fils relâchés! Cela n'a plus de sens à présent. Tom est mort, et ton documentaire avec lui.»

Pourtant, tandis qu'elle regardait le cercueil recouvert de fleurs, elle se surprit à penser à son dernier entretien avec lui, se demandant une fois de plus ce qu'il avait eu de si urgent à faire hors de la ville, juste avant sa mort, et ce qui s'était produit pour qu'il décidât subitement de dévoiler toute l'histoire.

Elle tourna la tête vers Nick. Ses yeux étaient remplis de chagrin. Il prenait la chose encore plus mal qu'elle ne s'y était attendue. Il était très proche de Ryan, mais malgré cela, elle n'avait pas prévu une telle réaction à l'annonce que son ami et guide était mort. Qu'il en eût été bouleversé, oui, certainement; mais il en avait été absolument anéanti. On eût dit qu'il avait de nouveau perdu son père. Elle hésita un moment, puis elle lui prit la main et la serra, comme pour le rassurer.

Le rapport du juge d'instruction indiquait que Ryan avait un taux d'alcoolémie très élevé au moment de sa mort. Ce qui ne surprit pas Meredith. Bien que Nick, qui le connaissait probablement mieux que quiconque, refusât d'en discuter, Meredith avait toujours pensé que Ryan avait mené un vain combat avec la bouteille depuis bien des années. Le chauffeur du semi-remorque avait déclaré à la police que Ryan semblait avoir perdu le contrôle de son véhicule sur la chaussée mouillée, et que lui-même avait eu du mal à échapper à une collision de front avec la Rolls-Royce. Il avait d'abord perdu le contrôle de lui-même, puis celui de sa voiture, pensa tristement Meredith. Bien que tous évitassent soigneusement le mot « ivre », elle le soupçonnait d'avoir été en fort mauvais état au moment de l'accident. Il lui fallait du courage pour aller jusqu'au bout de sa décision, courage qui lui manquait. Il avait probablement bu pour se donner du nerf... ou pour tuer son chagrin.

Le service se termina et la foule commença à s'égailler. Meredith resta silencieuse auprès de Nick qui échangea quelques mots avec deux de ses collègues. Elle regarda encore une fois le cercueil. Il serait bientôt descendu en terre. Le corps de Tom Ryan serait bientôt sous terre avec son terrible secret. Ses tourments prenaient fin après ces vingt-six années. « J'espère que vous avez enfin trouvé la paix que vous avez si longtemps repoussée, » pensa-t-elle avec peine.

Meredith et Nick se donnèrent le bras pour retourner à leur voiture. Ni l'un ni l'autre ne soufflait mot. Nick n'était pas prêt à lui donner son sentiment. Elle décida donc de le laisser tranquille avec sa peine pendant un moment. Il lui ouvrit sa portière tandis qu'elle observait le ciel noir de nuages. La pluie avait presque cessé. Le temps affreux avait encore ajouté à la tristesse des funérailles mais il semblait à présent s'éloigner.

— Je suis content de voir la fin de cette journée, dit Nick en pénétrant dans leur chambre à coucher.

Il ôta sa chemise et la jeta sur le dos d'une chaise. Il alla ouvrir la fenêtre et aspira l'air froid.

— Tu sais, dit-il tout bas, je n'arrive pas encore à y croire.

Meredith, vêtue d'une petite chemise en soie vert émeraude, était assise au milieu du lit, jambes croisées, et brossait ses longs cheveux blonds. Elle s'interrompit et l'observa un moment. L'émotion qu'il ressentait était visible dans ses yeux, dans leurs cernes noirs, dans les ridules de son visage qui le faisaient paraître dix ans plus vieux.

— Je sais. Je ressens la même chose.

Meredith posa sa brosse.

— Nick, j'ai bien réfléchi. Peut-être devrions-nous envisager de prendre quelques jours de vacances. Nous pourrions rester ici, ou bien aller quelque part, seulement nous deux. Je crois que nous en aurions besoin.

Il hésita d'abord.

— Je ne sais pas. Je ne pense plus quand je travaille. Je réfléchis moins quand je suis occupé.

Il se laissa tomber au bord du lit et s'y affala, épuisé.

Meredith s'agenouilla près de lui et lui massa le cou et les épaules.

— Ne me crois-tu pas capable d'occuper ton esprit ? demanda-t-elle, s'efforçant de mettre une nuance de légèreté dans sa voix.

Il se retourna pour la regarder.

— Si quelqu'un pouvait le faire, ce serait bien toi, dit-il avec un sourire las en plantant un baiser sur sa joue.

— Eh bien ! Alors, veux-tu ?

— Quelle idée as-tu en tête ?

— Quelque chose de reposant, dit-elle en pinçant les muscles noués de ses épaules et de son cou. Nous pourrions tout simplement rester ici. Nous coucher de bonne heure et dormir tard. Déjeuner au lit et faire de longues promenades sur la plage. Nous avons été si rarement ensemble pendant ces quelques semaines.

C'est exactement ce dont nous aurions le plus besoin en ce moment, parler ensemble, échanger des choses comme nous l'avons fait quand je suis venue m'installer ici.

Il se taisait, la mine pensive.

— Nous n'avons pas eu beaucoup de vie commune, c'est vrai, dit-il comme s'il s'agissait d'une révélation. Quand je ne suis pas en tournage en extérieur, c'est toi qui traverses l'état à toute vitesse pour accomplir tes missions. Nous ne nous voyons plus qu'en passant.

Meredith réussit à sourire légèrement.

— C'est cela qui a rendu plus passionnant le peu de temps que nous avons eu ensemble ; mais si j'avais le choix, j'aimerais bien être plus souvent avec toi.

— Moi aussi.

Il se leva, défit la fermeture à glissière de son pantalon et l'enleva.

Nous devrions envisager des vacances, de vraies vacances. Rien que toi et moi, très loin de Los Angeles. Tu m'as souvent dit vouloir retourner à Paris. Peut-être pourrions-nous y aller pour quelques semaines.

Meredith sourit.

— Je ne manquerai pas de te le rappeler, dit-elle en se penchant sur le côté du lit pour éteindre la lampe.

Nick se mit au lit et Meredith se pelotonna contre lui dans l'obscurité. Elle sentit ses bras autour d'elle ; ils la serraient fermement Elle avait désormais besoin de cette proximité. La mort de Tom Ryan l'avait ébranlée, beaucoup plus qu'elle n'était prête à l'admettre. Cette mort lui avait donné un coup d'arrêt et l'avait amenée à penser à des choses auxquelles elle ne prêtait aucune considération jusque là. Meredith et Nick avaient toujours été confiants l'un vis-à-vis de l'autre ; leur couple leur était vite apparu comme allant de soi. Ils avaient été trop occupés, trop pris par leurs carrières pour prendre le temps de nourrir l'aspect romanesque de leurs relations. Plus tard… c'était toujours pour plus tard. Ni l'un ni l'autre ne s'était jamais dit qu'il n'y aurait peut-être pas de « plus tard ». Ils n'avaient jamais songé à l'accident, à la maladie, ni même aux conflits de carrières, toutes choses qui pouvaient stopper brusquement leur vie commune. Ils n'avaient jamais réfléchi sur ce qui se produirait si un jour l'un d'eux s'en allait pour ne plus jamais revenir.

Meredith le dévisagea un moment, traçant légèrement les traits de son visage du bout de ses doigts. Il était silencieux, immobile, le regard fixé au plafond. Elle toucha ses lèvres de son index. Elle savait à quoi il pensait.

— Tu veux en parler ? demanda-t-elle.

Nick plissa le front, le regard toujours fixe et sans expression.

— À quoi bon ? dit-il, désemparé.

— Cela pourrait t'aider à vider ton cœur.

— J'en doute.

Elle l'observa encore.

— Ne m'exclus pas, Nick. Je sais que je n'étais pas aussi intime avec Tom que tu l'étais toi-même, mais j'avais de l'affection pour lui. Je comprends ce que tu ressens. Je comprends ce que tu es en train de vivre. Je veux être là pour t'aider, si tu le permets.

Il lui caressa les cheveux.

— Désolé, chérie. Ce n'est pas que je veuille t'exclure. C'est simplement que je ne suis pas sûr de pouvoir exprimer ce que je ressens avec des mots.

— Pourquoi ne pas le dire comme cela te vient ?

Il poussa un profond soupir.

— La première fois que j'ai rencontré Tom, la première fois que j'ai fait sa connaissance, il m'a dit que j'aurais à peu près l'âge de son fils s'il était encore en vie. Il m'a dit qu'il avait mis de grands espoirs dans David, espoirs qui s'étaient un jour trouvés anéantis du fait même de sa profession. Je suppose que c'est pour cela que nous étions si intimes : j'ai comblé le vide laissé par la mort de son fils, et Tom a pris la place de mon père, dit-il d'un ton uniforme.

Meredith le regarda.

— Il te manque, n'est-ce pas, je veux dire : ton vrai père. Tu n'en parles presque jamais.

Il hocha la tête.

— Oui, avoua-t-il enfin. Sans doute n'a-t-il jamais cessé de me manquer.

— Comment était-il ?

Nick hésita.

— C'était un brave homme qui travaillait trop et n'était presque jamais à la maison. Quand il y était, il était toujours fatigué. Mais c'était un bon père. Il avait toujours du temps pour moi, quelle que soit sa fatigue.

— Cela t'ennuyait, qu'il soit si souvent absent ?

— Oui.

Nick plissa le front.

— Je comprenais pourquoi, mais je n'en étais pas moins malheureux. J'avais besoin de lui. Un enfant a besoin de deux parents *présents*, des parents trop souvent absents, c'est comme si l'on n'en avait pas. Quand nous aurons des enfants, nous devrons tous deux apporter des changements à notre genre de vie, tu sais.

Cette remarque surprit Meredith. C'était la première fois qu'il faisait allusion à un véritable engagement avec elle. Elle ne répondit rien mais posa sa tête sur son épaule et le serra contre elle de toutes ses forces.

À cet instant, elle n'aurait pas pu imaginer un avenir qui ne l'inclût pas.

Un cameraman et un technicien attendaient à l'extérieur de la station KXLA dans l'unité de production mobile 9, l'un des quinze véhicules appartenant au service des informations. Meredith, qui était retournée chercher ses directives au bureau des plannings, émergea du bâtiment et traversa en courant le stationnement.

— Hé, Meredith ! Où allons-nous ? demanda le technicien assis derrière son volant au moment où elle grimpait à l'arrière de la camionnette et fermait la porte.

— Le feu au nord d'Hollywood, un vieux magasin plein d'accessoires et de costumes.

Meredith s'empara d'office d'une chaise pivotante coincée entre le siège du conducteur et l'équipement technique, appareils à bandes vidéo, vidéo cassettes, synthétiseurs, moniteurs, bandes magnétiques, fils électriques, flashes, et même un transmetteur sur onde ultra-courtes permettant le cas échéant de diffuser en direct.

— Dire qu'il me faut aller m'occuper d'un feu précisément le jour où je porte une robe !

Le cameraman eut un petit sourire.

— Une chance pour eux, taquina-t-il. Franchement, je suis tout simplement surpris de vous voir dans les rues. Je pensais que vous aviez été appelée chez les journalistes sédentaires depuis le dernier reportage que nous avons fait ensemble.

Meredith éclata de rire.

— Le ciel me vienne en aide si j'abandonne un jour le reportage sur le terrain ! Je ne tiens pas à être enchaînée à un bureau de présentatrice ni à rien d'autre. Je ne veux pas perdre le contact avec ce qui se passe à l'extérieur.

Elle s'accrocha à son siège tandis que le technicien se faufilait dans le trafic très animé de la route de Santa Monica comme s'il s'entraînait pour la course d'Indianapolis.

— Hé, Bernie, regarde ce que tu fais, veux-tu ? lança le cameraman avec vivacité. Je ne tiens pas à ce que ma femme touche tout de suite mon assurance-vie !

— Veux-tu que nous arrivions avant que le feu soit éteint, ou après ? répliqua Bernie.

— Écoutez, vous deux !

Meredith se tendait pour entendre une transmission qui leur parvenait de la radio CB de la camionnette. La concurrence envoyait aussi quelqu'un pour couvrir l'événement. Cela n'était pas surprenant étant donné que le magasin contenait une masse de souvenirs des grands classiques d'Hollywood, souvenirs inestimables.

— Les gars, j'aimerais arriver là-bas en entier pour l'enregistrement, et avant qu'ils éteignent le feu. Vous réglerez vos querelles en revenant, d'accord ?

Bernie rit de bon cœur.

— Ne faites pas attention à nous, Meredith, dit-il en descendant la bretelle de sortie. Ce n'est qu'un éclat de notre humour de potence !

— Oui, intervint le cameraman. On nous envoie quelquefois couvrir des événements horribles, comme cet accident sur la route 1.

Meredith, qui était en train de fouiller dans son grand sac à bandoulière, leva la tête.

— L'accident de Tom Ryan ?

— Oui, on y est allés avec Julie Morgan pour faire une bande vidéo quand ils ont retiré son corps de l'eau. C'était un ami à vous, n'est-ce pas ?

— D'une certaine manière. J'aimerais en être sûre moi-même, mais…

Sa voix s'éteignit.

— Estimez-vous heureuse de n'avoir pas été là. Ça n'était pas beau. On a dû pour ainsi dire le découper de la ferraille.

— Mission accomplie, annonça Bernie en freinant la camionnette pour s'arrêter derrière l'une des voitures extinctrices. Meredith se pencha jusqu'à se tordre le cou pour avoir une vue plus complète sur les flammes qui jaillissaient du sommet de la bâtisse. Elle ouvrit la portière de la camionnette et en descendit. Le ciel était chargé de fumée noire. Elle saisit un gros bloc sténo et un crayon feutre dans son sac et prit la tête de son équipe, se faufilant à travers le labyrinthe de voitures de pompiers et de badauds. Son esprit était déjà sur le sujet, au-delà de la tragédie : pertes humaines s'il y en avait, évacuation éventuelle des bâtiments adjacents, chômage possible. Son expérience lui avait appris que les informations de base, comment avait débuté l'incendie, quand et où, seraient faciles à obtenir. Elle n'aurait qu'à interroger les responsables des services d'incendie, les enquêteurs ou les témoins. Pas de problème.

Ses deux collaborateurs, encombrés d'un gros câble et de leur équipement technique, avaient fort à faire pour suivre Meredith en quête de témoins et d'employées de magasin affolés, et qui sautillait sur des flaques d'eau et parmi des débris de toutes sortes en train de se consumer. Elle cherchait des gens prêts à se laisser interviewer devant la caméra, des gens qui lui fourniraient les informations directement en rapport avec l'élément humain ; elle voulait faire ressortir l'histoire humaine derrière l'incident, un aspect qui était devenu sa marque professionnelle.

Jetant un coup d'œil par les portes ouvertes du quai de chargement du magasin, Meredith décida sur-le-champ d'exploiter cette vue. Elle se plaça devant le rideau de fumée pour enregistrer son annonce, résumé en une ligne destiné à être diffusé au début de l'émission du soir, gros titre condensant le sujet à venir. Dès sa sortie de la camionnette, elle n'avait plus en tête que l'événement à couvrir. Tout le reste était oublié. Et tandis qu'elle se tenait devant la caméra, son instinct professionnel prédominait. Microphone en main, elle regardait dans l'œil de la caméra en parlant d'une voix claire et forte : « Un gigantesque incendie détruit trois décennies d'histoire à Hollywood et laisse dix employés sans travail. Reportage de Meredith Courtney. »

Son équipe étant appelée sur une autre mission, Meredith fut reconduite à KXLA par un chauffeur de la station qu'on lui envoya. Elle passa l'après-midi à visionner la bande d'enregistrement en compagnie de Dan Bellamy, un réalisateur vidéo chevronné qui l'assistait dans l'élaboration des trois minutes parfaites destinées à l'émission de cinq heures. Meredith aimait bien Bellamy et elle aimait travailler avec lui. C'était un professionnel de premier plan et le travail était facile avec lui. Comme ils étaient généralement d'accord sur le traitement de ses enregistrements vidéo, elle était le plus souvent satisfaite des résultats.

— Aucun doute, commenta Bellamy quand ils eurent visionné les bandes. La caméra vous aime.

Meredith sourit sans répondre. Elle regardait le moniteur et la bande avec intensité. Elle vérifiait sans cesse son propre matériel, cherchant des erreurs, améliorant ses prestations. Elle était consciente qu'une grande partie de son succès spontané était venu de ce que Chuck Willard appelait « sa présence à l'écran ». Il avait eu très vite le sentiment que le secret de sa popularité incontestable avait un rapport direct avec son apparence. Combien de fois ne lui avait-il pas dit à quel point elle était photogénique ? Il avait l'impression que les pommettes hautes, les yeux bleu pâle franchement dirigés sur la caméra et l'épaisse chevelure blonde étaient attrayants, particulièrement pour les spectateurs masculins. Meredith se disait que c'était une chance, mais elle était déterminée à ne pas se reposer uniquement sur ses avantages physiques. Elle était une journaliste sérieuse, non un mannequin de mode, et elle désirait être prise au sérieux dans sa profession non seulement par les spectateurs, mais aussi par ses collègues. Elle désirait être connue comme une battante, et non pas seulement comme une femme au joli minois. Elle se souvenait encore des réticences que lui opposèrent les autres femmes de l'équipe du journal télévisé quand Willard l'avait nommée co-présentatrice. La plupart des autres étaient sur la chaîne depuis plus longtemps et avaient plus d'expérience. Dès qu'elle avait le dos tourné, elles faisaient des allusions aigres sur la manière dont Chuck Willard l'avait promue à cause de son allure.

Meredith avait volontairement ignoré tous les sarcasmes mais s'était juré de leur prouver qu'elles avaient tort.

Chuck Willard s'encadra dans la porte.

— Meredith, je veux vous parler dès que vous aurez terminé ici. Je serai dans mon bureau.

— D'ici une demi-heure, d'accord? Nous avons presque fini.

Willard hocha la tête affirmativement.

Meredith reporta son attention sur le moniteur, se demandant vaguement ce que lui voulait Willard. Si c'était pour lui faire savoir que son documentaire tombait définitivement à l'eau, il n'avait pas à s'inquiéter. Elle l'avait compris dès l'instant où Kay l'avertit de la mort de Tom Ryan. Sans Ryan, l'histoire n'avait pas de véritable conclusion, et sans conclusion, pas de documentaire.

Quand ils eurent terminé leur travail, Meredith s'excusa auprès de Bellamy et descendit au bureau de Chuck Willard. Il était au téléphone quand elle entra et il lui fit signe de s'asseoir. Elle prit un fauteuil de l'autre côté de la table et attendit. Il lui sourit en reposant le récepteur.

— Eh bien! Comme dit le dicton, j'ai une bonne nouvelle et une mauvaise nouvelle pour vous.

— Lancez d'abord la mauvaise, Chuck, dit-elle l'air excédé. Je la connais déjà, le documentaire est hors de question.

Elle s'appuya au bras de son fauteuil.

Il la considéra un moment, puis il hocha la tête.

— Oui, c'est cela. Mais ce n'est pas pour cela que je voulais vous parler. La bonne nouvelle compensera largement votre déception.

— Formidable. J'aurais bien besoin d'une bonne nouvelle maintenant, avoua-t-elle en posant son menton sur sa main.

Il se pencha en arrière.

— Il y a quelques mois, j'ai reçu un rapport de New York. Le chef du réseau voulait visionner quelques bandes faites par des talents locaux. J'ai pensé qu'ils cherchaient des remplaçants éventuels à incorporer dans l'équipe du journal télévisé du réseau national. J'ai envoyé des bandes de quelques-unes de vos interviews.

— Et?

Meredith comprit qu'il y avait plus que cela.

— Ils ont beaucoup aimé. Comme je vous l'ai déjà dit souvent, vous avez une présence à l'écran. Les caméras vous adorent.

Vous avez l'air d'un ange et vous avez une excellente voix forte. Mais les gens du réseau principal ont vu encore autre chose : la sincérité.

Il fit une pause.

— Les gens de New York ont l'impression que rien n'a plus d'impact sur le téléspectateur que la sincérité du présentateur, la manière dont il arrive sur l'écran. Votre note est très élevée dans ce domaine.

Il sourit comme un père fier de sa progéniture.

— On vous a fait une offre ? demanda-t-elle.

Il la rendait folle à lui raconter dans le détail ce qu'ils avaient dit tout en restant discret sur le fond de l'affaire.

— On peut le dire comme cela, dit Willard en se redressant. Car la Granelli, leur présentatrice du journal télévisé du soir, part pour l'Europe la semaine prochaine ; elle doit y faire une série d'interviews avec des leaders politiques. Ils ont besoin d'une remplaçante durant son absence. Ils vous ont choisie, si cela vous intéresse.

— Bien sûr, cela m'intéresse !

Elle ne cherchait pas à minimiser son enthousiasme.

— Alors, vous acceptez ?

— En avez-vous douté une seule minute ? Quand dois-je partir ?

— Eh bien ! Ils ont besoin de vous pour vendredi, mais vous ne débuterez vraiment que lundi prochain. Il vous faut du temps pour vous préparer, c'est un autre monde que celui des informations locales, et il va de soi que vous devrez rencontrer des directeurs du réseau et des gens du service des informations.

— Pourquoi ne pas partir dès la fin de l'émission de jeudi soir ? J'aurais ainsi le temps de me préparer, suggéra-t-elle.

— En ce qui me concerne, je suis d'accord. Je les préviendrai cet après-midi.

— Permettez-moi de m'occuper aussi de cela, dit-elle rapidement.

— Si vous voulez, répondit-il avec un haussement d'épaules.

Elle se leva et se dirigea vers la porte.

— Je suppose que je devrais me sentir offensée, dit-elle sur un ton taquin. Il semble que vous cherchiez surtout à vous débarrasser de moi.

Elle lui fit un clin d'œil en sortant.

Meredith était transportée de joie. Rentrant chez elle ce soir-là, le monde entier lui parut avoir les couleurs de sa jubilation. Même les encombrements de la circulation ne l'ennuyaient plus. Les panneaux d'affichage, les signaux publicitaires et les poteaux téléphoniques qui jalonnaient les quinze kilomètres de trajet entre Los Angeles et Malibu lui semblaient presque beaux à présent, alors qu'elle les avait considérés jusque-là comme des verrues dans ce paysage pittoresque. Elle se mit à chantonner. Elle essaya d'imaginer les trois semaines à venir, et elle était impatiente de faire ce journal télévisé du réseau national. Elle en rêvait depuis qu'elle avait décidé de faire carrière dans le journalisme télévisé. Au début, c'était un but qui lui avait paru aussi éloigné que la planète Mars, mais Meredith avait travaillé dur, et son acharnement avait finalement payé. Il ne s'agissait certes que d'une mission temporaire, mais elle était sûre que c'était un commencement pour elle, premier de plusieurs défis à relever dans l'avenir.

Elle était impatiente de partager sa joie avec Nick. Elle aurait aimé fêter l'événement avec un dîner aux chandelles de style romantique. Mais c'était impossible. Nick tournait à San Francisco. Il ne rentrerait que très tard dans la nuit et elle dormirait probablement à ce moment-là. Elle le mettrait donc au courant lors du petit déjeuner du lendemain. Peut-être demanderait-elle à Pilar de préparer quelque spécialité. Ils pourraient déjeuner dehors, sur le solarium, et elle lui annoncerait alors sa nouvelle sensationnelle.

En approchant du virage aigu où eut lieu l'accident fatal à Tom Ryan, elle remarqua des ouvriers du service des routes californien en train d'installer un nouveau rail de sécurité plus solide. Elle se demanda s'il aurait sauvé la vie de Tom Ryan s'ils l'avaient installé plus tôt. « Trop tard pour se lancer dans des spéculations de ce gennre », se dit-elle.

Flle arrêta sa voiture à Malibu Canyon. « Inutile de réfléchir là-dessus maintenant », décida-t-elle. Elle était déçue de n'avoir pas pu réaliser ce documentaire, mais sa carrière n'en souffrirait certainement pas. Cette proposition du réseau national tombait à point nommé : elle leur montrerait ce qu'elle était capable de faire. Si elle jouait ses bonnes cartes, si elle faisait les bons gestes au bon moment, elle pouvait raisonnablement penser à transformer cette situation de présentatrice temporaire en quelque chose de permanent.

Elle avait bien l'intention d'y apporter tous ses soins.

Lorsqu'elle se réveilla le lendemain matin, Meredith eut la surprise de se trouver seule dans son lit. Elle se redressa, rejeta ses cheveux en arrière tout en se demandant s'il y avait eu un contretemps de dernière minute, si Nick était toujours à San Francisco. Puis elle vit sa valise près de la porte ouverte du vestiaire. Son jean et sa chemise étaient jetés en travers du dossier d'un fauteuil. Meredith sourit en elle-même en pliant ses jambes contre sa poitrine. Comme à l'accoutumée, Nick s'était levé de bonne heure. Pourquoi cela la surprenait-elle ? Il était probablement en train de courir sur la plage. Il aimait courir ainsi chaque matin, où qu'il se trouvât et quel que fût le temps. Il proclamait que c'était le meilleur moyen d'évacuer les miasmes. Quand il était en plein travail, surtout quand il rencontrait des difficultés, il se sentait alors tendu et noué, et la course était un moyen de détente physique et émotionnelle.

Meredith sortit de son lit et alla à la fenêtre donnant sur la plage. Nick n'était pas en vue. Elle s'habilla et passa le peigne dans ses cheveux. Heureusement que Chuck Willard lui avait proposé cette journée de congé. Les prochains jours seraient en effet fort remplis par les préparatifs de son voyage à New York. Elle pourrait donc passer cette journnée entière avec Nick, sans irruption du monde extérieur, espérait-elle. Ils avaient du temps à rattraper. Nick n'avait pas besoin d'aller au studio ce jour-là. Quand il avait appelé la veille il avait laissé un message sur le répondeur : il était en train d'envelopper le film, il était dans les temps et prévoyait de « ne rien faire » pendant quelques jours. Ce serait un jour parfait, se dit Meredith. Ils vivraient à fond chaque minute.

Elle descendit et trouva Nick installé devant la table en acajou, sur le solarium. Il leva la tête avec un petit sourire quand elle poussa la porte coulissante.

— Bonjour, paresseuse, dit-il en tendant les bras.

— Bonjour à toi aussi, répliqua-t-elle en se penchant pour l'embrasser. Tu t'es levé tôt. Pourquoi ne m'as-tu pas réveillée ?

— Je n'en voyais pas la nécessité. J'ai trouvé ton petit mot me disant que tu prenais un jour de congé, alors j'ai pensé qu'il valait mieux te laisser dormir.

Il posa le numéro de *Variétés* qu'il était en train de lire.

— Tu as besoin de repos car ce soir, nous faisons la fête.

Elle le regarda, surprise. « Comment savait-il ? Oh ! Oui, bien sûr, il avait appelé à son bureau la veille après qu'elle fut partie, et quelqu'un l'avait mis au courant. Probablement Kay. »

— Qui a vendu la mèche ? demanda-t-elle.

Il eut l'air stupéfait.

— Qui a vendu la mèche ?

— Tu n'as pas besoin de protéger qui que ce soit. Je sais que tu as parlé avec quelqu'un à la station, dit-elle en prenant un siège en face de lui. Je ne suis pas folle. J'aurais tant voulu te mettre au courant moi-même.

— Meredith, je n'ai pas la moindre idée de ce dont tu parles.

— Écoute, Nick…

— Je suis sérieux. Je ne sais absolument rien de ce qui s'est passé à la station. Je n'ai parlé à personne depuis que Kay Wilson est venue dîner à la maison.

— Alors, tu ne sais vraiment rien ?

— Savoir quoi ?

— Je vais à New York pour trois semaines, co-présentatrice des informations du réseau national.

Elle vit une étrange expression sur le visage de Nick.

— Carla Granelli part pour l'Europe en mission spéciale. Ils ont besoin d'une remplaçante là-bas, et Chuck Willard m'a informée que leur choix était tombé sur moi. Il leur a envoyé quelques-uns de mes enregistrements, et il semble que je les aie impressionnés. C'est pourquoi je ne travaille pas aujourd'hui. Je voulais rester seule avec toi avant de partir.

— Quand pars-tu ? demanda-t-il avec circonspection.

— Jeudi, dès la fin du journal du soir. Chuck m'a dit que mon travail les enthousiasmait énormément. Cela pourrait bien n'être qu'un début. S'ils aiment ce que je vais faire à New York, cela me conduirait peut-être à une situation permanente sur le réseau. N'est-ce pas formidable ?

— C'est fantastique. Tout simplement fantastique, dit-il sur un ton irrité, le regard perdu vers l'océan.

Elle le regarda en face comme si elle le voyait pour la première fois. Il avait l'air d'un animal empaillé.

— Qu'y a-t-il, Nick ? Je pensais que tu serais content pour moi.

— Oh ! Certainement, tu ne peux t'imaginer comme cela m'excite ! Pourquoi ne serais-je pas heureux ? Tu t'en vas à New York pour trois semaines…

— Je ne m'en vais pas, comme tu le dis. Cela fait partie de mon travail, une partie très importante.

— Une partie qui pourrait t'amener à rester à New York pour de bon, conclut-il.

Médusée, elle le dévisagea un moment.

— Cela ne devrait pas te surprendre, Nick, dit-elle calmement. Tu savais dès le début de nos relations à quel point mon travail était important pour moi. Tu as toujours su que je n'avais pas envie de rester une journaliste locale pour le reste de ma vie.

— D'accord. Ce que je ne savais pas, c'est que tu sembles te soucier bien plus de l'avancement de ta carrière que de moi, de nous, lança-t-il. Jusqu'à cette minute, je n'avais jamais réalisé que tu me quitterais instantanément si le réseau national te faisait une offre intéressante.

Il leva brusquement la main et se gratta la tête dans un geste de frustration.

— Ce n'est pas vrai, je… commença-t-elle, stupéfaite par sa réponse.

— Ce n'est pas vrai ?

Ses yeux bleus la regardaient avec froideur.

— Vas-tu me dire qu'une fois là-bas, tu refuserais toute offre de situation permanente parmi les équipes du journal télévisé du réseau ?

— Non… Bien sûr que non, répondit Meredith avec franchise.

— Je ne m'imaginais pas cela, dit Nick, les sourcils froncés. Tu n'as jamais su t'esquiver par un mensonge. Tu es trop transparente. Tu affiches tes émotions comme une enseigne au néon.

Son regard était comme de la glace.

— Alors, comment peux-tu douter de mes sentiments pour toi ?

— Comment n'en pas douter, alors que ta carrrière semble toujours avoir priorité sur nous deux ?

— Cela n'est pas juste, Nick, rétorqua-t-elle promptement. Je ne me suis jamais mise en travers de ce que tu devais faire pour avancer dans ta propre carrrière. Je ne me suis jamais plainte quand tu es parti tourner en extérieur pendant plusieurs semaines d'affilée. J'ai toujours accepté parce que je savais que c'était très important pour toi, et je le comprenais fort bien. Pourquoi ne fais-tu pas preuve de la même considération à mon égard ?

Elle était blessée et gênée en même temps.

— Ne vois-tu donc pas ce qui est en train de nous arriver ? Nous commençons déjà à dériver dans deux directions opposées. Quand je ne tourne pas en extérieur, c'est toi qui passes trois fois plus de temps à travailler sur un sujet. Nous sommes si rarement ensemble maintenant, qu'en sera-t-il quand tu seras à New York ?

— À quoi bon en discuter maintenant, Nick, dit Meredith avec lassitude. Pour le moment, il ne s'agit que de trois semaines à New York. On ne m'a rien offert de permanent. Cela se produira-t-il ou non ? Il est trop tôt pour le dire.

— Allons, dit-il froidement. Nous savons tous deux que tu as suffisamment de talent pour passer dans leur équipe, et à moins qu'ils ne soient tous aveugles, ils s'en apercevront bien aussi !

Meredith le regarda.

— Et s'ils me font une offre ? Nous avons déjà été séparés pendant de longues périodes dans le passé. Nous sommes capables d'y faire face, à condition que nous ayons tous deux la volonté d'essayer.

— Bien sûr, nous le pouvons ! dit-il sur un ton sarcastique. Pour commencer, nous aurons peut-être droit à deux week-ends par mois. De temps en temps, je pourrais prendre l'avion pour New York, ou bien tu reviendras sur la côte pour couvrir un événement. Peut-être pourrons-nous alors passer une nuit ensemble — deux avec un peu de chance — à moins que je ne sois moi-même parti tourner des extérieurs. Au début, nous tirerons le maximum de chaque minute que nous pourrons grignoter, mais au bout d'un moment, nous serons tous deux tellement occupés ailleurs que nous serons las d'essayer de maintenir notre couple à toute force ! Tu feras une nouvelle vie à New York, peut-être même trouveras-tu un autre homme. Peut-être en arriverons-nous là tous les deux.

— Il faut que tu ne croies pas beaucoup en la force de notre amour pour parler ainsi, dit-elle placidement, le regard fixé sur la table.

— C'est qu'il semble que je ne sois pas de taille à rivaliser avec ta carrrière, dit-il méchamment. Dès qu'il s'agit de choisir, ton travail passe toujours en premier. Je suis précisément en train de me fatiguer de jouer le second violon.

— En somme, tu veux me dire qu'il me faut choisir. C'est toi ou ma carrière ? demanda-t-elle sur le ton de la circonspection. Elle était en colère.

— Étant donné la situation actuelle, je ne vois pas comment l'éviter.

— Je comprends.

Meredith avait peine à se maîtriser.

— Tu te moques pas mal que j'aie travaillé dur pour avoir cette chance, n'est-ce pas ? Eh bien vois-tu, je ne pourrais pas — ni ne voudrais — la refuser maintenant ! Je ne me suis jamais mise en travers de tes projets qui t'ont éloigné durant de longues périodes. Je ne t'ai jamais demandé de ne pas faire ce que tu tenais à faire.

Elle fit une pause ; elle crut qu'elle allait exploser.

— Je n'ai jamais interféré avec ta carrière, et je n'entends pas que tu te mettes en travers de la mienne.

Il lui lança un regard glacé.

— Tu tiens donc toujours à aller à New York ?

— Évidemment, dit-elle, s'emportant de plus en plus. Une occasion comme celle-ci ne se présente pas tous les jours. Je suis désolée que tu ne comprennes pas cela.

— J'en suis également désolé.

Il jeta sa serviette sur la table d'un geste sec et se leva brusquement, renversant son café sur la nappe jaune. Ses yeux lançaient des éclairs. Il disparut dans la maison en claquant si violemment la porte en glace qu'elle en craqua. Meredith le suivit des yeux, stupéfaite de cette réaction inattendue.

« Je t'en prie, Nick, pensa-t-elle tristement. Ne me force pas à choisir. »

Meredith marcha seule sur la plage au soleil couchant, perdue dans ses réflexions. Nick l'avait quittée le matin et n'était pas encore rentré. Elle ne l'avait encore jamais vu dans un tel état. Depuis cinq mois qu'ils vivaient ensemble, ils avaient eu certes leur part de désagréments — et même de disputes — mais jamais comme ce jour-là. Jamais encore elle n'avait été confrontée à l'éventualité d'avoir à choisir entre son amour pour lui et la poursuite de sa carrière. Elle comprenait ce qu'il ressentait ; mais pourquoi de son côté ne comprenait-il pas son point de vue ? Si elle cédait, si elle refusait l'offre de New York, elle raterait une occasion rarissime. Mais en allant à New York, elle courait le risque de perdre Nick pour de bon. Sa décision d'aller plus avant dans ses projets avait à ce point choqué Nick qu'elle avait l'impression qu'elle ne reviendrait à Los Angeles que pour constater que leur liaison avait pris fin. Pourquoi ne comprends-tu pas ? « Pourquoi ne veux-tu pas soutenir mes ambitions comme j'ai moi-même soutenu les tiennes ? » pensait-elle avec rancune.

Leur affrontement du matin avait amené Meredith à ne plus réfléchir sur leurs chances d'avenir. Cheminant sur la plage dans l'obscurité, elle se rendit compte d'une chose qui ne lui était encore jamais venue à l'esprit auparavant : malgré tout son amour pour Nick, malgré tout son attachement à ce qu'ils avaient vécu ensemble, elle était sûre au fond de son cœur que si elle était contrainte de faire un choix, elle choisirait sa carrière sans hésitation.

Il était tard quand Meredith rentra enfin à la maison de la plage. Elle éteignit les lumières dans le vestibule et le salon, puis elle vérifia la porte d'entrée pour s'assurer qu'elle était bien fermée. « Nick a sa clé s'il décide de rentrer dans la nuit », pensa-t-elle en montant l'escalier. Ce qui était peu probable. Elle se demanda s'il reviendrait avant son départ, ou s'il attendrait qu'elle fût partie.

Elle pénétra dans la chambre et alluma la lampe de chevet, puis elle rabattit les draps et se déshabilla. « Inutile d'attendre Nick », pensa-t-elle en allant se faire couler un bain dans la salle d'eau. De plus, elle était fatiguée jusqu'à la moelle et demain serait une longue journée fort occupée. « Ce n'est pas juste », pensa-t-elle en roulant ses cheveux sur son crâne et en les attachant avec des épingles. Le comportement malencontreux de Nick avait freiné son enthousiasme. Elle était décidée à ne pas se laisser faire. Elle entra dans la baignoire et s'engloutit dans le nuage de bulles parfumées. L'eau chaude et l'odeur de jasmin de son huile de bain coulaient comme de la soie sur sa peau. Elle se détendait. Elle avait besoin de se relâcher, de se dénouer et d'oublier ne fût-ce que pour quelques instants le choix que Nick lui imposait.

Elle crut entendre des bruits venant de la chambre, mais elle pensa que c'était sans doute le fruit de son imagination. Elle resta encore un moment dans son bain, puis elle préféra aller se coucher plutôt que de s'endormir dans sa baignoire. Elle se leva et sortit de l'eau. Elle se sécha soigneusement dans une grande serviette suspendue à proximité, puis elle passa dans la chambre. Nick était étendu sur le lit, les bras repliés derrière la tête, son regard vide rivé au plafond, faisant semblant de ne pas la remarquer.

— Je pensais que tu ne reviendrais pas, dit-elle en traversant la pièce.

— Cela t'aurait-il vraiment ennuyée ? demanda-t-il d'un ton aigre.

Meredith le regarda. Elle enfila une chemise de nuit en pure soie, puis s'assit sur le lit. Il lui tourna le dos.

— Tu n'es pas raisonnable, Nick, dit-elle simplement. Nous ne résoudrons rien de cette manière.

Il se retourna vers elle.

— Tu crois que je ne suis pas raisonnable parce que je t'aime, parce que je ne veux pas te perdre ?

Elle le considéra avec stupéfaction.

— Qu'est-ce qui te fait croire que tu vas me perdre ? demanda-t-elle.

— Allons, Meredith. Crois-tu que je sois aveugle ? Crois-tu que je ne voie pas les signes avant-coureurs ?

— Je ne comprends pas de quoi tu parles, répliqua-t-elle sur un ton crispé.

— Je te savais ambitieuse depuis le premier jour. J'espérais simplement que ce que nous avions édifié ensemble signifierait davantage pour toi que ta carrrrière.

— Et qu'en est-il de ton propre cas ? Notre vie commune est-elle plus précieuse que ta carrière ?

Il darda son regard sur elle un moment.

— Je ne comprends même pas pourquoi tu poses la question.

— Notre vie ensemble a-t-elle plus d'importance que ta carrrrière, oui ou non ? demanda-t-elle de nouveau.

— Mais, évidemment !

Elle percevait la tension sur son visage malgré l'obscurité.

— Alors explique-moi une chose, parce que je suis vraiment en pleine confusion. Pourquoi penses-tu que je devrais automatiquement savoir que tu te soucies davantage de moi que de ton travail — tandis que tu penses que je m'en moque parce que j'ai accepté une offre de travail à New York pour trois semaines ? Toi-même, tu as passé plus de trois semaines au loin... Tu as bien passé un mois à tourner en extérieur ! lui rappela-t-elle.

— S'il ne s'agissait que de trois semaines, je ne prendrais pas la peine d'y réfléchir à deux fois, dit-il en se redressant sur un coude. Mais nous savons tous deux que ce ne sera qu'un début, non ? Tu as du talent et tu as toujours fait preuve d'initiative. Tu as énormément investi dans ta carrière. Ces gens de New York ne vont pas manquer de s'en apercevoir. Dans peu de temps, ils t'offriront un poste permanent, et où cela nous mènera-t-il ?

— Nous nous appartiendrons toujours, Nick, dit-elle doucement. Nous n'aurons pas beaucoup de temps à passer ensemble, c'est vrai, mais nous réussirons toujours à tirer le meilleur du temps qui nous sera donné.

— Meredith, combien de temps crois-tu que cela durera ? Je te l'ai dit ce matin — avec toi à New York pendant des semaines et moi allant tourner en extérieur aussi souvent, nous aurons de plus en plus de mal à passer ne serait-ce qu'une journée ensemble. Nous finirons par nous éloigner l'un de l'autre sans même nous en apercevoir.

— S'il est si facile de déchirer notre couple, je pense alors que nous n'avions pas une chance de réussite dès le départ.

— Cela arrive aux couples qui sont ensemble depuis plus longtemps que nous.

— Mais nous sommes restés ensemble jusqu'à maintenant, et nous avons été souvent séparés, souligna Meredith.

— Pas aussi longtemps ni aussi souvent que si tu devais obtenir une place permanente au réseau. Je ne vois même pas comment nous pourrions surmonter cela.

— Nous pourrions essayer.

Il la regarda.

— Pourquoi est-ce si important pour toi ? demanda-t-il, l'air irrité et soucieux à la fois.

Meredith recula comme sous l'effet d'un choc.

— Nick, ne comprends-tu pas que j'ai besoin de faire une carrrière. J'ai besoin de mon indépendance financière. Je veux ne dépendre de personne. Je ne veux pas avoir à tenir compte d'un amant, d'un mari ou de quiconque qui me ferait vivre. Je ne veux pas me trouver dans la position d'avoir à rester avec un homme — toi ou un autre — uniquement parce qu'il paie mes factures.

Elle s'emporta.

— Je ne m'imagine pas passant mes jours dans les salons de beauté ou les magasins de Rodeo Drive ! Je ne pourrais jamais me contenter d'organiser des collectes de fonds et de sourire dans des réunions charitables jusqu'à ce que mon visage se ride ! Il se trouve que j'aime mon travail ! Il m'excite, je veux que l'on me reconnaisse pour ce que je vaux, non pour l'homme avec qui je vis ! Est-ce un tort ?

— Si l'indépendance t'est tellement essentielle, pourquoi es-tu venue vivre avec moi ? demanda-t-il avec colère.

— Parce que je suis tombée amoureuse de toi. Parce que je désirais partager ma vie avec toi, mais pas à cause de ton compte en banque ! Comprends-tu cela, Nick ? Je suis ici parce que je le veux ! Préférerais-tu qu'il en soit autrement ?

— Je ne veux pas te perdre, dit-il avec morosité. C'est tout ce dont je me soucie pour le moment.

— Moi non plus, je ne veux pas te perdre, dit-elle en lui touchant doucement le bras, son expression se radoucissant en se rendant compte qu'il était plus angoissé qu'irrité.

— Mais il faut que tu comprennes que ma carrière est aussi importante pour moi que la tienne l'est pour toi, et tu dois accepter cela parce que les choses ne changeront pas.

— Je ne veux pas te perdre, répéta-t-il, tendu.

Elle l'observa pendant quelques secondes.

— De quoi as-tu peur, Nick ? Depuis que je te connais, j'ai eu le sentiment… D'abord, tu m'as semblé hésiter à me laisser t'approcher de trop près. Et puis tu t'es vraiment engagé — même alors, tu es resté sur la réserve. Et maintenant, on dirait que tu considères ma carrière comme une menace pour nos relations. Pourquoi ?

Il secoua la tête.

— Il me semble que c'est clair étant donné les circonstances, dit-il sur un ton maussade.

— Pourquoi, Nick ? On craint un engagement sérieux quand on a été déjà brûlé. Qui t'a brûlé ?

— Personne, lança-t-il aigrement. Je pensais déjà que nos carrières pourraient être des obstacles, et il semble que j'aie eu raison. Et puis, quand je t'ai connue un peu mieux et quand je suis tombé amoureux de toi, j'ai commencé à m'imaginer que j'avais peut-être tort. J'ai cru que nous avions quelque chose de spécial en nous qui ferait que rien ne pourrait entraver notre amour — ni ta carrrière ni la mienne, ni rien d'autre, dit-il en se levant.

— Et maintenant, je n'en suis plus aussi certain — je ne suis plus certain de rien.

— Rien ne s'interposera entre nous, insista-t-elle. Nous pouvons faire que notre couple marche — à condition que tu acceptes les exigences de ma carrrière comme j'accepte les impératifs de la tienne.

— Il me semble que je n'ai pas le choix, dit-il lugubrement.

— J'ai besoin de toi, Nick. J'ai besoin de toi comme jamais encore je n'avais eu besoin de quelqu'un. Je voudrais que nous ayons un avenir ensemble.

— Nous sommes donc d'accord sur un point, rétorqua-t-il avec une note d'amertume dans la voix.

— Je t'aime, mais tu ne dois pas attendre de moi que j'abandonne tout ce que j'ai obtenu par mon travail acharné, dit-elle.

Il la regarda.

— Je ne t'ai jamais demandé d'abandonner quoi que ce soit.

— Mais tu voudrais que je refuse l'offre la plus enthousiasmante que l'on m'ait faite depuis que je suis dans la profession.

— C'est seulement parce que j'ai peur que tu impressionnes ces personnages haut placés du réseau de New York au point de te garder là-bas.

Nick fronça les sourcils.

— Je sais que cela peut paraître très égoïste de ma part, mais je n'y puis rien. Je ne supporte pas l'idée de te perdre. Je veux que tu sois ici, avec moi. Je veux que nous ayons une belle vie — ensemble.

Meredith traversa la chambre et enlaça Nick.

— Nick, je t'aime. Je veux aussi que nous soyons ensemble. Mais je ne pourrais jamais abandonner mon métier de journaliste d'informations à la télé. Si tu peux t'accommoder de cette réalité, alors nous pouvons réussir ensemble. Elle l'embrassa, mais tandis qu'il l'étreignait, elle se surprit à se demander si leur problème était pour autant résolu.

Accepterait-il un jour sa décision sans réticences ?

Le lendemain matin, il y eut un silence gêné entre Meredith et Nick tandis qu'ils prenaient leur petit déjeuner sur la terrasse. Bien qu'ils se fussent encore expliqués la veille et eussent décidé de faire un effort réel pour surmonter leurs problèmes, Meredith savait que Nick ne pourrait jamais accepter totalement qu'elle se consacrât à sa carrière aussi pleinement. Elle regarda la grande fêlure dans la porte en verre. Elle avait oublié l'incident ; il lui fallait maintenant trouver quelqu'un pour remplacer le panneau. Dommage de ne pouvoir réparer aussi facilement la fissure qui s'élargissait entre elle et Nick !

— Quand je suis rentrée l'autre jour, des ouvriers des ponts et chaussées posaient un nouveau rail de sécurité sur le virage où Tom s'est tué, dit-elle dans une tentative pour nouer la conversation.

Nick leva la tête de son omelette espagnole.

— Oui, je sais, dit-il d'une voix posée.

— Il était temps qu'ils le remplacent !

— Oui. Triste qu'il ait fallu la mort de Tom pour qu'ils se décident à le faire, dit Nick d'un air sombre en reportant son attention sur son assiette. Une brise douce soufflait de l'océan, gonflant doucement sa chevelure.

Meredith saupoudra son café de cannelle et le remua lentement, le regard vague.

— Que va devenir le domaine maintenant, à ton avis ? demanda-t-elle. Il n'y a pas d'héritier, ni d'un côté ni de l'autre, n'est-ce pas ?

— Pas que je sache.

Nick leva la tête et se frotta la barbe pensivement.

— Tom n'a jamais mentionné de parents, et tel que je le connaissais, je parierais qu'il n'a pas laissé de testament.

— Tout ira donc à l'état.

— Probablement, acquiesça Nick. À moins que quelqu'un ne se présente avec la preuve d'un lien de parenté.

Il examina la dernière bouchée et la porta à sa bouche.

— Ce qui m'étonnerait.

Meredith sirotait son café.

— Je ne peux pas m'empêcher de me demander ce que va devenir la maison. Sans doute sera-t-elle vendue.

— Je le pense, dit Nick avec un petit sourire. Voudrais-tu l'acheter, par hasard ?

Elle sourit.

— Je ne dis pas que cela me déplairait, dit-elle en prenant une cuillerée de gâteau au chocolat. Mais non. Je me demande juste ce qu'elle va devenir, ce que vont devenir tous les objets : le portrait d'Elizabeth et de David, toutes ces anciennes photographies et ces souvenirs. Tom prenait tant de peine pour conserver l'ensemble tel qu'elle l'avait quitté. C'était presque comme s'il attendait son retour un jour.

Nick haussa les épaules.

— Le tout sera probablement vendu aux enchères. Ce sont très probablement des collectionneurs qui emporteront la plupart de ces objets.

— Quel dommage.

Meredith se tut un moment.

— Tom s'inquiétait tellement de la préservation de tout ce qui touchait à Elizabeth. As-tu déjà vu les pièces du premier étage.

— Il ne m'a jamais offert de les visiter, et je ne lui ai jamais demandé.

— Je n'avais encore jamais rien vu de semblable. C'était encore l'année 1953 dans ces pièces. Le cabinet particulier d'Elizabeth semblait venir de quelque film ancien.

Nick eut un petit sourire en coin.

— Tu devrais peut-être aller à la vente — s'il y en a une — et tout racheter. Simplement pour conserver ce souvenir intact, évidemment.

— Ne crois pas que je n'y aie pas songé ! répliqua-t-elle vivement en prenant une cuillerée de flocons chocolatés. Ses yeux bleus luisaient d'excitation.

— Allons, Meredith, je ne faisais que plaisanter !

— Eh bien ! Pas moi. Nous devrions peut-être aller voir, tu sais, j'aimerais seulement posséder le portrait.

— Pour quoi faire ? Je n'avais jamais pensé à toi comme à une collectionneuse.

— Je ne peux pas me l'expliquer, avoua-t-elle. Ce tableau m'a fascinée dès l'instant où je l'ai vu. J'aimerais l'avoir.

— Si tu le veux vraiment, moi, je veux bien, dit-il.

Il se leva.

— Je dois partir maintenant. J'ai un rendez-vous au studio.

— Je croyais que tu prenais quelques jours de congé.

— C'est ce que j'avais prévu, mais puisque tu pars pour New York, je pense que je préfère aller travailler, pour ne pas penser à autre chose. J'ai rendez-vous avec les exécutants du studio pour discuter du décor de fond de mon prochain film.

Elle lui attrapa la main au moment où il allait passer à côté d'elle. Elle le regarda dans les yeux, la mine inquiète en portant sa main à ses lèvres

— Nous pouvons réussir, dit-elle avec confiance. Tu verras.

Il hésita un peu, puis il se pencha et l'embrassa.

— Cette situation me déplaît toujours, mais je préfère n'avoir qu'une partie de ton temps plutôt que rien du tout.

— Tu me comprends, n'est-ce pas ? insista-t-elle.

— J'essaie. Il s'écarta et rentra dans la maison.

Meredith plissa le front. Nick avait-il raison ? N'était-ce qu'une affaire de temps jusqu'à ce que ces longues séparations ne finissent par provoquer la désintégration de leur amour ?

NEW YORK

Les trois semaines que Meredith vécut comme journaliste au service des informations du réseau principal furent les plus agitées de sa vie professionnelle. Elle passait de longues heures au complexe immense du Centre de diffusion de la 52e Rue Ouest, ou bien elle était chargée de rédiger et vérifier les informations destinées au journal du soir. Son temps libre — qui ne représentait pas grand-chose — était utilisé à faire connaissance avec les directeurs et autres personnalités du réseau susceptibles de l'aider à atteindre son but. Bien que ne l'ayant jamais avoué à Nick, elle cherchait à se mettre en bonne position en vue d'un poste plus permanent sur le réseau. Bien que Nick ait promis de venir passer les week-ends avec elle, son propre programme de travail l'avait empêché de le faire. Et surtout, il avait reçu un choc inattendu après le départ de Meredith : les notaires gérant le domaine de Ryan l'informèrent que ce dernier avait laissé un testament lui léguant le domaine et tout ce qui s'y trouvait.

— C'est une affaire inouie, raconta Nick, encore tout abasourdi, au téléphone. Personne dans le cabinet notarial ne desserrait les dents au sujet du testament lui-même. Je n'ai jamais vu le véritable document — ils ont refusé de me le montrer — mais ils m'ont dit que Tom voulait me laisser la maison et son contenu parce qu'il voyait en moi celui qui eût pu être son fils, dit-il encore à Meredith.

Meredith se demanda un moment si elle n'aurait pas une chance de redonner vie à son documentaire ; mais elle abandonna vite cette idée. Tom Ryan avait gardé secret son passé et celui de sa femme durant toute sa vie. Pourquoi trouverait-on des indices révélateurs dans la maison ?

Lors de son dernier week-end à New York, elle accepta une invitation de Sam Clifford, le directeur de production du journal télévisé du soir sur la chaîne IBS ; il s'agissait d'un dîner réunissant un groupe du service des informations au Rainbow Room. Meredith accepta sans hésiter

Le Rainbow Room, surplombant la 5e Avenue de soixante-cinq étages, offrait une vue spectaculaire aussi bien de l'intérieur que de l'extérieur ; elle fut fascinée par le superbe intérieur de style « Arts deco » 1930 autant que par la vue stupéfiante des gratte-ciel scintillant de Manhattan. Penchée sur un délicieux boeuf Wellington, Meredith avait l'impression que les gens du réseau l'observaient et l'évaluaient. Mais cela ne l'inquiéta nullement. Elle avait confiance en elle et dans la façon dont elle se présentait à eux. Elle avait donné beaucoup d'elle-même pour obtenir cette chance, elle s'était tracé un plan minutieux pour en arriver là, est elle savait qu'elle était prête. Plus que prête.

— Je dois dire que vous avez fait un travail fantastique, Meredith, lui dit Clifford au dessert. Vous avez été une... Il s'arrêta net au moment où Meredith prenait vaguement conscience que quelqu'un s'approchait d'elle.

— Seriez-vous fâchés si je vous enlevais Mme Courtney pour quelques minutes ?

La voix qui avait interrompu la conversation était incontestablement familière à Meredith. Le silence s'était établi autour de la table. Tous avaient la tête levée vers Alexander Kirakis qui se tenait à côté de Meredith et lui souriait. Elle s'efforçait de garder bonne contenance, mais son cœur battait sauvagement. Elle respira profondément et le regarda à son tour. Il était resté le plus bel homme qu'elle eût jamais vu. « Pourquoi me fait-il cet effet ? » s'étonna-t-elle.

— Il y a si longtemps maintenant ! dit-elle enfin d'une voix égale.

— Trop longtemps.

Il lui tendit la main tandis que l'orchestre commençait à jouer.

— M'accordez-vous cette danse ? pria-t-il courtoisement.

Elle hésita un moment, consciente des regards rivés sur elle. « qu'ils me regardent donc ! » pensa-t-elle, désireuse en son for intérieur de leur lancer un défi.

_ Bien sûr, acquiesça-t-elle en souriant tandis qu'elle se levait gracieusement.

Le regard de tous ceux qui occupaient la salle lui sembla presque palpable quand il lui prit la main et la guida sur la piste de danser. Son cœur battait toujours la chamade, et quand il la prit dans ses bras, elle se demanda s'il en percevait les battements. « J'espère que non », pensa-t-elle.

— Vous êtes plein de surprises, M. Kirakis.

— Alexander, rectifia-t-il.

— Alexander.

— Il y a bien longtemps, il me semble, n'est-ce pas ? demanda-t-il lorsqu'ils s'accordèrent au rythme de la musique.

— Au moins six mois, répondit-elle sur un ton insouciant. Je m'étonne que vous vous souveniez de moi.

Elle avait toujours eu l'impression qu'il ne reconnaîtrait pas une femme une heure après l'avoir quittée, à moins qu'il n'eût couché avec elle.

— Je n'oublie jamais une jolie femme. Encore moins une femme aussi charmante que vous.

Meredith regarda par-dessus son épaule. Le groupe assis à sa table l'observait franchement, et elle se souvint de sa première rencontre avec Alexander à Los Angeles.

— Si vous vous souvenez de moi, dit-elle prudemment, vous vous rappelez certainement la promesse que vous m'avez faite à La Bella Fontana.

— Une promesse ? demanda-t-il innocemment.

— Vous m'aviez promis que vous me donneriez une interview exclusive si nous nous rencontrions de nouveau.

— J'ai fait cela !

Il la serra un peu plus en la faisant tourner sur la piste.

— Ce ne serait pas bien de ma part de revenir sur ma parole, n'est-ce pas ?

— Certainement pas.

— Alors je vais y réfléchir.

Il lui caressa très légèrement le dos.

— Vous vivez à Manhattan maintenant ?

— Je suis en mission temporaire. C'est ma dernière semaine.

Elle n'avait aucune envie d'éviter cette main caressante. « Pourquoi ? » se demanda-t-elle encore.

— Je comprends.

Il observa son visage.

— Dans ce cas, peut-être devrions-nous parler avant votre départ. Demain soir, au dîner ?

Elle réfléchit quelques instants, et elle se souvint qu'elle avait d'autres projets. Elle secoua la tête.

— Je ne suis pas libre demain soir.

— Libérez-vous, dit-il simplement.

Meredith l'observa, et elle vit quelque chose dans son sourire désarmant, dans ces yeux d'un noir extraordinaire, quelque chose qu'elle ne comprenait pas bien.

— Ce n'est pas aussi simple, dit-elle enfin.

— Mais si !

Elle hésitait. Obtenir une interview d'Alexander Kirakis, lui qui n'en accordait presque jamais, en imposerait aux gens du réseau.

— Je vais voir ce que je peux faire.

— Oui, voyez cela.

Il se pencha sur elle, et elle sentit son haleine chaude dans son cou.

— Vous êtes charmante ce soir, murmura-t-il d'une voix rauque. Encore plus que la première fois.

Meredith sentit ses lèvres frôler légèrement son cou. Elle s'écarta et le regarda d'un air soupçonneux.

— Votre invitation à dîner — elle n'a rien à voir avec ma demande d'interview, n'est-ce pas ?

— À quoi pensez-vous ?

Les yeux noirs luisaient malicieusement.

— Vous feriez mieux de me dire pourquoi vous m'invitez, insista-t-elle.

— Il me semble que la raison en est manifeste.

— Alors, vous perdez votre temps.

— Ah oui ? demanda-t-il, absolument pas convaincu.

— Oui.

Elle s'efforça de mettre de la fermeté dans le ton de sa voix. Il ne cessait de frôler doucement de sa main le bas de son dos.

— On n'est jamais sûr tant que l'on n'a pas essayé, n'est-ce pas ? La première fois que nous nous sommes rencontrés, nous n'avons pu passer que de très brefs instants ensemble car je devais courir à l'aéroport avec mon père. Je m'étais promis alors de corriger cette situation si je vous retrouvais un jour. Et maintenant…

Sa voix s'éteignit, mais le message était clair.

Elle réussit à sourire légèrement. Six mois plus tôt, elle aurait peut-être été tentée.

— Vous arrivez un peu tard.

— Oh ? fit-il en levant un sourcil interrogateur. Mari ou amant ?

— Cela ne vous regarde pas.

Les yeux noirs eurent un éclair d'amusement.

— Aurais-je touché la corde sensible ?

— Non. C'est simplement que je n'aime pas que l'on me questionne sur ma vie privée.

— Je comprends. Sa voix grave et résonnante contenait une nuance de reproche.

— Mais vous et vos collègues trouvez normal de fouiller dans ma vie privée ?

— C'est différent, et vous le savez fort bien.

— C'est-à-dire que c'est moi le gibier, et pas vous ?

— Vous faites partie des informations, souligna-t-elle. Le public aime savoir ce que vous faites, qui vous voyez.

— Et moi, je m'intéresse à ce que vous faites et j'aime savoir qui vous fréquentez. Je n'aurais jamais dû vous laisser vous éloigner de moi à l'époque. J'aurais dû rester à Los Angeles l'été dernier.

— Cela n'aurait rien changé.

— Pas sûr, une occasion se serait peut-être présentée.

— Nous avons fait connaissance sur des bases strictement professionnelles, si vous vous en souvenez.

— Ce n'est pas ma faute, insista-t-il.

— Je suis obligée de garder une certaine distance étant donné ma profession.

— Pourquoi ? Pourquoi est-ce si important pour vous ?

— Pas important, corrigea-t-elle. Essentiel.

— Il faut alors que quelqu'un vous attende chez vous, conclut-il. Elle hésita un moment. Elle voulait son interview ; elle n'allait pas le rebuter alors qu'elle était si près de l'obtenir ! Mais elle devait également lui faire comprendre que leurs relations ne pouvaient être que professionnelles.

— Oui, dit-elle enfin. Quelqu'un qui compte beaucoup pour moi — et que je ne veux pas risquer de perdre pour rien au monde. Pas même pour un bon sujet.

Il sourit.

— J'admire votre loyauté. Mais vous ne sauriez me blâmer de tenter ma chance — ou de continuer à la tenter. Je n'ai pas l'habitude de ne pas obtenir ce que je poursuis.

— Etes-vous toujours d'accord pour envisager cette interview ? demanda-t-elle.

— Je vais l'envisager.

Meredith changea de sujet.

— Vous dansez merveilleusement.

— Je suis habitué à diriger, répliqua-t-il simplement.

L'orchestre cessa de jouer. Meredith s'écarta lentement de lui, relâchant son étreinte.

— Pour ce qui est de demain soir, reprit-elle, si je peux changer mes projets, où dois-je vous rencontrer ?

— J'irai vous chercher à votre hôtel.

Meredith eut un hochement de tête énergique.

— Je vous rejoindrai au restaurant, insista-t-elle. Dites-moi seulement lequel.

— Aimeriez-vous le Lutèce ? À huit heures ?

— Ce serait parfait.

Il la regarda s'éloigner vers son groupe en souriant en lui-même. Elle l'avait intrigué dès leur première rencontre, mais il l'était encore davantage aujourd'hui. Elle ne ressemblait pas aux autres femmes. Elle était belle, intelligente et indépendante, qualités qui, à sa grande surprise, le charmaient... Elle le troublait comme aucune autre femme n'avait su le troubler jusqu'à ce jour, et il ne savait pas très bien d'où venait ce sentiment. Alexander se jura dès cet instant qu'il la ferait sienne tôt ou tard, et que personne ne l'en empêcherait.

Le signal du bouclage de la ceinture de sécurité se déclencha tout à coup. Meredith étendit alors bras et jambes autant que le lui permettait l'espace étroit entre les deux rangées de sièges. Elle ouvrit son attaché-case et en sortit deux magazines qu'elle avait achetés à l'aéroport Kennedy : deux numéros de *Vanity Fair* et *Town & Country*. Un gros titre s'étalait sur la couverture de *Vanity Fair*, la mention en une ligne d'une interview de la star italienne Francesca Correnti. Francesca Correnti... l'ancienne amante d'Alexander. Vraiment ? La rumeur disait que leur liaison avait été intermittente au cours des quelques années écoulées.

Meredith feuilleta le magazine jusqu'à l'article cherché. Il débutait par une photographie de l'actrice, en noir et blanc, pleine page. Elle est jolie, pensa Meredith en examinant la photo. Des formes voluptueuses dans un monde où chacun eût désiré être mince comme un haricot. Féline. Une jolie femme selon les canons classiques. Il y avait également une photo plus petite représentant Francesca et Alexander. Il était presque aussi beau et élégant qu'en chair et en os. Aussi charmeur qu'au dîner du Lutèce, le soir où elle avait passé son temps à parer ses commentaires suggestifs. Elle avait bien perdu son temps, car elle n'avait pas avancé d'un pas en direction de cette interview désirée. « Il a probablement le même sentiment — puisqu'il est rentré seul chez lui », pensa-t-elle méchamment.

Meredith considéra longuement le portrait. Curieusement, la vue d'Alexander avec une autre femme la gênait. « Pourquoi ? » Il n'y a pourtant rien entre nous, Dieu sait pourtant s'il a fait des efforts dans ce sens ! » se dit-elle.

Alors, pourquoi était-elle perturbée ? Elle ne s'était jamais inquiétée en regardant des photos de Nick avec les actrices qui jouaient dans ses films. Elle avait toujours cru qu'elle n'était pas jalouse parce qu'elle n'avait pas de raison de l'être. Elle avait confiance en Nick ; c'était aussi simple que cela. Il travaillait perpétuellement avec de jolies femmes. Cela faisait partie de son domaine, et elle le comprenait parfaitement. Pourtant…

Elle referma le magazine et poussa un profond soupir. Elle n'était pas impliquée avec Alexander Kirakis, ni affectivement ni physiquement, et pourtant, elle était jalouse à la vue de cette photo de lui en compagnie de Francesca. Et ce sentiment la mettait mal à l'aise. Elle détestait cette manière dont il avait usé pour l'atteindre. « Je me moque pas mal de ce que vous faites, Alexander, pensa-t-elle avec emportement. Vous ne m'intéressez pas ! »

Elle s'appuya au dossier de son siège et ferma les yeux. Si des doutes avaient existé dans son esprit touchant sa liaison avec Nick, Alexander avait réussi à brouiller encore davantage ses idées avec un minimum d'efforts. Elle voyait encore clairement son visage, son sourire dévastateur, ses yeux noirs hypnotiques. « S'il savait, il en rirait bien », pensa-t-elle.

« Mais il ne saurait jamais. Ce n'est en tout cas pas moi qui lui avouerais », pensa-t-elle encore.

MALIBU

— Et maintenant, ferme les yeux dit Nick à Meredith tandis qu'ils pénétraient ensemble dans la maison de la plage. Ne triche pas.

Elle lui lança un clin d'œil taquin.

— Pourquoi cette mise en scène ? Pourquoi ce secret ?

Il sourit patiemment.

— Laisse-moi faire, d'accord ? C'est une surprise.

Meredith s'efforça de sourire. Elle avait déjà été surprise qu'il soit venu la chercher à l'aéroport, et elle l'avait été encore plus en s'apercevant qu'elle n'était pas tellement contente de le voir.

— Oh ! D'accord, soupira-t-elle.

Elle serra ses paupières et se laissa guider en descendant les marches qui menaient dans le salon.

— Attention où tu mets les pieds, l'avertit Nick en lui faisant contourner les meubles jusque de l'autre côté de la pièce. Bien. Tu peux regarder maintenant.

Ce qu'elle fit. Devant elle, installé près de la fenêtre donnant sur l'océan, se dressait un grand chevalet recouvert d'un voile de velours vert. Nick le souleva lentement, révélant la toile qui était au-dessous : le portrait d'Elizabeth Weldon-Ryan et de son enfant. Meredith n'en croyait pas ses yeux. Nick avait certes hérité le domaine Ryan, mais elle savait qu'il désirait y laisser tous les objets à leur place, dans l'état ou Ryan l'avait quitté.

— Pourquoi ? commença-t-elle.

— Je sais que tu l'aimes beaucoup, dit-il simplement. Je voulais aussi te montrer par là combien je t'aime. Il m'a semblé que c'était la meilleure manière de te le dire, et je m'excuse pour tout ce que je t'ai dit avant ton départ.

Meredith l'embrassa avec affection. Elle était heureuse d'avoir le tableau, mais elle était toujours troublée, sans trop savoir pourquoi. Pourquoi n'était-elle pas heureuse de rentrer chez l'homme qu'elle aimait. Pourquoi aurait-elle souhaité être encore à New York, occupée à repousser les avances d'Alexander ?

VII

— Vous êtes nombreux à savoir que ce n'est nullement la première fois que nous sommes placés face à une décision de cette nature et d'une importance immense pour l'avenir du groupe dans son ensemble.

Alexander, au haut bout de la longue table de conférence de la salle du Conseil d'administration, s'adressait à un groupe de directeurs occupant les échelons supérieurs de la Société Kirakis.

— Nombre d'entre vous étiez avec nous quand j'ai pris la direction des opérations pour l'Amérique du Nord en 1973, et ceux-là se souviennent certainement qu'à cette époque, l'inflation mondiale suscita une demande en pétrole considérablement accrue. Le résultat de cette demande accrue fut que nos tankers de l'Athena Maritime furent sollicités en conséquence. À l'époque, un seul voyage de nos superpétroliers britanniques – qui en règle générale tournait autour de deux millions et demi de dollars pour un trajet partant du Golfe Persique et contournant le Cap – a atteint le record jamais atteint de huit millions de dollars.

Il se tourna vers George Prescott, assis à sa droite.

— George, quel a été notre bénéfice net cette année-là ?

— Douze milliards, répondit George.

Alexander hocha la tête.

— Douze milliards de dollars, répéta-t-il lentement, ses yeux noirs scrutant les membres du groupe, jaugeant leurs réactions.

— Je crois que ce fut presque le double de l'année précédente, n'est-ce pas ?

George hocha la tête affirmativement.

Alexander sourit.

— De nombreuses autres compagnies maritimes ayant également pris le marché d'assaut ont investi leur rentrée de capitaux dans l'extension de leurs flottes, dit-il encore. Bien que nos conseillers – des experts dans ce domaine, en principe – nous aient recommandé de leur emboîter le pas, nous avons préféré mettre nos bénéfices dans le pétrole lui-même. Mon père avait une théorie selon laquelle cette situation représentait une chance inattendue, mais qui ne durerait pas indéfiniment – une théorie, je vous le rappelle, qui s'est révélée juste. L'embargo sur le pétrole arabe, cette même année, provoqua l'une des dépressions économiques les plus graves qui frappèrent le monde depuis les années 30. Ces mêmes compagnies maritimes qui avaient investi si lourdement dans l'extension de leurs flottes durent subir d'énormes pertes. Pour beaucoup d'entre elles, les revers furent dévastateurs. Heureusement pour nous, nos pertes furent réduites au minimum, mais uniquement parce que mon père fut assez prévoyant pour investir sur d'autres marchés.

Il se détourna momentanément du groupe pour regarder pensivement le panorama mouvant du sud de Manhattan.

— Ce que je vous propose maintenant, c'est un mouvement similaire, mais à une plus grande échelle. Je crois que l'avenir de Kirakis se trouvera dans l'expansion, dans la diversité. L'immobilier, l'électronique, la pharmacopée, les communications – c'est cette diversité qui est la clé du monde, Messieurs. C'est la clé non seulement de la survie, mais aussi de l'élévation de Kirakis au rang de premier consortium international du monde. J'ai l'impression que…

Il s'interrompit net à l'entrée de sa secrétaire qui s'adressait à lui par son prénom. Il la regarda avec colère.

— Je vous avais dit de ne pas me déranger pour quelque motif que ce soit !

— Oui, monsieur – mais ce télégramme vient d'arriver. Je crois que vous devriez le lire… risqua-t-elle timidement.

— Cela ne peut pas attendre un autre moment? demanda-t-il avec emportement.

— C'est une urgence.

Il fit silence en la regardant fixement, puis il lui fit signe de s'approcher.

— J'espère que c'est important, dit-il en prenant le télégramme.

— Ça l'est, dit-elle à voix basse.

L'ayant lu, sa physionomie passa de la colère à l'angoisse.

— Quand est-il arrivé? demanda-t-il brutalement.

— Il y a cinq minutes.

Il soupira.

— Faites avancer la voiture. Téléphonez à Woodhill. Dites-lui de me rejoindre à l'aéroport Kennedy immédiatement. Dites-lui de veiller à toutes les formalités pour la douane afin que nous puissions partir dès que possible.

Comme elle s'éloignait, il l'arrêta encore.

— J'aurais aussi besoin qu'un hélicoptère m'attende à Athènes – arrangez-vous aussi avec les douanes de l'aéroport d'Athènes. Je ne veux pas perdre de temps là-bas.

— Oui, monsieur.

Il s'adressa à ses directeurs.

— Mes excuses. Il faut que vous m'excusiez. Je dois partir immédiatement pour la Grèce.

Tous, médusés, le regardèrent s'élancer hors de la salle de conférences.

George le rejoignit dans son bureau où Alexander enfilait déjà son manteau.

— Vous êtes fou, Alexander! Le président de la Donovan est attendu pour cet après-midi; il doit vous rencontrer personnellement, l'aviez-vous oublié?

— Je n'ai rien oublié, répliqua Alexander rudement. Vous vous occuperez de cette affaire à ma place.

— Je ne peux pas!

George passa ses doigts dans l'épaisseur de ses cheveux blonds.

— Nous travaillons sur cette affaire depuis six mois. Pourquoi ne pas retarder votre départ d'une journée? Vingt-quatre heures de plus ou de moins ne changeront rien…

Leurs regards se croisèrent.

— Mère est mourante, expliqua-t-il simplement.

Il se retourna et s'élança dans le couloir sans regarder derrière lui.

Pendant que le Learjet se lançait sur la piste et amorçait son ascension, Alexander était renversé dans son siège et fermait les yeux. Il avait encore peine à croire à la réalité. Sa mère était mourante. Le télégramme de son père expliquait qu'elle ne passerait probablement pas la nuit. Quand elle était venue à New York pour Noël, elle avait une mine formidable, bien meilleure que depuis bien des mois. Elle était un peu fatiguée, mais c'était normal : elle avait soixante et onze ans et souffrait depuis longtemps de troubles cardiaques. Elle avait surmonté son mal d'une façon surprenante, en dépit des prévisions pessimistes de ses médecins. Ce qui avait peut-être amené le fils et le père à s'installer dans une fausse sécurité.

Elle le réclamait. Combien de fois ne l'avait-elle pas supplié de revenir dans son pays, de passer plus de temps dans sa famille ? Combien de fois avait-il promis qu'il viendrait mais avait modifié ses plans à la dernière minute ? Combien de fois ses affaires ne l'avaient-il pas empêché de retourner chez lui ? Et combien de fois n'avait-il pas annulé un voyage parce qu'il vivait les délices d'une passion avec une nouvelle conquête ? Il l'avait abandonnée tant de fois ; il ne pouvait pas recommencer, pas cette fois. S'il n'arrivait pas avant qu'elle ne meure, il n'était pas sûr de pouvoir se supporter encore.

À ce moment, son pilote émergea du cockpit après avoir confié les manettes au copilote. Alexander leva la tête.

— À quelle heure atterrirons-nous à Athènes ?

Woodhill s'approcha.

— Nous sommes attendus à 1h15 du matin, heure d'Athènes, dit-il en prenant place en face d'Alexander. Nous avons eu beaucoup de chance jusque là. Je n'ai pas eu de problème pour quitter l'aéroport Kennedy, ce qui m'a d'ailleurs beaucoup surpris. Les conditions météorologiques entre New York et Athènes sont excellentes et nous ne prévoyons pas de contretemps jusqu'à notre arrivée.

— Je vois, dit Alexander distraitement.

— Cela devrait marcher comme sur des roulettes, insista Woodhill.

— Et après notre atterrissage ? A-t-on tout arrangé ?

— Tout a été organisé. Quelqu'un du siège de la société vous attendra à l'aéroport. Vous passerez tous les signaux rouges de la douane sans problème. Ils ont déjà préparé un hélicoptère qui vous emmènera jusqu'à l'île.

— Il ne devrait donc pas y avoir de retard.

— Je n'en vois pas.

Woodhill se leva.

— Y a-t-il autre chose pour votre service ?

Alexander ne répondit pas. Il regardait l'océan Atlantique, en bas. Le pilote avait l'impression que son patron avait la tête à des milliers de kilomètres.

— Y a-t-il autre chose, monsieur ? demanda-t-il de nouveau.

Alexander tourna la tête brusquement.

— Quoi ? Oh… non. C'est tout, dit-il agacé.

Woodhill hocha la tête.

— Bien, monsieur.

Il se dirigea vers le cockpit.

— Woodhill ?

Le pilote se retourna.

— Oui, monsieur ?

— Je crois que j'ai oublié de vous remercier. J'apprécie beaucoup ce que vous avez fait.

Woodhill sourit.

— Je fais mon travail, monsieur.

Alexander ne répondit pas. Il s'aperçut à peine que Woodhill rentrait dans son cockpit. Ses pensées étaient ailleurs, en un autre temps.

Alexander vit les ruines du Parthenon par la fenêtre du jet, ruines embrasées par des projecteurs surmontant l'Acropole. Tandis que le jet amorçait sa descente vers l'aéroport Hellenikon, il s'émerveillait de cette vision tellement fantastique vue d'en haut. L'avion fit ses manœuvres d'approche, et une fois de plus, Alexander se demanda s'il arriverait à temps ou s'il n'était pas déjà trop tard.

Quand le jet toucha terre, un employé de l'aéroport attendait pour accompagner Alexander aux services des douanes.

— Il y a des journalistes – une multitude – ils vous attendent aux portes, M. Kirakis, haleta l'employé tandis qu'ils traversaient en hâte le terrain d'aviation. Je vais vous faire passer par un autre chemin.

— Comment ont-il su ? demanda Alexander, de mauvaise humeur.

— Je n'en sais rien, monsieur, répliqua vivement l'homme en s'excusant presque. Seuls quelques membres de notre personnel ont été mis au courant de l'heure prévue de votre arrivée, et cela, parce que c'était indispensable. Je croyais bien que nous éviterions cette ruée.

— Cela aurait pu être évité.

Il y avait du mépris dans la voix d'Alexander.

— Il semble qu'il y ait au moins une personne indigne de confiance parmi celles que vous aviez sélectionnées.

Ils pénétrèrent dans l'aérogare principale et se dirigèrent vers l'esplanade animée, flanqués de trois gardes de la sécurité en uniforme ; le petit homme presque chauve s'accordait péniblement aux longues enjambées rapides d'Alexander. Il priait en silence pour qu'il ne se présente pas d'autres obstacles. Il savait qu'Alexander Kirakis avait horreur qu'on le fît attendre – quelle que fût la raison. En cas de retards supplémentaires, cela irait mal pour lui. Il désirait surtout faire passer Kirakis aux guichets des douanes et le faire monter dans l'hélicoptère préparé à son intention le plus rapidement possible.

Alexander était déjà contrarié et ne prit pas la peine de le dissimuler. Il attendit en silence, impatiemment, que son passeport soit tamponné par un employé des douanes consciencieux et lui soit rendu. Ensuite, Frederick Kazomides, premier vice-président de la section européenne de la société Kirakis, l'escorta jusqu'à l'hélicoptère en attente dans une autre partie du terrain.

— Désolé de ces mauvaises nouvelles touchant l'état de santé de Madame Kirakis, dit-il à Alexander tandis qu'ils se pressaient de traverser l'esplanade. Difficile de trouver les mots justes pour exprimer…

Alexande le fit taire d'un geste de la main.

— D'accord. Je comprends. Dites-moi, savez-vous comment elle est maintenant ?

— Je ne saurais dire, répondit l'homme en haussant les épaules dans son désarroi. Voici plusieurs jours que je n'ai pas vu votre père. Il a dit qu'elle était au plus mal. Que c'était une question de jours.

Il vit le visage tourmenté d'Alexander.

— Désolé…

Alexander opina de la tête sans souffler mot. Les mots lui paraissaient tellement hors de propos.

Kazomides ouvrit les deux battants de la lourde porte en verre, puis il fit un pas de côté. Alexander sortit dans la nuit froide. Le pilote de l'hélicoptère le vit immédiatement et fit tourner les moteurs, signalant ainsi qu'il était prêt à partir dès que son passager serait à bord. Alexander se tourna vers Kazomides.

— Merci, Frederick, dit-il à voix basse.

— J'espère que vous arriverez à temps.

Alexander se mit à courir en se couvrant le visage d'un bras pour se protéger des phares éblouissants et des tourbillons d'air provoqués par les réacteurs de l'engin. Il grimpa dans la cabine et ne se retourna qu'une seule fois vers Kazomides jusqu'à ce que l'hélicoptère s'élevât dans la nuit en prenant un virage à angle aigu en direction du sud.

Le vol entre Athènes et l'île privée des Kirakis, relativement bref d'ordinaire, parut durer une éternité pour Alexander cette nuit-là. Il demeura silencieux et lointain pendant tout le trajet. Il ne se souvenait même pas de son dernier séjour chez lui. Chez lui. Il vivait à New York depuis presque neuf ans, et avant cela, il avait résidé à Boston pendant les six années où il fréquenta Harvard. Il considérait toujours l'île comme son foyer. Il avait en ce lieu les souvenirs les plus tendres de son enfance. «Ces années-là furent les plus paisibles de ma vie», se disait-il encore.

L'île était dans la famille de sa mère depuis la guerre des Balkans. Elle fit partie de sa dot lorsqu'elle épousa son père. Son père avait pris cette terre brute et intacte depuis de nombreuses années et en avait fait un paradis. On y trouvait des écuries pour les chevaux qu'Alexander adorait, un lac artificiel d'eau douce, une réserve de gibier, un port pour leur yacht, le *Dionysos,* et une aire d'atterrissage pour petits avions et autres engins volants. À l'extérieur de la villa s'étendait un jardin couvert de fleurs et de plantes de toutes sortes et orné de statues anciennes inestimables ainsi que d'une fontaine spécialement dessinée par un célèbre sculpteur romain. La superbe villa de quarante pièces où s'activaient vingt-cinq domestiques avait été édifiée sur la colline la plus haute de l'île. De l'extérieur, elle ressemblait à une hacienda espagnole allongée, mais de l'intérieur, on eut dit un prolongement de Versailles. L'amour de sa mère pour tout ce qui était français y était évident, depuis les meubles, pour la plupart d'origine française, jusqu'aux toiles impressionnistes en passant par les tissus recouvrant les murs, les tapisseries et les draperies, le tout en délicates nuances de bleu, de vert de de mauve. Tout le linge venait des magasins parisiens les plus luxueux. Le beau Gobelin ovale du hall d'entrée, l'énorme lustre en cristal et les bronzes dorés de la salle à manger venaient de quelque château de la Loire. Alexander sourit en lui-même. Son père avait dit bien souvent que, bien que née à Athènes, sa femme était une Française au fond de son cœur.

On trouvait également sur l'île une douzaine de cottages réservés à des invités éventuels. Mais Alexander n'avait toujours pas compris pourquoi son père les avait fait construire. En effet, aussi loin que remontât sa mémoire, aucun visiteur n'avait jamais été admis sur l'île. La sécurité avait toujours été un impératif absolu. Son père n'avait jamais caché son refus de toute intrusion dans son refuge privé favori ; il avait fait le maximum pour rebuter tous les indésirables. Ses efforts furent récompensés. L'île était le seul lieu de la terre où Alexander pouvait toujours trouver la tranquillité, le seul lieu où les journalistes ne pouvaient pas le suivre.

Alexander avait toujours soupçonné que cette obsession du secret qui hantait son père avait sa source dans l'outrage qu'il avait ressenti face à l'assaut des médias à l'époque de la mort de Damian. Ce frère d'Alexander était mort tragiquement à cinq ans, cinq mois avant la naissance d'Alexander en 1948. Damian était affligé de la même affection cardio-pulmonaire qui avait fait de leur mère une demi-invalide durant presque toute sa vie ; mais l'état de Damian était aggravé du fait des complications rencontrées lors de sa naissance. Bien que ses parents ne parlaient que très rarement de ce drame, Alexander savait qu'ils n'avaient jamais vraiment cessé de pleurer l'enfant perdu depuis tant d'années. Il avait appris toute l'histoire dans sa petite enfance, surtout par sa gouvernante, Helena, arrivée sur l'île après la mort de Damian. Helena, l'une des femmes les plus habiles qu'eût connu Alexander, avait réussi à apprendre une grande partie de l'histoire de la famille Kirakis, par les servantes attachées à la maison, bien avant son arrivée. Ce fut Helena qui apprit à Alexander à peu près tout ce qu'il savait de la vie brève et de la mort tragique de Damian. Ses parents avaient été prévenus presque dès sa naissance que les chances de survie de Damian au-delà de trois ans étaient minimes. On avait aussi averti à plusieurs reprises Melina Kirakis des risques encourus en cas de grossesse; pourtant, elle avait conçu cinq fois. Trois de ces grossesses se terminèrent trop tôt pour que les enfants survivent. Seuls naquirent deux fils: Damian en 1943 et Alexander cinq ans plus tard. Alexander avait toujours pensé que l'ardente dévotion de sa mère envers lui était due à la certitude qu'il était le seul enfant qu'elle aurait jamais. Alexander n'avait jamais posé de questions à sa mère car il savait que son souvenir était encore douloureux pour elle, mais il l'écoutait toujours avec intérêt quand elle se laissait aller à parler du frère qu'il n'avait pas connu, ce qui était très rare.

La mort de Damian avait été dure pour Melina, mais Alexander découvrit plus tard qu'elle toucha encore davantage son père. Constantine Kirakis, qui, comme la plupart des hommes, désirait un fils pour perpétuer son nom et son empire, avait été anéanti par la perte de ce premier-né. Dans les mois qui précédèrent la naissance d'Alexander, on disait que le monde et même la vie de Constantine Kirakis n'avaient plus aucune signification réelle pour lui. À l'époque, son état mental avait été profondément affecté du fait des hordes de journalistes insensibles qui, pressentant un sujet sensationnel dans la perte de cet enfant, avaient convergé sur le domaine de Varsika situé sur le continent grec. Craignant que la fatigue nerveuse de ces intrusions répétées n'ait raison de sa femme, enceinte de quatre mois à l'époque, Kirakis l'avait emmenée sur l'île et avait pris des mesures de sécurité extraordinaires afin que la presse ne puisse absolument pas les poursuivre. Il avait ordonné à des gardes armés de patrouiller sur l'île en permanence et de faire en sorte qu'aucun journaliste n'y accède. Il fit l'acquisition de plusieurs chiens de garde spécialement dressés et fit installer dans la villa les systèmes d'alarme les plus sophistiqués de l'époque.

Inquiet pour sa femme et leur enfant à naître, il décida qu'ils attendraient la naissance sur l'île. Constantine et sa femme en étaient venus à aimer le paradis qu'ils avaient créé ; ils s'en éprirent tellement qu'ils ne retournèrent jamais à Varkiza. Damian était enterré dans le jardin.

« Et bientôt, pensa tristement Alexander, sa mère y trouverait aussi son dernier repos. »

Tandis qu'Alexander courait contre le temps pour gagner l'île, Constantine Kirakis veillait silencieusement au chevet de sa femme, lui tenant la main dans son sommeil. Le temps s'écoulait. « Comment allait-il vivre sans elle désormais ? » se demandait-il. Dans la lumière pâle, on eut dit qu'elle ne respirait même plus. Kirakis posa sa main sous son sein, en quête des mouvements de son corps qui lui diraient qu'elle était toujours avec lui.

Melina ouvrit lentement les yeux et lui sourit.

— Costa, dit-elle d'une voix affaiblie. Tu n'as pas besoin de rester ici. Il faut que tu te reposes – tu as l'air si fatigué.

Il secoua la tête, les yeux embués de larmes.

— Ne t'inquiète pas de moi, *matia mou*. Concentre-toi sur toi-même, sur l'amélioration de ta santé, lui dit-il.

Elle eut un sourire entendu.

— Nous savons tous deux qu'il est trop tard maintenant. Mon temps sur la terre se rétrécit. Accepte cela, comme moi.

— Non…

— Si, Costa. Tout est bien ainsi. Je n'ai pas peur de la mort à présent. La vie a été bonne, très bonne, mais…

Sa voix s'éteignit.

— Non, Melina. Tu ne dois pas abandonner, dit-il fermement.

— On ne peut combattre l'inévitable.

Il secoua la tête, craignant de parler.

— Alexander… est-il arrivé ? demanda-t-elle.

— Il est en route, dit Kirakis en luttant contre les larmes. Je pense qu'il ne va pas tarder.

— Bien.

Elle se tut un moment.

— Je m'efforce de rester réveillée, de l'attendre.

— Ne lutte pas contre le sommeil, *matia mou*. Tu as besoin de repos pour garder tes forces, dit-il doucement, caressant ses lourds cheveux blonds vers l'arrière pour dégager son visage.

— Je veux voir Alexander, insista-t-elle.

— Bien sûr, tu vas le voir, promit Kirakis. Il sera là à ton réveil…

— Si je me réveille, rectifia-t-elle. Non… je préfère rester éveillée jusqu'à ce qu'il arrive.

— Si cela peut te rassurer, je te réveillerai moi-même dès qu'il sera ici.

— Costa, promets-moi une chose maintenant, commença-t-elle d'une voix tremblante. Fais la paix avec Alexander.

— Tu sais que je le veux autant que toi.

— Oui… mais je ne suis pas sûre que toi et lui ayez fait des efforts sincères. Vous êtes aussi entêtés l'un que l'autre. Mets ta fierté de côté si tu veux rétablir tes relations avec notre fils.

Elle ferma les yeux un moment et sa respiration devint plus pénible.

— Mon Costa… toi seul peut me faire quitter ce monde en paix.

— Comment ? Tu sais que je ferais tout…

— Répare les torts qui ont été faits, dit-elle dans un souffle.

Il y avait une demande pressante dans son regard, une prière ardente indéniable.

— Mets fin aux mensonges, aux secrets. Fais enfin la paix, avec Alexander et avec toi-même.

Kirakis hésita un moment. Il se tourna vers Pericles Karamanlis qui venait de pénétrer dans la chambre . Kirakis secoua la tête, puis il reporta son regard sur Melina.

— Oui, *matia mou*, dit-il doucement. Tu as raison. Il est temps de mettre le passé derrière nous… une fois pour toutes.

Dès que l'hélicoptère toucha la pelouse devant la villa, Alexander poussa la porte et sauta à terre sans attendre que le pilote eût arrêté ses moteurs. Il courut à l'entrée principale. Helena, qui avait la charge du personnel domestique, l'attendait dans le hall d'entrée.

— Dieu soit loué, vous voilà, Alexandros, murmura-t-elle en l'embrassant affectueusement. Elle vous a demandé.

— Je suis venu aussi vite que j'ai pu.

Son regard se dirigea en haut de l'escalier où Pericles Karamanlis venait de surgir, sortant de la chambre de sa mère.

— Est-elle…

— Elle est encore en vie – à peine, dit Helena avec tristesse, en essuyant une larme. Elle est faible, très faible. Sa vie ne tient qu'à un fil. Elle vous a attendu.

— Je veux la voir maintenant, dit-il au médecin qui descendait l'escalier.

Karamanlis secoua la tête.

— Pas maintenant, dit-il sans ambages. Elle est endormie – et elle dormira pendant plusieurs heures d'affilée.

Alexander le darda du regard.

— Savez-vous que j'ai fait un long chemin pour la voir, pour être avec elle avant…

Il s'interrompit, incapable de terminer sa phrase. Les mots restaient en travers de sa gorge.

— Je sais fort bien que vous avez fait un long voyage, dit le médecin patiemment. Mais elle dort pour le moment. Elle ne saura pas que vous êtes près d'elle.

— Je veux la voir tout de même, ne serait-ce que quelques minutes, s'obstina Alexander.

Le médecin hésita un moment.

— Parfait, dit-il enfin. Mais seulement quelques minutes – et n'essayez pas de la réveiller. Elle est extrêmement faible. Je ne peux à présent que lui procurer autant de confort que possible – ce que j'ai bien l'intention de faire.

Alexander poussa un profond soupir.

— Je comprends, dit-il plus calmement. Je ne resterai pas longtemps, mais il faut que je la voie.

Helena lui prit le bras tandis qu'il commençait à monter l'escalier.

— Votre père vous attend dans la bibliothèque, Alexandros.

— Dites-lui que je le rejoindrai après avoir vu ma mère.

— Tout de suite.

Elle se tut quelques instants.

— Je suis contente que vous soyez ici. J'aurais seulement souhaité que les circonstances qui vous ont ramené vers nous aient été différentes.

Il l'observa un moment.

— Moi aussi, Helena.

Il se retourna et monta lentement l'escalier, délibérément, ayant compris que quel que soit le temps qu'il avait eu pour se préparer, il ne serait jamais prêt à envisager la mort de sa mère. Jamais.

Quand il entra dans la chambre de sa mère, une infirmière en uniforme blanc vérifiait ses indices vitaux. Elle leva la tête ; elle n'approuvait manifestement pas la présence d'Alexander.

— Vous ne devriez pas être ici, dit-elle. Elle est sous sédatif. Le docteur Karamanlis n'approuverait pas…

— Le docteur Karamanlis sait que je suis ici, assura Alexander. J'ai parcouru un très long trajet pour être avec ma mère, et j'aimerais maintenant passer quelques instants seul avec elle.

— Je ne pense pas.

Perecles Karamanlis parut.

— Ça ira, Penelope. le fils de Madame ne restera pas longtemps – n'est-ce pas, Alexander ?

Alexander lui lança un coup d'œil meurtrier.

Après que Karamanlis et l'infirmière eurent quitté la chambre, Alexander s'assit dans l'un des fauteuils Louis XV, tout près du lit de sa mère. Elle dormait. Elle paraissait si paisible. Au premier regard, on pouvait avoir peine à croire qu'elle fût si près de la mort. Mais en la regardant plus attentivement il vit la pâleur de son visage, d'un blanc presque crayeux. Elle avait sans doute beaucoup maigri en très peu de temps. Ses traits s'étaient creusés, surtout autour des yeux et au creux des joues. Ses pommettes normalement proéminentes étaient devenues si saillantes que sa face en était cadavérique. Alexander, qui ne se souvenait pas avoir un jour pleuré à chaudes larmes, même dans son enfance, devait maintenant lutter contre les larmes. Il prit sa main. Elle était froide. « Le froid de la mort commence à la gagner », pensa-t-il.

Melina ouvrit les yeux en lui souriant.

— Alexander, murmura-t-elle. J'avais peur que tu n'arrives pas à temps.

— Je suis venu aussi vite que j'ai pu, *manna mou*, dit-il avec douceur.

— Je suis contente que tu sois là. Je ne pouvais pas supporter l'idée de quitter ce monde sans te voir une dernière fois, sans te dire au revoir.

Alexander refoula ses larmes d'un battement de cils.

— Je vous en prie, mère, ne parlez pas ainsi, dit-il d'une voix tremblante.

— Il ne me reste plus beaucoup de temps sur cette terre, mon fils. Il faut que tu acceptes cela comme je l'ai déjà accepté moi-même. C'est la volonté de Dieu.

Le beau visage d'Alexander était rouge de colère.

— S'il existe vraiment un Dieu, alors, pourquoi fait-Il cela? Comment peut-Il permettre cela?

— Il y a une raison à toute chose, Alexander. Ce n'est pas à nous de mettre en question la volonté de Dieu.

— Non… Je ne peux pas accepter cela. Désolé, mère, mais je suis incapable de partager votre foi. Pas maintenant. Surtout pas maintenant.

— Il faut que tu croies, Alexander. Il faut avoir la foi, insista-t-elle. Elle te rendra fort. Elle t'aidera à survivre, à continuer – quelles que soient les difficultés que tu pourras rencontrer parfois dans la vie. Il y a une raison à toute chose, même si nous sommes incapables de la comprendre ou de la déceler.

Alexandre vit sa mère si calme, si inébranlable dans sa foi alors que lui-même était plein d'une amertume qu'il avait peine à dissimuler. La foi. Comment avoir foi en un Dieu qui lui enlevait sa mère tant aimée. Il n'imaginait absolument pas pouvoir placer sa vie, sa destinée, entre les mains d'un Etre Suprême dont il avait toujours douté. Comment sa mère – ou n'importe qui d'autre – pouvait-elle lui demander de croire en ce moment? Il acquiesça cependant de la tête avec hésitation.

— Je vais essayer, promit-il.

L'essentiel était qu'elle fût heureuse.

— Je ne garantis rien, mais pour l'amour de toi, j'essaierai.

Melina lui sourit.

— T'ai-je déjà dit combien j'étais fier de toi?

Il s'efforça de lui renvoyer son sourire.

— Plus d'une fois, mère, dit-il d'une voix douce.

— Tu as toujours été si fort. Je compte sur toi pour veiller sur ton père dorénavant. Il faudra que tu l'aides à traverser cette période. Il n'en sera pas capable tout seul.

Alexander eut un sourire forcé.

— Père est beaucoup plus fort que vous ne le croyez, dit-il vivement.

— Peut-être, mais au bout de tant d'années, il lui sera pénible de se retrouver seul. Il va avoir besoin de toi, plus que jamais.

— Non, je suis probablement la dernière personne vers qui père se tournera, dit Alexander en secouant la tête.

Melina le considéra un moment, incertaine de ce qu'il voulait dire par là.

— Ah ! Tu fais référence à sa menace de te déshériter.

— Vous étiez au courant ? s'étonna-t-il.

Elle réussit un faible sourire.

— Ton père ne m'a jamais rien caché. Bien qu'il ait parfois essayé.

— Je savais que tu avais découvert ce qui s'était produit.

— Je sais que la jeune femme s'est supprimée parce qu'elle a senti que tu la repoussais. Alexander, je n'ai pas toujours approuvé la manière dont tu dirigeais ta vie privée dans le passé, mais je me suis toujours donné pour règle de ne pas m'en mêler.

— C'eût été inutile. Père était capable de s'en mêler pour vous deux.

— Ton père a le sentiment d'avoir agi dans ton intérêt – et dans celui de la société, voulut expliquer Melina. Tout ce qu'il désire, c'est que tu prennes une attitude plus responsable à l'avenir – aussi bien dans tes affaires personnelles que dans celles de la société. Ton père a toujours mis tous ses espoirs en toi. Étant son unique héritier, tu portes la responsabilité de suivre la tradition.

— La tradition, répéta lentement Alexander. Je me souviens que la tradition a toujours été une chose importante pour vous deux.

— C'est ton bonheur qui est l'essentiel pour moi, insista Melina. Et je doute que ton mode de vie actuel puisse te rendre vraiment heureux.

— Mère, je crois que vous me connaissez trop bien.

— Crois-moi, Alexander, parce que je connais ton père comme il se connaît lui-même – peut-être mieux. Il était fâché contre toi – il était même furieux. Si ta relation avec cette jeune femme avait transpiré dans la presse, il en serait résulté une campagne de dénigrement à la fois contre le groupe et contre toi personnellement. Il a eu le sentiment qu'il lui fallait frapper un grand coup pour que tu comprennes qu'une chose pareille ne devait pas se reproduire, mais ton père ne t'aurait jamais déshérité. Il ne peut pas rager contre toi pendant bien longtemps. Il laisse libre cours à sa colère, puis c'est terminé. Il fonctionne comme un volcan. Il a toujours agi ainsi. Tu verras.

— Je n'en suis pas sûr. Vous n'étiez pas présente, mère. Vous ne l'avez pas vu. Jamais je ne l'avais vu dans cet état.

— Et toi, tu n'étais pas présent quand il a reçu le message de ses amis de Genève, dit-elle. Il est devenu physiquement violent. La pauvre Helena a cru qu'une tempête s'était abattue dans la bibliothèque. Il ravageait tout. Mais comme je te l'ai dit, il a soufflé toute son écume, et puis c'était terminé.

— J'espère que vous avez raison, dit Alexander d'une voix égale. Je ne peux pas être heureux quand les rapports sont aussi tendus entre père et moi.

— Alexander – elle frôla la joue de son fils – je tiens à ce que tu te souviennes d'une chose : quoi que tu aies pu penser parfois, et quels que soient les doutes qui ne manqueront pas de t'assaillir à l'avenir, sache que je t'ai aimé plus que ma propre vie. Je n'aurais jamais rien pu faire – intentionnellement – qui eût pu te nuire.

— Je le sais, assura-t-il.

— Tu le sais *maintenant*, mon fils ; mais si tu doutais un jour de mon amour pour toi ou de l'amour de ton père, souviens-toi de ce que je te dis maintenant. Lui, aussi bien que moi, aurions donné notre vie avec joie pour toi.

— Je le sais, mère, répéta-t-il. Elle était visiblement bouleversée.

— Tu sais que tu es le miracle pour lequel j'ai tant prié, Alexi. Tu es l'enfant parfait et vigoureux que les médecins m'avaient interdit. Tu as comblé ma vie au moment où j'allais abandonner.

Karamanlis se présenta à la porte.

— Alexander, je pense que vous devriez vous en aller maintenant, dit-il d'un ton ferme. Votre mère doit se reposer.

Alexander acquiesça de la tête, puis se retourna vers Melina.

— Il faut que je vous laisse à présent, *manna mou*. Je reviendrai plus tard.

Elle fit un signe de tête.

— N'attends pas trop longtemps, pria-t-elle d'une toute petite voix.

Il se pencha, lui embrassa légèrement la joue, puis sortit de la chambre.

Constantine Kirakis arpentait nerveusement la bibliothèque. En une heure, il avait fumé une demi-douzaine de ses cigarettes égyptiennes spéciales. Sa Melina adorée – son épouse, son amante de tant d'années, sa meilleure amie – était mourante, et il ne pouvait rien faire pour empêcher cela. Jamais Kirakis ne s'était senti aussi impuissant. C'était un sentiment étranger à cet homme habitué à dominer, à contrôler en permanence toutes les situations. Il était amèrement frustré de voir Melina s'échapper de lui lentement, sachant sa mort inéluctable.

— Père?

Surpris, Kirakis se retourna et fit face à Alexander qui s'encadrait dans la porte. On eut dit qu'il avait été roué de coups. Kirakis fit signe à son fils d'entrer. Alexander ferma la porte, traversa la pièce en silence et s'affala dans un fauteuil, près du bureau de son père. Il secoua la tête sans aucun commentaire.

— Tu as déjà vu ta mère? demanda Kirakis en allumant une autre cigarette.

— Je n'arrive pas à croire à ce qui arrive. La dernière fois que je l'ai vue – Dieu, il n'y a que quelques mois – à Noël – elle semblait bien. Elle était formidable! Comment cela est-il possible?

— Moi aussi, j'ai peine à y croire, admit Kirakis. Durant ces derniers mois, depuis notre retour de New York, elle se portait fort bien. Je ne l'avais pas vue aussi bien depuis bien longtemps.

Il s'assit sur un coin de son imposant bureau.

— Mais il y a quelques jours… Je ne suis même pas certain de ce qui est arrivé, ni pourquoi.

Alexander regarda son père.

— Il y a quelques jours? C'est arrivé il y a quelques jours? Pourquoi avoir tant attendu pour me contacter?

— Personne ne pensait qu'il y avait lieu de s'alarmer, d'abord, répondit-il en secouant sa cigarette. Elle se sentait un peu déprimée, c'était tout. J'avais toujours su remarquer quand elle se sentait vraiment mal, de sorte que je n'étais pas trop inquiet. Elle se plaignait d'être fatiguée, plus que d'habitude, mais à part cela, elle paraissait tout à fait bien. En vérité, je n'avais pas idée de la gravité de son état jusqu'à ce matin, quand je t'ai télégraphié. C'est aussi à ce moment-là que j'ai fait venir Pericles.

— Karamanlis sait ce qu'il fait ? demanda Alexander. Il ne l'a pas abandonnée, n'est-ce pas ?

Kirakis secoua la tête.

— Non, Alexander, c'est impossible, dit-il avec certitude. Pericles ne l'abandonnerait jamais, comme tu dis. Il a fait tout ce qui est humainement possible pour la garder parmi nous.

— Mère semble penser que son destin est entre les mains de Dieu, dit Alexander en se rappelant sa conversation avec sa mère.

Le sourire de Kirakis était bien triste.

— Ah oui, dit-il dans un soupir. La foi de ta mère a toujours été très forte. Inébranlable. Il m'a toujours été difficile de la suivre sur ce terrain.

— C'est tout aussi difficile pour moi, particulièrement en ce moment, renchérit Alexander avec lassitude. Mais à cette heure, je dirais ou ferais n'importe quoi pour qu'elle soit heureuse. Je lui ai promis de faire de mon mieux. Cela semble tellement important à ses yeux.

Kirakis opina de la tête.

— C'est aussi mon sentiment.

Il se surprit alors à penser à la promesse qu'il avait faite à Melina juste avant l'arrivée d'Alexander. Promesse qu'il n'était pas certain de pouvoir tenir, même s'il avait prononcé les mots. « Je suis prêt à tout pour que ses dernières heures soient paisibles. »

Alexander demeura silencieux un long moment.

— Je croyais être préparé à cette fin de vie. Après avoir vécu depuis toujours avec la maladie de mère, je pensais être prêt pour le jour où... Il secoua la ête, incapable d'en dire davantage.

— Moi aussi, avoua Kirakis avec gravité.

Alexander s'enfonça dans son fauteuil et ferma les yeux. Il était épuisé. Il commençait à ressentir les effets du long trajet en jet auxquels s'ajoutait la commotion émotionnelle douloureuse. Il avait l'impression qu'il allait s'effondrer. Kirakis l'observa un moment et réalisa enfin l'impact que le décalage horaire et la distance parcourue devait avoir sur lui, physiquement et mentalement.

— Alexander, tu as fait un long voyage. Peut-être devrais-tu dormir un peu.

— Je suis épuisé, c'est vrai, mais je serais incapable de dormir. Pas maintenant.

— Je comprends ce que tu ressens, dit Kirakis sur un ton compréhensif auquel Alexander n'était plus habitué depuis bien des années. Mais nous ne pouvons plus rien faire pour ta mère à présent. Nous ne pouvons qu'attendre… et espérer. Elle dort, et je pense qu'elle dormira jusqu'au matin.

— À moins qu'elle ne se réveille pas du tout, dit Alexander la mine lugubre. Non, père, je veux rester éveillé. Il le faut. Je veux être là au cas où elle me demanderait.

— Tu es ici, dit Kirakis avec fermeté. Crois-tu que je ne te réveillerais pas si… s'il arrivait quelque chose ?

Alexander releva la tête.

— Et vous, père ? Quand trouverez-vous le temps de vous reposer ?

— Bientôt.

Kirakis fit le tour du bureau et s'arrêta pour regarder par la porte-fenêtre.

— Je vois que l'hélicoptère est toujours là, observa-t-il.

— J'ai demandé au pilote d'attendre, expliqua Alexander. J'ai quitté New York sans même prendre quelques vêtements de rechange. Je vais l'envoyer en chercher à Athènes.

— Oui, Helena m'a dit que tu n'avais pas de bagages.

— Je n'ai pas eu le temps de faire mes valises. Je suis parti dès que j'ai reçu votre télégramme.

Alexander se tut et réussit un pâle sourire.

— Je vois qu'Helena est toujours la source des informations ici.

— On se défait difficilement des vieilles habitudes, n'est-ce pas ? Je suis sûr que l'on n'a rien retiré de ton vestiaire, mais si tu as besoin d'autre chose…

Il s'égarait sur des sujets insignifiants sans y penser vraiment, et sans y prêter vraiment attention ; mais il avait peur de s'arrêter de parler, peur du silence qui lui donnerait le temps de réfléchir et qui ferait rejaillir les larmes.

— Dans l'avion, puis dans l'hélicoptère, commença Alexander, j'ai pensé sans cesse aux belles heures passées ici, aux souvenirs heureux. Les moments les plus paisibles de ma vie, c'est ici que je les ai vécus.

Kirakis sourit en se souvenant.

— Moi aussi, je me suis rappelé des temps plus heureux, avoua-t-il. Quand tu étais enfant, ce n'était pas facile de te faire marcher droit. Deux adoratrices ne cessaient d'interférer entre toi et moi. Je me souviens que ta mère et Helena faisaient tout pour m'empêcher de t'imposer une discipline stricte. Je ne sais pas laquelle des deux te gâtait le plus

— Elles savaient flatter un enfant, n'est-ce pas? admit Alexander, souriant au souvenir des nombreuses occasions où sa mère et sa gouvernante avaient réussi à cacher l'un de ses méfaits à son père dont personne ne mettait l'autorité en cause.

Kirakis rit franchement pour la première fois depuis l'arrivée d'Alexander.

— Je pense au jour où tu as cassé ce vase antique que j'avais rapporté de Rome à ta mère. Je savais que c'était un accident et je n'avais nullement l'intention de t'infliger une punition, mais ta mère n'a pas voulu prendre de risques. Elle m'assura que c'était elle qui l'avait cassé. Elle faisait tout ce qui était en son pouvoir pour que tu ne sois pas puni.

— Sans doute avez-vous raison.

Alexander examina le visage de son père. C'était la première fois depuis de nombreuses années qu'il pouvait rester ainsi avec son père sans qu'ils finissent par se prendre à la gorge. La première fois depuis qu'il avait quitté l'île pour aller vivre aux États-Unis qu'ils se racontaient leurs souvenirs. Alexander n'avait pas réalisé jusqu'à ce jour à quel point cela lui avait manqué.

— Mère n'aurait jamais pu être autoritaire, dit-il en se remémorant sa patience et son indulgence.

— Non. Elle ne le pouvait pas.

Il se mit à pleurer, et il ne fit rien pour retenir ses larmes. Il n'avait aucune honte à pleurer en présence de son fils.

— Je ne sais pas ce que je vais faire quand elle sera partie, dit-il à Alexander. J'ai l'impression que toute ma vie, ma raison de vivre, me sont arrachées. Après cinquante ans de mariage, je ne vais pas savoir que faire sans elle.

À ce moment, Alexander aurait voulu faire un geste à la rencontre de son père. Il aurait voulu lui dire que tout irait bien, qu'il serait près de lui, qu'ils seraient l'un près de l'autre. Il aurait voulu jeter un pont entre eux, enjamber le fossé qui s'était creusé entre eux. Mais comme toujours, quelque chose le retenait : l'obstacle invisible qui les séparait depuis tant d'années, cet obstacle encore renforcé par l'acte fou d'une jeune femme perturbée dans une chambre d'hôtel de Genève. Alexander se demandait si leurs relations pourraient un jour reprendre un cours normal. Il fut un temps où ils avaient été proches. Où ils partageaient les mêmes buts, les mêmes ambitions. Ils avaient rêvé ensemble de faire de la société Kirakis le plus vaste consortium international mondial. Sa mère l'avait assuré que son père ne le déshériterait pas, mais Alexander n'en était pas aussi certain.

Il poussa un profond soupir et toucha doucement le bras de son père.

— Père, nous devons être forts maintenant, dit-il à voix basse. Nous devons essayer – pour l'amour de mère.

Kirakis leva la tête et scruta le visage de son fils. Il hocha lentement la tête. Lui aussi aurait voulu faire un geste à la rencontre de son fils, mais il s'était produit trop de choses durant ces derniers mois, trop d'événements néfastes. Mais même ainsi, malgré tout ce qui les avait séparés, Kirakis comprit en voyant le chagrin dans les yeux noirs de son fils qu'il ne traverserait pas seul cet enfer.

Melina Kirakis s'éteignit doucement dans son sommeil, à l'aube du matin suivant. Constantine était près d'elle, lui tenant la main, lui parlant comme si elle pouvait l'entendre et comprendre ce qu'il lui disait. Bien que Kirakis admît volontiers qu'il n'avait jamais partagé la foi profonde et irrévocable de sa femme, il réalisa que depuis quatre heures qu'il était auprès d'elle, il ne cessait de prier silencieusement pour qu'intervînt un miracle. Il avait prié pour que la vie de Melina fût épargnée encore une fois. « S'il y a un Dieu, pensait-il en la regardant s'éloigner lentement de lui, Il n'écoutera jamais un homme comme moi. » Tout en priant, quelque chose dans un recoin de son cerveau lui disait qu'il perdait son temps. Il était trop tard.

— C'est la volonté de Dieu, dit Karamanlis à Kirakis en recouvrant le visage blême et sans vie de Melina. Son cœur s'est affaibli de semaine en semaine. Il ne pouvait plus fonctionner. Il était inévitable qu'il s'arrête. Le mal avait fait trop de progrès.

— Bien qu'ayant vécu longtemps avec cette peur, je découvre maintenant que je n'y suis pas préparé.

— Je crois que nous ne sommes jamais vraiment préparés à la mort, même si nous savons qu'elle est en route. Melina s'y était sans doute résignée bien mieux qu'aucun d'entre nous.

Kirakis le regarda.

— Vous le croyez vraiment ?

— Oui, j'y crois, répondit Karamanlis sans hésitation. Je pense que vous étiez en mesure de l'aider beaucoup plus efficacement que moi.

Kirakis eut l'air stupéfait.

— Comment cela ?

— J'ai pu alléger sa douleur, lui donner un certain confort sur le plan physique. Mais vous, mon ami, vous lui avez donné quelque chose qu'elle désirait depuis très longtemps. Juste avant qu'elle ne perde conscience, pendant que vous parliez avec votre fils, nous avons parlé ensemble. Elle m'a assuré qu'elle quittait ce monde sans crainte parce que vous lui aviez enfin promis de réparer un tort dissimulé depuis trop longtemps.

Kirakis se raidit.

— Vous a-t-elle dit de quoi elle parlait ? demanda-t-il avec circonspection.

— Non, mais je crois avoir une idée.

Karamanlis rangea ses instruments dans sa serviette en cuir noir.

— Ce n'est pas trahir un secret que de dire qu'elle était fort inquiète depuis quelques temps à votre sujet – et au sujet d'Alexander.

— Oui, soupira Kirakis. C'est vrai.

— Je suis content que vous lui ayez fait cette promesse, Constantine. Cela lui a fait beaucoup de bien.

Kirakis s'arrêta devant la grande baie, le regard fixé sur la mer Egée qui s'étalait face à lui.

— Je lui aurais promis n'importe quoi pour lui procurer la paix de l'esprit, dit-il enfin. Mais serai-je capable de tenir cette promesse ?

— Rien ne lui aurait donné plus de joie, mais je n'ai pas besoin de vous le dire, dit Karamanlis.

Kirakis se retourna vers le médecin.

— Comment est-ce arrivé ? Aussi subitement ? Elle semblait aller mieux. Même Alexander m'a dit qu'elle avait une mine fantastique…

— C'est difficile à expliquer, dit Karamanlis. Je suppose que certains penseront que d'une manière ou d'une autre, Melina savait qu'il ne lui restait plus beaucoup de temps et qu'elle avait rassemblé toutes ses forces pour que ces derniers mois soient les meilleurs possibles pour vous trois. C'est la raison qui lui a fait entreprendre son voyage à New York afin de vous réunir pour Noël. Alors que je lui avais expressément interdit ce déplacement.

— Vous pensez que ce fut plus qu'elle n'en pouvait supporter ?

— C'est possible, en effet.

— Je préférerais que vous ne parliez pas de cela à Alexander, dit Kirakis sur un ton ferme. Il se blâme déjà d'avoir imposé à sa mère un choc émotionnel trop violent pour elle.

— Lui ai-je jamais répété ce que vous ne souhaitiez pas qu'il sache ?

— Non, et je vous en suis grandement reconnaissant, dit-il d'une voix calme.

— Je sais que Melina n'aurait pas voulu qu'il se sentît responsable de son état, dit Karamanlis qui comprenait le souci de Kirakis. Alexander est un adulte à présent, Constantine. Quand allez-vous enfin accepter ce fait ?

Kirakis poussa un profond soupir.

— Il m'arrive de penser qu'il l'est devenu trop tôt – que mon fils est devenu un homme trop tôt.

Il se tourna de nouveau vers la mer Egée.

— Pourquoi Melina s'efforçait-elle de garder tant de choses pour elle, dit-il enfin pour changer de sujet. Pourquoi ne m'a-t-elle jamais dit qu'elle se sentait mal ?

— Elle ne voulait pas vous alarmer, et elle ne voulait pas qu'Alexander sache que ce voyage à New York l'avait mise en danger, répondit Karamanlis. Elle m'a dit qu'il s'était montré très inquiet quand elle avait surgi chez lui inopinément. Il avait déjà peur qu'elle ne se soit surmenée à l'excès. Elle craignait aussi qu'il ne se blâme de n'avoir pas pris le temps de revenir ici comme elle le lui avait demandé en de nombreuses occasions. Elle avait décidé que le mieux était de ne rien dire à personne.

— Melina comprenait les obligations professionnelles d'Alexander. Elle avait passé sa vie entière avec des hommes d'affaires, son père, moi-même, Alexander. Ce qu'elle ne supportait pas, c'était d'être loin de lui pendant les vacances.

Il abattit son poing contre le mur, incapable de contenir plus longtemps son amertume et sa frustration.

— Periclès, avez-vous idée de ce que c'est que d'assister, impuissant, au déclin de quelqu'un que l'on aime et avec qui l'on a passé la plus grande partie de sa vie ? Vous rendez-vous compte du désarroi qui est le mien ?

— C'est un sentiment que j'ai éprouvé plus d'une fois au cours de ma carrière, dit Karamanlis d'une voix affaiblie.

— Il faut que j'aille prévenir Alexander, dit Kirakis. Je ne peux pas le laisser simplement entrer ici sans préparation et voir… Il ne put terminer sa phrase.

— Vous ne le trouverez pas dans sa chambre, dit Karamanlis en se dirigeant vers la porte. Je l'ai vu dans la bibliothèque il y a une heure environ. Il dormait dans un fauteuil.

— Il était bien décidé à rester éveillé pour le cas où Melina l'aurait appelé, dit-il en se souvenant de leur conversation. Mais il était épuisé. Sans doute n'a-t-il pas pu résister davantage.

Il fit un geste qui marquait son désarroi profond.

Lorsque Kirakis quitta la chambre, Karamanlis s'attacha à compléter le certificat de décès, ce qu'il n'aurait pas voulu faire en présence de Kirakis. Son inquiétude grandissait : lequel des deux serait le plus durement frappé par la mort de Melina, Kirakis ou Alexander ?

Alexander se réveilla en sursaut, ne sachant plus très bien où il était. Puis il se redressa, réalisant qu'il était dans son foyer, et qu'il s'était endormi dans la biliothèque. Il avait fait un cauchemar, un rêve terrifiant, mais il ne se souvenait plus en quoi il consistait. Puis il se souvint. Ce n'était pas un rêve. Il était chez lui, sur l'île. Il y était accouru parce que sa mère était mourante. Il se leva et alluma une lampe. Sa nuque et ses épaules étaient raides, et il se demanda depuis combien de temps il dormait. Où était son père ? Il ne s'était sans doute rien produit, sinon, il serait venu le chercher.

Kirakis pénétra dans la pièce à ce moment. Alexander se retourna vers lui.

— Mère… commença-t-il.

Kirakis agita la tête.

— C'est fini, Alexander, annonça-t-il gravement.

Alexander soupira en secouant la tête comme si son esprit était incapable d'accepter cette réalité.

— Je… J'étais… Sa fin a-t-elle été douloureuse ? demanda-t-il enfin, les yeux baissés comme s'il lui était impossible de regarder son père en face.

— Karamanlis dit que non, répondit simplement Kirakis. Il m'a assuré qu'elle était partie paisiblement.

— Tant mieux. J'avais craint qu'elle ne souffre avant…

Il se détourna et ses yeux sans regard se posèrent quelque part au-delà de la fenêtre.

— Je suis content qu'il ait pu alléger ses souffrances. La médecine moderne est au moins capable de faire cela, si elle ne peut pas… Sa voix s'éteignit.

Kirakis examina son fils avec inquiétude. Il pensait qu'Alexander serait bouleversé. Il attendait des larmes. Il attendait même une fureur incontrôlable. Il ne s'attendait nullement à une réaction de ce genre. Kirakis toucha l'épaule de son fils.

— Allons, Alexander, dit-il d'une voix à peine audible. Il n'y a rien de mal à pleurer en un tel moment.

Alexander secoua énergiquement la tête.

— Non, dit-il d'une voix tendue. À quoi serviraient les larmes ? Feraient-elles disparaître le chagrin ? Nous ramèneraient-elles mère ?

Visiblement amer, il agrippa le bord du bureau.

Kirakis regardait le plancher.

— Non… Rien ne peut nous la ramener, mais il n'est pas bon de garder tes émotions enfermées à l'intérieur, Alexander. Il faut que tu les laisses sortir de toi !

— À quoi bon ? dit Alexander entre ses dents.

Il prit sa veste de daim gris qu'il avait déposée sur le dos d'un fauteuil et l'enfila.

— Excusez-moi, père, mais j'ai besoin d'être seul un moment.
Je vais dans la campagne.

Kirakis ne tenta pas de l'arrêter lorsqu'il s'élança à la porte,
heurtant presque Helena qui arrivait. Elle le suivit des yeux un
moment, médusée, ne sachant que dire, puis elle s'adressa à Kirakis
dont le visage tout ridé était marqué par l'inquiétude et le chagrin.

— Alexander, il va bien ? risqua-t-elle.

— Ça va aller, dit Kirakis simplement.

— Ce n'est pas bon qu'il reste tout seul pour le moment. Il est
hors de lui.

— Au contraire, Helena. C'est la manière d'Alexander – c'est
le seul moyen pour lui de se colleter avec son sort. Alexander n'a
jamais été de ceux qui affichent leurs émotions les plus profondes.
Il ne les exhalera que quand il ne se sentira pas observé.

Kirakis fit une pause puis reprit :

— Alexander est un homme à présent, c'est un fait auquel je
dois m'adapter moi-même. S'il a besoin d'être seul, je n'ai pas à
m'immiscer. Je comprends mon fils beaucoup mieux qu'il ne le
pense. De plus, moi aussi, j'ai besoin d'être seul à présent.

— Selle Casablanca, Nicos, cria Alexander en pénétrant dans l'écurie.

Le jeune lad acquiesça de la tête.

— Oui, M. Kirakis, dit-il aimablement. J'en ai pour un moment.

Il tourna les talons et longea la rangée de boxes pour sortir la
monture favorite d'Alexander.

Alexander arpentait l'allée avec impatience, frappant nerveusement sa badine souple contre la paume de sa main gauche. Il avait
l'impression d'avoir en lui une bombe à retardement dont il attendait la détonation à tout moment. Il pensait que cela irait mieux si
seulement ses larmes coulaient. Pourquoi était-il incapable d'exprimer son chagrin ? Il venait de perdre sa mère. Pourquoi ne
pouvait-il pas pleurer ? Pourquoi ces sentiments de colère et de
trahison prenaient-ils le pas sur son désarroi et sa tristesse ? Au lieu
de pleurer sa mère, il s'abandonnait à la rancune, comme si elle
l'avait délibérément abandonné. « Pourquoi ? » se demanda-t-il.
Pourquoi la mort de sa mère lui laissait-elle cet arrière-goût de
trahison ? N'y avait-il donc aucun soulagement possible à sa peine ?

— Nicos ! rugit-il, son impatience grandissant de seconde en seconde. Nicos !

Le lad parut, sortant d'un box du fond de l'écurie et guidant une fougueuse jument arabe à la robe noire.

— Encore un petit moment pour la seller… commença-t-il.

— Laisse ! aboya Alexander. Je la prends comme elle est !

Il sauta sur le dos de la bête, prit les rênes et enfonça ses talons dans ses flancs, la mettant immédiatement au galop. Puis il s'éloigna en chevauchant comme s'il était poursuivi par le diable.

VIII

Melina Kirakis fut inhumée par une belle matinée printanière, à la fin du mois d'avril, dans le jardin qui s'étendait devant la villa, parmi les fleurs et les statues qu'elle avait toujours aimées. Alexander avait prévu de rentrer à New York dès la fin du service funèbre, mais son père avait su le persuader de rester encore quelques jours, prétextant qu'il n'était pas en état de supporter les pressions et les exigences qui ne manqueraient pas de peser sur lui dès son arrivée aux États-Unis; il n'était pas encore prêt, ni physiquement, ni mentalement. Kirakis comprenait que son fils eût souhaité s'éloigner de l'île le plus rapidement possible, mais il était convaincu que c'eût été une erreur.

Trois jours plus tard, Constantine Kirakis était assis à son bureau de la bibliothèque, le regard levé sur le portrait de Melina suspendu au-dessus de la cheminée. Melina, sa Melina adorée, telle qu'elle était le jour de leurs noces, en 1926. Elle était alors d'une beauté à couper le souffle; elle n'avait que dix-huit ans et c'était la jeune femme la plus charmante qu'il eût jamais vue. Elle fut une mariée superbe dans sa robe à la mode victorienne à col monté – un modèle unique venant de Paris, selon la volonté du père de Melina – robe de soie blanche avec une traîne de dix pieds et couverte de fines dentelles à l'antique et de perles de culture. Son épaisse chevelure blonde était relevée au sommet de sa tête en un chignon vaporeux orné de la couronne de fleurs blanches traditionnelle que les deux mariés avaient portée pendant la cérémonie de rite grec orthodoxe. Kirakis entendait encore les mots qu'elle avait prononcés en ce jour de bonheur tandis qu'il l'entraînait sur la piste de danse, lors de la réception : « Costa, tu seras le seul amour de ma vie. » *Le seul amour de ma vie.* Kirakis sourit en se souvenant. En cinquante ans de mariage, il était certain qu'elle ne lui avait pas été infidèle. Melina serait morte plutôt que de laisser un autre homme la toucher.

Kirakis n'avait pas cru possible d'aimer Melina plus qu'il l'avait aimée le jour de leur mariage. Mais il s'était fortement trompé. À mesure que passèrent les années, partageant triomphes et drames, leurs liens se renforcèrent. Ils avaient dû surmonter de nombreuses tempêtes, mais ils s'étaient aussi réjouis ensemble. Finalement, les bons moments surpassaient les mauvais parce qu'ils avaient lutté main dans la main. Melina avait mûri. Le jeune femme capricieuse, gâtée et impétueuse mais loyale avait peu à peu cédé la place à la femme élégante dont la grâce et le maintien royal faisaient ressortir ce qu'il y avait de spécial en elle, même aux yeux de ceux qui ne la connaissaient que superficiellement.

« Nous avons changé beaucoup, n'est-ce pas, *matia mou* ? Toi, la jeune fille obstinée et idéaliste qui rêvait de princes et de chevaliers, tu es devenue une femme du monde élégante et raffinée – et moi, gamin fougueux et emporté des bas quartiers du Pirée, je suis devenu un homme puissant et respecté. Dieu, que faire maintenant que tu es partie ? Comment vais-je continuer sans toi, mon amour ? »

Helena entra dans la bibliothèque avec un lourd plateau en argent chargé de nourriture.

— Vous avez travaillé toute la matinée, monsieur, dit-elle en posant le plateau sur un coin du bureau. J'ai pensé que vous préféreriez déjeuner ici.

— Oui, merci, Helena, répondit-il, brutalement ramené au présent. Ça ne m'a pas été facile de me concentrer sur mon travail.

— Pas étonnant, dit-elle en lui versant une tasse de café. Avec votre permission, monsieur, je pense que vous retournez à vos affaires un peu trop vite. Vous avez besoin d'un peu de temps pour vous-même, il me semble.

— J'apprécie votre souci, Helena, mais ce dont j'ai besoin actuellement, c'est de garder mon esprit occupé.

Puis il reprit après un silence.

— Alexander déjeunera-t-il à la salle à manger ? Si oui, je crois que je le rejoindrai.

— Alexander ne veut rien, dit Helena doucement, reportant son attention sur le plateau. Il a pris l'habitude de sauter des repas.

— Il vous a dit qu'il ne voulait rien ? s'inquiéta Kirakis.

— Exactement, monsieur. Il me donne des soucis. Il mange tout juste pour se maintenir en vie. Il dort mal. Je l'ai entendu rôder dans les couloirs pendant des heures.

Kirakis fronça les sourcils en secouant la tête.

— Moi aussi, il m'inquiète, avoua-t-il. Savez-vous où il est en ce moment ?

— Il est allé marcher, encore. Il a reçu plusieurs appels téléphoniques de New York ces derniers jours. Il ne veut parler à personne. Il ne rappelle personne ; je crois pourtant que certains de ces coups de téléphone étaient importants.

— Je vais lui parler, déclara Kirakis. Avertissez-moi de son retour.

— Bien, monsieur.

— Merci.

Helena quitta la pièce silencieusement. Kirakis but son café à petites gorgées. Il réfléchissait, son regard absent dirigé vers les hommes qui travaillaient dans le jardin, au-delà de la porte-fenêtre. Il était très inquiet au sujet d'Alexander. Son fils n'était plus lui-même depuis la mort de Melina. Kirakis s'était attendu à le voir affligé, mais il n'avait laissé paraître aucune émotion depuis ce matin-là. Pas de larmes, pas de colère, rien. Comme si quelque chose était mort au plus profond de lui en même temps que Melina. Bien que l'attachement d'Alexander à sa mère ait toujours été très fort, Constantine Kirakis n'avait pas pressenti les atroces souffrances que son fils traverserait à sa mort. Il se demandait si quelque chose d'essentiel n'était pas en train de se dissoudre dans le for intérieur de son fils. Il se remémora le matin où Melina fut inhumée. Alexander était resté silencieux et lointain durant la cérémonie qui se déroula autour de la tombe ; son regard était rivé sur quelque chose que lui seul voyait. Puis, lorsque les quelques amis qui avaient été admis aux funérailles voulurent offrir leurs condoléances, Alexander s'était détourné d'eux, refusant d'y répondre.

Il était ensuite parti seul, et Kirakis ne l'avait revu que tard dans la soirée. Alexander n'avait donné aucune explication à sa conduite ni à son départ sans courtoisie, pas plus qu'il ne se soucia de dire à son père où il était allé.

Les jours suivants, Alexander ne laissa paraître aucun signe qui pût laisser supposer qu'il s'adaptait à la disparition de sa mère, contrairement à ce qu'avait pensé Kirakis. Il se montra même encore plus renfermé. «Cela a duré assez longtemps, pensa Kirakis en terminant son café. Il est temps que lui et moi parlions longuement. »

Tard dans l'après-midi, Helena entrebâilla la porte de la bibliothèque.

— Monsieur, vous m'avez demandé de vous prévenir du retour d'Alexander… commença-t-elle.

— Oui. Où est-il?

— Il est monté il y a quelques minutes. Je crois que vous le trouverez dans sa chambre. Il est passé près de moi comme s'il ne m'avait pas vue.

— Merci, Helena.

— Oui, monsieur.

Elle referma la porte.

Kirakis se leva et s'arrêta quelques instants devant le portrait de Melina.

— Peut-être as-tu raison, *matia mou*, dit-il tristement. Il est temps de mettre le passé derrière nous – une fois pour toutes. Alexander et moi devons maintenant regarder vers l'avenir.

Alexander remplissait un vaste sac de voyage quand Kirakis pénétra dans la pièce.

— Tu ne fais pas faire cela par un domestique en temps normal? C'est l'une des tâches pour lesquelles ils sont payés.

— Je suis parfaitement capable de le faire moi-même, répliqua Alexander sans lever la tête. Je préfère n'avoir personne dans mes jambes en ce moment.

— Je comprends. Tu penses partir bientôt?

— Ce soir! Je suis resté trop longtemps loin de mes affaires. Des responsabilités m'attendent à New York; responsabilités que je ne peux pas abandonner uniquement parce que… Il s'arrêta net.

— Uniquement parce que ta mère est morte ? acheva Kirakis. Tu n'as personne là-bas qui soit capable de régler les affaires en ton absence ?

— Si, bien sûr que si, mais… soupira Alexander.

— Alors, pourquoi cette précipitation ?

Kirakis s'assit sur le lit.

— Je pense que tu devrais rester ici un peu plus longtemps.

Alexander le regarda.

— Est-ce un ordre direct du président du Conseil d'administration ? demanda-t-il.

— Non, Alexander. C'est une demande de ton père.

Il y avait tant de peine sincère dans cette voix. Alexander allait répondre, mais Kirakis lui imposa silence d'un geste de la main.

— Je sais ce que tu penses. Tu es adulte, et je n'ai pas le droit de décider à ta place. Je ne cherche pas à prendre le pas sur toi, comme on dit aux États-Unis. Mais quel que soit le nombre des années qui passent, nos relations demeurent, Alexander. Aurais-tu quatre-vingts ans que je serais toujours ton père. Mes sentiments à ton égard ne changeront jamais vraiment. Toi et moi avons eu des moments difficiles au cours des années écoulées, et je suis conscient que tu as vu d'un mauvais œil mes interférences dans tes affaires personnelles. Mais vois-tu, peut-être le moment est-il venu d'oublier tous ces désagréments et de prendre le temps de nous connaître. Mon fils, j'aimerais que nous redevenions proches l'un de l'autre.

— À quoi bon ? demanda Alexander après un long silence, sur le ton du désespoir. C'est trop pénible d'aimer. On s'investit émotionnellement dans un autre être, et puis il vous quitte ou bien il meurt. Ou bien il vous trahit. Les femmes abandonnent leurs enfants. Les maris trahissent leurs épouses. Pourquoi se lier ? Il vaut mieux rester sans attache, ne jamais s'intéresser trop sincèrement à quiconque.

— Ta mère ne t'a pas abandonné, Alexander, risqua Kirakis, alarmé des paroles de son fils. Ta mère est morte. C'est différent. Ne penses-tu pas qu'une existence vécue selon le principe que tu viens d'énoncer serait plutôt creuse ? Ne jamais s'attacher, ne jamais permettre à personne de s'attacher à un autre être ?

— La vie serait certainement moins compliquée ainsi, dit froidement Alexander en se détournant de son père.

— Cette vie serait aussi sans joies. J'ai démarré avec rien. J'ai édifié la Compagnie Maritime Athena de A à Z, et ce ne fut pas facile. Mais encore aujourd'hui, je suis convaincu que ma seule ambition n'aurait pas suffi à me soutenir durant ces années d'épreuves. Mes initiatives sont nées de la peur, de la pauvreté, et de l'amour. La personne qui m'importait le plus au monde dans mon enfance au Pirée a souffert une mort longue et douloureuse parce que nous étions trop pauvres, et cela m'a marqué pour la vie. C'est pour elle que j'ai baptisé ma compagnie Athena. Et ensuite, il y a eu ta mère. Sans elle, sans son amour et sans son soutien, je doute que j'aurais eu le courage de lutter aussi longtemps pour assurer le maintien d'Athena dans les premières années de sa fondation. Moi aussi, je pleure sa mort. Je ne suis pas certain de pouvoir continuer sans elle. Mais pour rien au monde je ne braderais les années que nous avons vécues ensemble. Melina m'a rendu fort, elle m'a aidé à devenir l'homme que j'avais toujours voulu être. D'une certaine manière, je me voyais à travers son regard. Je mesurais ma valeur à travers son amour, à travers sa foi en moi. Les tragédies ne nous ont pas été épargnées, mais tout bien pesé, notre union fut réussie. Nos liens furent puissants. Ta mère et moi avons été très heureux.

— Même à la mort de Damian ? demanda vivement Alexander.

Kirakis observa son fils. « On peut faire confiance à Alexander pour distribuer des directs à tout moment », pensa-t-il.

— Ce fut la période la plus pénible de notre vie. Je n'aurais pas survécu sans elle. Notre amour nous a donné une force que nous n'aurions pas eue chacun séparément.

— Je n'avais jamais pensé à vous en tant qu'idéaliste, dit Alexander tranquillement en continuant à remplir son sac.

— Moi non plus, je ne me suis jamais vu ainsi, dit Kirakis en observant attentivement son fils.

Il percevait la tension intérieure qui s'accumulait chez son fils.

— Il n'est pas nécessaire d'être un idéaliste pour aimer, tu sais.

Alexander ne répondit pas et continua à s'activer.

Kirakis jugea que cette manœuvre d'approche ne le mènerait nulle part.

— Ta mère était une femme exceptionnelle, reprit-il. Elle désirait des enfants. Elle savait aussi que je désirais un fils. J'avais peur pour elle. Je ne voulais pas qu'elle risque sa vie comme elle le faisait, mais Melina était une femme de caractère. Une fois qu'elle avait décidé de faire une chose, à Dieu de mettre en garde quiconque lui résistait.

— Père, c'est vraiment inutile de… commença Alexander dans un soupir.

— Laisse-moi terminer, dit Kirakis sur un ton ferme. Après de nombreux échecs, après avoir perdu Damian, elle abandonna presque l'idée d'avoir un enfant, un enfant sain. Et puis tu es arrivé. Toi, Alexander, tu as été la lumière de sa vie. Je n'aurais jamais pensé qu'une mère puisse aimer autant son enfant. Elle t'adorait.

— Si vous n'y voyez pas d'inconvénient, je préférerais ne pas parler de cela – de mère – pour le moment, dit Alexander d'une voix crispée.

— J'y vois un inconvénient. Je pense que c'est indispensable, Alexander. Je pense que c'est indispensable pour nous deux, et justement en ce moment, insista Kirakis. Ta mère s'est toujours fait du souci pour toi. Ta mère n'a jamais aimé l'idée de te voir vivre seul, mais elle comprenait aussi qu'elle ne pouvait pas s'accrocher toujours à toi. Elle accepta ce fait parce qu'elle voulait avant tout te voir heureux. Elle n'aurait pas voulu te voir ainsi…

— Bon sang, je sais ce qu'elle n'aurait pas voulu ! s'écria soudain Alexander en saisissant une photo dans un cadre en argent qu'il lança de toutes ses forces contre le mur tant il était furieux.

— Je ne peux rien changer à la manière dont je ressens les choses, père ! Je suis incapable de maîtriser mes émotions ! Je voudrais bien que mon chagrin s'apaise !

Il se mit à sangloter franchement. Kirakis se leva alors et le prit dans ses bras, ce qu'il n'avait plus fait depuis l'enfance d'Alexander. Et tous deux pleurèrent jusqu'à ce que leurs sanglots ne soient plus que des halètements secs dans leurs gorges.

Enfin, pensa Kirakis. Nous allons enfin trouver la paix.

MALIBU

Revêtu de son smoking, Nick Holliday se tenait face au miroir, proférant des insanités à mi-voix tandis qu'il triturait son nœud papillon.

— Il faut que celui qui a conçu ces fichus costumes de singe ait fait partie de l'inquisition ! grommela-t-il, rageur. Il s'est souvenu des tortures infligées au XVe siècle !

Meredith éclata de rire.

— C'est la même chose chaque fois que tu dois mettre un smoking, lui rappela-t-elle.

Elle interrompit ce qu'elle était en train de faire pour venir ajuster le nœud rebelle.

— Moi, je te trouve époustouflant !

Il fronça les sourcils.

— J'ai l'air d'un maître d'hôtel.

— Ridicule.

Elle l'embrassa doucement.

— Tu vas en imposer quand tu monteras les marches du podium pour recevoir ton Oscar.

— Si j'y monte, rectifia-t-il.

Elle le considéra en souriant.

— C'est à ne pas croire, mais tu es vraiment nerveux ! railla-t-elle.

— Ne te moques pas, grogna-t-il. C'est seulement ce fichu smoking…

— Allons, Holliday – admets-le. Cette récompense te rend nerveux.

Il hésita puis il acquiesça de la tête.

— Oui, tu as raison. Je suis nerveux. C'est la première fois que je suis choisi. Remporter la palme sur la première sélection… Même à Las Vegas, on ne voit pas cela !

Elle posa ses mains sur ses épaules.

— Détends-toi. Si les membres de l'Académie ont un peu de cervelle, ils sauront reconnaître le véritable génie créateur.

— C'est bien ce qui m'effraie.

— Où sont donc cette belle confiance et ce bel optimisme ? Où est passé le Nick Holliday dont je suis tombée amoureuse un jour ?

— Parti ! répliqua-t-il lugubrement.

— Je ne te crois pas. N'est-ce pas toi qui m'a déclaré que gagner un Oscar ne signifie pas vraiment quelque chose parce que les récompenses dépendent davantage de la politique d'Hollywood que du talent d'un homme ou d'une prestation réussie ? N'est-ce pas toi qui m'as dit que tu ne te souciais pas vraiment de gagner ou non parce que les résultats du box-office importaient plus que tout le reste ?

— J'ai menti.

— Écoute, même si tu ne gagnes pas – c'est tout de même déjà important d'avoir été proposé. Combien de grands réalisateurs – et combien de stars primées au box-office – ont fait toute leur carrière sans jamais avoir été sélectionnés ?

— Tu essaies seulement de me faire du bien, dit-il, la mine suspicieuse.

— Je ne mens pas, au moins, insista-t-elle. Et à supposer que l'Académie se trompe, il y aura l'année prochaine.

Il ricana.

— Il y aura toujours une année prochaine.

Elle l'embrassa encore.

— C'est vrai, tu sais… les résultats du box-office comptent pour beaucoup, et nous savons tous deux que tu y fais des ravages !

— Tu as absolument raison. Pourquoi m'inquiéter ?

Il la serra contre lui.

— Comment pourrais-je m'en sortir sans toi ?

— Espérons que nous n'aurons jamais à chercher une solution, dit-elle en souriant.

Il recula légèrement et l'examina un moment.

— T'ai-je dit combien je suis heureux de te revoir ici ?

— Tu ne me l'as dit que vingt ou trente fois mais tu peux me le répéter encore si tu veux, dit-elle en plaisantant. « Si seulement les choses pouvaient durer ainsi, pensa-t-elle. Si seulement nous pouvions être toujours aussi heureux qu'au commencement. »

Sa rencontre avec Alexander Kirakis ne cessait de la hanter. Elle ne savait pas très bien ce qui l'avait énervée le plus : la manière dont il l'avait abordée, ou bien sa propre réaction face à ses attentions. Elle avait ' lu se dire que tout cela était sans importance à présent : elle était chez elle, elle et Nick étaient en train de venir à bout de leurs problèmes, et elle ne songeait plus à Tom Ryan ni à son documentaire. Ses questions resteraient sans réponses, c'était une réalité qu'elle avait acceptée ; le documentaire était mort avec Tom. Il était certes difficile d'oublier alors que le portrait d'Elizabeth et de David ravivait ses souvenirs chaque fois qu'elle le regardait, mais elle savait qu'il n'y avait pas d'histoire sans Tom Ryan.

— Tu sais, dit Nick en la serrant contre lui, je crois que même si je ne gagne pas ce soir, je m'adapterai pourvu que tu sois avec moi.

— Essaie seulement de te débarrasser de moi, taquina-t-elle.

— Jamais de la vie !

Il baissa les yeux. Elle était encore en petite tenue.

— Je vais descendre. Ce serait trop facile maintenant d'oublier les récompenses.

— Je ne serai pas longue, dit-elle.

Après qu'il eût quitté la pièce, Meredith alla dans son vestiaire, sortit sa robe et l'examina pensivement. Elle avait passé un après-midi entier dans Rodeo Drive à chercher la robe qui conviendrait le mieux aux cérémonies des Oscars, et elle était convaincue de l'avoir trouvée. C'était un modèle éblouissant, une véritable pièce d'exposition. Toute en soie bleu roi, c'était la création toute récente d'un styliste en vogue cette année-là. La robe moulait son corps des seins jusqu'aux hanches, puis s'élargissait doucement des hanches aux pieds. Un large volant remontait des seins et passait sur l'épaule gauche, et une fente provocatrice s'ouvrait à mi-cuisse, révélant un peu de la jambe quand Meredith marchait. L'ayant enfilée, elle chaussa ses escarpins à hauts talons, puis elle se regarda dans le miroir. Elle était satisfaite, elle n'avait jamais été aussi belle. La robe était flatteuse. Terriblement chère aussi, mais le résultat en valait la peine. Les yeux du monde convergeraient sur eux ce soir. Les foyers du monde entier les recevraient par téléviseurs interposés. Les caméras seraient dirigées sur Nick obtenant le trophée consacrant sa carrière. Elle était certaine qu'il allait le remporter. Elle le pressentait. Elle serait près de lui, partageant son triomphe, elle devait donc être à son avantage.

Elle prit son collier de diamants et ses boucles d'oreilles sur sa table de toilette, cadeau de Nick pour Noël. Les diamants étaient superbes, d'un blanc bleuté exceptionnel ; Nick avait cependant souligné qu'ils pâlissaient devant la lumière de ses yeux. Elle sourit en elle-même en les contemplant un moment. « Eh bien ! Ma chère, tu as fait du chemin depuis tes débuts peu reluisants dans la classe moyenne, se dit-elle. Mais tu as encore un long chemin à parcourir. »

Elle resta immobile, regardant son reflet dans le miroir encore une fois. « J'aime Nick, pensa-t-elle. Il n'existe pas de rapports parfaits entre deux êtres. Chaque couple a ses problèmes. Pourquoi cette évidence ne cesse-t-elle pas de me revenir à l'esprit… ?

Subitement, ce fut le visage d'Alexander qui se refléta dans le miroir, tel qu'il lui était apparu la dernière fois qu'elle l'avait vu au Lutèce. « C'est fou, marmonna-t-elle. Ce n'est pas Alexander Kirakis que j'aime. Dieu sait qu'il est la dernière personne dont j'aie besoin ! ». Elle s'efforça de se répéter que ce n'était pas Alexander qu'elle désirait, mais le style de vie qu'il représentait. C'était cela qui lui faisait envie. Et pourtant…

Elle se coiffa soigneusement, laissant sa chevelure tomber librement sur ses épaules. Elle mit les touches finales à son maquillage, prit son réticule argenté et descendit rejoindre Nick.

Les équipes de télévision étaient stationnées à l'extérieur du pavillon Dorothy Chandler, fixant sur leurs caméras la multitude des visages célèbres au fur et à mesure de leur arrivée. Journalistes et photographes étaient alignés le long du chemin d'accès, tous poursuivant agressivement les artistes proposés aux récompenses. Émergeant de leur limousine, Meredith et Nick furent aveuglés par les flashes qui n'en finissaient pas de jaillir. Un journaliste particulièrement zélé brandit un micro à main devant Nick et demanda :

— Pensez-vous avoir des chances d'obtenir l'Oscar du meilleur réalisateur ?

Nick eut un mince sourire.

— Je pense que mes chances sont aussi grandes que celles des autres candidats proposés, répondit-il, tout à fait à l'aise.

— Pensez-vous que *Réflexions* obtiendra le prix du meilleur film ?

— Je croise les doigts, répondit Nick sans laisser paraître sa nervosité devant les caméras.

Meredith s'appuya contre lui tandis qu'ils pénétraient dans le bâtiment.

— Moi qui pensais que le rôle le plus difficile était du côté de celui qui tenait le micro, confessa-t-elle d'une voix à peine audible. Après cela, je suis prête à montrer plus de sympathie pour mes victimes.

Elle se tut un instant puis ajouta :

— Mais cela ne m'amènera pas obligatoirement à faire preuve de plus d'indulgence.

Nick se mit à rire.

— Écoute, chérie, certaines de ces têtes d'affiches ont beau prendre des airs excédés face à ces journalistes et photographes rampant à leurs pieds, mais crois-moi, ils seraient encore plus bouleversées si la presse était absente.

Ils prirent place parmi les autres candidats à proximité de la scène. En bas, les équipes de télévision en tenue de soirée, armées de micros à mains et d'appareils miniatures, prirent position selon les instructions de dernière minute données par l'assistante réalisatrice et son chef qui se retirèrent ensuite dans la cabine technique. Dans le parterre, les mini-caméras scrutaient la foule. Meredith savait par expérience que tous ces cameramen cherchaient à capter par surprise quelques visages célèbres pour montrer au grand public les émotions toutes humaines qui habitaient ces personnalités : l'anxiété, l'espoir, et parfois aussi la déception. Meredith aurait dû apporter plus d'attention à observer ce qui se passait à l'endroit où elle était, mais en fait, elle était un peu désappointée : elle eut préféré être dans la cabine technique et présenter elle-même l'émission.

Un cinéaste mort deux semaines après l'annonce des candidats proposés reçut un Oscar à titre posthume. Tandis que sa femme et sa fille se levaient pour le recevoir, Meredith pensa à Tom Ryan et aux Oscars de 1954. « Comment a-t-il ressenti la réception de l'Oscar de sa femme si peu de temps après sa mort ? Moins d'une année après. Qu'a-t-il pensé en prenant la statuette en or, la récompense qu'Elizabeth avait si désespérément désirée, et alors qu'il avait perdu sa femme et son fils à cause de ce film. » Meredith pensa à la statuette rutilante sur la cheminée de la villa Ryan, près du portrait d'Elizabeth et de David. Elle comprit pourquoi Tom

Ryan avait choisi de léguer sa villa à Nick. Il ne pensait pas à Nick comme à la personne qui lui était le plus proche depuis la mort de son fils ; sa pensée était allée bien au-delà de cela. Ryan connaissait suffisamment Nick pour savoir qu'il respecterait en tous points son désir profond. La maison serait maintenue telle que Ryan l'avait toujours maintenue. Elle resterait telle qu'en 1953. Rien n'y changerait jamais.

Le sujet de *Reflexions*, une chanson ayant pour titre « Dans les yeux d'un étranger », fut proposée comme l'une des meilleures chansons. L'interprète du film vint la chanter sur la scène devant un écran fantasmagorique noir, ponctué d'une énorme paire d'yeux mystérieux et scrutateurs, les mêmes yeux qui apparaissaient sur les affiches et les annonces publicitaires créées pour le film. Nick se pencha sur Meredith et dit tout bas.

— Celui-là va gagner. La seule chose que l'on peut mettre en marche et ne pas entendre !

Meredith sourit, comprenant qu'il s'efforçait ainsi de cacher sa nervosité. Elle lui serra la main doucement. Il lui sourit.

— Si seulement je pouvais avoir cette même certitude à propos de mon film, ajouta-t-il.

Les cérémonies de présentation allaient s'achever quand les candidats proposés au titre de meilleur réalisateur furent enfin annoncés. Meredith perçut la tension de Nick quand furent prononcés les noms des cinq candidats et les films auxquels ils devaient cette nomination. Elle lui toucha le bras en marque de réconfort à l'ouverture de l'enveloppe.

— Le gagnant est Nick Holliday pour son film *Reflexions* !

Nick se leva et Meredith le regarda fièrement marcher vers la scène au milieu d'un tonnerre d'applaudissements. Il lui avait dit qu'il n'avait même pas pris la peine de préparer un petit discours pour l'occasion. Elle se demanda ce qu'il allait dire. Il monta sur la scène, prit l'Oscar, puis avança vers le micro.

— Je ne me suis pas vraiment préparé à cela, mais je tiens à remercier les gens qui m'ont aidé à faire *Reflexions* : l'équipe entière, acteurs et techniciens, et tous ceux qui ont contribué au résultat final. J'ai aussi une dette envers Tom Ryan, disparu depuis peu, et qui me cueillit un jour à la porte de Centurion. Mais surtout, je tiens à remercier Meredith Courtney pour son soutien – je t'aime, chérie !

Il brandit l'Oscar dans sa direction.

Quand il revint s'asseoir, l'Oscar en main, il rayonnait de fierté.

— Tu vois, murmura Meredith. Toute cette angoisse pour rien.

Il se tourna vers elle. Ils se regardèrent un moment, puis il se pencha vers elle et l'embrassa. Ni l'un ni l'autre ne s'aperçut qu'une caméra de télévision les surprit par hasard, fixant sur l'objectif cet instant d'intimité.

ATHÈNES

Le siège général de la société Kirakis occupait un ensemble moderne de vingt étages uniquement constitué de bureaux et situé dans le quartier Kolonaki, à la périphérie d'Athènes, à distance de marche de la Banque d'Athènes. Il y avait bien longtemps qu'Alexander n'était pas allé dans les bureaux de son père. La dernière fois, ce fut le jour où il avait refusé une position fort importante au sein de la gestion globale, position que lui avait offerte son père. Il venait d'obtenir son diplôme de gestion à Harvard et avait l'intention de rester aux États Unis. Il avait découvert que New York était la ville du monde la plus excitante et la plus dynamique, c'était une ville comme il les aimait. Malgré les objections de son père, il avait décidé d'y vivre. Malheureusement, son père n'avait jamais tout à fait compris le besoin qu'il avait de maîtriser son propre monde. S'il était resté en Grèce, il n'aurait jamais pu disposer de son autonomie ; il n'aurait jamais eu le pouvoir incontesté dont il jouissait à New York. En Grèce, il serait resté le « fils du patron ».

À présent, au pied du siège de la société dans la Leoforos Venizelou, face à la Place Klafthomonos, Alexander décida que le moment était venu de rentrer à New York. Ces quelques semaines écoulées lui avaient fait du bien. Il était heureux d'avoir pu renouer avec son père, mais subitement, il avait hâte de réintégrer le monde des affaires, le monde surmené des négociations et des marchés où les enjeux étaient énormes.

Comme il pénétrait dans l'édifice et passait devant la cabine des ascenseurs, le gardien de la sécurité le reconnut immédiatement et s'empressa d'appeler l'ascenseur rapide qui menait aux bureaux de son père, au vingtième étage. Le gardien lui tint la porte en inclinant courtoisement la tête tandis qu'Alexander pénétrait dans la cabine. Alexander sourit sans dire un mot. Tandis que commençait la montée, il pensait aux heures que son père y avait passées au cours de la semaine écoulée.

Il sortit de l'ascenseur et la secrétaire de son père, Elena Roumelis le vit immédiatement et se leva promptement pour le saluer.

— *Kalimera,* M. Kirakis, dit-elle.

— *Kalimera,* Elena. Mon père est-il dans son bureau ?

— Oui – mais je crois qu'il est au téléphone en ce moment, dit-elle sur un ton hésitant. Il vous attendait ?

— Non. Je pensais pouvoir le convaincre de se libérer assez longtemps pour déjeuner avec moi.

— J'en doute – pas aujourd'hui, dit vivement Elena. La matinée a été pénible. On l'a informé qu'il y avait eu une explosion dans l'une des mines de diamants du désert de Namibi ; il l'a appris à l'aube, ce matin. Plusieurs hommes ont été tués. Il est en relation avec les bureaux du Cap en ce moment.

— Je comprends, dit lentement Alexander. Dans ces circonstances, je ne pense pas qu'il verrait une objection à ce que j'aille...

— Oh, non ! Bien sûr que non. Désirez-vous quelque chose ? Du café peut-être...

— Non, merci, dit Alexander. avec un sourire.

Il se retourna et pénétra dans le bureau de son père. Constantine Kirakis était à son bureau ; le récepteur du téléphone calé au creux de son épaule, il griffonnait des notes sur un grand bloc jaune. Il leva la tête à l'entrée d'Alexander, il lui fit signe de s'asseoir puis reporta son attention sur le téléphone. Alexander prit un siège et regarda autour de lui. Il y avait si longtemps qu'il n'avait pas foulé le véritable lieu du pouvoir, source de vie du groupe. Il se souvenait encore de sa mère lorsqu'elle s'était attachée à redécorer ce lieu. Elle avait personnellement choisi les tissus, les couleurs et l'ameublement en fonction des goûts et des préférences de son mari, depuis le bureau ancien, pièce maîtresse de cet espace, jusqu'au canapé en cuir de chamois et aux fauteuils assortis ; depuis le meuble à tiroirs en marquetterie laqué jusqu'aux tableaux d'époque Renaissance accrochés aux murs. Elle avait supervisé la conception du cabinet privé de Kirakis qu'elle considérait comme une adjonction nécessaire, étant donné qu'ils vivaient sur l'île à l'époque et qu'il avait un long trajet à faire jusqu'à ses bureaux du continent. Elle avait insisté pour faire installer des coffres et des commodes en bois de cèdre pour le rangement de ses vêtements et autres affaires personnelles. Elle avait personnellement choisi les carreaux de sa salle de douches et commandé des barres chauffantes pour ses serviettes de toilette. « Mère s'entendait vraiment à l'organisation de nos vies », pensait à présent Alexander.

Kirakis reposa son téléphone et s'adressa à Alexander.

— C'est l'enfer qui s'est déchaîné dans les mines de Namibie, dit-il dans un soupir de lassitude. On a dénombré cinquante morts, et plusieurs autres sont portés manquants. Il va falloir que j'y aille.

— Veux-tu que j'y aille à ta place ? offrit Alexander, sachant que son père n'avait guère envie d'entreprendre ce voyage.

Kirakis secoua la ête.

— J'apprécie ton offre, mais non, il me faut m'occuper de cela moi-même. Mais si tu veux m'accompagner…

Il se tut et examina son fils un moment.

— Qu'est-ce qui t'amène à Athènes aujourd'hui ? Je croyais que tu voulais être seul.

— J'ai décidé qu'il était temps que je rentre à New York pour reprendre mes responsabilités. Je souhaite partir dans les prochains jours, de sorte que je ne serai pas là à votre retour d'Afrique.

Il fit une pause.

— Je suis venu vous demander si vous vouliez déjeuner avec moi au Gerofinikas.

Le restaurant était à proximité et son père aimait y aller depuis longtemps.

— Mais je me rends compte que ce n'est pas le moment.

Kirakis plissa le front.

— Je crains que non, en effet, dit-il d'un air sombre. Mais peut-être pourrions-nous souper ce soir au club Helleniki Leschi — nous pourrions boire un verre et nous permettre de jouer un moment. Il y a longtemps que nous ne sommes pas sortis ensemble. À moins que tu n'aies d'autres projets, bien sûr…

— Non, pas d'autres projets. Nous pourrions nous retrouver ici ?

— Oui. Sept heures trente. Je devrais avoir fini à cette heure.

Alexander se leva tandis que son père prenait un nouvel appel téléphonique des bureaux du Cap. Il sortit du bureau et quitta l'édifice.

Alexander aimait marcher. Cela l'aidait à se détendre. Aussi loin que remontât sa mémoire, il avait toujours détesté la foule et les lieux fermés, sans comprendre pourquoi. À New York, il lui arrivait souvent de renvoyer son chauffeur et de marcher jusqu'à sa destination. Parfois, lorsqu'il se sentait particulièrement confiné, il marchait longuement dans les rues de Manhattan jusque tard dans la nuit, parfois jusqu'aux premières heures de l'aube. À Paris, il aimait les berges de la Seine au crépuscule. Sur l'île, il marchait la nuit dans la réserve de giviers ou sur la plage blanche. Il marchait par tous les temps, quel que soit le lieu, et surtout quand il éprouvait le besoin de dételer. À présent, marchant dans une rue très fréquentée d'Athènes, il jubilait, comme si on lui ôtait un poids de ses épaules. La dernière volonté de sa mère pour que père et fils concilient leurs différences avait apporté une trève, et Alexander avait l'impression d'être libéré.

Il arriva à la Taverne Ta Nissia du Hilton. Elle était censée ressembler aux tavernes des îles, mais Alexander pensa avec un léger amusement qu'il eût fallu une île très en vogue et très élégante pour exhiber une taverne aussi prétentieuse. Le plafond haut de quarante pieds était en acajou, les sols étaient en marbre et le décor se composait d'une quantité de cuivres. Les rangées de tables en plaqueminier et les porcelaines turquoise étaient impressionnantes ; les menus étaient inscrits sur des bandes tissées à la main. Il s'assit dans un angle de la salle ; il consultait le menu, mais son esprit était ailleurs. Il y avait eu tant d'événements depuis son arrivée en Grèce quelques semaines plus tôt. Tant de choses avaient changé. Il avait perdu une mère et regagné un père. Il ne se sentait plus menacé par l'ultimatum que son père lui avait lancé à la face à New York. Le fantôme de Marianne ne le hantait plus.

— Alexander ? Alexander Kirakis ?

Alexander leva la tête. Frederick Cocyannis, un ami et un associé de longue date de son père venait d'entrer dans le restaurant. Alexander ne l'avait pas vu depuis de nombreuses années, et il ne reconnut pas l'homme immédiatement. Cocyannis avait vieilli : probablement la cinquantaine. Ses cheveux et sa moustache étaient complètement blancs. Il avait été bel homme dans sa jeunesse, et encore maintenant, il était séduisant, avec distinction et subtilité.

Alexander se leva en souriant.

— Frederick… Quelle joie de vous revoir, dit-il en lui serrant la main. Il y a si longtemps. Trop longtemps.

Cocyannis se tut un instant.

— J'ai été désolé d'apprendre la disparition de votre mère, Alexander. Irene et moi étions à Biarritz à l'époque…

Alexander le fit taire d'un geste de la main.

— C'est bien, Frederick. Il n'y avait rien à faire.

Cocyannis hocha la tête.

— J'ai voulu voir votre père, mais…

Il haussa les épaules.

— On ne sait quoi dire dans des moments pareils.

— Oui, en effet. Père est courageux étant donné les circonstances. Comment va Irene ?

— Bien. Très bien. Elle est à Londres en ce moment. Elle rend visite à Thione.

Thione était le fille de Cocyannis. Thione et Alexander étaient presque du même âge, et Cocyannis n'avait jamais cessé d'espérer que sa fille devienne un jour l'épouse d'Alexander. Alexander cherchait comment changer de sujet quand une femme pénétra dans le local et fit signe à Cocyannis. Cocyannis lui fit signe à son tour de les rejoindre, et Alexander fut soulagé, mais curieux. La rumeur disait-elle vrai ? Cocyannis avait-il une liaison ? Oui, selon les apparences. Cette femme ne pouvait pas être une relation d'affaires. Elle avança, et Alexander supposa qu'elle devait approcher la quarantaine. Elle était grande et avait belle allure, vêtue d'une robe noire Valentino qui soulignait sa silhouette splendide. Elle était l'une des plus jolies femmes qu'Alexander eût jamais vue avec ses traits réguliers et son épaisse chevelure noire tombant sur ses épaules. C'était probablement une call-girl qui gagnait sa vie en satisfaisant les désirs sexuels les plus extravagants de ses riches clients. Il comprit que Frederick Cocyannis était l'un de ses clients, ce qu'il n'aurait jamais cru s'il ne l'avait constaté de ses propres yeux en captant leurs regards entendus. Il savait aussi que son père serait furieux s'il devinait ce qui lui était venu à l'esprit à propos de cette femme. Mais pour le moment, Alexander n'avait cure de tout cela tandis qu'il la regardait, en s'efforçant toutefois de le faire avec discrétion. Une seule chose lui importait : il désirait cette femme et il avait bien l'intention de l'avoir avant la fin de cette journée.

Il observa Cocyannis qui ne soufflait mot mais qui souriait nerveusement, gêné d'avoir été découvert.

— Alexander, je vous présente Anna Constantelos. Anna, voici Alexander Kirakis.

— Très heureuse de faire votre connaissance, dit la femme d'une voix grave et douce qui faisait penser au ronronnement d'un chat.

Alexander eut un sourire appréciatif.

— Croyez que tout le plaisir est pour moi, répondit-il. « Du moins le sera-t-il bientôt », pensa-t-il.

Il chercha un moyen de parler avec elle seule, de lui dire ce qu'il avait en tête. Ce fut Cocyannis qui lui en fournit l'occasion sans le vouloir.

— Anna, il faut que je téléphone à mon bureau, dit-il en consultant sa montre. J'attends un coup de fil fort important de Londres. Si vous voulez bien m'attendre à notre table, je ne serai pas long.

— Bien sûr, Frederick, dit-elle aimablement. Je suis sûre qu'Alexander voudra bien me tenir compagnie jusqu'à votre retour.

Le regard de Cocyannis allait nerveusement d'Anna à Alexander.

— Je reviens tout de suite, promit-il.

— Prenez votre temps, lui dit Anna. Je ne m'en irai pas.

Cocyannis disparut et Alexander se tourna vers Anna.

— Vous êtes très sûre de vous, n'est-ce pas ?

— Non, dit-elle tout simplement. Je suis sûre *de vous*.

Il leva les sourcils.

— Vraiment ? Et pourquoi cela ?

Elle se mit à rire.

— Vous ne cessez de me regarder depuis que je suis arrivée. Vous faites ce que vous pouvez pour que cela ne soit pas visible, mais moi, je le sais bien. Dites-moi, aimez-vous ce que vous voyez ?

— Que m'en coûtera-t-il si je dis oui ?

Elle le regarda, une expression de désapprobation feinte dans les yeux.

— Votre mère ne vous a-t-elle jamais dit qu'il était impoli de demander un prix à l'avance ?

— Peut-être, mais mon père m'a toujours dit qu'il était essentiel de savoir à l'avance ce que j'achète et ce que ça coûte.

— J'aurais dû le deviner, dit-elle avec un rire de gorge.

— Je voudrais vous rencontrer.

— Où et quand ?

— Chez vous, cet après-midi, après que vous aurez quitté Frederick.

— Impossible, j'ai un autre rendez-vous.

— Débarrassez-vous de votre client. Je serai chez vous à trois heures.

Elle hésita un moment, puis elle écrivit son adresse sur la carte qu'il lui tendit.

— Ne venez pas avant trois heures, l'avertit-elle. Ce ne sera pas facile de… faire partir mon ami. Il me faudra du temps.

Alexander sourit.

— Je suis sûr que vous y parviendrez très bien.

Il vit Cocyannis rentrer dans la salle.

— Dites-lui que je dois m'en aller.

Il sortit sans regarder derrière lui.

Anna Constantelos habitait dans un immeuble d'appartements neuf et de grand standing de la Patriachou Yoakim, à distance de marche de la Place Kolonaki. Alexander consulta sa montre en pénétrant dans le hall : 2h56. Il se demanda si elle avait pu renvoyer son client tandis qu'il appelait l'ascenseur. Il monta au dixième étage et trouva son appartement. Il sonna, et comme elle ne répondait pas, il sonna de nouveau avec impatience. Elle ouvrit enfin sa porte et le fit entrer. Elle portait une robe de chambre en soie rouge qui ne laissa aucun doute dans l'esprit d'Alexander : elle était nue en-dessous.

— Vous êtes précis, observa-t-elle. Presque trop ponctuel !

Il la regarda.

Traversant la pièce pieds nus jusqu'au bar, elle expliqua.

— Mon ami ne voulait pas partir. Vous comprenez, sa femme sera absente durant les deux semaines à venir, et il entendait passer son temps libre avec moi.

— Cela ne me concerne pas, dit Alexander avec indifférence.

— Non, bien sûr que non, dit Anna en souriant. Il est très riche – il est à la tête de l'une des plus importantes agences de change d'Athènes – mais il va de soi que sa fortune n'est pas comparable à la vôtre.

— Dois-je comprendre que vous favoriser les messieurs riches?

— Oh… Tous mes amants sont riches. Seul un homme très fortuné peut se permettre de m'avoir.

— Je vois.

Il l'examinait pensivement.

— Ainsi, vous êtes un plaisir dispendieux. En valez-vous la peine?

— Mes amants semblent le penser, dit-elle avec arrogance.

Elle leva son verre.

— Que voulez-vous?

— Vous, répondit-il sans hésiter.

Elle se versa un *ouzo*.

— Vous êtes beaucoup trop impatient. Etes-vous certain de n'avoir pas envie de boire un verre avec moi?

Il secoua la tête.

— Je ne suis pas venu pour boire.

— Oh! Cela ne fait aucun doute pour moi, dit-elle en s'approchant de lui pour dénouer sa cravate. Mais vous oubliez une chose. Nous ne nous sommes pas encore mis d'accord sur le prix.

— Combien? demanda-t-il d'une voix sans timbre.

— Cela dépend de ce que vous attendez de moi, répliqua-t-elle en sirotant son *ouzo*.

— Je vois.

Il prit une liasse de billets dans sa poche et les jeta à ses pieds.

— Je pense que cela vous satisfera.

Elle se laissa tomber sur ses genoux et ramassa les billets sur le tapis, les comptant lentement.

— Cela fait beaucoup d'argent, dit-elle en levant la tête vers lui.

— Je veux passer la nuit, lui dit-il. Je serai obligé de vous quitter durant un moment, mais je reviendrai plus tard.

Elle hocha la tête lentement.

— C'est beaucoup d'argent.

Elle se releva et aplatit le devant de sa robe de chambre.

— Les perversions ne vous intéressent pas, n'est-ce pas ?

— Et si j'y étais intéressé ?

Anna haussa les épaules.

— Je pense que vous obtenez ce pour quoi vous payez. Mais je suis curieuse. Comment se fait-il qu'un homme aussi séduisant que vous doive payer pour cela ? Il me semble que vous devriez avoir presque toutes les femmes qui vous plaisent.

— Je n'ai pas à payer pour cela, comme vous le dites si bien. Néanmoins, je fais volontiers une exception dans le cas présent. Je vous désire – et je suis habitué à obtenir ce que je désire.

— Au moins, vous êtes franc ! En tout cas, ce sera un changement agréable pour moi. Mes amants sont rarement jeunes et beaux.

Il dénoua la ceinture de sa robe et l'ouvrit.

— Dans ce cas, peut-être est-ce vous qui devriez payer, suggéra-t-il en tendant les mains vers elle.

Elle eut un rire de gorge.

— Aucun homme n'est suffisamment séduisant à mes yeux pour que j'en arrive là, assura-t-elle tandis que les mains d'Alexander parcouraient sa peau.

Il colla sa bouche sur la sienne, dure et ardente, tout en caressant ses seins. Son déshabillé glissa de ses épaules et tomba à terre. Elle lui ôta sa cravate.

— Allons dans la chambre, murmura-t-elle en débouclant sa ceinture.

— Finis de me déshabiller, Anna, gémit-il en se serrant contre elle.

— Dans la chambre.

— Ici, tout de suite.

Obéissante, Anna lui ôta sa veste et commença à déboutonner sa chemise. Elle effleurait sa poitrine du bout de ses doigts, s'attardant sur la pointe des mamelons, encerclant chacun d'eux de sa langue. Elle fit glisser la fermeture de son pantalon et découvrit son pénis déjà dur et gonflé. Elle le caressa et l'excitation d'Alexander s'accrut encore.

— Allons dans la chambre maintenant, murmura-t-elle.

Il prit son visage entre ses mains et le baisa avec rudesse. Puis il prit ses seins au creux de ses paumes et les serra violemment. Elle s'écarta brusquement de lui et se dirigea vers la chambre.

— Tout de suite, Alexander, dit-elle d'une voix rauque. Prends-moi maintenant.

Il enleva le reste de ses vêtements rapidement et la suivit. Les lourds rideaux de la chambre étaient tirés et l'obscurité était totale. Il la poussa sur le lit et monta sur elle, la pénétrant avec tant de hâte qu'elle poussa un cri de douleur.

— Aïe, l'amant, tu aimes les jeux violents, hein ?

Il se projetait en elle, et elle gémissait. Elle se tordait sous lui chaque fois qu'il se lançait en elle avec une force que lui-même ne comprenait pas. Il la posséda rapidement, dans un orgasme explosif, puis il roula sur le côté et demeura immobile près d'elle, le regard au plafond. Elle eut l'impression que son désir pour elle était plus complexe que la simple satisfaction d'un besoin physique. Il était comme possédé.

Que voulait-il vraiment d'elle ? se demanda-t-elle.

À 8h30, Constantine Kirakis était toujours dans son bureau, attendant Alexander. Il était furieux. Alexander savait pourtant que son père avait horreur d'attendre. Il aurait dû être là depuis une heure. Où était-il – ou plus exactement, avec qui ? Lorsqu'Alexander, d'ordinaire ponctuel, était en retard à un rendez-vous ou à une réception, il y avait toujours une femme derrière. Son fils était comme un aimant sexuel ; les femmes de tout genre et de tout âge allaient vers lui sans qu'il eût à faire d'efforts particuliers. Kirakis espérait qu'Alexander serait maintenant assez avisé pour éviter le type de scandale auquel il avait échappé de justesse avec Marianne Hauptmann en Suisse. Peut-être était-ce une chance qu'Alexander ne soit jamais tombé amoureux ? Les passions d'Alexander étaient violentes au-delà de toute raison. Il perdrait donc facilement la tête s'il lui arrivait d'aimer sincèrement une femme.

Kirakis était à la fenêtre, regardant distraitement l'Acropole dans le lointain. Bien que son envie fût grande de questionner Alexander sur les raisons de son retard lorsqu'il arriverait, Kirakis savait qu'il ne pouvait pas le faire. Depuis la mort de Melina, tous deux avaient fait d'énormes efforts pour jeter un pont sur le fossé qui les séparait depuis tant d'années. Kirakis avait promis de ne pas se mêler des affaires personnelles de son fils, et de son côté, Alexander avait juré d'éviter tout engagement risquant de déboucher sur un scandale comme le suicide de Marianne. Kirakis comprenait que questionner Alexander, ce serait briser cette confiance.

La porte s'ouvrit à cet instant, livrant passage à Alexander portant un grand sac sur son épaule.

— Excusez-moi de vous avoir fait attendre, père. Quand je vous ai quitté cet après-midi, j'ai réalisé que j'aurais besoin de vêtements convenables pour dîner au club Helleniki Leschi. J'ai donc dû faire quelques achats. Je vais prendre une douche, mais ça ne sera pas long.

Kirakis acquiesça de la tête.

— Vas-y, dit-il, son irritation se dissipant rapidement. Étant donné l'heure, je crois que nous devrons rester à Athènes.

Alexander sourit.

— C'est bien ce que je pensais, père, dit-il en disparaissant dans le cabinet de toilette.

Constantine Kirakis s'envola pour le Cap le jour suivant. Alexander accompagna son père à l'aéroport, sans toutefois lui faire part de sa décision de dernière minute de retarder son retour à New York. Kirakis lui aurait posé des questions, des questions auxquelles Alexander n'était pas enclin à répondre. Il n'aurait pas pu dire à son père qu'Anna Constantelos était la raison de ce changement. Inutile de mettre en péril leur intimité tout récemment rétablie pour une femme qu'il venait de rencontrer, une femme avec qui il ne partagerait probablement rien de plus qu'une passion physique, qui se terminerait lorsqu'il quitterait la Grèce. Pour le moment, il n'était sûr que d'une chose : après avoir passé la nuit avec elle, il n'était plus aussi pressé de repartir. Anna avait satisfait un besoin, elle avait comblé un vide qu'il ne pouvait avouer qu'à lui-même.

Depuis la mort de sa mère, Alexander était dévoré par une solitude profonde. Il éprouvait le besoin de trouver quelqu'un – n'importe qui – pour le réconforter. Pour lui, le sexe était une soupape de sécurité émotionnelle, la seule forme de communication intime qui lui soit accessible. Anna Constantelos était entrée dans sa vie au bon moment. À elle de combler ce besoin.

Alexander resta encore une semaine à Athènes, passant la plus grande partie de son temps dans le lit d'Anna. Avec elle, le sexe était excitant et sans inhibitions ; Anna lui permettait tout. Il n'importait nullement à Alexander que leurs relations n'impliquent aucune affectivité ; il n'était nullement gêné d'avoir à la payer pour coucher avec elle. Peu lui importait de savoir qui elle était ou ce qu'elle attendait peut-être de lui. Il ne s'intéressait qu'au plaisir qu'elle lui donnait au lit, le délivrant ainsi, fût-ce temporairement, de sa solitude. Elle avait soulagé sa peine, et cela n'avait pas de prix.

Comme il reposait dans l'obscurité, réfléchisssant à sa situation, il réalisa qu'il n'était pas prêt à l'abandonner. Pas encore. Il ne voulait pas retourner à New York sans elle. Il n'avait aucune idée du temps que durerait son besoin d'elle, mais là n'était pas l'essentiel. Il la garderait aussi longtemps qu'il en aurait besoin.

Il avait trouvé la solution quand le soleil se leva.

La luminosité du soleil matinal pénétrait en rayonnant par la fenêtre de la chambre, découpant un rutilant dessin en travers du vieux tapis bleu, déjà parsemé des vêtements d'Alexander jetés au hasard. La robe de chambre en soie d'Anna gisait en tas près du canapé blanc. Alexander reposait sur le dos, bras repliés sous sa nuque ; il regardait droit devant lui mais ne voyait rien. Anna dormait paisiblement près de lui, le drap de satin bleuté remonté jusqu'à la taille, ses cheveux noirs déployés sur l'oreiller comme un grand éventail. Alexander tourna la tête vers elle. Ses seins dressés et fermes se soulevaient et s'abaissaient doucement. Il toucha une aréole qui se durcit presque instantanément. Il la prit dans sa bouche et se mit à la sucer. Anna ouvrit alors les yeux et le regarda.

— Ne t'arrive-t-il jamais d'être fatigué ? demanda-t-elle.

Il la lâcha brusquement et redressa la tête.

— Ah ! Tu es donc réveillée, dit-il avec un sourire entendu.

— Qui pourrait dormir pendant que tu fais cela ? rétorqua-t-elle vivement en tirant le drap sur sa poitrine.

La main d'Alexander la caressa sous le drap.

— Dis-moi, Anna, as-tu l'intention de rester toujours en Grèce ? Ou bien envisagerais-tu de t'en aller si l'occasion se présentait ?

Elle se souleva sur un coude et effleura sa poitrine du bout de ses doigts.

— Je ne suis pas de celles qui laissent passer une occasion d'améliorer leur situation. Es-tu en train de me faire une offre ?

— Je pense à la possibilité de t'emmener à New York avec moi, dit-il en l'attirant contre lui. Cela t'intéresse-t-il ?

— Peut-être, dit-elle sur un ton réservé. Dis-moi ce que je gagnerai en te suivant. Car enfin, si je pars d'ici, je perdrai énormément – cet appartement, mes généreux amants…

— Tu serais ma maîtresse, dit-il tandis que ses mains reprenaient l'exploration de sa nudité. Tu disposerais d'un luxueux appartement à Manhattan, d'une allocation confortable et de cadeaux de temps en temps.

— Quelle sorte de cadeaux ?

— Des fourrures, des bijoux.

— Et je vivrais avec toi ?

— Non. Nous habiterions séparément. Je viendrais te rendre visite tous les jours – quelques fois dans l'après-midi, d'autres fois la nuit. Nous profiterions de la vie nocturne de New York. Tu serais à ma disposition sur ma demande. Mais tu disposerais de ton temps à volonté durant mes absences.

— Et en ce qui concerne les autres hommes ? Je suis habituée à la diversité.

— Hors de question. Il n'y aura que moi, mais je serai aussi le seul que tu manipuleras à ta guise, assura-t-il.

Elle sourit.

— Voilà qui semble parfait. Presque trop parfait pour me laisser une possibilité de refuser.

— Dans ce cas, je te suggère d'accepter.

Alexander repoussa le drap, puis fit rouler la femme sur le dos et la chevaucha, pensant qu'elle était exactement celle dont il avait besoin pour apaiser le chagrin qui le torturait depuis la mort de sa mère. Anna ne lui avait pas encore donné sa réponse définitive, mais il n'avait pas le moindre doute : elle accepterait.

NEW YORK, SEPTEMBRE 1980

Dans son bureau de la Tour Olympique, Alexander était assis à son bureau, passant en revue les rapports qu'il avait reçus le matin de ses collaborateurs de Singapour, concernant les forages de pétrole de la société. Les chiffres étaient excellents. Les puits offshore produisaient à présent 875 000 barils de brut par jour. Transformés en dollars – il se pencha et appuya sur quelques touches de la grande calculatrice de son bureau – les chiffres étaient impressionnants, même par rapport à l'échelle de la société. Il sourit en lui-même. Son père serait content.

— M. Kirakis?

La voix de sa secrétaire interrompit le cours de ses réflexions. Il releva la tête brusquement. Elle était sur le pas de la porte, crayon et bloc jaune en main.

— Oui?

— Vos réservations du Beverly Wilshire pour le match de polo de la semaine prochaine ont été confirmées, et vos chevaux sont arrivés à Los Angeles ce matin. Désirez-vous autre chose?

— Non, Stacey, merci.

Elle referma la porte. Alexander s'enfonça dans son fauteuil. Sans s'en rendre compte, il frappait le bout effaceur de son crayon sur son bureau en maintenant un rythme ferme. «Los Angeles. Peut-être devrait-il appeler Meredith Courtney?» Car finalement, ils n'avaient rien décidé pour l'interview qu'elle projetait lorsqu'elle était à New York. Étrange, cette place qu'elle occupait dans son esprit. Même en ce moment, alors qu'une femme aussi habile qu'Anna satisfaisait ses besoins sexuels, il ne pouvait chasser Meredith de son esprit. Pourquoi?

Suivant son impulsion, il sonna Stacey et lui dit de contacter Meredith à la station KXLA de Los Angeles. Dix minutes plus tard, elle le prévint par l'interphone.

— Madame Courtney est en ligne, monsieur.

— Merci, Stacey.

Il prit le récepteur et enfonça la touche allumée sur la console.

— Meredith, comment allez-vous? dit-il avec bonne humeur.

— Occupée, répondit-elle.

Il entendait un bruissement de papiers à l'autre bout.

— Est-ce un appel mondain ou professionnel ?

— Mondain.

— Dans ce cas, soyez bref. Je suis vraiment occupée.

— En vérité, les deux aspects sont en jeu, avoua-t-il enfin, déterminé à retenir son attention. Si vous désirez encore cette interview, nous pourrions nous donner rendez-vous. Je vais jouer un match de polo au centre équestre de Los Angeles la semaine prochaine…

— Désolée, mais je ne couvre pas les événements sportifs, dit-elle sur un ton bourru.

— Le voulez-vous cet entretien, ou non ? demanda-t-il contrarié. Je ne vais pas très souvent sur la Côte en ce moment.

Il y eut un long silence à l'autre bout de la ligne.

— Donnez-moi vos coordonnées. Je vous retrouverai à l'endroit que vous m'indiquerez.

— Je ne vois pas ce qui te met dans une telle colère !

Meredith était assise sur le canapé, une rame de papier sur ses genoux.

— Ce n'est qu'une interview. J'en ai fait des centaines.

— Pas avec Alexander Kirakis.

Nick était à la fenêtre, tourné vers l'océan.

— Personne n'a fait des centaines d'interviews avec Alexander Kirakis, souligna-t-elle. Il n'en donne jamais – il évite la presse comme si nous étions tous des pestiférés.

Nick se retourna et la regarda en face ; sa colère était visible.

— Apparemment, il ne pense pas que tu sois contaminée.

Meredith était contrariée de le voir se conduire comme un mari jaloux – mais elle était aussi fâchée contre elle-même de devoir le suivre sur ce terrain.

— Tu fais beaucoup de bruit pour rien.

Elle rejeta ses papiers sur le canapé. Elle se leva et marcha vers l'escalier. Elle n'avait pas l'intention de se disputer avec lui.

— J'ai rencontré Alexander Kirakis l'été dernier, à l'occasion d'une conférence de presse de son père au Beverly Wilshire, et…

— Et tu l'as rencontré de nouveau à New York, termina Nick, l'air mauvais.

Elle s'arrêta net et se retourna vers Nick.

— Tu savais cela ? s'étonna-t-elle.

— Je l'ai su avant ton retour à Los Angeles, dit-il entre ses dents. Deux personnes du studio étaient au Rainbow Room le soir où Kirakis te tripotait sur la piste de danse. Elles se sont empressées de me mettre au courant dès leur retour.

— Attends une minute, bon sang ! lança Meredith que ces insinuations mettaient en fureur. Il ne me tripotait pas, comme tu dis. Nous dansions…

— Et ses mains se promenaient sur toi ! acheva Nick en se versant un verre.

Meredith hésita un moment.

— Pourquoi n'as-tu jamais parlé de cela avant ?

— J'espérais que tu m'en parlerais en rentrant. Je m'imaginais que tu me dirais que c'était sans importance ; nous en aurions ri ensemble et ç'aurait été fini.

— Eh bien ! C'est vrai que tout cela était sans importance ! lâcha Meredith qui s'élança dans l'escalier et rentra dans sa chambre en claquant la porte derrière elle.

Les secondes résonnaient l'une après l'autre sur l'immense tableau d'affichage du centre équestre de Los Angeles. Les spectateurs étaient debout, encourageant une charge offensive en direction du but. Alexander Kirakis, chevauchant un grand hongre brun conduisait la charge, mince silhouette souple en bleu et blanc, couleurs de l'équipe Kirakis. Brandissant son maillet avec force, il frappa la balle inopinément au moment où un joueur de l'équipe adverse ratait une tentative de blocage. La balle rasa le sol et le toucha plusieurs mètres plus loin. Un autre coup sec l'envoya au but. Les spectateurs lâchèrent une salve d'applaudissements en voyant les chiffres changer sur le tableau.

Meredith était appuyée contre la balustrade, médusée par ce qu'elle voyait sur le terrain, bien qu'elle ne connaisse pratiquement rien à ce jeu. Nul besoin d'être un expert pour être emporté dans l'excitation électrisante émanant du spectacle. Nul besoin non plus d'être un spécialiste pour percevoir le pouvoir et la maîtrise absolue d'Alexander Kirakis ; son instinct et son intelligence lui donnaient la capacité de réagir à la seconde près grâce à un sens aigu du danger. « L'élégance en action », pensait Meredith, intriguée.

— Il pourrait chevaucher une bourrique et marquer tout de même huit ou neuf buts, commenta son cameraman, comme s'il avait lu dans ses pensées. Expert en stratégie, meneur de son équipe et athlète, sans parler de ses chevaux, actuellement les meilleurs à ce jeu.

— Qui ? demanda Meredith, les yeux toujours rivés sur le terrain.

— Alexander Kirakis, répondit Brian en réglant son matériel. Il a un handicap de dix buts, et il est considéré comme l'un des meilleurs joueurs de polo moderne. C'est extraordinaire si vous tenez compte que pour lui, le jeu vient après les affaires.

— Pourquoi est-ce extraordinaire ? demanda Meredith en se tournant vers son technicien.

— Eh bien ! Les joueurs mondiaux de premier plan – Gonzalo Peres, Antonio Herrera, Howard Hipwood – se consacrent totalement à ce jeu. Ils mangent, dorment et respirent en fonction du polo. Kirakis est au mieux un athlète à temps partiel. Mais c'est un athlète si parfaitement conditionné qu'il peut se permettre de maintenir son handicap de dix buts malgré l'impossibilité où il se trouve de jouer régulièrement.

— Où avez-vous appris tout cela ? demanda Meredith avec un petit sourire.

— J'ai joué dans une équipe intercollégiale à Yale. J'étais un bon élément, soit dit sans me vanter.

Un crépitement d'applaudissements indiqua la fin du match. Meredith dit à Brian d'avancer au plus près de l'endroit où Alexander Kirakis devait recevoir le trophée.

— Allons-y, dit-elle en tournant les talons pour aller vers la sortie. Je voudrais enregistrer quelques commentaires des joueurs.

— D'accord, Patronne.

Il suivit avec enthousiasme.

Meredith se posta près de la sortie du terrain, en un point où les joueurs étaient obligés de passer pour sortir de l'arène. Les hommes étaient épuisés et pressés de partir, mais étonnamment, ils voulurent bien parler du match avec elle sous l'œil des caméras. Alexander Kirakis fut le dernier à sortir, il remit son cheval à l'un des palefreniers. Apercevant Meredith, il eut un sourire appréciatif en retirant son casque.

— Meredith Courtney, dit-il de sa voix grave et séductrice en avançant vers elle avec l'aisance athlétique et la mâle désinvolture d'un prédateur-né. C'est bon de vous revoir.

— Félicitations pour votre victoire, dit-elle en avançant d'un pas, négligeant de répondre à sa phrase de salutation comme si elle n'avait pas de signification particulière.

— De ma place, j'ai pu constater que ce n'était pas un match facile.

Son sourire était désarmant.

— Aucun match n'est facile. Mais c'est toujours le jeu où je prends le plus de plaisir – c'est un véritable défi à relever. Rien de plus excitant qu'un jeu réellement agressif entre des rivaux de haut niveau.

Meredith repassa mentalement quelques commentaires d'autres joueurs concernant son style et son jeu : vif… calculé… rapide comme l'éclair… un perfectionniste acharné. Elle avait pourtant l'impression que son discours sur sa joie de relever un défi et sa satisfaction devant un jeu agressif n'avait en réalité rien à voir avec le polo. La manière dont il la regardait, sans se donner la peine de dissimuler son attirance vers elle, rappela à Meredith leur dernière rencontre à New York.

— J'aimerais que vous fassiez quelques commentaires sur ce match devant la caméra, dit-elle sans que sa voix claire et cristalline trahisse la gêne qu'elle ressentait sous son regard puissant.

Alexander regarda le cameraman comme s'il était un obstacle qu'il lui fallait tolérer. Puis il regarda Meredith et hocha la tête. Elle lui demanda son opinion sur le résultat du match et son jugement sur d'autres joueurs. Il répondit avec aisance, ignorant l'objectif dirigé sur lui. Quand la caméra s'arrêta de tourner, Brian rassembla ses câbles et ses fils.

— Je vous retrouve à la camionnette, dit-il à Meredith.

Elle acquiesça de la tête.

— Je n'en ai pas pour longtemps.

Elle allait partir, mais Alexander lui prit le bras.

— Je crois que nous avons une affaire en cours, n'est-ce pas ?

Il sourit en voyant la surprise sur le visage de Meredith.

— L'interview, conclut-elle en retirant sa main.

— Entre autres choses.

— Il n'y a rien d'autre en ce qui me concerne, dit-elle sur un ton appuyé.

— Dînons ensemble ce soir.

Elle le dévisagea.

— Vous n'abandonnez jamais, n'est-ce pas ?

— Jamais, répliqua-t-il vivement. Donnez-moi le fond de votre pensée. Quel est-il ?

— Je ne peux pas.

Il eut un sourire malicieux.

— Ainsi, le réalisateur est jaloux. A-t-il des objections à chaque fois que vous sortez avec vos futurs interlocuteurs ?

Il y avait une nuance d'amusement dans sa voix.

— Non, bien sûr que non lorsqu'il s'agit exclusivement du travail. Mais vous et moi savons que vous ne vous en tenez pas à ce seul point de vue.

Il s'appuya nonchalamment au mur, les bras croisés sur sa poitrine, et l'observa un moment.

— Les gens pensent beaucoup de choses de moi, toutes ne sont pas à mon avantage. Mais je suis honnête quand il s'agit de ce que je désire. Je n'en fais pas un secret.

Meredith regarda autour d'elle, espérant qu'aucune de ses relations et surtout pas Nick n'avaient surpris leur conversation.

— Si je vous dis « non », vous ne considérez pas cela comme une réponse, dit-elle d'une voix à peine audible.

Ses yeux noirs luirent malicieusement.

— Si vous ne voulez pas dîner avec moi, peut-être pourrions-nous boire un verre ensemble plus tard et parler de cette interview. Je loge au Beverly Wilshire.

— Je vous ai dit que je ne pouvais pas. Pas ce soir.

— Meredith, tenez-vous à cette interview ? demanda-t-il d'un ton pressant.

— Je veux l'interview, mais c'est tout ce que je veux. Si vous acceptez cela et si vous souhaitez encore parler affaire, rendez-vous pour le déjeuner à la Bella Fontana.

— Je crains que ça ne soit pas possible. Je repars pour New York demain matin. Savez-vous que c'est bien malheureux que nous n'arrivions pas à nous mettre d'accord. Si de votre côté vous ne désirez qu'une interview, moi, c'est vous que je désire.

Elle le dévisagea un moment, surprise par son franc-parler.

— Désolée, dit-elle sur un ton égal. Puis elle tourna les talons et s'éloigna sans ajouter un mot.

La regardant partir, Alexander fut une fois de plus confondu par l'effet qu'elle produisait sur lui. Il avait possédé quelques-unes des plus jolies femmes du monde, des femmes prêtes à partager son lit non seulement de leur propre volonté, mais aussi avec empressement. Anna l'attendait à New York, Anna aux mains et à la bouche superbement habiles et au corps ensorcelant ; Anna dont le raffinement érotique comblait même ses désirs les plus extravagants. Et malgré cela, toutes ses pensées avaient pour cible Meredith Courtney, mince et dorée, Meredith aux yeux bleus et à l'esprit aigu, Meredith qui semblait se désintéresser de lui. Meredith qui n'était même pas son genre, ni brune ni voluptueuse comme ses autres femmes. Meredith qui le fascinait plus que toutes les autres. Qu'y avait-il en elle qui la rendait spéciale et qui l'amenait à la désirer de plus en plus chaque fois qu'il la voyait ? Était-ce son refus ferme de se rendre à lui ? Ou bien s'agissait-il d'autre chose qui l'attirait comme jamais il ne l'avait encore été jusque là ? Il était tenté de retarder son retour à New York pour déjeuner avec elle. « Ce serait un début », pensa-t-il. Cela valait la peine de lui accorder cette maudite interview si Meredith lui appartenait ensuite, ne fût-ce qu'une nuit. Mais Alexander savait qu'il n'en était pas question. Son père prenait l'avion à Athènes le soir même, et le lendemain après-midi se tenait le Conseil d'administration. Inutile d'éveiller l'antagonisme du vieux pirate en manquant une réunion parce qu'une femme se refusait obstinément à lui. « Non, Meredith attendra, pour le moment du moins. »

« Ce sera pour la prochaine fois, pensa-t-il en disparaissant dans la foule. C'est décidé. »

IX

Dans son appartement de Central Park Sud, Anna, écœurée, regardait la neige tomber. Il avait neigé toute la nuit. Central Park était revêtu d'une couverture blanche que les piétons n'avaient pas encore foulée. « C'est un beau spectacle pour la plupart des gens », pensa-t-elle. Pour Anna Constantelos cependant, qui n'était ni sentimentale ni romanesque, cela signifiait seulement que la journée serait encore froide et détestable pour flâner de magasin en magasin. Il était déjà difficile de trouver un taxi dans la 5e Avenue en temps ordinaire, mais ce serait quasiment impossible un jour comme celui qui s'annonçait. Au diable Alexander, pensa-t-elle amèrement. Il aurait pu lui permettre l'utilisation de sa limousine – au moins lorsqu'il était absent de la ville. Elle s'était plainte de cette situation en maintes occasions ; mais il lui avait répliqué nettement que c'était hors de question. Il souligna que son chauffeur pouvait être appelé à toute heure ; sa voiture devait donc être disponible sur demande. Alexander lui avait rappelé qu'elle recevait déjà beaucoup de lui : il lui laissait l'usage de l'appartement où logeaient naguère les directeurs de sociétés et les partenaires commerciaux de passage ; il lui accordait une allocation généreuse qui lui permettait de satisfaire sa passion pour les beaux vêtements et autres accessoires de luxe ; il lui achetait bijoux et fourrures et l'emmenait dans les meilleurs endroits. Anna avait appris très vite qu'Alexander était particulièrement libéral lorsqu'elle le comblait au lit. Elle était d'ailleurs convaincue qu'elle avait bien gagné tout ce qu'il lui donnait. Au lit, Alexander était sauvage et exigeant; il était sexuellement insatiable. Quand il la possédait, elle avait toujours l'impression que sa passion était le résultat d'une colère, non d'un véritable désir. Il n'y avait pas d'intimité sincère entre eux. Non qu'Anna l'eût souhaité – elle n'était ici que pour l'argent – mais il lui arrivait parfois de s'énerver devant le comportement d'Alexander. Il ne se souciait même plus de préliminaires amoureux. Il satisfaisait son besoin puis il abandonnait la femme. Il lui faisait l'amour rapidement et brutalement, tout son poids se projetant en elle avec une telle force qu'elle avait ensuite l'impression d'être rouée de coups. Et ce regard dans ses yeux... ce regard de fou. Depuis huit mois qu'elle était sa maîtresse, jamais elle ne lui avait posé de questions. Anna savait où était sa place. Tant qu'elle comblerait sexuellement Alexander, il lui donnerait tout ce qu'elle voudrait, et c'était l'essentiel.

Le seul souci d'Anna était d'accumuler le plus possible dans un délai rapide, mettant en réserve tout l'argent qu'elle obtenait: c'était une assurance pour le jour où Alexander serait las d'elle et aurait trouvé une autre femme. Anna savait par expérience que cela était inévitable. Tôt ou tard, ceux qui étaient mariés rentraient chez leur épouse, et ceux qui étaient sans attaches se lassaient et se mariaient ou changeaient de maîtresse. Ce qui n'inquiétait pas Anna car chaque fois que cela se produisait, elle avait toujours réussi à accumuler suffisamment d'argent et de bijoux pour vivre parfaitement à l'aise jusqu'à ce que se présente le remplaçant.

« Tu as fait un long chemin, pensa-t-elle. Un long chemin depuis ta situation de fille illégitime d'une vendeuse de la Plaka. Un long chemin depuis ton statut de bâtarde d'un salaud de Nazi dont tu ne sauras jamais l'identité... »

— Tu as réussi à prendre le contrôle des Associés Donovan?

Même la qualité parfois déplorable des liaisons téléphoniques transatlantiques restait sans effet sur le ton de la voix de Constantine Kirakis.

— Excellent! Je ne sais pas comment tu t'y es pris, Alexander, mais je suis content, très content.

— Je savais que vous seriez satisfait, père, c'est pourquoi je tenais à vous annoncer la nouvelle moi-même.

Alexander savait que Kirakis avait échoué dans cette même tentative dix ans plus tôt.

— Je suis content que tu m'aies appelé, Alexander, dit Kirakis.

Il y eut une longue pause à l'autre bout du fil.

— Il y a une chose dont je voulais te parler.

— Affaire?

— Personnelle.

Alexander savait la suite. Son père avait eu vent de son arrangement avec Anna.

— Père, je sais ce que vous...

— Laisse-moi terminer, Alexander, interrompit Kirakis. Je sais que je t'ai promis de ne pas me mêler de tes affaires personnelles. Mon intention n'est pas de te dire comment tu dois vivre ni avec qui tu dois coucher. Mais je me demande si tes relations actuelles sont bien indiquées.

— Tu veux parler d'Anna Constantelos?

— Tu sais à quelle catégorie de femmes elle appartient?

— Je connais tout ce qu'il est possible de connaître à son sujet.

— Tu ne prévois pas de problèmes avec elle?

— Père, vous avez désapprouvé ma brève liaison avec Marianne Hauptmann parce que vous vous étiez imaginé que j'avais profité d'une jeune femme vulnérable. Anna n'est ni innocente, ni vulnérable. C'était une call-girl de haut vol quand j'ai fait sa connaissance à Athènes. Elle n'a aucune illusion. Elle sait très bien que quand je n'aurai plus besoin de... de ses services, notre arrangement prendra fin.

— Alexander, sois prudent, avertit Kirakis. Je pense qu'elle pourrait vouloir négocier ce que toute femme a entre les cuisses pour s'approprier le pouvoir qui te revient de droit.

Alexander éclata de rire.

— Anna a autre chose à faire que d'utiliser son sexe comme objet de marchandage. J'ai imposé mes règles dès le départ. Elle sait ce que notre arrangement lui rapporte, et elle sait ce qui n'est pas négociable.

— Et tu penses qu'on peut lui faire confiance pour s'en tenir à cet engagement?

Alexander s'amusa fort à cette pensée.

— Jamais je n'accorderai une confiance illimitée à Anna, répondit-il franchement. Mais elle est pragmatique. Elle sait que je n'exige qu'une seule chose d'elle. Je ne fais pas de promesse que je n'ai pas l'intention de tenir. Anna a déjà vécu cela avec d'autres hommes avant moi. Elle ne se suicidera pas quand notre liaison sera terminée.

— Et si elle fait un scandale ?

— Anna ne fera pas de scandale, dit Alexander avec confiance. Elle préfère garder un profil bas pour des raisons manifestes. Son passé résisterait mal à un examen au microscope !

Kirakis se tut un moment.

— Dis-moi, Alexander, penses-tu trouver un jour la femme avec qui tu auras vraiment envie de te stabiliser ?

Alexander hésita un instant.

— Je l'ai trouvée il y a environ un an, dit-il lentement.

— Tu…

Kirakis s'interrompit.

— Elle est mariée ? Est-ce ce que tu veux insinuer ?

— Non, répondit Alexander avec tranquillité. Elle vit avec un homme. Une liaison sérieuse.

— Tu es sûr de cela ?

Alexander soupira.

— Père, je préférerais ne pas en parler, dit-il en s'efforçant de maîtriser sa voix. Je ne vous appelais que pour vous mettre au courant de l'affaire Donovan…

— Ah ! Oui, très bien. Mon fils, je ne peux m'empêcher de m'inquiéter à ton sujet. Je ne veux que ton bonheur.

— Je sais, père, dit Alexander avec lassitude. Il faut que je vous quitte maintenant… j'ai un autre appel.

C'était faux, mais il avait hâte de mettre fin à cet entretien.

— Je t'appelle dans la semaine ?

— Bien sûr, dit Alexander.

Alexander reposa l'écouteur lentement. L'aveu qu'il venait de faire l'avait lui-même surpris, encore plus qu'il n'avait surpris son père. Jusqu'à présent, il n'avait jamais beaucoup réfléchi sur la nature de son attirance pour Meredith. Il la désirait sexuellement, bien sûr, comme il avait désiré d'autres femmes. Et pourtant, ce n'était pas exactement cela. C'était différent, et ça l'était depuis le commencement. Bien qu'il désirât Meredith, il n'éprouvait pas l'envie de la dominer de cette façon. Avec Meredith, il n'y avait rien de la fureur inexplicable qui l'habitait lorsqu'il s'agissait d'Anna, de Francesca – ou de Marianne, mais à un degré moindre. Rien de ces sentiments étranges qui lui faisaient pratiquement perdre tout intérêt pour les autres femmes, comme cela était en train de se produire maintenant qu'il commençait à se lasser d'Anna. Le besoin était toujours présent, mais il y avait autre chose qu'il ne parvenait pas à définir.

Dans sa frustration, il tambourinait du bout des doigts sur son bureau. Pourquoi ne sortait-elle pas de son esprit ? Qu'est-ce qui la différenciait des autres ? Et pourquoi, faisant l'amour avec Anna, était-ce à Meredith qu'il pensait ?

Quels étaient ses véritables sentiments pour elle ?

Alexander considérait pensivement les photos étalées sur son bureau. Photos d'Anna avec d'autres hommes, entrant dans l'appartement ou en sortant. « Documents qui confirmaient ses soupçons, pensa-t-il avec regret : Anna n'avait pas respecté tous les termes de leur accord. » Elle n'avait pas été fidèle. Il regarda l'homme assis en face de lui.

— Vous connaissez l'identité de ces messieurs ?

Le détective privé hocha la tête.

— Je pensais bien que vous me poseriez la question. Je vous ai fait un rapport complet, dit-il en sortant un bloc de son attaché-case. Vous verrez que j'ai noté leurs noms, et aussi leurs professions et leurs antécédents. J'ai aussi noté les rendez-vous qu'ils ont eus avec elle et le temps qu'ils étaient restés ensemble.

Alexander prit le rapport et le parcourut rapidement, puis il s'adressa de nouveau au détective.

— C'est impressionnant, dit-il. Vous ne vous surestimez pas. Vous avez été méticuleux.

Il prit une enveloppe dans son tiroir et la poussa de l'autre côté du bureau.

L'homme la prit avec circonspection. Elle contenait plusieurs gros billets.

— En espèce ? s'étonna-t-il.

— Je préfère qu'il en soit ainsi, M. Hayes, dit Alexander sans plus d'explications.

Il remit un document écrit à la machine à l'enquêteur.

— Signez ceci – un reçu de l'argent remis.

Hayes acquiesça de la tête, puis griffonna son nom sur la ligne indiquée.

—Désirez-vous que je poursuive cette affaire, M. Kirakis, demanda-t-il en rendant le papier signé.

— Cela ne sera pas nécessaire. Vous m'avez déjà procuré toutes les informations dont j'aurai besoin. Mais si vous êtes aussi discret que minutieux, soyez certain que je ferai encore appel à vous à l'avenir.

— Je vous assure, M. Kirakis, que je ne parle jamais de mes clients, dit Hayes en se levant. Avec qui que ce soit.

Alexander se leva également et tendit la main à l'homme.

— Dans ce cas, peut-être nous reverrons-nous.

Hayes étant parti, Alexander tourna son attention sur le rapport. Il le lut avec soin, fort intéressé par son contenu. Il ne fut absolument pas surpris de découvrir que les hommes qu'Anna avait rencontrés avaient tous des liens plus ou moins directs avec les milieux du spectacle. « Au moins, pensa-t-il, un peu amusé, elle a été sincère en parlant de poursuivre une carrière dans le show-business ». Cela ressemblait bien à Anna de tenter de mettre en valeur ses avantages naturels pour atteindre son but. Mais alors, pourquoi ne pas aller jusqu'au bout ? Ne lui avaient-ils servi à rien dans le passé ?

Curieusement, Alexander n'était pas en colère d'apprendre que sa maîtresse avait passé son temps avec d'autres hommes en son absence. Ces derniers temps, il s'était aperçu que leurs relations le satisfaisaient de moins en moins. Au début, Anna avait su satisfaire ses besoins, et elle l'avait fait à la perfection. Mais maintenant, ses besoins n'étaient plus les mêmes. Alexander avait changé. Une relation purement physique avec une femme ne lui suffisait plus. Le besoin de se pencher sur une femme, d'éprouver autre chose qu'un simple désir sexuel en la prenant dans ses bras, ce besoin-là avait commencé à se faire jour en lui. Il réalisait que le départ d'Anna n'était pas un sujet d'inquiétude.

Il réfléchit encore un moment, puis il actionna une manette sur l'interphone de son bureau. Sa secrétaire parut immédiatement.

— Oui, M. Kirakis ?

— Stacey, je vais partir. Je serai absent de mon bureau pour le reste de l'après-midi.

— Voulez-vous que je fasse préparer votre voiture ?

— Non, merci. Je vais marcher.

— Oui, monsieur.

Il mit les photos et le rapport du détective dans une grande enveloppe marron et alla prendre son manteau dans son vestiaire. Inutile d'appeler. Si Anna n'était pas là, il l'attendrait. Et si, par chance, elle était là, mais pas seule, cela ne l'empêcherait pas de l'affronter.

Il était temps de mettre fin à cette farce.

— Tu m'as fait suivre par un détective ?

Anna regarda les photos éparpillées sur le lit, puis les rendit à Alexander, les yeux réduits à deux fentes sous l'effet de la colère.

— Pourquoi ?

— Il me semble que c'est clair, même pour toi, ma chère Anna, dit-il froidement, ses yeux noirs luisants de fureur. Nous étions tombés d'accord sur un arrangement, et tu n'en as pas respecté les termes.

— J'ai satisfait tes désirs, non ? J'ai fait tout ce que tu m'as demandé, non ? dit-elle avec emportement, ses traits déformés par la colère.

— J'ai été tout à fait clair quand je t'ai amenée ici, Anna, lui rappela-t-il. Je t'ai dit que tant que je subvenais à ton entretien, tant que je payais tes factures, tu ne devais voir personne d'autre que moi. Je t'ai dit clairement que je ne tolérerais aucune indiscrétion de ta part. Croyais-tu que je plaisantais ?

Elle le fixa un moment, ses yeux étaient d'un noir insondable.

— Cela n'a pas de sens pour moi, dit-elle finalement. Il est évident que je ne suis rien d'autre qu'un moyen de satisfaire tes exigences sexuelles. Dans ce cas, pourquoi te soucier des rapports que je peux avoir avec d'autres hommes ? Pourquoi cela te gênerait-il du moment que tu n'en pâtis pas ?

— C'est important dans la mesure où c'est moi qui paie pour l'exclusivité de tes soins, et j'entends posséder ce pour quoi je paie, s'irrita-t-il. Ces messieurs sont tous liés au monde du théâtre et du show-business. Je suppose que tu as trouvé là une manière de faire ton entrée dans la profession ?

— Et quand cela serait ? Vas-tu me dire que tu ne te permets pas quelque extra quand tu pars en voyage d'affaires ? Crois-tu que je n'aie pas entendu parler de cette journaliste qui était au match de polo en Californie…

Il saisit le devant de son corsage en soie rouge et tira Anna tout près de lui.

— Il me semble que tu ne comprends pas, Anna, dit-il sur un ton menaçant. Je me fiche de ce que tu peux penser. Je ne crois pas que tu t'intéresses vraiment à ce que je fais quand je suis en voyage, et de toute manière, cela ne ferait aucune différence si tu t'en souciais. Mais c'est moi qui te paie, c'est moi qui établis les règles dans ce semblant de relation !

— Laisse-moi ! siffla-t-elle entre ses dents, son beau visage transformé en un masque furieux.

— Avec plaisir !

Il la lâcha d'un coup et elle fit un pas chancelant en arrière, stupéfaite.

— Tu devrais être contente : le détective ne s'occupera plus désormais de tes fréquentations ni de ce que tu fais de ton temps. Je ne suis venu que pour t'aviser que je mets fin à notre arrangement à partir de ce jour.

Il rassembla les photos et les papiers et les rangea dans l'enveloppe.

— Tu ne parles pas sérieusement, dit-elle, incrédule.

— Je n'ai jamais été aussi sérieux de toute ma vie ! Je veux que tu quittes cet appartement – et New York si possible – immédiatement. Emporte tes vêtements et autres objets personnels. Rien d'autre. Arrange-toi seulement pour quitter les lieux d'ici ce soir.

— Ce soir ?

Elle le regarda avec des yeux immenses.

— Impossible !

— Tu ferais mieux de faire en sorte que ce soit possible, Anna, parce que si je te trouve ici à mon retour, c'est moi qui te renverrai, avertit-il.

— Je n'aurai pas assez de temps ! Je…

Elle laissa tomber ses bras en un geste de frustration.

— Tu aurais dû réfléchir un peu plus avant de prendre d'autres clients, lança-t-il. Sois partie pour sept heures ce soir, sinon, c'est moi qui me chargerai de ton éviction.

Il fit demi-tour et se dirigea vers la porte.

Anna courut derrière lui.

— Salaud ! glapit-elle. Tu ne peux pas me faire cela !

Il se retourna vers elle de nouveau.

— Tu as tort en cela, Anna. Non seulement je le peux, mais je le veux.

— Mais dans un délai aussi court… Où vais-je aller ?

— C'est ton problème.

Il quitta l'appartement en claquant la porte avec une telle force qu'un tableau tomba du mur.

— Tu vas regretter énormément de m'avoir fait cela, Alexander ! hurla Anna en lançant contre la porte un verre à vin en cristal.

Il se brisa contre l'encadrement, retombant sur le tapis en une pluie de minuscules fragments tandis qu'Anne hurlait des injures dans sa langue maternelle.

Alexander émergea de l'ascenseur et traversa le hall jusqu'à la porte en verre donnant sur Central Park Sud ; sa fureur commença alors à s'apaiser. Anna avait toujours fait ressortir le pire de ce qu'il y avait en lui, réfléchit-il en marchant vers la 5e Avenue. Encore maintenant, il était hors de lui. Il aurait voulu la lacérer, lui faire du mal physiquement pour l'avoir trahi. Mais il ne savait pas très bien pourquoi. Pourquoi se sentait-il trahi ? Quelle importance ? Il poussa un long soupir. Cette liaison avait été une erreur depuis le début. Mais au moins, il avait retrouvé la raison et il avait rompu. Il avait fait le premier pas.

Il descendit la 5e Avenue sans prêter attention aux flâneurs enveloppés dans leurs volumineux manteaux d'hiver, les bras chargés de paquets et de grands sacs, oubliant les rafales de vent qui fouettaient sa chevelure, brûlaient et rougissaient ses joues. Il avait quitté Anna dans un tel accès de fureur qu'il n'avait pas pris soin de boucler la large ceinture de son manteau qui volait violemment autour de lui sous le vent déchaîné. Alexander n'y prenait même pas garde. Maintenant qu'avait pris fin sa liaison avec Anna, ce qu'il éprouvait le stupéfiait.

Il se sentait libéré.

X

Meredith sauta de la camionnette technique de KXLA et s'élança vers l'entrée de la station. Elle était épuisée. Elle avait passé une matinée harassante à couvrir un braquage de banque à Marina Del Rey, drame intense de trois heures durant lequel quatre malfrats menacèrent d'abattre une demi-douzaine d'employés et autant de clients si la police n'exécutait pas leurs ordres.

Au centre des informations de la station KXLA, la course épuisante pour se joindre à l'édition de cinq heures avait déjà commencé. Meredith se faufila à travers le fourmillement chaotique de la salle de rédaction – une mer de bureaux recouverte de papiers, cendriers pleins, paquets de cigarettes froissés et tasses de café à moitié pleines – et elle arriva enfin au bureau du planning. Ted Hammond, directeur du service des informations, homme corpulent au milieu de la cinquantaine, était assis à son bureau, surveillant son domaine. Il sourit en voyant Meredith.

— Déjà de retour ? dit-il sur un ton railleur. Que s'est-il passé ? Les cogneurs sont arrivés trop vite et ont gâché votre journée ?

— Très drôle.

Elle s'appuya contre le bureau.

— Soit dit entre nous, je suis contente que ce soit terminé. De plus, j'ai un tas de bandes enregistrées.

— Formidable ! Que c'est bon d'entendre dire que quelque chose a bien marché aujourd'hui.

Il se pencha d'un côté lorsqu'un autre journaliste vint consulter le tableau, menu perpétuellement changeant donnant les sujets destinés aux informations du soir.

— Une journée d'enfer!

— Qu'y a-t-il, Ted? Cette place vous rendrait-elle…

Elle se tut tout à coup. En effet, levant la tête, elle vit une chose bizarre sur l'une des cartes à grande échelle accrochées au mur, derrière le planning. Au centre de cette carte se dressait l'immeuble de la station KXLA et juste au-dessus, quelqu'un avait collé une petite photo, probablement extraite d'un journal. Cette photo représentait un bombardier B-52 déchargeant sa cargaison mortelle. Meredith éclata de rire à cette allusion.

— Qui a fait cela?

— C'est moi, répondit Ted Hammond avec un sourire narquois. Je vous ai dit que cette matinée avait été pourrie.

— Allons, Ted, gronda-t-elle gentiment. Nous savons tous deux que vous ne sauriez pas quoi faire si tout était tranquille.

— Peut-être, concéda-t-il, mais j'aimerais bien en faire l'expérience.

— Meredith!

Tous deux se retournèrent. Chuck Willard était à la porte de son bureau. Il lui fit signe.

— Il faut que je vous voie – pronto!

Meredith se retourna vers Hammond tandis que Willard rentrait dans son bureau.

— Je me demande de quoi il s'agit.

Hammond ricana.

— Une surprise.

Meredith fit une grimace.

— Pearl Harbor était une surprise, Ted, et nous savons comment cela a tourné.

Elle traversa la salle bruyante et pénétra dans le bureau de Willard.

— Qu'y a-t-il, Chuck?

— Fermez la porte.

Il s'assit à son bureau.

Elle prit place en face de lui. Il sortit un mémoire du réseau central.

— Il semble que les gros bonnets du réseau central aient été impressionnés par le travail que vous avez réalisé à New York au printemps dernier, dit-il en s'enfonçant dans son fauteuil.

— Pas assez pour m'offrir le poste de Carla Granelli quand elle n'a pas renouvelé son contrat en janvier, souligna Meredith.

À l'époque, ce fut une grosse déception professionnelle pour elle.

— Mais ils ont été suffisamment impressionnés pour vous faire une autre offre, ajouta Willard. Vous êtes familiarisée avec *L'œil du Monde*, n'est-ce pas ?

— Bien sûr.

C'était le journal d'informations et de reportages illustrés du matin le plus important du réseau central. Durant ces six mois écoulés, la rumeur courait selon laquelle la co-présentatrice de la chaîne, Tiffany Gordon, ne renouvellerait pas son contrat en juillet ; mais ni Tiffany ni les chefs du réseau n'avaient jamais confirmé cette rumeur.

— Tiffany Gordon ne renouvelle pas, dit Willard comme s'il avait lu dans son esprit. Le producteur, Harry Petersen, veut que vous la remplaciez. Intéressée ?

— Quelle question ! dit Meredith en riant. Non seulement je suis intéressée. Je vous donne ma démission sur le champ si vous voulez.

— Vous devrez être à New York à temps pour débuter la première semaine de juillet. Y a-t-il une objection ?

— Je devrais quitter Los Angeles le quinze juin, dit-elle pensivement. J'aurai besoin de temps pour trouver un logement et m'installer. Vous aurez trouvé une remplaçante pour moi ?

— Non, dit-il. Mais pas de problème.

— Alors c'est d'accord, conclut-elle en souriant.

— Je vais appeler New York pour les informer que vous acceptez.

Elle l'arrêta d'un geste.

— J'aimerais leur parler moi-même, si vous n'y voyez pas d'inconvénient.

— D'accord.

Il eut un petit sourire en coin.

— Vous savez, je pensais bien que vous accepteriez le poste, mais je ne croyais pas que ce serait aussi facile.

Meredith se leva et ouvrit la porte.

— Moi non plus, concéda-t-elle. Sans doute n'y a-t-il jamais eu de véritable hésitation au fond de moi-même : dans mon for intérieur, j'ai toujours été prête à accepter une offre de ce genre.

« Ça a été facile », pensait-elle en s'engageant dans les virages aigus de la route de Malibu ce soir-là. Beaucoup plus facile qu'elle ne s'y attendait. Elle n'avait pas réfléchi parce qu'il n'y avait pas matière à réflexion. L'offre du réseau était une occasion fantastique pour elle. Elle avait travaillé dur dans ce but, et elle pensait vraiment mériter cette chance. Elle avait donc accepté sans réserve.

En acceptant, elle n'avait pas non plus considéré l'opinion de Nick. Elle n'avait pas songé un instant aux sentiments de Nick quand Chuck lui avait demandé si elle voulait *L'œil du Monde*. Il fut un temps où elle n'aurait peut-être pas pris une décision aussi importante sans en discuter avec lui. Mais depuis son retour de New York l'année précédente, plus rien n'était pareil entre eux. Elle avait essayé – peut-être pas aussi sérieusement qu'elle aurait dû — mais elle avait essayé tout de même de raviver la flamme entre eux. Nick avait également fait quelques tentatives, mais il n'avait jamais tout à fait réussi à la convaincre qu'il n'était pas hostile à ce qu'elle fît une carrière, ni qu'il n'eût pas été plus heureux si elle l'avait abandonnée pour le suivre là où le mènerait sa propre carrière de réalisateur. À ce moment de ses réflexions, Meredith comprit dans un éclair que les choses ne seraient plus jamais les mêmes entre eux. Leur passion avait commencé à se faner dès l'année écoulée, empoisonnée par leurs ressentiments mutuels. Elle était fâchée parce qu'il tentait de la dominer, parce qu'il tentait de la repousser à l'arrière-plan du point de vue professionnel ; et Nick était mécontent parce qu'elle ne mettait pas ses besoins à lui au-dessus des siens. Il avait eu l'habitude de voir sa mère se sacrifier pour lui et ne comprenait pas pourquoi elle ne ferait pas de même. Son travail à New York avait marqué le tournant ; ce fut le moment de vérité pour tous deux.

— Tu as déjà accepté ?

Nick considérait Meredith, l'air pétrifié.

— Comment as-tu pu leur donner une réponse sans même m'en parler ?

Elle lui lança un regard de défi.

— Il n'y avait rien à discuter ! Si tu devais tourner un film qui te tienne éloigné de la maison pendant plusieurs mois, en discuterais-tu d'abord avec moi ou bien donnerais-tu ta réponse avant de quitter la réunion des responsables de la production ?

— C'est différent, répliqua-t-il. Tu le sais bien.

— Je ne sais rien de la sorte ! c'est là le problème, Nick, j'ai même l'impression de ne plus te connaître !

— Une porte fonctionne dans les deux sens, tu sais ! s'emporta-t-il. Ne t'ai-je pas dit l'année dernière que si tu allais travailler pour le réseau de New York, tout changerait pour nous ? Je t'avais bien dit que ce n'était qu'une question de temps et qu'ils finiraient par t'offrir un poste permanent là-bas ? Dieu, tu n'es plus la même depuis que tu es revenue ! J'ai pourtant fait de mon mieux pour raccommoder les choses entre nous…

— Certainement ! ragea Meredith. C'est toi qui as fait tous les efforts, n'est-ce pas ? Et moi, je suis la vilaine qui n'a pas vu s'allumer le signal du danger et qui ne t'ai pas laissé prendre le contrôle de ma vie ! Je ne suis pas ta mère, Nick ! Je ne peux pas mettre ma vie en veilleuse pour que tu sois heureux !

— Tu m'as exclu de ta vie. Crois-tu que je ne m'en sois pas aperçu ? Même quand je fais l'amour avec toi j'ai l'impression que tu n'es pas vraiment là – comme si ton esprit était occupé ailleurs.

Meredith le dévisagea.

— T'est-il venu à l'esprit que mon manque d'enthousiasme était peut-être dû à ton attitude ? dit-elle, sur la défensive.

— Non, dit-il sur un ton glacial. Tu as pensé cela ?

— Je pensais que nous avions quelque chose de particulier, dit-elle en crachant les mots comme s'ils lui laissaient un goût écœurant dans la bouche. Nous avions tant de choses en commun, nous nous ressemblions tant. Tu savais ce que c'était que d'avoir à lutter. Je croyais vraiment que nous avions une chance de réussir notre couple !

Les larmes s'amassaient au bord de ses yeux.

— Je voulais que nous réussissions !

— Pas assez, apparemment !

Nick saisit son manteau et traversa la pièce à grands pas jusqu'à la porte d'entrée.

Meredith le suvit.

— Est-ce ta solution à tous les problèmes, Nick ? La fuite ?

Il ne répondit pas.

— Où vas-tu ?

Il fit volte-face.

— Ça t'intéresse vraiment ?

— Bien sûr que oui !

— Dehors, et ne te donne pas la peine de m'attendre. Tu n'en as probablement pas envie d'ailleurs !

Il sortit en coup de vent en claquant la porte si violemment que le mur trembla.

Meredith se recroquevilla, les larmes roulèrent à flots sur ses joues. « À partir de quel moment avons-nous dévié », se demanda-t-elle.

À trois heures du matin, Nick n'était pas encore rentré. Meredith, enveloppée dans une longue robe de chambre vert foncé était enroulée sur le canapé, dans l'obscurité, tenant un gros oreiller entre ses bras. Il devait partir pour le Sri Lanka dans quelques heures. Prises de vue en extérieur. Il rentrerait sans doute pour faire ses bagages. Mais serait-elle encore là à ce moment ?

Nick avait raison, bien qu'elle n'ait pas voulu l'admettre tout de suite. Elle avait changé. Elle n'était plus la même depuis New York. Elle avait goûté là-bas un style de vie auquel elle avait toujours aspiré et à présent, elle soupirait après. Sa vie avec Nick avait toujours été brillante et excitante – elle avait pris plaisir aux réceptions et aux premières – mais à New York, c'était différent. À Manhattan, elle avait été sous les feux des projecteurs, elle avait joui de l'attention portée sur elle. C'était elle que l'on reconnaissait, et pas Nick, ce qui lui avait confirmé ce qu'elle avait toujours senti au plus profond d'elle-même : elle n'était pas femme à vivre dans l'ombre d'un homme, quel que soit l'amour qu'elle éprouve pour lui.

« Je t'aime, Nick », pensa-t-elle. En dépit de ce qui s'était passé entre eux, en dépit de ce qui avait mal tourné, elle n'oublierait jamais leur merveilleux amour du commencement.

Jusqu'au jour où il voulut lui voler ses rêves.

Meredith ne sut pas à quel moment elle avait glissé dans le sommeil. Elle se réveilla en sursaut, ne sachant plus où elle était. Elle regarda l'oreiller entre ses bras, et elle se souvint. La maison était sombre et silencieuse. « Peut-être ne rentrerait-il pas du tout cette fois », pensa-t-elle avec stupeur. Elle regarda la pendule suspendue au-dessus de la cheminée : 5h30. Elle décida de se coucher pour avoir au moins quelques heures de sommeil supplémentaires avant de partir travailler.

Elle commençait à monter l'escalier quand elle entendit un bruit venant de la grande chambre à coucher. Elle s'arrêta pour écouter, le cœur battant. Encore un bruit ! Bien sûr – Nick était rentré. Était-il tellement furieux pour qu'il n'ait pas désiré la réveiller ? Elle monta l'escalier et ouvrit la porte. Elle vit immédiatement les valises. Nick était penché sur la commode, en train d'en retirer une pile de T-shirts. Une valise était déjà ouverte sur le lit, à demi pleine.

— Tu allais tout simplement faire tes valises et t'en aller ? Sans même me dire au revoir ? demanda-t-elle.

Il ne la regarda pas.

— Je crois que nous nous sommes tout dit hier soir, répliqua-t-il froidement.

— Ainsi, tu ne veux même pas discuter avec moi ?

— Qu'y a-t-il à discuter ?

Il ne dissimulait pas son irritation.

— Je pense que tu as ton idée bien ancrée dans ta tête. Tu avais une décision à prendre et tu l'as prise sans juger bon de m'en parler auparavant. À quoi bon en parler maintenant ?

— Nick, il s'agit de ma carrière et de ma décision, dit-elle sur un ton ferme. Nous pourrions nous en sortir si seulement tu étais raisonnable.

— C'est moi qui suis déraisonnable maintenant ! dit-il vivement, en jetant ses chemises dans la valise ouverte.

Il la regarda ensuite pour la première fois.

— Dis-moi, Meredith, de quoi pourrions-nous sortir ? D'ailleurs, que reste-t-il à sauver ?

— Nous pourrions être encore ensemble…

— En fin de semaine, je suppose ?

Il y avait un mépris certain dans sa voix.

— De la manière dont je vois cela, nous n'aurons pas de temps pour nous. Toi, tu seras à New York toute la semaine, et moi, je serai en tournage pendant les week-ends. Tu vois, à quoi bon ?

— Tu pourrais venir à New York. Une femme de la IBS m'a parlé d'un appartement que je pourrais sous-louer à l'une de ses camarades. Il est libre dès maintenant. Et moi, je pourrais aller te voir sur tes lieux de tournage…

— Ne nous efforçons donc plus de nous convaincre qu'un tel arrangement aurait ne serait-ce que l'ombre d'une chance de fonctionner, dit-il entre ses dents. Je t'aime, Meredith, mais je ne veux pas d'un amour à temps partiel. On aime une personne, et puis un jour elle s'en va et ne revient pas. J'ai déjà vu cela !

Elle le dévisagea comme s'il l'avait giflée. Elle savait qu'il se référait à la mort de son père. Et sachant ce qu'il ressentait, elle comprit à cet instant que si elle restait avec lui, ce serait probablement toujours la même chose. Il y aurait toujours un fossé entre eux. Il prit ses bagages et marcha vers la porte. Elle se retourna.

— Tu pars maintenant ?

— C'est le moment.

Elle se redressa.

— Je ne serai pas là à ton retour.

Il s'arrêta mais ne la regarda pas.

— À ta convenance, dit-il d'une voix sans expression.

Meredith ne répondit rien. Elle monta l'escalier et le regarda partir. Ce ne fut que lorsqu'elle entendit claquer la porte d'entrée qu'elle commença à pleurer.

— Restez en contact.

Kay se tenait à la porte du petit bureau de Meredith et regardait son amie ranger ses affaires personnelles dans une boîte en carton posée sur sa table.

— Venez nous voir quand vous serez de passage, d'accord ?

— D'accord, promit Meredith. Et vous, vous viendrez me voir quand vous serez à New York ?

— Bien sûr.

Kay fit une grimace, mais il était clair qu'elle avait envie de pleurer.

— Si je vais un jour à New York.

Meredith réussit un pauvre sourire. Sa vieille amie et confidente lui manquerait.

— Vous aurez toujours vos vacances, souligna-t-elle.

— Évidemment, acquiesça Kay sans conviction. Peut-être.

Meredith prit la photo encadrée de Nick qu'elle avait gardée sur sa table et l'examina.

— Je devrais bien me débarrasser de cela, dit-elle en la mettant dans la boîte en carton.

— Vous allez avoir mal – pendant un certain temps, dit Kay. Mais croyez-en quelqu'un qui est déjà passé par là : le temps est un grand guérisseur.

— Je n'aurais jamais cru que cela finirait ainsi, dit Meredith tout bas, plus pour elle-même que pour Kay.

— C'est la même chose pour chacune de nous, dit Kay. Nous croyons toutes que nos hommes seront toujours près de nous – et mon ex-mari le sera probablement – à moins que quelqu'un ne lui enfonce un couteau dans son misérable cœur.

Elle eut un sourire forcé.

— Mais vous, avec votre allure, vous trouverez très vite un autre homme.

Meredith secoua la tête.

— Non, répliqua-t-elle, la mine pensive. Pas tout de suite, en tout cas.

Après avoir descendu sa dernière valise qu'elle déposa près des sacs déjà en attente près de la porte, Meredith fit une pause et jeta un coup d'œil circulaire dans le salon, se demandant si elle n'avait rien oublié. La compagnie aérienne de fret avait enlevé les affaires devant être embarquées le matin même. Elle avait vendu sa voiture et laisserait celle qu'elle avait louée à l'aéroport. Elle avait liquidé son compte en banque et fait enregistrer son changement d'adresse. «Tout a été fait», pensa-t-elle avec stupéfaction. Ce fut comme une cessation de partenariat dans une affaire commerciale. Tout se réduit à la question : quoi appartient à qui ?

Traversant la pièce, elle leva la tête sur le tableau représentant Elizabeth et David. Elle avait aimé ce tableau dès l'instant où elle l'avait découvert à la villa Ryan. Elle voulait le prendre, mais elle n'était pas certaine d'en avoir le droit. « Pourquoi pas ? se demanda-t-elle. Nick me l'a donné, de sorte qu'il me revient de droit. » Après une brève hésitation, elle décrocha le portrait et le joignit aux autres bagages. « Il n'oserait tout de même pas le réclamer », pensa-t-elle en le calant contre le mur.

Elle fouilla dans son sac à bandoulière et trouva ses clés.

Elle ôta soigneusement les clés de la maison du grand anneau d'or et les déposa sur le bureau, à côté d'une enveloppe adressée à Nick. « Mon dernier adieu », pensa-t-elle.

Malgré les problèmes, malgré l'amertume qui les avait séparés, Meredith avait de la peine à quitter cette maison, et Nick. Elle avait le sentiment de fermer la porte sur un chapitre de sa vie et d'en ouvrir une sur un autre chapitre, mais elle n'était pas sûre du tout de ce qu'elle allait y lire. Cependant, regardant une dernière fois le salon, elle se demanda avec étonnement pourquoi c'était aussi douloureux de rompre avec quelqu'un qui ne pouvait plus partager sa vie.

« C'est vrai, pensa-t-elle. Une tranche de vie prend fin… une autre se profile. »

XI

— Il me reste combien de temps, Pericles? demanda Constantine Kirakis en boutonnant sa chemise. N'essayez surtout pas de m'épargner. Il est impératif pour moi de savoir la vérité, particulièrement maintenant. J'ai encore baucoup à faire, et si je ne dispose que d'un bref délai…

— Six mois, répondit Karamanlis avec gravité. Six mois au plus. Peut-être moins. Probablement moins.

— En disposant de toutes mes facultés? interrogea Kirakis.

Il scrutait la physionomie du médecin.

— C'est très important. Vous devez être totalement honnête avec moi.

Karamanlis secoua la tête.

— Je ne peux pas faire de prévisions. C'est probable. Dès qu'il y a cancer, on ne peut donner aucune garantie. Vous comprenez, Constantine, quand des cellules cancéreuses commencent à proliférer, elles le font généralement par l'intermédiaire du système lymphatique. Elles ont tendance à s'attaquer d'abord aux organes vitaux : cœur, poumons, reins, cerveau…

Kirakis plissa le front.

— Etes-vous en train de me dire que je pourrais ne plus avoir toute ma tête à la fin?

— Je ne peux rien garantir, répondit Karamanlis. Vous pourriez avoir besoin d'une chimiothérapie ou d'un traitement au cobalt.

Kirakis le considéra un moment.

— Ces traitements – me donneront-ils du temps?

— Un mois ou deux, ou peut-être davantage, dit le médecin d'un ton égal. La maladie est avancée. Si elle avait été détectée plus tôt…

— Inutile de spéculer sur ce qui aurait pu être, dit Kirakis sur un ton lugubre. Il est clair pour moi que l'on ne peut rien faire pour stopper ce qui est en train de se faire, ou même seulement ralentir le processus. Je dois à présent me concentrer sur Alexander. Il faut que je le prépare à assumer le contrôle de la société.

— Vous avez l'intention de mettre Alexander au courant de votre état?

— Non, répliqua Kirakis sans hésiter. Et vous ne lui direz rien non plus. Je ne tiens pas à voir mon fils surveiller mes derniers jours comme s'il s'attendait à me voir tomber mort à chaque instant. Je ne veux pas qu'il se sente obligé de m'accompagner jusqu'à la fin. Alexander va avoir d'autres choses bien plus importantes à faire à partir de maintenant.

— Vous ne pensez pas qu'il a le droit de savoir?

Kirakis en colère se tourna vers son médecin.

— Pericles, le droit de dire – ou de ne pas dire – m'appartient! Je souhaite épargner mon fils le plus longtemps possible. Ai-je tellement tort?

— Non, dit Karamanlis. Mais je crains qu'il soit mécontent d'avoir été tenu dans l'ignorance dans un cas aussi important. Il a déjà le sentiment que vous lui cachez trop de choses. Si vous lui parliez…

— Non, dit Kirakis.

C'était définitif.

Le Learjet commença ses manœuvres d'approche de l'aéroport Kennedy. Kirakis se cala au fond de son siège et ferma les yeux, les massant du bout des doigts. Il était épuisé après un vol aussi long. Ce voyage ne lui faisait pas plaisir, mais il devait parler avec Alexander, et ce qu'il avait à dire, il devait le dire face à face. Il devait cela à son fils. Il lui fallait préparer Alexander à la tâche qui l'attendait ; et après des semaines de réflexion, Kirakis en était venu à la conclusion qu'il n'existait qu'une seule méthode pour faire cela convenablement.

Dès l'atterrissage, Kirakis fut accueilli par un dirigeant de l'aéroport qui lui expliqua qu'Alexander avait organisé un accueil spécial en son honneur. Kirakis se demanda distraitement pourquoi son fils s'était donné cette peine. Il avait fait tant de voyages à New York, surtout au cours des quelques années écoulées, il n'y avait jamais eu de réception de ce genre. « Pourquoi maintenant ? » se demanda-t-il en traversant le terrain. Puis il les vit... une foule de journalistes et de photographes rassemblés de l'autre côté de la haute enceinte encerclant le champ où atterrissaient d'ordinaire les avions privés. Dès qu'ils le virent, ils crièrent son nom et les flashes lancèrent leurs éclairs.

— M. Kirakis, est-ce vrai que...

— On dit que vous auriez l'intention de vous retirer...

— Votre fils deviendra-t-il le nouveau président...

— Cela a-t-il un rapport avec...

— Une autre photo, s'il vous plaît...

Kirakis leva la main pour les faire taire.

— Sans commentaire ! répondit-il sèchement. « Comment est-ce possible ? » se demanda-t-il. Comment cette rumeur concernant sa retraite a-t-elle pu atteindre aussi rapidement les États Unis ?

Certes, dans ses bureaux d'Athènes, certaines personnes étaient devenues suspicieuses lorsqu'il avait commencé à transférer nombre de responsabilités à Alexander. Pourtant, il avait bien cru avoir le temps de discuter ses décisions avec son fils avant que la presse ne s'emparât de l'affaire. Il se demanda si Alexander avait entendu ces bruits qui couraient.

— Je suis désolé, M. Kirakis, dit son accompagnateur en manière d'excuse. Je ne comprends pas comment l'heure de votre arrivée a pu parvenir aux médias.

— Qui sait comment ils obtiennent leurs informations ? Ces journalistes ! s'écria-t-il sur un ton désapprobateur. Comme ma vie serait plus simple sans eux.

Il passa par les douanes sans délai et on l'emmena dans une autre partie de l'aéroport. La limousine d'Alexander l'attendait à la sortie. Le chauffeur lui ouvrit la portière tandis qu'un porteur mettait ses bagages dans le coffre. Kirakis penchait la tête pour monter dans la voiture ; il vit alors Alexander assis seul à l'arrière.

— Bonjour, père, dit-il avec un sourire. Content de vous voir.

— Alexander – je n'attendais pas que tu fasses toute cette route pour m'accueillir à l'aéroport, dit-il sans dissimuler sa surprise. Tu n'as pas l'habitude de venir quand je… « Alexander saurait-il donc pourquoi il était là ? Aurait-il parlé à Karamanlis ? »

— Je savais que la presse vous attendrait. On dirait plutôt un banc de piranhas, n'est-ce pas ? commenta Alexander avec un sourire en coin. Qu'avez-vous fait pour attirer ainsi leur attention ?

— Moi ? Rien du tout, insista Kirakis. La rumeur publique internationale s'en est chargée pour moi.

— Encore ces rumeurs, conclut Alexander.

Son père hocha la tête en allumant une cigarette.

— Qu'est-ce qui vous amène à New York, père ?

Kirakis le regarda.

— Dois-je toujours avoir une raison pour rendre visite à mon fils unique ?

— Non, répliqua Alexander, mais vu que vous avez généralement une raison, je pensais pouvoir poser la question.

Kirakis hésita un moment, puis fit un mouvement de tête affirmatif.

— Tu as raison. Ma visite a un but précis. Un but très important. Je suis sur le point de l'annoncer à la presse, mais je voulais t'en parler d'abord, en tête à tête.

La physionomie d'Alexander changea ; d'abord légèrement amusée, elle devint inquiète.

— Voilà qui me semble bien sérieux, dit-il en considérant son père d'un regard interrogateur.

— Sérieux ? Peut-être.

Kirakis regardait son fils.

— Je compte annoncer officiellement ma retraite, et annoncer également que tu me succéderas à la tête des affaires.

Il attendit la réaction d'Alexander.

Alexander le dardait du regard, incrédule.

— C'est une plaisanterie, bien sûr…

Mais il réalisa bien vite que son père ne plaisantait pas. Pas sur une chose aussi essentielle.

— Quand avez-vous pris cette décision? demanda-t-il avec prudence.

— J'y pensais déjà avant la mort de ta mère, mentit Kirakis.

Rien n'était plus loin de la vérité. Son travail était devenu la part la plus importante de sa vie depuis la mort de sa femme – après son fils, évidemment. Ce fut ce qui lui avait permis de continuer.

— J'ai pris ma décision il y a seulement quelques jours. J'ai préparé une déclaration officielle pour les actionnaires et un communiqué de presse à publier au moment opportun.

— Etes-vous certain que c'est ce que vous souhaitez? demanda encore Alexander, dubitatif.

Kirakis acquiesça de la tête.

— Oui. Je pensais toutefois que tu serais content. Je sais que tu as toujours désiré devenir Président - Directeur Général du groupe.

— En effet, admit Alexander, mais je ne peux m'empêcher de penser que c'est autre chose qui a contribué à cette décision. Quelque chose que vous me cachez.

Il regarda encore son père, scrutant la face du vieil homme, cherchant des réponses à ses questions non formulées.

— Tu te fais des idées, grommela Kirakis.

Alexander examina ce visage. Il avait changé, mais Alexander n'arrivait pas à déceler le détail révélateur. Alexander n'avait jamais douté que son père continuerait à diriger ses affaires depuis son fief d'Athènes jusqu'au jour de sa mort, à moins qu'il ne devînt trop sénile ou trop faible pour continuer. L'idée de voir son père se retirer des affaires paraissait incongrue. C'était comme l'abdication d'un roi qui aurait régné depuis une éternité. Que s'était-il donc produit pour que son père décide de se retirer alors qu'il était encore actif et apparemment en bonne santé?

Le départ de Constantine Kirakis provoqua des ondes de choc à travers le monde des affaires internationales. L'événement fit le gros titres du *Wall Street Journal,* de *Fortune*, de *Forbes* et de bien d'autres publications financières. Un périodique annonça la nouvelle en titrant : « Remue-ménage chez Kirakis ? » Mais une fois la fureur apaisée, ce fut Alexander qui émergea comme une espèce de célébrité médiatique. Sa photo apparut dans les mêmes périodiques qui avaient annoncé le départ de son père, et ils le proclamèrent nouveau Président - Directeur Général de la société Kirakis. L'héritier apparent de Constantine Kirakis, visage déjà familier dans les rubriques mondaines, changeait d'image de marque. Un journaliste parla de la société Kirakis comme de « l'Empire d'Alexander », désignation qui resta. Il ne fallut pas longtemps pour qu'il ne soit plus question que de « l'Empire d'Alexander » quels que fussent ceux qui s'y référaient : journalistes financiers, détenteurs des chroniques mondaines, et même l'homme de la rue.

Malgré les circonstances qui entouraient sa retraite inattendue, Constantine Kirakis éprouvait davantage de fierté à voir son fils faire l'objet des gros titres que lui-même n'en avait éprouvée devant ses propres réussites. C'était un soulagement de voir enfin son fils gratifié d'une publicité positive. Ce changement le satisfaisait. Alexander franchissait le pas décisif en prenant le contrôle de la société comme s'il était né pour cela, ce qui était d'ailleurs le cas.

Le premier acte important d'Alexander en tant que nouveau président fut d'annoncer officiellement aux directeurs constituant le Conseil – et à la presse – que le quartier général de la Société serait transféré à New York, ce qui devrait déclencher une croissance dépassant largement tous les progrès réalisés précédemment. Kirakis ne fut nullement surpris car il savait que ce transfert se ferait tôt ou tard. Kirakis espéra simplement que l'instinct d'Alexander ne le trompait pas, tant pour la sauvegarde de son fils que pour celle de la société.

Au cours des trois mois qui suivirent, Alexander fut plus actif que jamais. Il travaillait de longues heures, bien souvent de six heures du matin à deux ou trois heures le matin suivant. Il lisait les contrats et autres documents officiels. Il examinait les rapports concernant des négociations en cours. Il les discutait toujours largement avec son père, et Kirakis lui-même était surpris de la profondeur des connaissances et de l'entendement d'Alexander sur tout ce qui touchait les arcanes de la finance internationale. Il est prêt, pensait Kirakis en assistant à la première réunion du Conseil d'administration sous la présidence d'Alexander. Il est plus que prêt.

Durant ces trois mois, Alexander et son père purent passer beaucoup de temps ensemble en dépit du programme chargé d'Alexander. Ils restaient le plus souvent dans le bureau d'Alexander jusque tard dans la soirée. Après avoir lu contrats et rapports jusqu'à ce que ses yeux s'embrument, le fils se calait dans son fauteuil et écoutait son père parler de son enfance au Pirée et de ses premières luttes pour lancer – et plus tard sauver – l'Athena Maritime qui pataugea bien souvent avant de devenir le vaisseau amiral de l'empire Kirakis. Alexander avait déjà entendu toutes ces histoires, mais il était ravi de les entendre encore. Elles lui renvoyaient des souvenirs d'un autre temps, de son enfance en Grèce, de ce temps où son père et lui étaient proches l'un de l'autre, avant que les conflits ne les eussent séparés. Melina était morte depuis deux ans. Depuis lors, tous deux avaient fait bien des efforts pour retrouver cette intimité, mais quelque chose avait décidément changé. Alexander en avait l'intuition, mais il était incapable de définir ce changement. Comme si son père était venu à New York pour y accomplir une mission. Après l'annonce de sa retraite, il n'avait jamais parlé de son retour en Grèce. Alexander ne se souvenait pas l'avoir vu rester aussi longtemps loin de son pays, et il ne pouvait s'empêcher de se demander ce que son père avait en tête.

À la fin du mois de mars, Alexander prit à bail des bureaux dans le World Trade Center, bureaux qui allaient devenir le nouveau siège mondial de la Société Kirakis. Le magazine *People* composa un montage historique incluant des photos d'Alexander supervisant la transformation de ses nouveaux appartements, marchant dans les rues de Manhattan, et lançant l'un des superpétroliers de l'Athena Maritime en Grande-Bretagne. La légende blasonnée se déroulait sur fond d'images flatteuses d'Alexander : « L'Empire d'Alexander, conquérant moderne d'envergure. » Alexander détesta cet article et le prit comme une intrusion dans sa vie privée, mais son père fut ravi de son jugement positif. Il soutint que cet article allait profiter à l'image publique d'Alexander, soulignant que son fils avait besoin de se présenter désormais sous une autre facette. Bien que l'attitude générale des médias et du monde des affaires internationales se fût considérablement modifiée depuis que son fils était devenu le président de la Société Kirakis, son père avait l'impression qu'il avait encore un long chemin à parcourir avant de supplanter totalement l'image du play-boy.

— Utilise les médias à ton avantage, Alexander, lui conseilla Kirakis. Tu as besoin d'eux à présent.

Alexander finit par admettre que son père avait toujours eu raison sur ce point : son image de play-boy lui avait créé des problèmes, professionnels autant que personnels.

Il était temps que cela change.

Constantine Kirakis se tenait près de la porte-fenêtre du bureau d'Alexander, contemplant pensivement le ciel gris et brumeux de mars. Il se souvenait que dans sa jeunesse, il se plantait sur les quais du Pirée pour surveiller le changement de temps, espérant ainsi prévoir une tempête avant qu'elle ne frappe le continent. Quand on travaillait sur les bateaux, se rappelait-il maintenant, il était important de prévoir les turbulences éventuelles du temps. Il se frotta les yeux, il ressentait la tension. Il réalisait aussi qu'il passait la plus grande partie de son temps à se remémorer le passé. Était-ce parce que son temps terrestre diminuait ? Il se surprenait souvent à penser à des gens et des événements disparus de sa vie depuis bien longtemps : des gens avec qui il avait travaillé sur les docks de déchargement ; les cabanes en ruine où il avait vécu, subsistant de chapardage chez les boutiquiers, car il avait eu faim dans son enfance ; la racoleuse entre deux âges avec qui il avait eu sa première expérience sexuelle à quatorze ans. « Il est bien vrai, pensait-il, que l'on revoit toute sa vie au moment de mourir. »

Tout le monde, y compris Alexander, était convaincu qu'il était venu à New York pour annoncer sa retraite et aider son fils dans cette période de transition. Mais son but principal était de passer le plus de temps possible avec Alexander durant le bref délai dont il disposait. Ils étaient séparés depuis tant d'années qu'il éprouvait plus que jamais le besoin de mettre les choses au point avec lui. Mais comment faire comprendre à Alexander la raison de son opposition personnelle à son installation à New York et à sa prise en charge des bureaux nord-américains de la Société ? Comment lui expliquer que s'il restait longtemps ici, il craignait que son fils ne finisse par découvrir quelle sorte d'homme son père avait été dans la réalité ? Comment montrer à Alexander l'homme véritable qui se cachait derrière la légende ? Fallait-il le laisser découvrir par lui-même jusqu'où son père était allé pour assurer l'avenir de l'Empire Kirakis ? Alexander était un homme d'affaires rude et bien caparaçonné ; Il savait qu'il était parfois nécessaire de jouer des coudes, de donner quelques coups bas pour atteindre un objectif. Mais même Alexander, aussi ambitieux fût-il ne comprendrait pas ce que son père avait fait. Comment le pourrait-il ? Comment son fils pourrait-il jamais pardonner à son père des péchés qui s'étalaient sur toute une vie ? Comment attendre de lui qu'il oublie la douleur et l'angoisse qui avaient pesé sur lui depuis tant d'années – quelle qu'en soit la raison ?

Kirakis pensa à Melina, à la promesse qu'il lui avait faite sur son lit de mort, et qu'il n'avait pas encore eu le courage de tenir. C'était la première fois qu'il manquait à sa parole envers elle. Ses paroles résonnaient encore dans sa tête : « Il faut que tu fasses la paix avec Alexander. Que tu mettes fin aux mensonges et aux secrets. Fais enfin la paix – avec Alexander et avec toi-même. » Il savait qu'elle avait raison, mais avait-il le courage de faire ce qu'il fallait ? « Pardonne-moi, *matia mou*, pensa-t-il, si je t'ai fait une promesse que je suis incapable de tenir, pour la première fois dans notre longue vie commune. »

Il fut pris d'une douleur intense dans la partie supérieure droite de son abdomen : un autre signe que son temps s'épuisait. Deux semaines plus tôt, après une longue conversation téléphonique avec Pericles Karamanlis, il avait consulté le docteur Eric Langley, un cancérologue éminent du Memorial Hospital. Langley avait prescrit plusieurs tests, scanners du foie, des os, analyses de sang et rayons X. Les résultats étaient mauvais. Ce que Karamanlis avait pensé être un début de cancer du poumon englobait en fait le foie et la colonne vertébrale. Langley avait interrompu la chimiothérapie commencée par Karamanlis en Grèce et ordonné des antialgiques, expliquant qu'il ne servirait à rien de poursuivre une quelconque thérapie. Il était trop tard, avait-il déclaré sans ambages à Kirakis, pour empêcher la prolifération des cellules mortelles dans tout son corps, tel un feu de forêt que l'on ne peut maîtriser. En outre, un cancer du poumon primaire ne réagit à aucune chimiothérapie. Langley conseilla à Kirakis de se faire faire un bilan à l'hôpital. Mais Kirakis refusa absolument. Pas encore. Il fallait d'abord parler à Alexander.

Puis la toux s'accentua, cette toux violente et incontrôlable qui le tourmentait depuis des mois. Alexander s'en était montré inquiet dès l'arrivée de son père à New York, mais Kirakis avait assuré que ce n'était rien de sérieux, il avait simplement trop fumé depuis trop longtemps. Ce qui n'était d'ailleurs pas loin de la vérité. Il avait commencé à fumer dès l'âge de neuf ans et Karamanlis était convaincu que ce fait avait largement contribué au développement du cancer dans son organisme. La toux persista, la respiration devint pénible, du sang tacha son mouchoir. Il se laissa tomber dans un fauteuil près du bureau d'Alexander, haletant. Lorsque la toux régressa enfin, il sonna le valet d'Alexander qui arriva immédiatement.

— Martin, je voudrais que vous fassiez venir une ambulance, dit-il d'une voix râpeuse. Je dois aller au Memorial Hospital.

Il donna au valet une carte qu'il sortit de sa poche.

— Téléphonez à cet homme, le docteur Langley, et dites-lui de m'attendre là-bas.

— Monsieur, si vous… commença Martin, embarrassé.

— Je vous en prie, Martin, il n'y a pas de temps à perdre ! haleta Kirakis qui luttait pour respirer un peu. Faites-moi venir cette ambulance… vite. Et appelez mon fils… Dites-lui où je vais.

Il désigna le téléphone sur le bureau.

— Oui, monsieur.

Martin composa le numéro.

« Le temps s'épuise, pensa Kirakis. Plus vite que je ne m'y attendais. »

Alexander arriva au Memorial Hospital peu après que son père y fut admis. Le docteur Langley l'intercepta à l'extérieur de la chambre de Kirakis et l'entraîna dans un petit bureau tout proche en fermant la porte derrière eux, indiquant ainsi qu'il désirait ne pas être dérangé.

— Je crois que nous devrions parler ensemble avant que vous voyiez votre père. Il me dit que vous n'étiez pas au courant de son état de santé jusqu'à ce jour.

— C'est le moins que je puisse dire, répondit Alexander entre ses dents. Quel est exactement son état de santé ?

— D'après les tests effectués à l'hôpital, il a des tumeurs malignes au poumon et à la colonne vertébrale, un carcinome et une insuffisance hépatique, un œdème pulmonaire et une pneumonie. En termes clairs : cancer du poumon, de l'épine dorsale, du foie et prolifération probable vers d'autres organes. Le liquide s'est accumulé autour de son cœur, et un échantillon de ce liquide démontre la présence de cellules malignes. Son foie ne fonctionne plus, il y a des signes de jaunisse. La pneumonie résulte de la faiblesse du système pulmonaire. J'ai prescrit des antibiotiques et des aérosols.

— Depuis combien de temps est-ce… ainsi ? demanda Alexander sur un ton circonspect, en regardant par terre.

— Son corps est sans doute envahi depuis quelques temps déjà – un an, peut-être davantage.

Alexander, surpris, leva la tête.

— Il sait cela depuis un an ?

— Non, dit le médecin vivement. Je dis que sa santé s'est détériorée depuis au moins un an. Il est en réalité au courant depuis trois mois, quatre peut-être. C'est son médecin grec qui a fait le diagnostic et qui me l'a envoyé quand il a décidé de rester à New York.

— Karamanlis, dit Alexander lentement, une nuance de colère dans la voix.

— Oui.

Langley se tut un moment puis reprit :

— À l'époque où votre père a cherché une aide médicale et où le cancer a été détecté, il avait déjà proliféré du poumon aux autres organes. Personne ne pouvait rien faire. Il était déjà trop tard.

Alexander hocha la tête, en joignant ses mains.

— Combien de temps… – Il ne put achever sa phrase.

— Pas très longtemps, dit franchement Langley. Il est très faible. Il faudra qu'il reste à l'hôpital, évidemnent ; nous pourrons nous occuper de lui au maximum. Il a besoin d'une surveillance étroite, au cas où le liquide s'amasserait de nouveau autour de son cœur. Il devra rester sous assistance respiratoire, puisqu'il ne peut plus respirer par lui-même. Je pense qu'il en aura besoin jusqu'à…

Il eut un haussement d'épaules en signe d'impuissance.

— Je comprends, assura Alexander. Toutefois, je ne pense pas que mon père souhaite rester ici. Il va vouloir retourner en Grèce… pour y mourir.

Langley secoua la tête.

— C'est hors de question, dit-il sans hésiter. Même par avion, il ne survivrait pas à un long voyage. En toute conscience, je ne saurais approuver une telle entreprise, ni envisager sa sortie de l'hôpital.

Alexander réfléchit un moment.

— Je vais essayer de le dissuader, mais je ne promets rien. Mon père peut être très obstiné.

— Je sais, dit Langley d'un air las.

— J'aimerais le voir maintenant, dit Alexander en se levant.

— Il vous a demandé, dit le médecin en se levant à son tour. Mais ne restez pas longtemps. Il est sous sédatif.

Alexander baissa les yeux, s'efforçant de se donner une contenance. Le médecin le laissa à la porte. Alexander entra dans la chambre et alla au lit de son père. Le patient avait les yeux fermés, un tube lui sortait du nez et des aiguilles étaient plantées dans les veines de ses bras. Les signaux sonores du moniteur cardiaque étaient rassurants. Alexander se pencha et toucha la poitrine de son père d'une main légère. La respiration était laborieuse.

— Père, dit Alexander à voix basse.

Kirakis souleva lentement ses paupières.

— Alexander, dit-il d'une voix rauque. Je suis content de te voir.

— Pourquoi ne m'avoir rien dit, père ? Pourquoi faut-il que vous me cachiez toujours quelque chose ?

— Je voulais t'épargner, dit-il faiblement. Je ne voulais pas que tu gâches ton énergie à t'inquiéter pour moi. De toute manière, il n'y avait rien à faire. Et tu as maintenant tant de choses à faire, tant de choses si importantes pour ton avenir…

— C'est la maladie qui vous a décidé subitement à vous retirer, n'est-ce pas ? demanda Alexander en cherchant une réponse sur les traits de son père.

— Je savais qu'il ne me restait plus beaucoup de temps.

La voix de Kirakis était à peine audible.

— Je voulais surtout passer ce peu de temps avec toi, pour rattraper un peu de ce que nous avons perdu dans le passé. Je voulais t'aider à te préparer à ton nouveau rôle de président…

Il se mit à tousser et à étouffer.

— Père, dit Alexander d'une voix tremblante. Je sais que j'ai attendu trop longtemps pour vous le dire… mais je vous aime !

Pendant les deux semaines qui suivirent, Alexander passa des heures d'affilée au chevet de son père; parfois il se contentait de s'asseoir près de lui en silence, parfois il parlait avec lui. En effet, Kirakis passait par des périodes de mutisme complet, son cerveau embrumé sous l'effet des drogues, et par des périodes d'activité mentale. Il lui arrivait même de s'asseoir et d'entretenir une conversation avec son fils. Il était blême, ses traits étaient fatigués, il avait beaucoup maigri par rapport à son ossature puissante, mais Alexander avait cependant peine à croire que son père allait mourir. Ce père lui avait toujours semblé immortel. Même à la mort de sa mère, quand Alexander avait réalisé que ses parents étaient vraiment des êtres humains, il n'avait pu imaginer que son père – cette légende incarnée, ce géant parmi les hommes – rencontrerait le même destin.

Un soir où Kirakis était plus alerte que d'ordinaire, il avait insisté pour s'entretenir avec Alexander.

— Tu sais, Alexi, je crois que je ne me soucierais pas tant de mourir si je ne te savais pas seul.

Son regard interrogateur chercha celui d'Alexander.

Alexander secoua la tête.

— Je n'ai pas eu autant de chance que vous et mère, répliqua-t-il tranquillement.

— Un bon mariage et des enfants, Alexander, c'est aussi important que le pouvoir, dit Kirakis. Moi-même n'ai jamais douté de cela.

Il y avait dans le ton de sa voix une insistance qu'Alexander ne comprenait pas.

— Je n'en doute pas non plus, père. Ce dont je doute toutefois, c'est de faire un bon mari.

— Peut-être est-ce toi qui a manqué ta chance, suggéra Kirakis. Je quitterais ce monde sans regret si je savais que tu tiens sincèrement à quelqu'un. Ta mère… a toujours été inquiète pour toi.

Il serra fermement la main de son fils.

— Elle s'inquiétait de nous deux, père, dit Alexander, les yeux humides de larmes.

Kirakis opina de la tête.

— Avant de mourir, elle m'a fait promettre de faire en sorte que les choses changent entre nous.

— Elles ont changé, non?

Kirakis toussa.

— Elle voulait aller dans sa tombe la conscience nette, ce que je souhaite aussi pour moi-même.

Il haleta.

— Elle m'a prié de mettre fin à tous les mensonges et secrets...

Il toussait violemment à présent, il étouffait.

— Elle voulait que je te dise...

Mais il suffoquait trop, il fut incapable de poursuivre.

— N'essayez pas de parler, père, dit Alexander en sonnant l'infirmière. Allongez-vous... Détendez-vous.

L'infirmière vint immédiatement. Elle administra un sédatif au patient et réajusta le respirateur qui était au point mort quand Kirakis n'en avait pas besoin. Elle fit sortir Alexander et vérifia le fonctionnement des organes vitaux. Dans le couloir, Alexander vit une autre infirmière et un médecin se précipiter dans la chambre et entourer le lit. Ils parlèrent à mi-voix, de sorte qu'Alexander ne pouvait entendre leurs paroles. Il s'approcha de la porte, mais en vain. Il fut alors envahi d'une peur glacée.

Le docteur Langley arriva bientôt et resta dans la chambre pendant un quart d'heure. Puis il vint voir Alexander dans le couloir.

— Le cancer obstrue les canaux bronchiaux, ce qui bloque la respiration. Le liquide s'est de nouveau amassé autour du cœur et des poumons.

— Il ne lui reste plus beaucoup de temps alors, n'est-ce pas ? interrogea Alexander à voix basse.

Langley secoua la tête.

— Je crains que non.

Alexander retourna dans la chambre dès qu'il en eût la permission. Il s'assit près de son père, espérant malgré tout un miracle de la onzième heure. Mais son cœur lui disait que c'était la fin. Il pensa à la conversation qu'il avait eue avant cette crise. Son père avait tenté de lui dire quelque chose. Quoi ? Il réfléchit encore, et il se remémora la conversation qu'il avait eue avec sa mère sur son lit de mort. Elle aussi avait tenté de lui dire quelque chose, mais ses paroles n'avaient pas plus de sens pour Alexander que n'en avaient celles de son père à présent. Son père avait parlé du passé, de mensonges et de secrets avec lesquels il fallait en finir. Quels secrets ?

Peu après minuit, Constantine Kirakis glissa dans le coma. Alexander resta toute la nuit près de lui, et la plus grande partie du jour suivant. Son père ne reprit plus conscience. Alexander veilla en silence pensant à tout ce que son père avait dû subir durant ces quelques derniers mois, vivant avec sa maladie et sa mort imminente, portant seul son fardeau, et s'efforçant en même temps de préparer Alexander à son nouveau rôle de Président - Directeur Général du groupe. Alexander était heureux de leur réconciliation. Il venait de comprendre à quel point son père s'était préoccupé de son avenir.

À quatre heures de l'après-midi, le docteur Langley vint voir Kirakis pour la troisième fois ce jour-là. Il allait quitter l'hôpital, et il conseilla à Alexander de faire de même.

— Vous avez besoin de vous éloigner un peu d'ici, pressa-t-il. La fin est imminente, mais je doute que ce soit pour cette nuit. Rentrez chez vous. Allez dîner. N'importe quoi. Mais ne restez pas ici.

Alexander quitta l'hôpital à contrecœur. Il fit venir sa voiture et rentra à son appartement. Là, il se retira dans la solitude silencieuse de son bureau. Son valet lui apporta un plateau, mais il n'avait même pas envie de regarder en quoi consistait son repas. Il y avait une pile de carnets sur sa table, mais il se savait incapable de se concentrer. Il s'assit sur un coin de son bureau, et regarda fixement le ciel jusqu'à ce que la lueur grise et nuageuse tourne au noir. Il ne s'était jamais senti aussi seul. Il souhaitait une présence apaisante auprès de lui. Il s'était toujours imaginé qu'il resterait toute sa vie un solitaire, mais il était en train de réaliser qu'il détesterait passer seul le reste de sa vie. Il avait besoin d'aimer, il avait besoin qu'on l'aime. Il leva la tête sur le portrait accroché au mur – le portrait commémorant le 50e anniversaire de mariage de ses parents – et la tristesse l'envahit.

Quand le téléphone sonna, il ne savait plus depuis combien de temps il était assis dans l'obscurité. Il ne répondit pas tout de suite, attendant que son valet ou sa gouvernante réponde. Comme la sonnerie continuait, il arracha l'écouteur avec agacement.

— Allo ?

Une voix de femme demanda à l'autre bout de la ligne :

— Puis-je parler à M. Kirakis ?

— C'est moi-même, dit-il, agacé.

— M. Kirakis, ici Mme Hanover du Memorial Hospital.

Elle hésita un instant.

— Votre père est décédé à 11h56 ce matin.

Alexander alluma sa lampe de bureau et regarda sa montre. Il était 12h03.

— M. Kirakis ? appela la femme.

— J'arrive immédiatement, dit-il avec calme.

Il raccrocha lentement et regarda de nouveau le portrait. Son père était mort. Quand sa mère fut près de sa fin, elle s'était inquiétée, se demandant qui s'occuperait de son mari quand elle ne serait plus là.

Elle en prendrait soin elle-même désormais.

XII

Il avait espéré soustraire aux médias la nouvelle de la mort de son père jusqu'à ce qu'il ait organisé le retour du corps en Grèce où il serait inhumé. Il désirait être seul, il voulait passer en paix par les rituels de la mort. Il aurait pu se fier à une douzaine de personnes pour s'occuper de toutes les formalités à sa place, mais il avait le sentiment qu'il devait les faire lui-même. Il devait bien cela à son père.

Malheureusement, la presse ne tarda pas à avoir vent de l'événement. Des journalistes se massèrent devant le Memorial Hospital. Pendant les trois jours suivant le décès, ils se tinrent à l'affût, le harcelant alors qu'il choisissait le cercueil et mettait au point le transport du corps jusqu'à l'aéroport. Ils l'attendirent devant la Tour Olympique. Ils le suivirent à l'aéroport Kennedy ce vendredi matin terne et froid où il partit pour Athènes. Ils photographièrent le cercueil en train d'être chargé sur le jet tandis qu'Alexander les injuriait, incapable de cacher sa fureur. Il refusa tout commentaire. S'il n'avait jamais aimé la presse, à présent, elle l'écœurait. Ne pouvait-on le laisser seul avec son chagrin, c'eut été la moindre décence, pensait-il rageusement en montant dans le jet. Le retour définitif de son père en Grèce devait-il devenir une exhibition médiatique ? N'y avait-il donc rien de sacré pour eux – pas même la mort ?

L'avion parcourut la piste d'envol et commença à s'élever vers le ciel couvert. Alexander mit alors son siège en position inclinée et ferma les yeux. Il était harassé. Il venait de passer quatre jours à travailler aussi vite que possible pour mettre tout en ordre dans son bureau et organiser le retour de son père sur l'île. Il savait qu'il ne pourrait continuer longtemps à ce rythme-là. Il était proche de l'effondrement. Maintenant qu'ils étaient en route, Alexander s'abandonnait aux besoins de son corps et de son esprit. Tandis qu'il se laissait aller, il se demanda encore s'il y aurait la même comédie à l'aéroport d'Athènes. Il n'était pas certain de pouvoir affronter de nouveau la presse sans perdre son sang-froid.

Constantine Kirakis fut enterré sur l'île, près de Melina et de Damian. Alexander préféra ne pas assister au service tenu à l'église grecque orthodoxe d'Athènes, hommage funèbre organisé par les amis et collaborateurs de son père. Il ne voulut pas non plus que quiconque vînt assister à l'inhumation sur l'île. Il déclara à tous que l'île était désormais son domaine, et qu'il souhaitait y être seul. Il ne reçut pas de visiteurs et n'accepta aucun appel téléphonique au cours de la semaine qui suivit les funérailles. Même le personnel de la maison ne le vit presque pas. Debout avant l'aube, il ne prenait pas de petit déjeuner. Il quittait la villa sans dire où il allait ni quand il reviendrait. Il marchait pendant des heures sur la plage ou sur les terres giboyeuses. Il lui arrivait aussi de monter à cheval ou de faire le tour de l'île dans l'une des Jeep de son père. Il était agité et dormait mal. Helena s'inquiétait pour sa santé, mais Alexander persistait à dire que tout allait bien :

— J'ai l'esprit très occupé, c'est tout.

C'était d'ailleurs la vérité. Il aurait bien voulu ne pas rester en Grèce après l'inhumation de son père, mais il savait qu'il ne pouvait pas repartir immédiatement. Il y avait à faire ici. La semaine suivante, le testament de son père serait ouvert dans les bureaux de son notaire à Athènes. Ensuite, il y aurait des documents à signer, des décisions à prendre. Il était donc inutile de retourner à New York pour revenir en Grèce deux semaines plus tard.

Un jour, rentrant d'une promenade à cheval qui avait duré tout l'après-midi, il trouva Pericles Karamanlis qui l'attendait à la bibliothèque.

— Que faites-vous ici ? demanda sèchement Alexander, jetant sa badine en travers de la table et retirant ses gants. Je croyais avoir dit clairement que je ne souhaitais aucune visite en ce moment.

— J'étais inquiet pour vous, dit le médecin tranquillement. Je voulais me rendre compte par moi-même de votre état.

— Comme c'est émouvant. Eh bien ! Vous voyez que je vais bien, alors vous pouvez partir.

La voix d'Alexander exprimait franchement le dédain.

— Dites-moi, docteur, êtes-vous toujours aussi consciencieux à l'égard de vos patients ?

Karamanlis le regarda.

— Je ne vous ai jamais considéré comme un simple patient, Alexander Vous devriez savoir cela. Vos parents ont été des amis intimes pendant de nombreuses années.

Alexander se déchaîna contre lui.

— Pourquoi ne m'avez-vous pas dit que mon père était mourant, docteur ?

Karamanlis poussa un soupir.

— Parce qu'il m'avait interdit de le révéler à qui que ce soit, et surtout à vous.

— Vous auriez dû me prévenir, quoi qu'il ait ordonné. Vous auriez dû me dire ce qu'il était en train de vivre !

La fureur se lisait sur son visage et dans sa voix.

— Alexander, vous savez fort bien que c'eût été en violation flagrante de la relation entre le médecin et son patient, répliqua sévèrement Karamanlis.

— Ne me servez pas ces balivernes sur l'éthique médicale ! lança Alexander. Les sermons ne m'intéressent pas…

— Tout cela n'est peut-être pas sérieux pour vous, mais moi, je suis lié à cette éthique. Votre père m'a dit en clair qu'il ne voulait pas que vous soyez mis au courant, ni vous ni personne d'autre.

— J'avais le droit de savoir, s'obstina Alexander. Je suis son fils – la seule famille qu'il laisse derrière lui.

— Je l'ai pressé de tout vous dire, dit le médecin dans une tentative de défense. Je lui ai dit qu'il avait tort de vous cacher son état, je lui ai dit qu'il vous avait déjà caché trop de choses…

Il se tut subitement.

Les yeux noirs d'Alexander se rétrécirent suspicieusement.

— Peu avant qu'il meure – j'étais avec lui à l'hôpital de New York – père a dit quelque chose à ce sujet. Il a dit que le temps était venu de mettre un terme aux secrets et aux mensonges. Vous savez ce qu'il voulait dire, n'est-ce pas ?

Il fit un pas en avant.

Karamanlis était visiblement nerveux.

— Non. Simplement, il a toujours eu le sentiment qu'il vous épargnerait des soucis en ne vous mettant pas au courant de certaines choses ; par exemple, en vous cachant sa maladie, dit le médecin d'une voix hésitante. Il faisait la même chose avec votre mère – il cherchait toujours à la protéger, ou du moins le croyait-il. Car Melina le connaissait bien... Elle était rarement dupe...

— Je crois que vous mentez, dit Alexander sur un ton menaçant. Je suis convaincu que vous en savez plus que vous n'en dites !

— Absurde !

Le médecin était pris de colère à son tour, mais son malaise était cependant manifeste.

— Vous connaissiez votre père mieux que personne. Vous, plus que tout autre, devriez savoir qu'il ne faisait confiance à personne.

Alexander se détourna tout à coup.

— Tout cela est ridicule, dit-il finalement. Je ne vous crois pas. Vous ne voulez pas me dire ce que je veux savoir. Vous avez perdu votre temps – et le mien – en venant ici. Je préférerais que vous partiez maintenant.

— Je...

Karamanlis n'acheva pas, comprenant que cette conversation n'avait aucun sens. Il se disposa à partir, puis il s'arrêta à la porte. Il voulut dire encore quelque chose, mais il se ravisa et quitta la pièce.

De dépit, Alexander abattit son poing contre le mur. Peut-être n'avait-il pas su dominer la situation. Le médecin n'avait pas parlé, mais Alexander était certain qu'il savait quelque chose.

« Que peut bien me cacher Karamanlis », se demanda-t-il.

Alexander rentra à New York en mai. Il se jeta corps et âme dans le travail pendant les dix-huit mois suivants, s'attachant à l'agrandissement et à l'expansion de la société Kirakis. Il s'engagea personnellement dans tous les aspects de cette expansion, étudiant à fond les affaires dont l'acquisition l'intéressait. Il voyagea énormément. Il passa des semaines dans un centre automobile d'Allemagne, observant et questionnant les chefs et les hommes qui travaillaient à l'assemblage des machines ; il visita une agence de publicité à Londres pour apprendre comment étaient conçues et mises au point les campagnes publicitaires ; il observa le fonctionnement des bureaux d'une compagnie aérienne française et chercha à étudier les problèmes de la sécurité dans les aéroports. À Montréal, c'était une société d'informatique. À Rome, un laboratoire pharmaceutique. Au Japon, un réseau de télévision.

— Je me procure l'éducation que je n'ai jamais eue à Harvard, confia-t-il à George Prescott.

Dès qu'il avait besoin de conseils, il faisait appel à des experts. Si on lui posait une question à laquelle il ne savait pas répondre, il ne craignait pas de prendre le téléphone et trouvait toujours quelqu'un qui pouvait l'aider. Il n'était pas rare de voir Alexander faire irruption parmi un groupe de juristes traitant les affaires commerciales sur le plan légal. Le président de la grande banque de Manhattan n'était pas surpris de recevoir un appel téléphonique d'Alexander dans les premières heures de la matinée pour discuter d'une fusion de sociétés ou se renseigner sur des problèmes de finances et d'impôts. S'il cherchait une information d'ordre technique, il s'adressait à un expert reconnu en la matière. Il travaillait avec minutie, posait des questions sur les moindres détails et se souvenait des réponses.

George l'accusa un jour de vouloir devenir un expert en toutes choses.

— Ce n'est pas nécessaire, Alexander. Vous pouvez payer les services d'un expert si vous en avez besoin !

Alexander se contenta de rire.

— Vous êtes trop confiant, mon ami. Croyez-vous que je sois prêt à abandonner à d'autres le règlement d'affaires importantes alors que moi, j'ignorerais ce qui se passe dans ma propre société ? Seul un idiot se conduirait ainsi ; l'enjeu est trop élevé ! Certes, je paierai les services des experts, mais je tiens aussi à acquérir assez de connaissances fondamentales pour savoir ce qu'ils font !

George observa son ami un moment.

— Que voulez-vous exactement, Alexander ?

— Tout. Je veux m'approprier le monde, répondit-il simplement.

George éclata de rire à cet aveu fantastique.

— Si quelqu'un savait comment faire…

Alexander sourit.

— Soyez patient, mon ami. Je vais vous montrer comment on y parvient.

— Un peu plus à gauche, dit Meredith à l'ouvrier en uniforme perché sur un escabeau, et qui se donnait bien du mal pour suspendre le portrait d'Elizabeth.

Meredith pencha légèrement la main.

— Là, ça y est. C'est parfait !

— Dieu soit loué ! s'exclama l'homme en descendant les échelons. Vous avez besoin d'autre chose, Mme Courtney ?

— Non, c'est tout, merci.

— À votre service.

Il replia son escabeau, puis regarda le tableau.

— C'était une splendeur, hein ?

— Très belle, opina Meredith.

— J'ai vu son dernier film, reprit l'homme en partant vers la porte avec son escabeau. Elle était à son maximum. Dommage qu'elle soit morte.

— Oui, c'est ainsi, dit Meredith en lui tenant la porte ouverte. Merci encore pour votre aide.

— Content de vous rendre service, dit-il en levant la main.

Elle referma la porte et se retourna pour regarder autour d'elle. « Mon refuge, pensa-t-elle avec satisfaction. Enfin chez moi ! »

Le premier logement qu'elle avait sous-loué à une speakerine de la IBS envoyée à Washington à l'époque où Meredith arrivait à New York, était situé dans le quartier sud-est ; mais il s'avéra trop exigu. C'était un studio dans une bonne construction, mais la kitchenette avait la superficie d'un timbre poste – c'était en ces termes qu'elle la décrivait à ses collègues – et la salle de bains était minuscule, elle pouvait tout juste s'y retourner. À peine avait-elle défait ses valises qu'elle s'était promis de déménager dès qu'elle aurait trouvé ce qu'elle cherchait. Or, Casey Rinaldi, une collègue de l'IBS, la prévint qu'un appartement se trouvait libre à l'angle de la

71e et de la West End Avenue. Il y avait un mois de cela. Casey avait alors mit Meredith en relation avec le gérant de l'immeuble, et Meredith avait signé l'acte de location le jour même où elle avait visité l'appartement.

Depuis, elle passa tout son temps libre à donner à son habitat l'aspect souhaité. Et à présent qu'elle avait terminé, elle était satisfaite du résultat. L'appartement était spacieux, moderne et nettement féminin. Le salon était décoré de bleu pâle et de blanc, le canapé et les fauteuils étaient bien rembourrés et confortables. Le rose et le mauve dominaient dans la chambre, et elle transforma la chambre d'ami en bureau meublé de deux vitrines à livres et d'une table de travail à plateau ouvrant qu'elle trouva chez un antiquaire.

«Je me sens chez moi à présent», pensa-t-elle en levant la tête vers le portrait de David et Elizabeth. Elle enfonça inconsciemment ses mains dans les poches de son survêtement en laine gris. Depuis qu'elle avait quitté la Californie, elle n'avait cessé d'aspirer à un autre lieu qu'elle pourrait désigner comme son foyer. Elle l'avait enfin trouvé. «Mais comblera-t-il le vide que je ressens en moi ?» se demandait-elle.

Aujourd'hui encore la douleur de la déchirure entre Nick et elle était vivace en elle. L'amertume qu'elle éprouva la dernière fois qu'elle le vit avait été aussi puissante que lors de leur séparation à Malibu. Elle se promit de ne plus jamais refaire cette expérience. Aucun autre homme ne la blesserait comme Nick l'avait blessée, parce qu'elle ne laisserait sa chance à aucun d'eux. Plus personne ne l'approcherait aussi intimement que lui.

Elle avait son travail, et cela devait lui suffire.

Par un après-midi gris et froid de la mi-décembre, Meredith se tenait près de la fenêtre de son bureau au neuvième étage du Centre de télévision IBS, regardant s'écouler la circulation dans la 52e rue Ouest. Sur le trottoir d'en face, un père Noël costumé de rouge distribuait des sucettes aux enfants agglutinés autour de lui. Meredith sourit en elle-même. Elle aimait Noël à New York ; les vacances avaient ici un goût différent de ce qu'il était sur la Côte Ouest. Beaucoup plus traditionnel, avec de la neige, comme autrefois…

Elle alla à son bureau. Derrière elle, sur le mur s'étalait la preuve tangible de son succès comme co-présentatrice de *l'Oeil du*

Monde ; coupures de journaux encadrées où elle était mentionnée ou citée, couvertures de magazines où figurait son portrait. Elle les regardait à présent comme si elle les découvrait : le *New York Times... Newsweek... TV guide... Mr.... Femme au travail.* Elle était devenue l'une des plus en vue, peut-être *la plus* en vue parmi tous les présentateurs du réseau IBS. Dans ses bons jours, elle en était fière ; dans ses mauvais jours, elle y puisait du réconfort. Un regard sur ce mur lui disait qu'elle avait atteint son but. Elle était arrivée.

Elle était plongée dans ses réflexions quand sa secrétaire frappa légèrement à la porte ouverte. Elle leva la tête.

— Qu'y a-t-il, Cindy ?

— Nous avons déjà des réponses à vos invitations aux hommes d'affaires concernant votre série d'interviews. Le président de Exxon accepte. Lee Iacocca serait d'accord, mais il y aurait un problème de temps. Brown de AT & T est indisponible à l'époque proposée. Alexander Kirakis veut bien envisager cette éventualité, mais il aimerait s'entretenir avec vous avant de donner le feu vert.

Meredith hocha la tête.

— Ah ! Pourquoi cela ne me surprend-il pas ? se demanda-t-elle à haute voix.

— Probablement parce qu'il n'a jamais été disponible pour les médias, répondit Cindy.

— Pardon ? Oh, oui, dit Meredith, réalisant soudain que sa secrétaire avait cru que sa question précédente s'adressait à elle.

— Dois-je l'appeler ? demanda Cindy.

— Je l'appellerai moi-même. Merci, dit-elle en relisant la liste que sa secrétaire venait de lui remettre.

Cindy retourna à sa place, et Meredith se remémora sa dernière rencontre avec Alexander Kirakis. Elle n'a jamais eu l'interview qu'il lui avait promis. « Dieu seul sait ce qu'il me faudra faire pour l'obtenir maintenant », pensa-t-elle dans un sursaut d'amusement. Était-il vraiment indisponible, ou bien était-il seulement un homme rancunier ? Tant de changements étaient intervenus depuis cette dernière rencontre. Alexander Kirakis était maintenant le Président - Directeur Général de la société Kirakis. Elle-même était devenue coéditrice d'un journal de reportages télévisés qui remportait un grand succès sur le plan national. Une seule chose restait inchangée : la détermination de Meredith de mener à bon terme une histoire qu'elle ne perdait pas de vue.

Elle chercha le numéro d'Alexander sur son annuaire automatique et prit le téléphone. Tandis qu'elle composait son numéro, elle se souvenait de ses trois rencontres avec Alexander et de la manière dont il était venu vers elle à Los Angeles alors qu'il savait qu'elle vivait avec Nick. Serait-ce la même chose aujourd'hui qu'elle était libre ?

Une voix de femme répondit à la seconde sonnerie.

— Bonjour, Société Kirakis, dit-elle avec un léger accent anglais.

— Alexander Kirakis, je vous prie.

Meredith se carra dans son fauteuil. Elle attendit quelques minutes. Puis ce fut une autre voix féminine.

— Bureau de M. Kirakis.

— J'aimerais parler avec lui, je vous prie, dit Meredith sur un ton de femme d'affaires. Ici Meredith Courtney, IBS.

Il y eut une pause.

— Un moment, je vous prie. Je vais voir s'il est libre.

Meredith fut mise de nouveau en attente. Elle se renversa dans son fauteuil, tapant distraitement son crayon sur le bord de son bureau.

Au World Trade Center, Alexander passait en revue les derniers rapports envoyés par ses observateurs du monde entier, hommes et femmes qu'il dépêchait vers d'autres pays à la recherche d'acquisitions possibles. Il discutait de ces possibilités avec George Prescott qui étudiait chaque cas personnellement avant qu'Alexander n'entre lui-même en action.

— Quel est votre programme pour la semaine prochaine ? demanda-t-il.

George haussa les épaules.

— Rien de pressant. Quelques réunions, une conférence à Seattle pour cette affaire de scierie…

— Annulez tout, interrompit Alexander. Prenez l'avion pour Singapour où vous représenterez notre société lors des enchères sur des baux pétroliers dans la mer de Java.

George s'installa dans un fauteuil, près du bureau, ses traits marqués et réguliers ombrés par la faible lumière du soleil à demi caché. Il passa sa main dans ses cheveux drus et très blonds tandis qu'il réfléchissait.

— Etes-vous certain d'avoir raison de vous impliquer dans ce jeu de hasard ? J'ai entendu dire…

— J'ai lu tous les rapports des géologues, coupa Alexander. Ces régions sont riches de perspectives.

— Bien sûr. J'ai lu moi-même quelques rapports. S'ils sont justes, il y a tant de pétrole qu'on pourrait l'aspirer avec une paille.

— Et vous faites encore des réserves, conclut Alexander.

George acquiesça de la tête.

— Il s'agit là de territoires imprévisibles. C'est comme jouer à la roulette russe. Vous entrez, vous payez vos tickets, et si votre numéro sort, une révolution éclate dans quelque coin obscur et l'Indonésie et vos tickets sont nationalisés. Je n'aime pas cela. C'est trop risqué.

— Bien sûr, c'est risqué. Mais toute entreprise valable comporte toujours une part de risques, n'est-ce pas ?

Il réfléchit un moment.

— J'ai considéré ces risques, et après les avoir mis en balance avec les bénéfices potentiels, j'ai décidé que le jeu en valait la peine.

— C'est votre décision, dit George avec un haussement d'épaules marquant sa résignation. Quand dois-je partir ?

— Lundi matin, serait-ce trop tôt ?

— D'accord.

La secrétaire d'Alexander le sonna par l'interphone.

— M. Kirakis, Meredith Courtney, d'IBS, sur la une. Êtes-vous libre ?

Alexander sourit.

— Non. Faites-la patienter un instant.

Il s'adressa à George.

— Nous terminerons cette discussion plus tard.

George fit un signe de tête en lui lançant un petit sourire entendu.

— À plus tard.

Il se leva et quitta le bureau.

Un moment après, le voyant s'alluma sur la console téléphonique d'Alexander. Il décrocha et s'appuya à son dossier.

— Bonjour, Meredith, dit-il avec bonne humeur. J'attendais votre appel…

XIII

— Elles viennent d'arriver, Meredith, annonça Casey en entrant dans le vestiaire du troisième étage du Centre de Télévision portant un grand vase de cristal contenant une douzaine de roses rouges.

— Dois-je les laisser ici ou les mettre dans votre bureau ?

— Mettez-les dans mon bureau, dit Meredith sans les regarder.

Elle était en train de dicter quelques notes à sa secrétaire concernant des coups de téléphone à passer ou des lettres à envoyer ce jour-là.

— Vous ne voulez pas voir d'où elles viennent ? demanda Casey.

— Quoi…

Meredith se retourna, bouche bée devant les roses. Elle n'avait pas besoin de lire la carte. Elle en connaissait l'envoyeur. Elle tira la petite carte de son enveloppe et lut le message : *Dans l'attente de vous voir ce soir. A.* Elle eut un sourire crispé en relisant ces mots. Il lui avait dit un jour qu'il n'abandonnait jamais, pensa-t-elle vaguement. Lorsque, la veille, elle lui avait téléphoné, il l'avait invitée à dîner et elle avait accepté en précisant qu'il ne s'agissait que de discuter de l'interview qu'elle désirait ; mais bien qu'il ait abondé dans sons sens, elle avait eu la certitude qu'il ne s'en tiendrait pas là.

— Quelqu'un vous aime bien, commenta Casey avec un petit rire futé.

— Malheureusement, répliqua Meredith un peu lugubrement.

— Pourquoi malheureusement ?

— C'est une longue histoire, dit Meredith évasivement en grimpant sur son fauteuil de maquillage. Elle glissa une grande serviette en papier dans son col comme une bavette d'enfant pour protéger sa robe des gouttes et des particules de maquillage. Pendant qu'un coiffeur retirait les bigoudis chauffants, la maquilleuse mettait les touches finales sur son visage. Meredith parcourut une feuille ronéotypée que lui remit Barrie Matlock, la secrétaire du producteur.

— C'est tout ce que nous avons pour accrocher le public ?

— Que suggéreriez-vous ?

Meredith réfléchit un moment, puis se mit à griffonner quelques notes au dos de la page.

— Qu'en pensez-vous ? : Jessica Sherry parle de son nouveau livre, un roman brûlant ; je vous livrerai le second épisode de ma série en trois parties, j'interviewerai aujourd'hui des veuves d'hommes politiques ; et enfin, Tony Corrigan vous présentera un reportage sur la récente vague de terrorisme en Europe. Cela et d'autres sujets encore dans l'*Œil du Monde.*

Elle leva la tête vers Barrie, l'air interrogateur.

Barrie eut un haussement d'épaule.

— Harv aimera probablement cela, dit-elle poliment. Je vais monter et…

Comme elle ouvrait la porte, Kent Mason, le directeur de plateau faillit la bousculer.

— Vite ! lança-t-il essoufflé. Pour la mise au point des couleurs, que porte Meredith aujourd'hui ?

Il la regarda et leva les bras pour marquer son désespoir.

— Du beige ! Seigneur Jésus ! Nous sommes dans les verts !

Il tourna les talons et disparut.

— Il a toujours l'air d'être au bord de la crise cardiaque, dit Meredith en riant.

Barrie fit la grimace.

— Il est comme cela depuis qu'il est à la IBS. On dirait qu'il n'a que dix minutes pour atteindre l'éternité !

Meredith consulta l'horloge murale. Elle avait hâte d'en finir avec le coiffeur. Encore vingt minutes jusqu'à la diffusion. Elle regarda sa secrétaire qui corrigeait en silence des lettres que Meredith avait dictées à l'adresse d'éventuels invités du journal. Cet après-midi, elle avait une demi-douzaine d'appels téléphoniques à passer et elle en attendait le double. Il fallait réfléchir sur ces interviews, l'angle d'approche, les questions à poser. Elle continuait à puiser en elle-même la plupart de ses textes, comme elle l'avait fait à la station KXLA. «Et pendant que tu y seras, pensa-t-elle, trouve quelque chose de suffisamment bon pour impressionner Alexander Kirakis ce soir.»

À ce moment, Kent Mason passa la tête dans l'entrebâillement de la porte.

— Dès que vous serez prête, Meredith, dit-il en désignant sa montre d'un doigt nerveux. Dix minutes et c'est à vous !

— D'accord.

Meredith bondit de son siège et retira la serviette de son col tandis que le coiffeur remettait en place quelques mèches rebelles. Elle marcha vers la porte, sa secrétaire sur ses talons.

Cinq minutes plus tard, elle était en route pour le neuvième étage en compagnie de sa secrétaire et de Kent. Elle enregistra l'introduction avec son co-présentateur, Cole Richards, un homme aimable et séduisant approchant la quarantaine, autrefois correspondant de l'Associated Press. Pendant les dix minutes qui suivirent, elle fit les cent pas entre son bureau et le plateau pendant que le personnel du journal allait et venait, laissant des messages ou apportant du courrier.

— Qui voulez-vous pour la séquence «Visages dans l'information» – le Prince Charles ou ce type qui commande cette bande de mercenaires en Afrique du Nord ? demanda Cindy.

— Le Prince Charles, si on peut l'avoir. J'aimerais bien parler avec le mercenaire, mais le prince nous attirera une plus grande audience, répondit Meredith.

Cindy eut un signe de tête affirmatif.

— Avant son mariage, il était presque aussi populaire qu'Alexander Kirakis parmi ces dames, dit-elle avec enthousiasme.

Ces paroles portèrent. Pourquoi le fait qu'il ait eu tant de femmes dans sa vie l'ennuyait-il ? Quelle importance pour elle ? se demanda-t-elle.

Elle élimina ce problème en portant son attention sur la diffusion imminente. Lorsqu'elle s'installa sur le canapé près de Cole

Richards, face aux caméras et un œil sur le chronomètre, elle n'avait plus qu'une seule chose en tête : le programme.

Meredith, assise devant la coiffeuse de sa salle de bains, appliquait du bout des doigts un apprêt sur ses lèvres. Elle s'arrêta pour étudier son reflet dans le miroir. Elle se sourit. « Tu te donnes bien du mal pour un homme qui ne t'intéresse pas, pensa-t-elle. Mais enfin, qu'y a-t-il en lui qui te fait aller contre ta propre nature ? »

Elle se leva et alla à la penderie. Après bien des tergiversations, elle choisit une robe en soie bleu marine toute simple, élégante sans être provocante. Car elle ne devait pas paraître provocante face à Alexander ; il n'avait pas besoin d'encouragement. Elle enfila la robe et tira à grand-peine la fermeture à glissière. Elle se chaussa – escarpins noirs à talons hauts – puis elle retourna à sa coiffeuse. Elle choisit dans son coffret à bijoux un collier de perles grises et les boucles d'oreilles assorties. Elle fit une pause au moment de mettre les boucles d'oreilles. Quelque chose n'allait pas. Les cheveux. Elle les rassembla et les tordit sur sa nuque, les fixant à l'aide de plusieurs épingles. Ainsi s'accordaient-ils mieux à la simplicité de la robe, pensa-t-elle en s'examinant une dernière fois dans le miroir.

Un coup de sonnette interrompit ses réflexions. Elle regarda l'heure à sa montre : 7h30 à la seconde près. « En tout cas, il est ponctuel », se dit-elle en allant lui ouvrir la porte. Elle avait souhaité le rencontrer au restaurant, mais il n'avait pas voulu entendre parler de cela.

— Mon père m'a toujours dit qu'un gentleman doit aller chercher la dame à sa porte, lui avait-il dit.

Quand elle ouvrit la porte, elle fut de nouveau frappée par sa séduction diabolique. Il portait un costume bleu foncé, une chemise de soie blanche et une cravate à rayures gris clair et noires. Une mèche de cheveux noirs descendait négligemment sur son front et son sourire recouvrait le visage entier jusqu'aux incroyables yeux noirs.

— Êtes-vous toujours aussi ponctuel ? demanda Meredith sur un ton impersonnel en faisant un pas de côté pour le laisser entrer dans son appartement.

— En général, oui.

Il se tourna vers elle.

— J'ai réservé pour huit heures.

— Dans ce cas, nous avons peu de temps devant nous. Voudriez-vous boire quelque chose avant de partir ?

— Volontiers, merci.

Meredith alla au petit bar fermé, de l'autre côté de la pièce.

— Un Lillet, d'accord ? demanda-t-elle en ouvrant le seau à glace.

Il hocha la tête affirmativement tout en regardant le portrait d'Elizabeth et de son fils. La femme était belle. Dans sa robe blanche à volants largement décolletée, elle ressemblait à l'une de ces beautés sudistes de l'époque de la Guerre Civile Américaine. L'enfant lui ressemblait étonnamment, réplique en réduction de la femme, avec les mêmes traits et la même carnation foncée. Quelque chose dans cette femme paraissait étrangement familier à Alexander ; il avait l'impression de la connaître.

— Qui est-ce ? demanda-t-il.

Meredith lui tendit son verre.

— Elle s'appelle... s'appelait Elizabeth Weldon-Ryan, répondit-elle. Une grande star de la fin des années quarante.

Alexander se tourna vers Meredith.

— Une star ? Une star de cinéma ?

Meredith acquiesça de la tête.

— Elle et son fils sont morts pendant le tournage de l'un de ses films.

Les heures qu'elle avait passées à écouter Tom Ryan lui parler d'Elizabeth et David lui revinrent aussitôt en mémoire.

— Cet enfan est le sien ? demanda encore Alexander.

— Oui. Il s'appelait David. Il est mort à quatre ans.

— Il me semble connaître la femme, expliqua Alexander. Je pensais l'avoir déjà vue quelque part.

Meredith secoua la ête.

— J'en doute. Elle est morte depuis une trentaine d'années, dit Meredith en sirotant son verre.

— Peut-être ai-je vu l'un de ses films alors. Nous avons une salle de projection privée sur l'île. Ma mère adorait le cinéma américain.

— C'est possible. À moins que vous n'ayez vu des photos d'elle ici, aux États-Unis. On parle encore d'elle.

Alexander consulta sa montre, comme s'il voulait rompre un charme.

_ Il est temps que nous partions, dit-il simplement. La circulation en ville est plus dense que d'ordinaire ce soir.

Meredith acquiesça.

— Je reviens tout de suite.

Elle alla chercher son sac à main dans sa chambre.

Quand elle revint, il contemplait le tableau.

— Avez-vous aimé les roses ? demanda Alexander.

Ils avaient pris place à une table proche du grand bassin carré de la Salle du Bassin des Quatre Saisons. La vaste salle à manger à trois niveaux était comble. Dans le hall en marbre, des clients qui attendaient des tables s'arrêtaient pour admirer l'immense rideau de scène de Picasso. Par les hautes fenêtres de la salle à manger, Meredith voyait les lumières d'un gratte-ciel aux murs en verre qui se dressait de l'autre côté de la rue. Elle buvait son vin blanc à petites gorgées.

— Magnifiques… se risqua-t-elle à dire. Mais souvenez-vous ? Nous avions passé un accord. Cette soirée devait être exclusivement réservée aux affaires…

— Bien sûr. Je me suis seulement montré… courtois. Une jolie femme mérite de jolies roses.

Elle l'observa un moment. Pas d'excuse. Pas de suggestion voilée.

Elle réussit à sourire doucement. En dépit de l'antagonisme qu'il suscitait en elle, elle commençait à subir l'impact de son charme extraordinaire.

— J'ai suivi votre carrière, dit-il.

Elle le regarda, sans même cacher sa surprise.

— Oh ?

Ce fut tout ce qu'elle put dire.

— Je suis impressionné, dit-il souriant. J'aime votre style.

— Merci.

Dès le début, Meredith avait compris que l'intérêt d'Alexander était plus personnel que professionnel. « Vous perdez votre temps », pensa-t-elle par défi. Il était beau, charmant, et le plus fascinant des hommes qu'elle eût jamais connus, mais Meredith ne connaissait que trop sa réputation, depuis longtemps établie, de séducteur. Elle n'allait donc pas se laisser faire. «Cet homme ne désire qu'une chose des femmes, se dit-elle encore. Un homme comme Alexander Kirakis serait capable de me détruire.»

Toutefois, malgré ses réserves, elle se surprit à se détendre en sa compagnie; cette soirée était tout de même fort agréable. Ils discutèrent de l'interview projetée. Il la questionna sur son travail et ses réponses parurent l'intéresser vivement. Lui-même l'amusa en lui contant des anecdotes sur ses voyages, sur les coutumes étranges et les pratiques culinaires qu'il avait découvertes. Il se comportait comme s'il n'y avait que Meredith dans la salle. Aussi flattée qu'elle fût par cette attention, Meredith ne put réprimer un certain malaise. Elle voulait se présenter comme la journaliste professionnelle en tous points, mais il ne lui facilitait pas les choses. Il l'observait, il lui souriait, comme il l'avait fait lors de cette soirée du Rainbow Room. Il avait à peine touché au canard grillé aux pêches, il ne se soucit même pas de dissimuler sa fascination à son endroit. «Je suis un objet de curiosité pour lui, décida-t-elle en elle-même. Une femme qui ne tombe pas sous son charme.»

Ils quittèrent le restaurant, et il lui proposa alors de prendre un dernier verre.

— La soirée ne fait que commencer. Je connais un endroit où nous pourrons bavarder tranquillement et nous détendre grâce au meilleur vin de tout Manhattan.

— Où donc?

Leurs regards se rencontrèrent.

— À la Tour Olympique.

L'appartement était dans l'obscurité quand ils y arrivèrent.

— Mon personnel domestique s'est retiré pour la soirée, expliqua Alexander en prenant le manteau de Meredith, comme s'il avait lu dans ses pensées.

Tandis qu'il retirait son propre pardessus, elle avança dans le salon obscur. Cette pièce était exactement comme elle se l'était imaginée: élégante, très moderne et résolument masculine. Du canapé et des fauteuils en cuir noir aux tapis et tentures gorge-de-pigeon, en passant par les tables en verre et en chrome et les murs aux miroirs reflétant la vue magnifique du centre de Manhattan la nuit, c'était exactement ce qu'elle avait attendu d'un homme comme Alexander Kirakis. Finesse, élégance, puissance. Depuis la fenêtre, Manhattan ressemblait à un splendide coffret à bijoux ; ses lumières scintillaient aussi loin que s'étendait la vision humaine. C'était ce spectacle qui se réfléchissait dans les grands miroirs du mur opposé, comme si le spectateur était entouré de diamants. Meredith sentit la présence d'Alexander lorsqu'il s'approcha d'elle.

— C'est beau, n'est-ce pas ? demanda-t-il.

— À vous couper le souffle, admit-elle.

— C'est vous qui me coupez le souffle.

D'un mouvement rapide, il l'entoura fermement dans ses bras, immobilisant du même coup ses bras. Elle sentit ses lèvres sur son cou qu'il se mit à baiser en descendant vers l'épaule.

— Non… protesta-t-elle dans un murmure.

— Ne résistez pas, dit-il d'une voix grave et rauque. Laissez les choses se faire, Meredith. L'alchimie est à l'œuvre entre nous… depuis notre première rencontre. Je crois que vous en avez aussi l'intuition.

— Non, répéta-t-elle sur un ton qu'elle voulait ferme.

L'effet qu'il exerçait sur elle était énervant. Elle voulut s'écarter, mais il était trop fort et avait bien l'intention de la retenir. Finalement, dans un éclair de volonté, elle assembla toutes ses forces pour briser son étreinte. Elle recula rapidement avant qu'il ne puisse la saisir de nouveau.

— J'aurais dû m'en douter, enragea-t-elle.

— Vous vous en doutiez.

Elle secoua la tête.

— Bien sûr, vous vous en doutiez, insista-t-il. Je n'ai fait aucun secret de mon désir pour vous.

Il approcha d'un pas.

Elle tourna vers lui un visage coléreux.

— De tous les… commença-t-elle.

Alexander posa sa bouche sur la sienne en même temps qu'il la reprenait dans ses bras. Elle ne se débattit qu'un moment. Elle se détendit lentement contre lui, répondant malgré elle à son baiser. Il retira les grandes épingles qui retenaient sa chevelure qui descendit en inondant ses épaules. Il y mêla ses doigts en l'embrassant avec ardeur. Il s'écarta enfin d'elle en lui souriant.

— Vous voyez ? C'était parfait, dit-il doucement.

Elle secoua la tête, n'osant pas parler.

— Restez avec moi cette nuit, Meredith, murmura-t-il. Rien que nous deux, à faire l'amour… ce serait magique.

— Non !

Elle recula.

— Je suis venue pour discuter interview, et pour rien d'autre.

— Vous vous mentez à vous-même. Vous prétendez ne vouloir parler que d'affaires, mais votre corps parle d'autre chose. Je veux vous faire l'amour, et je crois que vous le voulez autant que moi. Croyez-vous que je ne le sente pas quand je vous tiens dans mes bras ? Vous ne vous êtes pas débattue tout à l'heure.

— Vous n'avez rien compris, s'entêta-t-elle.

Il sourit. Il ne perdait pas patience.

— Je ne crois pas.

— Il faut que je m'en aille.

Elle tremblait de rage et de confusion.

— L'interview ne vous intéresse plus ?

Elle le darda du regard.

— Dites-moi, faut-il que je couche avec vous pour l'obtenir ?

Il fronça les sourcils.

— C'est une insulte à mon honnêteté, dit-il sans hausser le ton. Les deux choses ne sont pas liées, et sont au-delà du fait que je me suis servi de l'interview proposée pour vous faire venir ici. Meredith, vous et moi deviendrons amants tôt ou tard, indépendamment de cette interview. C'est écrit.

— Il faut que je parte, répéta-t-elle en prenant son sac.

Alexander la suivit et insista pour l'aider à enfiler son manteau.

— Puisque vous êtes décidée à partir, je vous accompagne.

— Non, je rentre seule.

— Mon chauffeur va vous reconduire.

— Je peux prendre un taxi.

— Je ne veux pas entendre cela !

Leurs yeux se rencontrèrent dans l'obscurité. Impulsivement, il se pencha et l'embrassa de nouveau, doucement, la pressant contre la porte. Meredith se raidit contre la tension sexuelle qu'elle commençait à ressentir dès qu'elle était dans ses bras, se refusant à lui de toute sa volonté. Quand il la relâcha enfin, il la regarda droit dans les yeux et murmura :

— Ça pourrait être merveilleux, vous et moi…

Elle s'éloigna de lui.

— Je n'ai pas envie de devenir l'une de vos victimes romantiques, dit-elle avec dédain.

Il effleura les cheveux de Meredith.

— Vous ? Jamais, dit-il dans un souffle. Je suis incapable d'expliquer ce qui se passe en moi. J'ai ressenti une chose étrange dès notre première entrevue à Los Angeles. Prétendrez-vous que vous n'avez pas éprouvé quelque chose d'analogue ?

— C'est pourtant ce que je voudrais que vous compreniez, répondit-elle vivement.

Elle recula encore, ouvrit la porte et sortit. Longtemps après qu'elle eût disparu dans l'ascenseur, Alexander la suivait mentalement des yeux en souriant.

« Nous verrons, pensa-t-il. Nous verrons. »

XIV

Dans son bureau du World Trade Center, Alexander regardait avec intérêt Meredith interviewant pour *l'Œil du Monde* un sénateur US controversé. Il appréciait son style direct et mordant. Elle ne ratait pas un uppercut. Elle était même trop bonne pour ce genre d'entretiens détendus et sans cérémonie qui caractérisaient cette émission. Sa place se trouvait au sein de l'équipe du journal télévisé du soir. Il étudia son visage sur l'écran. Elle avait l'air d'un ange. Même lui avait peine à croire qu'une fille aussi jolie pût être aussi incisive. Personne ne savait mieux qu'Alexander jusqu'où pouvait aller sa rudesse. Deux semaines s'étaient écoulées depuis qu'elle l'avait planté dans son appartement, et il ne se passait pas un jour sans qu'il y pensât. Son refus n'avait fait qu'attiser son désir pour elle. Il la désirait comme jamais il n'avait désiré une femme, surtout depuis qu'elle lui avait déclaré ne rien vouloir de lui.

Le générique se déroula sur l'écran, indiquant la fin du programme. Alexander prit la télécommande sur son bureau et éteignit l'appareil. Un lourd panneau en acajou glissa automatiquement sur l'écran, masquant l'appareil. Il réfléchit un moment, l'œil rivé sur son téléphone. Il avait envie de l'appeler, de lui dire ce qu'il pensait de l'interview et la prier de dîner avec lui, mais il connaissait déjà sa réponse. Mieux valait attendre qu'elle vînt à lui – et il savait qu'elle viendrait. Elle serait bien obligée. Ils avaient une affaire à mettre au point : l'interview. Alexander sourit, se demandant ce qu'elle dirait si elle savait que cette interview était aussi importante pour lui que pour elle, qu'elle faisait partie de son plan destiné à modifier son image publique. « Prenons les choses dans l'ordre », pensa-t-il.

Il fallait d'abord changer son image auprès d'elle.

Harv Petersen, le producteur réalisateur de *l'Œil du Monde* était un homme grand et maigre allant sur la soixantaine, au visage fortement marqué et buriné et aux cheveux clairsemés dont la couleur faisait penser au métal d'un pistolet. Ancien correspondant d'un quotidien, il avait couvert la guerre de Corée en première ligne. Il avait la voix rocailleuse et les manières d'un sergent de Marines en service. Il occupait un imposant bureau en coin lambrissé en noisetier au dixième étage du Centre de Télévision, en haut de la 52ᵉ Rue.

Meredith pénétra dans son bureau en se demandant ce que lui voulait Petersen dont le message indiquait : « DÈS QUE POSSIBLE ».

— Asseyez-vous, Meredith, dit-il avec une courtoisie qui n'était pas dans son caractère.

— Qu'y a-t-il de si urgent, Harv ? demanda Meredith en prenant place.

Il alla droit au sujet sans s'embarrasser du vocabulaire.

— On m'a dit que vous aviez une piste personnelle concernant une interview d'Alexander Kirakis.

Il alluma un cigare et se renversa dans son fauteuil.

— On dit que vous entretenez tous deux des relations amicales, dîner aux Quatre Saisons, fleurs...

Meredith eut l'air surprise.

— Vous saviez cela ?

Il eut un petit sourire malicieux.

— Les nouvelles vont vite ici. Car enfin, c'est notre travail d'être toujours à l'affût, même si cela concerne l'un de nous. Je dirais même : surtout dans ce cas.

— Je crains que ces rumeurs ne soient fort exagérées. Désolée de vous décevoir.

— Vous ne le voyez pas ?

— À peine. Je l'ai rencontré trois fois au cours de ces dernières années – brièvement – et nous avons en effet dîné aux Quatre Saisons pour discuter de l'éventualité d'une interview. C'est tout.

— C'est déjà plus que ce que d'autres ont obtenu de lui !

— Mais on ne peut pas dire que ce soit un engagement de sa part.

— Il y a tout de même une chance ?

— Il y a toujours une chance. Mais Alexander Kirakis n'est pas l'homme sur qui je miserais trop, il est trop imprévisible, dit Meredith, la mine amusée.

— Cette fois-ci, peut-être serait-il bon pour vous que vous jouiez sur un plan d'ensemble.

— Que voulez-vous dire par là ?

Le regard de Meredith se fit railleur.

— Cette interview pourrait avoir une grande importance pour votre carrière. Le réseau étudie une nouvelle série d'interviews à une heure de grande écoute pour l'automne. Ils appelleront cela *L'Observateur de Manhattan*. Il s'agira d'un programme d'une heure par semaine centré sur des politiciens, des financiers, des hommes d'affaires, et des sujets sérieux. Les interviews devront être menées sur un ton plus grave et plus approfondi que celles que vous avez réalisées jusqu'à maintenant. Ils veulent faire le portrait des leaders et autres personnalités influentes vivant à Manhattan ou de passage dans notre ville.

— Alexander Kirakis n'est pas un politicien.

— Non, mais on ne peut nier qu'il soit l'un des hommes les plus puissants du monde, souligna Petersen. La Société Kirakis est assez importante pour faire culbuter l'économie d'une nation en y lançant une affaire, ou en déclinant une offre.

— Qu'êtes-vous en train de me dire exactement avec vos périphrases ? demanda prudemment Meredith.

— Vous êtes la candidate numéro un pour prendre en main cette émission. Vous l'obtiendrez si vous arrivez à faire cette interview avec Kirakis, dit Petersen en faisant tomber la cendre de son cigare dans le vaste cendrier de son bureau. Nous connaissons tous son mépris des médias. Il peut être plus difficile à atteindre que le Pentagone s'il en a décidé ainsi. Faites-le céder et vous éliminerez d'un coup tous les autres concurrents.

— D'accord, Harv, bien reçu le message, dit Meredith en se levant. Je ne vous garantis rien cependant, mais il avait accepté d'envisager cette possibilité. Je vais donc reprendre contact avec lui.

La rage montait en elle quand elle retourna dans son bureau. Il était injuste que son avenir professionnel dépendît des caprices d'un homme qui ne désirait qu'une chose d'elle.

Si jamais il savait cela, il lui rendrait la vie infernale !

Traversant la foule grouillante en direction du World Trade Center, Meredith appréhendait cette rencontre. Elle espérait seulement que son inquiétude ne transparaisse pas et que son ambivalence ne soit pas trop visible. Or, Alexander possédait la sensibilité du radar le plus perfectionné ; il était presque capable de détecter l'humeur et l'état d'esprit des autres. En fin de compte, Meredith ne savait absolument pas à quoi s'attendre. Elle l'avait joint au téléphone avec une étonnante facilité, et quand elle lui parla, il se montra cordial mais très affairé et donna son accord pour la rencontrer dans son bureau.

— Puis-je vous aider ? demanda l'hôtesse d'accueil.

— Meredith Courtney, IBS. J'ai rendez-vous à dix heures avec M. Kirakis.

L'hôtesse hésita un instant puis poussa le bouton du téléphone.

— Mme Courtney désire voir M. Kirakis, annonça-t-elle.

Il y eut une brève pause.

— D'accord. Oui.

Elle reposa l'appareil et leva la tête vers Meredith.

— Passez cette porte, longez le couloir jusqu'au fond puis tournez à gauche. Il vous attend.

— Merci.

Meredith trouva sans peine la suite d'Alexander. Elle fut accueillie par Stacey Harcourt, sa secrétaire particulière.

— M. Kirakis a dû s'absenter un moment, mais il m'a priée de vous faire entrer dans son bureau en attendant son retour.

Meredith hocha la tête. Elle regarda la plaque d'argent gravée apposée sur le mur, à proximité de la porte à deux battants ciselés d'ornements enchevêtrés. « Alexander Kirakis – Président-Directeur Général ». Elle aurait pu ajouter quelques détails qu'il ne convenait pas toutefois de divulguer au public.

La secrétaire ouvrit la porte et la conduisit dans le bureau. C'était une vaste pièce, plus imposante qu'elle ne le pensait. Les deux murs donnant sur l'extérieur étaient composés de fenêtres allant du sol au plafond ; les murs intérieurs étaient lambrissés de bois d'acajou. Une bibliothèque incorporée s'étendait à droite du bureau et au centre des étagères, il y avait un grand panneau sculpté à demi descendu sur un écran de télévision avec vidéocassettes. Le bureau était un bloc massif en acajou noir, son fauteuil directorial à dos très haut était tapissé de daim gris. Derrière le bureau se trouvait une console où était disposé un complexe de communications consistant en une batterie de téléphones en liaison directe avec les bureaux de la société disséminés à travers le monde, deux téléphones rouges avec système de brouillage, des interphones perfectionnés et un ordinateur terminal. La pièce était meublée d'un canapé et de plusieurs fauteuils, tous recouverts du même daim gris que le fauteuil directorial, les fauteuils étant disposés dans différentes parties du bureau. À l'autre extrémité de la pièce, un bar bien approvisionné avait été aménagé dans une belle vitrine antique. Au-dessus était accroché un immense portrait de Constantine Kirakis.

Au bout d'un moment, Meredith se demanda ce qui le retenait. Il était 10h30 à sa montre. La secrétaire avait dit qu'il revenait tout de suite. Elle attendait depuis une demi-heure. Elle se tourna dans son fauteuil et regarda la porte avec impatience. Elle commençait à se demander s'il était vrai qu'il était retenu ailleurs, et s'il ne la faisait pas attendre délibérément. Elle avait un rendez-vous à midi – également en vue d'une interview éventuelle – mais elle savait que si elle partait sans l'avoir vu, elle n'aurait peut-être pas une autre chance. Elle avait besoin d'Alexander – mais il ne devait pas le savoir. Il lui fallait rester, quelle que soit la durée de l'attente.

À 11h50, la porte s'ouvrit et Alexander entra en souriant.

— Bonjour, dit-il de sa voix grave et familière en s'asseyant à son bureau. Je suis content de vous revoir, mais, pour être franc, j'en suis surpris.

Il l'observa un moment, impressionnant dans son complet gorge-de-pigeon. Il eut un sourire appréciateur.

— Pourquoi ? demanda Meredith froidement. N'avons-nous pas une affaire à régler !

Voyant l'expression de sa physionomie, elle savait ce qu'il pensait.

— Vous m'aviez promis une interview.

Elle le défiait du regard.

— Ah! Oui, l'interview, dit-il sur un ton aimable. Je pensais que vous aviez changé d'avis.

— Où êtes-vous allé chercher une idée pareille?

— Voilà deux semaines que je n'ai pas de nouvelles de vous. Depuis que vous m'avez laissé tomber, lui rappela-t-il. Vous étiez furieuse, si je me souviens bien.

— Non sans raison, dit Meredith avec prudence. Mais je ne suis pas venue pour discuter de nos divergences personnelles. Je suis ici pour savoir si vous avez l'intention de vous soumettre à cette interview et si oui, pour organiser une réunion afin d'en discuter le déroulement.

Il l'étudia un moment.

— Meredith, je suis un homme de parole, en dépit de ce que je peux être par ailleurs. Vous aurez cette interview, sous certaines conditions toutefois.

Elle l'observa suspicieusement.

— Lesquelles?

— Vous devrez d'abord me soumettre toutes les questions que vous souhaitez me poser, et tous les sujets que vous souhaitez discuter. L'interview ne pourra se dérouler en direct. Elle sera enregistrée en vidéo, et je devrai la visionner et l'approuver avant sa diffusion.

Il se pencha en avant, ses bras sur le bureau, les mains jointes.

— Vous exigez beaucoup.

— Ce sont mes conditions, dit-il simplement. À prendre ou à laisser.

« Il va se montrer impossible ! » pensa Meredith.

— Et si je suis d'accord?

— Eh bien! Nous fixerons un autre rendez-vous; vous me soumettrez la liste des sujets que vous souhaiteriez aborder. Et je vous dirai si je les approuve ou non.

— Eh bien! Il se trouve que j'ai déjà préparé une liste, dit-elle. Je l'avais faite dès le premier jour où l'éventualité d'une interview avec vous s'est présentée.

— Ah ? Vous l'avez apportée ?

Elle secoua la tête.

— Je pensais qu'il valait mieux attendre que vous donniez votre accord sur le principe, répliqua-t-elle.

Alexander hocha la tête.

— Peut-être pourrions-nous en parler en dînant ensemble ce soir, suggéra-t-il.

— Non, dit vivement Meredith. Pour que cette affaire réussisse, le seul moyen est de garder entre nous des relations strictement professionnelles – pas de dîners romantiques, pas de digestifs, uniquement les affaires. À traiter de préférence ici, dans ce bureau. Je pense que nous nous épargnerons ainsi bien des ennuis.

Il tapota son bureau avec le bout gommé de son crayon sans quitter Meredith des yeux.

— Je crains que nous n'ayons un problème, dit-il enfin. Voyez-vous, mon emploi du temps ne me permet pas de vous voir ici durant les heures de travail normales. Si vous souhaitez réaliser cette interview, ce sera à ma convenance.

— Je comprends, dit-elle, crispée. Toujours plus de conditions.

Elle le regarda, irritée. Elle se haïssait de se laisser ainsi malmener.

Lui, il souriait.

— Si vous êtes inquiète de me rencontrer dans le monde, ou d'être seule avec moi à cause de ce qui s'est passé entre nous à mon appartement, permettez-moi de vous mettre à l'aise. Je n'ai jamais possédé une femme contre sa volonté, et je n'ai nullement l'intention de commencer maintenant.

Meredith le regarda sans souffler mot. Il la taquinait, et il lui fallut rassembler toutes ses forces pour maîtriser sa fureur.

— Vous voulez que nos relations restent strictement professionnelles – ce qui, je suppose, signifie qu'une fois l'interview enregistrée et diffusée, nous ne nous reverrons pas, dit-il. Ai-je raison ?

Il y eut une pause.

— Oui, dit-elle enfin.

Il opina de la tête.

— Qu'il en soit donc ainsi, si c'est ce que vous désirez vraiment.

Il la dévisagea, la mine interrogative. Comme elle ne répondait pas, il reprit :

— Vous aurez ma coopération pleine et entière en ce qui concerne l'interview, pourvu que mes conditions soient respectées.

— Je ne vois aucun problème.

Elle était certaine que Petersen lui donnerait son accord final.

Alexander la regardait toujours, puis il ouvrit la bouche pour parler, mais il se ravisa. Ils étaient plongés dans un silence gêné qui parut durer une éternité. Ce fut Meredith qui reprit la parole.

— S'il n'y a rien d'autre à mettre au point dans l'immédiat, je vais m'en aller. J'ai un autre rendez-vous, et je suis déjà en retard.

Il acquiesça de la tête.

Elle se leva lentement.

— Nous pourrions nous revoir mercredi soir, si vous êtes libre.

Il fit un signe de tête.

— Je vous appellerai, promit-il.

— Parfait.

Ce fut quand elle se retrouva dans l'ascenseur que Meredith cessa de penser à la scène qui venait de se dérouler dans le bureau d'Alexander. Étrange rencontre. Elle s'était attendue à ce qu'il dressât des obstacles. Elle s'était même attendue à ce qu'il se montrât furieux. Mais ce qui venait de se passer avait été totalement inattendu. Il avait exprimé en termes clairs ce qu'il désirait – ce qu'il exigeait – en contrepartie de son interview, il avait cependant accepté de la faire. Elle s'était attendue à ce qu'il fût d'accord pour la rencontrer pour lui lancer au visage qu'il ne lui accorderait rien, mais au lieu de cela, non seulement il y avait consenti, mais en plus, il lui avait promis sa coopération pleine et entière. «Pourquoi ?» s'étonnait-elle. Elle ne pouvait s'empêcher de le soupçonner.

À quoi jouait-il ?

Alexander et Meredith se rencontrèrent souvent pour discuter de l'interview dans les semaines qui suivirent. Au début, ces rencontres, bien qu'ayant lieu dans les restaurants les plus élégants de Manhattan, ressemblaient plutôt à des trèves armées. Elles furent pénibles et semées d'embûches. Ils étaient en désaccord sur tout.

Puis peu à peu, ils se détendirent et les discussions devinrent plus agréables. Alexander se montra toujours charmant et attentif, mais il ne lui proposa plus de la ramener chez lui après le dîner ; il ne fit même plus aucune remarque allusive. C'est un parfait homme du monde, pensait Meredith, abandonnant tous ses doutes. Il m'aurait suffi de lui faire comprendre dès le début que l'intérêt que je lui portais était d'ordre purement professionnel. Elle se surprit à éprouver une sympathie sincère envers lui.

En même temps que les vents froids de l'hiver cédaient la place au renouveau printanier, l'antagonisme existant entre Alexander et Meredith cédait la place à une admiration et à une affection mutuelles de plus en plus fortes. La tension sexuelle qui avait toujours été présente entre eux demeurait la même, mais elle n'était plus leur unique ressort commun. Ils avaient fini par s'en arranger, ils avaient appris à vivre avec. Pour Meredith, cela signifiait une capacité à admettre, ne fût-ce que vis-à-vis d'elle-même, qu'elle était puissamment attirée vers Alexander, même si elle avait résolu de ne jamais céder. Pour Alexander, cela signifiait qu'il devait maîtriser ses pulsions physiques en sublimant ses désirs à travers une relation quelque peu confuse.

Au début du mois d'avril, Austin Ferris, le président de la chaîne de télévision intercontinentale annonça officiellement que le programme d'automne d'IBS comprendrait une émission hebdomadaire présentant des interviews dirigées par Meredith Courtney. Le titre de cette nouvelle production : l'*Observateur de Manhattan*. Il confirma que trois séquences de cette nouvelle émission seraient diffusées chaque mois en juin, juillet et août, puis le rythme deviendrait hebdomadaire en septembre, époque à laquelle Meredith quitterait l'*Œil du Monde* ; Casey Rinaldi, la présentatrice qui contribuait déjà régulièrement à cette émission, en assurerait la succession. Austin Ferris confirma également les rumeurs selon lesquelles la première séquence de l'*Observateur de Manhattan* serait un profil détaillé d'Alexander Kirakis, cette séquence étant en cours d'élaboration.

— Ça démarre déjà, dit Meredith à Alexander au dîner qui les réunit un soir au Rainbow Room. Les chroniqueurs mondains pensent déjà qu'il y a une liaison entre nous.

Alexander la regarda. Malgré la faible luminosité, ses yeux noirs semblèrent étinceler.

— Cela vous ennuie-t-il ? demanda-t-il en posant sa fourchette au bord de son assiette.

— Au premier abord, oui, avoua-t-elle. Je déteste l'idée que l'on puise penser que j'ai couché avec vous pour obtenir votre interview.

— Et ensuite ? il vida son verre de vin.

— Je suis en quelque sorte immunisée, dit-elle avec un sourire las. Je suppose que c'est une question d'habitude.

Il sourit.

— Je n'aurais jamais cru que vous étiez femme à vous formaliser de ce que les autres peuvent penser de vous, dit-il, l'œil amusé.

— En général, cela ne me touche pas, c'est vrai, répondit-elle. Mais quand j'ai débuté dans la profession, me construisant une carrière à partir de rien...

Elle s'interrompit brusquement.

— Disons simplement qu'il se produisit certaines choses qui me rendirent méfiante sur ce point.

— Racontez-moi, la pressa-t-il.

— C'est une longue histoire.

— J'ai le temps.

— Ce n'est pas tellement important, s'obstina-t-elle.

— Ça l'est manifestement, sinon, cela ne vous inquièterait plus autant.

Il prit sa main par-dessus la table.

— Vous n'avez donc pas encore confiance en moi, Meredith ? demanda-t-il doucement.

— La confiance n'a rien à voir là-dedans. C'est de l'histoire ancienne qui ne peut intéresser personne, sauf peut-être une autre femme de télévision qui se trouverait dans une situation analogue.

— Vous avez tort.

Leurs regards se rencontrèrent.

— Cela m'intéresserait.

Elle hésita un moment. Comprenant que son intérêt était sincère, elle se mit à raconter. Elle se surprit à lui raconter des événements dont elle n'avait jamais parlé à personne. Mieux encore : tandis qu'elle parlait, elle se demandait pourquoi elle se laissait aller ainsi. Elle parla de ses déceptions et des obstacles qu'elle avait dû surmonter au cours de sa carrière, du scepticisme qu'elle avait trouvé de la part de ses collègues masculins, de la jalousie et de la rivalité des femmes. Elle ne voyait qu'une compréhension patiente dans le regard d'Alexander.

— Nous avons beaucoup plus de choses en commun que vous ne l'imaginez, lui dit-il. Moi aussi, je me suis heurté à une masse d'obstacles, moi aussi j'ai eu à lutter contre les préjugés.

Elle eut l'air stupéfaite.

— Vous ?

— Ça n'a jamais été facile d'être le fils de Constantine Kirakis.

— J'aurais plutôt cru que votre vie s'en était trouvée simplifiée.

— Peut-être sur certains points. J'ai bénéficié de tous les avantages possibles. Mais jusqu'à ce que je devienne officiellement le Président-Directeur Général de Kirakis, tout ce que je possédais m'avait été donné, expliqua-t-il à voix basse. Ma fortune personnelle me vient d'un héritage. Même la présidence de la Société Kirakis me fut transmise comme un meuble de famille. Pour beaucoup de gens, cette situation est idéale, voire enviable. Mais moi, j'ai découvert qu'avec les privilèges viennent les pressions.

— Quel genre de pressions ?

— La principale vient de ce que l'on me compare constamment à mon père ; on me reproche de me contenter de me reposer sur les lauriers de mon père. C'est ce qui, entre autres choses, suscita l'animosité existant entre les médias et moi, animosité qui ressemble aujourd'hui à une querelle raciale. C'est l'un des motifs qui me poussent à accepter cette interview.

Meredith le dévisagea, pas sûre de bien le comprendre.

— J'étais en train d'envisager mes disponibilités en vue d'améliorer mes relations avec les médias et de modifier mon image de marque au moment où vous m'avez offert de passer dans votre émission, expliqua-t-il. Je connaissais cette émission, bien sûr. J'avais regardé plusieurs de vos interviews et elles m'ont plu...

— Attendez une minute ! interrompit Meredith sans dissimuler sa surprise. Vous m'avez exploitée !

— Êtes-vous fâchée ? demanda-t-il, un éclair dans le regard.

Meredith riait. Elle l'aurait volontiers étranglé.

— Je serais furieuse – si ce n'était pas si drôle ! À nous deux, nous faisons la paire, savez-vous ! J'étais là à vous utiliser pour favoriser ma carrière et m'inquiétant de vous voir changer d'avis, et pendant tout ce temps, c'était vous qui vous serviez de moi et de mon émission pour modifier votre image ! J'avais toujours pensé être un excellent juge en matière de caractère et être capable d'imaginer ce qui se passait dans la tête de mes interlocuteurs, mais en réalité, vous m'avez intégralement dupée. Vous m'avez largement devancée, Alexander.

— J'en doute, dit-il avec désinvolture.

— Tenez, en ce moment même, je n'ai aucune idée de ce que vous avez en tête ni de ce que vous cherchez vraiment. Que voulez-vous exactement ?

Alexander se contenta de sourire.

Meredith louvoyait parmi la foule dense du hall du Centre de Télévision IBS, faisant un signe de la main en direction du gardien de la sécurité en service à son bureau. Puis elle arriva à la porte à double battants faisant face à la 52e rue Ouest. Elle sortit dans l'air saisissant de la nuit, elle s'arrêta un instant pour remonter le col de son manteau de laine bleu. Elle marcha vers la limousine arrêtée au virage, supposant qu'il s'agissait de la voiture de fonction qui l'attendait pour la reconduire chez elle. Soudain, la portière arrière s'ouvrit et Alexander émergea.

— Bonsoir, lança-t-il avec un sourire irrésistible.

Elle s'immobilisa net.

— Alexander, que faites-vous ici ? demanda-t-elle tandis qu'il lui prenait le bras et la poussait à l'intérieur de la voiture avant qu'elle n'eût le temps de protester.

— Je vous enlève, dit-il d'une voix joyeuse inhabituelle chez lui.

Il se glissa auprès d'elle.

— Je vais vous dissimuler dans une cachette terriblement romantique où personne ne nous trouvera jamais.

— Soyez sérieux ! gronda Meredith en riant.

— Je suis sérieux, insista-t-il en refermant la portière et en faisant signe au chauffeur de démarrer.

— Où allons-nous ?

— J'avais un rendez-vous dans la 57e Rue Ouest cet après-midi. Alors j'ai pensé vous reconduire.

— Mais, j'ai ma voiture… commença-t-elle.

Il secoua la tête.

— Tout a été prévu, assura-t-il.

— Mais…

— Vous protestez trop, taquina-t-il alors que la voiture avançait par à-coups dans le trafic saccadé de Broadway. Ils arrivèrent à Times Square. Meredith regardait distraitement les enseignes au néon clignotantes et les affiches suggestives qui semblaient s'étaler partout, les détritus de toutes sortes qui tourbillonnaient dans le vent. Elle se ferma aux bruits qui les assaillaient de tous côtés.

— Je déteste d'avoir à vous dire cela, dit-elle lentement en se tournant vers Alexander, mais nous roulons dans la mauvaise direction.

— Ah ? Vraiment ? demanda-t-il en feignant l'innocence. Eh bien ! Puisque nous sommes là, je connais un merveilleux petit local, un endroit tranquille et intime où nous pourrons dîner.

— Et discuter de l'interview ? compléta-t-elle en souriant.

— Évidemment, acquiesça-t-il d'un signe de tête rapide.

Les semaines précédentes, ils avaient dîné ensemble presque tous les soirs. Elle l'avait accompagné à l'inauguration d'une exposition artistique dans une prestigieuse galerie de la Madison Avenue. Il lui avait ensuite déclaré qu'il souhaitait discuter avec elle de détails importants. Ces « détails importants » se résumaient en une suggestion : envoyer une équipe de cameramen à l'aéroport Kennedy pour prendre quelques clichés de son avion privé, un Bœing 747 récemment acquis. L'intérieur en avait été remodelé et un décorateur de renom l'avait transformé en un palace volant. Il tenait sa promesse de maintenir une distance professionnelle entre eux, ainsi qu'elle l'en avait prié au début de leur association. Du moins s'y efforçait-il. Il la désirait toujours. Plus que jamais en vérité. Meredith se demandait dans quelle mesure la fascination qu'elle exerçait sur lui ne venait pas de son refus persistant à se donner à lui, alors que la plupart des femmes s'empressaient de devenir ses amantes.

Elle le regardait, assis à côté d'elle dans la pénombre de la voiture. Décidément, il l'intriguait autant que la première fois qu'elle le vit à la Bella Fontana ; elle était toujours aussi méfiante qu'au dîner du Rainbow Room; et toujours aussi attirée vers lui que lorsqu'elle le rencontra au match de polo. « Alexander Kirakis, conclut-elle est un homme complexe – une énigme, un puzzle défiant toute solution. » Il ressemblait à un aimant sans défaut, glacé et poli en surface, mais brillant et ardent au-dessous. Meredith se demanda alors si elle le connaîtrait vraiment un jour, si leurs relations dureraient jusque là.

— Eh bien ! Que faisons-nous ? demanda-t-il, rompant le silence. Allons-nous dîner ?

Elle réussit un léger sourire.

— Je ne suis pas habillée pour le dîner, protesta-t-elle faiblement. Il faut que je me change...

— Vous n'avez pas besoin de vous changer, assura-t-il. Vous êtes charmante ainsi.

Elle sourit.

— Merci, mais je ne suis vraiment pas habillée pour le dîner, insista-t-elle. Alors, si vous n'y voyez pas d'inconvénient...

Alexander sourit à son tour et fit un geste de reddition.

— D'accord.

Il donna l'adresse de Meredith à son chauffeur.

— Je reviens tout de suite, promit Meredith en entrant dans son appartement.

Elle laissa tomber son sac à bandoulière sur le canapé et retira son manteau.

— Versez-vous à boire. Vous devez savoir où sont rangés les verres et les flacons maintenant.

Il hocha la tête affirmativement.

— Prenez votre temps. Je ne suis pas pressé. « Pas pour dîner en tout cas », acheva-t-il pour lui-même.

Lorsqu'elle eut disparu dans sa chambre, Alexander alla au bar et se versa un brandy. Comme il portait le verre à ses lèvres, il regarda pensivement le portrait de cette actrice américaine et de son enfant. Ce portrait l'intriguait et le perturbait à la fois, sans trop savoir pourquoi. La femme avait décidément en elle quelque chose qui était familier à Alexander, mais il n'arrivait pas à mettre le doigt sur cette étrangeté. Par certains côtés, elle lui rappelait Francesca. Par d'autres, elle ressemblait aux femmes qu'il avait fréquentées au long des années. Peut-être était-ce là le nœud de l'affaire. Elle ressemblait aux femmes qui l'avaient toujours attiré – avant qu'il ne fît connaissance de Meredith. Brune, voluptueuse, impérieuse. Il ne pouvait détourner les yeux du tableau, hésitant à définir ce qui le troublait tant dans cette femme.

— Qu'y a-t-il ?

Surpris, Alexander fit volte-face. Meredith se tenait quelques pas derrière lui, encore plus belle que quelques minutes auparavant.

— Pardon ? demanda-t-il, légèrement confus.

— Quelque chose ne va pas ?

Il sourit de son inquiétude.

— Tout va bien maintenant.

— Vous marchez toujours ainsi ? demanda Meredith qui s'essoufflait à suivre les longues enjambées rapides d'Alexander.

Quand il avait téléphoné ce samedi matin pour lui demander si elle aimerait faire une promenade avec lui, elle ne pensait pas qu'il avait l'intention de passer la journée entière à explorer Manhattan à pied.

— Non, concéda-t-il. Pas aussi souvent que je voudrais.

Il la prit par la main.

— Parce que je suis souvent contraint à passer de longues heures enfermé dans mon bureau, je saisis toutes les occasions de passer une journée – ou même seulement un après-midi – dehors.

« Pas étonnant qu'il soit en si bonne forme, pensa Meredith en grimaçant. Seul un athlète professionnel pourrait maintenir une telle allure ! »

— Je rentre chez moi, à Long Island, aussi souvent que possible, dit-il pendant un arrêt devant une sculpture en verre exposée dans une vitrine de Madison Avenue. Mes chevaux de polo sont làbas, et je dois m'entraîner dès que j'en ai le temps.

Puis il se tourna vers elle.

— Je vais vous y emmener l'un de ces prochains jours.

Meredith se contenta de sourire. Si un autre lui avait dit cela, elle n'y aurait vu qu'une idée oiseuse ; mais venant d'Alexander, elle avait l'impression que c'était une promesse qu'il avait l'intention de tenir.

Ils marchèrent vers le nord de Madison Avenue en direction de la 59e Avenue, puis ils se dirigèrent vers l'ouest, en direction de

Central Park. Ils traversaient le parc quand Alexander, levant la tête, vit l'amoncellement de nuages gris qui obscurcissait le ciel. On prévoyait des orages en fin d'après-midi, mais il ne laisserait pas le mauvais temps contrarier son intention de passer la journé avec Meredith.

— Nous ferions bien de nous arrêter pour déjeuner quelque part, dit-il en consultant sa montre. Où aimeriez-vous aller ?

— Cela m'est égal, répondit-elle, toute heureuse. Suivez votre humeur.

Il sourit, un instant tenté de lui dire vers quel but le dirigeait son humeur. Il fit un léger signe de tête et ses yeux étincelèrent. Il voulut lui prendre la main, mais il interrompit son geste brusquement. « Pas encore », gronda-t-il en lui-même.

— Le Plaza est tout près. Nous y allons ?

— Cela me semble parfait.

Ils firent le tour du Pond, passèrent devant le Dairy et longèrent le Pavillon Chess & Checkers, bâtisse en brique rouge débradée, utilisée comme centre de récréation réservé aux enfants de Manhattan avant la construction des aires de jeux.

— Nous ferions bien de repartir, dit Meredith, l'air inquiet en regardant le ciel couvert.

Elle tendit la main gauche et sentit quelques gouttes y tomber

— Il commence à pleuvoir.

— Ça ne sera rien, insista Alexander avec confiance.

Elle eut un sourire en coin.

— Vous en êtes tellement sûr ? dit-elle sans conviction.

— Absolument.

À cet instant, les gouttelettes se transformèrent en une ondée légère, ce qui fit rire Meredith.

— Que disiez-vous ?

Alexander ricana, ses yeux noirs luisants de ruse.

— Je disais qu'il allait pleuvoir et que nous devrions prendre le chemin du Plaza sans tarder, dit-il avec une dignité feinte.

Il lui saisit la main et ils se mirent à courir le long du Pond. Quand ils arrivèrent à l'angle sud-est de Central Park, l'ondée était devenue une averse. Se tenant toujours par la main, ils traversèrent en courant comme des fous le sud de Central Park en direction du Plaza. Ils ne s'arrêtèrent que lorsqu'ils furent sur la dernière marche en béton donnant accès à l'entrée principale située dans la 5e Avenue. Ils se regardèrent un moment, trempés jusqu'à la moelle, et ils éclatèrent d'un rire incontrôlable.

— Oserons-nous entrer? demanda Alexander.

— La question est plutôt: nous laissera-t-on entrer?

— Bien sûr!

Il secoua la tête impérieusement, se rapprochant d'elle pour laisser passer deux grooms portant des bagages qu'ils venaient de retirer d'une Rolls-Royce blanche garée près de l'entrée.

— En êtes-vous si certain? taquina Meredith.

— Absolument.

— Où ai-je déjà entendu cela?

Elle fit un pas en avant mais perdit l'équilibre. Alexander la rattrapa par les coudes. Leurs regards se rencontrèrent un long moment. Puis subitement, impulsivement, Alexander lui fit lever son visage vers le sien et leurs lèvres se rencontrèrent, d'abord doucement, puis avec une impatience évidente à l'instant où il l'enveloppa de ses bras. Elle répondit à son baiser avec ardeur. Ils oublièrent les regards curieux des portiers du Plaza et des passants.

« Bientôt, pensa Alexander. Très bientôt »

— Je crois comprendre que votre père a exercé une puissante influence sur votre vie, conclut Meredith.

Heureusement, ses vêtements commençaient à sécher; elle avait l'impression que tous les clients les dévisageaient.

Alexander sourit.

— Il a été la seule personne influente de ma vie. Ma mère avait coutume de dire – non sans déplaisir d'ailleurs – que père commença à me dresser en vue de sa succession dès le jour de ma naissance. Elle se plaignait souvent parce que je n'avais guère eu d'enfance. Elle disait qu'il considérait la société comme son royaume et moi comme l'héritier du trône.

— J'imagine que cela a dû être pénible pour vous. Un petit enfant portant un fardeau aussi énorme!

— Je n'y ai jamais réfléchi étant donné que je ne connaissais rien d'autre, expliqua-t-il. Mon frère est mort juste avant ma naissance, et j'étais le suivant dans la lignée. Le dernier enfant. Mère n'a pas pu avoir d'autres enfants.

Il prit une bouchée de salade.

— Aussi loin que remonte ma mémoire, j'ai toujours su qu'un jour, je prendrais la place de mon père comme Président-Directeur Général. Curieusement, même lorsque j'étais très jeune, j'attendais ce jour avec impatience.

— Vous n'avez donc jamais eu l'impression que ce rôle vous avait été imposé ?

Meredith prit son verre.

— Nullement. J'étais né pour ce rôle, tout simplement. Je ne me suis jamais posé de questions. J'aurais fait n'importe quoi pour plaire à mon père. Je me souviens d'un soir – je n'avais guère plus de sept ans – où je me suis faufilé dans le bureau de mon père pendant qu'il était à une réception avec ma mère. Je me suis assis à sa table et j'ai essayé de m'imaginer comment ce serait d'être lui.

Il rit tout bas.

— Malheureusement, je me suis endormi !

Cette anecdote fit rire Meredith.

— Et ensuite ?

— Quand ils sont rentrés, père m'a trouvé dans son bureau. Il n'était pas fâché – en vérité, ça l'a amusé. Il a parlé de me trouver une place convenable dans ses bureaux, et il m'a emporté dans ma chambre. Je me souviens avoir pensé alors qu'il était fort et que je voulais devenir comme lui.

Une nuance étrange passa dans ses yeux, quelque chose que Meredith ne sut pas identifier.

— Vous devez avoir été très liés tous les deux.

Alexander hocha la tête.

— Nous l'étions – jusqu'au jour où je suis venu aux États-Unis. Je crois qu'il ne me l'a jamais tout à fait pardonné, soupira-t-il. Je voulais travailler avec lui, mais je ne pouvais pas me contenter de vivre dans son ombre. Cela m'aurait empêché de me révéler à moi-même, je le savais.

— Il l'a sans doute compris, avança Meredith.

— Je pense que oui, juste avant de mourir, dit Alexander pensivement. Je n'ai toutefois jamais compris pourquoi il était tellement opposé à ce que je m'installe ici. On aurait dit qu'il avait un motif personnel – sans véritable relation avec les affaires – pour s'acharner à me garder en Grèce.

Meredith fronça les sourcils.

— Je connais ce sentiment.

Alexander eut l'air surpris.

— Vous aussi, vous avez eu un père possessif ?

Elle eut un rire lugubre.

— De la pire espèce ! Un père sans pouvoir ni argent. Il profitait de ce qu'il faisait vivre seul sa famille pour contrôler sa femme et ses enfants.

C'était la première fois qu'elle s'exprimait ainsi devant un autre qu'elle-même, et cela ravivait des souvenirs pénibles auxquels elle avait tourné le dos depuis bien longtemps.

— J'ai grandi dans une petite ville du Midwest, un de ces lieux où la moitié des habitants sont apparentés et où chacun connaît les affaires des autres.

Alexander sourit doucement.

— Comme dans nos villages grecs.

Meredith sourit à son tour, mais sans joie.

— Mon père travaillait dans le bâtiment. Il l'a échappé belle plus d'une fois dans son métier, raconta-t-elle, se souvenant des nuits où il rentrait tard de son travail, ces nuits qu'elle passait à pleurer près de la fenêtre parce qu'elle était sûre qu'il lui était arrivé un accident et qu'il ne rentrerait plus du tout.

— Nous étions très liés. J'étais la petite fille de papa. Du moins, jusqu'à ce que j'aie grandi.

— Que se passa-t-il ensuite ?

— Ensuite, j'ai changé – et mon père fut déçu. J'ai commencé à réfléchir par moi-même, et le jeu ne fut plus le même. Papa n'aimait pas qu'on lui résiste. Il y eut des conflits – très importants. Et puis il a eu un accident du travail. Il est devenu invalide en permanence et il a dû se retirer. Il s'est mis à boire et les choses n'ont fait qu'empirer. J'avais quinze ans à l'époque.

Alexander ne dit rien, attendant qu'elle poursuive.

— Quand il avait bu, il ne cessait de me chercher querelle. Je suis finalement partie. Je suis allée habiter chez ma tante, la sœur de ma mère, à Chicago.

Ces souvenirs étaient encore douloureux. Combien d'années s'étaient écoulées ? Quatorze ? Quinze ?

— Êtes-vous retournée chez vous ?

— Oui. Trois ans après mon départ – pour les obsèques de mon père, dit-elle avec regret. Il a fait une crise cardiaque. Maman m'a dit que sa mort avait été rapide. Ensuite, j'ai fermé la porte sur mon passé. Je me suis promis de ne plus jamais vivre ce que j'avais vécu. Je me suis toujours prise en charge moi-même.

Alexander poussa un long soupir.

— Ainsi, vous comme moi avons aimé nos pères en dépit de nos relations difficiles avec eux.

— Sans doute.

Alexander prit la main de Meredith par-dessus la table et la garda dans la sienne.

— Vous voyez ? dit-il gravement. Nous avons plus de choses en commun que nous ne le pensions.

XV

Alexander fixait d'un air absent les rapports empilés sur son bureau, incapable de se concentrer. Ces rapports concernaient des achats éventuels pour la société, des projets de contrats qui attendaient sa signature et des états financiers requérant toute son attention. Il ne toucha à rien. Près de son téléphone s'entassaient des messages auxquels il n'avait pas encore pris la peine de répondre. Il avait ordonné à sa secrétaire de prendre tous les appels téléphoniques pour lui permettre de traiter ses dossiers sans s'interrompre, mais il n'avait pas touché un seul papier jusqu'à présent. Il pensait à Meredith, au changement intervenu dans leurs relations. « Où allons-nous », se demandait-il. Question qui l'avait tourmenté bien souvent au cours de ces derniers mois. Quel était leur avenir ?

Il se leva et marcha de long en large dans son bureau. Il était désemparé. Il ne s'était jamais trouvé dans une telle situation, une situation qu'il n'aurait jamais imaginée dans son cas. L'importance de Meredith n'avait cessé de croître, ce dont Alexander était le premier surpris. Au début, elle représentait un défi : une femme belle et intelligente, une femme qui semblait se désintéresser totalement de lui. Il avait tout fait pour qu'elle change de comportement, pour qu'il le désire autant que lui la désirait. Son plan avait échoué. Elle n'avait pas cédé d'un pouce, elle ne s'était pas rendue ; tandis que lui commençait à penser qu'il était en train de tomber amoureux d'elle. Près d'elle, il était heureux. Elle le com-

293

prenait. Ils se comprenaient mutuellement. Elle était son double, son alter ego, la femme qu'il avait craint ne jamais trouver. Si seulement il réussissait à lui faire comprendre cela…

Le bourdonnement de son interphone interrompit le cours de ses pensées. Il alla à la console et poussa sur la touche.

— Je vous avais dit de ne me transmettre aucun appel, Stacey, s'emporta-t-il.

— Oui, monsieur, je sais, mais Gerald Desmond appelle de Rome. Il dit que c'est très important.

Alexander hésita un moment.

— C'est bien. Passez-le moi, dit-il enfin.

— Oui, monsieur.

Alexander décrocha.

— Oui, Gerald, qu'y a-t-il ? demanda-t-il sur un ton excédé.

— Alexander, la reprise de Moteurs Manetti vous intéresse-t-elle toujours ?

Alexander dressa l'oreille. Il n'avait jamais dissimulé son intérêt pour cette firme. Il surveillait ce constructeur automobile installé en Italie depuis trois ans, avant même qu'il ne devînt lui-même président de la Société Kirakis. Cette firme serait une acquisition de choix pour Kirakis, mais elle n'avait jamais été disponible, ni pour un rachat, ni pour une fusion.

— Vous savez que je suis toujours intéressé, dit-il.

— Eh bien ! Sachez que le bruit court que Carlo Manetti a besoin de liquidités – et rapidement, expliqua Desmond. Il a fait plusieurs emprunts dans des banques romaines. On dit ici qu'il a en vue un modèle inédit de nature à surpasser tout ce qui existe actuellement, mais il a besoin d'argent – d'un tas d'argent – pour réaliser son projet.

— Je vois.

— Il s'oppose dur comme fer à toute fusion et à toute vente, mais si vous vous y prenez bien, vous pourriez vous glisser dans l'affaire sans qu'il s'en aperçoive. Pouvez-vous venir à Rome ?

Alexander fit une pause avant de répondre.

— Ça tombe mal.

— Vous pourriez peut-être envoyer quelqu'un alors. Parlez à Carlo. S'il n'est pas réceptif à votre approche, arrangez-vous pour retarder son projet d'une façon anonyme.

Il y eut un long silence.

— Personnellement, je pense que vous auriez plus de chances en traitant directement avec lui, mais si c'est impossible…

Alexander réfléchit un moment. Il attendait depuis longtemps une occasion de ce genre. Il se décida.

— Je prends l'avion pour Rome demain matin.

Il parlerait à Meredith ce soir.

Quand Meredith rentra chez elle, elle se sentit totalement vidée. « Il faut t'habituer, se dit-elle en pénétrant dans son appartement plongé dans l'obscurité. Tu vas devoir jongler avec deux émissions au lieu d'une seule pendant les trois mois à venir. » Elle regarda l'heure au réveil de son bureau : 8h30. Elle mit en route son répondeur téléphonique. Rien d'urgent.

Elle prit une douche et enfila une robe de chambre en soie brodée rouge qu'elle avait achetée lors de l'enregistrement d'une séquence de *l'Œil du Monde* au Japon, l'année précédente. Elle prit du poulet froid, du fromage et un fruit dans son réfrigérateur. Elle venait de s'installer sur son canapé avec son assiette quand le téléphone sonna. Elle décrocha à la seconde sonnerie.

— Allo ?

— Meredith ? C'est Casey. Etes-vous occupée ?

— Bien sûr. J'ai rendez-vous avec un reste de poulet, dit-elle avec enjouement.

Depuis l'année passée, Meredith et Casey s'étaient liées d'une franche amitié.

— Qu'y a-t-il ?

— J'ai passé en revue les dossiers que vous m'avez remis cet après-midi – vous savez, ces interviews projetées pour les émissions à venir – et j'aimerais discuter quelques détails matériels avec vous. Vous êtes chez vous ce soir ?

Meredith hésita un instant.

— Bien sûr. Passez me voir.

— Formidable. J'arrive dans vingt minutes. D'accord ?

— Je vous attends.

Elle remit le récepteur en place avec lenteur. C'était l'une des rares soirées où elle n'avait pas rapporté de travail chez elle et elle avait envie de se détendre et de se coucher de bonne heure. « Mon idée tombe à l'eau », pensa-t-elle.

Elle venait de terminer son repas quand la sonnette retentit. Casey est en avance, pensa-t-elle en se levant. Elle retira la chaîne de sécurité et ouvrit la porte.

— D'où avez-vous donc appelé…

Elle leva la tête : c'était Alexander.

— Bonsoir Meredith, dit-il en souriant.

Elle eut un petit rire.

— Je croyais que c'était quelqu'un d'autre, dit-elle en reculant pour le laisser entrer.

— Manifestement.

Il fit quelques pas dans la pièce puis se retourna vers elle.

— Vous attendez quelqu'un ?

Elle hocha la tête en refermant la porte.

— Casey Rinaldi. Elle va me remplacer à l'*Œil du Monde* cet automne. Nous avons quelques détails à passer en revue.

— Je ne resterai pas longtemps, alors.

— Asseyez-vous. Puis-je vous offrir quelque chose ? Vin ou…

Il secoua la tête.

— Je dois me rendre à Rome pour affaires, annonça-t-il.

— Oh ?… Quand ?

— Je pars demain matin. Je serai absent une semaine au moins. Il fallait que je vous voie avant mon départ.

Elle opina de la tête. Il lui manquerait sans doute. Il y a cinq mois, elle eût été heureuse de le voir s'envoler pour Rome ; elle eût même souhaité qu'il y restât. Et aujourd'hui, elle ne voulait plus du tout qu'il s'en aille.

— Je suis venu vous demander de m'accompagner.

Elle le regarda.

— Pensez donc ! dit-elle avec désinvolture.

— Je suis sérieux. Etes-vous déjà allée à Rome ?

— Non, mais…

— Vous aimeriez. Rome est connue pour séduire les cœurs.

«Il devrait donc être à sa place là-bas», pensa-t-elle. Elle s'assit près de lui, sur le canapé.

_ Je ne peux pas simplement prendre mes affaires et partir pour Rome. C'est hors de question.

— Tout est possible pour nous, Meredith, dit-il gravement. Vous et moi – nous pouvons tout faire !

— Vous n'avez pas un producteur irascible à affronter ! Je m'imagine appelant Harv Petersen pour lui dire que je pars avec vous pour Rome pendant une semaine. Le Centre de Télévision est actuellement en plein chaos. Je m'efforce en ce moment de faire deux émissions en même temps et d'aider Casey à se préparer à assumer l'*Œil du Monde* en septembre. Harry est obsédé par l'indice d'écoute.

Meredith secoua la ête.

— Si je lui demandais une semaine de congé maintenant, je croulerais sous des mots que je n'oserais même pas vous répéter !

— Dites-lui que cela fait partie de votre nouveau programme. Amenez un cameraman, enregistrez à Rome, suggéra-t-il.

— Décidément, vous avez réponse à tout !

— Dans l'immédiat, je ne fais que penser à des moyens qui nous permettraient de passer du temps ensemble. Meredith, nous nous sommes tellement rapprochés l'un de l'autre ces derniers mois…

— C'est juste. Et je pense que dans l'immédiat, nous aurions besoin de nous séparer quelques temps.

— Pourquoi ? s'étonna-t-il.

— Les choses ont tellement changé entre nous. Je pense que nous avons besoin de réfléchir afin de décider de la direction à prendre à partir de maintenant.

— Il me semble que nous savons tous deux où nous allons.

— Sans doute, mais est-ce vraiment ce que nous désirons ?

— C'est ce que je désire, en ce qui me concerne.

— Je n'en suis pas si sûre. Pas encore.

Son regard se fit intense.

— Qu'éprouvez-vous en ce moment ?

— De la confusion, avoua-t-elle. Je suis préoccupée, oui… plus que je ne le voudrais, mais…

— Pourquoi « Plus que vous ne voudriez » ?

Elle hésita un moment avant de répondre :

— Il y a eu beaucoup de malentendus entre nous, lui rappela-t-elle. Il est vrai que tout cela est du passé maintenant, mais…

Elle poussa un profond soupir.

— Je suppose que je cherche à dire que j'ai peur de m'engager trop loin.

— Pourquoi cette crainte ?

— Je ne serais peut-être pas capable de maintenir le cap, dit-elle franchement. J'ai tant travaillé pour construire ma carrrière, pour arriver là où je suis aujourd'hui. Ce métier exige énormément de temps…

— Je ne vous demande pas d'abandonner cela, dit-il doucement. Mais vous ne pouvez pas y investir votre vie entière. Personne ne sait cela mieux que moi.

— Pour vous comme pour moi – nos vies professionnelles sont tellement dévorantes, tellement exigeantes…

Il posa ses mains sur les épaules de Meredith.

— Vous vous inquiétez inutilement. Votre ambition est l'une des choses qui m'a d'abord attiré vers vous, l'une des choses que j'admire le plus. Vous êtes forte, et j'ai connu si peu de femmes fortes dans ma vie. Ne comprenez-vous pas ? Nous nous ressemblons tant, nous avons tant en commun – nous nous appartenons ! Ensemble, nous disposerions d'un pouvoir que nous n'aurions jamais séparément.

Elle eut un pauvre petit rire.

— Vous m'effrayez parfois, avoua-t-elle. Vous allez trop vite. C'est comme si on était dans l'œil d'un cyclone. Moi, j'ai besoin de temps…

Il se tut en opinant de la tête. Il se leva et boutonna son manteau.

— Peut-être devrions-nous prendre le temps de réfléchir, dit-il enfin.

Elle l'accompagna à la porte. Il se tourna vers elle encore une fois.

— Pensez à ce que je vous ai dit, *matia mou*. Réfléchissez au but vers lequel nous nous proposerons d'aller.

Impulsivement, il se pencha et l'embrassa doucement. Ni l'un ni l'autre ne vit Casey qui les aperçut en sortant de l'ascenseur et se glissa discrètement dans le coin, attendant le départ d'Alexander.

Meredith s'écarta brusquement de lui, craignant de se laisser aller.

— Vous feriez bien de partir, dit-elle.

Il posa ses mains sur les bras de Meredith.

— Etes-vous sûre que c'est ce que vous désirez ?

Elle fit un signe de tête affirmatif, ne se fiant pas à sa voix.

— Parfait.

Il la lâcha et quitta l'appartement sans regarder derrière lui. Quand il eut disparu, Casey sortit de sa cachette.

— Depuis quand êtes-vous là ? demanda Meredith avec amusement.

— Assez longtemps, dit Casey en pénétrant dans l'appartement. Vous savez, il est vraiment mieux que sur les photos.

— Peut-être.

— Eh, eh !

Casey jeta un coup d'œil incisif sur la robe de chambre de Meredith.

— Quand je vous ai aperçus sur le pas de la porte, j'ai pensé que j'interrompais quelque chose.

— Vous n'auriez rien interrompu du tout.

— Ce n'est pas ce que j'ai cru voir, dit Casey d'un ton incrédule.

— Il n'y a rien entre nous, insista Meredith. Il ne faisait que m'embrasser.

— Ah !

Casey éclata de rire.

— Écoutez, si j'ai senti le courant circuler d'où j'étais, c'est que vous l'avez senti aussi. Il y avait suffisamment d'électricité dans ce baiser pour alimenter Manhattan pendant un an !

— Il sait comment faire perdre l'équilibre aux femmes, dit Meredith d'un ton léger.

— Je comprends pourquoi, dit Casey avec un sourire appréciateur. On devrait édicter une loi contre les hommes ayant cette allure.

Meredith referma la porte en ricanant.

— Je vous conseille d'être prudente, Casey. Il risque de vous transformer en statue de sel.

— Oh, oui !

Casey eut l'air sceptique.

— Vous semblez vous défendre pas mal – étant donné les circonstances.

— J'ai un truc, confia-t-elle avec une gravité feinte. Je ne le regarde jamais dans les yeux.

— Écoutez, si vous ne veniez pas de sortir du lit, c'est que vous envisagiez d'y aller, dit-elle. Si vous ne souhaitez pas travailler ce soir…

— Oh! Ne croyez pas cela, dit Meredith, visiblement troublée. Pour vous dire la vérité, vous ne pouviez pas tomber mieux. J'ai besoin de me changer les idées… en ce moment.

Elle fit une pause.

— J'avais presque oublié que vous veniez.

Casey eut un sourire en coin.

— Oui, je peux admettre qu'un homme pareil soit capable de vous faire oublier un tas de choses.

— Alexander n'a rien à voir dans l'affaire, insista Meredith. J'avais oublié, c'est tout.

— Bien sûr!

Casey n'était pas convaincue.

— Pourquoi ne pas admettre que vous êtes folle de lui?

Meredith ne répondit pas. « Combien de temps encore vais-je continuer à le nier? » se demanda-t-elle.

ROME

Carlo Manetti avait toujours été considéré comme une espèce de marginal dans le monde des affaires. C'était un homme intelligent et agressif qui avait débuté de la même manière que Constantine Kirakis : il n'avait eu pour tout bagage que son rêve et une ambition féroce. Le but de Manetti avait été de devenir le plus grand constructeur d'automobiles d'Italie. Il paya ses frais de collège en travaillant dans un atelier d'assemblage de motocyclettes, puis il devint mécanicien chez un grand fabricant d'automobiles. À partir de là, son ascension fut rapide; en quelques années, il fut promu vice-président. Vingt ans plus tôt, il avait abandonné ce poste sûr pour fonder sa propre société. Ce qu'il fit avec l'argent qu'il avait épargné, et avec une idée. Cette idée se matérialisa sous la forme de la voiture de sport à succès baptisée la Rinnegato qui fit de Carlo Manetti un homme riche. Aujourd'hui, il était exactement ce qu'il avait toujours voulu être : le plus grand et le meilleur. Les Italiens l'appelaient *che si è fatto da se* – un self-made man, un autodidacte. Il était veuf et avait une fille qui étudiait la peinture à l'École des Beaux Arts de Paris, ainsi qu'on l'avait dit à Alexander.

Alexander s'intéressait depuis plusieurs années à l'achat des ateliers Manetti à Rome, Milan et Florence. Manetti était bien meilleur que les constructeurs allemands et anglais appartenant à Kirakis, et Alexander y voyait une excellente acquisition pour son groupe. Il avait fait deux offres auparavant, mais Manetti les avait repoussées froidement. Ses ateliers n'étaient à vendre à aucun prix, assurait-il. Il n'avait aucun désir de faire partie de l'empire Kirakis. Ces refus n'avaient toutefois pas découragé Alexander. Le fait que Manetti refusait toute fusion n'était qu'un inconvénient mineur aux yeux d'Alexander. Comme tout homme, Carlo Manetti avait un prix. Et Alexander en découvrirait le montant.

— Ah ! Signore Kirakis, vous êtes entêté. *Ostinato*, dit Manetti en riant au cours du déjeuner qui eut lieu dans un restaurant proche des bureaux Manetti. Je vous admire. Vous ne lâchez pas ce que vous poursuivez, quoi que ce soit. Je comprends pourquoi vous réussissez si bien.

Il prit une longue gorgée de vin.

— Mais cette fois, vous n'arriverez à rien. Comme je vous l'ai déjà dit, Manetti n'est pas à vendre, à aucun prix. Ni maintenant, ni plus tard.

— Carlo, qui vous parle de tout vendre ? Vous resteriez président des Moteurs Manetti. Vous auriez votre place au Conseil d'administration de Kirakis.

— Je vendrais bel et bien le tout, grogna Manetti. Je ne serais plus en charge de quoi que ce soit. Je serais à peine plus qu'un homme de paille. Non, signore, c'est hors de question.

Alexander allait répliquer, mais il referma la bouche. Une jeune femme s'approchait de leur table : stupéfiante silhouette élancée et longue chevelure lustrée qui encadrait en souplesse son visage patricien. Alexander se leva, mais Manetti resta assis, souriant d'une oreille à l'autre dès qu'il la vit.

— Donatella, s'écria-t-il avec chaleur, comment m'as-tu trouvé ?

— Ta secrétaire m'a dit que tu déjeunais ici, répondit-elle en se penchant pour embrasser son père sur la joue. Elle se tourna ensuite vers Alexander.

— *Buon giorno*, dit-elle d'une voix douce.

— Buon giorno, signorina, répondit Alexander, toujours souriant face à une jolie femme.

—Signore Kirakis, c'est ma fille, Donatella. Je te présente Alexander Kirakis.

— Très heureuse de faire votre connaissance, Signore Kirakis, dit-elle dans un anglais fortement accentué. J'ai beaucoup entendu parler de vous.

— Tout le plaisir est pour moi, signorina, assura-t-il.

— Je vous en prie – appelez-moi Donna, n'est-ce pas ! Donatella est tellement cérémonieux – et « signorina » me vieillit terriblement.

— Donna, dit-il avec un signe de tête. Votre père m'a raconté bien des choses vous concernant.

Elle s'adressa à Manetti.

— Que lui as-tu raconté, papa ? demanda-t-elle, l'air taquin.

— Rien qui ne soit pas vrai, répliqua Manetti sans dissimuler sa fierté. Je lui ai dit que tu étais belle et talentueuse – et que tu serais un jour un peintre célèbre.

Elle se tourna de nouveau vers Alexander.

— Ne croyez pas tout ce que dit mon père, dit-elle avec enjouement. Il est – comment dites-vous ? – de parti pris.

Alexander lui avança une chaise. Manetti commanda du vin, mais Alexander remarqua que Donatella Manetti toucha à peine le verre qui était devant elle. En les observant tous deux ensemble, Alexander jugea que tout ce qu'il avait entendu à son sujet était vrai. En vérité, si Manetti avait un point faible, c'était sa fille. Ce vieux requin était une poupée entre ses mains. Alexander s'amusa des regards furieux que Manetti lançait aux jeunes gens qui souriaient à sa fille en passant devant leur table. « Aucun homme ne se risquerait sans doute à la toucher », pensa Alexander. Manetti serait prêt à assassiner celui qui ne se contenterait pas de lui serrer la main.

— Combien de temps pensez-vous rester à Rome ? demanda Donatella.

— Je repars demain, répondit Alexander. J'ai beaucoup à faire à New York en ce moment. Je serais fort heureux si vous acceptiez tous deux de vous joindre à moi pour le dîner de ce soir à la Pergola.

— Je suis désolé, mais j'ai d'autres projets pour la soirée, dit Manetti en secouant la tête. Une réunion très importante.

— Moi, je suis libre, et j'aimerais me joindre à vous, intervint Donatella avec empressement.

Alexander hésita un moment. Il imaginait sans peine ce que pensait Manetti à l'idée de le voir passer la soirée seul avec sa fille. Il imaginait également ce que Meredith penserait si les chroniqueurs mondains avaient vent de l'événement. Certains d'entre eux rendraient suspecte la plus innocente des rencontres. Toutefois, il n'avait aucun moyen de sortir de ce dilemne à moins d'offenser la jeune femme.

— Je ne sais pas…

Manetti était visiblement mal à l'aise à l'idée de voir sa fille inexpérimentée passer une soirée avec un homme du monde comme Alexander. Alexander perçut l'inquiétude paternelle et s'en amusa. Certes, Manetti savait qu'Alexander ne serait pas assez fou pour risquer ses chances de fusion avec la firme Manetti en tentant de séduire sa fille. Ce que Manetti ne savait pas, c'était qu'Alexander n'aurait pas touché Donatella même s'il n'y avait pas eu d'enjeu entre eux. Il n'avait pas envie de faire quoi que ce soit qui pût lui faire perdre Meredith ; car quoi qu'il fît, sa vie privée pouvait toujours s'étaler dans les journaux.

— Je t'en prie, papa, disait Donatella. Il n'y a pas de mal à ce que M. Kirakis et moi dînions ensemble, surtout dans un lieu public comme la Pergola.

— Ne vous tourmentez pas, Carlo, assura Alexander. Donna sera aussi bien gardée avec moi qu'un bébé dans les bras de sa mère.

— Sa mère est morte, dit Manetti avec mauvaise humeur.

L'infatuation de sa fille pour Alexander lui déplaisait visiblement.

— Papa, je déteste rester à la maison toute seule pendant que tu es à tes réunions, dit Donatella avec une moue charmante. J'aimerais bien passer une soirée loin de toutes les mesures de sécurité que tu as instaurées chez nous.

— On n'est jamais trop prudent dans notre situation, Donatella, dit-il sévèrement.

— Je t'en prie, papa ?

Elle n'était pas prête à abandonner.

Manetti, incapable de contrarier sa fille, finit par céder.

— Ah ! C'est bon.

Il s'adressa à Alexander.

— Vous veillerez à ce qu'elle rentre à la maison en toute sécurité ? Je peux vous la confier ?

— Absolument.

— Ma fille est plus importante pour moi que ma propre vie, dit Manetti, une nuance d'avertissement dans le ton de sa voix. Je vous la confie pour la soirée. Ne trahissez pas ma confiance, sinon, vous le regretteriez.

— Je n'ai nulle envie de vous trahir, Carlo.

Alexander regarda Donatella. Elle souriait.

— Il est obstiné comme pas deux, mais il finira bien par céder.

Alexander traversa la pièce, le téléphone à la main, l'écouteur calé sur son épaule droite. Il s'installa sur le canapé et desserra sa cravate.

— Ils finissent toujours par céder.

— Vous avez l'air confiant, remarqua Meredith.

— Je connais Manetti – et je sais que sa situation financière est pire qu'il ne veut l'admettre. Il a besoin d'argent. Vous comprenez, Meredith, Carlo Manetti est monté par un chemin difficile. Il a démarré à partir de rien, il s'est construit un empire, mais il a un point faible essentiel : il a une peur mortelle de la pauvreté. Il ne saurait pas se battre en cas d'échec financier.

— Je voudrais bien que votre affaire se termine, dit Meredith. Vous me manquez.

— Pas plus que vous me manquez.

Il ne pouvait pas lui dire à quel point elle lui manquait. En effet, depuis leur séparation, il venait de réaliser tout ce qu'elle représentait pour lui.

— Rendez-vous à l'aéroport à mon retour ?

— Quand ?

— Je vous enverrai un télégramme.

— J'irai vous accueillir en fanfare, dit-elle en riant.

Comme il aimait ce rire !

— Je voudrais ne pas vous quitter, mais malheureusement, il le faut. J'ai un rendez-vous.

— Avec Manetti ?

Alexander hésita une fraction de seconde.

— Avec quelqu'un qui le connaît bien, répliqua-t-il.

— Je ne veux pas vous retenir. Bonsoir, Alexander

— Bonsoir, *matia mou*.

Quand le déclic du récepteur résonna dans son oreille, l'idée qui illumina son esprit vint trop tard pour la lui faire partager. Il pressa l'écouteur contre sa bouche et ferma les yeux.

— Je vous aime, dit-il tendrement.

La Pergola, au Hilton international Cavalieri, sur la Via Cadolo, est l'un des restaurants de renommée mondiale. Situé au niveau le plus élevé de l'hôtel, il offre une vue panoramique sur la ville entière. L'entrée illuminée comme une scène théâtrale est ornée de deux panthères en porcelaine montrant les dents. L'intérieur du restaurant est un mélange de parois vitrées, d'éclairages intimistes, de tableaux modernes et de touches scintillantes de cuivre, d'argent et de noir. La nourriture y est excellente, mais Alexander a toujours pensé que l'ambiance détendue de la Pergola avait contribué à son succès davantage que sa cuisine exceptionnelle.

— Je suis comme une princesse dans un conte de fées, dit Donatella à Alexander au cours du dîner. Il y a si longtemps que je désirais faire votre connaissance – et voilà que mon vœu s'est réalisé et en plus, nous passons la soirée ensemble.

Alexander était amusé. Elle était si jeune, si naïve. « Combien de jeunes femmes comme elle y a-t-il encore à travers le monde ? » se demanda-t-il. La plupart perdaient leur innocence très jeunes. Mais très rares étaient celles qui avaient un père comme Carlo Manetti.

Donatella bavarda gaiement pendant le repas, lui parlant de son enfance, de son éducation dans les couvents de Rome où elle s'était sentie comme en prison ; elle lui raconta quelles étaient ses relations avec son père qui ne lui refusait jamais rien ; elle évoqua ses années d'études à l'École des Beaux Arts de Paris.

— J'ai toujours eu des difficultés à parler aux jeunes gens que j'ai rencontrés là-bas. Résultat : ils me prenaient pour une idiote. Ils me demandaient rarement de sortir avec eux.

Alexander souriait avec patience.

— Une jeune femme aussi jolie ? J'ai peine à le croire, dit-il.

— Mais c'est la vérité. Vous êtes le premier homme à me prêter attention – sauf papa, bien sûr.

Elle vida son verre et regarda Alexander avec une expression d'attente.

— Peut-être avez-vous bu assez, Donna ? dit Alexander sans bouger. Il était sûr qu'elle était un peu grise.

Elle plissa le front.

— Je crois entendre mon père, dit-elle avec pétulance. Je vous en prie, laissez-moi m'amuser, pour une fois.

— Vous n'avez pas besoin d'alcool pour vous amuser !

— Non, mais j'en ai besoin pour me détendre.

Elle s'appuya contre lui en souriant.

— Vous voyez, je suis en train de vous séduire !

Il éclata de rire malgré lui. « Elle ne réalise pas ce qu'elle dit », pensa-t-il. Elle avait trop bu. Il passa un bras protecteur autour des épaules de la jeune femme.

— Je crois qu'il est temps que je vous reconduise chez vous.

À ce moment, un photographe surgi de nulle part prit un instantané. Paparazzi ! pensa Alexander avec colère. Il se leva d'un bond et houspilla l'homme dans un italien sans fioritures tandis que deux employés du restaurant le jetaient dehors.

— Je ne veux pas rentrer maintenant, s'obstina Donna comme Alexander l'aidait à se lever. Il n'est pas tard. Je veux… retourner à l'Excelsior avec vous.

— Je vous reconduis chez vous, dit Alexander qui lui prit le bras au moment où elle trébucha sur les marches. Il la dirigea vers un taxi en stationnement.

XVI

De sa fenêtre, Alexander observait le trafic déjà congestionné de la Via Veneto. Rome était décidément la seule ville au monde dont la circulation pouvait rivaliser avec celle de Manhattan. Il devrait partir de bonne heure s'il tenait à arriver à l'aéroport à temps. Des nuages noirs et menaçants s'approchaient de la ville. On avait annoncé de violents orages. Il boutonna sa chemise en bâillant et prit ses boutons de manchettes en or. Il avait mal dormi cette dernière nuit. Il n'avait cessé de réfléchir. Sa soirée avec Donatella Manetti lui avait fait prendre conscience que Meredith lui manquait terriblement et qu'il avait besoin d'elle. Il était amoureux d'elle… il en était certain maintenant. Elle avait eu raison de lui dire qu'ils avaient tous deux besoin de réfléchir et de clarifier leurs sentiments mutuels. Cette séparation lui avait ouvert les yeux ; il avait compris qu'il tenait à elle et que ses sentiments pour elle n'avaient cessé de se renforcer. Il la désirait, certes – et il voulait l'épouser ! Dès son retour aux États-Unis, il lui demanderait de l'épouser. Et si elle refusait, il renouvellerait sa proposition jusqu'à ce qu'elle admette enfin qu'ils étaient destinés l'un à l'autre. Il savait qu'elle en doutait encore, mais cela allait changer. Il sourit en lui-même. Il n'avait jamais été un homme patient, et voilà qu'il avait appris à être patient avec elle. Il ne s'était jamais considéré comme un romantique, et voilà que depuis qu'il la connaissait, il l'était devenu insidieusement. Et encore lui avait-il fallu plusieurs mois pour s'apercevoir qu'il l'aimait.

Il regarda le téléphone. Il avait pensé l'appeler pour lui dire qu'il rentrait. Mais il se ravisa. Mieux valait la surprendre. Ce qu'il avait à lui dire, il le lui dirait de vive voix. Il fallait qu'elle sache qu'il était sérieux et que chacune de ses paroles venait du plus profond de lui-même.

Tandis que la voiture avançait par saccades sur la Via XX Settembre, Alexander se demandait comment déclarer son amour à Meredith. Il désirait que la soirée à venir fût extraordinaire. Tout devait être parfait. Il entendait bien faire basculer le sol sous les pieds de Meredith. Cette soirée devait être inoubliable.

Une idée lui vint à l'esprit au moment où son chauffeur, cherchant à contourner le trafic, dévia sur la Via Nazionale, un quartier très animé. Passant devant une petite joaillerie, Alexander se souvint que son père y venait souvent quand il était à Rome pour acheter des cadeaux à sa mère. Ce magasin était réputé pour ses pièces rares et originales. Objets rares et hors du commun, c'était exactement ce que cherchait Alexander.

— Arrêtez là ! cria-t-il au chauffeur.

— Qu'y a-t-il, signore ?

— Rien de fâcheux, dit Alexander en sortant de la voiture avant même qu'elle ne s'arrêtât complètement. Attendez-moi, je ne serai pas long.

Il était le seul client dans le magasin. Il examina les trésors enfermés dans de vastes vitrines. Il était en train d'admirer un somptueux bracelet d'émeraudes quand un jeune vendeur surgit de la pièce contiguë.

— *Buon giorno,* dit-il. Puis-je vous aider ?

Alexander désigna le bracelet.

— *Quant è questo ?*

— Deux cents mille lires.

Il réfléchit un moment. Il était beau, mais ce n'était pas exactement ce qu'il cherchait.

— À vrai dire, c'est plutôt une bague qui m'intéresserait ; un modèle original.

La face du vendeur s'illumina.

— Ah ! Oui – Je crois avoir ce que vous cherchez. Veuillez me suivre.

Alexander le suivit de l'autre côté de la salle. Un choix de bagues les plus fantastiques qu'Alexander eût jamais vues était exposé sous vitrine. Diamants, rubis, émeraudes, saphirs – tous différemment sertis. Tous magnifiques et très chers. Il examina plusieurs pièces en particulier. Quelques-unes correspondaient à peu près à ce qu'il cherchait, mais il n'en trouva aucune qui fût digne de Meredith. Il secoua la tête.

— Non, ce n'est pas ce que je veux.

— Peut-être pourriez-vous m'expliquer exactement ce que vous cherchez, signore, dit courtoisement le vendeur.

— Je n'en suis pas très sûr moi-même, mais je suis certain que je reconnaîtrais l'objet qu'il me faut si je le voyais.

Le vendeur réfléchit un moment.

— Une épingle vous intéresserait-elle ?

— Qu'avez-vous en tête ?

— Un accessoire que je viens de recevoir des Indes. Très beau, très spécial. Si vous voulez le voir…

— Oui, s'il vous plaît.

— Je vais le chercher de l'autre côté.

En attendant le vendeur, Alexander fit le tour du magasin, admirant les pierres précieuses, quand une pièce attira son regard. Il s'approcha pour la regarder de plus près. C'était le plus beau collier qu'il ait jamais vu.

Le vendeur revint avec l'épingle.

— Voici, signore…

Alexander l'interrompit.

— Combien coûte ce collier ?

— Six cent millions de lires.

— Puis-je le voir ?

Le vendeur le prit immédiatement dans la vitrine et le posa sur un présentoir recouvert de velours noir.

— Je peux vous assurer que c'est le bijou le plus beau de Rome. Il a presque deux cents ans ; les pierres en sont incomparables.

— Extraordinaire, acquiesça Alexander en l'examinant en détail.

Les saphirs luisaient du même bleu que les yeux de Meredith.

— C'est un collier original, signore… sans doute pour une personne particulière ? dit le vendeur à Alexander qui ne cessait de contempler le bijou.

— Faites-moi un paquet, dit enfin Alexander en sortant son chéquier.

Alexander regardait le bleu profond de l'océan Atlantique par la vitre du 747. De l'eau, rien que de l'eau aussi loin que portait son regard. « Comme sa surface est calme, d'un calme décevant », pensait-il. Comme les yeux de Meredith, d'un bleu placide en apparence, mais recélant une nature de feu. Combien de fois avait-il plongé dans ces yeux en cherchant à imaginer ce qu'elle pensait, ce qu'elle éprouvait ?

Il prit l'écrin en cuir italien dans sa poche de manteau et l'ouvrit lentement. Le collier reposait dans un doux nid de velours bleu nuit. Il le tint entre son pouce et son index et l'examina sous différents angles dans la lumière qui rayonnait à flots par la vitre. Si on lui avait dit un an plus tôt qu'il débourserait une telle somme d'argent pour un cadeau destiné à une femme, il aurait bien ri. Mais maintenant, c'était différent. Meredith Courtney avait tout bouleversé en lui. Elle incarnait ce qu'il avait toujours souhaité trouver chez une femme. Il savait enfin ce que c'était qu'être amoureux, vraiment amoureux. Il ne désirait que lui montrer cet amour et susciter en elle le même amour. Il était prêt à faire n'importe quoi dans ce but. Il jubilait. L'argent lui était égal ; mais être enfin amoureux, avoir enfin atteint ce qu'il avait cru inaccessible, cela avait une valeur inestimable.

Cela signifiait-il par ailleurs qu'il s'était trompé depuis le début ? Il avait parlé de désir, de possession, de deux êtres en accord l'un avec l'autre. Il s'était efforcé de l'éveiller physiquement. Mais pas une seule fois il n'avait prononcé les mots magiques. Pas une seule fois il ne lui avait parlé d'amour. Il avait fallu cette nuit à Rome pour qu'il s'en aperçût. C'était une émotion délicieuse et capiteuse, une émotion qu'il était impatient de partager avec elle.

Lorsque Meredith sortit de la limousine de la télévision en bas de son immeuble, le concierge se précipita pour prendre le lourd attaché-case qu'elle portait. Elle le repoussa d'un signe de la main.

— Ça va aller, dit-elle. Je peux me débrouiller.

Il lui tint la porte ouverte.

— Si vous en êtes sûre, Mme Courtney.

— Oui, dit-elle avec un sourire poli. Merci tout de même, Charlie.

Elle traversa le hall jusqu'à l'ascenseur et monta seule jusqu'au douzième étage. La journée avait été très occupée, et Meredith était épuisée. Elle commençait à ressentir de la fatigue à travailler sur deux émissions en même temps. Bien que *l'Œil du Monde* fût une émission quotidienne – et le plus souvent en direct – *l'Observateur de Manhattan* était incontestablement la plus difficile et lui prenait énormément de temps. Dans *l'Œil du Monde,* elle faisait partie d'une équipe et ne supportait qu'une part du fardeau. Tandis que *l'Observateur de Manhattan* était son émission, et elle en était pleinement responsable. Ce soir, rien ne lui aurait plu davantage que de dîner légèrement, prendre un bain chaud et se coucher tôt. Mais elle avait rapporté un dossier rempli de notes, de coupures de presse et de photos qu'elle devait encore examiner. Recherches pour la séquence sur Alexander. Elle sourit. « Maigre substitut », pensa-t-elle. Comme elle aurait souhaité passer cette soirée avec lui ! Il était à Rome depuis presque une semaine, et il lui manquait un peu plus chaque jour. Il lui téléphonait chaque soir, en général très tard, et ils parlaient pendant des heures d'affilée. Ensuite, Meredith restait allongée sans dormir, essayant de définir ses émotions. Elle se savait amoureuse de lui. Mais avaient-ils un avenir ensemble ? Cela, elle ne le savait pas.

Elle pénétra dans son appartement. Elle posa son attaché-case près de la porte, se débarrassa de son sac à bandoulière sur une chaise et enleva son manteau. Elle s'assit sur le canapé et ôta ses chaussures d'un coup de talon, tout en écoutant les messages enregistrés sur son répondeur téléphonique. Rien d'Alexander. Aucune nouvelle de lui durant cette journée – pas de télégramme, pas d'appel, rien. Peut-être ne rentrait-il pas ce soir. Il appellerait probablement plus tard.

Un coup de sonnette coupa net ses réflexions. Elle alla ouvrir la porte sans toutefois détacher la chaîne de sécurité.

— Oui ?

— Un télégramme pour Mme Meredith Courtney, dit le messager en uniforme.

Il brandit une enveloppe.

— Un moment.

Elle ferma la porte, retira la chaîne puis ouvrit de nouveau. Elle griffonna sa signature sur le carnet qui lui était tendu. Elle prit l'enveloppe, donna un pourboire et referma la porte. Elle déchira l'enveloppe et lut en toute hâte.

ARRIVE JFK 10.45 SOIR STOP UNE HEURE AVANT DEPART MONTREAL STOP MA VOITURE SERA DEVANT VOTRE IMEUBLE 9.30 STOP BESOIN DE VOUS VOIR STOP TRES IMPORTANT STOP AMOUR ALEXANDER

Meredith ne quittait pas le télégramme des yeux. Il avait signé : « AMOUR ». C'était un mot qu'il n'avait jamais prononcé devant elle. Pas même le soir où il avait tenté de la séduire. Elle eut l'impression que c'était un mot qu'il n'employait pas à la légère, une émotion qu'il prenait au sérieux. S'il employait ce mot maintenant, s'il faisait cette halte pour la voir avant de partir pour le Canada, quelle qu'en soit la raison… Elle réalisa subitement qu'elle était amoureuse d'Alexander malgré tous ses efforts pour empêcher cela. Et lui était amoureux d'elle. « Pas de retour en arrière possible », se dit-elle. Ce soir, tu dois lui faire savoir que tu l'aimes. Ce soir, tu dois lui prouver que tu l'aimes. »

Cette soirée de mai était exceptionnellement froide. Meredith était assise dans la limousine obscure, observant avec impatience le jet Kirakis s'arrêtant sur la piste. La porte s'ouvrit, et Alexander parut en haut de la rampe. Meredith prit alors une décision. Ils n'avaient qu'une heure à passer ensemble, mais elle devait lui parler de la découverte qu'elle avait faite pendant son absence.

Elle sortit de la voiture et avança vers l'avion, tandis qu'Alexander descendait les marches. Quand il fut en bas, tous deux coururent se jeter dans les bras l'un de l'autre. Ils s'embrassèrent, d'abord tendrement, puis avec une passion qui faillit leur faire perdre le contrôle d'eux-mêmes. Dans cette étreinte, Meredith eut l'impression qu'une digue s'était rompue au fond de son âme, laissant déferler toutes les émotions qu'elle avait si longtemps retenues. Elle pouvait aimer de nouveau, avec une force dont elle ne se croyait plus capable. Pour Alexander également, ce moment fut intense, car il découvrait des sentiments jusqu'alors inconnus. Meredith lui était indispensable, son désir d'être près d'elle allait bien au-delà du simple désir physique.

Ce fut Meredith qui rompit enfin le silence.

— Vous m'avez manqué, murmura-t-elle en suivant du bout des doigts les lignes de son visage, comme un aveugle cherchant un repère dans l'obscurité.

— Vous m'avez manqué aussi.

Il l'embrassa de nouveau.

Ils marchèrent à la voiture bras dessus, bras dessous. Il lui ouvrit la porte puis il se glissa près d'elle.

— Votre télégramme indiquait une urgence, dit Meredith. Pourquoi devez-vous repartir pour Montréal dès ce soir ?

— Il y a eu un incendie dans nos bureaux, là-bas. Les autorités songent à un incendie volontaire, répondit-il gravement. J'aurais dû y aller directement depuis Rome, mais il fallait que je vous voie, ne serait-ce qu'une heure.

— Je suis contente que vous y ayez pensé, dit-elle doucement.

— Cette journée a été longue et pénible, raconta-t-il. J'ai quitté l'hôtel de très bonne heure, mais le mauvais temps s'est abattu sur l'Aéroport Leonard de Vinci. J'ai appelé mon bureau en attendant le départ, et c'est George qui m'a parlé de l'incendie de Montréal.

Il secoua la tête désespérément.

— J'avais pourtant fait des projets fantastiques pour ce soir, pour nous deux...

— Tant pis, dit-elle. Nous aurons du temps à votre retour.

Il la regarda un moment.

— Venez avec moi. Nous avons beaucoup de choses à nous dire...

— Je souhaiterais pouvoir vous suivre, mais mon planning n'a jamais été aussi insensé. Partir ainsi en pleine nuit...

Il eut un hochement de tête.

— Je comprends, mais ça n'en est pas plus facile de vivre avec cette contrainte.

Il la serra contre lui.

— Je n'ai qu'une pensée en tête, être avec vous – surtout maintenant.

Ils ne se quittaient pas des yeux.

— Meredith – je vous aime.

— Je vous aime…

Ils avaient prononcé les mêmes mots en même temps. Les yeux dans les yeux, ils étaient confondus par la puissance de leurs émotions ; puis ils revinrent à eux.

— Je pourrais oublier Montréal, chuchota-t-il entre deux baisers.

— Comme je pourrais oublier mon émission de demain, souffla-t-elle. Mais nous avons mieux à faire que cela.

— Je pourrais mandater George…

Il commença à lui baiser le cou.

Elle passa ses doigts dans ses cheveux.

— Ça ne marcherait pas. C'est vous qu'ils veulent voir, dit-elle doucement, souhaitant en son for intérieur qu'il renonçât à ce voyage. Au moins pour ce soir.

— Je pourrais partir demain matin, dit-il d'une voix rauque. Ou bien je pourrais vous faire l'amour ici… maintenant…

Elle s'écarta brusquement de lui, se demandant s'il était sérieux ou non.

— Nous avons attendu si longtemps, murmura-t-elle, nous pouvons attendre encore une journée…

Il la fit taire d'un baiser.

— J'ai attendu assez longtemps, trop longtemps…

Elle l'entoura de ses bras et le tint serré.

— Je serai là à votre retour. Je vous attendrai, promit-elle.

— J'entends bien vous faire tenir votre promesse !

— Ne vous inquiétez pas. En dépit de tous les efforts que vous pourriez faire, vous ne vous débarrasserez pas de moi ainsi.

Il sortit l'écrin de cuir de la poche de son pardessus.

— J'ai acheté cela pour vous à Rome. J'ai vu cette pièce dans un petit magasin de la Via Nazionale, et aussitôt, je me suis dit qu'elle exprimerait tout ce que je n'ai jamais été capable de vous dire moi-même. Il s'agit d'une création qui ne peut être destinée qu'à vous.

Elle regarda Alexander un long moment, puis elle prit l'écrin et l'ouvrit. Elle resta bouche bée devant le splendide collier qu'il contenait. Meredith était certes accoutumée aux beaux bijoux ; diamants et saphirs ne l'impressionnaient plus depuis longtemps ; mais ce collier-ci ne ressemblait en rien à ce qu'elle avait déjà vu auparavant.

— C'est un bijou ancien, expliqua Alexander. Vieux de plus de deux cents ans.

Il le sortit de l'écrin et le passa autour du cou de Meredith.

— Je n'ai jamais rien vu d'aussi beau, murmura-t-elle.

— Moi, si, dit-il, la voix brisée, tandis que ses lèvres cherchaient celles de la jeune femme dans la pénombre.

L'écrin de cuir tomba à l'instant où elles se rencontrèrent.

Meredith souhaita que les prochaines quarante-huit heures passent rapidement.

Une feuille de papier portant trois lignes imprimées était restée toute la matinée sur la machine à écrire. Sur un coin du bureau, une tasse de café froid et intact. Une pile de lettres non ouvertes. Meredith se tenait près de la fenêtre, le regard vide. Elle tenait à la main un numéro du *People* datant de la semaine précédente, ouvert sur une photo d'Alexander prise dans un restaurant de Rome. Près de lui, une belle jeune femme identifiée comme étant Donatella Manetti, fille du magnat italien de l'automobile Carlo Manetti. Tous deux souriaient ou riaient, ils paraissaient très intime. « Bon sang, Alexander, pensa Meredith avec amertume. Cela vous a-t-il amusé de me prendre pour une idiote ? Cela vous a-t-il amusé de me rendre amoureuse de vous ? Est-ce là votre vengeance pour avoir été repoussé lors de notre première rencontre ? Vous devez bien rire maintenant avec celle-ci ! »

— Dieu, comment ai-je pu être aussi stupide ? s'écria-t-elle en jetant le magazine par terre.

Elle se laissa tomber dans son fauteuil et prit l'écrin familier dans son tiroir. Elle l'ouvrit lentement et regarda longuement le collier, se remémorant le soir où il lui avait donné ce cadeau. Ce fut la plus belle soirée de sa vie. Elle avait enfin admis ses véritables sentiments, elle avait enfin été capable de lui dire qu'elle l'aimait. Elle était prête alors à se donner à lui totalement. Elle aurait couché avec lui cette nuit-là s'il n'avait pas été obligé de repartir très vite pour Montréal. Il avait été sur le point d'obtenir ce qu'il avait toujours voulu.

Meredith avait décidé de ne pas pleurer, coûte que coûte. Il n'en valait pas la peine ! Bien qu'il ne soit pas à blâmer entièrement. « Je suis aussi fautive que lui, se dit-elle. Je suis tout d'abord coupable de stupidité. Je me suis laissée piégée par lui. J'aurais pourtant dû me méfier. Je savais quel homme il était. Je connaissais toutes les rumeurs horribles qui couraient sur lui. »

Pensant à la folie et à la faiblesse dont elle avait fait preuve en se rendant à son charme et à ses pauvres mots d'amour, elle ressentit de l'écœurement. Des mots d'amour, c'était presque risible ! « Alexander n'est vraiment pas l'homme du pardon et de l'oubli, pensa-t-elle méchamment. Je me suis refusée à lui dès la première fois qu'il a tenté de coucher avec moi, il a répliqué en me rendant amoureuse de lui. Eh bien ! Il m'a en quelque sorte rendu la pareille. Pourquoi donc l'ai-je écouté ? »

Sa secrétaire vint à la porte.

— Meredith, Alexander Kirakis sur la ligne 1.

— Dites-lui que je ne suis pas là.

— Il dit que c'est urgent.

— Dites-lui que je ne suis pas là ! lança-t-elle avec irritation.

Cindy l'observa un moment.

— Et que faisons-nous pour l'interview ? Avez-vous oublié…

— Je n'ai rien oublié ! Je le rappellerai quand je serai prête à lui parler, de l'interview, dit-elle avec mauvaise humeur. D'ici là, je suis absente pour lui.

Au World Trade Center, Alexander tenait l'une de ses rares conférences de presse pour annoncer officiellement son intention de faire participer sa société à la recherche nucléaire. Il parla de la construction d'installations destinées à la recherche atomique dans la région désertique du Mojave, au sud de la Californie, à l'est de la base du Corps des Marines des 29 Palmiers. Il parla d'une rencontre avec le docteur Barry Marchwood, l'un des spécialistes mondiaux de renom pour tout ce qui touche à l'armement nucléaire, ancien membre de l'équipe du Laboratoire de Los Alamos au Nouveau Mexique. Il répondit aux critiques qui lui reprochaient de songer à l'extension des armements nucléaires. Il concéda que c'était une éventualité à envisager, mais il refusa de commenter davantage son projet.

— Eh bien ! Vous avez réussi encore une fois, marmonna George tandis qu'ils rentraient dans le bureau d'Alexander après la conférence. Vous allez faire la une de tous les journaux du monde libre dès demain. Je vois déjà les manchettes : « Kirakis, promoteur de la course aux armements nucléaires. »

Alexander resta de glace. George l'observa un moment. Alexander s'était montré d'humeur étrange durant la semaine écoulée ; en fait, il était ainsi depuis son retour de Montréal. George le savait inquiet à cause de la thèse de l'incendie criminel, mais il avait le sentiment qu'il y avait autre chose. Son ami était comme une bombe prête à exploser à tout moment. Absolument imprévisible. George décida finalement de le laisser avec son problème. Alexander lui avait d'ailleurs fait comprendre qu'il n'avait pas envie d'en parler, et George savait qu'il ne fallait surtout pas s'imposer en de telles circonstances. Il s'excusa et partit vers son bureau.

Comme Alexander arrivait dans sa suite, sa secrétaire l'accueillit à la porte.

— Un paquet vient d'arriver pour vous, M. Kirakis. Par messager spécial. Je l'ai posé sur votre bureau.

— Merci, Stacey, dit-il distraitement.

Il pénétra dans son bureau et ferma la porte. Il défit le petit paquet et découvrit l'écrin en cuir italien. Il l'ouvrit avec précaution et son regard se figea sur le collier. Elle le lui renvoyait, sans explication, rien. Il avait été si près d'en faire sa femme, réalisant ainsi un rêve qu'il avait toujours cru impossible de transposer dans la réalité ! Et c'était cette maudite photo dans le *People* qui avait tout anéanti. Il ne réussirait plus jamais à la reprendre à présent. Pris de fureur, il envoya à terre une pile de dossiers en attente sur son bureau. Il resta un moment immobile, tremblant de colère, puis il se décida. Il poussa le bouton de l'interphone.

— Stacey, je pars dans quelques minutes. Je serai absent cet après-midi.

— Où pourrai-je vous joindre ?

— Vous ne pourrez pas !

Meredith traversa en toute hâte le hall grouillant du bâtiment de la Télévision Intercontinentale et poussa la porte faisant face à la 52e Rue. Dehors, le vent glacé soufflait si fort qu'elle avait peine à garder l'équilibre. Le temps avait été épouvantable durant tout le mois, un jour il pleuvait, le lendemain sévissaient le froid et le vent. On ne se serait jamais cru en mai. Elle savait que la limousine de la télévision ne l'attendrait pas ce soir-là. Elle ne rentrerait d'ailleurs pas chez elle directement. Elle avait décidé de prendre un taxi et d'aller dans les magasins. Elle avait passé trop de soirées terrée dans son appartement. Elle avait envie d'abandonner derrière elle ces quelques semaines écoulées une fois pour toutes.

Elle ne remarqua la limousine en stationnement dans le virage que lorsque s'ouvrit la portière ; Alexander en surgit et se dressa devant elle.

— Bonsoir, Meredith.

Elle leva sur lui un regard plein de colère.

— La soirée se présentait bien jusqu'à maintenant ! dit-elle sèchement en guise de salutation.

— Je crois que nous devrions nous parler. C'est très important pous nous deux.

— Je n'ai rien à vous dire.

— C'est moi, qui ai des choses à vous dire, insista-t-il.

— Je ne veux pas les entendre.

— C'est au sujet de l'interview, dit-il tandis qu'elle reprenait son chemin.

Elle s'arrêta et se retourna.

— De quoi s'agit-il ? demanda-t-elle brusquement.

— Ne pensez-vous pas qu'il serait temps de l'enregistrer ? demanda-t-il en s'appuyant contre sa voiture. Je pense que vous approchez de la date limite, si je ne me trompe pas, non ?

— Votre sollicitude me touche. Mais je vous assure que je n'oublie rien. Je prendrai contact avec vos services quand je serai prête.

— Il faudra que ce soit pour bientôt alors. Je serai absent de la ville à la fin du mois.

— Affaires ?

Il secoua la tête négativement.

— Plaisir, pour une fois.

— Comment s'appelle-t-elle ? questionna Meredith sur un ton glacé.

Alexander plissa le front.

— Pas de femme, dit-il posément. J'ai un match de polo à Southampton le samedi précédant le Memorial Day. Je prévois une absence d'au moins une semaine.

— Eh bien ! Je prévoirai notre enregistrement après votre

retour.

— Cela vous intéresserait peut-être d'enregistrer au moins une partie du match pour votre émission ?

Elle réfléchit un moment.

— Peut-être. Je vous le ferai savoir.

Il hocha la tête.

— Y a-t-il autre chose ? demanda-t-elle.

— Oui, dit-il après un silence. Je vous aime.

Elle ignora cette dernière déclaration.

— Il faut que je parte, dit-elle. Je téléphonerai à votre bureau si je décide d'enregistrer le match.

Alexander la regarda disparaître dans la foule. Il ne tenta pas de l'arrêter. Il savait qu'il n'y gagnerait rien. Mais il n'avait pas abandonné. Absolument pas. Il s'était servi de l'interview pour amorcer leur rapprochement, et il s'en servirait encore pour la reprendre.

XVII

Meredith était appuyée contre le capot de sa voiture de location ; elle regardait le match de polo à travers de puissantes jumelles tandis qu'un cameraman d'IBS filmait l'action depuis une unité de production mobile stationnée à proximité. Meredith avait bien compris qu'elle donnerait de l'éclat à son émission en y incluant un montage du match ; et en outre, cela lui permettrait de montrer sous un jour différent l'ardent esprit de compétition qui animait Alexander. Toutefois, elle avait bien failli y renoncer. Elle n'était pas là par plaisir. Elle ne l'avait pas revu depuis le soir où il l'avait attendue devant le Centre de Télévision. Elle savait qu'elle allait le revoir très souvent, que cela lui plaise ou non, jusqu'à ce que l'enregistrement soit achevé, mais après cela, elle avait bien l'intention d'oublier qu'elle l'avait connu.

Meredith était loin d'être une experte en polo – c'était la première fois qu'elle assistait à un match depuis celui qu'elle avait couvert au Centre équestre de Los Angeles – mais elle avait acquis assez de connaissances en bavardant avec Alexander pour comprendre ce qui se passait sur le terrain. « Il a l'air d'un conquérant chevauchant dans une bataille », pensa-t-elle en fixant ses jumelles sur lui. Il montait une splendide jument bai plus imposante que les montures des autres joueurs. Il lui avait dit un jour qu'il préférait les chevaux très rapides dépassant la taille standard des autres chevaux de polo. Il jouait toujours en position numéro un – position offensive principale – et choisissait des montures pour leur rapidité et leur capacité à résister à la pleine force d'un opposant arrière dévalant sur elles. Première et seconde positions sont offensives, les troisième et quatrième sont défensives. Les joueurs en première position doivent être rapides. Meredith se souvenait de tout cela.

Puis ce fut le début de la quatrième mêlée, la « mêlée fatale » comme disait Alexander. C'était à ce moment que se faisait la décision. Il jouait avec ses meilleurs chevaux dans ces quatre premiers engagements, car il était convaincu que si son équipe restait liée au camp opposé jusqu'au départ du quatrième engagement, la victoire était assurée, même face aux adversaires les plus forts. Il abordait le jeu aussi sérieusement que ses affaires, et il exigeait des joueurs et des chevaux de son équipe autant que des collaborateurs de sa société. Captivée, Meredith vit Alexander brandir son maillet comme une arme et, d'un coup puissant balayant l'espace latéral vers l'avant, envoyer la balle à travers le terrain comme un missile guidé. L'arrière de l'équipe adverse, un joueur bien connu qu'Alexander avait décrit un jour comme le « spécialiste du rentre-dedans » entra en collision avec la monture d'Alexander ; la jument bai avait été préparée au choc. Meredith gémit doucement.

Détournant son regard vers les estrades, Meredith décida que le polo était bien un sport de riches. Elle examina la foule des spectateurs au maintien sobre et en tenues élégantes. Des gens éduqués pour ce style de vie presque aussi soigneusement que l'étaient les chevaux, tous des aristocrates. Mais il y avait plus que cela. C'était un jeu pour le pouvoir, un test de courage et d'intelligence. Un jeu pour les athlètes les mieux préparés. Un jeu nécessitant sang-froid, courage et un esprit calculateur. C'était bien un jeu pour Alexander. Il y était prédestiné !

L'action fut rapide et violente durant les cinquième et sixième engagements. Alexander décocha plusieurs coups de revers qui propulsèrent la balle comme une flèche, alors que ses adversaires échouèrent à plusieurs reprises dans leur tentative de bloquer la balle. La stratégie habile et l'énergie acharnée qu'il dépensait sur le terrain de polo étaient comparables aux brillantes manœuvres qui faisaient sa renommée dans la salle du Conseil d'administration, pensa Meredith méchamment. Il changeait de monture à chaque engagement et gardait quatre montures en réserve car il montait plus agressivement que les autres joueurs, ce qui signifiait qu'il menait ses bêtes plus durement. Grâce à ses jumelles, Meredith voyait ses mâchoires serrées, et son expression querelleuse chaque fois qu'il chargeait l'un de ses adversaires dans l'intention visible de le désarçonner, s'arrêtant toutefois juste à temps pour ne pas contrevenir au règlement de l'association interdisant expressément à tout joueur d'en intimider un autre au point de le déséquilibrer. Cette férocité dans la compétition intriguait Meredith ; son but était le même que lorsqu'il traitait ses affaires : gagner. Il était facile de voir ce qui faisait de lui un champion. C'était un cavalier accompli qui avait réussi à communiquer secrètement avec chacun de ses chevaux. Cette faculté s'ajoutant à son esprit froid et calculateur le rendait quasiment imbattable.

Une explosion d'applaudissements signala la fin du match. Les huit cavaliers reculèrent. Meredith abaissa ses jumelles et observa avec intérêt la remise de la grande coupe en argent à Alexander. Elle fit signe au cameraman de cesser le tournage. Levant la tête, Alexander la vit.Il descendit de cheval d'un mouvement leste et rapide et avança dans sa direction. Se soustrayant à la foule, il traversa le terrain de polo défoncé et jonché de mottes de gazon, tenant son cheval par la bride un peu en arrière de lui. Approchant de l'unité de production mobile, il retira son casque. Ses épais cheveux noirs étaient ébouriffés et humides de sueur.

— Content de vous voir, dit-il en souriant. Je dois cependant admettre que j'en suis surpris.

— Pourquoi ?

Elle le défiait du regard.

— J'ai une émission à faire, vous en souvenez-vous ?

— Je vois.

Il y eut un silence.

— Dans ce cas, j'espère que vous n'avez pas perdu votre temps.

— Absolument pas.

Elle sourit sans chaleur.

— Nous avons plus d'éléments qu'il nous en faut.

— Vous n'allez pas tarder à repartir alors.

— Dès que nous aurons mis tout en ordre.

Il hésita un moment.

— Je voudrais vous parler en privé, Meredith, dit-il en baissant la voix.

— Concernant l'interview ?

— Concernant nous-mêmes.

— Il n'y a pas de « NOUS ». Il n'y en a plus. Je commence à penser qu'il n'y en a jamais eu.

— Vous nêtes pas plus convaincue que moi que ce que vous dites est vrai.

— J'ai dit tout ce que j'avais à dire sur ce sujet.

Elle allait faire demi-tour. Il la saisit par le bras.

— Eh bien ! Pas moi, lança-t-il sans élever la voix. Et vous allez m'écouter, d'une manière ou d'une autre. Alors, parlerons-nous en privé ou bien dois-je m'expliquer ici même ?

Elle hésita. Elle le connaissait suffisamment pour savoir qu'il n'exagérait pas. Elle n'avait aucune envie de discuter de leurs affaires privées devant le cameraman ou n'importe qui d'autre.

— D'accord, dit-elle finalement. Où et quand ?

— Tout de suite. Venez avec moi.

Meredith se tourna vers le cameraman.

— Emballez tout. Si je ne suis pas là quand vous aurez fini, partez sans moi.

Il acquiesça d'un signe de tête.

Meredith marchait à côté d'Alexander dans un silence glacé. Ils traversèrent le terrain en direction des écuries. Le cheval d'Alexander suivait au pas, l'encolure basse, suant abondamment. Alexander se retourna et tapota affectueusement le chanfrein de l'animal.

— Il me semble que j'ai été un peu rude avec Spartacus cet après-midi. Je vais le mettre au pré un jour ou deux.

Quand ils entrèrent à l'écurie, il remit les rênes à un jeune lad.

— Prends bien soin de mon ami, ordonna-t-il.

— Oui, M. Kirakis.

Ils marchèrent en silence le long de la large allée bordée de boxes. Quelques chevaux hennirent doucement et s'agitèrent au bruit de leurs pas. Alexander allait à son allure rapide et gracieuse habituelle jusqu'à la partie réservée à ses propres chevaux. Il examina chacun d'eux, s'assurant qu'ils avaient été convenablement soignés et donnant à chacun d'eux quelques morceaux de sucre. Meredith fut surprise de la douceur avec laquelle il traitait les animaux.

— Hadrian ne sera pas employé pendant quelques temps, expliqua Alexander. Il a été blessé ce matin. On m'a dit que ce n'était pas grave, mais je ne le monterai plus tant qu'il ne sera pas en parfaite condition. César était de mauvaise humeur ce matin – soyez prudente, il pourrait essayer de vous frapper. Attila va devoir prendre sa retraite bientôt. Il se fait vieux.

— Vous ne m'avez pas fait venir ici pour me parler de vos chevaux, s'emporta Meredith. Je vous prie de me dire ce que vous avez à me dire, que nous en finissions. La route est longue jusqu'à Manhattan et j'aimerais bien m'en aller.

Il sourit.

— Je suppose que votre colère devrait m'encourager, dit-il plaisamment. Après tout, la colère vaut mieux que l'indifférence, n'est-ce pas ? Au moins, vous éprouvez un sentiment pour moi, même si ce n'est pas celui que je préférerais !

— Vous prenez vraiment plaisir à m'agacer ?

Il devint soudain sérieux.

— Non, répondit-il franchement. Tout cela ne me plaît pas du tout. Il ne me plaît pas que vous ne vouliez plus ni me voir ni me parler – ni même me donner l'occasion de m'expliquer au sujet de cette sacrée photo !

— Vous ne me devez aucune explication, dit-elle froidement.

Il la regarda.

— Tout ce que nous nous sommes dit l'autre soir, à l'aéroport... tout cela ne signifie plus rien pour vous ?

— Cela signifiait beaucoup pour moi, mais il s'est avéré que ce n'était pas le cas pour vous.

Il fit un pas vers elle et posa ses mains sur ses bras.

— Je suis allé à Rome pour voir Manetti. J'ai rencontré sa fille lors d'un déjeuner, un après-midi. Je les ai invités à dîner tous les deux. Carlo ne pouvait pas se libérer, mais sa fille a accepté l'invitation. Je ne pouvais pas reculer sous peine de me montrer discourtois.

— Vous n'aviez pas l'air trop malheureux sur la photo.

— Donna Manetti est très jeune et sans aucune expérience. Sa vie a toujours été très protégée. Elle s'est entichée comme une collégienne...

— Quelle collégienne !

Le rire de Meredith sonnait creux.

— Laissez-moi terminer. Nous avons évidemment bu du vin au dîner, mais c'était trop pour elle. Elle n'était plus dans son état normal au moment où fut prise cette photo et j'étais en train de la convaincre de se laisser reconduire chez elle.

— Chez elle ? souligna Meredith sur un ton sarcastique.

— Je n'ai pas couché avec elle, Meredith.

— Peu importe que vous ayez couché avec elle ou non.

Elle s'efforça d'éviter son regard ; il ne devait pas voir son chagrin.

— Vraiment ?

Elle ne répondit pas.

— Regardez-moi, Meredith, insista-t-il. Regardez-moi dans les yeux et répétez-moi que cela vous importe peu, que cela vous est égal. Dites-moi que ce que nous avons vécu ensemble avant cet incident n'a aucune importance pour vous !

Elle leva la tête.

— D'accord ! lança-t-elle. C'est important pour moi. Ce qui est arrivé à Rome ou ce qui n'est pas arrivé ne m'est pas égal. Est-ce ce que vous voulez entendre ?

— Oui ! Je veux que vous soyez jalouse, avoua-t-il. Je veux savoir que tout est important ! Je veux que vous m'aimiez exactement comme je vous aime.

Leurs regards se rencontrèrent et restèrent rivés l'un à l'autre. Il se pencha et l'embrassa tendrement. Meredith recula et l'observa.

— J'étais tellement sûre de vous connaître.

— Vous me connaissez mieux que personne.

Il l'embrassa de nouveau.

— Je me fais l'effet d'un papillon qui se serait approché de la flamme, dit-elle.

Il sourit tristement.

— La question est : lequel de nous deux est le papillon et lequel est la flamme ?

— Je ne tiens pas à me brûler encore.

— Donnez-moi ma chance, Meredith – donnez-nous une chance, s'obstina-t-il. Nous réussirons. Notre destin est d'être ensemble.

— Je le pensais.

— J'ai une maison tout près d'ici, dit-il. J'avais projeté d'y rester jusqu'à la fin de la semaine. Venez avec moi. Donnez-moi une chance de vous prouver que mon amour pour vous est réel.

— Je ne peux pas. J'ai des obligations… pour l'émission, et pour ma chaîne de télévision.

— Moi aussi, j'ai des obligations. Mais notre première obligation est de nous occuper l'un de l'autre.

— Dites cela à mon producteur, dit-elle avec lassitude.

Alexander réfléchit un moment.

— Téléphonez-lui. Dites-lui que je vous donne l'autorisation de filmer l'interview à Southampton puisque je dois y rester pour la semaine. Dites-lui que vous resterez ici pour mettre au point les détails de dernière minute. Qu'il envoie son équipe technique jeudi ou vendredi. Nous aurons ainsi quelques jours en tête à tête.

— Je ne sais pas…

Le regard d'Alexander était franc.

— Je vous aime, Meredith, je ne veux pas vous perdre.

— Je n'ai pas de vêtements de rechange, ni…

— Il y a des magasins dans le village.

Elle hésita encore.

— Vous avez réponse à tout, n'est-ce pas ?

— À tout, dit-il en lui prenant les mains, sauf à la seule question essentielle pour moi.

À Southampton, l'habitation d'Alexander était un élégant manoir géorgien de quinze pièces situé sur une dizaine d'acres de terrain soigneusement entretenu et dominant l'océan Atlantique. La maison elle-même était un gracieux édifice aux plafonds élevés, avec portes-fenêtres et hautes fenêtres à deux battants ouvrant sur une vaste terrasse d'où la vue sur les jardins était magnifique. On y trouvait des thermes entièrement équipés avec sauna, chambre à vapeur, piscine à vagues et piscine couverte, une cave à vin, un solarium et une salle de musique. On y trouvait des écuries pour les chevaux de polo et des logements séparés pour les domestiques à l'arrière de la maison des maîtres. Meredith constata avec surprise que l'intérieur n'avait rien du décor résolument moderne de l'appartement de la Tour Olympique. Les cheminées en marbre du salon, la bibliothèque et la suite du maître de maison, les fenêtres à vitres enchâssées dans le plomb, les ornements moulés et le sol en parquetterie rappelaient un autre âge, de même que les canapés moelleux et rembourrés, les fauteuils, les objets anciens qui peuplaient l'espace, les tableaux impressionnistes qui ornaient les murs. Une grande horloge de plus de cent ans se dressait dans la bibliothèque. « La table sculptée à la main est l'œuvre de gitans », expliqua Alexander.

— J'aime penser à ce lieu comme à ma retraite privée, dit Alexander en observant Meredith qui faisait le tour de la bibliothèque, admirant les objets anciens et les tableaux. Je viens ici quand je ressens le besoin d'échapper aux exigences et aux pressions de Manhattan – ou tout simplement quand j'ai besoin d'être seul.

Meredith le regarda en souriant.

— C'est drôle, mais je n'ai jamais pensé à vous comme à un homme qui éprouverait le besoin d'échapper à son travail très longtemps.

— En règle générale, je n'aime pas cela, effectivement. Mais j'ai découvert que même les plus acharnés au travail ont parfois le désir de s'en aller, de se consacrer un moment à eux-mêmes. Il un temps – lorsque je devins le président de la Société Kirakis, et même un peu avant cela – où je me suis efforcé de confondre la Société Kirakis avec ma vie. Je tenais à toute force à me persuader que je ne désirais rien de plus, que c'était tout ce dont j'avais besoin.

— Mais ce fut un échec, conclut Meredith.

— Ça n'a jamais marché ainsi, *matia mou,* répondit-il avec un rire las. Certes, la société est très importante. Elle représente mon droit de naissance, l'héritage que m'a laissé mon père. Mais je sais maintenant qu'elle ne sera jamais toute ma vie, exactement comme votre carrière ne pourra jamais représenter toute votre vie.

Il remplit un verre de vin et le lui tendit.

— Vous l'aimerez. Il vient de mes propres vignobles.

— Vous êtes aussi négociant en vins ? s'étonna-t-elle.

— Je possède un château dans le sud de la France, dans la région des Côtes-du-Rhône. Malheureusement, je n'ai pas eu le loisir d'y séjourner aussi souvent que je l'aurais souhaité durant ces dernières années. Naguère, j'y allais tous les ans, pour la récolte. J'aimais bien travailler dans le vignoble.

Meredith éclata de rire malgré elle.

— Excusez-moi. C'est simplement que j'ai du mal à vous imaginer dans des travaux manuels.

— En vérité, cela me plaisait, dit-il ren remplissant un autre verre. J'étais très jeune – à peine quatorze ans – quand mon père a acheté ce vignoble. J'ai toujours éprouvé une sympathie particulière pour la France – sans doute un héritage de ma mère – de sorte que j'ai saisi l'occasion d'y séjourner. Ma mère détestait me voir travailler dans le vignoble, mais moi, j'étais heureux, et mon père avait le sentiment que ce serait une expérience enrichissante pour moi. Il avait raison.

— Ils doivent vous manquer terriblement, dit Meredith avec hésitation tandis qu'il remplissait son verre.

Il acquiesça de la tête.

— C'est après les avoir perdus que j'ai compris l'importance d'une famille, d'avoir quelqu'un avec qui partager, dit-il tranquillement.

Ils se regardèrent, et elle sentit un frisson le long de son épine dorsale. « Était-ce le vin, se demanda-t-elle, ou bien la manière dont il la regardait ? » Elle rougit malgré elle.

— Je suppose que chacun de nous a besoin de quelqu'un, murmura-t-elle. Puis elle se tut, évitant délibérément son regard.

Il remarqua son verre vide.

— Encore un peu de vin ?

Elle secoua la tête.

— Je crois que j'ai assez bu. Je commence à me sentir un peu grise. Et puis, il se fait tard…

Alexander hocha la tête.

— Excusez-moi, *matia mou*. Je suis tellement heureux que j'en perds la notion du temps. Vous devez être très fatiguée.

— Un peu, confessa-t-elle.

Il sourit.

— Venez… je vais vous montrer votre chambre.

Le lendemain matin, ce fut le soleil illuminant sa chambre qui réveilla Meredith. Elle s'assit dans son lit et s'étira, s'apercevant qu'elle avait oublié de fermer les rideaux la veille. Elle regarda l'horloge ancienne sur la coiffeuse. Il était presque midi. Elle se demanda si Alexander dormait encore.

On frappa légèrement à sa porte. Une servante entra sans attendre la réponse.

— Madame, je suis Danielle, dit-elle avec un fort accent français. M. Kirakis me prie de vous demander ce que vous désirez pour le petit déjeuner et il vous fait envoyer ceci du village.

Elle désigna une pile de boîtes sur le fauteuil.

— Les vêtements dont vous allez avoir besoin. J'espère qu'ils vous iront.

Meredith ne put cacher sa surprise.

— Oui, bégaya-t-elle. Merci.

— Et le petit déjeuner, madame ?

Meredith réfléchit. Elle n'avait pas très faim.

— Quelque chose de léger, dit-elle. Peut-être un croissant avec du beurre et de la confiture, et du café.

— Oui, madame.

La femme allait faire demi-tour.

— Danielle ? Alexander – M. Kirakis est-il réveillé ?

— Oui, madame. Il a l'habitude de se lever tôt. Il est allé aux écuries peu après le lever du soleil. Il demande que vous l'y rejoigniez après avoir pris votre déjeuner.

Meredith hocha la tête.

— D'accord.

— Souhaitez-vous être servie ici ou en bas ?

— Je vais descendre, merci, répondit Meredith avec un sourire.

Elle ouvrit les boîtes et en examina le contenu : jeans, pantalons, chemises de coton et même des bottes de cheval. Les tailles étaient correctes. Elle sourit toute seule. Il pensait à tout.

Elle choisit finalement un jean et une chemise de coton rose. Comme elle s'habillait, elle essaya de se souvenir depuis combien de temps elle n'était pas montée à cheval. Serait-elle encore capable de monter aussi bien qu'autrefois ?

« Je le saurai bientôt », pensa-t-elle.

Elle trouva Alexander au paddock, montant une superbe jument noire. Ce n'était absolument plus le président de société tiré à quatre épingles. Il portait un pantalon gris dont les jambes étaient glissées dans des bottes de cheval noires, et une chemise en coton blanc, dont il avait roulé les manches jusqu'aux coudes. Ses cheveux noirs flottaient dans le vent, et il avait l'air parfaitement à l'aise.

— Bonjour, dit-elle en grimpant sur la barrière.

Il se retourna et sourit.

— Bonjour, *matia mou*. Avez-vous bien dormi ?

— Trop bien, je crois, dit-elle en s'asseyant en haut de la barrière. On m'a dit que vous aviez été très actif ce matin.

— Je suis habitué à me lever très tôt, quelle que soit l'heure à laquelle je me couche la veille, dit-il en maintenant à la bride son cheval nerveux et fringant. J'avais espéré que nous ferions une promenade à cheval ensemble.

— J'aimerais bien.

— Avez-vous déjà monté ?

Meredith rit franchement.

— Du pays d'où je viens, on apprend à monter à cheval avant de savoir marcher. Mais il y a longtemps de cela. On m'a dit aussi qu'on n'oubliait jamais plus.

— Si vous êtes sûre de vous. Mes chevaux sont tous nerveux. Car pour moi, un cheval sans vivacité ne m'attire pas, c'est la même chose pour les femmes.

Elle sourit d'un air entendu.

— Qu'essayez-vous de me dire ?

— À votre avis ?

— Vous êtes à peu près aussi subtil qu'un marteau de forgeron, dit-elle en éclatant de rire.

Il fit signe à l'un des lads.

— Sellez Apollon pour Mme Courtney.

— Oui, monsieur.

Alexander se tourna vers Meredith.

— Mme Courtney, répéta-t-il d'une voix si basse que seule Meredith pût l'entendre. Mais plus pour longtemps.

Dès qu'elle fut en selle, Meredith retrouva facilement les gestes d'autrefois. Elle en fut toute surprise. Elle avait presque oublié le plaisir qu'elle prenait à monter à cheval. Meredith et Alexander parcoururent le terrain entier ce matin-là, terminant leur promenade par un galop fou sur la plage. Ils descendirent ensuite de leurs chevaux qu'ils guidèrent en bordure du ressac, heureux d'être ensemble et jouissant de la vue magnifique. Meredith ne regrettait pas d'être venue. Elle était contente de lui avoir laissé une chance de s'expliquer. Elle croyait à son explication parce qu'elle désirait y croire, et parce qu'elle était à présent convaincue qu'il l'aimait sincèrement.

— Voici la véritable raison qui m'a décidé à acheter cette propriété, raconta-t-il comme ils marchaient sur le sable blanc, à plusieurs centaines de mètres de la maison. La bâtisse elle-même est exactement ce que j'avais en tête quand j'ai commencé à chercher un domaine par ici. Elle me satisfait pleinement. Mais quand j'ai vu cette plage – qui me rappelle tellement les plages de mon île grecque – j'ai décidé de posséder ce domaine. Bien que je me sois éloigné de l'île depuis de nombreuse années, je ne cesse de regretter les temps paisibles de mon enfance et de mon adolescence. La première fois que j'ai passé ces portes, – il désigna la maison – la première fois que j'ai vu cette plage, j'ai eu l'impression d'être chez moi.

— Je comprends ce que vous avez ressenti, dit Meredith. Quand j'habitais le sud de la Californie, j'aimais marcher sur la plage à l'aube, nager dans l'océan, sentir l'eau salée dans l'air...

— Quand vous viviez avec Nick Holliday, interrompit Alexander, l'œil rivé sur l'océan. Aviez-vous l'intention de l'épouser ?

Elle le regarda, surprise.

— Non.

Alexander ramassa un morceau de bois et le lança à plusieurs mètres.

— Vous devez l'avoir aimé.

Meredith hésita un moment.

— Oui, je l'ai aimé, dit-elle doucement. Naguère. Et puis les choses se sont gâtées entre nous et...

Sa voix s'éteignit.

— Vous n'aviez plus envie ensuite de vous engager avec un autre, acheva-t-il.

— J'ai longtemps cru que je n'avais besoin de personne, avoua-t-elle. Mais maintenant… je comprends que j'avais tort.

Alexander s'arrêta et lui fit face..

— Je suis très heureux d'entendre cela, dit-il en la regardant dans les yeux. Meredith, je veux être votre avenir – et je veux que vous soyez le mien. Ce ne sera pas commode pour moi de rivaliser avec un homme faisant partie de votre passé.

— Il ne me reste personne qui appartienne à mon passé, Alexander.

Il la prit dans ses bras et leurs lèvres s'unirent. Il existait entre eux une sincérité indéniable. Meredith mit ses bras autour du cou d'Alexander et s'accrocha à lui, répondant enfin à la passion qui les habitait depuis toujours.

— Je ne pensais pas qu'il ferait aussi froid.

Meredith était étendue sur une pile d'énormes oreillers, face à la cheminée, se réchauffant à la lueur chaude des flammes, seule lumière éclairant la pièce.

— Les nuits sont parfois très froides, même en cette saison.

Alexander apportait une bouteille de Dom Perignon et deux coupes. Il s'assit près d'elle, sur le sol. Elle sourit en voyant la bouteille.

— Pour célébrer votre victoire lors du match de polo? demanda-t-elle sérieusement.

— Non. C'est nous que nous allons célébrer… nos retrouvailles ici.

Il libéra le bouchon de la bouteille, son regard toujours rivé sur Meredith. Le bouchon sauta subitement, et tous deux se trouvèrent enveloppés d'une pluie de champagne. Étonnée, Meredith regarda sa chemisette en soie, trempée et moulant ses seins de telle sorte que l'étoffe en devint presque transparente.

— Je crains que vous n'ayez gâché une bouteille, dit-elle, les joues rouges.

— Au contraire, dit-il avec un petit sourire malicieux. Je trouve que le champagne vous convient parfaitement.

Ils se regardèrent, et ce fut comme s'ils faisaient l'amour avec leurs yeux. Il s'approcha d'elle et lentement, attentivement, il débou-tonna sa chemisette et la fit glisser de ses épaules. Elle ne portait rien en dessous. Il l'embrassa tendrement, et ils allèrent s'allonger sur les oreillers. Doucement, sensuellement, il lécha les petites coulées de champagne qui descendaient entre ses seins, ne relevant la tête que pour l'embrasser encore. Il caressa de ses lèvres les courbes fermes de sa chair, effleurant d'abord le bout des seins, puis les excitant à coups de langue. Il relevait la tête de temps en temps pour baiser encore ses lèvres

— Je t'aime, murmura-t-il en ouvrant la fermeture à glissière du jean pour le lui retirer. Je vais te montrer à quel point je t'aime...

— Oh ! Oui, haleta-t-elle. Fais-moi l'amour, Alexander...

Elle déboutonna sa chemise et défit sa ceinture tandis qu'Alexander cherchait sa bouche dans l'ardeur d'un désir enfin libéré. Elle caressait ses cheveux tandis qu'il mordillait ses seins. Il glissa sa main entre ses jambes et explora. Leurs corps se mêlèrent sur les oreillers, s'étreignant, s'excitant sous les baisers et les caresses. Meredith descendit sa main entre leurs corps jusqu'au pénis gonflé, le caressant, doucement d'abord, puis passionnément. Il s'allongea sur le dos, gémissant de plaisir à mesure que grandissait l'excitation jusqu'à l'insupportable.

— Je t'aime, disait-elle. Il m'a fallu tant de temps pour le comprendre... mais je t'aime... tellement...

Elle baissa son visage vers le sien et l'embrassa ardemment. Il la toucha de nouveau, la caressa, et l'amena à un orgasme violent. Elle roula sur le dos, frissonnant de tous ses sens quand il la pénétra. Il s'enfonça en elle, profondément, rapidement, à coups de reins auxquels répondait Meredith en projetant ses hanches ves lui. Il se mit à trembler très fort à l'instant où il atteignit l'orgasme ; elle le rejoignit alors au paroxysme du plaisir, dans une explosion finale. La pièce sembla tourner quand il retomba mollement sur Meredith, haletant, pour l'embrasser encore.

Ensuite, ils restèrent immobiles un long moment, le visage d'Alexander enfoui dans l'épaule de Meredith et murmurant des mots d'amour. Finalement, il s'appuya sur un coude et la regarda, toute illuminée de la faible lumière du feu mourant.

— Je n'ai jamais fait l'amour avant, murmura-t-il, lissant une mèche de cheveux de Meredith. Je n'ai jamais vraiment fait l'amour jusqu'à ce soir. Je n'imaginais pas une telle différence entre le sexe et faire l'amour.

Son étonnement face à ces nouvelles impressions se reflétait sur sa physionomie, dans l'éclat de ses intenses yeux noirs. Il n'avait jamais cru possible d'éprouver un sentiment pareil. C'était comme si sa vie n'avait pas été complète avant Meredith. Elle lui avait appris à rire. Jusqu'à ce qu'il la rencontre, il ne savait pas que le rire était en lui. Elle lui avait appris à penser à autre chose qu'aux affaires, à jouir des choses les plus simples.

— Moi non plus, dit-elle doucement en se délectant de son odeur masculine. Jamais elle n'aurait cru éprouver autant de plaisir avec un séducteur aussi notoire qu'Alexander Kirakis, mais elle avait vu un aspect de lui que personne ne connaissait. Dans ses bras, elle avait été emportée par des émotions si fortes qu'elle en avait perdu le souffle.

— Tous ces mois perdus, murmura-t-elle. C'était inévitable, n'est-ce pas ?

Il se mit à rire.

— J'ai essayé de te l'expliquer, mon amour, mais je n'ai trouvé qu'une femme entêtée et hermétique.

Il posa un baiser sur son front, sur le bout de son nez et sur ses lèvres.

— C'est sans importance maintenant. Ça valait la peine d'attendre, non ?

— Certainement !

Elle le regarda, ses yeux bleus étaient brillants.

Il la serra contre lui et l'embrassa dans le cou.

— Je voudrais te garder toujours ainsi et ne plus jamais te laisser partir…

Meredith se réveilla le matin suivant dans le lit d'Alexander, couchée sur le côté, lui tournant le dos. Alexander l'étreignait par-derrière, serré contre elle, baisotant légèrement son cou. Elle se souvenait à peine qu'il l'avait portée dans la chambre du haut la veille. Ils avaient fait l'amour encore et encore, puis, tous deux épuisés et incapables de continuer, il l'avait portée dans sa chambre et ils s'étaient endormis aussitôt dans les bras l'un de l'autre. Meredith n'avait jamais vécu une nuit pareille.

— Bonjour, murmura-t-il. Je t'ai réveillée ?

— Je n'en sais rien, dit-elle d'une voix légèrement moqueuse. Tu étais en train d'essayer ?

— Depuis une demi-heure seulement, avoua-t-il.

Elle roula sur le dos et le regarda. Il se souleva sur un coude et lui sourit.

— J'ai vécu cette soirée et cette nuit comme dans un rêve. J'avais presque peur de me réveiller.

— Je t'assure que tout était bien réel, dit-il en l'embrassant tendrement. Je suis réveillé depuis l'aube ; je cherche une raison pour ne pas te laisser rentrer à Manhattan, mais je bute toujours sur la raison que nous avons d'y retourner.

Il caressa sa chevelure.

— Je ne suis pas supersticieux, mais j'ai peur de te voir repartir là-bas, peur de rompre le charme.

— Rien ne peut rompre le charme que tu as jeté sur moi hier soir, dit-elle en l'embrassant à son tour. Même si tu le voulais, tu n'arriverais pas à me perdre maintenant. Je t'aime.

— N'empêche qu'une partie de moi s'inquiète de te perdre après avoir lutté si durement pour te conquérir.

— Rien ne changera mes sentiments envers toi maintenant, Alexander.

Il repoussa les draps, dénudant ainsi son corps. Sa main glissa doucement sur ses seins, les caressant tandis que sa langue traçait de petits cercles autour de la zone érogène derrière l'oreille.

— Peut-être pourrions-nous rester ici encore une semaine ? chuchota-t-il en effleurant le bout de ses seins avec son index.

Il l'embrassa ardemment.

— Encore une semaine seulement...

— Je ne demanderais pas mieux, dit-elle, sentant l'excitation monter en elle. Mais je ne peux pas. J'ai une émission...

Il se pencha sur son sein et en suça doucement l'aréole, suscitant des titillements en elle. Puis il baisa ses lèvres.

— Ils peuvent sans doute trouver quelqu'un qui te remplace pendant une semaine.

— Je suis irremplaçable, assura-t-elle avec un petit sourire.

— Je sais, mais la télévision peut certainement trouver quelqu'un pour faire ton émission, chuchota-t-il en glissant sa main entre ses cuisses.

— Non... peut-être...

Elle gémissait de plaisir.

— Bien sûr, ils peuvent trouver, insista-t-il.

Sa bouche descendit sur la sienne. Ils s'embrassèrent encore.

— Je pourrais leur dire que je ne me sens pas bien. Ou bien leur raconter que j'approfondis un point de mon émission…

Il sourit malicieusement.

— Que tu cherches à entrer en osmose avec ton personnage.

— Bien sûr, dit-elle, toute étourdie de désir. Mais je crois qu'il vaut mieux éviter d'entrer dans les détails sur ce point-là.

— Certainement.

Il l'embrassa à pleine bouche et s'écarta d'elle.

— Ce n'est pas le genre de chose que l'on discute sur une chaîne de télévision nationale.

— Non, acquiesça-t-elle en lui tendant les bras.

Il l'évita en baisant ses seins, son estomac, ses cuisses, descendant lentement vers le pubis. Meredith tremblait d'impatience tandis qu'il écartait ses lèvres extérieures pour lécher son clitoris. L'orgasme fut presque instantané après les caresses et les baisers. Puis, s'écartant brusquement, Alexander se rua sur elle et se projeta en elle avec rapidité, en silence, jusqu'à ce que son propre corps se convulsât sous la décharge violente. Quand ce fut fini, il la tint serrée et l'embrassa dans le cou.

— Sais-tu ce que tu me fais ? demanda-t-il d'une voix rauque.

— Oui, dit-elle tout bas, parce que tu me fais la même chose à moi.

Elle l'enlaça ; elle ne voulait plus le laisser s'éloigner.

— Nous pourrions rester ici toute la semaine sans quitter cette chambre, dit-il dans un souffle.

— Ce serait le paradis, murmura-t-elle en caressant ses cheveux.

— Je ne veux plus vivre sans toi, Meredith.

Le ton pressant de sa voix la surprit.

— Tu ne le seras plus, promit-elle. Je ne te quitterai jamais.

— Ce n'est pas assez.

Il s'appuya sur ses coudes et la regarda dans les yeux.

— Je veux te faire une promesse irrévocable, et je veux de toi la même promesse.

Elle ne souffla mot, attendant qu'il achève.

— Je veux t'épouser, Meredith. Je veux que tu deviennes ma femme.

— Il va falloir que tu mettes ce peignoir, dit Alexander à Meredith en prenant l'une de ses robes de chambre en soie dans sa penderie. Il la lança sur le lit. Tes vêtements sont éparpillés sur le tapis, en bas.

Meredith s'assit, repoussa ses cheveux de son visage. Jusqu'à ce moment, elle ne s'était nullement souciée de leurs vêtements dont ils s'étaient débarrassés hâtivement la veille. Alexander avait emporté Meredith dans sa chambre en laissant tout derrière lui. Elle prit la robe.

— J'aurais voulu voir la tête de la servante ce matin, quand elle est entrée dans la bibliothèque, dit-elle en riant doucement.

— À moins qu'elle ne soit habituée à ce genre de spectacle ?

Il se tourna vers elle, le visage grave.

— Je n'ai jamais amené personne ici, jusqu'à ce jour, dit-il posément.

Elle sortit du lit, enfila la robe de chambre et noua la large ceinture autour de sa taille. Elle vint vers lui et entoura de ses bras la taille d'Alexander.

— Es-tu certain de vouloir te lier avec une épouse, demanda-t-elle comme par jeu. Ne regretteras-tu pas d'avoir abandonné ta vie de play-boy ?

— J'aurai tout ce que je veux – tout ce dont j'ai besoin – près de toi, assura-t-il. Quant à abandonner ce que tu appelles ma vie de play-boy, je le fais sans regret, *matia mou*. Tu es la seule femme que je désire et que je désirerai à jamais.

Il glissa ses mains entre sa nuque et ses cheveux et l'embrassa avec ferveur.

— Je vais m'habiller, dit-elle en se dégageant de son étreinte.

Il la contempla un moment.

— Cette robe de chambre te va merveilleusement, commenta-t-il en enfilant lui-même sa chemise. Mais tu es belle avec n'importe quoi – et même sans rien.

Meredith sourit et souffla un baiser sur le bout de ses doigts, dans sa direction.

— Ça ne sera pas long, promit-elle.

Elle traversa le hall jusqu'à sa chambre. Elle se doucha et s'habilla en réfléchissant à cette nouvelle situation. Alexander voulait l'épouser immédiatement, c'était évident. Quant à Meredith, quel que soit son désir de l'épouser, elle tenait tout de même à un mariage traditionnel avec son faste habituel. «Cela ne m'arrivera qu'une fois, pensa-t-elle, pourquoi ne pas en faire un jour mémorable ?»

Elle regarda le visage que lui renvoyait son miroir, et sa surprise fut grande. Elle eut l'impression d'être devenue une autre femme en une nuit. Cheveux ébouriffés, joues roses, yeux excités, bref, tous les indices d'une amoureuse. Un visage animé de passion, tout rose du reflet d'une nuit d'amour effréné.

Les trois jours suivants passèrent rapidement, plus rapidement qu'Alexander et Meredith ne l'eussent souhaité. Ils furent fort surpris de constater qu'ils n'étaient pas pressés de retrouver le monde exigeant et trépidant de Manhattan. Ils étaient trop absorbés l'un par l'autre dans leur amour récemment consommé, pour accorder encore une pensée au monde existant au-delà de leur refuge de Southampton. À partir du moment où ils avaient fait l'amour pour la première fois ils vivaient une existence idyllique loin des bruits et des fureurs de la ville. Ils ne se quittaient pas. Ils faisaient de longues promenades, bavardant, partageant leurs rêves, explorant les profondeurs de leur âme. Ils nageaient dans l'océan, faisaient l'amour sur la plage, au clair de lune. Ils montaient à cheval chaque matin, et parfois aussi le soir. Ils déjeunaient sur la terrasse et dînaient dans une ambiance romantique dans la somptueuse salle à manger éclairée aux chandelles. Après dîner, ils éteignaient les lumières et écoutaient de la musique devant la cheminée où crépitait le feu. Alexander aimait la musique classique et possédait une vaste collection d'enregistrements et une installation stéréo perfectionnée qui restituait la sonorité d'une salle de concert. Puis ils terminaient invariablement la journée en faisant l'amour devant la cheminée et ensuite, Alexander portait Meredith dans sa chambre. Là, ils s'endormaient dans les bras l'un de l'autre.

Meredith trouva en Alexander tout ce qu'elle désirait, tout ce dont elle avait besoin. Il était beau, charmant et fortuné, mais tout cela n'était que le sucre glacé sur le gâteau. Il était également doux, affectueux, et étonnamment romantique, un amant vraiment merveilleux. Il était patient et compréhensif. Elle trouvait pour la première fois un homme qui l'aimait sans réserves, sans chercher à la changer. Même Nick n'avait pas pu se montrer aussi attentif. Non seulement Alexander acceptait sa nature ambitieuse, mais en plus, il l'encourageait. Lui-même avait dit : « Une femme sans caractère ne m'attire pas. » « C'est presque trop beau pour être vrai », pensait-elle en jubilant.

L'équipe technique d'IBS arriva pour enregistrer l'interview et quelques séquences complémentaires pour l'émission du samedi matin. Pendant que les hommes installaient leur matériel dans la bibliothèque, Meredith monta pour voir ce qui pouvait bien retenir Alexander. Elle le trouva devant le grand miroir de la chambre, ajustant sa cravate.

— Ils tournent d'abord en extérieur, dit-elle en pénétrant dans la chambre et fermant la porte.

Il se tourna vers elle.

— Je n'avais encore jamais admis aucun média sur mes terres, encore moins à l'intérieur de ma maison, dit-il simplement. Si je le fais maintenant, c'est uniquement pour toi.

Elle vint lui prendre les mains et lui poser un petit baiser rapide sur la joue.

— Je sais que cette idée ne t'emballe pas, dit-elle doucement. Je sais que tu n'as accepté de faire cet enregistrement ici que pour nous permettre de rester seuls ensemble quelques jours.

— Et pour assurer le succès de ton émission, dit-il.

— Et pour me convaincre de la sincérité de ton amour.

Elle remit une boucle de cheveux rebelle en place. Leurs regards se rencontrèrent ; l'expression d'Alexander était grave.

— Fais quelque chose pour moi, dit-il tout bas.

— Tout ce que tu voudras, dit-elle sans hésiter

Il l'entoura de ses bras.

— Épouse-moi – ce week-end, avant de repartir pour Manhattan, dit-il sur un ton pressant. Je ne veux pas attendre plus qu'il n'est nécessaire.

— Moi non plus, souligna-t-elle d'un ton léger. Mais nous n'attendons pas vraiment, n'est-ce pas ?

L'équipe d'IBS suivit Alexander et Meredith, les filmant en promenade sur les terres, ou traversant les écuries, ou encore flânant dans la maison des maîtres. Face à la caméra, Alexander présenta à Meredith ses chevaux de polo, et il parla avec elle des raisons profondes qui lui avaient fait acheter ce domaine.

— Ça va être sensationnel, s'écria Meredith durant une pause. Tu voulais changer ton image de marque, et tu vas réussir. Grâce à cette émission, le public verra de toi une facette absolument imprévue.

L'interview fut enregistrée dans la bibliothèque. Meredith avait enfin convaincu Alexander qu'il aurait avantage à parler de ce qu'il avait ressenti en grandissant à l'ombre d'un père légendaire et à exprimer les tensions et les inconvénients inhérents à l'obligation d'égaler son modèle. C'était une approche tout à fait personnelle, et Meredith savait qu'il serait pénible pour un homme aussi secret qu'Alexander de discuter de sujets aussi intimes à la télévision. Mais elle savait aussi que cette manière de procéder permettrait à Alexander d'atteindre le but qu'il recherchait. Le public verrait le côté humain d'un homme qui semblait invincible. Une telle discussion eût été impossible avec une autre personne que Meredith ; mais parce qu'ils étaient amants, parce qu'Alexander lui faisait confiance, il lui serait plus facile de se dévoiler, malgré sa retenue naturelle et malgré les caméras en action.

L'enregistrement était achevé en fin d'après-midi. En général, Meredith aimait bien faire les interviews, mais cette fois-ci, elle fut aussi soulagée qu'Alexander de voir s'éloigner l'unité de production mobile. Elle se tourna vers Alexander qui se tenait près d'elle sur le gazon, et elle l'enveloppa de ses bras.

— Eh bien ! Où en étions-nous au moment où nous avons été brutalement interrompus ? demanda-t-elle avec désinvolture.

— Je crois que nous projetions un mariage.

Elle l'embrassa.

— J'y ai réfléchi, commença-t-elle lentement. Que dirais-tu d'un mariage traditionnel ?

Il la considéra d'un air soupçonneux.

— Ce qui veut dire ?

— Une belle cérémonie romantique. Avec nos meilleurs amis autour de nous – peut-être une noce en plein air, ici, suggéra-t-elle. Nous pourrions nous marier cet été. Au plus tard en août…

Il l'observa un moment.

— C'est très important pour toi, n'est-ce pas ?

Elle opina de la tête.

— Cela n'arrive qu'une fois dans la vie, et je veux que tout soit parfait.

— D'accord, dit-il non sans réticences. À une condition.

— Toujours le négociateur qui ressort ! taquina Meredith. D'accord. Laquelle ?

— Que nous vivions ensemble dès maintenant – que tu viennes habiter chez moi dès notre retour à Manhattan, répliqua-t-il vivement.

Elle éclata de rire et l'embrassa encore.

— Essaie de te débarrasser de moi !

Dans son bureau du Centre de Télévision IBS, Meredith avait l'œil rivé sur le trafic de la 52e Rue, mais sans le voir. Elle venait de visionner les enregistrements de son émission sur Alexander. Le produit achevé se révélait encore meilleur que ce qu'elle attendait. L'homme qui apparaissait dans ces films était bien loin de celui dont le nom faisait les gros titres des journaux à scandales au cours des années passées. L'homme de ces films était celui qu'elle connaissait, celui dont elle était amoureuse : fort, ambitieux, volontaire, habitué à son immense fortune. Mais en outre, il pouvait être doux et compatissant, d'une fierté intransigeante, et respectueux de la famille et de la tradition. En dépit de sa position sociale et de son pouvoir, il se révélait très humain et réaliste. Elle souriait toute seule. Alexander allait être satisfait.

Ce qu'ils avaient obtenu allait bien au-delà des buts que chacun d'eux s'étaient proposés lors du marchandage auquel ils s'étaient livrés avant de tomber d'accord sur l'interview. Alexander cherchait un moyen efficace de modifier son image parmi le public. Meredith courait après l'interview de l'année, celle qui donnerait un second souffle à sa carrrière. Or, ils avaient tous deux trouvé quelque chose de beaucoup plus essentiel : ils s'étaient reconnus. Malgré les conflits et les obstacles qu'ils avaient rencontrés sur leur chemin, Meredith réalisait maintenant qu'ils avaient glissé l'un vers l'autre dès le soir où il l'avait tenue dans ses bras au Rainbow Room. Si elle croyait au destin, Meredith pourrait assurer que leur amour avait été écrit depuis toujours. Mais elle savait bien que ce n'était pas cela. Dans leur cas, c'était Alexander qui avait orchestré leur destinée, c'était Alexander qui avait tout dirigé.

L'amour que Meredith et Alexander partageaient était si différent de celui que Meredith avait vécu avec Nick, qu'il lui était impossible de croire qu'elle ait pu les aimer aussi profondément tous deux. Avec Nick, ce fut tendre, détendu et sécurisant. Avec Alexander, c'était la passion débridée, l'amour sans inhibitions, une communication muette, presque télépathique. Ils étaient venus l'un vers l'autre comme deux étoiles entrant en collision dans le ciel. Maintenant qu'elle avait le temps de reprendre haleine et de réfléchir, il lui semblait que la force d'attraction qui s'exerçait entre eux était irrésistible. Ce qui les avait attirés l'un vers l'autre était plus fort et plus puissant qu'ils ne se l'étaient imaginé au début. Avec Alexander, la vie était excitante, éthérée, imprévisible. Au fond de son cœur, Meredith savait qu'ils pouvaient tout entreprendre ensemble.

Quittant son bureau, elle longea le couloir jusqu'au plateau de *l'Observateur de Manhattan*. Elle consulta sa montre en poussant la lourde porte du studio. La salle était plongée dans l'obscurité. Neuf heures trente. Elle n'avait aucune idée du temps qu'elle avait passé dans son bureau. Elle s'était plongée dans son courrier, s'acharnant à rattraper son retard depuis son retour de Southampton. Elle ne savait pas non plus à quelle heure Cindy était repartie chez elle. Seule demeurait une équipe réduite, uniquement le personnel nécessaire au fonctionnement du centre d'informations et à la diffusion de la chaîne.

Meredith tâtonna dans l'obscurité, cherchant le tableau des branchements. Le studio s'illumina tout à coup d'une lumière éclatante. Enjambant des fils enroulés et des gros câbles, louvoyant à travers un réseau de caméras, elle arriva à un plateau récemment décoré. Les tentures gris anthracite, les fauteuils rembourrés et recouverts en bleu roi, la superbe baie en trompe-l'œil sur fond de Manhattan la nuit, ce décor l'avait fortement impressionnée lorsqu'elle l'avait vu achevé. Mais ce jour-là, ce n'était plus qu'un lieu froid, vide, et insupportablement désert. Elle monta sur l'estrade, et s'arrêta pour regarder les quatre agrandissements en noir et blanc qui reposaient sur des chevalets spécialement conçus et qui flanquaient le décor : le portrait officiel du P.D.G. dans son bureau, le champion de polo sur son cheval favori ; un instantané tiré sur son yacht, le *Dionysos* ; et une autre photo du père et du fils, la dernière avant le décès de Constantine Kirakis en 1982. Meredith se sentit remplie de fierté en contemplant le visage souriant du joueur de polo victorieux. Elle se remémorait l'après-midi qui avait succédé au match de Southampton.

Il avait raison : ensemble, en équipe, ils seraient beaucoup plus forts qu'ils ne pourraient l'être individuellement.

Le « Windows on the World » au 107e étage du World Trade Center, comme une scène éblouissante en plein ciel. Entourés de verre, les nombreux salons, cabinets privés et salles à manger offrent une vue panoramique exceptionnelle sur Manhattan. Le fantastique spectacle extérieur n'a d'égal que le décor intérieur absolument stupéfiant. Sur un fond pastel or, beige et rose pâle ponctué d'effets de miroirs, de cuivres rutilants et de lambris boisés, fleurs et plantes vertes fraîches se détachent à profusion. L'ambiance est élégante et cependant chaleureuse dès le hall de réception en glace avec ses géodes en matériaux semi-précieux et les serveurs en uniformes blancs aux épaulettes dorées. Aux heures du déjeuner, la somptueuse salle à manger sert de club privé ; mais le soir, le restaurant, la salle des hors-d'oeuvre et le City Lights Bar sont ouverts à tous ceux qui veulent jouir du panorama unique et de la bonne cuisine.

Bien que Meredith eût dîné bien souvent au « Windows on the World » durant les années où elle habitait New York, elle trouvait ce local toujours aussi époustouflant que naguère. Aujourd'hui, assise face à Alexander dans l'un des cabinets privés, elle ne voyait que l'adoration dans ses yeux noirs. Depuis combien de temps n'avait-elle plus éprouvé ce sentiment étrange sous le regard d'un homme ? Elle s'étonna d'avoir douté si longtemps de son amour pour elle.

— C'est la fête, ce soir, dit Alexander tandis que le serveur chef approchait de leur table avec une bouteille de Dom Perignon et deux verres. Alexander ne cessait de se demander avec étonnement comment elle s'y prenait pour être plus belle de jour en jour. Ce soir, elle portait une robe de soirée très échancrée ornée de paillettes et de perles, et aussi le collier qu'il lui avait rapporté de

Rome. Ses cheveux tombaient librement sur ses épaules, comme il aimait.

Elle sourit.

— Que célébrons-nous cette fois-ci ?

Ils fêtaient chaque soir quelque chose depuis leur retour de Southampton. La veille, ils avaient fêté leurs trois semaines de vie commune.

— Nous nous fêtons nous-mêmes, comme toujours, dit-il avec un sourire taquin.

Le garçon posa un verre devant Meredith. Elle allait le prendre, mais se ravisa. Il n'y avait qu'un fond de champagne.

— Puis-je avoir un peu… commença-t-elle.

Puis elle la vit. Au fond du verre se trouvait la plus jolie bague qu'elle eût jamais vue ; un long saphir découpé entouré de petits diamants allongés. L'anneau en platine assez large était sculpté en une torsade du même modèle que le collier. Elle retira le bijou du verre et leva la tête vers Alexander.

— C'est tout à fait exquis, dit-elle dans un souffle.

— Ta bague de fiançailles, dit-il, la physionomie rayonnante. Lis l'inscription à l'intérieur.

L'inscription disait : *Aujourd'hui et pour toujours*. Elle sourit. Comme cela ressemblait à Alexander, droit au but. Cette bague la fascinait.

— Je n'ai jamais vu un bijou semblable, dit-elle doucement.

Ses yeux noirs et brillants souriaient.

— Tu n'en verras pas d'autre. C'est une pièce unique.

Il glissa la bague au doigt de Meredith.

— Comme toi, *matia mou*. Beau et rare.

Elle contempla la bague, puis leva sur Alexander un regard ému. Elle n'aurait jamais cru possible d'aimer autant.

Rentrant chez eux ce soir-là, ils trouvèrent un message urgent pour Alexander.

— Cela vient de Mohammed Kafir, des bureaux de la société à Istanbul, expliqua-t-il à Meredith. Il faut que je l'appelle immédiatement.

— Maintenant ? s'étonna Meredith.

Il plissa le front.

— Ce doit être important pour qu'il m'ait téléphoné à cette heure. Il est huit heures du matin à Istanbul et pour que Kafir soit à son bureau aussi tôt, ce doit être urgent.

Meredith eut un petit sourire forcé.

— Il faut que je m'habitue, dit-elle en posant un baiser sur sa joue. Ne sois pas trop long.

— Pas plus qu'il ne sera nécessaire, promit-il.

Elle rentra dans la grande chambre à coucher et alluma la lampe de chevet. Elle se déshabilla lentement et enfila une robe de soie blanche et vaporeuse, puis elle attacha ses cheveux au sommet de sa tête. Elle repoussa les draps et ferma les lourds doubles-rideaux bleu nuit.

Pieds nus, elle marcha sur l'épais tapis blanc jusqu'à la porte en acajou sculptée ouvrant sur leur salle de bains. Habituellement, l'une des femmes de chambre remplissait d'eau la superbe baignoire en marbre, mais ce soir-là, Meredith fit cela elle-même. Il était tard, et le personnel domestique s'était retiré dans ses logements pour la soirée. En outre, elle désirait être seule avec Alexander quand il en aurait terminé avec l'homme d'Istanbul. Cette nuit devait être spéciale pour tous deux. On ne se fiançait pas tous les jours !

Elle ôta sa robe de chambre et la suspendit à l'un des gros crochets en cuivre fixés à la porte. Elle aimait la douceur du tapis bleu roi sous ses pieds tandis qu'elle avançait vers la baignoire en marbre gris clair. Elle s'enfonça dans le nuage de bulles évanescentes, elle posa sa tête sur l'oreiller de satin bleu et se détendit totalement dans la splendeur de son environnement. Elle voyait ici un autre exemple du mode de vie qu'offrait à Alexander sa fortune apparemment illimitée : le mur-miroir derrière la baignoire, de chaque côté, un palmier bien entretenu dans un pot en porcelaine du même blanc, des statues antiques flanquant la vaste coiffeuse en marbre, les petits miroirs encadrés d'or et l'éclairage fonctionnel. Pour la première fois depuis des années, Meredith pensa à la petite chambre encombrée dans la maison à mansarde où elle avait grandi. Sa famille n'avait jamais été pauvre, mais jamais bien riche non plus. Le simple confort n'avait jamais suffi à Meredith. Même toute jeune, elle avait toujours réclamé davantage, c'était une exigence profondément ancrée en elle. Aujourd'hui, elle était sur le point d'avoir tout ce qu'elle avait voulu : succès, fortune, célébrité, et un homme qu'elle aimait sincèrement. Il semblait que le monde lui appartenait. Mais pouvait-elle vraiment tout posséder ?

Sortant de son bain, elle prit un grand drap de bain épais sur le porte-serviettes chauffant et se sécha soigneusement, puis elle enfila sa robe de chambre. Dans la chambre, elle retira les épingles de ses cheveux et secoua la tête pour les laisser tomber sur ses épaules avant de les brosser vigoureusement. Elle regarda la pendule sur la table de chevet. Minuit. Alexander était probablement encore au téléphone. Elle éteignit la lampe d'argent et de cristal et alla à la fenêtre. Écartant légèrement les doubles-rideaux, elle glissa un œil sur les lumières scintillantes de la 5ᵉ Avenue. Leur royaume, comme disait Alexander en manière de plaisanterie. Et elle eut effectivement l'impression que c'était vrai. La cité leur appartenait. Le monde était à leurs pieds. C'était un sentiment enivrant et merveilleux mais qui lui rappelait une question qu'elle avait un jour posée à Nick, dans une autre vie lui semblait-il à présent. Pouvait-on vraiment tout avoir, et tout garder ? Elle regarda la bague à son doigt et pensa à l'inscription : *Aujourd'hui et pour toujours*. S'il était possible d'avoir tout, alors, Meredith et Alexander auraient tout.

À cet instant, elle sentit ses mains fortes sur ses épaules.

— Tu as pu obtenir Istanbul ? demanda-t-elle, l'œil toujours rivé sur les myriades de lumières qui scintillaient comme des joyaux dans un coffret.

— Oui.

Il regarda la bague. Le saphir brillait comme une flamme bleue et blanche dans l'obscurité.

— Elle te plaît ?

— Je l'aime. Mais pas autant que toi, dit-elle en se tournant vers lui.

Il lui sourit et effleura doucement son visage.

— J'ai fait une découverte ces dernières semaines.

— Ah ?

Elle l'observa, la mine interrogatrice.

— Qu'as-tu découvert ?

— Le pouvoir de l'amour, répondit-il, caressant d'un doigt une mèche de ses cheveux. C'est sans aucun doute la plus grande force qui existe sur terre.

Elle mit ses bras autour de son cou et reposa sa tête sur son épaule.

— Veux-tu dire, à ta manière subtile, que je suis plus importante pour toi que ton empire ?

— Oui, dit-il en souriant et sans hésitation. Je n'aurais jamais cru faire un jour une telle déclaration, mais c'est vrai, tu es plus importante.

Elle l'embrassa dans le cou.

— Je t'aime tant que j'en ai peur quelque fois, avoua-t-elle, en se serrant contre lui. Je souhaiterais tant que nous restions toujours ensemble, que nous n'ayons jamais à nous séparer.

— J'ai fait exactement le même rêve, dit-il en caressant ses cheveux. Malheureusement, nous allons devoir nous séparer très bientôt.

Elle leva la tête vers lui, perplexe.

— De quoi s'agit-il ?

— Doucement ! dit-il, amusé par sa réaction. Il faut que je prenne l'avion pour Londres jeudi. Vois si tu peux t'éloigner de ton travail et m'accompagner ?

Elle hésita un moment. Elle aurait aimé partir avec lui, mais c'était impossible. Pas ce week-end. Elle avait du travail.

— Je ne peux pas. Je vais à Dallas vendredi pour rencontrer un interlocuteur éventuel.

— Tu ne peux pas changer de date ? Après mon rendez-vous, nous pourrions passer quelques jours formidables à Londres.

— Je souhaiterais pouvoir m'arranger autrement, mais ça n'est pas possible, persista-t-elle. C'était prévu depuis plusieurs semaines. Changer de programme maintenant risquerait de me mettre terriblement en retard.

— Combien de temps resteras-tu à Dallas ?

— Je reviens dimanche.

— Parfait ! Je serai aussi de retour dimanche. Nous allons prévoir une petite fête romantique pour nos retrouvailles.

— C'est romantique partout pourvu que nous soyons ensemble, dit-elle simplement.

Alexander la serra contre lui.

— Je n'aime pas être séparé de toi, même pour une seule nuit, dit-il tendrement.

Alexander était seul à la fenêtre de sa suite de l'hôtel Dorchester à Londres. Il contemplait le beau paysage de Hyde Park qui s'étendait sous ses yeux. Sa journée avait été longue et agitée, mais elle lui avait aussi apporté un succès sans précédent. Il aurait dû éprouver une immense satisfaction de cette journée de négociations conclues à son avantage. Mais ce soir, il n'était pas à l'aise. Il pensait à Meredith ; elle lui manquait beaucoup et regrettait son absence. Il sourit tout seul : quelle ironie dans tout cela. Combien de femmes avait-il possédées puis abandonnées dans le passé ? Il les avait toujours eues au moment où il les avait voulues, et à ses propres conditions. Il aurait pu épouser l'une d'entre elles ou entretenir une relation simple et sans complication avec une femme entièrement à ses ordres. Mais il était tombé amoureux d'une femme indépendante et ambitieuse, d'une femme dont les besoins et les motivations étaient aussi puissants que les siens. Une femme qui n'était pas pressée de l'épouser, même si elle lui avait fait clairement comprendre qu'elle l'aimait et qu'il n'y avait que lui dans sa vie. Et bien que sachant qu'elle ne serait jamais l'épouse parfaitement soumise, il était certain que sa vie avec elle serait toujours excitante, imprévisible et totalement satisfaisante. Pour Alexander, qui depuis longtemps ne voyait plus de mystère dans les femmes, Meredith était une surprise perpétuelle. Elle était intelligente, belle et volontaire. Son indépendance et son sang-froid l'intriguaient, mais plus encore sa vulnérabilité inattendue qui se dissimulait sous la surface lisse, et sa sensualité latente qui avait explosé la nuit de Southampton.

Alexander avait vite découvert en Meredith un être complexe. Il parvenait difficilement à concilier la journaliste très professionnelle et sûre d'elle et la femme ardente qui partageait son lit. À la télévision, elle était habile, efficace et mordante. En public, elle était élégante, hôtesse parfaite et compagne sans défaut. Mais quand ils étaient seuls, c'était l'amoureuse passionnée et sans inhibitions, et elle partageait avec un égal enthousiasme les autres passions d'Alexander. Elle était une cavalière accomplie. Elle était une adversaire plus que redoutable sur le court de tennis. Quand il l'avait emmenée au tir au pigeon d'argile, il avait constaté avec surprise qu'elle savait manier un fusil et qu'elle était également une excellente tireuse. Elle avait également des connaissances appréciables dans le domaine des affaires. Leurs conversations sur l'oreiller consistaient souvent en de longues discussions concernant une société qu'Alexander envisageait de reprendre ou un problème à résoudre à l'intérieur de sa propre société. Alexander, qui faisait peu confiance aux hommes – même à ceux qui occupaient les échelons supérieurs de la Société Kirakis – se fiait volontiers à Meredith, et cette confiance lui était bénéfique. « Elle serait une épouse admirable, pensa-t-il, et une mère parfaite. »

Meredith, assise à l'arrière de la limousine, regardait anxieusement le jet bleu et blanc de la société qui allait s'arrêter sur la piste de l'aéroport Kennedy. Elle regarda les lumières de l'avion s'éteindre dans l'obscurité. Ces trois derniers jours avaient duré une éternité.

Elle sortit de la voiture et alla se mettre devant. La rampe du 747 fut mise en place et la porte s'ouvrit. Alexander apparut presque immédiatement. Il lui fit un signe de la main dès qu'il aperçut Meredith, puis il descendit la rampe à longues enjambées ; Meredith avait même peur qu'il ne tombât. Elle s'élança vers lui et l'étreignit, l'embrassant dans le cou.

— Si tu savais comme tu m'as manqué ! dit-il d'une voix rauque en la serrant contre lui.

— Autant que toi tu m'as manqué ?

Elle l'embrassa avidement.

— Ces quatres jours m'ont paru durer quatre années, murmura-t-il en caressant ses cheveux.

Enlacés, ils retournèrent à la voiture. Alexander aida Meredith à monter à l'arrière, puis il se glissa près d'elle.

— Je n'ai pas fait de réservation pour le dîner, dit Meredith. Je n'étais pas sûre que tu sois d'humeur à cela.

— Je ne suis d'humeur que pour toi, dit-il tout bas en la prenant dans ses bras.

Elle se mit à rire.

— Tu n'as pas faim ? demanda-t-elle innocemment.

— Une faim de loup, marmonna-t-il en mordillant son oreille.

Elle riait d'aise lorsque le chauffeur se glissa au volant et fit démarrer le moteur.

Alexander lâcha Meredith le temps de presser sur le bouton qui fit monter la vitre séparant le chauffeur de l'arrière de la voiture.

— Il ne peut plus nous voir ni nous entendre, gronda-t-il en la reprenant dans ses bras.

— Je pense que nous devrions rentrer directement chez nous, dit Meredith malicieusement. Un homme dans ton état serait dangereux dans Manhattan.

— Je ne crois pas pouvoir attendre d'être à la maison.

Sa bouche cherchait la bouche de Meredith dans l'obscurité.

Meredith prit son visage dans ses mains et l'embrassa avec une égale impatience. Alexander promena ses mains le long du corps de Meredith, la caressant à travers l'étoffe légère de sa robe d'été. Ses seins se durcirent à son contact, et une sensation chaude et délicieuse l'envahit quand il glissa sa main sous sa jupe et caressa l'intérieur de ses cuisses.

— Non, murmura-t-elle. Pas ici…

— Je te désire… maintenant… haleta-t-il.

— Moi aussi, je te désire… mais… peut-être…

Elle s'écarta lentement, ses yeux brillaient dans l'obscurité.

— Peut-être… ai-je une meilleure idée…

Il sourit en tendant les mains vers elle.

— À quoi penses-tu exactement ? demanda-t-il d'une voix suggestive.

— Je vais te montrer.

Elle se laissa glisser sur le plancher de la voiture et lui fit l'amour, le caressant, l'embrassant jusqu'à ce qu'il commence à gémir. Elle se mit à gémir à l'unisson, faisant des gestes de plus en plus rapides, et elle sentit les spasmes de plaisir convulser violemment le corps d'Alexander.

Ce fut plus qu'une retrouvaille. Ce fut une célébration.

Meredith marchait d'un pas décidé dans le couloir, en direction du studio de *l'Observateur de Manhattan*, sa secrétaire sur ses talons s'efforçant de griffonner quelques mots sur son bloc.

— Tapez un mémoire pour Harv Petersen énumérant mes idées concernant une émission sur les dessinateurs de mode européens, dit encore Meredith à une Cindy débordée. Et occupez-vous des lettres sur lesquelles nous avons travaillé hier.

— D'accord, dit vivement Cindy. Autre chose ?

— Rien pour le moment, dit Meredith en pénétrant dans le studio D où *l'Observateur de Manhattan* était enregistré en vidéo.

Deux manoeuvres travaillant sous la direction de Stephen Massey, le décorateur, retiraient les grandes photos d'Alexander des chevalets flanquant le décor. Maintenant que l'interview était enregistrée, elles seraient remplacées par des agrandissements de la personnalité suivante. Meredith s'arrêta pour admirer encore le portrait officiel appuyé contre le mur. C'était une photo flatteuse, mais elle décida qu'il serait de toute manière impossible de faire une mauvaise photo d'Alexander.

— Qu'en faisons-nous ? demanda Stephen. Étant donné les circonstances, j'ai pensé que vous aimeriez peut-être les garder ?

— J'aimerais bien, en effet, dit Meredith en montant sur le plateau. Faites-les porter dans mon bureau.

Stephen se tourna vers les manoeuvres.

— Vous avez entendu madame, les gars ?

Il désigna la porte.

— Je vais vous montrer le chemin.

Après qu'ils eurent quitté le studio, Meredith s'installa dans un fauteuil et parcourut ses notes tandis que Cindy s'excusait et allait chercher du café. « Tout est si calme, pensa Meredith. Si différent des séances d'enregistrement, lorsque les lumières éblouissent et que les gens se bousculent pour s'assurer que tout marche bien. Si différent du jour où fut enregistrée la bande annonce de son interview avec Alexander. »

— Je pensais bien vous trouver ici.

Meredith se retourna brusquement. Casey s'encadrait dans la porte.

— Bonjour, Case, dit-elle avec un sourire las. Il me semble que nous nous sommes perdues de vue ces derniers temps.

— Il paraît que l'on tue le temps en travaillant à mort, railla Casey en s'approchant. Au moins, notre travail est sûr. Nous ne risquons pas d'être renvoyées – car les esclaves se vendent !

— Ça va si mal ? sourit Meredith.

— De mal en pis.

Casey monta sur le plateau et s'affala dans un fauteuil vide.

— Dites-moi, comment vit-on sur les sommets ?

Meredith eut un regard amusé.

— Vous et Alexander, précisa Casey.

Meredith éclata d'un petit rire.

— Je vous le dirai quand j'aurai une opinion.

Elle écrivit quelques mots sur son bloc.

— Qu'est-ce que cela veut dire? demanda Casey, stupéfaite.

— C'est-à-dire que si Alexander et moi n'avions pas décidé de vivre ensemble dès maintenant, nous ne nous verrions sans doute pas souvent, dit Meredith en levant la tête de son bloc. Si vous saviez comme c'est difficile de préparer un mariage avec des emplois du temps comme les nôtres! Nous avons déjà changé de date deux fois. J'aurais bien envie d'oublier la grande cérémonie et de passer uniquement par l'Hôtel de ville.

Casey eut un rire étouffé.

— Je ne peux pas dire que je vous blâme de vouloir en imposer avec un grand mariage, avoua-t-elle non sans malice. Si moi, j'épousais un homme comme Alexander Kirakis, je voudrais probablement m'exhiber aussi.

Meredith se contenta de sourire. Elle regardait un agrandissement d'Alexander encore appuyé contre le mur. «Je ne cherche pas à faire une exhibition», pensa-t-elle.

«Je suis simplement en train de voir se réaliser un rêve, ce que je n'aurais jamais cru possible.»

XVIII

Pelotonnée près d'Alexander sur le canapé de cuir noir, Meredith et Alexander regardaient leur émission. Ayant déjà visionné les bandes dans leur forme finale, Meredith était plus intéressée par les réactions d'Alexander que par ce qu'elle voyait sur l'écran de télévision. Elle observa son visage tandis qu'il regardait attentivement ; elle cherchait des indices qui la renseigneraient sur ce qu'il pensait et éprouvait. Il n'avait pas visionné les bandes avant leur diffusion, comme il en aurait eu le droit ; il s'était entièrement reposé sur elle.

— Eh bien ! Qu'en penses-tu ? demanda-t-elle enfin, incapable d'attendre plus longtemps.

Il la regarda en souriant.

— Ton instinct t'a guidée droit au but, comme je le pensais. Je ne suis pas déçu.

En vérité, il était très content. L'interview elle-même sur un arrière-plan original, et accompagnée de séquences du match de polo, de la promenade dans le domaine de Southampton et de la bande-annonce filmée dans les bureaux de la Société Kirakis au World Trade Center créaient un portrait absolument différent de l'image publique qu'Alexander s'était donnée depuis l'université. Le contraste était positif par rapport à la réputation de play-boy dont il cherchait à se débarrasser.

— Pas déçu ?

Elle se redressa et le regarda.

— C'est tout ce que tu trouves à dire ? J'attendais un peu plus d'enthousiasme…

Il éclata de rire.

— Tu as fait un travail fantastique, mon amour, assura-t-il. Même mon père aurait été satisfait s'il avait vécu assez longtemps pour le voir.

— Penses-tu que ton image de marque s'en trouvera améliorée ? demanda-t-elle, sincèrement intéressée.

— Si cette émission ne change rien, alors rien changera jamais, dit-il avec confiance. Sauf peut-être notre mariage…

Elle s'écarta, son beau visage exprimant une colère feinte.

— Ainsi, c'est la raison qui te fait m'épouser – c'est uniquement pour changer ton image ! Je ne suis donc rien d'autre qu'une préposée aux relations publiques, je ne suis là que pour te rendre respectable !

Elle riait à gorge déployée.

— Tu sais très bien ce qu'il en est, gronda-t-il en l'attirant à lui. Je veux t'épouser parce que je t'aime. C'est la seule raison – n'oublie jamais cela !

Leurs lèvres se joignirent avidement. Meredith mit ses bras autour de son cou et se pressa contre lui, lui rendant ses baisers. Il vit alors le portrait d'Elizabeth Weldon-Ryan suspendu au-dessus du piano.

« Pourquoi ce visage m'est-il familier ? » s'étonna-t-il.

— Trois semaines ? demanda Meredith avec surprise. Que vais-je faire à Paris pendant trois semaines ?

Harv Petersen se carra dans son fauteuil et alluma un cigare.

— Il me semble que l'idée d'une émission centrée sur les nouveaux dessinateurs vient de vous, lui rappela-t-il. Pour ce faire, quel meilleur moyen avons-nous à notre disposition sinon un séjour à Paris avec interviews et visites chez ces jeunes étoiles montantes, pour assister à la présentation de leurs nouvelles collections d'automne ?

Meredith opina lentement de la tête, réalisant ce que Petersen était en train de lui proposer. Il avait raison ; le sujet venait d'elle. Et il pouvait donner lieu à une émission formidable. Car enfin, le téléspectateur américain moyen n'avait pas souvent l'occasion de voir le monde envoûtant des créateurs à la pointe de la mode française. Combien d'entre eux assisteraient un jour à ces présentations uniques des collections d'automne de ces créateurs de mode ?

— Quand dois-je partir ? demanda-t-elle, prudente.

— Lundi, serait-ce trop tôt ?

— Lundi !

— Écoutez, nous avons déjà organisé votre voyage.

Petersen fouilla parmi une pile de papiers sur son bureau et brandit un itinéraire tapé à la machine.

— Barrie me dit que certaines de ces présentations sont programmées à une semaine d'intervalle. La première a lieu dans une semaine. Si vous partez plus tard que lundi vous la manquerez.

Elle opina encore de la tête.

— Vous croyez vraiment qu'il me faudra trois semaines pour faire tout cela, les interviews et le reste ? demanda-t-elle en parcourant les papiers qu'il lui avait remis.

— Avec un peu de chance, répondit Petersen. Vous savez bien que la Loi de Murphy s'applique aussi aux programmes des tournages !

— Parlons-en, marmonna Meredith en levant les yeux au ciel.

— Vous n'avez pas envie de partir, hein ? dit-il, percevant ses réticences.

— Mais si ! s'écria-t-elle. C'est simplement une question de temps. J'ai des engagements ici…

— Ne vous inquiétez pas pour *l'Œil du Monde.*

— Je pensais à autre chose, avoua-t-elle.

Petersen hocha la tête en écrasant son cigare.

— Votre mariage ?

Le front plissé, Meredith le considéra un moment.

— Étant donné nos plannings, Alexander et moi avons du mal à faire des projets – sauf pour ce qui est de l'annonce à la presse.

Petersen sourit.

— Ces derniers temps, il est impossible de prendre un journal ou un magazine sans y trouver l'annonce de votre prochain mariage. Vous êtes devenue une véritable personnalité médiatique ! Je comprends votre situation pénible, mais franchement, Meredith, je ne vois pas comment vous pourriez remettre votre départ, surtout si vous tenez à faire cette émission.

— D'accord, soupira-t-elle. Allons-y pour la semaine prochaine.

Elle réfléchit en retournant à son bureau. Ce projet d'émission ayant pour thème les nouveaux visages de la mode internationale lui tenait à cœur depuis qu'elle l'avait suggéré, trois mois auparavant. Comment annoncer à Alexander qu'elle allait passer les trois semaines à venir à Paris ?

— J'aurais souhaité une autre issue, dit Meredith à Alexander tandis qu'ils traversaient l'aérogare de l'aéroport Kennedy. Je ne peux pas faire autrement, car en fin de compte, c'est mon émission et mon idée.

— Je comprends, dit-il avec mauvaise humeur en regardant dans la foule, droit devant lui.

Son déplaisir était évident.

— Ce que je ne comprends pas, c'est pourquoi ce projet doit se réaliser maintenant, et pourquoi l'enregistrement prendra trois semaines.

— Nous en avons déjà parlé, dit Meredith avec lassitude. Il me faut des enregistrements des présentations des collections d'automne dessinées par les personnalités en vogue dans le domaine de la mode. Et pour ce faire, c'est maintenant que je dois y aller.

— Et il faudra trois semaines ?

Il n'était pas convaincu.

— Ces présentations de mode n'ont pas lieu tous les jours. Souviens-toi du temps qu'il nous a fallu pour enregistrer ta propre séquence ?

— C'était différent, s'obstina-t-il. Vous avez filmé à différentes époques et dans des lieux différents. Ç'aurait été impossible de tout faire en quelques jours, ou même en une seule semaine.

— Nous y voilà. Je suis actuellement confrontée à une situation du même type. Certaines présentations ne seront séparées que par un ou deux jours, mais d'autres auront lieu à une semaine d'intervalle, voire davantage.

Elle lui saisit le bras et le força à s'arrêter ; elle le regarda dans les yeux.

— Je déteste être loin de toi. Si je pouvais réaliser ce projet d'une autre manière, je n'hésiterais pas. J'espère que tu me crois ?

Il la regarda quelques secondes, puis il acquiesça de la tête. Il prit une clé dans sa poche et la serra dans sa main.

— Je ne peux pas partir avec toi, mais je peux faire en sorte que tu aies tout ton confort à Paris.

Elle regarda la clé dans sa main, puis leva la tête vers Alexander, un sourire amer sur les lèvres.

— Est-ce une question ou une affirmation ? demanda-t-elle, comprenant qu'il ne lui laissait guère le choix.

— C'est la clé de mon appartement de l'Avenue Foch.

— Mais Alexander…

— Pas de mais, *matia mou* !

Il sourit.

— En ce qui me concerne, je te considère déjà comme mon épouse. Cet appartement est à toi autant qu'à moi.

Elle se tut, comprenant qu'il était inutile de discuter avec lui puisqu'il avait déjà pris sa décision.

— D'accord, dit-elle finalement. Si tu poses ainsi le problème, comment puis-je refuser ?

— Tu ne peux pas, alors inutile d'essayer.

Il lui secoua tendrement la main.

— Je vais te trouver une voiture et un chauffeur. Il te retrouvera à l'aéroport de Gaulle et sera à ta disposition pendant ton séjour à Paris.

— Mais IBS a déjà organisé mon voyage, protesta-t-elle.

— Laisse ton équipe technique profiter de ce qu'on leur offrira, dit-il sur un ton persuasif. Toi, tu te serviras de ma voiture et de mon chauffeur – je te saurai ainsi en de bonnes mains.

Elle l'observa un moment puis l'embrassa légèrement.

— Sais-tu qu'il m'est difficile de te dire non ?

Ils se remirent en route. Il l'enlaça d'un bras.

— Je tiens aussi à te rendre tout refus impossible, dit-il avec un sourire pervers.

Meredith éclata de rire.

— Tu es sur la bonne voie ! assura-t-elle en cherchant son passeport dans son sac à l'approche du bureau des douanes. Je suppose que c'est ici que nous nous séparons ?

Alexander secoua la tête.

— Je vais avec toi – jusqu'à l'avion.

Elle lui lança un regard étonné. Elle allait lui demander comment il avait fait, mais elle connaissait Alexander. Il était en mesure de parvenir à ses fins en toutes circonstances. Ses relations et ses ressources ne cessaient de stupéfier Meredith.

— Tu peux insister pour utiliser les services d'une compagnie d'aviation commerciale, mais cela ne doit pas forcément en entraîner les contraintes !

— Tu ne cesseras jamais de me surprendre.

Elle se tut et présenta son passeport au fonctionnaire en uniforme qui y jeta un coup d'œil et le lui rendit aussitôt.

Alexander se contenta de sourire.

— Le meilleur est encore à venir, *matia mou*, promit-il.

NEW YORK

Seul dans son bureau du World Trade Center, Alexander considéra d'un air distrait les rapports entassés sur son bureau. Il n'avait pas l'esprit à son travail, pensa-t-il avec remords. Meredith était partie depuis presque trois semaines. La veille, ils avaient bavardé au téléphone, et elle lui avait annoncé qu'elle rentrerait le vendredi.

— J'irai te chercher à l'aéroport, lui avait-il dit, et ensuite, je t'enlève dans quelque petite église de campagne où l'on nous mariera immédiatement.

Meredith avait beaucoup ri, pensant qu'il plaisantait. Mais il était sérieux. Il voulait l'épouser dès son retour de Paris. Il n'avait pas envie d'attendre un jour de plus.

Il sortit de son tiroir une petite boîte de velours bleu nuit. Il l'ouvrit et examina pensivement les deux anneaux semblables qui y étaient nichés. Leurs anneaux de mariage. Meredith les avait choisis elle-même : de simples anneaux larges en platine, avec leurs initiales gravées. Ils avaient été livrés la veille. Il ne lui en avait rien dit au téléphone. Il voulait lui faire la surprise quand ils se retrouveraient à l'aéroport.

Il sourit au souvenir de la conversation qu'il avait eue le matin avec George. Il s'était montré plutôt brusque avec ses collaborateurs au cours de la semaine passée. George avait eu pitié d'eux et proposé à Alexander une solution à ses problèmes.

— Pourquoi ne lâchez-vous pas tout une bonne fois ? Prenez l'avion pour Paris et emmenez-la dans un coin isolé pour l'épouser ! Elle ne résisterait pas à une démarche aussi romantique. Les femmes aiment ce genre de choses, et je suis prêt à parier que Meredith ne fera pas exception.

Alexander s'était alors contenté de rire aux éclats, mais plus il y pensait, plus cette suggestion lui paraissait sensée. Cette idée d'enlèvement en pleine nuit pour la conduire dans quelque cachette isolée où ils seraient unis au cours d'une charmante cérémonie l'avait fait réfléchir. Mais où ? Un seul lieu s'imposait, un lieu où il était assuré du secret absolu. Sa décision fut vite prise. Il appela George.

— Venez dans mon bureau – immédiatement.

George surgit cinq minutes plus tard, l'air inquiet.

— Qu'y a-t-il ? Les négociations avec la Hammond Transcon ont échoué ? J'ai appelé Chuck Hammond ce matin et…

Alexander lui coupa la parole.

— Il ne s'agit pas des affaires – du moins pas dans le sens que vous pensez, expliqua-t-il en prenant sa serviette. Je m'absente pour quelques temps, et vous me remplacerez. Je passerai vous voir de temps en temps, mais personne ne pourra prendre contact avec moi.

Il enfila son veston.

George était stupéfait.

— Je ne comprends pas… Où… Combien de temps serez-vous absent ?

— Un mois – peut-être davantage.

Alexander prit la boîte contenant les anneaux et la mit dans sa poche.

— Un mois ! Où allez-vous donc ?

— À un mariage.

Alexander se dirigea vers la porte.

— À un mariage ? Au mariage de qui…

Alexander eut un petit sourire en coin.

— Au mien. Merci, mon ami.

Il quitta son bureau en hâte ; George le suivit des yeux, totalement décontenancé.

Il était presque deux heures du matin lorsque l'avion privé d'Alexander atterrit à l'aéroport Charles de Gaulle. Il fut accueilli par un fonctionnaire français qui veilla à ce que les formalités douanières s'accomplissent aussi rapidement que possible. Ce même fonctionnaire l'accompagna à sa voiture. Les trente minutes de trajet jusqu'à Paris lui parurent une éternité ; Alexander avait pourtant parcouru ce même trajet d'innombrables fois, et par une circulation bien plus dense. Assis à l'arrière de la limousine, il regardait dans l'obscurité, mais il ne voyait rien. En effet, il pensait à Meredith et à la surprise qui serait la sienne quand elle le verrait, car elle ne l'attendait pas. Il avait choisi de ne pas la prévenir parce qu'il voulait la surprendre. Il regarda sa montre : 3h50. Il sourit. Il sortit le petit écrin aux anneaux. Il n'avait rien fait d'autre que réfléchir pendant le vol New York-Paris. Il savait exactement ce qu'il allait faire, et où il l'emmènerait. Il savait où se ferait le mariage, et quand. Ce serait un mariage que ni l'un ni l'autre n'oublieraient jamais.

Il était 3h30 quand la voiture pénétra dans le garage souterrain de l'immeuble. Alexander n'attendit pas que le chauffeur lui ouvre la portière. Il sortit d'un bond et s'élança vers l'ascenseur. Il monta seul jusqu'à son étage, cherchant sa clé au fond de sa poche. L'appartement était dans l'obscurité quand il arriva. Il alla directement à la grande chambre à coucher où Meredith dormait profondément. Il ôta son veston et le posa sur le dos d'une chaise Louis XV. Il alla ensuite s'agenouiller silencieusement près du lit. Il l'embrassa tendrement ; elle ouvrit alors les yeux et sursauta de surprise.

— Alexander ! haleta-t-elle en le reconnaissant. Comment es-tu...

— Pas de questions idiotes ! gronda-t-il en l'embrassant encore. Contente-toi de me prouver que tu es heureuse de me voir.

— Je le suis, murmura-t-elle en le serrant très fort dans ses bras. Oh ! Dieu, je suis...

Il repoussa les draps et l'enlaça.

— Tu me manquais tellement, murmura-t-il d'une voix rauque tandis que leurs corps se joignaient, enflammés de passion. Ses mains la mettaient en feu. Elle s'accrochait à lui, arrachant les boutons de sa chemise dans son impatience. Il s'écarta en riant, fit glisser sa chemise de nuit par-dessus sa tête et la lança à travers la chambre. Puis il s'arracha lui-même ses vêtements et se coucha contre elle. Leurs bras et leurs jambes se mêlèrent, leurs corps semblèrent fusionner dans la chaleur de leur désir.

Ils reposèrent ensuite dans les bras l'un de l'autre dans l'obscurité ; la chambre ne bruissait que de leur souffle.

Meredith rompit le silence.

— Je ne comprends pas ce qui t'a poussé à tout laisser tomber là-bas pour venir ici, mais je suis contente que tu l'aies fait.

— Je ne pouvais plus rester loin de toi, avoua-t-il en la regardant dans les yeux. Tu me manquais tellement, je n'ai pas pu résister plus longtemps. Il fallait que je te retrouve.

— Je rentrais à New York vendredi de toute manière, dit-elle tout bas en se pressant contre lui.

— Ni toi ni moi ne serons chez nous vendredi, dit-il gravement.

Elle le regarda avec curiosité.

— Je ne...

— Ne dis rien. Écoute-moi seulement.

Il parlait d'un ton ferme.

— J'ai bien réfléchi, et j'ai décidé que nous avions suffisamment attendu.

— Alexander, je sais où tu veux en venir, mais je ne peux pas...

Il posa un doigt sur ses lèvres.

— Tu ne comprends pas, *matia mou*. Tu n'as pas le choix. Tu as été enlevée.

Il effleura sa joue du bout de ses doigts.

— Quoi ?

Elle se mit à rire.

— Nous quittons Paris demain. Mais nous n'allons pas à New York. Nous allons en Grèce.

XIX

— Harv, vous êtes aussi romantique qu'un malade atteint de la petite vérole ! gronda Meredith.

La liaison transatlantique était défectueuse, mais elle n'avait nul besoin d'entendre clairement son producteur pour savoir qu'il n'était absolument pas enthousiaste à l'idée d'une absence d'un mois. Mais pour le moment, une seule chose importait à Meredith : être avec Alexander, l'épouser enfin. Bizarrement, le reste ne l'inquiétait pas.

— C'est que vous avez des responsabilités ici – au cas où vous l'auriez oublié, lui rappela Petersen.

Sa colère était manifeste en dépit des parasites.

— Je n'oublie rien, assura-t-elle. Mais il me semble que de votre côté, vous oubliez que j'ai une vie en dehors de la télévision. IBS n'est pas toute mon existence.

— Vous croyez vous en tirer comme ça, marmonna-t-il. Impossible pour moi de ne pas savoir que vous avez une vie privée alors qu'elle n'a plus rien de privé, justement. Bon sang ! Vous êtes reproduite sur tous les formats tabloïdes édités dans la ville !

Il se tut et poussa un long soupir.

— Écoutez, Meredith, je ne vous condamne pas à cause de cela. Je veux simplement dire que ce n'est pas le moment...

— Pas le moment ?

Meredith eut un rire mauvais.

— Harv, c'est un événement qui se produit une fois dans la vie d'une femme – si même elle a cette chance ! Il ne s'agit pas de simples vacances ! Alexander a tout laissé tomber pour venir me retrouver. Si lui a pu se décharger de ses responsabilités...

— Je crois que vous ne me comprenez pas...

— Non, Harv – c'est vous qui ne comprenez pas, dit-elle sur un ton ferme. Je me marie, je pars en voyage de noces, et je reviendrai. Je ne sais pas exactement quand je reviendrai, mais je vous le ferai savoir.

— Meredith, vous ne pouvez pas...

— Au revoir, Harv. Je vous tiendrai au courant.

Meredith reposa le combiné avec un sourire satisfait. Elle sortit rejoindre Alexander sur la terrasse. Il était appuyé contre la balustrade, la mine pensive, regardant fixement la rue. Il se retourna vers elle.

—Comment a-t-il pris la chose ?

Elle sourit en l'enlaçant.

— Disons que je risque de ne plus avoir de travail à mon retour à New York. Dire qu'il était en colère serait un euphémisme !

— Nous pourrions toujours acheter la chaîne, suggéra-t-il.

Elle éclata de rire et l'embrassa.

— Sois sérieux ! gronda-t-elle.

— Mais je suis sérieux ! insista-t-il en l'embrassant sur le front. La société possède déjà une chaîne de télévision en France et une autre au Japon. Une troisième aux États-Unis, ce serait formidable !

— Merci pour ton vote de confiance. Tu penses que le seul moyen à ma disposition pour rester à la télévision serait que mon mari devienne le propriétaire d'une chaîne ?

— Nous savons tous deux que ce n'est pas le cas. Tu n'as pas de regrets ?

— Je te le jure sur ta vie ! C'est toi qui as commencé. Maintenant, il faut que tu m'épouses !

— Ce que je vais faire, acquiesça-t-il en la serrant contre lui. Et le plus vite possible.

— Tu ne m'as pas encore dit où nous allons passer notre lune de miel. Ni pourquoi nous avions besoin d'un mois.

— Où nous allons, *matia mou*, c'est une surprise. Et nous avons besoin d'un mois parce que je veux être avec toi le plus longtemps possible.

— Comment ta société va-t-elle survivre sans toi ? demanda-t-elle en passant ses doigts dans ses cheveux ébouriffés.

— George est capable de contrôler les choses, et je ferai le point avec lui de temps en temps. Mais il ne pourra pas me déranger. Je veux être sûr que personne ne viendra nous gêner.

— Tu es absolument incroyable, mon amour ! dit-elle en riant.

— Comme toi.

Leurs yeux se rencontrèrent.

— Une raison de plus qui nous lie !

Alexander fut inflexible dans son refus de faire savoir à quiconque où ils allaient et ce qu'ils projetaient. Il s'était élevé contre la décision de Meredith de dire à Harv Petersen qu'ils allaient se marier, mais il dut bien reconnaître que dans ce cas, c'était elle qui avait raison. Il lui était impossible de s'absenter pour un mois sans donner d'explication. Petersen savait donc qu'ils se mariaient, de même que George, mais ni l'un ni l'autre ne savait en quel lieu ni à quelle date. Alexander avait convaincu Meredith qu'il valait mieux ne rien dévoiler de leurs projets aux autres gens.

Ils quittèrent Paris en pleine nuit – encore sur l'insistance d'Alexander. Ainsi, soutenait-il, risqueraient-ils moins d'éveiller les soupçons des journalistes qui semblaient les suivre partout dans la journée. Leur jet privé atterrit à l'aéroport Hellenikon à Athènes vers quatre heures du matin ; une limousine les emmena au Pirée où ils devaient monter à bord du *Dionysos* pour se rendre sur l'île. Meredith avait l'impression qu'Alexander s'était ingénié à brouiller les pistes en organisant leur voyage au dernier moment, mais dans les moindres détails. Ce qui ne surprit pas Meredith. Alexander ne laissait jamais rien au hasard.

La limousine s'arrêta sur le quai où le yacht d'Alexander était ancré. L'équipage en uniforme blanc immaculé attendait sur le pont. S'approchant de la rampe, le coupe fut accueilli par le capitaine, Nicos Catapodis, qui parla à Alexander dans un grec rapide tandis qu'il les accompagnait tous deux dans le grand salon. Il souhaita la bienvenue à Meredith dans un anglais courtois mais saccadé, puis il les quitta. Alexander prit alors Meredith dans ses bras et l'embrassa tendrement.

— Je devrais te faire les honneurs du lieu, murmura-t-il en mêlant ses doigts à sa chevelure et l'embrassant encore et encore, mais je veux surtout rester seul avec toi.

Elle lui rendit ses baisers avec ardeur.

— Ferme la porte. Tu me feras visiter ton bateau plus tard.

Il sourit sans souffler mot. Il alla fermer la porte à clef, puis il revint la prendre dans ses bras.

— C'est magnifique ! d'éclara Meredith, impressionnée, tandis qu'elle traversait la pelouse avec Alexander, se dirigeant vers la villa. J'ai souvent tenté de me l'imaginer, mais jamais je n'aurais cru voir un domaine si beau.

— Mon père l'avait fait construire comme un décor digne de ma mère, dit Alexander en posant un bras possessif autour de ses épaules. Il fallait que ce soit un palais digne de la reine qu'il pensait avoir épousée.

Ils montèrent les marches de pierre en silence.

— Et puis, comme dans toutes les monarchies, il fallait un successeur qui y mènerait sa propre reine.

Ils s'arrêtèrent devant l'entrée principale pour s'embrasser. Helena avait rassemblé tout le personnel dans le hall pour accueillir la future épouse d'Alexander. Après qu'Alexander eût annoncé sa décision de faire d'elle sa reine, Meredith trouva amusant d'être manifestement considérée comme une reine par le personnel. Helena l'impressionna ; étudiant cette petite femme grecque trapue aux cheveux gris, Meredith essaya de se l'imaginer dans le rôle de la gouvernante d'Alexander. Elle essaya de se représenter Alexander enfant, courant sur les talons d'Helena, et cela l'amena à se demander comment serait leur enfant à eux.

— Les dispositions ont été prises pour la cérémonie du mariage, dit Helena à Alexander. La chapelle sera prête.

— Excellent. Je peux être certain qu'il n'y aura pas de retard ?

— Certainement pas, répliqua Helena sans hésiter. Toutes les personnes concernées ici savent l'importance que vous attachez à la cérémonie.

— Je suis content. Merci, Helena.

— De quoi s'agissait-il ? demanda Meredith en montant l'escalier courbe.

Alexander sourit.

— Tu verras, *matia mou*. Bientôt.

La chambre du maître ne ressemblait à rien de ce que Meredith avait vu auparavant. Toute en nuances vert et bleu, c'était une vaste pièce aux tapis épais et tissus précieux et à l'atmosphère enchanteresse, grâce aux larges baies et à la porte-fenêtre menant sur un grand balcon donnant sur la mer Egée. Le superbe lit à baldaquin était pourvu de rideaux dans les tons bleu et vert pâle ; les draps et les lourdes courtepointes bleu roi étaient brodées à la main. Les fauteuils étaient également tapissés de bleu roi. Le salon et le vestiaire, adjacents, étaient décorés dans les mêmes tons. Mais la salle de bains était en bien des points similaire à celle de la Tour Olympique ; elle était toutefois plus grande et encore plus luxueuse ; les tons dominants étaient le beige et le mauve ; la baignoire était en marbre blanc et tous les meubles étaient blancs. Fougères et palmiers luxuriants ornaient chaque coin de cette salle à la lumière tamisée.

— Je comprends pourquoi tu aimes cet endroit, dit Meredith qui, du balcon, admirait le panorama sans pareil qui s'étalait devant elle. Si j'avais grandi dans un lieu pareil, j'aurais eu du mal à en partir.

— Je n'ai pas passé ici tout le temps que j'aurais voulu, avoua Alexander en regardant la mer d'un vert bleuté.

Il se tourna vers elle.

— Peut-être amènerons-nous un jour nos enfants ici.

La cérémonie eut lieu par une soirée embaumée de fin d'été dans la petite chapelle blanchie à la chaux de l'île et située sur un promontoire dominant la mer. Meredith portait une sobre robe en soie blanche découvrant ses épaules et un collier de quatre rangs de perles ayant autrefois appartenu à Melina Kirakis. Son épaisse chevelure blonde tombait en vagues souples sur ses épaules et était ornée de petits bouquets de fleurs d'oranger rappelant ceux que portait Alexander sur le revers de son costume bleu foncé. Devant l'autel, Meredith leva la tête vers Alexander dont les yeux luisaient dans la lumière des chandelles.

— Tu es superbe, murmura-t-il. Es-tu aussi heureuse que je le suis en ce moment ?

Elle fit un signe de tête affirmatif, ne se fiant pas à sa voix.

Le prêtre en soutane noire, solennel et barbu, se tenait devant eux à l'autel lorsque les chants commencèrent ; il récitait les versets à son assistant qui à son tour répondait rapidement. Une seule phrase fut supprimée du texte byzantin traditionnel parce qu'Alexander et Meredith la considéraient tout à fait inadéquate : « La femme doit craindre l'homme ». Alexander avait choisi comme parrain son pilote personnel, James Woodhill. Il se tint derrière le couple durant la cérémonie, portant les délicates couronnes de fleurs blanches reliées par un long ruban blanc. Il les posa sur la tête des fiancés après les avoir fait basculer trois fois d'avant en arrière au-dessus de leurs têtes. Il leur donna leurs anneaux qui furent échangés trois fois avant d'être à jamais glissés à l'annulaire de leur main gauche. Il sortit ensuite une coupe en or massif. Alexander la baisa et la tendit à Meredith qui fit de même. Ils en burent ensuite le vin. Ils joignirent leurs mains et le prêtre, prenant la main libre d'Alexander, leur fit faire trois fois le tour de l'autel. La cérémonie était terminée. Alexander embrassa son épouse sous une pluie de riz et de pétales de rose lancée par Helena, seule personne, autre que le parrain, autorisée à assister à la cérémonie.

Meredith était enfin l'épouse d'Alexander.

Traditionnellement, les mariages grecs sont de grands événements familiaux et font l'objet de grands festins et de célébrations s'étirant parfois sur plusieurs jours. Alexander et Meredith ayant choisi de s'unir dans l'intimité, ils décidèrent également de s'offrir une fête intime. Ils rentrèrent donc à la villa où ils festoyèrent au caviar et au champagne dans leur grande chambre à coucher.

— Regrettes-tu de n'avoir pas eu un grand mariage avec un tas d'invités ? demanda Alexander à Meredith ; ils étaient sur le balcon sous le ciel d'été étoilé, buvant leur dernière goutte de champagne.

Meredith posa sa tête contre l'épaule d'Alexander et sourit rêveusement.

— Aucun regret, dit-elle doucement, s'entourant la taille dans le bras d'Alexander. Rien n'aurait pu être plus beau, ni plus romantique que l'a été ce jour. Je n'aurais pas voulu qu'il en soit autrement.

Il la regarda un moment.

— Je me demande si c'est différent de faire l'amour avec son épouse au lieu de le faire avec son amante, dit-il pensivement.

Elle sourit.

— Il n'y a qu'un seul moyen de le savoir, dit-elle en s'écartant. Elle lui prit la main et le mena dans leur chambre. Elle posa leurs deux verres sur une table près du lit puis elle l'enlaça en l'embrassant.

— J'ai toujours pensé que ma nuit de noces serait très spéciale, murmura-t-elle en dénouant la cravate d'Alexander, mais j'étais loin de me douter à quel point.

— Moi aussi, dit-il d'une voix enrouée en faisant courir ses lèvres sur son cou et son épaule droite. Il ouvrit lentement la fermeture à glissière au dos de sa robe, laissant sa main reposer un moment sur son dos dénudé. Il fit descendre la robe jusqu'à la taille, dénudant les seins, les caressant légèrement de ses doigts, pinçant avec délicatesse les aréoles. Il fit enfin glisser la robe le long de son corps jusqu'aux pieds. Il décrivit de petits cercles sur ses hanches, sur ses fesses, tandis que Meredith, les doigts tremblants, débouclait la ceinture d'Alexander et ouvrait à tâtons la fermeture de son pantalon.

— Prends-moi... murmura-t-elle d'un ton pressant.

— Patience, *matia mou*, dit-il entre ses dents en l'embrassant dans le cou.

Il l'allongea sur le lit et finit de la déshabiller. Puis il s'allongea sur elle en s'appuyant sur ses bras, il la couvrit de baisers, ses lèvres étaient sur son corps partout à la fois. Elle l'excita de ses mains. Il roula sur le dos, l'entraînant sur lui, l'enlaçant tandis qu'elle semait sur son visage des baisers légers comme des plumes. Elle le sentit contre elle, leurs corps se confondant dans la chaleur de leur désir; ils firent l'amour comme d'habitude, mais comme si c'était la première fois. Ils ne firent plus qu'un physiquement et émotionnellement, se laissant consumer dans les flammes de leur amour. Ensuite, trop épuisés pour bouger, ils restèrent éveillés dans les bras l'un de l'autre, bavardant, faisant des projets pour leur lune de miel, redoutant le jour où il leur faudrait retourner dans le monde réel qui les attendait à New York.

Longtemps après qu'Alexander eût glissé dans le sommeil, Meredith était toujours éveillée; elle réfléchissait, incapable de s'imposer le sommeil. Finalement, elle préféra se lever. Elle enfila sa robe de chambre sans bruit. Elle sortit sur le balcon et s'appuya à la balustrade, fixant rêveusement la mer scintillante. Elle tendit la main et contempla longtemps, obstinément, son anneau de mariage, petit ruban de platine luisant sous le clair de lune. Elle ne rêvait pas. Tout cela était bien réel. Ils étaient vraiment mariés.

Elle était Mme Alexander Kirakis.

Ils passèrent une autre semaine sur l'île. Dans la journée, ils montaient à cheval, marchaient sur le sable blanc de la plage et nageaient dans la mer Egé. Ils faisaient de la voile et exploraient la réserve de gibier. Le soir, ils dînaient seuls sur le balcon de leur chambre et jouissaient de leur solitude, puis ils faisaient l'amour jusque tard dans la nuit. Meredith fut peu à peu convaincue que cette île devait être ce qui se rapprochait le plus du paradis terrestre.

— Celui qui ne croit pas à l'existence des Jardins de l'Eden dans les temps anciens devrait venir ici, dit-elle à Alexander la veille de leur départ. Je souhaiterais pouvoir rester ici avec toi pour toujours.

— Tu finirais par t'en lasser, dit-il avec un sourire entendu. Tu n'es pas du genre à rester tranquille très longtemps.

Ils quittèrent l'île à bord du *Dionysos* dans les premières heures de la matinée, et cette fois, Meredith visita le yacht dans les moindres recoins. C'était un bateau de deux mille tonneaux qui fut à l'origine une frégate canadienne. Constantine Kirakis avait dépensé plus de sept millions de dollars pour le transformer en palace flottant. Vaisseau d'un blanc éclatant, aux lignes gracieuses de la poupe à la proue relevée et élancée; il était équipé d'un pont pour deux hydravions, des hors-bord, un bateau à voile et plusieurs canots de sauvetage. Un important système d'air conditionné était installé entre les ponts, de même qu'un réseau d'alarmes hautement sophistiqué, déclenché par des hublots mal fermés ou une soudaine élévation de la température; ce réseau fonctionnait en permanence dans la cabine de pilotage. Un autre circuit maintenait l'eau de la piscine d'eau douce installée sur le pont à quelques degrés au-dessous de la température de l'air, de sorte que les hôtes se sentaient délicieusement rafraîchis après un plongeon. Le fond de la piscine fascinait Meredith. C'était une mosaïque représentant une scène mythologique grecque ayant pour personnage principal Dionysos. Le bureau d'Alexander était équipé d'un radio-téléphone de quarante lignes, avec ondes courtes et système de brouillage ; Alexander pouvait donc diriger ses affaires quand il était en mer. Tous ces perfectionnements électroniques exigeaient une puissance telle qu'il ne fallait pas moins de quatre générateurs diesel en constant fonctionnement pour maintenir le tout en bon état de marche.

Les pièces étaient luxueuses. Toutes les portes étaient en laque japonaise et les cheminées incrustées de lapis-lazuli. Un artiste français très connu avait été chargé de peindre des fresques sur les murs de la splendide salle à manger. Des décorateurs de haut niveau étaient venus de toutes les parties du monde pour décorer les neuf cabines des hôtes selon les indications de Melina Kirakis ; l'aspect luxueux et le bon goût s'y mêlaient. La grande salle d'apparat était une splendeur avec ses peintures et ses sculptures anciennes et précieuses, et ses étoffes raffinées. Les meubles étaient en bois d'ébène ; tentures et tapis étaient dans les nuances de bleu et de vert.

— C'est la plus belle pièce du bateau, dit Meredith à Alexander, et je suis heureuse de passer ici la plus grande partie de notre temps.

Ils partirent pour une croisière en Méditerranée, jetant l'ancre selon leur humeur. Leur premier arrêt fut Rome, où ils flânèrent dans les rues, jouissant de la beauté intemporelle de la Ville Éternelle, déjeunant aux terrasses des restaurants si cela était possible. Ils visitèrent les grands musées, et Meredith découvrit alors la passion de son mari pour l'art de la Renaissance italienne. Il semblait avoir juré de combler tous ses désirs. Dès qu'elle admirait un joyau ou une robe dans une vitrine, il n'hésitait pas à les lui acheter. Dès qu'elle exprimait le souhait de visiter un lieu particulier, il s'organisait aussitôt.

— Tu me gâtes ! l'avertit-elle.

— Et toi, tu me rends très heureux, répondait-il.

De Rome, ils partirent en voiture vers le nord : Venise, Milan et Portofino. Ils retrouvèrent le *Dionysos* à Portofino et mirent le cap sur la Sardaigne. Meredith tomba immédiatement amoureuse de la Costa Smerelda. Ils louèrent une superbe villa entre Cagliari et Villasimus, une belle maison ancienne en stuc avec des genévriers à l'intérieur ; construite sur plusieurs niveaux, chacune de ses pièces comportait une cheminée. Un escalier droit menait aux paliers supérieurs. L'ameublement rustique semblait s'adapter parfaitement à l'intérieur de la maison. Les rideaux en laine à franges tissés à la main et les carreaux en terre multicolores étaient fabriqués sur l'île, expliqua Alexander, de même que les peintures primitives ornant les murs. Ne disposant pas de domestiques, Meredith se risqua à faire la cuisine. Alexander trouva ses efforts amusants et touchants.

— Tu ne seras jamais un grand chef, *matia mou*, lui dit-il après un repas particulièrement désastreux. Mais ça ne fait rien. Si j'avais voulu une cuisinière, j'en aurais épousé une.

Le plus souvent, ils dînaient dans une charmante petite auberge à proximité de Villasimus. Elle n'avait rien d'éclatant, ni chandeliers d'argent, ni même de grands crus. Meredith se rendit alors compte qu'Alexander y était aussi à l'aise qu'il l'était chez Maxime ou au Lutèce. Il la fit tourner sur la petite piste de danse et joua aux fléchettes avec quelques gens du pays qui virent en lui un adversaire formidable. Il avait l'air détendu, il s'amusait, et Meredith vit encore une autre facette de l'homme qu'elle avait épousé. Ils quittaient l'auberge peu après minuit et retournaient à la villa où ils faisaient l'amour sous les édredons tandis que le feu scintillait dans la cheminée en pierre. Les soirées étaient étonnamment fraîches en cette fin d'août, mais Meredith ne s'en apercevait pas parce que l'amour la réchauffait par l'intérieur. Réchauffée et totalement satisfaite.

Ils rejoignirent le *Dionysos* à Cagliari et passèrent trois jours en Méditerranée avant de quitter le yacht pour la dernière fois à Monte Carlo où l'Excalibur blanche d'Alexander les attendait. Après avoir visité les casinos pendant deux jours et goûté aux délices de la vie nocturne de Monte Carlo, ils parcoururent la Côte d'Azur en voiture, s'arrêtant à Villefranche, Nice, Antibes, Cannes et St-Raphaël avant de continuer sur St-Tropez. Alexander n'eut aucune difficulté à réserver la suite la plus luxueuse dans l'hôtel le plus élégant de la ville.

— La vue est de plus en plus belle à chacune de nos étapes, remarqua Meredith, charmée du panorama méditerranéen qu'elle découvrit depuis leur balcon.

Alexander sourit en déboutonnant son corsage.

— Peut-être, murmura-t-il en l'embrassant et en jetant à terre la jupe de soie verte qu'il venait de lui retirer, mais rien ne saurait être aussi beau que ce que je vois en ce moment...

Dans la matinée, ils s'aventurèrent dans le village; Meredith ne s'attendait pas à le trouver si petit. St-Tropez, apprit-elle, resta un petite village de pêcheurs paisible jusqu'au début des années 50. Puis son charme discret commença à attirer l'attention des gens fortunés. Ce furent ces gens riches et brillants désignés comme l'«Élite internationale» qui transformèrent ce lieu modeste en l'un des endroits les plus sélects du monde. Le vieilles maisons étaient serrées les unes contre les autres à l'ntérieur des remparts et il ne restait que peu de place pour en construire d'autres. Le résultat fut qu'il fallait attendre l'automne et le départ du dernier touriste pour voir St-Tropez tel que les peintres et les écrivains français comme Colette l'avaient vu; le petit port retrouvait alors tout son charme.

Alexander et Meredith allèrent en vélo à la plage de Pampelone, la plus attrayante des environs immédiats de St-Tropez. Meredith trouva drôle l'opinion d'Alexander selon laquelle plus on s'éloignait du village, moins on voyait de vêtements sur les plages. Ils explorèrent un petit magasin d'antiquités où se pressait la foule, et posèrent pour un artiste de trottoir qui fit d'eux un portrait au fusain étonnamment réussi. Ils flânèrent le long des quais, regardant les bateaux aller et venir dans le petit port parmi les reflets du soleil dans l'eau.

Ils burent du pastis sur la terrasse pointillée de soleil de chez Senequiez. Meredith décida alors que l'instinct d'Alexander avait été bon. C'était exactement ce dont ils avaient besoin. Il paraissait plus détendu qu'il ne l'avait jamais été. Pendant ces semaines de lune de miel, il avait pu se délester de ses énormes responsabilités, et cela était visible sur sa physionomie et dans ses manières. Ce changement radical ne surprenait pas Meredith; la vie d'Alexander à New York était bien plus stressante et exigeante que la sienne, car son temps était presque entièrement voué à la Société Kirakis.

Combien de fois n'avaient-ils pas quitté un restaurant au milieu d'un dîner à la suite d'un appel transatlantique urgent ou d'une affaire importante qui requérait son attention immédiate ? Même à Southampton, il ne leur fut pas toujours accordé de se couper du reste du monde comme ils l'eussent souhaité. Meredith commençait à penser qu'ils n'auraient jamais de véritable vie privée ; et maintenant qu'ils en avaient une, l'idée de l'abandonner bientôt lui répugnait.

— Je souhaiterais ne pas avoir à rentrer, dit-elle.

Alexander se renversa sur sa chaise et sourit avc indulgence.

— Veux-tu rester un autre mois ?

— J'aimerais bien, dit-elle sans hésitation. Mais si je ne suis pas de retour à Manhattan pour la mi-septembre, Harv Petersen risque de faire appel à la Garde Nationale. Tu n'as aucune idée de sa susceptibilité quand il s'aperçoit que ses émissions prennent du retard sur son programme.

Il eut un soupir de résignation.

— Ah bon ! Mais l'idée était bonne, tant qu'elle dura, dit-il en finissant son verre.

Il en commanda un autre.

Meredith resta un moment silencieuse.

— Qu'as-tu prévu pour l'après-midi ? demanda-t-elle finalement.

— Rien. Je pensais que tu avais une idée. Pourquoi cette question ?

— Es-tu déjà allé voir une diseuse de bonne aventure ?

Il la dévisagea bizarrement.

— Pourquoi me demandes-tu cela ? questionna-t-il une nuance d'amusement dans la voix.

Elle sourit.

— Par curiosité, rien de plus.

Elle se tut.

— En revenant de la plage de Pampelone ce matin, j'ai remarqué une petite maison à l'orée de la ville. Sur la fenêtre, une pancarte indiquait : *Bonne Aventure*.

Il l'observa un moment.

— Et tu aimerais rendre visite à cette diseuse de bonne aventure ?

— Cela pourrait être amusant, oui.

— Parfait. Pourquoi pas ? répondit-il en haussant les épaules.

Le bungalow se trouvait en dehors de la ville. C'était une petite bâtisse qui semblait avoir au moins deux cents ans. La pancarte peinte à la main suspendue derrière la petite fenêtre était simple et directe : MADAME ROSE - DISEUSE DE BONNE AVENTURE. Le couloir était exigu et faiblement éclairé par un assortiment de bougies disséminées dans la pièce. L'ameublement était vieux et usé. Le grand tapis multicolore était tissé à la main et très ancien, et s'ornait d'un beau motif à entrelacs formant un kaléidoscope de couleurs vives. La table rectangulaire du centre de la pièce était recouverte d'une lourde nappe en lin rouge retombant sur le plancher. À chaque bout se dressaient deux grandes chandelles incrustées dans deux chandeliers sculptés.

— On dirait qu'il n'y a personne, dit Alexander à voix basse. Où peut-on trouver quelqu'un, à ton avis ?

— Probablement derrière la maison, en train de se débarrasser des corps !

À ce moment, entra dans la pièce une vieille femme petite et ridée, courbée et marchant à petits pas pénibles. elle était vêtue comme une gipsy traditionnelle, et sa tête était couverte d'une longue écharpe noire de sorte que l'on ne voyait que la face maigre et ravinée. Elle les fit asseoir tandis qu'elle-même s'asseyait à la table. Elle regarda Alexander, puis Meredith. Ses yeux sombres retournèrent sur Alexander et elle l'étudia pendant au moins dix secondes.

— Montrez-moi vos mains, dit-elle en français, d'une voix étonnamment autoritaire pour une si vieille femme.

Alexander regarda Meredith, puis tendit ses mains par-dessus la table.

— Les paumes en l'air !

Il obéit. Elle se pencha sur ses mains qu'elle examina en clignant des yeux. Elle regarda ensuite Alexander, puis elle hocha la tête. Elle fouilla ensuite dans un tiroir et en tira un petit ballot enveloppé dans un mouchoir de soie bleue. Elle l'ouvrit avec précaution et mit à jour un jeu de tarot aux couleurs éclatantes. Elle choisit une carte qu'elle posa au centre de la table.

— C'est votre carte, expliqua-t-elle. Le Roi des Epées. Le roi est très fort, très puissant. C'est un ami solide, et aussi un ennemi puissant.

Elle lui donna le jeu de cartes.

— Battez-les bien, pour que les cartes s'imprègnent de vos vibrations – et toujours en allant vers la gauche. C'est très important.

Alexander réprima un sourire. Il battit les cartes, en fit trois tas qu'il plaça à sa gauche sur la table. La vieille femme prit les cartes du premier tas et plaça la première carte au-dessus du Roi des Epées, la croisant avec la seconde carte. Puis elle disposa le reste des cartes sur la table en formant une croix etune hampe.

— Il faut vous concentrer, dit-elle d'une voix égale. Ne pensez qu'à la question pour laquelle vous cherchez une réponse.

Alexander hocha légèrement la tête, un sentiment de doute passa sur son visage. Meredith regardait en silence, intriguée.

Madame Rose étudia les cartes d'un air pensif.

— Vous êtes perturbé, n'est-ce pas ?

Alexander secoua la tête.

— Malgré votre immense fortune et votre influence, vous allez devoir affronter de sérieux problèmes financiers dans un proche avenir, dit-elle lentement, sans quitter les cartes des yeux. Si vous êtes sage et prudent, vous triompherez. Vous aurez à traverser beaucoup de tempêtes. La paix viendra – à un certain prix.

Alexander regarda Meredith. Elle était comme fascinée.

— La Reine des Epées occupe la position qui concerne votre passé, poursuivi la vieille gitane. Elle représente une belle femme brune dont la présence est subjuguante. Y a-t-il eu une telle femme dans votre passé ?

Meredith sourit d'un air entendu.

— Peut-être l'une des cent femmes, dit-elle en riant.

Alexander lui lança un coup d'œil rapide.

— Elle porte un grand chagrin au fond de son cœur, poursuivit Madame Rose. Elle est très malheureuse. Ceux qu'elle aimait lui ont été enlevés ; ils sont peut-être séparés d'elle par le temps et une distance considérable.

Alexander secoua la tête, mais ne fit aucune commentaire. Madame Rose divaguait. Il n'y avait jamais eu une telle femme dans son passé.

— Le chevalier des Épées, disait la gitane, représente un jeune homme issu d'un passé plus récent. C'est un jeune homme brave et brillant, mais très impétueux, déchiré par un conflit intérieur. Peut-être est-ce vous-même dans votre jeunesse ?

Le regard d'Alexander était impassible. Il ne fit aucun commentaire. Elle avait certainement lu les potins des journaux.

— Cette carte, dit-elle en la désignant discrètement, indique une influence qui va agir sur votre vie. C'est un homme qui vous est contraire – il aura un pouvoir considérable. S'il est contrarié, il sera des plus dangereux.

Ses doigts passèrent rapidement d'une carte à l'autre.

— Soyez prudent si vous acceptez son assistance. Il vous paraîtra comme un allié, mais il y aura beaucoup de trahisons et de mensonges derrière son offre d'assistance. Il ne souhaite que vous enlever ce qui vous appartient de droit.

Alexander s'efforça de rester sérieux. La vieille femme excellait dans l'art de tisser un conte.

— Une grande inquiétude résultera de vos contacts avec cet homme, avertit la gitane. Il pourrait y avoir contestation à propos d'un testament ou d'un héritage.

La femme leva la tête vers Alexander ; sa face ridée luisait à la lumière des chandelles et ses yeux noirs semblaient étonnamment brillants et vifs.

— Vous allez bientôt vous embarquer pour un long voyage, un voyage qui vous conduira dans des lieux et vous révélera des choses que vous n'auriez jamais cru voir un jour.

Elle regarda ensuite Meredith.

— Voici la Reine des Murs – votre carte. Il faut que vous restiez près de lui, car l'amour que vous lui donnerez sera la seule influence positive sur sa vie pendant les mois à venir. C'est essentiel.

Meredith repoussa ses cheveux de son visage. Cette pièce, cette femme et ses prédictions recélaient quelque chose d'angoissant et donnait la chair de poule. Elle ne croyait pas en ce genre de choses, et pourtant, la vieille femme lui faisait peur.

— L'empereur occupe la position qui gouverne l'issue finale, continuait Madame Rose. Il faudra être très prudent si vous voulez éviter que l'on vous fasse du tort. Il vous faudra lutter pour garder le contrôle de la situation; mais attention! Il existe une possibilité de blessure grave en cas d'engagement physique avec votre ennemi.

La femme se redressa.

— Vous seriez fou d'ignorer ces avertissements, monsieur. Les signes sont très forts.

Alexander hocha la tête, toujours en silence. Il tira de sa poche une poignée de billets et les donna à la vieille gitane. Il regarda Meredith.

— Veux-tu essayer?

Meredith secoua la tête de droite à gauche.

— Je pense avoir vu assez d'avenir pour aujourdhui, dit-elle. Bien qu'elle ne parlât pas le français aussi couramment qu'Alexander, elle avait compris la plupart des prédictions.

Il opina de la tête et se leva. Il parla brièvement à la gitane dans un français irréprochable, puis il se retourna et poussa Meredith vers la porte. Une fois dehors, il éclata de rire.

— Je te l'avais bien dit! Cette affaire de bonne aventure n'est rien d'autre qu'une escroquerie élaborée, dit-il en l'aidant à monter dans l'Excalibur.

— Elle n'a même pas effleuré la réalité? demanda Meredith.

— À quoi penses-tu? demanda-t-il en souriant tandis qu'il se glissait au volant.

— Tu n'as pas été impressionné, il me semble.

— Les quelques points sur lesquels elle a vu juste sont des faits qu'elle aurait pu emprunter à n'importe quel journal ou magazine, soutint-il en reprenant le chemin de l'Hôtel Byblos. Je lui concède le passage concernant l'adversaire dangereux, là, elle a touché juste. Quant à la femme brune mystérieuse de mon passé – il éclata de rire – je pense que c'est un classique des diseuses de bonne aventure dans leur ensemble. Tous les hommes ont une belle brune dans leur passé, et toutes les femmes tombent amoureuses d'un bel homme brun.

— Pourquoi pas? C'est ce qui m'est arrivé.

— Nous n'avons pas eu besoin des révélations d'une gitane pour cela, souligna-t-il. Si tu te souviens, c'est moi qui ai prédit notre avenir dès le jour où nous avons fait connaissance.

— C'est vrai.

Elle se tut un moment.

— Es-tu certain qu'elle n'a pas fait allusion à l'une de ces femmes très exotiques qui ont traversé ton passé de célibataire insouciant ?

— Une femme séparée de ceux qu'elle aimait par un long laps de temps et une distance considérable ? Une telle femme n'a jamais existé dans ma vie.

— Peut-être ne le savais-tu pas…

Il se tourna vers elle, subitement inquiet.

— Es-tu troublée, *matia mou* ? Je veux dire : mon passé te trouble-t-il ?

— Je ne serais pas un être humain si je n'étais pas troublée. Mais j'apprends à réagir.

— Il n'y a personne d'autre, assura-t-il. Plus jamais.

XX

En quittant St-Tropez, Alexander et Meredith se dirigèrent vers l'ouest, longeant la côte jusqu'à Marseille, puis ils remontèrent vers le nord en suivant le Rhône jusqu'à Arles, puis Avignon. Ils s'arrêtèrent quelques jours au château Kirakis, à quinze kilomètres au nord-est d'Avignon.

— J'essaie de t'imaginer travaillant ici parmi les ouvriers agricoles, dit Meredith à Alexander tandis qu'ils marchaient dans le vignoble. Mais j'ai beau m'appliquer, je ne te vois absolument pas en train de travailler physiquement.

Elle leva les yeux sur lui avec un sourire narquois et ajouta :

— Sauf dans une chambre à coucher.

— Femme perverse, dit-il d'une voix grave en l'attirant à lui, connais-tu la différence existant entre le travail et le plaisir ?

Elle l'enveloppa de ses bras.

— Je le devrais, répondit-elle sur un ton enjoué. Je vis avec toi depuis assez longtemps.

Ils quittèrent le château avec l'intention de ne faire qu'une étape jusqu'à Lyon, où ils avaient réservé pour une nuit à l'Hôtel Royal, Place Bellecour. Mais ni l'un ni l'autre n'avait prévu l'apparition soudaine du mistral, ce vent sauvage, froid et sec qui s'engouffrait souvent dans la vallée du Rhône. La violence du vent était un tel défi pour Alexander et l'Excalibur qu'il se rendit finalement compte qu'il serait fou de poursuivre la route dans ces conditions.

— Nous allons rester à Montélimar jusqu'à ce que le vent se soit calmé, dit-il à Meredith lorsqu'ils furent dans l'Avenue d'Aygu. Il y a un merveilleux château-hôtel sur la Place Max Dormoy, le Relais de l'Empereur – quarante chambres seulement, très intime, absolument délicieux. Allons-y.

— Ce genre de tempête se produit-il souvent ? demanda Meredith, encore secouée par la violence du vent qui les avait fait plus d'une fois dévier de leur ligne sur la route de Montélimar.

— Plus souvent que les habitants de la vallée ne le souhaiteraient. On dit que lorsque le mistral fait rage, les gens du Rhône enragent aussi.

La facilité avec laquelle Alexander savait s'assurer les meilleures suites dans les meilleurs hôtels ne surprenait plus Meredith depuis longtemps. Toutefois, son aisance à discuter avec tous ceux qu'il rencontrait l'impressionnait. L'observant tandis qu'il bavardait dans un français impeccable avec l'hôtelier, Monsieur Roger Latry, et sa charmante épouse, il lui semblait qu'ils étaient amis de longue date.

— J'ai séjourné ici plusieurs fois dans le passé, dit Alexander à Meredith en allant dans leur chambre. Monsdieur Latry a le don de faire en sorte que chacun de ses hôtes se sente chez soi et à son aise. J'ai demandé ma chambre habituelle – le numéro quinze. Je suppose que la charmante fille de Monsieur Latry – la jeune femme qui est au bureau d'accueil, me croit superstitieux puisque je demande toujours la même chambre.

Meredith s'arrêta un moment pour admirer une fenêtre ancienne en vitrail.

— Je vois partout des références à Napoléon. La fenêtre, les tableaux, les objets…

Alexander se mit à rire.

— L'empereur mentionné dans la raison sociale de l'établissement, c'est Napoléon lui-même. Il paraît qu'il a logé ici, dans cette chambre, en quatre occasions différentes – avec quatre femmes différentes.

Il donna un pourboire généreux au chasseur, puis il ferma la porte.

— Et toi ? taquina Meredith. Combien de petites amies as-tu emmenées ici ?

— Tu es la première, *matia mou.*

Il la prit dans ses bras.

— Les autres fois, je suis toujours venu seul – sauf une fois…

— Qui était alors avec toi ?

— Ma mère, répondit-il avec un petit sourire narquois. C'était mon premier voyage dans le sud de la France. J'avais quatorze ans.

— Et je parie que tu savais déjà ensorceler ces demoiselles, dit-elle en posant un petit baiser sur le bout de son nez.

— En réalité, j'étais un adolescent timide et réservé.

Elle l'embrassa cette fois sur la bouche.

— J'ai peine à le croire.

— Hem… On dirait que ma réputation est encore pire que ce que je pensais, remarqua-t-il en la serrant contre lui, un éclat pervers dans le regard qu'il posa sur elle.

— Eh bien ! Pourquoi ne pas te hausser à la hauteur de ta réputation au lieu de tenter de t'en débarrasser ? railla-t-elle.

Il eut un sourire démoniaque.

— Je ne souhaite rien de plus !

Le mistral dura trois jours ; les deux derniers jours, il fut accompagné de pluies torrentielles. Alexander et Meredith attendirent à l'hôtel sans quitter leur chambre. Quand ils avaient faim, ce qui était rare, ils faisaient appel au service aux chambres. La pluie cessa le quatrième jour et le vent se calma considérablement. Quand Meredith se réveilla, Alexander était déjà debout et habillé, contemplant le lever du soleil par la fenêtre.

— C'est fini ? demanda Meredith en s'asseyant, et remontant les draps sur son torse. Elle secoua la tête pour dégager son visage de ses cheveux défaits.

Il hocha la tête et se tourna vers elle.

— Nous devrions partir de bonne heure. La route est longue jusqu'à Paris.

Elle lui sourit en lui tendant un bras.

— Tu as l'air déçu.

Il vint s'asseoir près d'elle.

— Je ne me serais pas plaint si ce temps-là avait duré quelques jours de plus.

— Moi non plus, dit-elle doucement. Mais nous savons que nous ne pouvons pas rester ici éternellement, chéri. J'ai une émission à faire, et en plus, j'ai un producteur, probablement devenu hystérique, à tranquilliser. Dieu merci, les enregistrements sur bandes étaient terminés quand tu m'as enlevée à Paris. Et toi, tu as tes affaires.

Il eut un sourire forcé.

— Tu as raison, *matia mou*, dit-il avec résignation. Mais il n'en est pas moins pénible d'abandonner cette vie idyllique !

— Notre existence sera toujours idyllique aussi longtemps que nous serons ensemble, promit-elle. Quand à ces échappées romantiques que tu sais si bien organiser, nous avons la vie devant nous pour les répéter – comme tu l'as déjà dit toi-même plus d'une fois.

— La première fois que je suis venu ici, j'avais douze ans, dit Alexander à Meredith.

Ils marchaient le long de la Seine à la tombée de la nuit.

— Ma mère était malade. Elle fut une demi-invalide pendant presque toute sa vie ; elle ne devait pas voyager seule. Aussi mon père l'accompagnait-il toujours quand elle souhaitait voyager. Ensuite, quand je fus assez grand, je l'ai remplacé quand il était occupé ailleurs.

Ils s'arrêtèrent sur le Pont Alexandre III, le plus remarquable de tous les ponts enjambant la Seine, avec ses lampadaires en fer forgé dont les lumières soulignaient cette belle œuvre créée sous le Second Empire. Ils admirèrent le Grand et le Petit Palais faisant face aux Invalides.

— Ma mère aimait tout en France, racontait Alexander. Elle me transmit cet amour. De toutes les villes que j'ai visitées dans ma vie, Paris est toujours restée au premier rang.

Silencieux pendant un moment, il prit une pièce de monnaie dans sa poche et la lança dans l'eau. Meredith lui jeta un coup d'œil interrogateur, mais ne souffla mot.

— Les vieilles habitudes sont coriaces, dit-il sur un ton léger. C'était une tradition chez ma mère et moi. C'était la même chose pour les touristes qui lançaient une pièce de monnaie dans la Fontaine de Trévise à Rome. Quand j'ai eu douze ans, ma mère m'a assuré que si je lançais une pièce dans la Seine en faisant un vœu, celui-ci ne manquerait pas de se réaliser. Je continue à le faire par habitude, et peut-être aussi parce que, par quelque aberration, j'ai ainsi l'impression de me sentir près d'elle par l'esprit.

— Comment était-elle, Alexander? demanda Meredith qui sentait qu'il avait envie de parler d'elle.

— Elle avait bien des points communs avec toi, répondit-il avec un sourire triste. Forte, vive d'esprit, déterminée. C'était une femme incroyable, belle, féminine, et très courageuse aussi. Malgré sa mauvaise santé, elle eut une vie pleine et heureuse. Mère était de ceux qui savent survivre. Elle n'a jamais fait personnellement carrière – une fille d'aristocrate ne devait s'occuper de rien d'autre en dehors de sa beauté et de sa culture – mais quand mon père dut la laisser à New York pendant la guerre, lui-même ayant été enrôlé dans la Marine Royale Grecque, elle dirigea la société depuis New York, prenant seule toutes les grandes décisions et le tenant au courant dès qu'elle le pouvait. C'était un exploit pour une femme qui n'avait jamais fait l'expérience des affaires auparavant – à moins que l'on considérât comme une carrière le fait de s'appeler Madame Constantine Kirakis.

— Ah! Oui, dit Meredith lentement, son beau visage empreint de compréhension. Ta mère était la jeune fille riche qui avait épousé le garçon pauvre venu du mauvais côté de la rue et qui vécut ensuite heureuse pour toujours.

Alexander hocha la tête; il s'appuya contre la balustrade et regarda pensivement dans l'eau.

— Au début, la famille de ma mère et celle de mon père auraient aussi bien pu venir de deux planètes différentes. Rends-toi compte, la famille de ma mère était apparentée à toutes les têtes couronnées d'Europe. L'argent venait de loin, comme disaient certains. Mère avait des domestiques qui faisaient tout à sa place, qui l'habillaient même, si elle le souhaitait. Père, quant à lui, était pour ainsi dire le revers d'une pièce de monnaie, – fils d'un déchargeur, le plus jeune de treize enfants, il avait grandi sur les quais du Pirée; il n'y avait jamais assez d'argent ni jamais assez à manger sur la table. Leur existence était une lutte perpétuelle pour la simple survie. Quand des enfants doivent se battre les uns contre les autres pour la moindre miette de pain qui leur permette de survivre, il leur en reste toujours quelque chose. Cela peut briser un homme à jamais, ou bien le rendre avide d'en avoir toujours plus. Père était un lutteur. Il voulait toujours plus, et il a passé sa vie à amasser toujours davantage.

— Comme toi, conclut Meredith.

Alexander la regarda avec un sourire.

— Les batailles que j'ai engagées dans le passé sont d'une nature différente, dit-il sur un ton léger. Je n'ai jamais eu à me battre pour ma survie, bien que j'aie parfois eu l'impression de lutter pour ma vie.

Elle l'entoura de ses bras.

— Pour la valeur qu'elle porte en elle, chéri ; mais tu ne seras plus jamais seul à lutter. Je serai toujours près de toi, sur le chemin.

Il la serra contre lui, l'embrassant tendrement.

— Tu es ce dont j'ai toujours eu besoin, tu es l'élément qui m'a toujours manqué dans la vie.

— Il ne te manquera plus rien désormais. Plus jamais.

Lorsque le 747 de la Société Kirakis atterrit à l'aéroport Kennedy, la presse avait déjà eu vent du mariage précipité d'Alexander Kirakis. Photographes et journalistes étaient rassemblés aux portes où le couple était attendu, impatients d'accaparer les jeunes mariés dès le retour de leur lune de miel. Alexander, qui possédait un sixième sens lui permettant de détecter la présence des paparazzi avant qu'ils fussent en vue, sut qu'ils étaient là dès qu'il descendit d'avion en compagnie de Meredith.

— Es-tu prête à affronter la meute ? demanda-t-il.

— Affronter la meute ? N'oublie pas que j'en fais partie ! dit-elle dans un éclat de rire.

— Pas cette fois, mon amour, lui rappela-t-il. Aujourd'hui, tu es leur proie.

— Peut-être. Mais ayant passé une grande partie de mon temps de leur côté, je sais comment les manier, dit-elle avec confiance.

Un fonctionnaire de l'aéroport les accueillit, se confondit en multiples excuses pour la gêne occasionnée par la présence de la presse. Il les escorta jusqu'à une autre partie de l'aéroport où les formalités douanières furent accomplies avec célérité. Puis ils furent conduits à leur limousine par un peloton de quelques policiers. Ils étaient dans leur voiture quand les journalistes les rejoignirent, entourant la voiture, les empêchant de démarrer. Meredith fut temporairement aveuglée par les flashes des photographes qui ne cessaient de lancer des éclairs de toutes parts tandis que la voiture avançait au pas à travers la foule. Ils criaient, hurlaient le nom de Meredith, puis celui d'Alexander, réclamant quelques mots ou une photographie. Meredith se rapprocha d'Alexander qui l'entoura d'un bras protecteur et s'obstina dans son silence. La voiture s'éloigna enfin de la meute en direction de la sortie.

— Comment ont-ils pu savoir ? s'irrita Alexander. Deux personnes seulement connaissaient nos projets – et ils avaient juré de n'en rien divulguer. À moins que ton producteur…

Meredith eut un sourire fatigué.

— Non. Harv n'aurait pas fait cela, assura-t-elle. Mais tu serais bien surpris si tu connaissais le nombre de sources d'informations qu'un bon journaliste peut avoir à sa disposition.

Elle posa sa tête contre son épaule.

— Les employés d'hôtels, les serveurs qui peuvent avoir surpris des bribes de conversations pendant un dîner, des employés de magasins…

— Ou une vieille diseuse de bonne aventure de St-Tropez ?

Elle partit d'un grand rire.

— Ou une vieille diseuse de bonne aventure de St-Tropez.

C'était un matin de la mi-décembre froid et gris ; l'éclairage qui pénétrait par la grande baie du bureau d'Alexander au World Trade Center était à peu près nul, mais Alexander ne le remarquait même pas. Trois mois après son retour de voyage de lune de miel, il en était encore à démêler toute la paperasse qui s'était accumulée en son absence. Il retrouvait George quotidiennement pour discuter les rapports, les contrats, les achats éventuels et les tentatives d'intervention envisageables par la Société Kirakis. Alexander était satisfait de la manière dont George avait géré les affaires en son absence.

— À l'avenir, nous collaborerons davantage que par le passé, promit Alexander. Je suis soulagé de voir que je peux quitter mon bureau, pendant un laps de temps relativement long, sachant que le groupe sera en de bonnes mains. J'envisage en effet de partir de temps en temps avec Meredith et je souhaiterais ne pas être dérangé pour des problèmes liés aux affaires.

George eut un petit sourire.

— La prochaine fois, prévenez-moi un peu plus tôt, d'accord ? J'ai passé quelques moments pénibles tout de suite après votre départ. Si vous y regardiez de plus près, vous découvririez quelques fils blancs parmi mes cheveux blonds !

Il passa ses doigts dans ses cheveux dorés.

Alexander éclata de rire.

— Je vous le promets – plus de mariage de dernière minute !

George alluma une cigarette.

— Meredith est en mission, n'est-ce pas ? demanda-t-il en tirant une bouffée.

— Pour quelques jours.

Alexander plissa le front, triturant son anneau en platine distraitement tout en parlant.

— C'est la seconde fois depuis que nous sommes rentrés. Elle court après une interview très importante.

Il se leva et contourna son bureau ; face à la baie, il prit vaguement conscience du brouillard.

— Vous avez lu le récent numéro du *People* ?

Le visage de George s'illumina.

— Le long papier détaillé sur les jeunes mariés ? Très flatteur. Meredith a réussi à changer votre image de marque plus que vous ne le pensiez l'un et l'autre, n'est-ce pas ?

Alexander sourit.

— Quand j'ai épousé Meredith, modifier mon image était bien la dernière chose à laquelle je pensais, dit-il tranquillement, en contemplant la photographie de sa femme disposée dans son cadre d'argent sur le bureau.

— Peut-être, mais votre succès n'aurait pas été plus grand si vous étiez partis d'un projet allant dans ce sens, souligna George. Le couple royal de Manhattan – je crois que l'on vous surnomme ainsi désormais. L'empereur et sa charmante épouse. Six grands périodiques ont écrit sur vous et votre histoire depuis votre mariage. Le public les dévore littéralement. Il adore le romanesque ; vous et Meredith lui avez donné l'histoire d'amour de cette décennie. Un conte de fées moderne, pas moins que cela.

Alexander secoua la tête, souriant toujours.

— Peut-être aurais-je dû vous nommer vice-président et directeur des relations publiques !

— Vous plaisantez, mais votre jeune épouse est un avantage, Alexander. Un avantage réel et essentiel. Profitez-en !

— En profiter ? reprit Alexander avec un amusement mitigé. Je pensais l'avoir déjà fait.

— Vous savez ce que je veux dire, insista George. Montrez-vous en public, allez à tous ces bals de charité que vous évitiez naguère. Supprimez les interdits.

Alexander riait franchement.

— J'ai donc avantage à montrer ma femme. Mais comme vous l'avez déjà dit vous-même, mon seul mariage a déjà amélioré mon image. Pourquoi se donner tant de peine par ailleurs…

— Parce que la plupart des gens en vue parmi les hommes d'affaires internationaux persistent à voir en vous un homme peu digne de confiance – un type dur et impitoyable, dit George en toute sincérité. Ils ont peur de vous.

Alexander se tourna vers lui.

— Parfait, dit-il, visiblement ravi. Laissons-les continuer ainsi.

ROME

Carlo Manetti était inquiet. Le destin, autrefois favorable envers lui, semblait lui tourner le dos. Les affaires étaient mauvaises ; en vérité, elles ne pouvaient être pires. Les ventes de ses voitures de sport, naguère encore si prisées du public, étaient en baisse. Un journaliste de *Oggi* avait méchamment imprimé en toutes lettres que Carlo Manetti avait « perdu le contact avec Midas. » Alors que nombre de gens ne voyaient en cette remarque qu'une réflexion oiseuse, Manetti, lui, commençait à croire à son déclin.

Dernièrement, il se trouva contraint à une démarche radicale. Il ferma ses ateliers d'assemblage à Vérone, Florence et Naples, privant de travail des milliers d'ouvriers italiens. Il réduisit la production – et le personnel – dans les autres ateliers de Rome et de Milan ; il réduisit également les cadres de la compagnie. Comme la situation, au lieu de s'améliorer, paraissait empirer avec le temps, Carlo Manetti commença à se sentir comme un homme attendant la sentence de mort sur le banc des accusés. Malgré cela, il gardait le front haut. Il affronta les banquiers envers qui sa dette s'accroissait de jour en jour; il le fit avec le sourire, sachant qu'il était important de faire montre d'optimisme pour la sauvegarde de son entreprise dans la gêne. Publiquement, il expliqua aux journalistes que ses ennuis n'étaient que temporaires et qu'il n'y avait pas lieu de s'inquiéter. Mais en privé, il buvait trop et dormait peu; il avait vieilli de dix ans du jour au lendemain. Il était lunatique et impatient. Sa fille, qui le connaissait mieux que personne, s'inquiétait, mais quand elle essayait de parler avec lui, il se fermait immédiatement.

Son dernier voyage à Milan lui avait laissé quelque espoir quant à l'amélioration de la situation financière des Moteurs Manetti. Ses ingénieurs, parmi les plus brillants de toute l'Europe, avaient dessiné une nouvelle voiture de sport qui devait laisser loin derrière elle la fabuleuse Rinnegato, par les ventes autant que par sa popularité. Manetti reconnut que c'était un magnifique véhicule, d'une ligne vraiment originale. Manetti était enthousiaste, mais il ne manqua pas de s'inquiéter du fait qu'il s'agirait indubitablement d'une voiture très chère à fabriquer; son prix de revient serait donc fort élevé.

— Bien sûr, Signore Manetti, acquiesça l'un des jeunes ingénieurs, mais ce modèle est destiné à devenir un produit de haut de gamme, sous réserve d'une campagne publicitaire adéquate, bien sûr. Il sera comparable à la Ferrari ou à la Rolls-Royce. Celui qui voudra montrer qu'il est quelqu'un devra en posséder une.

— Sans doute, dit lentement Manetti. Mais sa production exigera aussi d'importants investissements financiers, non?

— C'est inévitable si vous voulez fabriquer une voiture de ce type, signore, dit l'autre ingénieur. Mais ils seront rentables, nous en sommes certains.

— Je vais y réfléchir, promit Manetti. Je suppose que vous êtes conscients que le moment est mal choisi pour une opération pareille, mais je vais y réfléchir tout de même.

— Au contraire, le moment ne saurait être mieux choisi. Vous avez des ennuis financiers, n'est-ce pas? Cette voiture réglerait tout.

Manetti plissa le front. Dire qu'il était financièrement en difficulté, c'était voir le bon côté de la situation.

— Je vais réfléchir. Je vous reverrai d'ici une ou deux semaines.

Carlo Manetti n'aurait jamais avoué qu'il croyait de toutes ses fibres à la survie de son entreprise, et que cette survie dépendait du succès de ce nouveau modèle.

À condition de rassembler le capital nécessaire pour le faire passer des bureaux d'étude aux vitrines d'exposition...

NEW YORK

L'eau était chaude et parfumée, la grande baignoire en marbre débordait de nuages mousseux de bulles de savon liquide. Meredith était appuyée contre l'épaule d'Alexander, heureuse d'être dans ses bras tout en sirotant une coupe de Dom Perignon frappé. «C'est la meilleure méthode pour se détendre après une journée harassante », pensait-elle. Elle porta la coupe aux lèvres d'Alexander.

— Encore du champagne, chéri, demanda-t-elle.

Il secoua la tête.

— J'ai bu suffisamment ce soir, dit-il.

— Tu as peut-être assez de quelque chose, mais je ne suis pas sûre que ce quelque chose soit du champagne, dit-elle en levant sur lui son regard bleu pâle rempli d'inquiétude. Tu as envie d'en parler ?

— La journée a été longue, *matia mou* – une longue journée exceptionnellement pénible. Pas de problèmes majeurs, mais une série de petits ennuis qui se sont présentés en même temps. Et comme si ce n'était pas suffisant, j'ai reçu en fin d'après-midi un appel émanant de mes informateurs de Rome concernant Carlo Manetti. Sa compagnie a des problèmes graves et la presse italienne se déchaîne contre moi, me rendant responsable de ses ennuis. On pense là-bas que c'est la mise en œuvre de mon projet visant à la reprise de sa compagnie.

Il eut un sourire las.

— C'est une ironie du sort. Carlo et moi sommes de vieux adversaires. Il fut un temps où j'aurais pu essayé d'entreprendre quelque chose en sous-main pour m'assurer le contrôle de son affaire, davantage pour marquer un point que pour autre chose d'ailleurs. Mais cela... Je n'étais pas au courant jusqu'à ce jour.

— Carlo Manetti, énonça lentement Meredith, la mémoire lui revenant. Le riche magnat de l'automobile dont la fille sexy s'est enflammée comme une collégienne pour toi ?

— S'était, rectifia Alexander.

— Qu'est-ce qui te fait croire qu'elle s'était entichée de toi ? Tu n'es pas resté longtemps là-bas.

Le rire d'Alexander sonna creux.

— Crois-moi sur parole, chérie, le seul sentiment qu'éprouve Donna Manetti pour moi maintenant est une haine profonde et dévorante, assura-t-il. Je n'oublierai jamais le regard qu'elle me lança après ce fameux épisode du restaurant. Elle m'aurait tué volontiers. Elle a fait tant d'efforts pour m'apparaître comme une tentatrice, alors que moi, je l'ai traitée comme l'enfant qu'elle était.

— Cela ne veut pas dire qu'elle ne t'aime pas encore, mon amour, dit Meredith d'un air entendu, en touchant le visage d'Alexander du bout des doigts. J'ai été terriblement fâchée contre toi à cause d'elle, mais cela ne m'a pas empêchée de t'aimer.

— Et qu'en est-il maintenant ? demanda-t-il tout bas.

Leurs regards se rencontrèrent.

— Maintenant ? Je t'aime plus que jamais, dit-elle simplement.

Il lui prit le verre des mains et le posa en souriant. Puis il prit dans ses bras et l'embrassa avec ardeur. Appuyée contre la paroi de la baignoire, elle se sentait en sécurité dans ses bras tandis qu'il excitait son désir. Leurs corps se joignirent. Alexander regardait son visage nettoyé de toute trace de maquillage, sa longue chevelure plaquée contre sa tête et son cou, il était totalement pris sous le charme.

Même dans ces conditions, elle restait la plus jolie femme qu'il ait jamais vue.

Bien que Meredith eût été une célébrité à part entière avant son mariage, elle ne tarda cependant pas à découvrir à quel point sa position sociale s'était modifiée depuis qu'elle était devenue Mme Alexander Kirakis. Avant, elle avait droit à un traitement préférentiel dans les meilleurs magasins de Manhattan. On lui donnait les meilleures tables dans les meilleurs restaurants – mais seulement si elle avait réservé. Ses vêtements de haute couture étaient gratuits si elle les portait durant ses émissions. À présent, les gens venaient à elle. Les dessinateurs de mode de New York, Paris et Rome jubilaient quand elle marquait une préférence pour l'un de leurs modèles. Ils l'habillaient à sa convenance. Certains avaient créé des tailleurs, des robes et des robes de soirée spécialement pour elle. Si elle désirait un produit de l'un des plus prestigieux magasins de Manhattan, elle n'avait qu'à prier sa secrétaire particulière de téléphoner, et on lui apportait sans délai un choix du produit demandé à la Tour Olympique. Chaque fois qu'elle voyageait avec Alexander, elle était reçue avec la plus grande courtoisie dans tous les hôtels où ils séjournaient. Elle n'utilisait plus depuis longtemps les avions de lignes commerciaux. Alexander semblait ravi de la gâter à ce point. Une fois au moins par mois, un représentant de l'une des joailleries en vue de la veille leur rendait visite dans leur appartement avec un grand choix de bagues, de bracelets, de colliers et de boucles d'oreilles ; Meredith n'avait qu'à écarquiller les yeux sur une pièce pour la posséder. Elle avait plus de bijoux qu'elle ne pouvait en porter ; une penderie était remplie de fourrures et une autre, aussi vaste que la chambre de l'appartement qu'elle avait occupé avant son mariage, était pleine de vêtements, chaussures et accessoires.

Cependant, ainsi qu'Alexander l'avait souligné un jour, avec les privilèges vinrent les pressions. L'année où elle épousa Alexander, elle se trouva souvent obligée de le défendre contre les milieux d'affaires internationaux qui voyaient en lui un homme sans scrupules et considéraient ses méthodes comme contraires à l'éthique. Elle se montra diplomate lorsqu'on reprocha à son mari d'être impliqué dans l'affaire Manetti à Rome. Elle répondit à tous les critiques que la manière dont il dirigeait la Société Kirakis ne regardait que lui. Elle ne lui disait pas comment mener ses négociations, de même qu'Alexander ne lui disait pas comment faire ses émissions.

Assise seule à la coiffeuse de leur chambre, Meredith réalisa curieusement que personne ne lui avait jamais posé de questions au sujet des anciennes amies de son mari. De même que personne ne fit jamais allusion à la liaison de Meredith avec Nick Holliday auprès d'Alexander. Elle posa sa brosse et leva la tête pensivement sur le portrait d'Elizabeth et de David accroché dans leur chambre. Elle avait envisagé de le changer de place une nouvelle fois. Pourquoi ne pas le mettre dans l'une des chambres d'ami où Alexander allait rarement ? Ce tableau le rendait manifestement mal à l'aise. Il l'avait d'abord intrigué, ou plus exactement, perturbé. Elizabeth lui rappelait-elle l'une de ces opulentes femmes brunes de son passé ? Sans doute ne le saurait-elle jamais. Il refusait tout net d'en discuter.

ZURICH

L'expansion importante du groupe Kirakis en Suisse contraignant Alexander à chercher une assistance financière provenant de sources extérieures à sa société, il avait organisé une réunion avec six membres d'un consortium de banques suisses. Il s'agissait de discuter sur ses projets et, espérait-il, d'obtenir le soutien des banques afin de les mener à bien. Bien que la réunion fût prévue plusieurs semaines à l'avance et que Meredith eût l'intention d'y accompagner Alexander, ses engagements professionnels l'obligèrent à changer ses projets à la dernière minute. Alexander s'envola seul pour Zurich. Il espérait fermement s'assurer les emprunts dont il avait besoin et rentrer à New York aussi vite que possible. Il n'était cependant pas certain de réussir sans compromis.

La réunion devait avoir lieu dans ses bureaux de la Ramistrabe. Toutefois, Alexander s'arrangea pour être absent à l'arrivée des banquiers. Son intention était d'arriver en retard. En effet, son père lui avait dit un jour : « Ne leur montre pas que tu es pressé, Alexander. Ils sont comme les piranhas. Ils savent flairer l'odeur de ton sang, de tes craintes. » Il décida donc qu'un retard d'une dizaine de minutes prouverait son sens des responsabilités sans paraître impatient. Il attendit donc avant de retourner dans ses bureaux. Il avait besoin de ces hommes, mais il ne devait pas leur faire savoir jusqu'à quel point.

Lorsqu'il pénétra dans la salle de conférences, il s'arrêta un instant, balayant l'espace de son regard noir. Il nota les mines gênées des cinq hommes qui l'attendaient. Il leur présenta ses excuses pour son retard.

— J'étais en ligne avec un associé d'Istanbul, expliqua-t-il. Vous savez que nous possédons des forages dans la mer de Java.

Tous acquiescèrent d'un mouvement de tête.

— Dans quel but vouliez-vous nous rencontrer, Herr Kirakis ? demanda l'un des hommes, exprimant ainsi la curiosité de tous.

Alexander leur lança un sourire désinvolte.

— Je pense que la chose est claire pour chacun de vous.

— Vous n'envisagez tout de même pas de demander un emprunt… dit le banquier.

— C'est précisément ce que j'ai en tête. Y a-t-il un problème ?

— Non, bien sûr que non, répondit l'homme avec empressement. C'est simplement que la Société Kirakis a toujours pratiqué l'autofinancement dans le passé, et…

— Rectification – *Normalement*, nous pratiquons l'autofinancement, répliqua courtoisement Alexander. Sauf dans les cas où nous projetons un accroissement considérable de nos holdings – comme c'est le cas actuellement.

— Je comprends.

Alexander observa les hommes pendant quelques secondes.

— La plupart d'entre vous connaissiez mon père, n'est-ce pas ? demanda-t-il. Peut-être avez-vous eu à négocier avec lui à un moment ou à un autre ?

Trois des hommes hochèrent la tête.

— Si vous l'avez bien connu, vous savez qu'il fût un homme d'affaires brillant, raisonna Alexander. C'est l'homme qui fit de l'Athena Maritime la plus importante flotte marchande de l'hémisphère est – voire même du monde entier. La Société Kirakis est née du succès de l'Athena, comme vous le savez tous. Pétrole, mines de diamants, automobiles, avions…

— Vous avez notre attention, Herr Kirakis, interrompit l'un des hommes avec impatience. Nous nous intéressons tous à vos activités. Où voulez-vous en venir exactement ?

— Expansion. Croissance. Croissance considérable.

Le regard d'Alexander allait d'un homme à l'autre, lentement, délibérément, comme s'il les jaugeait.

— Messieurs, quand j'ai remplacé mon père à la tête du Conseil d'administration de la Kirakis en 1979, ses avantages en Europe, Amérique du Nord et du Sud, Asie et Afrique étaient de l'ordre de neuf cent millions de francs suisses. Aujourd'hui, ils atteignent quatorze billions.

Le même banquier l'interrompit à nouveau.

— Nous connaissons tous le record impressionnant de la Société Kirakis. Mais nous savons aussi que la Kirakis a toujours été capable de se financer elle-même, en général !

— Nous l'avons fait dans le passé chaque fois que c'était possible.

Les yeux d'Alexander luisaient comme de l'onyx poli.

— Mais pour réaliser l'extension auquel je pense, il me faudra plusieurs prêts considérables. Bien entendu, la banque qui fournira cette assistance sera en droit d'agir prioritairement pour le compte de la Kirakis lors de futures transactions.

Un murmure s'éleva du groupe d'hommes grommelant leur assentiment.

Il les tenait ! Alexander sentait presque leur excitation.

— Je compte accroître mes possessions, non seulement en Suisse, mais dans toute l'Europe. Exactement comme je l'ai fait aux États-Unis. Je projette de diversifier, de planter dans de nouveaux champs, dans des champs que mon père n'a jamais foulés.

— Par exemple ? demanda l'un des hommes.

— Ces mêmes domaines sur lesquels nous sommes en train de prendre pied aux États-Unis : construction, immobilier. J'ai l'intention d'acheter ou de construire des hôtels, des immeubles, des complexes de loisirs… J'aimerais aussi explorer les avenues de l'énergie nucléaire ici, en Suisse, de même que dans mon pays. Le travail que nous effectuons en Amérique semble très prometteur en ce moment. Nous envisageons également de nous engager plus à fond dans l'énergie solaire. Je suis certain que vous êtes d'accord avec moi pour dire que l'énergie est un problème majeur pour nous tous. Un problème qu'il faut affronter – et résoudre.

Tous hochèrent de nouveau la tête.

— Cela nécessite de vastes recherches – et des capitaux.

Alexander savourait leur enthousiasme, il s'en délectait. « Il est temps de jouer mon atout », pensa-t-il.

— L'armement nucléaire, lança-t-il, une nuance de respect tranquille dans la voix.

— Les bombes ? demanda l'un des hommes.

— Des bénéfices, rectifia Alexander en appuyant sur le mot. Des profits considérables. Le docteur Barry Marchwood, directeur de mes installations de recherche nucléaire aux États-Unis, est une autorité mondialement reconnue en matière d'armements nucléaires. Sous sa direction, la Société Kirakis sera bientôt fière de posséder les installations de recherche nucléaire comptant parmi les plus importantes du monde.

Les cinq hommes écoutaient attentivement.

— Dans trois ans, messieurs, vous pourrez compter sur le triplement des bénéfices du groupe Kirakis si je suis en mesure d'exécuter mes projets. Nous continuerons à croître, à nous étendre, et tout naturellement, nous chercherons des prêts additionnels auprès de nos principaux banquiers.

— Naturellement, dirent les hommes à l'unisson.

— Les prêts seraient très importants, souligna l'un des hommes.

— C'est vrai, admit Alexander. Mais étant donné le projet gigantesque que je vous soumets, il me semble que ma demande n'est pas déraisonnable.

— Nous en discuterons et nous vous tiendrons au courant.

— N'attendez pas trop longtemps, avertit Alexander, préparant ainsi son ultime coup. Je ne voudrais pas être contraint d'emprunter l'argent aux États-Unis.

Les hommes se raidirent comme s'ils avaient été physiquement blessés.

— Vingt-quatre heures ?

— Vingt-quatre heures, acquiesça Alexander. « Ils ne mettront pas si longtemps à se décider », pensa-t-il avec confiance.

Le banquier qui avait été le porte-parole des autres examina le jeune homme pensivement pendant quelques instants. Il avait connu Constantine Kirakis pendant plus de trente ans et avait fait des affaires avec lui à différentes reprises. C'était un homme dynamique. Son fils, toutefois, avait quelque chose de différent. À trente ans, Alexander Kirakis avait l'aplomb et l'assurance d'un homme ayant des années d'expérience derrière lui. Le voisin d'Alexander Kirakis était mal à l'aise. Ce jeune homme possédait une maîtrise de soi formidable !

Alexander serra la main à chacun de ses interlocuteurs.

— Excusez mon départ précipité, mais je dois être à Paris ce soir.

Il quitta la salle. Tous ces messieurs le suivirent des yeux.

Julius Hauptmann était seul dans la vaste bibliothèque lambrissée de chêne de sa superbe villa, à une trentaine de kilomètres au nord-est de Zürich. Ses domestiques avaient reçu pour instructions de ne pas le déranger pour quelque motif que ce fût. Assis dans l'obscurité, il réfléchissait à la réunion qui avait lieu dans les bureaux de la Société Kirakis. Alexander Kirakis ne savait pas – ne devait jamais savoir, qu'il faisait partie du consortium de banques. Il en était le participant silencieux. Hauptmann savait qu'il lui fallait être prudent. Il ne devait pas sous-estimer Alexander. Il était jeune, mais intelligent. Il ne manquait de rien. C'était un dangereux adversaire. Hauptmann savait depuis le début qu'il devrait le traiter avec la plus extrême prudence. Si jamais Alexander avait le moindre soupçon, il se tiendrait immédiatement sur ses gardes. Il était capable de retourner n'importe quelle situation.

Hauptmann alluma l'ancienne lampe en cuivre posée sur le coin de son bureau anglais du XVIIIe siècle. Il prit un grand album relié en cuir vert dans le tiroir supérieur. Il le posa sur son bureau et en tourna lentement les pages, examinant chaque extrait de presse comme s'il les découvrait pour la première fois. En réalité, il connaissait tout cela par cœur. L'album était rempli de photos et d'articles concernant Alexander Kirakis. Tout y était consigné jour après jour. Herr Hauptmann ne cessait de penser à Alexander Kirakis, à la manière dont il allait s'y prendre pour détruire l'homme qui avait depuis longtemps détruit tout ce qui était essentiel dans sa vie.

À la fin de l'album, il prit un petit extrait de presse tout usé découpé dans un journal de Genève datant du 16 février 1980. C'était un article bref auquel on n'avait pas accordé la première page bien que relatant les exploits d'un personnage aussi notoire et brillant qu'Alexander Kirakis ; mais pour Hauptmann, c'était la pièce maîtresse de l'album. C'est dans ce morceau de papier que se trouvait la raison de tout ce qu'il avait fait durant ces cinq dernières années. Encore actuellement, le tenant entre ses doigts tremblants et le relisant, les larmes montaient à ses yeux gris. C'était le bref compte-rendu de la mort d'une jeune étudiante de Neufchâtel qui s'était pendue dans une chambre d'hôtel, près du campus de l'Université de Genève. L'article ne donnait pas de détails ; il ne disait rien des circonstances du suicide, ni de la personne qui en était la cause. Mais Hauptmann ne savait que trop pourquoi c'était arrivé. Aussi longtemps qu'il vivrait, il n'oublierait jamais le matin où la police de Genève l'emmena identifier le corps. Il la voyait toujours pendue à la corde dans la petite salle de bains ; il se souvenait encore du message contenu dans sa lettre, mot pour mot. Il fut submergé d'un tel chagrin et d'une telle haine qu'il faillit en être lui-même détruit. Puis il comprit qu'il ne mourrait pas en paix tant qu'il n'aurait pas vengé cette mort insensée. Il vengerait sa fille à sa manière.

Alexander Kirakis allait payer pour ce qu'il avait fait à sa Marianne adorée.

XXI

Dans son bureau dominant la 52e Rue Ouest, Meredith, assise à sa table, examinait pensivement une photo d'Alexander quand un léger coup frappé à sa porte la fit sortir de sa rêverie. Elle leva la tête brusquement.

— Entrez, cria-t-elle.

La porte s'ouvrit et Casey entra, portant un grand carton.

— Ça vient d'arriver pendant que j'étais en bas. De Los Angeles, dit-elle en plaçant la boîte sur le bureau de Meredith. J'ai donné une signature. J'ai pensé que je pouvais aussi vous la monter. On ne sait jamais combien de temps il faut aux préposés pour distribuer le courrier.

Elle s'assit dans un fauteuil et souffla sur une boucle de cheveux auburn pour en dégager son visage.

Meredith coupa la bande qui fermait le paquet avec un ouvre-lettres.

— Je l'attendais, dit-elle en ouvrant la boîte pour en examiner le contenu. J'espérais bien qu'il arriverait avant ma réunion avec Harv demain après-midi.

— Cela est-il en relation avec le voyage que vous avez fait dernièrement sur la Côte Ouest ? demanda Casey en désignant le paquet.

— D'une certaine manière, répondit Meredith évasivement.

Tout y était. Parfait. Elle n'était pas certaine que Kay puisse rassembler tous les documents. Cette boîte, de même que plusieurs autres qu'elle avait remplies lorsqu'elle quitta la maison de la plage, avait été entreposée pendant ces quatre dernières années. Elle prit une photo en noir et blanc et l'examina pendant un moment, puis elle la montra à Casey.

— Reconnaissez-vous cette femme ?

Casey se redressa, droite comme un piquet ; elle ne cacha pas sa surprise

— Elizabeth Weldon-Ryan ? demanda-t-elle. C'est d'elle qu'il s'agit ? Les voyages à Los Angeles, les réunions avec Harv...

Meredith hocha la tête en souriant.

— Il y a quelques années, quand j'étais employée à IBS à Los Angeles, j'ai rencontré son mari, Tom Ryan. C'est lui qui donna à Nick sa première grande chance, commença-t-elle en s'asseyant sur un coin du bureau. Nick nous ayant présentés l'un à l'autre, l'idée m'est venue de faire un documentaire sur les Ryan, – comment ils se connurent, comment Tom la lança dans la carrière, leur dernier triomphe...

— Et pour conclure, ce qui était réellement arrivé à Elizabeth et à son fils pendant le tournage de son dernier film, acheva Casey.

— Exactement.

Meredith se tut un moment, puis reprit.

— Au début, mon projet n'enthousiasma pas du tout Tom Ryan ; mais j'ai su le convaincre finalement de coopérer avec moi.

Elle parla à Casey de la méfiance de Tom, elle lui raconta comment elle avait réussi à le mettre peu à peu de son côté. Elle lui dit enfin qu'il se rendait chez elle le soir où il s'est tué accidentellement sur la route de la Côte Pacifique.

— Ma chaîne a annulé le projet puisque je n'avais pas de révélations à faire. Nous avions une histoire sans conclusion nette.

— Et vous pensez que vous avez quelque chose à révéler maintenant ? demanda Casey.

Meredith haussa les épaules.

— J'ai l'intention de reprendre l'affaire, dit-elle en jouant distraitement avec un crayon. Je ne peux m'empêcher de penser qu'il existe quelqu'un, quelque part, qui serait capable de me dire ce qui s'est passé pendant le tournage de ce dernier film. D'une manière ou d'une autre, je compte chercher quelqu'un qui connaisse la vérité et qui soit prêt à me parler.

Casey se leva.

— Je vous souhaite bonne chance, dit-elle en se dirigeant vers la porte. Vous en aurez besoin.

— Vous avez sans doute raison, murmura Meredith pour elle-même.

LAUSANNE

« Quel dommage, pensa tristement le docteur Henri Goudron en examinant sa patiente. Elle qui était si jeune, si jolie – et qui avait un si brillant avenir ! Quel gâchis. Cette femme avait tout possédé – jeunesse, beauté, succès, bonheur dans un bon mariage, un bel enfant – et se voir dépouillée de tout en une seule nuit tragique.

La nuit où elle sut ce qui était arrivé à son enfant.

Le docteur Goudron était l'un des psychiatres les plus respectés de la Suisse, et lui-même se considérait comme un homme à l'éthique irréprochable. Jamais il ne se serait permis de s'engager émotionnellement avec un malade. Mais cette femme avait en elle quelque chose de particulier. Elle le fascinait par sa vie, par son pasé tragique, par sa brillante carrière, par la manière dont elle avait réussi à se couper d'une réalité inacceptable. Il l'avait jugée différente dès l'instant où il l'avait vue, lorsque son mari l'avait amenée à la clinique de Lausanne quelque trente années auparavant. Il venait d'achever son internat, et ce fut l'administrateur qui lui confia ce cas spécial. Il passa de nombreuses heures près d'elle au début, essayant de l'atteindre, essayant d'établir une communication avec elle. Mais au bout de quelque temps, il dut bien accepter l'idée que rien de ce qu'il disait ou faisait ne la ferait sortir de son état. Toutefois, il ne cessa jamais de prendre soin d'elle, l'installant le plus confortablement possible pour le restant de ses jours. Il veillait à ce que le personnel s'occupe d'elle tout spécialement, l'habillant avec les beaux vêtements que lui apportait son mari, coiffant son opulente chevelure noire, l'emmenant faire de longues promenades dans les jardins dès que le temps le permettait. Il lui apportait des fleurs fraîches coupées dans le jardin de sa femme pendant les mois de printemps et d'été et, selon ses possibilités, il restait un peu auprès d'elle, lui parlant comme si elle pouvait l'entendre et comprendre ce qu'il disait. Il avait tenté de décourager son mari de lui rendre visite, surtout parce qu'il savait que Tom Ryan gardait l'espoir qu'elle guérisse un jour, et il n'aimait pas voir ce malheureux se tourmenter ainsi.

— Ah! Elizabeth, soupira tristement le médecin. Comme je souhaiterais pouvoir vous atteindre. Je souhaiterais pouvoir – comment dites-vous, les Américains? – entrer dans votre tête. «L'anglais est une langue si peu romantique», pensait-il, réprobateur. Tellement impropre pour une femme qui suscitait le romanesque, même dans son état actuel. Son âme était douloureuse en la voyant ainsi.

— Et vous, qu'éprouvez-vous? demanda-t-il à haute voix.

Elle n'avait pas eu de visiteur depuis très longtemps. Les dernières paroles de Tom Ryan au docteur Goudron lors de sa dernière visite, juste avant sa mort, avaient été : «Protégez-la... Ne les laissez pas la voir.» Par *les*, Goudron songea imédiatement à la presse. Ryan avait tout fait pour la protéger de ceux qui pourraient tenter d'exploiter sa tragédie. Et maintenant, Goudron se sentait troublé de n'avoir jamais parlé à Tom Ryan de cet autre homme qui lui rendait visite, un homme qui avait demandé que ses visites restent strictement confidentielles. La première fois qu'il vint la voir, quelques mois seulement après son admission dans la clinique, Goudron avait pensé le renvoyer; mais l'intérêt que portait l'homme à cette femme semblait sincère. De plus, sa connaissance de la catatonie, c'est-à-dire de ce qui se passe dans les profondeurs de l'inconscient, avait surpris le docteur Goudron. Celui-ci se demanda quelque temps si l'homme n'était pas médecin lui-même. Il avait permis les visites et les avait tenues secrètes parce qu'il avait d'abord pensé que cet inconnu pourrait peut-être aider Elizabeth.

Mais maintenant, au fond de son cœur, ce cœur sensible, rationnel et réaliste, Henri Goudron savait que rien ne se passerait, à moins d'un miracle.

La résurrection de son enfant mort.

Meredith, du balcon de la grande chambre à coucher, contemplait le somptueux coucher de soleil sur la mer Egée. Ils n'étaient pas revenus sur l'île depuis leur lune de miel et Meredith avait presque oublié combien elle était belle. «Notre paradis privé», pensait-elle en jubilant, portée par le romanesque qui semblait imprégner l'atmosphère. Elle était contente qu'Alexander ait insisté pour qu'ils s'échappent un peu de leur vie harassante et trépidante de New York et fêtent leur anniversaire de mariage en ce lieu. Leur existence avait été si bousculée. Ils avaient besoin de partir, de se retrouver seuls quelque temps.

Meredith rentra dans la chambre et s'installa sur le lit, genoux repliés, avec un petit carnet à couverture en cuir qu'elle avait mis au fond de l'une de ses valises sans le dire à Alexander. Le journal intime d'Elizabeth. Il faisait partie des objets que Tom Ryan lui avait prêtés juste avant sa mort. Elle n'y avait pas touché depuis l'enterrement de Tom. Elle sourit. Alexander lui avait soutiré la promesse de laisser derrière elle tout travail en relation avec sa profession. Il avait souligné qu'ils fêtaient leur anniversaire, et qu'il exigeait donc toute l'attention de sa femme. Dans le passé, il était inquiet quand ils partaient pour quelques jours ou quelques semaines ; elle finissait toujours par emporter la moitié de son bureau avec elle. Mais cette fois-ci, elle était certaine d'être dans son droit. Alexander était en bas, dans la bibliothèque, discutant au téléphone avec George. Ces quelques minutes qu'elle lui volait étaient donc justifiées.

Meredith se laissa à ce point captiver par le journal intime qu'elle remarqua à peine le retour d'Alexander. Refermant la porte derrière lui, il vint s'asseoir près d'elle et l'embrassa légèrement sur le front. Elle le regarda, surprise.

— Déjà fini avec George ?
— Il n'y avait pas grand-chose à discuter.

Il baissa les yeux sur le carnet.

— Que lis-tu ?
— Le journal intime d'Elizabeth Weldon-Ryan.
— Intéressant ?
— Fascinant, répliqua Meredith.

Alexander lui prit le carnet des mains et le posa sur la table de chevet.

— Nous ne sommes pas venus ici pour lire – ni pour travailler.

— Que faisais-tu dans la bibliothèque – s'agissait-il de mondanités ? taquina-t-elle.

— Je faisais simplement le point. Et maintenant que c'est fait, je te veux pour moi tout seul pour le reste de la soirée.

Il sourit.

— Allons même jusqu'au bout de la nuit. Je pense qu'il est temps que nous discutions sérieusement.

— Oh ! Quelle gravité !

— C'est grave, en effet.

Il la regarda dans les yeux.

— Quand nous nous sommes mariés, tu m'as bien fait comprendre que tu n'étais pas prête à fonder une famille. J'ai accepté cela – à l'époque.

— Et maintenant ? demanda-t-elle sur un ton hésitant, sachant où il voulait en venir.

— Une année s'est écoulée, *matia mou* , dit-il simplement. Je me suis montré patient, mais j'espérais être père pendant que je suis encore assez jeune pour profiter de mes enfants.

— Alexander, je… commença-t-elle.

Il posa un doigt sur les lèvres de Meredith.

— Ne dis rien, dit-il doucement. Pas encore – réfléchis seulement. Pense que ce serait merveilleux d'avoir bientôt un enfant.

Il fit glisser de l'épaule de Meredith une fine bretelle de la chemise de nuit en soie bleu vif qu'elle portait, puis il baisa la chair tendre et dorée.

— Notre union serait alors parfaite, *matia mou* , parfaite.

Il fit descendre la chemise de nuit pour dégager les seins. Elle s'appuya contre les oreillers tandis qu'Alexander effleurait de ses lèvres la chair chaude et douce. Elle frissonna de plaisir sous la caresse de sa langue sur le bout de ses seins. Elle caressa ses cheveux noirs.

« Peut-être a-t-il raison », pensa-t-elle.

Trois semaines passèrent sans que Meredith eût décidé si elle était prête ou non à avoir des enfants. Aux tendres pressions d'Alexander, elle répondait qu'elle désirait un bébé autant que lui, mais que ces choses ne se décidaient pas aussi simplement. Le thème qui avait été au centre d'une partie de sa vie professionnelle l'obsédait à présent : l'histoire tragique de la belle Elizabeth Weldon-Ryan. Elle avait ordonné à ses collaborateurs de se mettre à la recherche de toute personne ayant pu être engagée dans la réalisation du dernier film d'Elizabeth, ou ayant pu être présente sur les lieux du tournage à l'époque de l'accident tragique de David Ryan, ou qui pourrait savoir ce qu'était réellement devenue Elizabeth après la mort de son fils.

Meredith demanda à sa secrétaire de faire publier une annonce dans *Variétés* et dans les grands périodiques professionnels et les journaux de la région ; tous ceux qui auraient pu participer au film de près ou de loin étaient invités à se faire connaître.

— Tous les cinglés de la région vont sortir de leurs repaires ; ce sera à nous de faire le tri, dit-elle à Cindy.

La plupart des indices qu'elles reçurent se révélèrent inutilisables, n'aboutissant à rien de valable. Certaines personnes se présentèrent à bon escient, mais elles n'avaient aucune information utile à fournir. Meredith était de plus en plus déçue. Tom Ryan avait décidément été très habile à préserver son secret. Trop habile. Comme s'il y avait eu une véritable conspiration autour de la mort mystérieuse d'Elizabeth et de son jeune fils.

— Il se pourrait que nous ne sachions jamais la vérité, se lamenta la secrétaire de Meredith, un après-midi où toutes deux triaient un récent envoi de réponses. Cette histoire est morte et enterrée depuis trente ans maintenant. Plus longtemps on garde un secret, plus il est facile à garder, vous savez.

Meredith hocha la tête en plissant le front. « Je ne le sais que trop », pensa-t-elle avec mauvaise humeur.

Cindy ouvrit une autre enveloppe avec son ouvre-lettres. Elle en sortit une feuille qu'elle déplia ; elle se mit aussitôt à lire, d'abord sans enthousiasme, puis de plus en plus intriguée. Elle toucha finalement le bras de Meredith sans quitter le texte des yeux.

— Je crois que vous devriez lire cela, dit-elle lentement, la mine excitée.

— Qu'est-ce que c'est ?

— Voyez par vous-même.

Cindy lui remit la lettre.

Meredith la prit et la lut d'abord rapidement, puis elle la relut plus lentement. Elle émanait d'un monsieur William McCloskey qui assurait avoir participé au tournage du dernier film d'Elizabeth Weldon. Il expliquait qu'il était actuellement retraité, qu'il habitait Chicago, et qu'il possédait encore des séquences qui avaient été coupées du film lors du montage final. Il écrivait qu'il avait fait partie du tournage en extérieur à l'époque de la tragédie. Il joignait deux vieilles photos jaunies, fixées sur une feuille de papier, pour prouver la véracité de ses dires. L'une représentait Elizabeth en compagnie d'autres acteurs, tous en costumes et maquillés. L'autre représentait Elizabeth avec son mari et son fils. Le revers de chaque photo portait une date griffonnée, à peine lisible encore : 26 juilllet 1953. « Quatre jours avant l'accident de David Ryan », pensa Meredith en se souvenant de ce que Tom lui avait raconté.

— Emportez le reste, dit-elle à Cindy en désignant les lettres entassées sur son bureau. Notre M. McCloskey a indiqué un numéro de téléphone. Je vais l'appeler.

Elle parla avec William McCloskey pendant près d'une heure. Après cette conversation, elle fut convaincue que l'homme était celui qu'elle cherchait.

— Harv Petersen a été en réunion toute la journée et je n'ai pas pu le contacter, dit-elle à Cindy en partant ce soir-là. Appelez sa secrétaire dès votre arrivée demain matin. Dites-lui que je ne serai pas à mon bureau de toute la journée.

— Où allez-vous ?

— À Chicago !

— Je serais heureux de vous aider dans la mesure de mes moyens, Mme Courtney, bien que d'après votre annonce, je ne sache pas quel genre d'information vous cherchez.

William McCloskey, un septuagénaire grand et mince aux cheveux gris clairsemés et au visage buriné, était assis en face de Meredith dans le salon de sa maison de Chicago.

— Café ?

— Oui, s'il vous plaît.

Meredith sortit de son sac un petit appareil d'enregistrement qu'elle emportait toujours avec elle.

— Vous écriviez dans votre lettre que vous faisiez partie de l'équipe technique lors du tournage en extérieur du dernier film d'Elizabeth Weldon, n'est-ce pas ?

Elle tourna lentement son café.

— Je sais comment son fils est mort, poursuivit-elle calmement. Et Elizabeth, comment est-elle morte ? A-t-elle eu une crise cardiaque ? Un coup de sang ?

McCloskey se gratta le crâne pensivement.

— Je crains de ne pas pouvoir répondre avec certitude à cette question, avoua-t-il. Voyez-vous, Mme Courtney, Elizabeth était en état de choc. Les quatre jours ayant précédé la mort de son fils avaient été une torture pour elle. Le garçon était tombé dans un vieux puits – je ne comprends d'ailleurs pas pourquoi les propriétaires ne l'avaient pas fermé afin d'éviter des accidents de ce genre – et pendant ces quatre jours, nous avons travaillé avec des hommes de la ville, nous avons fait le maximum pour le retrouver. Nous avons abandonné le quatrième jour. Il y avait un médecin sur place – je ne me souviens pas de son nom, c'était un nom étranger difficile à prononcer – il nous a dit qu'au bout de ce temps le garçon ne pouvait plus être encore en vie.

Il se tut un moment puis reprit :

— Quand ils apportèrent la triste nouvelle à Elizabeth, ce fut comme si quelque chose avait craqué dans sa tête. Elle hurla une seule fois. C'était comme le hurlement d'un animal blessé, un hurlement aigu et lugubre. Puis elle s'évanouit. Ensuite, elle ne parla plus jamais d'après ce que l'on sait. Elle resta assise, le regard figé dans l'espace, les yeux vides. Comme un zombie. Elle ne parla plus, ne reconnut plus personne, – pas même son mari. Elle ne semblait même plus se rendre compte de ce qui se passait autour d'elle.

— Elle n'a pas été hospitalisée ?

McCloskey secoua la tête.

— La ville où nous tournions n'était guère plus grande qu'une bourgade ; l'équipement médical y était insuffisant. Son mari la fit transporter dans un hôpital à quelques centaines de kilomètres de distance où elle a pu recevoir des soins convenables. Et ensuite, nous, les membres de l'équipe technique, nous ne l'avons plus jamais revue. Bien que le rôle qu'elle jouait ait été tourné en totalité au moment du drame, nous avons encore pris quelques scènes annexes – avec des figurants. Nous sommes restés sur place encore deux semaines après son transport à l'hôpital. Oh! Nous avons entendu différentes versions de ce qui lui était arrivé par la suite – comme tout le monde – mais nous n'avons jamais eu de certitude. On disait qu'elle avait fait une congestion, ou bien que son cœur s'était arrêté de battre un jour; mais la rumeur dominante penchait pour le suicide. J'ai toujours pensé que cela n'était pas impossible, étant donné les circonstances.

Il regarda Meredith en haussant les épaules.

Meredith ne cacha pas sa suprise. En effet, elle n'avait jamais envisagé le suicide. Elle n'avait jamais pensé non plus à la possibilité d'un effondrement émotionnel total chez Elizabeth.

— M. McCloskey, êtes-vous certain qu'elle est morte? Se pourrait-il qu'elle soit vivante quelque part, dans une institution peut-être?

Il fronça les sourcils.

— Tout est possible. Tous ceux qui ont connu cette affaire ont toujours supposé qu'elle était morte, dit-il simplement. Voyez-vous Mme Courtney, lorsque Tom Ryan repartit pour les États-Unis, il était seul. On aurait dit qu'il l'avait enterrée là-bas. Cela n'avait rien d'extraordinaire, d'une certaine manière. Elle voulait garder son fils près d'elle durant sa vie, elle aurait pu le vouloir près d'elle dans la mort.

Meredith hocha la tête, dubitative.

— M. McCloskey, une chose est toujours restée dans le vague concernant cette affaire. Tout le monde sait que le film en question a été tourné en Grèce. Mais où, exactement?

McCloskey répondit sans hésiter :

— Dans un petit village appelé Ioannina.

XXII

Meredith était assise au milieu du lit, les jambes repliées dans la position du lotus, les yeux clos, la tête pendante d'épuisement tandis qu'Alexander, à genoux derrière elle, massait doucement les muscles tendus de son cou et de ses épaules.

— J'ai l'impression que ton voyage à Chicago n'a servi à rien, dit-il en dégageant ses épaules des fines bretelles de sa chemise bleu foncé tout en continuant à frictionner la peau tendre.

— Pas tout à fait, commença Meredith qui se relaxait peu à peu sous les manipulations légères d'Alexander. McCloskey ne sait pas où ni quand est morte Elizabeth – ni même si elle est morte – mais il m'a raconté quelque chose que je ne savais pas.

— Par exemple ? demanda Alexander.

Elle lui avait déjà raconté toute l'histoire dans la version qu'elle connaissait ; il savait donc qu'il y avait bien des impasses dans cette affaire.

— Ils tournaient en Grèce à l'époque de l'accident. David Ryan est mort dans une bourgade appelée Ioannina. Tu connais ?

— Bien sûr. C'est sur le continent, à environ neuf heures de voiture d'Athènes. Nous… La Société y possède des terres. Mon père les avait achetées peu de temps après la fin de la guerre en Europe, quand Ioannina n'était encore qu'un petit village. Père rêvait d'en faire une station de vacances. Le terrain était bon marché quand il l'a acheté, et il projetait d'y construire un vaste hôtel.

Malheureusement, le projet n'a jamais été réalisé. Les gens auxquels il avait fait appel ne purent jamais achever le puits nécessaire à l'alimentation en eau du site hôtelier proposé. Ils ont bien tenté des forages en deux ou trois endroits différents, mais ils se trouvaient toujours confrontés au même problème – ils se heurtaient à des cavernes souterraines.

— Des cavernes ?

— C'est une caractéristique de la région, expliqua-t-il en poursuivant les massages. Père a finalement abandonné son projet. Il avait d'autres problèmes plus importants à l'époque – la santé de mon frère se détériorait et ma mère était enceinte. On avait besoin de lui à la maison, de sorte qu'il quitta Ioannina après avoir ordonné la fermeture de tous les vieux puits afin que les enfants du village n'y tombent pas.

Meredith se souvint de sa conversation avec McCloskey : « Je ne sais pas pourquoi les propriétaires n'ont pas fermé ces puits pour éviter des accidents de ce genre. »

— Est-ce possible qu'il ait pu louer le terrain en vue d'une autre utilisation ? demanda-t-elle en se tournant vers lui. Est-ce possible que ces puits n'aient pas été fermés, et qu'un tel accident ait pu se produire sur ses terres ?

— C'est possible. Je n'en ai aucune idée. Tu penses que mon père pourrait être responsable de ce qui est arrivé à l'enfant de cette femme ?

— Pas exactement ; mais si ces anciens puits n'ont pas été fermés comme il l'avait ordonné…

Elle le regarda dans les yeux.

— David Ryan est mort à Ioannina en juillet 1953. Il est tombé dans un puits de deux cents pieds de profondeur – un puits artésien qui n'était pas terminé. Au bout de quatre jours, tout espoir de retrouver l'enfant vivant a été abandonné. Il y est mort. Penses-y – ton père avait au moins deux puits inachevés sur ses terres. Ces terres se situent à Ioannina. David Ryan est mort dans un puits de Ioannina. Tu as dit toi-même que ce n'était qu'un petit village. Se peut-il qu'il existe deux sites semblables en même temps ?

— Mais père a ordonné la fermeture de ces puits, persista Alexander.

— Ont-ils été vraiment fermés ? Est-ce un fait avéré ?

— Je n'en sais rien, répondit-il honnêtement. Je ne savais même rien de Ioannina jusqu'à la mort de mon père, il y a trois ans. C'est le seul projet de la société qu'il n'a jamais discuté avec moi, sans doute parce que c'était un échec retentissant.

— Comment as-tu découvert la chose ? demanda Meredith dont la curiosité grandissait.

— Frederick Kazomides, répondit Alexander. Il est maintenant premier vice-président de nos bureaux grecs. À l'époque, il était employé dans la société et c'est lui qui m'a instruit des faits.

Il se tut, l'air méditatif.

— J'ai toujours supposé que Père ne m'en parla jamais parce que cette période fut l'une des plus pénibles qu'il traversa : la guerre venait de prendre fin, Damian était mourant, mère fit une nouvelle fausse couche...

— Y a-t-il un moyen de savoir si ce film fut tourné là-bas ? Si ce fut le cas, peut-être ai-je un moyen de briser cette conspiration du silence !

— Peut-être, si nous avons des archives. C'est très important pour toi, n'est-ce pas ?

— Bien sûr.

— Je ne parle pas de ton émission, dit-il, ses doigts immobilisés sur le dos nu de Meredith. J'ai l'impression que tu t'es personnellement impliqué dans cette histoire. Ai-je raison ?

Elle hésita, puis hocha la tête affirmativement.

— C'est frustrant – c'est comme un puzzle dont il manquerait la moitié des pièces.

— C'est bien plus profond que cela, insista-t-il doucement. Il me semble que tu en es venue à t'inquiéter de ces gens que tu n'as jamais connus – la femme et son enfant – et de l'homme que tu n'as vu que quelques fois. Tu t'inquiètes de ce qui leur est arrivé – et pourquoi ils ont eu ce destin.

Elle acquiesça de la tête.

— Oui... Je m'en soucie. Il me semble que je connaissais Tom dans la mesure où il permettait aux gens de le connaître. Je l'aimais bien – malgré lui... Il est certain que j'aimerais être celle qui révèle cette histoire entière. Mais au-delà de ce motif évident, j'aimerais que les acteurs de cette tragédie reposent enfin en paix.

Alexander se pencha et embrassa amoureusement l'épaule de Meredith.

— Je suis sûr que si quelqu'un peut réussir, c'est bien toi, dit-il d'une voix grave.

Elle lui caressa les cheveux.

— Vois-tu, je n'arrive pas à imaginer ce que c'est que de perdre un enfant, surtout dans un accident aussi horrible, dit-elle lentement.

Il releva la tête.

— Alexander, je désire un bébé. Je voudrais même plusieurs enfants – nos enfants !

— Je commençais à me poser des questions, dit-il en repliant ses bras sur elle et en l'embrassant de nouveau. Je commençais à me demander comment je devrais m'y prendre pour obtenir un fils de toi.

— J'aimerais bien te donner un fils, murmura-t-elle. Un fils à toi. J'aimerais un petit garçon avec tes cheveux noirs, tes yeux noirs…

— Ou une petite fille aux yeux bleus et aux cheveux blonds comme les tiens, suggéra-t-il.

— Je sais que tu désires très fort un fils…

— Nous pourrions peut-être commencer dès maintenant, dit-il vivement en l'étendant sur le lit.

Elle sourit, son cœur fit un bond.

— Tout de suite ?

— Il n'y a pas de meilleur moment que le présent.

Le lendemain matin, Meredith se rendit de bonne heure à son bureau, pour revoir ses notes prises au cours de son enquête, écouter les bandes enregistrées de ses conversations avec Tom ryan et William McCloskey, éplucher les articles, les photos et les sommaires des journaux. Elle parcourut les albums d'Elizabeth. « Ai-je oublié quelque chose ? se demanda-t-elle. Elle jeta son crayon sur son bureau et se frotta les tempes pour faire cesser les élancements qui se succédaient dans sa tête. Quelle déception. Elle poursuivait cette histoire depuis cinq ans, et elle avait toujours l'impression de se heurter à un mur. Comme si tous ceux qui avaient été concernés avaient juré de garder le secret, comme s'ils essayaient de dissimuler quelque chose.

Quoi ?

— Signore Manetti a fait plusieurs emprunts pendant ces six derniers mois, expliqua le banquier dans un anglais saccadé. Comme je vous l'ai déjà dit, il est en train d'engloutir son capital dans cette nouvelle voiture de sport. Malheureusement, il s'endette toujours plus chaque jour. L'entreprise est en train de tomber, mais cet homme ne veut pas, ou ne peut pas l'accepter.

L'interlocuteur assis en face du banquier sourit pensivement. «Il est temps de sauter», pensa-t-il. Il n'attendait que cela depuis plusieurs mois, mais le jeu en valait la chandelle. Il avait enfin amené Carlo Manetti – et Alexander Kirakis – exactement là où il voulait. Il ne s'intéressait pas vraiment à Manetti, mais l'Italien était le pion rêvé. À travers Manetti, il discréditerait Alexander Kirakis; il ternirait l'image brillante qu'il avait su se donner. À travers Manetti, il passerait à la réalisation de ses plans : la chute de l'empire Kirakis.

— Je veux que vous fassiez rentrer tous les emprunts de Manetti, dit l'interlocuteur du banquier. Immédiatement.

Le banquier était confus.

— Mais, signore – il est insolvable…

— Je ne vous demande pas s'il peut se permettre de payer, s'écria l'homme en colère. Je vous ordonne seulement de lui réclamer ses dettes. Est-ce clair ?

— Hem… bien sûr, signore, répondit l'Italien toujours gêné. Vous ne sauriez être plus explicite.

Le banquier avait la désagréable impression que son vis-à-vis ne s'intéressait pas tellement à l'argent mais poursuivait plutôt une vengeance personnelle contre Carlo Manetti.

— J'espère alors que vous ferez le nécessaire sans autre délai, dit l'homme d'une voix glacée.

— Oh, oui, signore. Bien sûr que oui !

L'homme sourit.

— Parfait. Faites-moi savoir dès que ce sera fait.

Il se leva et sortit du bureau du banquier sans regarder derrière lui. L'Italien, troublé, le suivit du regard.

Carlo Manetti ne comprit pas ce qui lui arrivait. Tout s'était passé si vite qu'il ne réalisa ce qui se passait dans sa propre entreprise que lorsqu'il fut trop tard. «Mon Dieu, pensa-t-il en quittant son bureau. Je suis ruiné!» Il lui avait fallu presque toute sa vie d'adulte pour édifier l'usine des moteurs Manetti, et maintenant, tout s'écroulait autour de lui. Il semblait que la catastrophe se fût produite du jour au lendemain, mais Manetti était encore assez conscient pour comprendre que l'homme qui avait décidé de sa perte avait mis des mois pour arriver à ses fins. Ce plan soigneusement mis au point était l'oeuvre de celui qui n'avait jamais cessé de vouloir sa perte.

Manetti n'avait pas le moindre doute quant à celui qui était derrière ce complot diabolique contre lui. Mais comment Alexander Kirakis avait-il procédé? Qui avait-il fait chanter? Qui avait-il payé? Que lui avait coûté cette vengeance finale? Manetti savait depuis toujours qu'Alexander voulait son entreprise, mais il ne savait pas jusqu'où il était prêt à aller pour l'obtenir enfin. Manetti ne comprenait que maintenant le danger que représentait un homme comme Kirakis, quelle menace ce rival avait été pour sa compagnie.

«Quelle ironie», pensa Manetti en s'arrêtant devant la superbe tour en verre et en acier qui symbolisait le rêve devenu réalité de toute sa vie. Cette tour racontait l'histoire de toute sa vie. Il fut un temps où il pensait à Alexander comme à un homme honorable en dépit de leur rivalité. Et voici qu'au moment de tout abandonner, il était rempli d'une tristesse profonde et ineffable, un peu comme s'il était contraint de laisser derrière lui un frère aimé qui avait pourtant bien besoin de lui. Il se surprit à se demander où aller et que faire. Il ne pouvait pas rentrer chez lui, c'était hors de question. Donatella s'y trouvait, et il n'était pas prêt à affronter sa fille. Pas encore. Peut-être ne serait-il jamais prêt à le faire. Comment lui annoncer leur ruine et la victoire d'Alexander? À moins qu'elle ne soit déjà au courant? Aurait-elle entendu l'information à la télévision? Pouvait-il admettre, même devant sa fille adorée qui le connaissait si bien, qu'il avait été battu? Non. Pas encore. Il entra dans le bar le plus proche et s'enivra méthodiquement.

L'aube pointait quand il se décida enfin à rentrer à sa villa de Porto Ercole. Donatella l'attendait.

— Papa ! s'écria-t-elle avec soulagement quand elle le vit s'encadrer dans la porte. J'étais si inquiète ! Je…

Elle se tut subitement ; son haleine sentait l'alcool.

— Papa – tu es ivre !

— Oui, j'ai bu, marmonna-t-il en suspendant son manteau à la rampe en fer forgé de l'escalier en colimaçon.

Le vêtement glissa et tomba sur le sol. Il ne le remarqua même pas, à moins qu'il ne s'en souciât pas suffisamment pour prendre la peine de le ramasser.

— Ça endort le chagrin.

— Le chagrin ? Papa, je ne comprends pas…

Elle prit le journal qu'il lui tendait. Le gros titre disait tout en peu de mots : Carlo Manetti en liquidation !

— *Dio mio !* s'écria Donatella. Comment…

— Notre vieil ami Alexander Kirakis, dit Manetti d'une voix gargouillante en trébuchant sur les marches.

Donatella le suivit d'un regard figé. « Il paiera, pensa-t-elle amèrement. Alexander Kirakis paiera pour ce qu'il a fait à mon père. »

Manetti dormit presque toute la journée du lendemain. Quand il se réveilla, sa fille lui apporta un repas dans sa chambre et insista pour qu'il mange.

— Papa, ça ne sert à rien de te laisser mourir de faim, lui dit-elle en lui versant du café. Bois ceci – ça t'éclaircira les idées.

Il s'assit. Le sang battait dans sa tête.

— Je ne suis pas sûr d'avoir envie de m'éclaircir les idées en ce moment, confessa-t-il en sirotant son expresso. J'ai bu hier soir parce que je voulais oublier.

— Et ça a marché ?

— Pendant quelque temps, en tout cas, dit-il en haussant les épaules.

— Tu y as gagné quelque chose ?

Manetti secoua la tête.

— Ça n'a été valable que pour la nuit. Autrement, ça n'en valait ni la peine, ni les frais.

Il buvait à petits traits. L'expresso était très chaud.

— J'ai surtout un terrible mal de tête.

— Papa, ne le laisse pas te faire ça ! dit finalement Donatella en choisissant ses mots et s'asseyant au bord du lit.

Elle voulait être sûre qu'il mange.

— Tu as toujours été un battant, un survivant... un gagneur. Il faut que tu luttes contre lui. Repousse-le.

— Ah ! Donatella, *figlia mia* , tu es encore une idéaliste. Peut-être t'ai-je trop protégée dans le passé, dit-il avec un sourire navré. Je me suis battu. Depuis des mois, je me bats avec bec et ongles. Je lutte pour sauver mon entreprise. Mais c'est fini. J'ai perdu. Je n'ai plus de raison de poursuivre le combat.

— Impossible ! s'emporta-t-elle.

— Il faut pourtant l'accepter, dit-il avec lassitude. C'est fini.

— Non, papa, s'obstina-t-elle. Ce n'est pas terminé. Pas encore.

Donatella Manetti, inquiète pour la sécurité de son père, veillait à ce qu'il ne restât pas seul plus de quelques minutes. Elle ne l'avait encore jamais vu ainsi, si renfermé et si désespéré. Si elle avait déjà envisagé la possibilité que son père pût se suicider, cette éventualité la terrifiait à présent. Elle restait près de lui autant qu'elle le pouvait, et en son absence, elle s'assurait que Margherita, leur seule domestique désormais, était à la villa. Il quittait rarement sa maison ; il était donc facile de le surveiller.

— Je me sens comme le prisonnier de Zenda, grommelait-il quand Donatella insistait pour l'accompagner les rares fois où il s'aventurait en dehors de Porto Ercole. Je suis trop vieux pour avoir encore une bonne d'enfants !

Donatella ne savait que lui dire. Elle adorait son père et détestait le traiter comme un enfant méchant, mais elle ne voyait pas comment faire autrement.

— Papa, je t'ai promis que les choses s'arrangeraient bientôt, lui disait-elle gentiment en insistant pour sortir avec lui. Il ne se passait pas un jour sans qu'elle maudît Alexander pour ce qu'il avait fait. Pas un jour ne s'écoulait sans qu'elle renouvelât son vœu de vengeance.

Carlo Manetti était submergé par un insupportable sentiment dépressif ; il était au bord du désespoir. Après avoir gagné pendant tant d'années, il se retrouvait parmi les perdants de la pire espèce :

il était dans la déroute la plus totale. Il était fini. Or, la défaite était la seule chose qu'un Carlo Manetti ne pouvait pas accepter. Il ne voyait qu'une solution à cela.

Il savait ce qu'il avait à faire.

— Papa, ce que tu manges maintiendrait à peine un petit oiseau en vie, observa Donatella en le regardant repousser la nourriture au bord de son assiette avec sa fourchette. Essaie de manger. Sinon, tu vas te rendre malade.

— Quelle importance à présent? demanda-t-il sans ambages.

— C'est très important, papa, insista-t-elle. Tu ne dois pas abandonner, papa. Tu dois être fort et continuer à te battre pour ruiner Alexander Kirakis.

— Impossible, *figlia mia,* dit-il avec lassitude. Abandonne, Donatella. N'essaie pas de battre cet homme à son propre jeu. Tu ne récolterais que des blessures.

— Que comptes-tu donc faire, papa? Vas-tu te laisser mourir de faim?

— Au point où j'en suis, je n'ai rien du tout en tête, dit-il d'une voix blanche.

Il se leva de sa chaise.

— J'aimerais être seul un moment – si mes gardiennes n'y voient pas d'objection, évidemment.

Il lança un regard accusateur à sa fille et à Margherita.

Donatella le suivit des yeux quand il sortit de la salle à manger. Ce fut Margherita qui rompit le silence.

— Je pense que votre papa a peut-être besoin d'un médecin, signorina, dit-elle doucement.

Donatella se tourna vers elle.

— D'accord, murmura-t-elle.

Le revolver était sur le bureau. Manetti le considéra pensivement pendant un certain temps avant de le saisir. Ce n'était pas aussi facile qu'il se l'était imaginé. Il n'était pas aussi brave qu'il le croyait. Mourir de sa propre main, ce n'était pas simple.

Il examina l'arme en détail, comme un chirurgien examinerait un instrument qui pourrait servir à sauver une vie. Seulement, l'instrument que Manetti tenait dans sa main était un instrument de mort. Naguère, il avait un revolver chez lui dans le seul but de protéger sa maison, mais à présent, il n'y avait plus rien à protéger. Il avait été dépouillé, légalement dépouillé, et il n'avait pas été en mesure d'empêcher une telle évolution. Alexander Kirakis était bien trop malin pour lui. La catastrophe s'était produite sans qu'il ait perçu les signes avant-coureurs.

Il tenait le revolver dans ses mains tremblantes. Comment disaient donc les Japonais ? Sauver la face. Lui, Carlo Manetti, quitterait ce monde comme il y était arrivé – comme un paysan. Mais avec la même dignité que ses ancêtres. Sa fierté resterait intacte. Il se disait qu'il épargnait ainsi Donatella, et dans son esprit troublé, il y croyait.

Les dernières pensées de Manetti furent pour sa fille au moment où il braqua le canon de l'arme contre sa tempe droite. Il appuya sur la détente.

XXIII

La limousine s'arrêta devant les bureaux de la Société Kirakis et, dès qu'Alexander en sortit, il fut assailli par les journalistes et les photographes, tous pleins d'ardeur à prouver qu'un lien existait entre lui et le suicide de Manetti.

— M. Kirakis, pourriez-vous nous dire…

— Signore, cet événement est-il en relation avec votre décision de reprendre les ateliers de montage Manetti…

— Herr Kirakis, maintenant que Carlo Manetti est mort, allez-vous…

— Tournez-vous par ici, sir…

— Encore un cliché, senor…

— Avez-vous une déclaration à faire…

George Prescott, qui suivait de près Alexander, les repoussa d'un geste.

— Sans commentaire, dit-il avec fermeté. Sans commentaire…

Ils pénétrèrent dans le bâtiment pendant que les agents de la sûreté faisaient mouvement pour contenir la foule. Ils prirent l'ascenseur rapide jusqu'aux bureaux d'Alexander situés au 18e étage. Une assemblée extraordinaire comprenant les chefs des opérations italiennes et des fonctionnaires gouvernementaux devait se dérouler. Tous étaient désireux de dégager leur responsabilité dans l'affaire Manetti. Alexander se tourna vers George.

— Combien de temps avons-nous ? demanda-t-il tranquillement.

— Nous sommes en avance, dit George en consultant sa montre. Ils n'arriveront que d'ici une heure environ.

Alexander plissa le front.

— Je vais dans mon bureau. Appelez-moi quand ils seront là.

— Comptez sur moi.

George était inquiet en suivant des yeux Alexander qui allait s'enfermer dans son bureau. Il était d'humeur étrange depuis qu'il avait appris le suicide de Manetti. Nombreux furent ceux qui le blâmèrent pour la mort du magnat de l'automobile italien, bien qu'Alexander n'eût rien à voir dans la situation financière de l'entreprise sur le déclin. George pensa qu'Alexander était sincèrement désolé de la mort de Manetti ; il décida donc qu'il valait mieux le laisser seul. Il savait que toute communication avec lui dans un moment pareil serait à peu près impossible.

Donatella Manetti se tenait devant son miroir, ajustant son voile de fine dentelle sur son chapeau noir à larges bords. Elle se sentait figée, comme si une partie d'elle-même était morte en même temps que son père. Étudiant son reflet dans la glace, elle eut l'impression qu'une étrangère la regardait. « Un visage de vieille femme », pensa-t-elle. Des yeux qui avaient vu trop de violence. Une bouche sans expression qui ne saurait plus rire, qui ne connaîtrait plus la luminosité d'un sourire. Un visage creusé par le chagrin. Certainement pas le visage d'une femme qui n'avait guère plus de vingt ans.

Un verset de la Bible lui revint en mémoire, et elle ne cessait de se le répéter, comme une litanie. « Oeil pour œil… œil pour œil… » « Serait-ce suffisant ? » se demanda-t-elle. Non. Son âme remplie d'amertume hurlait. « Papa, Alexander paiera. Je te le jure ! »

La presse transforma les obsèques de Carlo Manetti en un spectacle médiatique. Ils entourèrent Donatella comme des vautours tandis qu'elle s'accrochait à son fidèle compagnon, Luca Agretti, comme une enfant perdue et effrayée. Ils tournaient autour d'elle comme un essaim, espérant profiter de son chagrin, prenant des photos, l'aveuglant avec leurs flashes. Elle voulut se couvrir les yeux, mais en vain. finalement, elle se retourna contre eux, les injuria et exigea qu'ils déguerpissent immédiatement.

— Vous ne pensez qu'à l'argent, hein? cria-t-elle dans sa fureur, se tordant les doigts en un geste d'exaspération. Vous n'avez aucune pitié, aucune considération pour la perte que je ressens. Mon père est mort, et c'est le *figlio di putana*, Alexander Kirakis, qui est à blâmer! Allez donc le voir! Si vous ne vous souciez que du nombre de journaux que vous allez vendre avec cette histoire, alors, poursuivez donc l'homme qui a tué mon père aussi sûrement que s'il avait lui-même déchargé son revolver dans la tête de mon père!

Les photos qui parurent dans les journaux du monde entier montrèrent Donatella Manetti, pâle et défaite, penchée au-dessus de la tombe ouverte de son père, jetant une poignée de terre sur le cercueil.

Les journalistes du monde entier spéculèrent sur l'avenir de la belle héritière, maintenant que son père était mort et que son entreprise défaillante allait être reprise par la Société Kirakis aux États-Unis. Elle survivrait au désastre car elle demeurait néanmoins une femme riche, son père ayant fait pour le compte de sa fille des investissements qui n'étaient pas liés à sa propre compagnie. Aucun des journalistes qui l'observèrent pourtant avec attention le jour des obsèques de son père, ni même les photographes qui avaient capté la puissance de sa fureur, ne pouvaient imaginer ce qui se tramait dans l'esprit de la jeune femme au moment où le jeune prêtre catholique disait le long office des défunts en latin traditionnel.

SOUTHAMPTON

« Alexander avait raison », pensa Meredith en regardant son mari frapper ses coups secs sur le terrain de polo. On devenait un joueur de haut niveau par obsession. Meredith sourit. Il avait l'esprit froid et le sang chaud – deux conditions préalables probablement innées chez lui. Depuis deux ans qu'elle vivait avec Alexander, elle avait appris une foule de choses sur ce jeu qui était l'une de ses grandes passions. Elle ne comptait même plus les fois où elle était devenue une « veuve du polo » parce qu'Alexander s'absorbait dans l'étude des matches passés enregistrés sur vidéo, examinant ses adversaires en action, scrutant les chevaux et le style des individus, jaugeant leurs forces et leurs faiblesses, élaborant mentalement une stratégie. Il ne se présentait jamais dans un match sans avoir d'abord mis au point un plan de jeu pour toute son équipe *et* un plan pour chaque adversaire que constituaient l'homme et son cheval. Alexander savait fort bien qu'il disposait d'une équipe de haut vol et bien montée ; mais malgré cela, il n'avait jamais commis l'erreur d'être trop confiant. Alexander jouait pour gagner et il n'en attendait pas moins de ses compagnons.

« Combien de matches a-t-il remporté au cours de ces deux années ? » se demanda Meredith. Il y avait eu en mars l'Open International Cartier, et avant cela, l'Open Chilien à Santiago en décembre, l'Open Argentin, la Série Mondiale de polo à Palerme en novembre, la Coupe Américaine au Polo Club de Greenwich en septembre et le match favori de Meredith, la Coupe du Championnat Mondial en août à Deauville, en France. Depuis leur mariage, Alexander délaissait plus volontiers son bureau, il était plus détendu, il passait plus de temps sur les terrains de polo. Cette année, il avait l'intention d'inclure dans son itinéraire Palm Beach – et la Coupe Mondiale Piaget. Il ne jouait à l'extérieur du pays que lorsque Meredith pouvait l'accompagner, soit pour un tournage en extérieur, ou pour l'enregistrement d'une interview ou de raccords destinés à ses émissions. Ils en étaient actuellement au second anniversaire du match qui les avait rassemblés – après que la jalousie et la méfiance de Meredith aient failli les séparer à jamais. Meredith sourit. Elle avait cru à l'époque qu'elle ne pourrait jamais l'aimer davantage qu'en cette nuit où ils avaient fait l'amour pour la première fois. Elle s'était trompée. Il lui semblait que leur amour se renforçait de jour en jour.

Le match se termina sous un tonnerre d'applaudissements venu des tribunes. Les chevaux traversèrent le terrain au petit galop. Meredith se leva alors et quitta la table d'où elle avait regardé le match. Elle se fraya un chemin à travers la foule pour rejoindre son mari qui descendait de cheval, tenant le trophée en main. Au moment où elle lui donnait le baiser de félicitations, elle prit vaguement conscience des photographes fixant leurs expressions à l'instant de la victoire.

— Les gens vont avoir suffffisamment de photos sur lesquelles bavarder en dehors de tes affaires financières qui déclenchent bien des questions – pour quelque temps du moins, dit Meredith en riant, alors qu'ils rentraient à leur villa après le match.

Alexander était méditatif.

— Aurais-tu été gênée si j'avais été derrière les problèmes financiers de Manetti ? demanda-t-il.

Elle le regarda, sincèrement surprise.

— Je savais déjà tout sur les trahisons et les doubles jeux inclus dans les grosses affaires, et cela, longtemps avant de te connaître. C'est cela les affaires – tes affaires. Rien à voir avec nous deux en tant que couple, avec nos sentiments. Tu es mon mari. Je t'aime et je suis à tes côtés, quel que soit l'enjeu.

Il lui toucha doucement la main en souriant. Le suicide de Manetti avait fait remonter en surface des souvenirs d'une autre époque ; c'était un épisode de la vie d'Alexander sur lequel il avait médité très longtemps, un épisode qu'il n'oublierait jamais. Meredith avait peut-être réfléchi sur l'implication de son mari dans le cas Manetti, sur sa présence possible à l'arrière-plan. Il n'en douta pas un instant. Elle était forte et raisonnable, et surtout, elle était pragmatique. Elle connaissait le jeu. Les affaires étaient une chose ; elles ne devaient pas avoir d'incidence sur leur union.

Mais quels seraient ses sentiments si elle connaissait l'histoire de Marianne Hauptmann ?

— Je ne peux m'empêcher de penser qu'il ne s'agit pas simplement de conclusions de détectives ; il y a autre chose que le seul désir de Tom Ryan de ne pas parler de ce qui est arrivé à sa femme à Ioannina, dit Meredith à Alexander tandis qu'ils cheminaient sur la plage de leur villa. On dirait qu'il existe une conspiration du silence autour de l'accident. Il y a probablement quelques personnes qui étaient sur place à l'époque et qui connaissent la vérité, mais elles ne parlent pas. On dirait que ces gens sont payés pour se taire – à moins qu'ils ne soient menacés.

Alexander sourit, il mit son bras autour de son épaule.

— S'ils sont payés pour se taire, et si tu arrives à les déloger, alors tu n'as qu'à leur offrir une somme plus élevée pour qu'ils parlent, raisonna Alexander. Mais s'ils sont menacés, comme tu dis, c'est une toute autre affaire. Ce n'est pas facile d'acheter quelqu'un qui a quelque chose de plus précieux à perdre que de l'argent.

Elle le regarda, la brise du soir gonflait ses cheveux.

— Parles-tu en connaissance de cause? demanda-t-elle.

— J'ai toujours cru que toute personne avait son prix, avoua-t-il les yeux levés sur le ciel étoilé. Mais ce prix ne peut pas toujours être exprimé en dollars.

— Pourquoi donc quelqu'un les paierait-il pour qu'ils se taisent – ou pourquoi les menacerait-on?

Meredith était en pleine confusion.

— Quelle affaire était importante au point de pousser quelqu'un à aller aussi loin?

— Le camarade Ryan ne songeait-il qu'à protéger le souvenir de sa femme, qu'à sauvegarder son image? suggéra Alexander.

Meredith secoua la tête.

— Non! assura-t-elle. Je connaissais Tom Ryan. Il a toujours ignoré tous les ragots et les spéculations ayant entouré l'accident, il ne se souciait donc pas de ce que pouvaient penser les autres. Il ne tenait pas à en parler lui-même, c'est tout.

— Quelle autre raison pouvait amener quelqu'un à jeter le voile sur ce drame? Pourquoi une autre personne que Ryan se serait-elle occupée de savoir ce qui s'était passé ou ne s'était pas passé à Ioannina?

— Je n'en sais rien, dit Meredith en opinant de la tête. En surface, il semble que ce soit Tom Ryan qui ait voulu garder le secret. Mais mon instinct de journaliste me dit qu'il y a autre chose. J'ai le sentiment qu'il ne s'agit pas uniquement de l'accident et de la mort d'Elizabeth et de David. On a étouffé autre chose de bien plus essentiel; quelqu'un – qui n'est pas nécessairement Ryan – a mis en œuvre une énergie considérable, des sommes d'argent gigantesques, pour dissimuler la vérité.

— Un vrai roman de cape et d'épée, dit Alexander.

— Peut-être...

Le visage de Meredith était grave.

— J'ai peut-être heurté quelque chose de beaucoup plus sérieux et plus compliqué que ce que l'on avait cru jusqu'à maintenant.

Alexander ne répondit pas. Si seulement il avait les réponses à ses propres questions au sujet de Ioannina, au sujet de l'implication éventuelle de son père dans la tragédie qui s'y déroula.

Peut-être pourrait-il alors aider Meredith à trouver ce qu'elle cherchait.

— Félicitations, dit George en pénétrant dans le bureau d'Alexander le lundi matin.

Il s'assit.

— J'ai vu des extraits du match aux informations de dimanche soir.

Alexander sourit.

— La victoire ne fut pas tellement facile cette fois-ci, avoua-t-il.

— Il m'a plutôt semblé que l'équipe adverse n'avait guère de chances, dit George aimablement.

Il prit une cigarette dans son étui en or et l'alluma.

— Les journalistes sportifs se sont montrés très sélectifs dans les séquences qu'ils ont diffusées, répondit Alexander. Ils n'ont montré que les bons moments du match.

Il jeta un coup d'œil sur quelques notes qu'il avait inscrites sur un bloc jaune.

— Quel est votre programme pour la semaine prochaine ?

— Sans obligations, hormis quelques réunions avec le personnel.

— Reprogrammez-les pour un autre moment. J'ai besoin de quelqu'un pour se rendre en Californie. Il faut voir le docteur Marchwood et surveiller la progression des travaux dans les installations destinées à la recherche nucléaire. Ils ont eu des problèmes ces derniers temps, surtout d'ordre financier. Je voudrais bien y aller moi-même, mais je ne peux pas m'éloigner d'ici pour le moment. En toute logique, c'est donc vous qui irez à ma place.

— Pas de problème, assura George. Ma secrétaire veillera au changement de programme.

— Quand pourriez-vous partir ?

— Demain. Ça irait ?

— Parfait !

Après le départ de George, Alexander prit le journal italien qu'un de ses amis romains lui avait envoyé. En page trois, était reproduite une photo de Carlo Manetti et de sa fille datant d'une

429

période plus heureuse. Dans l'article qui accompagnait cette photo, Donatella Manetti renouvelait sa condamnation à l'encontre d'Alexander et de la Société Kirakis, les rendant responsables du suicide de son père, clamant qu'Alexander était derrière les prêts importants accordés à Manetti, préparant ainsi sa chute brutale. Elle avait raison sur un point : quelqu'un avait préparé la mise en scène pour Manetti. Quelqu'un avait fait le nécessaire pour que Manetti puisse emprunter des sommes considérables et en avait ensuite exigé le remboursement au moment précis où Manetti ne pouvait pas payer. Alexander était convaincu que quelqu'un avait pris de grands risques pour faire croire à Manetti et à tout le monde que la Société Kirakis avait organisé toute l'affaire. Carlo Manetti n'avait été qu'un appât pour quelqu'un qui souhaitait avant tout atteindre Alexander Kirakis.

« Qui ? » se demanda-t-il.

KITZBÜHL, AUTRICHE

Un homme seul était assis sur la terrasse de l'hôtel Tennerhof, lisant les journaux du matin en terminant son petit déjeuner. Il vit la photo de Carlo Manetti en page trois de l'un des journaux, accompagnée d'un article rappelant son suicide. Un sourire se dessina sur les lèvres de l'homme en lisant ces quelques lignes. Il aurait pu, en d'autres circonstances, éprouver quelque sympathie pour la fille affligée de Manetti ; mais l'enchaînement des faits était tellement impeccable ! Manetti était entré dans les plans de l'homme avec tant d'à-propos ! Le grand public était persuadé que la quête du pouvoir d'Alexander Kirakis était devenue destructrice.

Il tourna ensuite son attention sur un article de la page « économie », qui donnait le détail des projets de la Société Kirakis dans le domaine des armements nucléaires, et traitait de difficultés financières à surmonter pour mener à bien la construction des installations de recherche. L'homme plissa le front. Cela ne devait pas se produire, il ne le fallait pas ! Les armements, cela signifiait des sommes d'argent considérables. Or, ces sommes d'argent considérables laissaient supposer que Kirakis survivrait facilement à quelques revers dans d'autres branches.

Il fallait enrayer le développement de ces installations !

XXIV

— J'ai l'impresion de manquer quelque chose, de ne pas voir un détail qui crève pourtant les yeux.

Meredith était assise dans son lit, passant en revue ses notes concernant Elizabeth Weldon-Ryan. D'après le réveil de sa table de nuit, il était plus de minuit, mais elle ne se sentait nullement fatiguée. Tout au long de ces dernières semaines, ses recherches ne lui avaient apporté que déceptions et doutes. Mais maintenant, elle les reprenait avec détermination.

— Si seulement je savais où Tom l'avait emmenée !

Alexander, allongé près d'elle, se souleva sur un coude.

— Tu crois qu'elle est toujours en vie, hein ? dit-il sincèrement intéressé.

Meredith hocha la tête lentement.

— C'est possible, en effet, supposa-t-elle. McCloskey m'a dit que lorsqu'ils lui ont parlé de son fils, quand elle a compris qu'il n'y avait plus d'espoir, elle est tombée en syncope ; mais il a dit aussi qu'il ne s'agissait pas d'un coup de sang ni d'une crise cardiaque. Ce fut plutôt un effondrement psychique. Un effondrement émotionnel. La dernière fois que l'équipe de tournage l'a vue, elle était en vie.

— Elle a pu mourir plus tard, risqua Alexander. Il paraît que les congestions cérébrales peuvent être fulgurantes !

— Elle peut être toujours en vie quelque part, répéta Meredith qui s'obstinait à s'accrocher à un brin d'herbe.

— Il y a plus de trente ans. Même si elle était vivante à l'époque, elle peut être morte maintenant.

— Si elle est vivante, elle aurait environ soixante ans à l'heure actuelle, dit Meredith en posant son bloc-notes à côté d'elle. Elle pourrait donc être encore en vie… quelque part.

— Que comptes-tu faire pour la retrouver ? demanda Alexander. Envoyer des enquêteurs ? Vérifier tous les établissements psychiatriques d'Europe ? Tu as dit que Ryan était rentré d'Europe tout seul. Si sa femme vivait encore à l'époque, c'est qu'il l'a laissée là-bas. Le continent européen est vaste, ma chérie, et la tâche à entreprendre est considérable pour une femme seule.

— Pas nécessairement. Tom Ryan était fort riche. S'il a laissé sa femme dans une institution, c'est une institution de luxe. L'une des meilleures. Cela rétrécit considérablement le champ des investigations.

— Oui, mais s'il voulait la protéger de la presse, il a dû être très prudent dans le choix de l'établissement, raisonna Alexander en se redressant. Les meilleurs hôpitaux auront été les premiers lieux à visiter pour les curieux.

— Sauf s'ils l'ont cru morte.

— Si ta théorie est juste, elle aura probablement été conduite dans une clinique privée suisse. Mais je doute que le personnel médical te donne beaucoup de précisions. Le secret est de rigueur dans ces établissements. Il se pourrait aussi qu'elle n'ait pas été hospitalisée. Il serait simple pour une personne fortunée d'acheter une villa et d'y installer la malade sous la surveillance d'un personnel médical expérimenté.

Meredith secoua la tête.

— Je ne crois pas que Tom aurait fait cela. Je pense plutôt qu'il a voulu être certain qu'Elizabeth reçoive les meilleurs soins possibles – dans un environnement sans danger. Je le connaissais, chéri. L'homme était un obsédé du secret à tout prix. Il n'aurait jamais exposé sa femme à quelque risque que ce fût sans nécessité. La sécurité de sa femme, c'était tout ce qui comptait pour lui.

Alexander resta silencieux quelques instants, puis il reprit :

— On dirait que Ioannina est une terre maudite !

Elle le regarda.

— Que veux-tu dire ?

Il hésita d'abord.

— Quand j'étais enfant, à peu près à l'âge du fils Ryan, mes parents m'emmenèrent à Ioannina. Mon père y allait pour une affaire. Ce fut la première et la dernière fois que j'y mis les pieds. Et là-bas, il s'est produit un accident. Je fus très gravement blessé et j'ai failli mourir.

— Que s'est-il passé? demanda Meredith; la surprise lui fit tourner rapidement la tête vers Alexander.

Alexander avait les sourcils froncés.

— Eh bien! Justement – je n'en sais rien. J'étais très jeune. Je n'ai gardé aucun souvenir de l'accident et mes parents n'en parlaient jamais – pas devant moi du moins.

— Comment l'as-tu su alors?

— J'ai surpris un jour une conversation entre ma mère et Helena. Elle disait qu'il ne fallait surtout pas m'en parler; l'expérience m'avait tellement traumatisé, que les médecins de l'hôpital Kiffisia d'Athènes ont expliqué à mes parents que j'avais dû refouler cet accident de ma mémoire. Ce qui est vrai, je suppose, étant donné que je n'ai gardé aucun souvenir de l'événement jusqu'à ce jour. Par la suite, et encore à la veille de quitter la Grèce pour Harvard, j'ai fait des rêves – des cauchemars terrifiants. J'ai toujours pensé qu'ils se rapportaient à l'accident bien qu'ils n'aient aucun sens pour moi – des images de gens d'un autre âge, et la terrible impression d'être enterré vivant. Je me suis toujours senti mal à l'aise dans les ascenseurs et les lieux clos, mais j'ai appris à surmonter cela au cours de ces dernières années.

Meredith lui toucha le bras.

— Pourquoi ne m'en as-tu jamais parlé? demanda-t-elle doucement.

Il plissa le front.

— Je n'en ai jamais parlé à personne, dit-il gravement. Je n'ai jamais parlé volontiers de ce genre de choses. Je déteste les zones d'ombre existant dans mon cerveau, je déteste les questions sans réponses. Ce n'est pas facile pour moi d'admettre que j'ai perdu cinq ans de ma vie. Je n'ai aucun souvenir de ce qui m'est arrivé à Ioannina – aucun souvenir de ma vie avant l'accident.

— Beaucoup de gens ne peuvent pas remonter aussi loin dans leur mémoire, assura Meredith. Tu étais trop jeune...

— La plupart des gens se souviennent de quelques bribes – une personne, un lieu, un jouet favori, dit Alexander. Moi, je n'ai absolument aucun souvenir. Ce n'est pas normal.

— Tu dis avoir surpris une conversation entre ta mère et Helena. Helena sait-elle quelque chose ?

— J'avais sept ans quand elle devint ma gouvernante. Elle questionnait justement ma mère à ce sujet quand je les ai entendues parler. Mère disait que je ne devais pas être mis au courant, et que si Helena voulait continuer à travailler pour mes parents, elle ne devait jamais faire allusion à cet accident devant mon père.

— Pourquoi ? demanda Meredith.

Alexander secoua la tête.

— Je suppose qu'avoir été si près de perdre un autre enfant fut très traumatisant pour lui. Ils avaient déjà perdu Damian, et mère avait fait plusieurs fausses couches. J'étais le seul enfant qu'ils auraient, car ma mère ne pouvait pas courir le risque d'une autre grossesse. Pour mon père, je représentais sa seule chance de paternité, et en outre, je devenais le seul avenir de l'empire Kirakis.

— Je comprends pourquoi tu étais encore plus précieux pour tes parents, dit Meredith avec sympathie.

— Oui, évidemment. C'est triste pour un couple de désirer des enfants et d'avoir à accepter le fait qu'ils n'en auront plus... après tant de souffrances.

Sa main s'arrêta sur le ventre plat de Meredith.

— Moi, je voudrais une grande famille.

— Tu veux seulement que je grossisse, dit-elle, une nuance d'amusement dans le ton de sa voix.

— Je ne veux pas que tu sois grosse, mais plutôt épanouie, mûre, dit-il en l'embrassant tendrement. Je pense que tu serais encore plus belle. Pour moi, en tout cas.

Alexander posa ses lèvres sur son cou tandis qu'il soulevait sa chemise de nuit.

Meredith le prit par le cou, et ils retombèrent tous deux sur les oreillers. Elle pensait à ce que Casey lui avait dit un jour : « L'expression ultime de l'amour d'une femme est d'avoir un bébé de son amant. » Meredith tenait à donner un enfant à Alexander.

— Je préférerais que tu restes ici au lieu d'aller à Istanbul.

— Je reviendrai dès que possible, promit-il en repoussant sa chemise de nuit et en recouvrant le corps de sa femme de son propre corps. Aussi vite que possible...

ISTANBUL

— L'Asie du Sud-Est est tellement agitée, Alexander, dit Kafir d'un air sombre. Une révolution politique est inévitable, je le crains.

Chacune des paroles de Kafir heurtait Alexander comme des coups de marteau. Il était comme figé.

— Quel impact cette situation aura-t-elle sur nos opérations de forage en mer de Java ? demanda-t-il.

Alexander parlait d'une voix égale, sans regarder le vieil homme qui, de la fenêtre, fixait obstinément les minarets à l'horizon.

Kafir fronça les sourcils.

— Les étendues dont la société est propriétaire seront nationalisées. Sans discussion.

Alexander se tourna vers l'homme pour la première fois.

— De sorte que nous allons les perdre, dit-il lentement. Que me suggérez-vous ?

Kafir haussa les épaules.

— C'est à vous de décider, mais vous seriez sage de vendre sans tarder, pour vous sauver pendant qu'il est encore temps.

— Me sauver.

Le front d'Alexander se barra d'un pli. C'était lui qui avait délimité ces zones de forage ; ce fut l'une de ses premières aventures après sa désignation comme Président-Directeur Général de Kirakis. Il y tenait donc énormément.

— N'attendez pas trop longtemps !

— Je vous tiendrai au courant, promit Alexander. Vous avez un agent de liaison sur place, n'est-ce pas ? Quelqu'un en qui vous pouvez avoir confiance ?

Le Turc hocha la tête.

— Un homme à Djakarta, un Anglais. Je peux me reposer sur lui.

— Vous l'avez mis à l'épreuve ?

435

— Bien sûr, répondit Kafir sans hésiter. Nous ne prenons pas de risques inutiles. Une leçon que m'a enseigné votre père il y a bien longtemps, Alexander.

Alexander réussit à sourire légèrement.

— Je n'en suis pas surpris. Votre méticulosité a toujours impressionné mon père.

— Votre père était un homme très fin, Alexander.

— Oui, je sais.

Alexander s'assit sur le coin du bureau de Kafir.

— Gardez le contact avec votre homme de Djakarta. Vous, de votre côté, gardez le contact avec moi. Faites-moi part de l'évolution de la situation quelle que soit l'heure du jour ou de la nuit et quel que soit le lieu où je me trouve. Compris ?

— Parfaitement, répliqua Kafir solennellement.

— Parfait.

Il donna une poignée de main à Kafir.

— Ne me décevez pas.

Le ton était impersonnel, mais les yeux noirs contenaient un avertissement qui dérouta un peu Mohammed Kafir.

— Jamais je ne me permettrai cela, assura-t-il.

Alexander tourna les talons. Il aperçut alors dans la porte en glace le reflet de la face troublée de Kafir, ce qui ne laissa pas de le perturber.

NEW YORK

L'horloge ancienne du bureau d'Alexander carillonna : deux heures du matin. Meredith était assise à la table, la vue brouillée en raison des longues heures passées à lire et à relire les coupures de journaux et de magazines, et aussi les notes qu'elle avait prises elle-même. Elle se refusait à abandonner en dépit de l'heure tardive et de sa fatigue. Elle passa ainsi de longues heures de nuit depuis le départ d'Alexander pour Istanbul, reprenant le dossier Ryan depuis le début.

Après avoir classé les articles et les photos, elle décida de se reposer. Elle était épuisée, et elle n'arrivait à rien. Elle eut un bâillement étouffé en se levant. Elle empila les papiers dans la boîte en carton, celle qui les contenait déjà lorsqu'elle les avait rapportés du Centre de Télévision. Prenant un tas de vieilles coupures jaunies, quelque chose attira son attention, et elle interrompit son rangement. L'une des photos de studio en noir et blanc d'Elizabeth se trouvait sur le coin du bureau, près d'une photo d'Alexander et Meredith enchâssée dans un cadre d'argent. Cette dernière avait été prise au cours de leur lune de miel, et Meredith remarqua sur les deux photos un détail qui la troubla. D'un geste lent, elle prit les deux photos et les rapprocha de façon à ce que les visages d'Elizabeth et d'Alexander se trouvent côte à côte. Puis elle les étudia attentivement. Deux personnes, chacune venant d'un monde différent, d'époques différentes, de pays différents, et cependant, une ressemblance physique qu'il était impossible d'ignorer. C'était flagrant : les mêmes traits aigus et symétriques, la même carnation, les mêmes cheveux noirs et opulents. Mais surtout, il y avait les yeux ! Ces extraordinaires yeux noirs. Des yeux sombres et étincelants de gitans. Ils étaient tellement semblables que… non, c'était impossible, se dit-elle. Alexander était le fils de Constantine et de Melina Kirakis. Le fils d'Elizabeth était mort. Et pourtant, des mots résonnaient dans son esprit : « J'étais très gravement blessé et j'ai failli mourir… Mes parents n'en parlaient jamais… Pour mon père, je représentais sa dernière chance de paternité et aussi l'avenir de la Société Kirakis… Ils n'ont pas pu l'atteindre… après quatre jours, ils durent abandonner tout espoir… Quand on l'a mise au courant, elle a hurlé, une seule fois – le hurlement lugubre et aigu d'un animal blessé… La dernière fois que je l'ai vue, elle était en vie. »

Meredith leva la tête sur le portrait d'Elizabeth et de son fils. Une mère et son enfant ayant la même carnation, les mêmes traits, les mêmes yeux noirs, luisants comme de l'onyx poli. Elle revoyait en esprit les portraits de Constantine Kirakis et de sa femme accrochés dans le hall d'entrée de la villa grecque, elle s'entendait encore dire à Alexander, sur le ton de la plaisanterie : « Tu dois être une réminiscence ancestrale – tu ne ressembles ni à l'un ni à l'autre. »

« Non, se dit-elle. C'est tout simplement impossible. »

Le lendemain matin, elle appela William McCloskey au téléphone.

— J'ai oublié de vous poser une question l'autre jour, dit-elle. Vous étiez là-bas quand le petit David est mort. Sauriez-vous par hasard où il a été enterré ?

— Il n'a pas été enterré, répondit l'homme sans hésitation.

— Je ne comprends pas.

— Comme je vous l'ai dit, Mme Courtney, le gamin est mort dans ce vieux puits parce que personne n'a jamais pu l'atteindre. Ils ne l'ont jamais retrouvé, même après qu'il ait été déclaré légalement mort. Le corps n'a jamais été retrouvé.

BERLIN

La Police criminelle de Berlin arrêta un homme. Ce fut la première d'une série d'arrestations opérées à la suite d'une enquête détaillée concernant des projets financiers illégaux élaborés en Allemagne. Des milliards de dollars de bénéfices avaient été dissimulés, blanchis, mis et remis en circulation, transférés et retransférés à travers un réseau complexe de sociétés fantômes créées dans ce seul but. Bien que la police enquêtât depuis plusieurs mois, elle ne trouva le premier indice véritable que grâce à un coup de téléphone anonyme au siège de la Police criminelle de Berlin, 2832 Keithstrabe. Le système téléphonique sophistiqué du service « Délits contre des Tiers » était équipé d'un dispositif de blocage automatique qui rendait impossible, à celui qui appelait, de déconnecter la ligne tant que cette dernière n'était pas libérée électroniquement par l'intermédiaire du tableau de branchements du service. Cela permettait à la police de relever les traces de tous les appels. Bien que les policiers n'aient pu apprendre l'identité de l'homme qui appelait, ils savaient d'où venait l'appel.

Il s'agissait d'un immeuble de bureaux installé à Vienne.

En une heure, la nouvelle de l'arrestation s'était propagée dans la presse. D'après les rumeurs, le premier des hommes qui furent interpellés continuait à protester de son innocence avec véhémence. Il n'avait été qu'un homme de paille, ne cessait-il de répéter lors des interrogatoires. Il ne savait pas qui se tenait à l'arrière-plan, mais il jurait ses grands dieux qu'on l'avait trompé.

L'homme était le premier vice-président de la Société Kirakis.

PARIS

Le siège d'Interpol, comprenant entre autres le bureau des investigations concernant les activités criminelles internationales, était situé au 26 de la rue Armengaud, dans une structure imposante de verre et d'acier qui dominait les résidences privées à un ou deux étages environnantes. Dans la salle des ordinateurs du rez-de-chaussée, l'inspecteur Adrian Dessain parlait avec les machines géantes qui contenaient dans leurs gigantesques banques de données les secrets les plus intimes des citoyens les plus anodins.

Adrian Dessain était un petit homme légèrement ventripotent approchant la cinquantaine. Quand il marchait, il traînait les pieds comme s'il cherchait à ne dépenser qu'un minimum d'énergie pour traverser l'espace. Quand il parlait, c'était d'une voix lente et tranquille. C'était la caricature d'un homme mal peigné et tout en nuque dont les vêtements avaient perpétuellement besoin d'un bon repassage. Mais pour ceux de ses collègues qui avaient eu le privilège de travailler en étroite collaboration avec lui, son apparence contrastait d'une manière saisissante avec le détective infaillible qu'il était. Dessain était doué d'un esprit analytique sans faille et d'une étrange aptitude à dénicher le moindre détail incohérent, démêlant habilement ce fil incongru jusqu'à ce que l'affaire la plus hermétique se dénoue soudainement, révélant la vérité dans toute sa laideur. Les affaires insolubles devenaient subitement solubles dès qu'Adrian Dessain entrait en scène. Son apparence un peu grotesque l'avait servi en de nombreuses circonstances car elle avait amené beaucoup de gens, même de suspects, à croire que l'homme était stupide ou nonchalant. Or, Dessain était l'un de ces rares enquêteurs dont l'esprit était perpétuellement en mouvement et anticipait la suite de sa démarche. S'il trouvait ce fil incohérent, il ne ratait jamais le dénouement d'une affaire.

Dessain considérait pensivement les mots et les chiffres s'inscrivant sur l'écran, se souvenant en même temps d'une demande reçue par Interpol concernant les arrestations opérées à Berlin trois jours auparavant. Une affaire de blanchiment. Dessain secoua la tête. Aucun doute dans son esprit. Ce n'était que la partie visible de l'iceberg. Il était convaincu que les hommes arrêtés ne représentaient qu'une partie infime d'un réseau international impliqué dans des affaires financières illégales couvrant l'Europe entière. Quand Dessain avait parlé avec l'Inspecteur Principal Walter Mendler de la Police criminelle de Berlin, ce dernier avait mentionné un « tuyau » ayant permis ces arrestations; et cela intriguait Dessain. Il trouvait étrange que la police de Berlin ait pu remonter jusqu'à cet interlocuteur anonyme que, par ailleurs, elle avait été incapable d'identifier. Les policiers berlinois avaient négligé de chercher plus avant, mais Dessain était curieux, et il était déterminé à fouiller. Il donna quelques coups de téléphone discrets et découvrit que les bureaux d'où provenait l'appel suspect avaient été loués non pas à un individu, mais à une société. Une société fantôme. Ces bureaux viennois n'étaient jamais occupés. Une société par actions qui semblait ne posséder aucune action légale. Personne ne semblait savoir exactement de quelle sorte d'affaires il s'agissait ni qui en avait le contrôle. Pas d'actionnaires. Pas d'employés. Dessain avait appelé trois fois au numéro que lui avait donné Mendler, et à chaque fois, l'appel fut pris par un service de répondeur. Il ne s'était pas donné la peine de laisser un message. Le personnage anonyme qui avait renseigné la police berlinoise faisait partie de ce réseau d'hommes d'affaires impliqués dans l'opération de blanchiment, ou bien il avait un autre motif pour vouloir dissimuler son identité. C'était cet autre motif éventuel qui troublait le plus Dessain. Son instinct affiné lui disait qu'il y avait là une déviation possible; c'était une piste qu'il fallait poursuivre. Dessain était résolu à trouver le fil qui n'était pas à sa place et à le dénouer.

L'un des hommes arrêtés à Berlin se nommait Kurt Badrutt, un premier vice-président de la Société Kirakis. Les doigts de Dessain voltigeaient sur les touches de l'ordinateur qu'il interrogeait à propos de Badrutt et de sa position exacte dans les échelons supérieurs de la Société Kirakis. Ce qu'il apprit était fort intéressant.

Kurt Badrutt était l'un des directeurs les mieux payés de toute l'Europe. Il possédait une villa à Wannsee, un beau manoir, et il avait récemment acquis une villa sur la Riviera italienne. Il était aux côtés de Kirakis depuis plus de vingt-deux ans, et pendant tout ce temps, il n'y avait jamais eu de blâme sur ses états de service. Jusqu'à maintenant. Il fallait un commencement à tout, bien sûr, mais Dessain était curieux. Pourquoi maintenant ? Après avoir suivi le bon chemin pendant tant d'années, pourquoi un homme ayant la situation de Badrutt risquait-il tout ce qu'une vie de travail lui avait rapporté ? Cela n'avait aucun sens. Dessain ne cessait de penser aux paroles de Mendler : Badrutt avait persisté à protester de son innocence, il avait dit qu'on s'était servi de lui. Était-ce possible ? se demandait Dessain. Badrutt disait-il la vérité ? Si oui, dans quel but le mettait-on en avant ? Pourquoi quelqu'un voudrait-il sa chute ? Si Badrutt disait la vérité, ou bien on cherchait à lui nuire, ou bien on se servait de lui pour toucher une autre personne. La première idée qui venait à l'esprit était que quelqu'un avait tenté, indirectement, de nuire à l'image solide et conservatrice du monstre qu'était le groupe Kirakis. Dessain subodorait une affaire trouble. Jouant sur ses soupçons – et ses soupçons étaient généralement fondés – il décida de plonger dans l'affaire. En premier lieu, il aurait une conversation avec Badrutt.

Dessain s'envolait pour Berlin le lendemain.

XXV

Dans une salle de cinéma faiblement éclairée du World Trade Center, quelques directeurs du bureau des relations publiques du groupe Kirakis attendaient avec inquiétude l'arrivée de leur Président-Directeur Général. Jusqu'à ce jour, Alexander Kirakis n'avait jamais assisté à la projection des films traitant des relations publiques de la firme, ni à celle des spots publicitaires télévisés, préférant s'en remettre à George Prescott, beaucoup plus capable que lui en la matière. Alexander n'avait jamais pris le temps d'approuver les campagnes publicitaires mises au point pour la Société Kirakis ou ses filiales. C'était l'un des domaines de son vaste empire international dans lequel il n'avait jamais pris une part active. Mais en ce moment, les problèmes auxquels se heurtait la société l'incitaient à s'intéresser à l'action des spécialistes afin d'améliorer l'image ternie de l'empire Kirakis.

Pour les profanes, les échecs et les revers de la société pouvaient apparaître comme un phénomène soudain. La mauvaise presse ayant frappé Kirakis l'année précédent avait sans doute contribué à la dégradation de l'image de marque du groupe. Les gros titres du *Wall Street Journal*, de *Fortune*, de *Forbes* et de *Business Week* avaient été négatifs dans leur totalité. On parlait de falsifications de médicaments : on avait trouvé des antialgiques illicites contenant du cyanure dans des préparations fabriquées par un laboratoire pharmaceutique appartenant au groupe Kirakis. Trois personnes étaient mortes. Il y eut l'incident dans les installations de recherche nucléaire : une explosion inexplicable dans l'une des chambres contenant les réacteurs géants. Par chance, aucun de ceux-ci n'était opérationnel à l'époque. Et puis il y avait eu la révolution en Indonésie et la menace de nationalisation des surfaces louées à bail par la Société Kirakis pour ses forages en mer de Java. Sans compter les ratages sans nombre que la presse avait omis de mentionner.

Le bourdonnement grave des voix masculines cessa brusquement quand la porte s'ouvrit, laissant passer un rayon lumineux qui traversa l'obscurité. Les hommes levèrent la tête. Le Président-Directeur Général s'encadra dans la porte. Alexander pénétra dans la salle de projection suivi de George Prescott et de Jeremy Roberts, directeur des relations publiques et de la publicité de la Kirakis. Alexander salua les hommes d'un mouvement de tête et prit place dans son fauteuil ; George Prescott et Jeremy Roberts s'installèrent de part et d'autre. Roberts fit aussitôt signe à l'un de ses hommes de lancer le film. Presqu'immédiatement, l'écran s'anima. Alexander demeura silencieux et immobile tandis que les images et la voix en surimpression se combinaient pour illustrer dans le détail les cinquante ans d'histoire de la Société Kirakis et de l'évolution du monde, soulignant le rôle joué par la Kirakis dans la seconde guerre mondiale, dans les progrès économiques et technologiques des années récentes, rôle qu'elle continuera encore à jouer dans l'avenir. Roberts ne regardait pas l'écran mais plutôt Alexander, scrutant le visage du président, en quête d'un indice de ce qu'il pensait. Mais il n'en vit aucun. Aucune expression sur cette face. Les yeux noirs étaient rivés sur l'écran. C'était tout. Aucun geste, aucune parole jusqu'à ce que les lumières s'allument à la fin du film.

— Eh bien ? demanda Roberts anxieusement, incapable de cacher sa nervosité.

— Deux participes douteux, trois métaphores erronées et un infinitif écorché, s'irrita Alexander.

Roberts le darda du regard pendant un moment.

— Si vous me permettez de m'exprimer ainsi, M. Kirakis, je ne pense vraiment pas que quiconque attachera beaucoup d'attention à ce genre de choses.

— Personne ne prêtera attention non plus à ce tissu de fadaises, s'emporta Alexander en se levant. J'attends un film traitant des projets du groupe Kirakis pour l'avenir – nos nouveaux horizons, et vous me servez un cours d'histoire !

— Mais, M. Kirakis, commença Roberts…

— J'ai vu vos récentes esquisses destinées à nos affiches, et maintenant ce film, et je dois dire que je suis bien déçu.

— Déçu ? Mais tout cela représente une masse de travail !

— Encore insuffisante, apparemment !

Le mécontentement d'Alexander était visible dans le ton de sa voix autant que dans ses manières.

— Cela n'aura aucun effet sur le public. Cela ne l'intéressera pas.

Il s'adressa à George.

— Trouvez-leur tout ce que vous pourrez de ce qui a été fait lors de nos campagnes passées – un bon spot télévisé récent, des affiches.

Il désigna l'écran.

— Je ne veux pas diffuser cela dans le public, en aucun cas.

— Cela va prendre des mois pour sortir une nouvelle campagne publicitaire, souligna Roberts.

— Peu importe le temps ! lança Alexander. Quand vos gens se mettront au travail, qu'ils aient toujours à l'esprit que je ne veux pas dire au public ce que fait Kirakis ; je veux leur *montrer* ! Je veux voir travailler des gens de Kirakis dans les pays sous-développés. Je veux montrer les progrès que nous faisons pour résoudre les problèmes de l'énergie. Je veux montrer comment nous remédions au manque de logements grâce à nos programmes immobiliers et à nos projets de construction.

Il se tut, les yeux encore assombris par la colère.

— Messieurs, je veux de l'action. Le public réclame de l'action. Lui dire ce que nous avons sur nos planches à dessin sera bien moins efficace que lui montrer, lui donner à voir nos gens en action.

— Mais, monsieur, ce film et ces affiches représentent un travail et des sommes d'argent considérables…

Alexander eut un sourire glacé.

— Vous êtes bien mal avisé, Roberts, de me rappeler le gâchis en argent et en hommes, dit-il vivement. Je vous suggère que vous et vos gens vous mettiez à l'œuvre immédiatement !

Roberts hésita un moment, puis il hocha la tête.

— Oui, monsieur, dit-il enfin.

Jeremy Roberts et son équipe regardèrent Alexander et George quitter la salle de projection. Ils étaient silencieux, chacun étant conscient des revers qui s'étaient abattus l'année passée sur le groupe Kirakis. Tous savaient qu'Alexander Kirakis était sous pression. Tous avaient compris que le Président-Directeur Général était un homme poussé par l'ambition, un perfectionniste avec qui il avait toujours été difficile de travailler, mais jamais personne ne l'avait vu dans cet état. On eut dit qu'il allait exploser lorsqu'il sortit de la salle.

— Je veux vous parler, dans mon bureau, dit Alexander à voix basse tandis qu'ils se dirigeaient vers l'ascenseur.

— Quand ?

— Immédiatement, répondit Alexander comme ils entraient dans la cabine vide et que les portes se refermaient sur eux. J'ai trouvé une solution à la situation de l'Asie du sud-est.

George le regarda, incapable de cacher sa surprise. Il allait demander comment cela était possible, puis il se ravisa. Un autre se serait résigné à décider entre le risque de maintenir les forages et la liquidation. Mais pas Alexander. Alexander était le maître de l'évasion, c'était l'artiste du monde des affaires. Il avait toujours réussi à atteindre ses objectifs !

Alexander ne reprit la parole que lorsqu'ils furent dans son bureau, après avoir recommandé à Stacey de ne lui transmettre aucun appel téléphonique. Il s'assit derrière son bureau, et George remarqua qu'il souriait.

— J'ai réfléchi. Hammond Transcon, Barkley-Howard, Patterson Holdings Limited et la Lone Star Oil ont tous exprimé leur intérêt à l'achat d'actions – presque depuis le jour où nous avons débuté nos forages sur les étendues en question. J'ai décidé d'accorder une participation de… vingt-cinq pour cent à chaque société.

— Quoi ? George le considéra, incertain d'avoir bien entendu.

— À toutes les quatre ? Vingt-cinq pour cent par tête, c'est le gâteau entier…

— Pas tout à fait. J'ai l'intention d'offrir exactement la même chose à chaque société. Je leur accorde... confidentiellement bien sûr – une participation de vingt-cinq pour cent. Ils devront garder ces négociations secrètes. Mais chaque société devra me verser des royalties : quinze pour cent de leurs bénéfices.

— En somme, aucune de ces quatre sociétés ne saura que l'autre est impliquée, dit George lentement.

— Précisément.

— Et vous retrouverez votre investissement initial, plus les royalties – lesquelles seront confortables si les filons se révèlent aussi productifs que vous le pensez – à condition qu'ils ne soient pas nationalisés, dit George en allumant une cigarette.

Alexander hocha la tête.

George réfléchissait.

— Ainsi, en d'autres termes, vous retenez tous les bénéfices sans aucun risque, conclut-il.

Alexander se pencha en avant et joignit ses mains devant lui, sur le bureau.

— Voyez-vous un meilleur moyen pour me sauver – comme Kafdi m'a dit avec tant d'à-propos ? demanda-t-il, visiblement satisfait de son idée.

George secoua la tête.

— Non, je ne vois aucun autre moyen, et je crois que personne d'autre ne serait capable de songer à une telle issue. Je vois cependant un problème. S'il y a une faille dans nos propres rangs, comme on l'a suggéré à plusieurs reprises, ne prenez-vous pas un risque ?

— J'ai envisagé cette possibilité, assura Alexander. C'est pourquoi j'ai décidé que personne ne sera mis au courant hormis vous et moi. Les royalties seront déposées directement dans une banque suisse, sur un compte numéroté.

George était manifestement impressionné.

— Vous semblez avoir protégé tous vos arrières, dit-il sur un ton léger.

— Il le faut.

Alexander prit un télégramme sur son bureau et le passa à George.

— Le consortium de banques est inquiet concernant notre stabilité, dit-il d'un air sombre. On nous menace de nous couper les crédits.

À la clinique de Lausanne, le docteur Henri Goudron quitta son bureau et monta l'escalier. Il se dirigea lentement, délibérément, vers la chambre d'Elizabeth Ryan à l'extrémité du couloir. Il la trouva dans la même posture que les autres fois : assise dans un fauteuil tapissé de velours près de la fenêtre, le regard fixé dans l'espace. Une aide soignante coiffait ses somptueux cheveux noirs. Elizabeth était vraiment seule à présent. Elle était d'ailleurs toute seule depuis cette terrible nuit de l'accident.

NEW YORK

Durant les quelques semaines qui suivirent, Meredith tourna ses recherches dans une autre direction. Elle examina le passé d'Alexander, les vies de Constantine et Melina Kirakis. Elle sortit leurs vieux albums de famille, pleins de photos et de souvenirs, albums qu'elle avait rapportés de Grèce. Elle eut de longues conversations téléphoniques avec Helena, lui posant de discrètes questions sans donner aucune raison pour expliquer sa curiosité. Elle prit soin d'éviter toute mention de Ioannina, sachant qu'elle risquerait ainsi d'éveiller les soupçons de la femme. Elle réussit néanmoins à apprendre une foule de choses.

Au cours de ses recherches, Meredith dut faire une constatation surprenante : il existait des dizaines de photos de Damian Kirakis, des centaines de portraits du bébé. Mais il n'y avait rien de pareil pour Alexander. Meredith s'étonna de ne trouver des photos d'Alexander qu'à partir de l'âge de cinq ans. Pourquoi n'existait-il aucune photo du bébé ?

Elle questionna Helena à ce sujet, mais Helena n'avait aucune explication raisonnable à offrir. Elle suggéra seulement qu'elles avaient pu être détruites par inadvertance.

— Je suis sûre que cela ne signifie rien de spécial, dit Helena.

Mais Meredith n'en était pas convaincue.

— Cela n'a aucun sens, souligna Meredith. Il y a des tonnes de photos datées de novembre 1948 à septembre 1953 – mais pas une seule d'Alexander. S'il y avait eu destruction, comment se fait-il que toutes les photos n'aient pas disparu ?

— Peut-être devriez-vous interroger Alexi à ce sujet, suggéra Helena, désireuse de l'aider.

— Vous avez raison. Je vois sans doute une montagne là où il n'y a rien.

— Pourquoi vous intéressez-vous tant à ces anciennes photos ? demanda Helena avec hésitation.

— Curiosité naturelle, mentit Meredith. Nous avons discuté entre nous l'éventualité d'avoir des enfants. J'aimerais voir comment était Alexander quand il était enfant, bien que j'aie du mal à l'imaginer dans ses toutes premières années.

— C'était un enfant comme les autres, assura Helena avec un petit éclat de rire. Et un enfant éveillé et espiègle !

Leur conversation avait été instructive, mais peu rassurante. Plus Meredith y pensait, plus elle était certaine que la mort de l'enfant d'Elizabeth Ryan et l'accident d'Alexander à Ioannina étaient liés. Tout correspondait : l'enfant Ryan avait environ quatre ans à l'époque, Alexander également. Les deux accidents avaient eu lieu à Ioannina, et elle était prête à parier qu'ils avaient eu lieu à la même heure. On supposait que David Ryan était mort dans un puits abandonné : Alexander faisait des cauchemars où il se voyait englouti dans la terre. La femme de ses cauchemars portait des vêtements de la grèce ancienne ; Elizabeth tournait un film biblique à l'époque de l'accident. Helena avait dit que Melina Kirakis parlait d'un accident « traumatisant », mais la mère n'avait fourni aucune autre explication. Tomber dans un puits devait sans aucun doute être une expérience traumatisante pour un enfant de quatre ans, suffisamment traumatisante même pour qu'il en perdît la mémoire. Mais comment Alexander avait-il pu survivre ? Et qu'en est-il d'Elizabeth Ryan ? Était-elle morte ou vivait-elle dans quelque endroit caché, peut-être sur le continent ? Meredith avait eu des soupçons dès qu'elle remarqua l'étonnante ressemblance physique entre Alexander et Elizabeth, une ressemblance trop flagrante pour être une pure coincidence.

Elle en parlerait à Alexander lorsqu'elle aurait une preuve.

— Stacey, ne me passez aucun appel téléphonique jusqu'à nouvel ordre, dit Alexander à sa secrétaire en pénétrant dans son bureau. Je ne veux être dérangé sous aucun prétexte.

— Oui, M. Kirakis.

Alexander ferma la porte et poussa un profond soupir. Il revenait d'une réunion avec ses directeurs. Des jours comme celui-ci lui faisaient regretter la décision de son père de faire de sa société un groupe public. Si la direction était restée privée, il n'aurait pas à donner d'explications à quiconque, et puisqu'il était encore majoritaire avec cinquante et un pour cent des parts, sa vie s'en serait trouvée simplifiée.

« Qu'ils aillent tous au diable ! pensa-t-il avec fureur. Ils ont l'esprit étroit, ils ne voient pas plus loin que le bout de leur nez ! »

Ils avaient exprimé des doutes quant à l'avenir des installations de recherche nucléaire. Ils avaient souligné – comme s'il ne le savait pas déjà ! – qu'elles coûtaient au groupe plus qu'elles ne rapporteraient l'année suivante, première année de mise en opération. Il y avait des problèmes avec les règlements fédéraux. Les associations antinucléaires voulaient les voir purement et simplement démolies. Comme si cela ne suffisait pas, le projet avait été dérangé dès le début par une série d'incidents mineurs et de revers. Les directeurs pensaient que le programme devrait être mis de côté, mais Alexander avait opposé son véto. C'était gaspiller du bon argent pour une mauvaise cause, dirent-ils encore. Alexander disait que c'était aller dans le sens du progrès. Eux ne voyaient pas le potentiel que cela représentait pour l'avenir. Tenter de raisonner avec eux était décevant. Il préférait mettre son énergie au service de tâches plus productives.

Il s'assit à son bureau en acajou massif noir et se massa les tempes pour que cessent les élancements qui lui martelaient la tête. « Et ensuite ? » se demanda-t-il. Au cours des trois années écoulées, tout s'était passé comme si la totalité de ses actions avaient été systématiquement frappées par une série d'accidents et de tragédies qui se succédèrent à un rythme rapide. L'année passée, la cadence s'était encore accentuée. Il y avait d'abord eu l'incendie des bureaux de Montréal. On parla à l'époque d'incendie volontaire, mais personne n'en apporta jamais la preuve. Puis il y eut la faillite de Carlo Manetti qui entraîna son suicide. Le bruit courut alors qu'Alexander Kirakis avait été derrière les revers financiers de Manetti, et cela avait nuit considérablement à son image de marque et à celle de son groupe. Alexander n'avait jamais su qui était responsable du coup porté à Manetti, mais il avait toujours pensé que quelle qu'ait été cette personne, elle avait atteint son véritable but : ternir l'image Kirakis. Quand la fumée se dissipa après la mort de Manetti, les procès commencèrent, et tous conduisirent à sa société pharmaceutique basée en France qui avait été à l'origine des incidents du cyanure. Les responsables de Paris avaient tenté d'étouffer l'affaire, mais il était trop tard. Le dommage était fait. Et maintenant, le public avait peur de tout ce qui sortait des laboratoires. « Un incident s'est produit une fois ; il peut se renouveler », pensat-on dans le public. Et puis il lui fallait aussi se débattre avec l'éventualité d'une liquidation de la part de Kafir, et faire front à la pression exercée par les directeurs du groupe pour qu'il annule le programme d'installations nucléaires. Alexander avait l'impression d'être sous le coup d'une conspiration – probablement fomentée dans ses propres rangs – visant à le détruire. Le personnage qui tirait les ficelles était manifestement fort intelligent – et dangereux. Il avait parfaitement étudié son affaire. Il connaissait les points les plus vulnérables du groupe mondial Kirakis. Alexander savait qu'il avait contre lui un adversaire mortel et sans visage, mais il se damnerait que de rester assis à attendre sa destruction. Il allait lutter par tous les moyens.

Meredith s'assit dans le fauteuil de maquillage et la maquilleuse fixa une grande serviette en papier dans l'encolure de sa robe avant de lui appliquer une légère couche de fond de teint sur le visage. Meredith avait une peau si parfaite qu'elle n'en usait jamais sauf pour aller devant les caméras. Cindy était assise dans un coin de la pièce ; elle révisait le programme de Meredith et prenait des notes pour la semaine suivante. Elle en était au milieu de l'agenda du mois à venir quand Larry Kyle, le producteur assistant de l'émission, glissa sa tête dans l'entrebâillement de la porte.

— Eh bien ! L'enfant prodigue est de retour, plaisanta-t-il. Agréable sans doute de prendre l'avion pour tourner dans des extérieurs exotiques sous prétexte de travailler, pendant que vos fidèles esclaves restent dans des studios surchauffés.

— N'insistez pas, Kyle, dit-elle en essayant de ne pas rire pendant que la maquilleuse appliquait un peu de couleur au-dessus des pommettes. Je n'échangerai pas d'insultes avec vous. Ça ne serait pas honnête. Vous n'avez pas encore abandonné votre statut d'amateur.

Il éclata de rire.

— Vous êtes en forme pour quelqu'un qui a passé son temps sur les routes pendant ces deux semaines.

— Vous avez de la chance que je sois de bonne humeur, dit-elle sur un ton menaçant tandis que la maquilleuse lui ôtait la serviette et la laissait au coiffeur.

Elle vérifia son visage maquillé dans la glace.

— Bonne humeur ?

Il ricana.

— Ce qui veut dire que votre mari était à la maison quand vous êtes rentrée hier soir ; il n'était pas en voyage d'affaires. Je suis toujours capable de dire sans me tromper si vous deux êtes séparés depuis longtemps. Quand la séparation est trop longue, vous êtes désagréable.

— Et vous, vous n'êtes pas loin de dépasser les bornes, lança-t-elle en guise d'avertissement, le sourcil levé.

Larry Kyle se tourna vers Cindy.

— Lui avez-vous parlé de ce dingo qui a demandé à lui parler pendant qu'elle était absente ? demanda-t-il en coinçant son crayon derrière son oreille.

— Le dingo ?

Meredith leva la tête.

Cindy hocha la tête.

— Ce n'était rien, vraiment, dit-elle avec assurance. Juste un gars qui ne savait pas sur quelle planète il vivait. Il a appelé ici, et puis il a fait des pieds et des mains pour aller plus loin que le standard téléphonique ; et ensuite, il a refusé de laisser un message quand je lui ai dit que vous étiez absente. Il a tout simplement raccroché. Le même manège a recommencé le lendemain, à la même heure. Il voulait vous parler personnellement.

— Ah ! C'est le prix de la célébrité, marmonna Kyle avec un bruit de gorge appuyé.

Meredith se contenta de sourire.

— Je vous avais bien dit que toutes ces affiches que nous avons placardées allaient attirer tous les cinglés de New York à San Francisco !

— Vous n'êtes pas inquiète ? demanda Cindy en refermant son bloc de sténo.

— Je devrais l'être ?

Meredith produisit son sourire le plus professionnel.

— Eh bien ! Très franchement, il m'a semblé étrange…

Meredith éclata de rire.

— Tous ces types-là sont un peu étranges… et inoffensifs en général, dit-elle en toute confiance.

Mais en son for intérieur, elle se posait des questions.

XXVI

LONDON

L'inspecteur Dessain suivit l'officier de police dans le long couloir étroit conduisant à la morgue. Il était vivement conscient du silence sinistre et feutré; un frisson glacé parcourut son épine dorsale. « La mort m'entoure », pensait-il. Et il est vrai que la mort était presque comme une présence physique près de lui. L'officier ouvrit une porte et Dessain pénétra dans une salle grise et morne comportant des rangées de grandes vitrines métallisées où étaient conservés les cadavres. Au centre de la salle, un corps complètement recouvert d'un grand drap blanc était déposé sur une étroite table en métal en attendant d'être identifié. Le préposé vint à leur rencontre et souleva le drap au niveau de la tête.

— C'est bien celle-là, inspecteur, demanda l'officier de la paix.

Dessain hocha la tête. Il se sentait légèrement nauséeux.

— Oui, dit-il d'une voix crispée. C'est bien elle.

Il regarda une dernière fois le visage de la morte, puis le préposé remit le drap en place. Aucun doute. C'était la femme qu'il cherchait depuis deux semaines.

— Comment est-elle morte?

Le préposé plissa le front.

— Heurtée et écrasée. Elle traversait la chaussée, Place Gloucester, non loin de Hyde Park. D'après ce que je sais, le chauffeur de la voiture n'a même pas ralenti.

Dessain regarda l'officier de police.

— Quelqu'un a vu la voiture ? La marque, la couleur ? Ou la plaque d'immatriculation ?

L'officier secoua la tête.

— C'est arrivé tard dans la nuit. Les rares témoins disent que ça s'est passé trop vite pour qu'ils aient pu voir la voiture. Il conduisait très vite…

— Il ? interrompit Dessain.

— Une façon de parler, monsieur, expliqua l'officier de police.

— Vous allez prévenir sa sœur maintenant ?

— Oui, monsieur. Tout de suite.

— Vous avez mon numéro de téléphone à l'hôtel et à Paris, dit Dessain. Voulez-vous me contacter s'il y a du nouveau ?

— Au sujet de l'accident ? Bien sûr.

La physionomie du Français s'assombrit.

— Ceci n'était pas un accident, dit-il d'une voix tranquille.

Dessain réfléchissait sur l'affaire dans le taxi qui le reconduisait à son hôtel. Bien que n'ayant jamais vu Carolyn Grayson face à face, il la reconnut sans peine. Sa photo était arrivée au siège parisien d'Interpol deux semaines auparavant. Carolyn Grayson était la secrétaire en chef de Drew Douglas-Kent, un vice-président du groupe Kirakis et directeur des opérations à Londres. La femme avait disparu depuis trois semaines avec une serviette pleine de documents confidentiels. Interpol en avait été avisée parce qu'elle était soupçonnée d'avoir été impliquée dans les mêmes affaires illicites qui avaient mené à l'arrestation de Kurt Badrutt à Berlin. Dessain n'y avait jamais cru. La situation qu'elle occupait comme secrétaire ne lui permettait guère de prendre part à ce genre d'opération très spécialisée et délicate. Même si elle avait agi comme un courrier pour le compte de Douglas-Kent – ou un autre – il y avait une faille quelque part. Dessain avait parlé avec sa sœur, une journaliste de la BBC. Lucy Grayson-Taylor lui avait dit que Carolyn lui avait téléphoné la veille de sa disparition. Carolyn était terrifiée, se souvint Lucy. Elle avait dit qu'elle était tombée incidemment sur une affaire qui l'avait effrayée. Elle n'avait pas dit de quoi il s'agissait exactement, mais c'était très important, et elle avait même reçu des menaces par téléphone de la part d'un inconnu. Elle a dit à Lucy qu'elle avait emporté les documents pour les remettre aux autorités. Ce fut la dernière fois que Lucy Grayson-Taylor parla avec sa sœur.

Mais Carolyn Grayson n'était pas en possession de la serviette au moment de sa mort, se souvint Dessain en payant le chauffeur devant le Royal Westminster Thistle Hotel. Et Lucy Grayson-Taylor insista sur le fait qu'elle n'était pas non plus dans l'appartement de sa sœur qu'elle avait exploré de fond en comble. Qu'y avait-il donc de si important dans ces documents pour que quelqu'un n'ait pas hésité à la tuer pour se les approprier ?

Dessain s'arrêta au comptoir pour voir s'il avait des messages. Il n'y en avait pas. Il monta donc dans sa chambre. Passant le seuil de sa porte, il se remémora son enquête sur les activités des membres haut placés du groupe Kirakis, enquête qui avait occupé presque tout son temps durant les six derniers mois. Il se remémora les heures interminables qu'il avait passées devant les ordinateurs, le Fortran IV et le gigantesque IBM 370, au rez-de-chaussée du siège d'Interpol. Étudiant les gros caractères que produisaient les imprimantes au rythme de plus de mille lignes par minute. Au début, Dessain avait suivi son flair qui l'incitait fortement à jeter un coup d'œil dans les sociétés du groupe Kirakis et leurs activités à travers le monde. Il avait examiné à fond l'affaire Kurt Badrutt, et l'homme s'était révélé irréprochable en tous points. Dessain avait passé une semaine en Allemagne, conversant avec les ordinateurs des banques, des sociétés de crédit et du bureau des statistiques ; à la fin de cette semaine d'investigations, il avait composé un portrait détaillé, et un tableau des activités et des finances de Kurt Badrutt. Badrutt était un homme d'affaires brillant qui avait bien réussi et dont le dossier était absolument vierge. Pas d'agissements suspects ni aucun trafic. Il avait épousé la fille d'un diplomate allemand vingt-cinq ans auparavant, et il avait deux enfants. Il avait une maîtresse depuis quatre ans, une femme de dix ans sa cadette, une call-girl qui avait vécu toute sa vie des faveurs d'hommes fortunés prêts à l'entretenir largement. Une petite folie de la part de Badrutt, pensait Dessain, mais il n'y avait pas de quoi l'exposer à une longue peine d'emprisonnement. Non. Dessain était convaincu que celui qui avait mis cet homme en avant était également celui qui avait voulu éliminer Carolyn Grayson, celui qui était derrière tout ce qui tournait mal dans le groupe Kirakis. Badrutt et Grayson n'étaient que des pions. Celui qui était à l'origine de leur infortune visait en réalité une cible beaucoup plus importante.

Il avait tourné son attention sur le groupe Kirakis à la suite de la disparition de Grayson deux semaines plus tôt. Il avait passé plusieurs semaines à consulter les ordinateurs de toute l'Europe et ce qu'il avait appris le surprit beaucoup. Il était notoire que le groupe Kirakis était le conglomérat multinational le plus important du monde, mais Dessain était certain que personne, sauf sans doute Alexander Kirakis lui-même, ne connaissait exactement les limites de l'empire Kirakis. C'était comme une gigantesque pieuvre dont les tentacules encerclaient le globe. Apparemment, aucun domaine de recherche et aucune industrie n'échappait à son influence. Le nombre de ses employés et la somme des bénéfices réalisés dans le monde entier conféraient au groupe plus de pouvoir et de moyens que n'en possédaient certaines nations. Ce qui représentait une réussite inconstestable pour la petite compagnie née au milieu des années 20, la Compagnie Maritime Athena basée à Athènes dont le développement n'avait pas été sans heurts.

À mesure que Dessain passait en revue toutes ses informations, l'évolution phénoménale du groupe Kirakis au cours de ces soixante années le fascinait. La Compagnie des Chargeurs Athena qui avait flanché, fut sauvée pendant la dépression grâce au génie de Constantine Kirakis et au support de son fortuné beau-père, Damian Katramopoulos. Kirakis s'était diversifié dans d'autres types d'entreprises. Sa compagnie continua à s'épanouir également durant la guerre qui ravagea l'Europe, et la Compagnie des Chargeurs Athena devint l'Athena Maritime, en quelque sorte le navire amiral de ce qui allait devenir le groupe Kirakis. Constantine Kirakis avait édifié son empire lentement, avec obstination et sans problèmes sérieux. Et puis, au début 1982, il avait transmis ses pouvoirs à son fils unique survivant, Alexander. Ce fut à cette époque que débutèrent les incidents.

La croissance du groupe Kirakis avait été plus importante au cours de ces quelques années que pendant les cinquante-cinq années précédentes. Alexander Kirakis, semblait-il, était un homme d'affaires particulièrement dynamique. Et sans scrupules. Il était spécialement doué pour se faire des ennemis. Il avait fait un travail considérable, mais il avait aussi rassemblé un bon nombre d'adversaires puissants et dangereux tout au long de sa route. On ne devenait pas aussi puissant et influent sans susciter un certain antagonisme de la part de la concurrence.

Dessain réfléchissait à ce que lui avaient appris les ordinateurs : un incendie dans les bureaux du groupe Kirakis à Montréal, incendie peut-être volontaire, mais cela ne fut jamais prouvé ; l'implication supposée dans le scandale Manetti ; problèmes d'ordre juridique dès la mise en œuvre d'installations de recherche nucléaire ; une compagnie pharmaceutique basée en France soumise à des poursuites judiciaires ; agitation politique dans le Sud-Est asiatique mettant en péril les opérations de forage Kirakis ; arrestation d'un de ses hommes de confiance et un autre déclaré suspect ; et maintenant, la mort d'une employée dans des circonstances étranges.

Dessain remarqua qu'Alexander Kirakis avait obtenu plusieurs prêts considérables d'un groupe de banques suisses, prêts destinés à l'agrandissement de son empire ; ils étaient arrivés à échéance et Kirakis ne pouvait pas les rembourser. Les banquiers faisaient pression sur lui. Curieux, pensa Dessain. Le chef d'un tel empire en proie à de graves problèmes et soumis à des pressions afin qu'il remplisse ses obligations financières. Peut-être me suis-je fourvoyé, pensa Dessain. La cible n'était pas le groupe Kirakis.

La cible se nommait Alexander Kirakis en personne.

NEW YORK

Dans son bureau du Centre de Télévision, Meredith était en train de dicter une lettre à sa secrétaire. Devant elle, sur son bureau, s'étalait un bloc jaune rempli de notes pour de futures émissions. Il y avait aussi une pile de courrier qu'elle n'avait pas encore eu le temps de lire, et le dernier numéro de *Femme au travail* où sa photo tenait toute la couverture. À droite de son bureau, à même le sol, il y avait le carton contenant toutes ses recherches sur l'histoire Ryan. Tout en dictant à Cindy, ses yeux et ses pensées retournaient dans cesse au carton. Elle avait l'impression d'avoir ouvert la boîte de Pandore et maintenant qu'elle était ouverte, il n'y avait plus moyen de la refermer. Pas de retour en arrière possible. Maintenant que ses soupçons étaient éveillés, elle ne pouvait que poursuivre sa route jusqu'au bout. Elle devait trouver la vérité, davantage pour la sauvegarde d'Alexander que pour sa propre sauvegarde.

La semaine précédente, elle avait eu une longue conversation avec l'administrateur de l'hôpital Kiffisia à Athènes. Normalement, l'homme aurait dû repousser sa demande d'informations, les dossiers des patients étant strictement confidentiels; mais comme elle était Mme Alexander Kirakis, et étant donné que Constantine Kirakis et son fils avaient fait des dons généreux à l'hôpital – Constantine Kirakis avait donné des fonds pour la construction d'un nouveau pavillon l'année qui précéda sa mort, pavillon dédié à sa défunte épouse – l'administrateur ferait sans doute de son mieux pour répondre à la demande de Meredith.

Meredith demanda d'abord des renseignements concernant Alexander: sa mère avait dit à Helena que le garçon avait été hospitalisé à la suite de son accident à Ioannina. Elle demanda aussi des renseignements concernant une Américaine qui aurait pu séjourner dans cet hôpital en juillet ou août 1953, Elizabeth Weldon-Ryan. En effet, McCloskey avait dit à Meredith qu'Elizabeth avait été emmenée hors de Ioannina après sa congestion et que Tom Ryan l'avait fait transportée en un lieu où elle recevrait les soins les plus appropriés. Athènes était la grande ville la plus proche. Si elle avait fait un séjour dans cet hôpital, aussi bref fût-il, ce serait un indice qui pourrait la guider jusqu'à l'endroit où elle fut emmenée ensuite, morte ou vivante. *Si*, pensa Meredith tristement. Il y avait tellement de « *si* » dans cette histoire.

Plus que jamais, l'instinct de Meredith lui disait qu'Elizabeth était encore vivante… quelque part. Et si elle trouvait Elizabeth, peut-être parviendrait-elle alors à dénouer le secret enterré à Ioannina. Peut-être parviendrait-elle à libérer Alexander des démons de son passé. Étrange tout de même, pensait Meredith. Au début, l'histoire avait été la chose essentielle; il s'était agi pour elle de briser la conspiration du silence qui entourait la « mort » d'Elizabeth Weldon-Ryan depuis plus de trois décennies. Ce fut un rêve au début, mais ce rêve était subitement devenu un cauchemar. Et à présent, l'essentiel n'était plus l'histoire. Il fallait découvrir ce qui était arrivé à Alexander à Ioannina. Il fallait qu'elle sache s'il était la résurrection de David Ryan, de ce beau petit garçon dont le corps n'avait jamais été retiré de ce puits. Alexander était-il l'enfant supposé mort dans le puits ? Si oui, comment a-t-il survécu ? Et pourquoi Tom et Elizabeth avaient-ils été persuadés de sa mort ?

— Ce sera tout, Meredith ?

La voix de Cindy trancha le cours de ses réflexions.

— Pardon ? Oh ! oui, c'est tout. Pour le moment, dit-elle distraitement.

Sa secrétaire la considéra d'un air malicieux pendant un moment, puis elle sortit du bureau. Meredith prit une photo d'Elizabeth dans la boîte en carton et l'approcha du portrait encadré d'Alexander en bonne place sur sa table. Incroyable. Comme un reflet dans un miroir. Si Alexander était une femme, on penserait probablement à des jumelles.

Meredith eut un petit frisson. Toutes ses recherches semblaient aboutir à Alexander. Il lui apparaissait clairement que son mari était la pièce manquante du puzzle qu'elle essayait de compléter depuis des années, l'indice manifeste qui lui avait échappé. D'un côté il y avait Tom Ryan et Elizabeth Weldon, le couple d'or de Hollywood à l'époque dorée du cinéma. De l'autre côté, il y avait Constantine et Melina Kirakis. Union solide, couple riche et puissant. Une dynastie maudite cependant, car ils possédaient tout sauf ce qu'ils désiraient le plus tous deux : un enfant fort et sain. Un héritier pour leur empire. Melina Kirakis, une semi-invalide qui avait fait trois fausses couches avant de donner naissance à Damian, mort à cinq ans. Et puis vint Alexander, réponse apparente à leurs prières. Un enfant qui avait vécu un drame affreux. Il avait survécu sans mémoire de ce qu'il était ni de ce qui lui arriva. Il était devenu un homme qui ne pouvait pas se souvenir. Que se passa-t-il vraiment au cours de cet été grec ? se demanda Meredith.

« Déterre le secret de Ioannina et déterre ainsi le secret du passé d'Alexander. Ouvre la boîte de Pandore », pensa-t-elle.

Ayant tourné son attention sur Alexander Kirakis, Dessain parcourut une fois de plus l'Europe, posant des questions aux ordinateurs de presque toutes les nations. En Grèce, il s'intéressa au bureau des statistiques, à la Banque de Grèce, à la Banque Grecque de Développement Industriel. À Paris, il eut accès aux grands ordinateurs des Inspecteurs des Finances, du Crédit Lyonnais et des Assurances Nationales. Il séjourna à Rome et retourna à Berlin. Il collecta des renseignements obtenus de diverses sources à Londres, Madrid et Copenhague. Il fouilla dans les archives des journaux dans toutes les villes qu'il visita. Le processus avait été long et lui avait pris un temps considérable, mais les résultats en valaient la peine.

À la fin de ses investigations, Dessain savait qu'Alexander Kirakis était né en Grèce le 17 novembre 1948. Son dossier médical indiquait qu'il appartenait au groupe sanguin le plus rare, AB négatif. Il n'avait pas trouvé de certificat de naissance, mais Dessain admettait que les ordinateurs faisaient également des erreurs, parfois. Kirakis avait été éduqué par des précepteurs, sur une île égéenne appartenant à sa famille, jusqu'à l'âge de dix-huit ans. Il fréquenta ensuite l'Ecole de commerce de Harvard et en sortit premier de sa promotion en 1971. Le jeune Kirakis adorait les voyages, il avait des goûts dispendieux et dépensait des sommes considérables pour les femmes et les chevaux de polo, pas nécessairement dans cet ordre d'ailleurs. La réputation mondiale d'Alexander Kirakis comme joueur de polo n'était éclipsée que par sa réputation encore plus notoire d'amateur de femmes.

Les articles des journaux étaient tous d'accord. Il avait été impliqué dans une série de liaisons brèves avec les plus jolies femmes connues dans le monde. Il avait entretenu une maîtresse grecque pendant presque un an avant son mariage avec la journaliste américaine Meredith Courtney en 1984. Dessain avait aussi découvert que Kirakis s'était fait autant d'ennemis dans sa vie privée que dans ses affaires, et la plupart de ces ennemis étaient des femmes. «Intéressant», pensa Dessain. Alexander Kirakis, un homme plus controversé que le groupe sur lequel il régnait à l'échelle mondiale. Un groupe sous le feu des tragédies et de la publicité adverse, contraint à débourser des sommes astronomiques en procès, un groupe fortement endetté auprès des banquiers qui s'impatientaient. Alexander Kirakis était, semblait-il, dans une situation désespérée. Or, les gens désespérés font parfois des actes désespérés. Peut-être le temps était-il venu de rencontrer Alexander Kirakis en tête à tête, raisonna Dessain.

Dessain s'embarqua sur le premier vol d'Air France à destination de New York.

LOS ANGELES

Dans la salle des archives, un homme était assis devant l'une des nombreuses visionneuses de microfilms accessibles au public ; il considérait pensivement les renseignements inscrits sur l'écran. La journée avait été longue mais productive. Il avait eu quelques difficultés à obtenir les dossiers médicaux qui lui avaient été demandés, mais il avait tout de même réussi. « Ces renseignements, pensa-t-il avec satisfaction, me vaudront bien une récompense à six chiffres de la part de mon employeur. »

Son employeur. Il n'avait aucune idée de la personne pour laquelle il travaillait. Il n'avait jamais rencontré le destinataire de ces informations confidentielles et quelque peu délicates. Il ne savait même pas s'il travaillait pour un homme ou pour une femme. Son contact avait toujours été une tierce personne, une femme dont il recevait des instructions. Il était payé par dépôts réguliers sur son compte en banque. Il savait seulement que son employeur anonyme était très riche, très puissant, et bien décidé à rester anonyme.

Mais pourquoi cette personne s'intéressait-elle tant au dossier médical d'un enfant mort depuis plus de trente ans ?

NEW YORK

Alexander avait passé toute la matinée enfermé dans son bureau du World Trade Center. Il ne voulait voir personne ni prendre aucun appel téléphonique. Il essayait de travailler, mais il n'arrivait pas à se concentrer. « Meredith avait raison », pensa-t-il en se levant et en regardant d'un air absent les bateaux quitter le port. Il avait besoin de partir quelque temps, de mettre de l'ordre dans sa tête, de se détacher des réalités auxquelles il devait faire face depuis des semaines. Il se sentit subitement heureux de partir pour Southampton. Il avait hâte de se retrouver en tête à tête avec elle, de lui parler de ses sentiments intimes.

Dans deux heures, il avait une réunion au nord de la ville avec un groupe de banquiers. Il n'était pas spécialement pressé, et il aurait bien voulu repousser la session, mais cette réunion était beaucoup trop importante pour être remise, ne fût-ce qu'au lendemain. Il poussa un profond soupir. Au moins, c'était la dernière réunion de ce genre jusqu'à leur départ en week-end.

Le bourdonnement de l'interphone interrompit ses pensées. Il se pencha sur son bureau et tapa violemment sur la touche.

— Stacey, je vous avais dit que je ne voulais pas être dérangé, aboya-t-il.

— Je sais, monsieur, mais il y a ici un monsieur qui tient à vous parler. Il vient d'Interpol, dit-elle vivement.

— Interpol ?

Que lui voulait donc Interpol ? Il hésita un moment.

— D'accord, faites-le entrer.

— Oui, monsieur.

La porte s'ouvrit et l'homme parut. Il n'était pas du tout comme Alexander se l'était représenté. C'était un petit homme trapu d'âge moyen, les cheveux en désordre et la démarche nonchalante. Il vint à la rencontre d'Alexander en souriant et la main tendue. Ils se serrèrent la main, et l'homme exhiba sa carte de police :

— Inspecteur Adrian Dessain, d'Interpol, dit-il en remettant sa carte dans sa poche. Puis-je vous poser quelques questions ?

— À quel sujet ? demanda Alexander avec impatience.

— Au sujet de certains… incidents ayant affecté votre groupe, répondit Dessain. Puis-je m'asseoir ? Je suis debout depuis ce matin et je suis très fatigué.

Alexander hocha la tête.

— Je n'ai pas beaucoup de temps. J'ai un rendez-vous dans deux heures et…

— Ça ne sera pas long, assura Dessain en s'asseyant. Vous savez que l'un de vos directeurs a été arrêté à Berlin pour avoir trempé dans une affaire illégale, n'est-ce pas ?

— Bien sûr.

— J'ai parlé longuement avec cet homme à Berlin. Il proteste de son innocence, et je suis enclin à le croire.

Alexander ne cilla pas.

— Pourquoi ?

— Parce que je pense qu'il sert de bouc émissaire. Et je pense aussi qu'à travers lui, c'est vous, Monsieur Kirakis, que l'on veut atteindre.

— C'est une théorie intéressante, inspecteur, risqua Alexander avec circonspection.

— Cela me paraît évident, répartit Dessain. Il énuméra tous les revers du groupe Kirakis depuis quelques années. Il montra à Alexander les imprimés sortis des ordinateurs et lui parla des informations accumulées au cours de son enquête.

— Monsieur Kirakis, il semble que les fondations de votre empire soient quelque peu branlantes.

— Il est vrai que nous avons eu des difficultés. Mais cela se produit de temps en temps dans les entreprises les plus solides.

— Peut-être. Mais ne trouvez-vous pas étrange que les activités du groupe se soient déroulées plutôt calmement jusqu'en 1982 – époque où vous avez pris la direction des affaires ?

— Que voulez-vous me dire exactement, Inspecteur Dessain ?

— Je crois que quelqu'un aimerait vous éliminer du monde des affaires – de façon permanente ! expliqua Dessain sans ambages.

Alexander sourit.

— Je suis sûr que beaucoup de gens aimeraient voir cela, concéda-t-il. Mais rien ne dit que leurs souhaits se réaliseront.

— En êtes-vous certain ?

Alexander le dévisagea.

— Oui, dit-il résolument. Je le suis !

Dessain referma son attaché-case et le posa à terre.

— Quand Kurt Badrutt fut arrêté, monsieur, Interpol eut des informations concernant son implication dans une affaire de blanchiment, expliqua Dessain dans son anglais au fort accent français. Dès le début, les circonstances de son arrestation n'étaient pas très nettes. Badrutt a persisté à dire qu'il avait été dupé, et c'est ce que j'ai moi-même toujours cru.

— Pourquoi ? demanda Alexander. Qu'est-ce qui vous porte à le croire ?

— Et vous, vous n'y croyez pas ?

— Évidemment, je crois qu'il dit la vérité, répondit Alexander sans hésitation. Mais moi, je connais l'homme depuis longtemps et je sais qu'il ne tremperait jamais dans une affaire pareille.

— Moi aussi, je le connais bien.

Dessain exposa à Alexander par quel processus minutieux il avait pu construire un portrait de Kurt Badrutt.

— Je suis convaincu que Badrutt n'est qu'un appât, Monsieur Kirakis. C'est vous la véritable cible.

— Moi ? s'écria Alexander sur un ton ferme.

Dessain lui raconta tout ce qu'il avait appris sur le groupe Kirakis – et sur Alexander lui-même au cours de son enquête. Il donna des noms, indiqua des incidents et des informations, puis il termina avec la mort de Carolyn Grayson à Londres

— La version officielle est qu'il s'agissait d'un accident, conclut-il.

— Mais vous n'y croyez pas, dit lentement Alexander.

— Sûrement pas.

Dessain fronça les sourcils.

— Quelqu'un voulait faire croire à un accident – et cette personne a réussi à le faire croire à certaines personnes. Mais je ne suis pas convaincu. Vous avez marché sur les pieds de bien des gens depuis que vous prenez une part active à la direction du groupe Kirakis, n'est-ce pas ?

Alexander eut un sourire pincé.

— Dans les affaires, inspecteur, il est impossible de réussir sans se faire quelques ennemis.

— Sans doute, mais des rivaux en affaires ne recourent pas au meurtre pour gagner une compétition, ce n'est pas l'habitude. Non, Monsieur Kirakis, je suis sûr que celui qui vous poursuit a des griefs personnels contre vous. Je suis venu ici dans l'espoir que vous pourriez me fournir des indications qui me mettraient sur la piste de la personne en question.

— La liste est longue, je pense, avoua Alexander. Mes relations personnelles m'ont rapporté presque autant d'ennemis que mes relations d'affaires.

Il se tut et consulta sa montre.

— Je dois partir. Les banquiers ont horreur d'attendre. Le temps, c'est de l'argent : c'est leur philosophie. Mais si vous vouliez bien me donner un numéro où je puisse vous atteindre...

Dessain griffonna le numéro de son hôtel.

— J'y séjourne encore pour quelques jours, dit-il.

— Je pense que je vais m'absenter prochainement, expliqua Alexander. Je vais à Paris pour affaires. Je pars demain soir et je ne rentrerai guère avant le début de la semaine prochaine.

Le Français désigna la carte qu'il venait de remettre à Alexander.

— Le numéro de téléphone du siège parisien d'Interpol est inscrit au verso. S'il vous vient à l'esprit une idée qui puisse être utile à notre enquête, n'hésitez pas à me contacter, je vous prie.

— Je n'y manquerai pas, promit Alexander.

Les deux hommes se regardèrent dans les yeux. La physionomie du Français était grave.

— Je vous en prie, monsieur, ne prenez pas cette discussion à la légère. Si mon flair ne me trompe pas, vos intérêts – et même votre vie – sont peut-être en danger.

Alexander réfléchit à ce que l'agent d'Interpol lui avait dit longtemps encore après le départ de celui-ci. Cet inspecteur était allé au fond des choses. Il en savait presque autant qu'Alexander sur ce qui se passait dans le groupe Kirakis. Alexander était inquiet en réalité, mais il refusait de l'admettre. Il partageait la théorie de Dessain selon laquelle tous les contretemps – revers, accidents, crises – étaient soigneusement orchestrés dans un seul but : le ruiner. Celui qui était à l'origine de cette conspiration était intelligent. Et dangereux.

Alexander soupira. Dessain voulait des noms, les noms de ceux qui avaient un motif pour le détruire. C'était presque risible. Comment relever le nom de la personne qui voulait l'anéantir dans une liste pratiquement infinie ? Il s'était fait quelques solides ennemis dans le monde des affaires – et encore plus dans le cours de sa vie privée où il s'était parfois montré encore plus dominateur et plus dur. Et chacun de ses ennemis avait une raison et les moyens d'arriver à ses fins. Mais lequel – ou lesquels, car ils pouvaient avoir conclu une alliance contre lui – de ses adversaires s'ingéniait à lui causer des ennuis ?

Qui le haïssait assez pour faire tant d'efforts afin de le ruiner ?

— Pourquoi ne pas abandonner, Larry ! dit Meredith en riant tandis qu'elle descendait la marche du décor familier bleu et gris de *l'Observateur de Manhattan*. Dans une bataille de bons mots, vous seriez absolument sans défense !

— C'est bon de vous voir retrouver votre sens de l'humour, déclara l'assistant de production en faisant tourner son tabouret surélevé d'où il donnait ses indications scéniques à Meredith au cours des répétitions. Vous étiez de si mauvaise humeur ces derniers jours !

— Qui ne l'aurait pas été à ma place ? dit-elle avec une colère feinte dans la voix. Je passe quatorze heures – et parfois davantage – dans ce zoo chaque jour. Mon mari est en voyage d'affaires et quand il m'appelle, c'est tout juste si je peux ouvrir les yeux...

— Ma chérie, c'est vous qui avez voulu être une star, gronda-t-il gentiment.

— D'accord.

Meredith se faufila à travers les caméras et le matériel de sonorisation pour retourner à son bureau. Elle tomba sur Casey à mi-chemin.

— Si je dois faire une saison de plus avec Larry, je réclame une prime de risques, se plaignit-elle. Il m'a rendue folle pendant la répétition de ce matin.

— Il rend tout le monde fou, dit Casey en riant. Vous êtes libre à l'heure du déjeuner ? Un nouveau local vient d'ouvrir au coin de la 36e et de Madison. Je pensais que nous pourrions essayer...

— Je ne peux pas. J'ai à faire à la maison. Je voudrais partir d'ici assez tôt ce soir.

— Alexander revient ?

Meredith secoua la tête.

— Je voudrais bien, soupira-t-elle. Non, il a été retardé à Paris. Je ne sais pas quand il rentrera.

— Ce sera pour une autre fois ? demanda Casey avec un petit sourire.

— Certainement.

Meredith arrivait à son bureau quand sa secrétaire surgit, l'air visiblement soulagé en la voyant.

— J'ai appelé au studio, mais Larry m'a dit que vous étiez déjà partie, commença Cindy en désignant la porte. Un messager vous attend ; il apporte une enveloppe.

— Pourquoi ne l'avez-vous pas prise ?

Cindy secoua la tête fortement.

— Il doit vous la remettre en mains propres. J'ai pensé que c'était important.

Meredith hocha la tête. Elle entra dans son bureau, et le jeune messager en uniforme se leva.

— Meredith Kirakis ? demanda-t-il courtoisement.

— Oui.

— Voudriez-vous signer ce reçu ? Je suis chargé de vous remettre cette enveloppe.

Elle griffonna son nom et prit l'enveloppe. Le messager partit, et Meredith ferma sa porte. Si le document avait une importance telle qu'il ne puisse être remis qu'à elle, sans doute était-il confidentiel. Elle ouvrit l'enveloppe. Elle ne contenait qu'une simple feuille de papier, la photocopie d'un document officiel daté de septembre 1953. Aucune note manuscrite, aucune explication. Le message se suffisait d'ailleurs à lui-même. Quelqu'un avait fouillé dans le passé de son mari et dans celui d'Elizabeth Weldon-Ryan. Quelqu'un avait découvert la vérité, la preuve qu'elle cherchait d'une connexion entre Alexander, les Kirakis et sans doute les Ryan. Qui était-ce ? Qui avait découvert cette vérité. Qui d'autre était au courant ? Le sang se retira de son visage devant ce document officiel établi par les tribunaux grecs d'Athènes. Un décret d'adoption.

L'adoption d'Alexander.

XXVII

Meredith était allongée sur son lit, la tête lourde. Ses pires craintes s'étaient réalisées en voyant le contenu de cette enveloppe. Cette fois-ci, elle venait vraiment d'ouvrir la boîte de Pandore, libérant tous les démons qui hantaient le passé d'Alexander. Pourquoi avait-elle insisté pour faire revivre cette histoire ? se demanda-t-elle encore une fois. Pourquoi n'avait-elle pas laissé enterrés le passé et le secret de Ioannina, comme Tom Ryan et Constantine Kirakis l'avaient souhaité ? Comment lui annoncer cela ? se demanda-t-elle, tenaillée par l'angoisse qui grandissait en elle.

Elle fixa son regard sur le document qu'elle tenait à la main. Bien que les noms des parents naturels consignés sur le décret d'adoption fussent des noms grecs qui ne lui étaient pas familiers, elle connaissait les vrais noms aussi sûrement que son propre nom. Alexander était le fils que Tom et Elizabeth avaient cru mort dans ce vieux puits de Ioannina. Alexander était David Ryan !

Comment cela avait-il été possible ? Comment s'y étaient-ils pris pour avoir un certificat de naissance et procéder à l'adoption sans que personne ne le sache ? Sans éveiller les soupçons ? Qu'en avait-il coûté à Constantine Kirakis pour dissimuler la vérité au monde – et à Alexander lui-même ?

Entendant des pas derrière la porte, elle fourra vite le papier dans son sac à bandoulière et s'allongea de nouveau. La porte s'ouvrit et Alexander entra. Il s'immobilisa et l'observa un moment, la mine inquiète, puis il vint s'asseoir près d'elle.

— Veux-tu me dire ce qui ne va pas ? dit-il tendrement en lui caressant les cheveux.

— Je pense que je suis en train de faire une crise lymphatique, dit-elle en s'efforçant de garder un ton léger.

Quand elle était entrée dans la tour une heure plus tôt et que le concierge lui avait dit qu'Alexander l'attendait en haut, l'idée d'un face à face l'avait angoissée parce qu'il s'apercevrait immédiatement que les choses allaient mal, terriblement mal. Alexander savait d'instinct quand elle était inquiète. Ce même instinct sauvage qui l'avait tant servi dans ses affaires le rendait également sensible au moindre changement d'humeur chez Meredith.

— La vérité, dit-il sur un ton ferme, mais sans impatience. Qu'est-ce qui ne va pas ?

— Sérieusement, je crois que j'ai ramassé quelque microbe qui traînait quelque part, insista-t-elle. Pendant ton absence, j'ai travaillé quatorze heures par jour – parfois plus – afin de préparer les nouvelles séquences à diffuser. Je me suis fatiguée, je n'ai peut-être pas assez mangé – je suppose que j'en paie le prix à présent.

— Tu devrais peut-être t'arrêter un jour ou deux, dit-il en repoussant ses cheveux de son visage.

— Harv ferait un infarctus si je m'absentais en ce moment, dit-elle avec un pauvre sourire.

— Se sont *ses* problèmes. Toi, tu es mon problème à moi – et j'insiste, *matia mou*. Je ne veux pas que tu te tues au travail.

— Tu ne crois pas que tu devrais toi-même pratiquer ce que tu prêches ? demanda-t-elle sur un ton légèrement moqueur. Combien de fois as-tu veillé au-delà de minuit ces derniers temps ?

— Mon cas est différent, et tu le sais, dit-il en fronçant les sourcils. Je suis responsable du groupe – je suis Kirakis. Je dois absolument trouver qui es en train de me ruiner – avant qu'il soit trop tard et avant que le dommage ne soit trop important. Le destin de la chaîne IBS ne repose pas sur tes épaules, même si c'est ce que tu as l'air de croire parfois. J'insiste donc pour que tu t'arrêtes un jour ou deux ; plutôt cela que te voir t'effrondrer d'épuisement.

Elle le regarda dans les yeux ; elle était dangereusement près des larmes.

—Je t'aime, dit-elle doucement en le prenant par le cou. Quoi qu'il puisse arriver et quelle que soit l'apparence des choses, je t'en prie, n'oublie jamais que je t'aime.

Il la serra contre lui. Quelque chose inquiétait sa femme, quelque chose qui n'était pas aussi insignifiant qu'elle voulait le faire croire. Si seulement elle lui disait de quoi elle avait tellement peur.

Meredith lut la lettre lentement, puis la jeta sur son bureau, plus déçue que furieuse. C'était une lettre de l'administrateur de la Clinique de Lausanne en Suisse, répondant à la demande de renseignements de Meredith concernant Elizabeth Weldon-Ryan, probablement admise dans l'établissement en septembre 1953. De même que les deux lettres qu'elle avait reçues avant – émanant des administrateurs d'une institution genèvoise et de Davos-Dorf – celle-ci était impersonnelle, courtoise mais ne contenait aucune information. Monsieur Michel Beauvais, l'administrateur, expliquait que malgré son grand désir de l'aider, le règlement de la clinique stipulait la protection de la vie privée des patients. Il n'était donc malheureusement pas libre de donner quelque renseignement que ce fût touchant les patients, pas même leurs noms.

Meredith se leva et marcha à la fenêtre. Les rues étaient joyeusement décorées pour Noël : arcs gigantesques de poinsettias rouges et verts, flocons de neige et guirlandes en cheveux d'anges étincelantes. On allait fêter Noël dans peu de temps, mais Meredith n'était pas d'humeur festive cette année. Elle s'était efforcée de montrer quelque enthousiasme pour ne pas éveiller les soupçons d'Alexander. Noël avait toujours été une période si heureuse pour eux. Ils fêtaient le Noël américain le 25 décembre, puis ils fêtaient le jour de la St-Basile, le six janvier pour maintenir la tradition dans laquelle Alexander avait été élevé. Meredith fronça les sourcils. Alexander vivait avec les traditions et les valeurs grecques depuis tant d'années. Il s'était cru Grec toute sa vie – ou plus exactement pendant la partie de sa vie dont il se souvenait. Il s'était cru le fils de Constantine et Melina Kirakis. « Quelle serait sa réaction si je lui disais la vérité ? » se demanda Meredith.

Sa secrétaire entra dans son bureau.

— Meredith, ce courrier vient d'arriver pour vous – marqué *Confidentiel*, dit Cindy en lui remettant l'enveloppe.

Meredith la prit et chercha aussitôt l'adresse de l'envoyeur. Il s'agissait d'une étude juridique de Los Angeles. La peur la serra à la gorge en l'ouvrant. Elle serait incapable de supporter une surprise survenant si rapidement après le message spécial du vendredi précédent.

Elle lut la lettre rapidement. Elle était d'un dénommé Curtis Harmon, l'associé principal de l'étude. Étant gestionnaire des biens immobiliers et des fonds de Mme Ryan, il expliquait que son attention avait été attirée sur l'intérêt qu'elle portait au domaine Ryan. Il demandait à Meredith de prendre contact avec lui le plus rapidement possible concernant les fonds fournis pour les soins de Mme Ryan par la Fondation Kirakis d'Athènes. La Fondation Kirakis ? Cela n'avait aucun sens pour elle, mais elle avait le sentiment que l'affaire prendrait un sens dès qu'elle aurait parlé avec M. Harmon. Elle regarda sa secrétaire.

— Cindy, ne me passez aucun appel. Cette affaire va me retenir assez longtemps.

Cindy acquiesça de la tête et sortit.

Meredith appela Los Angeles. Quand elle donna son nom à la standardiste, Curtis Harmon s'annonça presque immédiatmeent sur la ligne.

— J'ai reçu votre lettre, M. Harmon, et pour être franche, je suis en pleine confusion. J'ai bien un intérêt touchant le domaine Ryan, mais que signifient ces fonds particuliers ?

— Vous voulez dire que vous n'êtes pas au courant ? s'étonna-t-il.

— Non, je ne suis pas au courant.

— Eh bien ! voilà, Mme Kirakis. Ces fonds destinés à Mme Ryan ont été décidés en novembre 1953 par la Fondation Kirakis – laquelle, je suppose, est maintenant dirigée par votre mari puisque M. Constantine Kirakis est mort depuis plusieurs années. La fondation décida le versement de ces fonds parce que M. Kirakis – Constantine Kirakis plus exactement – se sentait responsable de la mort de l'enfant de Mme Ryan et de la maladie mentale de cette dernière à la suite de l'accident.

« Je veux bien parier qu'il se sentait coupable », pensa Meredith avec colère.

— Et comment ces fonds profitent-ils à Mme Ryan ? demanda-t-elle prudemment.

— Dans le passé, ils ont couvert toutes ses dépenses à la clinique de Lausanne en Suisse, répondit Harmon. Vous ne le saviez pas ?

— Inattention de ma part, mentit Meredith. Mon mari a confié la gestion de la fondation à des hommes très capables, mais il n'a guère le temps de suivre au jour le jour ce qui s'y fait.

— Bien sûr, je comprends parfaitement, dit Harmon avec courtoisie. J'ai toujours eu affaire avec un certain docteur Karamanlis.

— Oui, je crois que c'est lui qui s'en occupe à présent, dit Meredith vaguement.

— Je sais qu'il traite tout ce qui se rapporte aux fonds Ryan, y compris le domaine de Bel Air autrefois possession des Ryan.

— Le domaine ?

Meredith était embarrassée. Elle savait que la maison avait été léguée à Nick Hollyday par testament dûment établi par Tom Ryan.

— Je ne comprends pas...

— La fondation l'a acquis il y a deux ans. Il semble que les Productions Stargazer créées par M. Holliday éprouvaient des difficultés financières, et...

— Pourquoi ? interrompit Meredith. Je veux dire, pourquoi la fondation a-t-elle voulu l'acheter ?

Ses pensées se précipitaient dans son cerveau.

— Je n'en sais rien, Mme Kirakis, répondit en toute sincérité l'homme de loi.

— Vous disiez que Mme Ryan se trouve à la Clinique de Lausanne ?

— C'est juste. Pour autant que je sache, elle y est depuis son admission en septembre 1953.

Meredith s'efforça de mettre de l'ordre dans ses idées. Quand elle s'était entretenue avec l'administrateur de l'hôpital Kiffisia d'Athènes, il lui avait dit qu'Alexander Kirakis n'y avait jamais été soigné, ce qui ne l'avait nullement surpris – étant donné les circonstances – mais qu'Elizabeth Weldon-Ryan y avait été hospitalisée pendant six semaines, du 2 août 1953 au 15 septembre 1953. Les choses commençaient à se mettre en place.

— Mme Kirakis ? demanda Harmon, doutant qu'elle fût encore en ligne.

— Je suis là. Merci, M. Harmon. Vous m'avez beaucoup aidée.

— Si je peux vous être encore de quelque assistance, n'hésitez pas à m'appeler, lui dit-il.

— Je n'y manquerai pas.

Elle raccrocha lentement, essayant d'assimiler ce que Harmon venait de lui dire. Tout avait à présent un sens sauf une chose : comment Alexander avait-il survécu alors que tout le monde le croyait mort dans le puits ? Quelqu'un avait sans aucun doute la réponse à cette question essentielle. Elle soupira, comprenant qu'elle se devait d'affronter la tâche la plus pénible de sa vie.

Il fallait parler avec Alexander ce soir-même.

Alexander lut et relut le papier dans un silence pétrifié. Il se tourna finalement vers Meredith qui l'observait avec inquiétude.

— D'où tiens-tu cela ? demanda-t-il d'une voix tendue.

Elle reprit son souffle.

— Je ne sais pas d'où vient ce papier. Il a été déposé à mon nom au Centre de Télévision par messager spécial. Il n'y avait pas de lettre, rien d'autre.

— Alors, quelqu'un d'autre est au courant.

— Malheureusement, dit-elle calmemennt. J'ai d'abord pensé que quelqu'un avait tout découvert en essayant de m'aider dans mon enquête, mais…

— Je me demande, commença-t-il lentement, sa colère s'intensifiant visiblement, sur combien d'autres choses ils m'ont menti ?

Il jeta soudain le papier comme si c'était un serpent venimeux prêt à mordre.

— Mensonges ! Toute ma vie n'a été qu'un mensonge !

— Je ne comprends pas, dit Meredith.

— Pourquoi ne m'ont-ils jamais rien dit ? Ils m'ont laissé croire que j'étais leur chair et leur sang…

— Pour eux, tu l'étais.

Il se tourna vers elle.

— Comment peux-tu savoir cela ? demanda-t-il sur un ton glacial. Tu ne les as pas connus – Ciel, moi non plus, je ne les connaissais pas, n'est-ce pas ? J'ai vécu avec eux aussi loin que remontent mes souvenirs, mais je ne les connaissais pas !

— Alexander, je les connaissais bien tous les deux, dit-elle patiemment. J'ai passé des mois à m'efforcer de les connaître. J'ai lu leurs pensées, j'ai éprouvé leurs émotions. Ta mère – Melina – était prête à mourir pour donner un fils à son mari.

Il eut un mince sourire.

— Aujourd'hui, il y aurait une solution plus acceptable à leur problème.

Sa voix était brisée.

— Ils pourraient payer quelque jeune femme pour porter l'enfant de mon père. Cela aurait certainement coûté moins cher que la méthode qu'ils ont choisie – et la loi aurait été respectée. Autre chose que ce kidnapping...

— Alexander... commença Meredith.

Il secoua la tête avec insistance, refusant de l'entendre.

— Non. Ne les défends pas, dit-il aigrement.

Il prit son manteau.

— J'ai besoin d'être seul un moment. Je vais marcher un peu.

Elle le regarda partir avec une profonde tristesse – pas à cause d'Alexander ni d'elle-même, mais pour Constantine et Melina Kirakis qui avaient tout donné pour l'enfant qu'ils considéraient comme leur fils. Dieu seul connaît le sentiment de culpabilité qu'ils ont dû emporter avec eux dans leur tombe.

Il rentra très tard. Meredith l'attendait dans leur chambre. Elle avait rassemblé tout ce qu'elle possédait concernant Elizabeth Ryan, il devait voir le dossier complet. « Plus de mensonges, pensa-t-elle en regardant les photos. Il a déjà l'impression d'avoir été trahi, alors si je lui cachais tout ce que j'ai appris, il pourrait se retourner contre moi. »

Il n'avait pas envie de parler quand il rentra ; il évitait toute conversation, mais Meredith se montra insistante. Il l'écouta quand elle lui expliqua comment elle avait appris l'existence d'un fonds Kirakis en faveur d'Elizabeth Ryan créé trente-trois ans auparavant, et comment elle avait poursuivi ses recherches pour obtenir enfin des réponses. Elle avait ainsi découvert le lien entre les Ryan et ses parents. Elle admit ne pas être en possession de toutes les réponses, mais assura qu'elle n'allait pas abandonner maintenant.

— Ainsi... encore d'autres secrets... Ce qui prouve que l'on peut vivre avec les gens sans jamais les connaître vraiment.

— Ils t'aimaient, Alexander. Ils ont eu sans doute de bonnes raisons pour agir ainsi, insista-t-elle.

— Bien sûr ! Constantine Kirakis avait besoin d'un héritier convenable pour son empire, dit Alexander avec dédain. Il aurait fait n'importe quoi pour asseoir l'avenir de cet empire – même voler un enfant s'il ne pouvait pas en avoir lui-même.

— Tu sais bien que ce n'est pas aussi simple. Tous deux t'aimaient, c'est évident.

Avait-il entendu ces dernières paroles de Meredith ? Fasciné, il fixait du regard le portrait d'Elizabeth et de son enfant.

— Dans ce cas, pourquoi ne m'ont-ils jamais dit la vérité ? répliqua Alexander sur le ton du défi, marchant de long en large dans la chambre. Il y avait une amertume non déguisée dans sa voix.

— Peut-être leur avait-on conseillé de ne rien te dire, suggéra Meredith.

— Pourquoi ? Quel motif auraient-ils eu pour se taire ?

— Tu as dit toi-même que l'expérience t'a causé un tel choc que tu l'avais refoulée hors de ta mémoire. Peut-être ont-ils eu peur que tu bascules de l'autre côté s'ils évoquaient ce souvenir ?

— Ou peut-être ont-ils eu peur que je retrouve ma mémoire, et que je me souvienne de mon identité et ce de que l'on m'avait fait ! aboya Alexander.

Il regarda encore la photo d'Elizabeth qu'il tenait entre ses mains.

— Et pour elle, quelle souffrance cela a dû être de me croire mort pendant toutes ces années. Et pour mon père ! Qu'a éprouvé ma mère quand on lui a dit que j'étais mort ?

— Elle n'a rien éprouvé du tout, dit tranquillement Meredith. Elle est dans un état catatonique depuis l'instant où on lui a dit que tu étais mort.

Il se tourna vers Meredith.

— Mais alors, elle est toujours vivante !

Meredith hocha la tête.

— Elle est en Suisse – à la Clinique de Lausanne. Elle y est depuis 1953. Il ressort que la Fondation Kirakis a pris en charge toutes ses dépenses à la clinique, et aussi tous les frais d'entretien du domaine Ryan.

— La Fondation Kirakis, dit lentement Alexander, mordant dans chaque mot comme dans un fruit amer. Karamanlis.

— Pardon ? s'étonna-t-elle.

— À la mort de mon père, la fondation fut remise à son bon ami et médecin, Pericles Karamanlis, se souvint Alexander. C'est lui qui en a le contrôle.

— C'est pour cela que tu n'étais pas au courant du fonds… commença-t-elle, les pièces se mettant en place dans son esprit.

Il secoua la tête.

— Non, je n'en avais pas connaissance, mais je suis prêt à parier que le bon docteur est très au courant.

Il se souvint de la conversation qu'il avait eue avec Karamanlis immédiatement après la mort de son père.

— Quelque chose me dit qu'il sait tout. Si je trouve l'homme, je trouverai en même temps la vérité.

— Où est-il maintenant ?

— Je n'en sais rien. Mais il ne me faudra pas beaucoup de temps pour le trouver.

Meredith était rongée d'inquiétude pour Alexander. Il semblait à présent obsédé par la recherche de la vérité, obsédé par le désir acharné de recouvrer sa propre mémoire. Il avait envoyé l'un de ses employés à Los Angeles pour rassembler les films d'Elizabeth Ryan aux archives des Studios Centurion. Il engagea des détectives privés dans le monde entier pour rechercher, parmi les employés de son père, ceux qui auraient pu se trouver à Ioannina à l'époque de la tragédie. Il retrouva la trace de Karamanlis à la suite de nombreux coups de téléphone.

— Il vit à Rafina, dit-il à Meredith. Il y habite une villa, sans doute payée par mon père. Par Constantine Kirakis.

— Tu vas lui téléphoner ? demanda Meredith avec inquiétude.

— Non. Je vais à Rafina, répliqua-t-il, la mine sombre. Je veux le voir en face. Je veux savoir s'il dit la vérité.

— Je vais avec toi, dit-elle vivement.

Ils s'envolèrent pour la Grèce le lendemain matin.

Alexander et Meredith allèrent d'Athènes à Rafina par hélicoptère et atterrirent sur la pelouse de la superbe villa de Karamanlis, villa de style méditerranéen dominant la mer. Dès leur descente, Alexander, levant la tête, aperçut Karamanlis sur le balcon entourant la suite du maître de maison située au troisième niveau.

— Il sait, dit Alexander à Meredith tandis qu'ils traversaient en hâte la pelouse pour échapper au tourbillon de vent provoqué par les moteurs de l'hélicoptère. Je ne sais pas comment, mais il sait ; il nous attendait.

Un domestique oriental les fit pénétrer dans la villa et les conduisit à la rotonde, une vaste pièce abondamment décorée de riches tissus et de couleurs.

— Le docteur Karamanlis souhaite vous voir tout de suite, leur dit le jeune homme.

Puis il tourna les talons et sortit.

— C'est beau ! dit Meredith à voix basse en admirant la vue panoramique sur la mer Egée, depuis les baies voûtées qui se succédaient le long du mur en demi-cercle.

— Ça peut bien être beau ! dit Alexander entre ses dents. Il a probablement été grassement payé pour son silence.

Pericles Karamanlis entra dans la rotonde. Il était plus petit que dans le souvenir d'Alexander, et il avait beaucoup maigri. L'autorité qui autrefois émanait de son visage fort au nez grec, de sa voix nette, de ses manières assurées avait disparu. Même ses gestes n'étaient plus comme avant. Il avait l'air frêle tandis qu'il traversait la pièce tout en leur faisant signe de s'asseoir.

— C'est bon de vous voir, Alexander, dit-il en anglais d'une voix basse et fatiguée. Il y a si longtemps. Trop longtemps.

— Voici ma femme, Meredith, dit Alexander avec une froideur qui ne pouvait passer inaperçue. Meredith, voici Pericles Karamanlis, l'excellent ami de mon père.

Il ne se donna pas la peine de dissimuler son mépris.

Karamanlis serra aimablement la main de Meredith. Puis il se tourna de nouveau vers Alexander.

— Je suis seulement déçu que vous ne soyez pas venu plus tôt, Alexander, dit-il.

— Vraiment ? rétorqua Alexander avec une pointe d'ironie.

Karamanlis ignora le sarcasme.

— Asseyez-vous, je vous en prie. Voulez-vous boire quelque chose ?

— Non. Je ne veux rien boire. Je veux des réponses, dit Alexander avec âpreté.

Il s'assit sur le sofa, près de Meredith.

— Bien sûr. Quel est le problème ?

Karamanlis prit place en face de ses visiteurs, étonné de la ressemblance entre Constantine Kirakis et ce jeune homme.

— J'aimerais avoir quelques renseignements sur une Américaine – une actrice, dit Alexander. Elle se nomme Ryan, Elizabeth Weldon-Ryan.

Karamanlis sursauta comme s'il avait reçu un coup. Il essaya de minimiser sa réaction, mais il ne fut pas assez rapide.

— Ainsi, vous la connaissez, dit Alexander.

— Je suis au courant de son existence, mais je ne l'ai jamais rencontrée personnellement.

— Dites-moi ce que vous savez d'elle, docteur, menaça Alexander.

— Je ne me souviens pas de beaucoup de choses – l'un des signes du vieillissement, je pense, dit Karamanlis d'une voix hésitante. Elle est venue tourner en Grèce, je crois. Son gamin fut tué dans un accident.

— L'accident, il a eu lieu à Ioannina, est-ce correct ?

La voix d'Alexander était à présent basse et maîtrisée.

— Je ne sais pas...

— Vous vous en souvenez certainement, lui lança Alexander. Helena m'a dit que vous m'aviez soigné après mon accident...

— Qu'est-ce que cela a à voir avec les Ryan ?

— C'est vous qui allez me le dire, Docteur. J'ai été blessé dans un certain accident à Ioannina. Le fils Ryan fut tué dans un accident similaire. Nous avions tous deux quatre ans.

— Ce qui ne veut pas dire que les deux accidents soient liés...

— Ne mentez pas, docteur ! explosa Alexander en se levant d'un bond.

Il prit des papiers dans une grande enveloppe jaune et les poussa en travers de la table, jusque devant Karamanlis.

— Lisez cela, docteur, et dites-moi la vérité.

Karamanlis les lut attentivement. Certificats de naissance, dossiers médicaux. Le moment tant craint depuis plus de trente ans était arrivé. Toute l'histoire lui revenait sous une lumière crue à mesure qu'il étudiait les documents. Deux enfants, nés en même temps, ayant le même groupe sanguin extrêmement rare. Une coïncidence ? Peut-être pour quelqu'un qui, contrairement à Karamanlis, ne connaissait pas la vérité.

— Expliquez-moi tout cela si vous le pouvez, docteur, dit Alexander sur un ton de défi.

— Alexander, vous ne comprenez pas…

Alexander saisit le plastron de la chemise du vieil homme et le mit debout.

— Plus de mensonges, Karamanlis, avertit Alexander avec fureur. J'ai vécu sur des mensonges toute ma vie. Et maintenant, j'exige la vérité !

Meredith se leva promptement, prête à intervenir si nécessaire.

Alexander réagit comme s'il allait frapper Karamanlis.

— La vérité, docteur ! Ou dois-je vous rappeler que c'est moi qui contrôle désormais la rente généreuse que vous a allouée mon père ? Je peux vous anéantir – tous !

Karamanlis était vaincu.

— Asseyez-vous, Alexander. Je vais vous dire tout ce que vous voulez savoir. C'est eux qui auraient dû le faire autrefois.

Alexander s'effondra dans un fauteuil, pris d'une faiblesse subite.

— Je vous écoute, dit-il plus posément.

Karamanlis se leva et alla à la fenêtre ; il regarda la mer pendant quelques instants, comme pour y puiser du courage.

— Je connais votre père depuis l'enfance ; nous avons grandi ensemble au Pirée. Lui et moi étions les meilleurs amis. Nous avions les mêmes antécédents, les mêmes rêves. Nous sentions entre nous un lien que peu d'amis partagent. J'étais présent quand lui et Melina tombèrent amoureux l'un de l'autre. Quand ils se marièrent, j'ai averti Melina : pas d'enfants. Mais Melina était une femme obstinée, comme vous le savez sans doute.

Il expliqua que Melina avait souffert de trois fausses couches et la perte de Damian.

— Elle était enceinte à la mort de Damian, et cette grossesse non plus n'arriva pas à terme.

Meredith éleva la voix pour la première fois depuis leur arrivée.

— Voulez-vous dire qu'elle a fait une quatrième fausse couche, Docteur Karamanlis ? demanda-t-elle en considérant le médecin avec une inquiétude croissante.

Elle perçut la respiration pénible du vieil homme.

— Oui, dit-il d'une voix faible. Elle arrivait au cinquième mois de sa grossesse. Tous deux étaient persuadés que le bébé allait naître normalement cette fois-ci. La perte de ce bébé faillit tuer Melina. Tous deux ont failli en être détruits. Tous deux désiraient tant avoir une grande famille qu'ils ont reçu comme un choc le fait qu'ils n'auraient jamais d'enfants. Melina songeait à l'adoption, mais Constantine ne voulait pas en entendre parler. Il était si fier, si obstiné. Il voulait des enfants à lui, des fils pour perpétuer son nom et son œuvre…

— Mais alors, comment…

— En Grèce, les lois concernant l'adoption sont très strictes, Alexander. Lorsque Melina consulta des avoués, elle se heurta à d'innombrables obstacles. La procédure était longue. Un bébé ne pouvait être adopté avant l'âge de deux semaines. Les tribunaux ne laissent aucun aspect de côté dès que le bien de l'enfant est en jeu : religion, stabilité du couple de parents candidats à l'adoption, et l'enfant lui-même. Ils examinent les motifs d'une adoption. Le consentement des parents d'un enfant légitime est indispensable. Mais le point crucial, ce fut l'âge de Melina. Les tribunaux restaient inflexibles : Constantine et Melina étaient trop âgés pour adopter un enfant.

— Pourtant, avec tant d'argent…

La voix d'Alexander s'éteignit.

— L'argent aide quelquefois, et parfois il ne sert à rien, dit le médecin en levant les épaules. En tout cas, Melina comprit qu'il leur faudrait des années pour arriver à leurs fins, des années qu'ils n'avaient pas. Ils allaient vieillir, et leurs chances de succès diminueraient. Elle était minée par le chagrin.

— Alors ils décidèrent de voler un enfant ? demanda Alexander.

— Je vous en prie, Alexander – ne vous méprenez pas. Ils n'ont pas projeté les événements tels qu'ils se sont produits ! Quand la compagnie cinématographique américaine arriva en Grèce, votre papa leur loua le terrain de Ioannina. Cette terre était inutilisable par ailleurs, et Constantine avait envisagé de la vendre.

— Je comprends, dit Alexander en ouvrant et refermant ses poings.

— Quand Constantine abandonna son projet d'hôtel, il avait ordonné de couvrir les vieux puits afin qu'ils ne représentent plus aucun danger pour les enfants du village. Il ne savait pas que ses instructions n'avaient pas été suivies. De son côté, Melina, excitée à l'idée de voir se tourner un film américain sous ses yeux, persuada votre père d'aller à Ioannina cet été-là. Il était encore déprimé par la mort de Damian et la perte de l'autre enfant. Et à Ioannina, ils rencontrèrent les Ryan, vos parents naturels.

Le regard de Meredith alla d'Alexander au médecin, puis revint sur Alexander. On eut dit qu'il allait exploser. Elle lui toucha doucement le bras, mais il recula très vite.

— Alors, comment…

— Constantine fut de suite conquis par l'enfant que vous étiez. Vous n'aviez que quatre ans à l'époque, et vous représentiez tout ce qu'il avait espéré de Damian. Il passait des heures avec vous, et Melina était soulagée de le voir apparemment heureux, très heureux même pour la première fois depuis la mort de Damian. Elle aurait souhaité que cela dure toujours, mais elle savait que dès que le tournage serait terminé, les Ryan rentreraient en Amérique. Elle me dit un jour au téléphone qu'elle était certaine qu'il avait changé d'avis concernant l'adoption d'un bébé, mais il faudrait encore convaincre les tribunaux.

— Comment ont-ils fait ? demanda Alexander sur un ton glacé. Comment ont-ils réussi à faire croire à mes parents que j'étais mort ?

— Rien n'était prévu dans cette tragédie, dit posément Karamanlis. Le rôle de Madame Ryan était terminé, mais elle désirait rester en Grèce le plus longtemps possible. Décision bien malheureuse pour elle.

Alexander opina de la tête. Il tremblait dangereusement.

— L'enfant… Vous vous promeniez un jour en dehors des limites du site du tournage. Vous êtes tombé dans ce vieux puits. Votre mère devint hystérique quand elle apprit cela, et il fallut lui administrer des calmants. Elle fut ainsi sous calmants pendant quatre jours. Les équipes de secours travaillaient jour et nuit pour tenter de vous sauver. Ils abandonnèrent finalement leurs recherches et vous déclarèrent mort au soir du quatrième jour. Ce que personne ne savait, c'était que Constantine Kirakis vous avait déjà retrouvé et retiré du puits.

—Comment a-t-il fait? demanda Alexander avec amertume. Oh! Oui, j'avais oublié – quand l'argent Kirakis parle, tout le monde écoute, même Dieu!

— Ce n'est pas drôle, Alexander.

— Je ne cherche pas à être drôle, docteur, aboya-t-il, ses yeux noirs étincelants de colère. Poursuivez. Je veux entendre la fin de l'histoire.

— Oui, naturellement, acquiesça Karamanlis avec un signe de tête. Si vous vous souvenez, le projet du puits avait été annulé parce que les hommes continuaient à forer dans les cavernes souterraines. Constantine s'en souvint et prit contact avec les hommes qui avaient travaillé au puits. Ils entrèrent par l'une des cavernes, et ils vous trouvèrent. Ils vous amenèrent à la villa que Constantine et Melina avaient louée dans les environs, et ils me firent venir.

Meredith écarquilla les yeux de surprise. C'était donc ainsi qu'il avait survécu!

— Bien pratique pour eux, dit Alexander entre ses dents serrées.

— Quand je suis arrivé à Ioannina, vous étiez en très mauvais état. Vous étiez dans le coma. Vous étiez en état de choc, et vous souffriez d'une hypothermie prononcée. Il faisait extrêmement froid dans le puits, et vous ne portiez qu'un short très léger et un T-shirt. Costa me donna clairement à comprendre que personne ne devait connaître votre identité, ce qui contraria fort Melina. Elle le supplia d'aller dire aux Ryan que vous étiez vivant, mais il refusa. Elle savait ce qu'il pensait… Melina lisait dans son esprit comme dans un livre ouvert. Elle se confia à moi. Elle craignait qu'il se taise et les laisse partir en vous croyant mort.

— C'est manifestement ce qui s'est passé, dit Alexander.

— Vous vous êtes remis – physiquement du moins. Mais vous étiez incapable de vous rappeler qui vous étiez ni ce qui vous était arrivé. En fait, il ne vous restait aucun souvenir de votre vie antérieure à l'accident.

— Je ne me souviens toujours de rien, admit-il en se tordant les mains tant était grande sa frustration.

— C'est ce que Constantine avait espéré. Il nous pria tous de ne jamais dire à personne qui vous étiez, ni ce qui vous était arrivé. Il décida de vous emmener sur l'île, certain que vous y seriez en sécurité, expliquant que vous étiez désormais le fils que Dieu lui avait envoyé. Il y croyait d'ailleurs de tout son cœur. Aucun de nous n'était prêt à aller contre sa volonté, même ceux d'entre nous qui étions les plus proches de lui. C'était un homme prompt à la vengeance quand il se savait trahi.

— Et ma mère ? Melina...

Alexander avait l'air torturé.

— Ah !... Melina crut perdre la raison. Elle voulut aller dire la vérité à ses parents, mais elle était aussi effrayée que nous autres, bien que pour un autre motif. Son mari avait déjà perdu cinq enfants. Vous perdre l'aurait peut-être tué.

— Personne ne semble s'être occupé de ce que ce drame me faisait à moi, conclut Alexander.

— Ne croyez pas cela, insista Karamanlis. Costa vous adorait. Il voulait vous donner le monde. Vous étiez son salut. Quant à Melina, elle vous déifiait. Vous étiez l'enfant parfait, le fils qu'elle avait rêvé de donner à son mari mais qu'elle ne pouvait pas mettre au monde elle-même. C'était une femme forte, mais une épouse grecque traditionnelle, c'est-à-dire qu'elle n'aurait jamais osé se dresser contre son mari. Après un certain temps, sa déception s'apaisant, elle désira tant que vous soyez son enfant qu'elle finit par croire que vous l'étiez vraiment.

Alexander brandit le décret d'adoption ; sa face était déformée par la fureur.

— Dites-moi, docteur, s'il était si difficile que cela d'adopter un enfant à cette époque, comment y sont-ils parvenus en dépit de tous les obstacles ?

— Eh bien ! Vous viviez déjà avec eux sur l'île. Ils ont transmis une demande aux tribunaux d'Athènes en s'appuyant sur un faux certificat de naissance que j'avais établi, indiquant que vous étiez l'enfant d'une parente éloignée de Constantine qui était morte et vous confiait à sa garde. Frederick Kazomides collabora avec le service juridique de l'Athena Maritime pour que le document parût authentique. Vous comprenez, les tribunaux n'élevaient pas d'objection dans les cas de parenté par le sang. Et là, la fortune de Constantine Kirakis fut un avantage certain.

Alexander soupira par saccades et hocha lentement la tête.

— Ils se sont donc payés un juge et...

— Je n'ai jamais vu un juge grec se laisser acheter, dit Karamanlis péremptoirement.

— Tout se vend et s'achète, tout le monde, argumenta Alexander.

— Même vous ?

— Oui, mais je suis très cher. Je suis sûr que Madame Ryan peut vous le dire... ou vous le dirait si elle pouvait parler.

Karamanlis eut l'air stupéfait.

— Vous...

— Je sais où elle est, docteur, dit Alexander, le regard toujours étincelant. Je sais tout.

Il se leva et se mit à arpenter la pièce comme un fou.

Meredith espérait que Karamanlis n'essaierait pas de nier. Alexander avait manifestement envie d'attaquer physiquement le vieil homme.

— Dès qu'on lui eut dit que vous étiez mort, son esprit se brouilla. Son mari l'emmena dans un hôpital d'Athènes. Là, on lui expliqua qu'elle relevait de l'hôpital psychiatrique ou elle recevrait des soins mieux adaptés à son état. Après plusieurs enquêtes discrètes, il trouva la clinique de Lausanne, l'une des meilleures d'Europe. On m'a dit qu'il préférait la laisser en Europe à cause de la publicité dont elle ne manquerait pas d'être l'objet sitôt rentrée en Amérique. C'était la chose la plus miséricordieuse qu'il pouvait faire pour elle.

— Miséricordieuse ?

Alexander n'en croyait pas ses oreilles.

— Comment pouvez-vous parler de miséricorde alors que vous avez participé à l'anéantissement de cette femme ?

— Alexander...

— Évidemment, vous étiez tous achetés et payés par Constantine Kirakis, et vous n'aviez pas le choix, n'est-ce pas ?

La voix d'Alexander était brève et tranchante comme une lame de rasoir.

— Vous devez comprendre...

Karamanlis était désemparé.

— Je ne comprends pas, docteur ! Et je ne pense pas vous comprendre un jour – comment vous, et les autres, avez-vous pu permettre qu'un enfant soit volé à ses parents ! Comment avez-vous pu abandonner une femme à son destin sans l'ombre d'un regret !

Alexander était debout près de la fenêtre; il tournait le dos au médecin et à Meredith.

Le médecin secoua la tête.

— Des regrets, il y en a eu; mais on apprend à vivre avec eux après un certain temps. La chose faite, nous savions tous qu'il n'y avait pas de retour en arrière possible. Nous avions à vivre avec.

La voix de Karamanlis était remplie de chagrin.

— Nous avons tous vécu avec notre culpabilité pendant tant d'années. C'est peut-être difficile à croire pour le jeune homme que vous êtes maintenant, mais c'est ainsi.

— Difficile? En effet, c'est très difficile…

Alexander regardait la mer paisible.

— Melina était inquiète de ce que vous n'ayez jamais retrouvé votre mémoire. Elle s'alarmait aussi de vos cauchemars. Nous en parlions souvent; elle m'avait dit qu'elle aurait bien voulu vous révéler toute la vérité, mais Constantine refusait net. C'était la seule source de disputes entre eux. Même sur son lit de mort, Melina le supplia de vous parler enfin – de libérer votre âme, comme elle disait.

Alexander réfléchit un moment.

— La nuit où il mourut, il a essayé de me dire quelque chose. Était-ce une effort vers la vérité? Est-ce possible?

Il regarda Karamanlis, l'air interrogatif.

— Il m'avait dit qu'il n'avait pas encore tenu la promesse qu'il avait faite à Melina et qu'il se devait de le faire avant qu'il soit trop tard. Malheureusement, il souffrait énormément et j'étais contraint de lui administrer des sédatifs. Mais vous savez cela.

— Oui, je me souviens.

Alexander se tut quelques instants puis reprit:

— Même après sa mort, personne ne crut bon de me dire quoi que ce soit.

— Alexander, nous avions tous vécu dans le mensonge depuis si longtemps. Nous avions fini par nous en accommoder. Et une fois votre papa parti… Vous avez repris le pouvoir – vous étiez à l'époque un homme coléreux et amer, un homme avec qui il faudrait désormais compter. Je n'avais aucune idée de ce que serait votre réaction. Après avoir gardé le silence pendant tant d'années, j'ai pensé qu'il serait maladroit de ma part de vous rapporter tout cela.

— Bien sûr. Dites-moi, Docteur, combien de gens vivent encore parmi ceux qui étaient au courant ? demanda Alexander.

Karamanlis hésita un moment.

— Ils ne sont pas nombreux. Parmi ceux qui étaient à Ioannina à l'époque, il reste deux hommes : George Damos, le foreur, et un autre qui se nommait je crois Papersenos. Et moi-même. L'avoué qui s'occupa de l'adoption fut tué dans un accident d'avion en 1957. Les autres étaient déjà très âgés, la plupart sont morts de vieillesse.

— Ce George Damos – où est-il maintenant ? demanda Alexander.

— Je crois qu'il vit à Trikkala. Votre chef du personnel devrait pouvoir le localiser.

Alexander hocha la tête silencieusement tandis qu'il remettait les papiers en vrac dans son attaché-case.

— Alexander, puis-je vous poser une question personnelle ?

— Demandez toujours, je me réserve le droit de ne pas y répondre.

Karamanlis comprit fort bien.

— Évidemment. C'est votre droit. Je voulais simplement vous demander si vous n'aviez pas été heureux durant toutes ces années.

Alexander le dévisagea bizarrement.

— Que voulez-vous dire ?

— N'étiez-vous pas heureux en tant que fils de Constantine et Melina Kirakis ? N'ont-ils pas été bon pour vous ? N'y eut-il pas d'amour entre vous ?

— Ils ont été très bons pour moi, et je les ai aimés plus que vous ne pourrez jamais vous l'imaginez, admit Alexander.

— Alors, je vous en prie, Alexander, ne les haïssez pas. Ils ont payé pour leur crime. Vous avez été tout pour eux. Ils seraient morts pour vous protéger. Croyez-moi.

Alexander observa l'homme un long moment.

— Docteur Karamanlis, pour le moment, je ne sais plus du tout ce que je dois croire.

— Alexander, tu sais la vérité maintenant, dit Meredith tandis qu'ils allaient rejoindre leur jet privé à l'autre extrémité du terrain de l'aéroport d'Athènes. Ses longs cheveux blonds lui fouettaient le visage, ses joues étaient rougies par l'air froid de décembre. Elle remonta le col de son vison.

— Ne crois-tu pas qu'il vaudrait mieux rentrer chez nous et laisser les choses se décanter un peu ; nous y verrions plus clair ensuite.

— Il y a encore une chose que je dois accomplir avant de me tourner vers l'avenir, une étape à faire en partant d'ici.

— Où ? demanda-t-elle.

Il la regarda.

— À Lausanne.

L'administrateur de la Clinique de Lausanne fut surpris du soudain intérêt d'Alexander pour Elizabeth Ryan. Certes, Constantine Kirakis assumait toutes les dépenses de la patiente depuis 1953, et ce milliardaire grec avait fait des dons considérables à la clinique tout au long des années. Mais le jeune Kirakis n'avait jamais manifesté d'intérêt pour Mme Ryan ; il n'avait même jamais posé de questions à son sujet. L'administrateur ne put s'empêcher de se demander ce qui avait provoqué ce changement subit.

Maintenant qu'il se trouvait face à face avec le jeune Grec, il ne laissa pas d'être intrigué. Alexander Kirakis expliqua qu'il n'avait été mis au courant que tout récemment de l'existence de la femme et que son histoire l'avait intéressé. Il assura l'administrateur que la Fondation Kirakis continuerait à assumer ses dépenses. Il était bien entendu qu'elle devait avoir tout ce qu'il y avait de mieux, quel qu'en soit le coût.

— J'ai déjà parlé à son médecin. Il m'a dit pouvoir me ménager une visite chez Mme Ryan, lui dit Alexander.

— Bien sûr. Il s'agit du docteur Goudron. Je crois qu'il vous attend, n'est-ce pas ?

Il appuya sur le bouton de l'interphone.

— Solange, veuillez demander au docteur Goudron de venir dans mon bureau.

— Oui, monsieur.

— Merci.

Il s'adressa à Alexander.

— Le docteur Goudron va nous rejoindre. Voulez-vous du café ?

Le docteur Goudron était un petit homme soigné dans la cinquantaine, un monsieur à demi-chauve, myope et jovial qui ressemblait plus à un banquier ou à un diamantaire qu'au psychiatre hautement respecté qu'il était. Contrairement à l'administrateur qui semblait un peu mal à l'aise, le docteur Goudron se montra ouvert et détendu en présence d'Alexander.

— Je venais d'être incorporé dans l'équipe médicale de la clinique lorsque Madame Ryan y fut admise, dit le docteur Goudron à Alexander tandis qu'ils longeaient le couloir. C'était à l'automne 1953 ; elle est ici depuis plus de trente ans maintenant.

— Et il n'y a eu aucune amélioration depuis ? questionna Alexander. Puis-je vous demander pourquoi ?

— La question est simple, mais la réponse ne l'est pas. La psychiatrie, monsieur, contrairement à d'autres branches de la profession médicale, n'est pas une science exacte. Quand on se fracture une jambe, on la remet en place et on l'immobilise jusqu'à la guérison. Dans les cas de cancer, le médecin envisagera diverses possibilités. Mais en psychiatrie…

Il poussa un profond soupir.

— On ne peut pas soigner un esprit que l'on ne peut atteindre, malheureusement.

— Je crains de ne pas comprendre, docteur, avoua Alexander. Quel est exactement le… problème de Madame Ryan ?

— Émotionnellement, il se résume à une chose : elle a été incapable de s'adapter à la mort de son fils, expliqua le psychiatre. Voyez-vous, le mental est un instrument remarquablement complexe. Il est pratiquement impossible de prévoir sa réponse à un stress, à un choc extrême. Parfois, la seule réaction possible pour le mental est de se fermer au chagrin et de nier la réalité.

— Et le traitement par médicaments ?

— Les médicaments ?

La physionomie du médecin indiquait une nette réprobation.

— Ah ! C'est une question que j'ai souvent envisagée. Une nouvelle génération de psychothérapeutes, particulièrement en Amérique, professe que tous – ou presque tous – les désordres émotionnels sont d'origine chimique. Ils traitent donc les dépresssions avec des antidépresseurs, l'anxiété avec des tranquillisants, et les maniaco-dépressifs avec du carbonate de lithium. S'il n'y a pas de résultats, ils recourent aux électrochocs. Comprenez-moi bien, je ne dis pas que ces méthodes ne sont pas efficaces. Elles le sont, mais quelquefois avec des résultats dramatiques. Quant à moi, j'ai toujours eu le sentiment que soigner des désordres émotionnels avec des drogues ou par électrochocs sans essayer de déterminer la cause sous-jacente, c'était réduire le problème à sa plus simple expression.

— Vous n'avez pas essayé les drogues ni la thérapie de choc avec Madame Ryan ?

— J'ai tout essayé, monsieur, répondit Goudron avec indignation.

— Et vous ne pouvez rien pour elle.

— Malheureusement non.

Le docteur Goudron fronça les sourcils.

— Comme je vous l'ai déjà dit, une fois que le mental a choisi de se fermer au reste du monde, il ne peut plus être atteint que s'il choisit d'être atteint. Hélas, tout ce que nous avons pu faire pour elle, c'est lui procurer autant de confort que nous le pouvions, la protéger du monde extérieur – où elle serait traitée comme un être bizarre – pour le reste de ses jours. Et nous pouvons prier pour elle.

— Vous avez donc cessé de l'aider ?

— Oh ! Non. Je n'abandonnerai jamais. Mais je suis un psychiatre et un homme logique. Je suis aussi réaliste. Je ne crois pas qu'elle ira mieux un jour. Trente-trois ans, c'est beaucoup de temps.

— Un monsieur est venu la visiter plusieurs fois. Un Grec, je crois, n'est-ce pas ?

— Ah ! Oui – il est venu souvent. Il semblait la comprendre si bien que je ne l'ai jamais renvoyé, se souvint le docteur Goudron. Il fut un temps où j'ai même pensé qu'il serait en mesure de l'aider.

« Karamanlis a donc dit la vérité », pensa Alexander avec stupéfaction.

— Je comprends. A-t-elle eu d'autres visiteurs ?

— Seulement son mari. Il a pris toute sorte de précautions afin que personne ne découvrît jamais où elle était ni dans quel état elle était. Monsieur Ryan aimait profondément sa femme. Aucun doute dans mon esprit sur ce point. Il a choisi de l'amener ici car il savait qu'elle y serait tranquille, alors qu'en Amérique, elle aurait été la proie sans défense de la presse.

Le docteur Goudron se tut pour réfléchir, puis il reprit :

— Ce fut très difficile pour lui, mais il venait ici une fois par mois, aussi régulier qu'une horloge, toujours chargé de riches cadeaux. Il restait quelques jours, et le départ lui était toujours pénible. Monsieur Ryan a dû vivre deux pertes : celle de son enfant et celle de son épouse. Mais même après qu'il se fût adonné à l'alcool, il continua à lui rendre visite une fois par mois jusqu'à sa mort en 1980.

— On m'a dit qu'il était mort dans un accident de voiture ?

— Oui, c'est exact.

Alexander observa le médecin un moment.

— Je voudrais la voir.

Le médecin haussa les épaules.

— SI vous le souhaitez. Mais je dois vous avertir – elle peut ne même pas s'apercevoir de votre présence, avertit-il prudemment.

— Cela ne fait rien. Je veux savoir, répliqua vivement Alexander.

Alexander n'était pas prêt à soutenir le flot d'émotions qui le submergea au moment où il pénétra dans la chambre d'Elizabeth Ryan, la voyant pour la première fois. C'était la femme la plus belle qu'il eût jamais vue, belle à en perdre le souffle. Elle avait presque soixante ans, il le savait, mais elle aurait pu facilement être prise pour une femme de trente-cinq ans. C'était comme si le temps s'était arrêté pour elle. Son visage d'un ovale exquis était sans ride et avait gardé l'apparence de la jeunesse. Ses longs cheveux noirs étaient opulents et brillants. Seuls ses yeux, aussi noirs que ceux d'Alexander, semblaient ternes et sans vie.

— Comment allez-vous aujourd'hui, madame ? demanda le docteur Goudron lui parlant comme s'il était certain qu'elle allait l'entendre et le comprendre. Vous êtes particulièrement charmante. Une robe neuve, n'est-ce pas ?

Il s'adressa à Alexander.

— Des femmes appartenant à notre personnel vont souvent en ville afin d'acheter des objets pour nos patients. Elles font parfois venir un coiffeur. Je crois que les patients apprécient.

Alexander s'assit dans le fauteuil que lui désigna le médecin.

— Vous comprend-elle quand vous parlez, docteur Goudron ? Vous entend-elle ?

Le médecin leva les épaules.

— Aucun moyen de le savoir. Je préfère penser que oui.

Il s'adressa à la femme silencieuse et immobile.

— J'ai une surprise pour vous, aujourd'hui, madame. Vous avez un visiteur.

Il s'adressa de nouveau à Alexander.

— Elle n'a pas eu de visite depuis la mort de son mari. Je pense que ça lui manque.

Alexander n'écoutait plus. Il avait les yeux rivés sur la femme en face de lui.

— Elizabeth – voici Monsieur Kirakis, lui dit le docteur Goudron.

Elle n'eut aucun signe de reconnaissance ni pour l'un ni pour l'autre.

— Monsieur Kirakis, puis-je vous présenter Madame Elizabeth Ryan ?

Alexander prit la main de la femme et la baisa en se penchant légèrement.

— Très heureux de faire votre connaissance, Madame Ryan, dit-il d'une voix grave et douce.

Elizabeth ne répondit rien. Elle regardait droit devant elle, l'œil fixé sur un lointain qu'elle seule pouvait voir.

Alexander se tourna vers le docteur Goudron.

— Elle a toujours été ainsi ?

Le psychiatre hocha la tête, la mine triste.

— Toujours. C'est triste et désespérant.

Les yeux d'Alexander rencontrèrent ceux du médecin ; son visage était grave.

— L'expérience m'a enseigné que rien n'est jamais tout à fait désespéré, docteur.

— C'est différent dans les affaires et dans la médecine, Monsieur Kirakis. Nous, nous ne pouvons pas étendre nos espoirs indéfiniment. Des patients meurent, d'autres nous échappent – c'est ce qu'a fait Madame Ryan – et nous en venons à n'attendre que des miracles. Mais Dieu est très occupé.

— Nous ne devons pas l'abandonner, dit Alexander avec entêtement.

Le docteur Goudron aima la manière dont Alexander Kirakis avait dit *nous*, mais il craignit aussi que cet homme n'attendît l'impossible.

— Je vous ai déjà dit...

— Et moi, je *vous* dis, docteur, que je suis maintenant financièrement responsable d'elle. Elle n'a personne d'autre, dit Alexander sur un ton vif, en se déhanchant dans son fauteuil pour faire face au médecin. J'ai déjà dit à votre administrateur qu'il ne devait pas reculer devant les dépenses, mais que j'attendais plus qu'un simple entretien pour l'argent que je donne. De véritables efforts enfin !

Le médecin était indigné.

— J'ai toujours fait le maximum d'efforts. Mais je vous le dis, elle n'ira jamais mieux. Jusqu'à sa mort, elle restera telle qu'elle est aujourd'hui.

Alexander observa Elizabeth, puis il secoua la tête fortement.

— Nous verrons, Docteur !

— C'était un sentiment étrange, très bizarre, confia Alexander à Meredith. J'ai eu l'impression que je la connaissais. que je l'avais connue toute ma vie.

Meredith était visiblement inquiète.

— Je commence à penser que nous n'aurions peut-être pas dû passer par Lausanne, dit-elle.

— Si, il fallait que j'y aille.

Il déboutonna sa chemise.

— Je suis content de l'avoir vue. J'ai tant de questions sans réponses.

Il retira sa chemise et la lança sur le dos d'une chaise.

— Et en la voyant, tes questions ont-elles reçu des réponses ?

Il retira son pantalon.

— D'une certaine manière, oui. Le docteur Goudron m'a été d'une aide précieuse. J'ai essayé d'imaginer ce que ça devait être pour elle, mais – il eut un haussement d'épaules pour marquer son désarroi – sans succès.

— Que croyais-tu trouver à Lausanne ?

— Je n'en sais rien. J'ai seulement eu le sentiment que cette femme en savait plus sur moi que je n'en sais moi-même. J'ai eu le

sentiment qu'elle conaissait les réponses à toutes les questions que
je me pose touchant ma tendre enfance.

NEW YORK

Alexander s'agitait et se retournait violemment dans son sommeil,
ses plaintes pressantes étant étouffées par l'oreiller dans lequel il
avait enfoui son visage.

— Ne me laisse pas, suppliait-il. Non… Je t'en supplie… Ne
me laisse pas… Mère… Non… Mère !

Il se dressa subitement dans son lit, tremblant, les yeux agrandis par la terreur.

— Oh ! Mon Dieu… mère ! haleta-t-il.

Meredith, tirée de son profond sommeil par les cris de son
mari, s'assit et l'entoura de ses bras protecteurs.

— Ce n'est rien, dit-elle en lui caressant les cheveux. Ce
n'était qu'un rêve.

— Il revient me hanter, murmura-t-il en reprenant son souffle.
Il tremblait encore. Il y a longtemps que je n'avais pas fait ce
maudit cauchemar… Je croyais en être enfin libéré…

Meredith l'observa.

— Le même ?

Il acquiesça d'un hochement de tête.

— Mais avant, je ne pouvais pas m'en souvenir – il ne me
restait que des fragments. Cette fois-ci, je me souviens de tout.

Il était assis, la mine troublée. Il leva la tête sur le portrait
d'Elizabeth.

— J'ai vu son visage. Je l'ai reconnu.

— Elizabeth ?

Il hocha la tête affirmativement, réalisant à l'instant que ce
portrait l'avait toujours perturbé.

— C'était elle, mais elle était bizarrement vêtue, dans une
longue robe flottante ornée de ganses dorées, comme quelque costume d'une tout autre époque.

— Le costume qu'elle portait dans le film, dit Meredith. Quoi
d'autre, Alexander ? De quoi te souviens-tu encore ?

— L'obscurité. Un espace exigu, étroit, souterrain – sans doute
le puits. J'étais piégé. Je me suis cru enterré vivant, dit-il lente-

ment. Je n'arrêtais pas de crier, mais personne ne pouvait m'entendre. Puis je l'ai vue... Je ne savais pas d'où elle venait ni comment elle était arrivée jusque là, mais elle était si belle, comme un ange de lumière. Elle me fit signe, elle me dit qu'elle m'aimait et qu'elle allait me montrer le chemin pour sortir... mais quand je tendis les bras vers elle, elle disparut.

Il fixait toujours le tableau.

— Pendant toutes ces années, je me suis senti tellement abandonné, trahi... sans savoir pourquoi. J'ai haï toutes les femmes à cause d'elle ! J'ai cru qu'elle m'avait abandonné pour que je meure !

Il sanglota franchement pour la première fois. Sur lui-même et sur sa mère.

SOUTHAMPTON

Meredith se réveilla dans la nuit et se vit seule dans son lit. Elle s'assit et regarda autour d'elle, mais Alexander n'était pas dans la chambre. Elle rejeta ses cheveux en arrière d'une main et prit sa robe de chambre de l'autre. «Il n'est plus le même depuis notre retour d'Europe», pensa-t-elle en enfilant sa robe de chambre verte et la fermant avec sa large ceinture. Il était lunatique, agité, et souvent absent par l'esprit. Il passait des heures à regarder ces vieilles photos, scrutant le visage d'Elizabeth Ryan comme pour tenter de lire dans son âme. Il écoutait les bandes enregistrées de Meredith conversant avec Tom Ryan. Il lisait chaque article de journal, chaque titre, chaque note écrite dans les anciens carnets, il en mémorisait chaque mot. Il disait souvent à Meredith qu'il avait l'impression de vivre dans les limbes, qu'il ne savait plus qui il était, ni ce qu'il était.

Elle descendit l'escalier pieds nus et chercha partout. Elle ne le voyait nulle part. Puis elle aperçut une mince lumière sous la porte de la salle de projection. Elle ouvrit doucement la porte. Alexander était affalé dans un fauteuil, son visage dans ses mains. La pellicule avait terminé sa course et se balançait contre le dos du projecteur, produisant un cliquetis régulier qui se répercutait dans la salle. La lumière blanche et violente que reflétait l'écran muet baignait la pièce dans une lueur fantastique. Meredith vit aux pieds d'Alexander les grands étuis de métal contenant les films. Sans doute avait-il regardé encore les anciens films où avait paru Elizabeth. Elle alluma une lampe près de la porte et traversa la salle pour éteindre le projecteur. Puis elle toucha doucement l'épaule d'Alexander.

— Il est deux heures du matin, chéri, dit-elle tout bas. Ne crois-tu pas qu'il est l'heure de te coucher ?

Il secoua la tête sans la regarder.

— Je ne pouvais pas dormir, dit-il d'une voix lasse.

Elle tourna la tête vers le projecteur.

— Crois-tu vraiment que cela va t'aider ?

— Je n'en sais rien, dit-il faiblement. Je sais seulement que je dois essayer, essayer de l'aider en m'aidant moi-même.

Il leva lentement la tête.

— Moi, je ne me souviens pas, et elle, elle n'oublie pas !

Meredith s'agenouilla sur la moquette, près de lui.

— Un médecin pourrait peut-être t'être utile ? suggéra-t-elle.

— Tu veux dire un psychiatre !

Il eut un air de reproche.

Elle acquiesça d'un signe de tête.

— Meredith, je n'ai pas besoin d'un psychiatre. Je n'ai beseoin que de retrouver ma mémoire !

— Je ne te parle pas de te faire analyser pendant quinze ans ! Je pensais que l'hypnose, peut-être…

Il agita la tête d'un air obstiné.

— Si la mémoire doit me revenir, il faut que ce soit d'une façon naturelle !

Elle abandonna le thème, sachant qu'elle n'arriverait à rien. La décision devait provenir d'Alexander lui-même. Inutile de le forcer.

— Je n'arrête pas de regarder ces vieux films et j'essaie de m'imaginer comment elle était avant l'accident. C'est étrange de voir sa propre mère sur un écran tout en ayant le sentiment que c'est une inconnue.

— C'est une question de temps, dit Meredith. Voici trente ans et plus que tu ne te souviens de rien. Les souvenirs ne peuvent pas revenir du jour au lendemain.

Il sourit tristement.

— C'était une femme fantastique, non ?

— Beaucoup de gens disent qu'elle fut une brillante actrice.

— C'est plus qu'un simple jeu d'acteur qui fit d'elle une star, dit-il pensivement. Sur l'écran, il émane d'elle une certaine énergie, une intensité énorme, comme si elle était animée d'une flamme intérieure.

Meredith sourit.

— Tom disait que lorsqu'elle marchait devant les caméras, elle ne se contentait pas de jouer un rôle ; elle vivait une autre vie. Elle devenait une autre personne.

— Et une telle richesse d'expression. Elle irradiait une puissance palpable qui assaillait le spectateur. Je voudrais pouvoir me souvenir d'elle. Je voudrais savoir ce qu'était la vraie Elizabeth Weldon-Ryan.

— Tom disait que son fils était toute sa vie. Elle disait que son rôle de mère était le plus important de sa vie. Elle se retira de la scène pendant un temps parce qu'elle ne voulait pas se séparer de toi.

— N'est-ce pas ironique ? Elle revint sur la scène pour un seul rôle, et ce fut le rôle qui nous sépara pour toujours.

— Pas pour toujours, dit doucement Meredith. Puisque tu l'as retrouvée.

Il posa sa main sur les cheveux de Meredith.

— Oui, mais le saura-t-elle un jour ? Saura-t-elle un jour que je ne suis pas mort ? Reviendra-t-elle un jour à la réalité et aura-t-elle le temps de savoir qui je suis ?

Meredith caressa sa joue. Pour l'amour de lui, elle devait croire que cela se produirait un jour.

ZURICH

Julius Hauptmann était seul dans son bureau spacieux dominant le lac de Zürich. Assis à sa table de travail, il lisait et relisait les rapports reçus le matin. Un sourire s'amorça au coin de ses lèvres. Le groupe Kirakis rencontrait de graves difficultés, constata-t-il avec grande satisfaction. Le géant qu'était l'« Empire Kirakis » avait commencé à branler sur ses bases. Ce n'était qu'une question de temps jusqu'à la chute définitive et la défaite totale d'Alexander Kirakis lui-même. Le groupe Kirakis serait bientôt mûr pour passer en d'autres mains. Bientôt, lui, Julius Hauptmann et son consortium réclameraient tous ensemble le remboursement de leurs prêts. Kirakis avait déjà été averti. Bientôt, Alexander Kirakis et son empire seraient anéantis.

XXVIII

DEAUVILLE

Bien que Deauville, cette station à l'élégance intemporelle de la côte normande, fût en tous points aussi attrayante en juin, juillet et septembre qu'en août, c'est pourtant toujours en août que sa population atteint soixante mille personnes, douze fois le nombre des résidents permanents. En août, la station contient plus de richesses au mètre carré que n'importe quelle autre ville de même importance dans le monde. Des célébrités venues du monde entier quittent leurs yachts, leurs villas, leurs domaines et leurs îles pour participer aux mondanités de Deauville. C'est un phénomène qui attire deux catégories de gens : ceux qui aiment les courses, et ceux qui aiment le polo. Chaque année, des hommes fortunés et influents et autant de femmes arrivent du monde entier sur cette enclave française de 880 acres sise sur la côte nord. Tous viennent pour les chevaux rapides, pour l'argent vite gagné, et pour la foule compacte.

Meredith accompagnait son mari à Deauville tous les ans depuis leur mariage ; elle s'était familiarisée avec la manière dont se traitaient les affaires dans les boxes des propriétaires de La Touques ou au bord des terrains de polo. Tous deux assistaient aux courses et aux ventes de yearlings s'ils en avaient le temps. Ils prenaient des bains de soleil au bord de la piscine de l'Hôtel Royal et déjeunaient au Bar-Soleil et au Ciro. Le soir, ils se mêlaient à quelques membres éminents de la haute société internationale qui remplissaient les salles du Casino d'Été où le smoking était de rigueur. Et comme chaque année à cette époque, les créateurs de mode célèbres en France étaient représentés non seulement dans les magasins de la rue commerçante de la ville, mais aussi sur le dos des élégantes, que ce soit dans les tribunes des champs de courses ou des terrains de polo, ou bien encore au casino et le long de la célèbre Promenade des Planches. Cette année-là, la règle vestimentaire était fort simple : le coton et la toile pour la journée, les riches bijoux pour le soir.

Dans leur suite de l'Hôtel Normandy, Meredith était allongée, vêtue d'une chemise de nuit en soie mousseuse ; elle écoutait tomber l'eau de la douche d'Alexander. Elle était inquiète pour lui. Il était d'humeur étrange depuis leur départ de New York. Il n'était d'ailleurs plus le même depuis qu'il avait vu Elizabeth. Lui déjà si dur et inflexible en affaires, il était devenu absolument inhumain. Il avait toujours été un adversaire de poids sur les terrains de polo, mais maintenant, il jouait comme s'il s'agissait d'une guerre à gagner. Elle avait aussi noté quelques subtils changements dans le lit conjugal. Il faisait l'amour avec une impatience qu'il n'avait pas avant, une intensité parfois un peu effrayante. On eut dit qu'il éprouvait plus que jamais le besoin de s'imposer comme homme d'affaires, comme athlète et comme homme.

Il sortit de la salle de bains, une épaisse serviette bleue nouée autour de la taile, ses cheveux noirs et drus, humides et bouclés autour des oreilles. Il se mit devant le miroir pour se coiffer ; Meredith se redressa alors et entoura ses genoux de ses bras. Elle le regarda pensivement. Il avait été inhabituellement silencieux pendant le dîner, et il avait changé d'idée à la dernière minute, préférant ne pas aller au casino. Il avait les traits tirés.

— Je suis bien contente que tu aies choisi de te coucher de bonne heure, dit-elle. Moi non plus, je n'avais pas envie d'aller au casino.

Il se retourna vers elle.

— Tu dois retourner à New York ?

Meredith secoua la tête.

— Je peux prendre le reste de la semaine si je veux. As-tu un projet particulier ?

— Je pensais aller passer un jour ou deux à Lausanne avant de rentrer chez nous.

Il jeta le peigne sur la coiffeuse.

— D'accord... si tu le souhaites, dit-elle en posant son menton sur ses genoux.

— Tu n'as pas l'air très enthousiaste, remarqua-t-il en approchant du lit.

Elle lui prit la main.

— Ce n'est pas cela, dit-elle avec circonspection. Je ne veux pas que tu te fasses du mal, c'est tout.

Elle le regarda dans les yeux.

— Si son état ne s'améliore pas, s'il ne doit y avoir aucun changement...

— Et moi, je veux croire qu'il doit se passer quelque chose.

Il s'assit sur le bord du lit.

— Je veux croire que j'arriverai à l'atteindre, qu'elle saura un jour qui je suis et qu'elle reviendra à la réalité.

— Chéri, elle ne t'a pas vue depuis l'âge de quatre ans, dit doucement Meredith en posant ses mains sur les épaules de son mari. Sa peau bronzée luisait, encore humide de l'eau de la douche.

— Même si elle peut t'entendre...

— Elle va me reconnaître, dit-il avec certitude. La première fois que je l'ai vue, j'ai éprouvé quelque chose ; quelque chose que j'aurais éprouvé même si je n'avais pas su la vérité. Je crois qu'elle éprouvera la même chose aussi... un jour.

— Mais tu savais qui elle était, chéri. Elle n'a pas tellement changé pendant tout ce temps, et tu lui ressembles beaucoup, mais elle, elle ne se souvient de toi que comme d'un petit garçon !

Les yeux noirs d'Alexander étaient empreints d'une résolution inébranlable.

— Je dois essayer, *matia mou* , dit-il d'une voix basse et ferme. Et j'essaierai aussi longtemps qu'il y aura une lueur d'espoir. Tu comprends cela ?

Elle l'observa un moment. Elle allait répondre, puis elle se ravisa soudain et se contenta d'opiner de la tête.

Alexander la prit dans ses bras.

— Je savais que tu comprendrais, dit-il doucement.

Il posa sa bouche sur la sienne, d'abord avec tendresse, puis il l'embrassa avec ardeur. Ils retombèrent sur le lit et elle l'étreignit très fort sous l'intensité croissante des lèvres qui mordillaient son cou. Il ne s'arrêta que le temps de rejeter sa serviette et de faire glisser la chemise de nuit par-dessus la tête de Meredith. Meredith tremblait sous ses baisers, le désir monta en elle quand il la couvrit de son corps.

Elle se laissa emporter encore une fois dans le torrent de leur passion partagée.

LAUSANNE

Elizabeth était assise près de la fenêtre, dans un grand fauteuil de velours, vêtue d'une robe de soie jaune paille, son épaisse chevelure noire descendant en souplesse sur ses épaules. Baignée dans la chaude lueur claire du brillant soleil de midi, son teint pâle et translucide paraissait juvénile, presque immaculé.

Il lui tenait la main, lui parlant comme si elle pouvait l'entendre et était capable de le comprendre. Il avait fait les mêmes gestes, dit les mêmes mots lors de chacune des visites qu'il lui avait rendues au cours de ces huit derniers mois. Il était persuadé qu'elle l'entendait, qu'elle savait qu'il était là, même si elle ne savait pas encore qui il était ; tôt ou tard, il l'atteindrait. Il regrettait de n'avoir pas apporté des photos du dossier de Meredith. Peut-être sa mémoire réagirait-elle si elle voyait ces anciennes photos d'elle-même, de son mari et de son fils.

— Mère, je dois bien pouvoir faire quelque chose pour vous, dit-il d'une voix grave et douce. Quelque chose qui vous libérerait – qui nous libérerait tous deux – du passé.

Il réfléchit un moment : « Quelque chose qui remue sa mémoire. Des photos. Des lieux familiers. » S'il ne pouvait pas réanimer la mémoire de sa mère, peut-être pourrait-il au moins restaurer la sienne. Il se souvint du domaine Ryan en Californie dont lui avait parlé Meredith, des photos et des souvenirs que Tom Ryan avait conservés dans cette maison. Son foyer à lui aussi ! Son foyer pendant les quatre premières années de sa vie. Il devait y avoir un véritable trésor de souvenirs dans cette vieille maison.

Il plongea son regard dans les yeux vides et sans vie d'Elizabeth et tira de lui un sourire léger, mais pourtant plein d'espoir.

— Maman, dit-il doucement, Je vais peut–être pouvoir nous aider – tous les deux – en dépit de tout.

— Comment l'as-tu trouvée ? demanda Meredith dans la voiture qui les ramenait à l'aéroport.

Alexander fronça les sourcils.

— Pareille aux autres fois, dit-il avec tristesse. Quoi que je fasse ou dise, elle reste assise là, le regard fixé dans l'espace, comme une belle statue.

Meredith lui serra affectueusement la main.

— Je comprends ce que tu ressens, chéri, mais il se peut que le docteur Goudron ait raison, tu sais, après tant d'années…

— Je commence à me résoudre à cette éventualité, lui confiat-il en la regardant. J'ai pensé pourtant que… si j'arrivais à retrouver ma mémoire à travers Elizabeth, peut-être alors retrouverait-elle la sienne à travers moi.

Meredith le considéra, incertaine d'avoir bien compris.

— Si je pouvais regagner ma mémoire en remontant le temps, en allant voir les lieux et autres objets familiers de mon enfance, peut-être serais-je en mesure de l'aider davantage.

— À quoi penses-tu exactement ?

— Je veux visiter le domaine Ryan.

— J'ai décidé de faire une croix sur le projet Ryan, dit Meredith à Harv Petersen. Voici trois ans que je me heurte à des murs et je n'arrive à rien de valable. Je ne vois pas l'utilité d'aller plus loin. J'y ai passé un temps considérable – ou plutôt, j'y ai gâché beaucoup de temps – du temps que j'aurais pu employer à d'autres projets ; et je n'ai à montrer que des fragments qui ne mènent nulle part, sans parler des maux de tête !

Elle poussa un long soupir. Elle était en train de jouer le rôle de sa vie car elle ne pouvait pas révéler la vérité. Elle n'avait plus qu'à enterrer le sujet une fois pour toutes, pour la sauvegarde d'Alexander. Il avait assez souffert. Il n'avait pas besoin de servir d'appât à la meute des journalistes. Il était déjà suffisamment sous pression en ce moment.

— Je pensais que vous finiriez par sortir quelque chose, dit Petersen, surpris par cette décision subite. Casey m'a raconté que vous aviez reçu une masse de réponses aux annonces que vous aviez publiées.

— En effet, mais toutes m'ont menée dans des impasses, mentit Meredith. Elles émanaient soit de maniaques ou bien de personne qui n'en savaient guère plus que moi.

— Je suis désolé que vous n'ayez pas trouvé ce que vous cherchiez, dit-il en tirant une longue bouffée de son cigare dont la fumée âcre s'envola ensuite en volutes. Mais cela ne me surprend pas tellement. Depuis plus de trente ans, les journalistes tentent de dénouer l'imbroglio. Disons que vous avez sans doute approché la vérité de plus près.

— Croyez que je suis désolée, moi aussi.

AEROPORT DE SCHIPHOL, AMSTERDAM

Un homme seul était assis dans le salon d'attente, lisant *l'International Herald Tribune*. Il vit en page deux la nouvelle de la mort de la secrétaire du groupe Kirakis à Londres. Encore un mauvais point. «Excellent», pensa l'homme en repliant le journal pour le ranger dans son attaché-case. Tous les événements s'enchaînaient selon son plan. Ce n'était plus qu'une question de temps...

BRUXELLES

On trouva le corps d'un homme dans une chambre d'hôtel près du marché aux fleurs de la Grand'Place. Il était mort depuis environ sept heures, selon les résultats de l'autopsie. Sa valise contenait son passeport, une carte de Londres et une enveloppe avec quelques milliers de francs. Selon le passeport, l'homme était âgé de quarante ans, il était né à Torres Vedras, Portugal. Il était arrivé à Bruxelles la veille de son assassinat. Il avait été tué d'une balle de revolver.

Dans sa poche, la police trouva la photo d'une femme. Au verso de celle-ci était griffonné un nom à peine lisible : Carolyn Grayson.

Meredith observa Alexander un long moment à son insu. Il était en train d'empiler les bûches dans la cheminée. Puis il les arrosa généreusement d'un liquide allume-feu. Il avait été tellement silencieux durant cette soirée, il avait l'air tellement préoccupé. Non qu'elle lui en voulût vraiment, car elle aussi était soucieuse.

Alexander alluma une allumette qu'il jeta dans la cheminée. Immédiatement, les flammes orangées et éclatantes léchèrent les bûches, irradiant la pièce d'une lueur dorée et chaleureuse. Il retira sa chemise et se mit à genoux sur le sol, devant la cheminée. Il ne réalisa pas qu'elle l'observait, essayant de lire ses pensées.

— Que dirais-tu d'une goutte de vin ? proposa-t-elle pour rompre enfin le silence. Celui qui vient de nos vignobles.

Il secoua la tête négativement.

— Plus tard, peut-être, dit-il d'une voix lasse.

Meredith prit place près de lui, devant l'âtre.

— J'ai eu rendez-vous avec Harv Petersen aujourd'hui. J'ai laissé tomber l'histoire Ryan. Je devais le lui faire savoir.

Il regarda Meredith un moment.

— Je suis désolé, dit-il posément. Je sais que tu as travaillé énormément sur ce dossier, et je sais l'importance que tu attachais à sa réalisation.

Elle lui mit les bras autour du cou.

— Aucun dossier n'est plus important que toi. Comme je ne savais pas ce que tu voulais faire, j'ai pensé que le mieux était de lui dire tout simplement que je n'étais arrivée à aucune conclusion.

— T'a-t-il cru ?

— Au bout de ces années de recherche, je suppose qu'il s'est demandé pourquoi je n'avais pas abandonné beaucoup plus tôt. Je lui ai simplement dit que toutes les voies ne me menaient qu'à des impasses.

Il posa un baiser léger sur ses lèvres.

— Mon père – mon père naturel – Tom Ryan – a fait le maximum pour protéger Elizabeth de toute publicité intempestive. Je pense qu'il aurait souhaité que je continue à la protéger. Je dois cela à Elizabeth, je le dois à tous deux. Elle sera donc protégée jusqu'à la fin de ses jours, dit-il le regard fixé sur les flammes. Si cette histoire paraissait publiquement, c'en serait fini de la paix d'Elizabeth. Elle deviendrait ce que Tom craignait le plus pour elle : une curiosité. Je ne peux pas permettre cela.

— C'était aussi mon sentiment, dit-elle en le regardant dans les yeux. J'étais sûre que tu comprendrais son comportement à l'égard de sa femme.

Il observa Meredith avec un intérêt croissant.

— Comment était-il ? demanda-t-il à brûle-pourpoint.

— C'était un brave homme, mais un solitaire. Il s'était entouré d'une barrière émotionnelle. Je ne sais pas s'il voulait exclure le monde extérieur, ou s'il s'efforçait seulement de repousser son propre chagrin. Il était apparemnment dur et caustique, mais j'ai toujours suspecté que ce n'était qu'une façade. En réalité, c'était un homme profondément sensible. Il mourait intérieurement un peu plus chaque jour. Avec le recul du temps, je pense que ce qui le maintint en vie tout au long de ces nombreuses années, ce fut son sens des responsabilités vis-à-vis d'Elizabeth qu'il s'était fait un devoir de protéger à tout prix.

— Il a dû l'aimer énormément, dit Alexander en se retournant de nouveau vers les flammes.

— Il vous a aimé tous les deux, dit simplement Meredith. Mais n'oublie jamais que Constantine et Melina t'ont aimé également. Ils t'ont aimé comme si tu étais leur chair et leur sang. Et quoi qu'ils aient fait par ailleurs, ils t'ont donné une vie magnifique.

Alexander secoua la tête.

— Une vie édifiée sur des mensonges, dit-il avec amertume.

— Une vie édifiée sur l'amour, s'obstina-t-elle, résolue à lui démontrer qu'il n'y avait pas eu de gâchis, comme il le prétendait. Il était en effet important qu'Alexander soit enfin capable de leur pardonner pour l'avoir tant aimé, et pour avoir fait ce qu'ils firent parce qu'ils désiraient désespérément un enfant.

— Ce qu'ils ont fait est répréhensible. Mais laissons de côté cette notion de pouvoir et ce désir fou d'être plus grands que la vie, ils n'étaient que de simples mortels, comme tout le monde. Après la mort de Damian, ils ont voulu un enfant, mais ils ne pouvaient pas en avoir. C'est tout.

— Damian, dit lentement Alexander. C'est donc la mort de Damian qui a déterminé mon destin.

— Tu sais, chéri, tu as été plus heureux que la plupart des autres enfants, lui dit-elle. Combien d'enfants sont sans foyer, combien d'entre eux ne savent pas ce qu'est l'affection ? Et toi, tu as eu deux couples de parents qui t'ont aimé et ont souhaité te donner le monde. Et ils t'ont donné le monde ! Tom et Elizabeth t'ont donné la vie et ont fait de grands rêves pour toi – Constantine et Melina ont vu en toi leur propre enfant et t'on aimé comme tel, et ils t'ont légué un empire qui est aussi un legs d'amour.

Il sourit avec lassitude. Il était allongé sur le tapis et serrait Meredith contre lui. Elle se pelotonna contre lui, son visage sur sa poitrine, se réconfortant au rythme de ses battements de cœur. « Nous allons surmonter cela, pensa-t-elle. D'une manière ou d'une autre, nous réussirons. Il le faut. »

Le vent souffla les cheveux de Meredith dans son visage lorsqu'elle sortit de la limousine, devant la Tour Olympique. Elle consulta sa minuscule montre en platine sertie de diamants qu'Alexander lui avait donnée en juin, pour son anniversaire : 9h00. Elle était harassée. Heureusement, la journée était terminée. Elle ne s'était pas sentie en très bonne forme, mais sans doute était-ce dû aux longues heures qu'elle venait de passer dans son bureau, sans compter les pressions qui avaient pesé sur elle et Alexander pendant les mois écoulés. Elle était plus fatiguée que d'ordinaire et elle avait perdu l'appétit. Elle avait de fréquentes nausées, mais elle ne se souciait pas de consulter son médecin car elle était certaine que ce n'était rien de plus qu'une grande fatigue nerveuse. « Quand les choses se calmeront, quand nous aurons découvert ce qui se cache derrière toutes ces anomalies qui se succèdent dans le groupe Kirakis, et lorsqu'Alexander se sera accommodé de son passé, peut-être nous éloignerons-nous d'ici pour quelque temps », pensa-t-elle en traversant le hall jusqu'à l'ascenseur. « Peut-être prendrons-nous un mois de vacances, comme nous l'avions fait pour notre lune de miel, croisière en Méditerranée, ou tout simplement un séjour sur l'île. Cela nous ferait tant de bien ! »

Alexander avait rendu visite à Elizabeth plusieurs fois durant ces six derniers mois, et il avait parlé longuement avec le docteur Goudron qui avait toujours l'impression que ces visites étaient une perte de temps.

Meredith savait toutefois qu'il était vain d'essayer de dissuader Alexander.

Meredith entra dans l'ascenseur. La semaine suivante, elle devait prendre l'avion pour la Côte Ouest avec Alexander. Ils avaient en effet décidé de visiter le domaine Ryan. Elle n'était pas tellement convaincue du bien fondé de ce projet, mais il y tenait. Peut-être sa mémoire s'ouvrirait-elle s'il voyait la maison qui avait été son foyer pendant les quatre premières années de sa vie. Meredith espérait seulement qu'il était prêt à accepter tous les souvenirs qui pourraient remonter à la surface – ou même à admettre que cette visite ne lui avait rien apporté. Car en fin de compte, depuis le temps qu'il allait voir Elizabeth, il n'y avait toujours pas de résultats concrets.

Maintenant, au moins, Alexander comprenait d'où venait son impression d'avoir été trahi. Enfant de quatre ans piégé et affolé dans ce vieux puits, son instinct primitif l'avait poussé à appeler la seule personne qui l'avait toujours protégé : sa mère. Il était trop jeune pour avoir compris qu'elle n'avait pas pu l'atteindre malgré sa volonté de le sauver et de le reprendre sous sa protection. Dans son esprit, il avait eu l'impression qu'elle avait trahi son amour pour lui en l'abandonnant au moment où il avait le plus besoin d'elle. Meredith pensa que c'était là l'origine de tous ses échecs avec les femmes jusqu'à ce qu'il la rencontre. Elle repassa dans son esprit les photos de toutes celles qui parurent dans les journaux : toutes étaient brunes et typées, comme Elizabeth. Inconsciemment, il avait choisi ces femmes pour leur ressemblance avec sa mère, puis il les avait traitées cruellement comme pour les humilier et les châtier pour la trahison dont il avait été l'objet à quatre ans.

LOS ANGELES

Meredith s'arrêta à la porte de la maison et leva la tête vers Alexander, la mine interrogative.

— Es-tu certain de vouloir passer cette épreuve ?

Il hocha la tête affirmativement

— Mon passé est dans cette maison, dit-il en considérant la façade anglaise de style Tudor. S'il y avait à l'intérieur quelque chose qui me ramènerait ne serait-ce qu'un seul souvenir, ce serait déjà un début.

Meredith hésita un moment, puis elle sortit la clé du fond de sa poche et ouvrit la porte. Elle entra, suivie d'Alexander.

— C'est incroyable, dit-elle en regardant autour d'elle. Ils ont tout gardé dans l'état où Tom Ryan avait laissé la maison en partant. Tout est encore disposé comme au temps où il habitait ici.

Alexander hocha la tête mais ne souffla mot. Il passa devant elle et fit le tour de la maison, regardant dans les pièces, observant en détail, comme si même le plus petit objet pouvait lui redonner un souvenir de sa petite enfance. Meredith le suivit du vestibule au salon, à la salle à manger et à la cuisine, attendant qu'il reprît la parole, qu'il se souvînt peut-être. Mais il resta silencieux. Ils allèrent dans la partie réservée à Tom Ryan. Les photos encadrées que Tom Ryan avait disposées sur les étagères étaient toujours là, exactement comme il les avait laissées – photos de lui-même, de sa femme et de leur fils. Alexander en prit une et l'étudia attentivement.

— Ma mère et moi, dit-il en regardant pensivement les portraits.

— Tom m'a dit un jour qu'elle avait été prise juste avant votre départ à tous trois pour l'Europe, dit doucement Meredith.

Il sourit.

— Nous devions être heureux à l'époque, décida-t-il.

— Très heureux, dit Meredith d'une voix calme ; elle l'enserra dans son bras.

Il prit la statuette d'or étincelante du manteau de la cheminée et l'examina longtemps.

— Elle n'a jamais su qu'elle avait gagné l'Oscar, n'est-ce pas ?

— Elle était à la clinique quand les récompenses furent décernées, dit-elle doucement en serrant son bras un peu plus fort.

Le sourire d'Alexander était triste.

—Elle y tenait tant, et finalement, elle n'a jamais su qu'elle avait atteint son but… Elle a payé très cher cet honneur. Voilà qui donne à réfléchir sur l'importance réelle du succès.

Meredith le regarda.

— Je suppose que si on lui avait laissé le choix, elle aurait préféré garder son fils.

Alexander entoura de son bras les épaules de Meredith.

— Je voudrais bien pouvoir toucher son esprit. Je voudrais bien lui faire comprendre que je suis toujours en vie, dit-il avec mélancolie.

— Peut-être réussiras-tu un jour, dit Meredith, animée d'un espoir sincère. « Je le souhaite pour vous deux », pensa-t-elle.

Ils montèrent voir les pièces de l'étage. Le vestiaire d'Elizabeth était encore tel que se le rappelait Meredith – jusqu'au négligé de soie couleur framboise drapé sur le dos d'un fauteuil. À son avis, c'était la pièce la plus belle de la maison : toute en mauve et beige, tapis épais et moelleux, meubles recouverts de velours et de brocarts. La longue coiffeuse ressemblait à celles que l'on trouve dans les vestiaires des studios, elle était seulement plus élégante et assortie aux canapés et aux fauteuils ; la penderie était en cèdre et la grande baie donnait sur le terrain s'étendant derrière la maison du maître. Plusieurs photographies encadrées étaient accrochées sur un mur, représentant pour la plupart son mari et son fils. Alexander regarda longuement le mur, fasciné par une photo particulière : l'enfant David Ryan avec un chiot bâtard sur la pelouse de la maison.

— Scruffy ! s'écria-t-il soudain.

— Pardon ?

— Le chien s'appelait Scruffy, dit-il lentement. Je l'avais trouvé sur la plage. Il y a si longtemps ! Nous étions allés pique-niquer. Mère et moi marchions sur le sable, et c'est là que j'avais trouvé le chiot.

Il sourit.

— En réalité, je suppose que c'est le chiot qui m'a trouvé. Il m'a suivi jusqu'à la voiture, et j'ai pleuré jusqu'à ce que père me permette de le garder.

Stupéfait, il se tourna vers Meredith.

— Je m'en souvenais ! s'écria-t-il, incrédule. Je me souvenais d'un petit chien et d'un pique-nique sur la plage.

Meredith opina de la tête avec un sourire.

— C'est un début, dit-elle sur un ton encourageant.

— Je veux voir... mon ancienne chambre, insista-t-il.

— D'accord, dit-elle avec une pointe d'hésitation.

— Tu as la clé ?

— Par là, dit-elle doucement. C'est étrange, dit-elle en jetant un dernier coup d'œil circulaire dans la pièce privée d'Elizabeth, cette pièce est restée fermée durant de nombreuses années, et pourtant, tout y est encore intact comme si Tom, Elizabeth et leur fils y vivaient encore, comme s'il y restait encore quelque chose d'eux.

Au moment où ils allaient passer la porte, l'un des flacons de parfum disposés sur la coiffeuse d'Elizabeth explosa !

Meredith fit une pause devant la chambre de David, la clé dans une main, la poignée de la porte dans l'autre. Elle leva la tête vers Alexander, une question muette dans son regard.

— Nous devrions peut–être attendre demain, dit-elle avec douceur. Ce serait peut-être trop d'émotions pour toi en un seul jour…

Alexander secoua la tête.

— Au point où nous en sommes, dit-il la mine sombre, il n'est plus question de reculer maintenant.

Elle tourna lentement la clé dans la serrure. Elle sentit la serrure sauter dans sa main. Elle retira la clé et ouvrit la porte. Ils entrèrent dans la chambre, et Meredith chercha à tâtons l'interrupteur électrique sur le mur. Le plafonnier s'alluma.

Alexander la précéda et regarda autour de lui ; il était pâle. N'ayant jamais été ouverte depuis presque trente-cinq ans, la chambre était poussiéreuse et répandait une odeur de moisi. Mais elle donna aussi à Alexander une étrange impression de familiarité. Certes, son passé était lié à cette pièce, mais il y avait plus encore : il se souvenait vraiment de cette pièce et des objets qui s'y trouvaient. Il avait déjà tout vu brièvement, dans des fragments de rêves et des éclairs de mémoire qui le frappaient inopinément mais qui disparaissaient avant qu'il ait eu le temps de les capturer. Cette chambre recélait les secrets des quatre premières années de sa vie.

Il s'affala sur le lit et soupira en caressant de sa main la courtepointe bleue et douillette. Tout ici lui était familier, mais à la manière d'une vision fantasmagorique : l'ours en peluche sur le lit, le gant et l'accoutrement de baseball qui semblaient encore neufs, quoiqu'un peu poussiéreux, parce qu'ils n'avaient jamais servi, les jouets dans le grand coffre, les vêtements d'enfants dans les armoires. tout cela appartenait à un passé dont il ne se souvenait pas.

Herr Hauptmann était curieux. Pourquoi l'enquêteur de l'Interpol désirait-il le voir ? Bien que très occupé et ne disposant que de peu de temps, il décida de se rendre tout de même chez l'inspecteur Dessain.

— Je ne vois pas pour quel motif vous désirez me voir, Inspecteur. Peut-être pourriez-vous me l'expliquer ?

Dessain sourit chaleureusement et amicalement, au point que Hauptmann eut l'impression d'être le meilleur ami du Français.

— Vous savez probablement que le groupe Kirakis est en train de faire face à de graves difficultés financières, n'est-ce pas ? demanda-t-il.

— Je suis au courant, bien sûr, mais je ne pensais pas qu'Interpol avait à intervenir dans ce genre de problèmes, répliqua Hauptmann en joignant le bout de ses doigts.

— En effet, Herr Hauptmann, d'ordinaire, Interpol ne se mêle pas de cela, concéda Dessain. Mais il se trouve qu'un certain nombre d'accidents – douteux – sont survenus, lesquels ont touché des gens en relations avec le groupe Kirakis, d'une manière ou d'une autre. Vous avez remarqué cela, non ?

— Pour être franc, je ne m'occupe pas de ce genre de choses, dit le banquier suisse.

Dessain eut un petit sourire.

— Allons, Herr Hauptmann, gronda l'inspecteur, un homme dans votre situation…

— Justement. Un homme dans ma situation ne s'occupe pas de ces choses – pas professionnellement du moins – commença Hauptmann.

— Vous êtes bien le principal financier du groupe Kirakis, n'est-ce pas ? demanda Dessain sur un ton badin.

— C'est confidentiel, souligna le banquier.

— En effet. Mais le fait est que les banquiers sont inquiets quand une mauvaise publicité menace la solidité de leurs investissements ! C'est tout naturel d'ailleurs. N'ai-je pas raison ?

— Si, bien sûr. Mais le groupe Kirakis est solide et l'a été pendant de nombreuses années, souligna Hauptmann. Leur dossier est sans faille. Le consortium agissant couramment en tant que banquiers principaux…

— Consortium dont vous faites partie, interrompit obligeamment Dessain.

Hauptmann secoua la tête.

— Non. Vous faites erreur sur ce point.

— Je ne pense pas, repartit Dessain aimablement. Voyez-vous, mes sources sont parfaitement fiables.

Le banquier hésita un moment.

— Il était nécessaire pour moi de ne pas divulguer ma participation au consortium pour des motifs purement professionnels. Mon conseil d'administration a préféré décliner l'offre de participation aux projets d'expansion de Herr Kirakis, de sorte que j'y ai investi des fonds personnels. Si j'avais révélé cela, on aurait pu voir là un conflit d'intérêts.

— Je comprends.

Dessain se carra dans son fauteuil et sortit sa pipe. Il la leva devant son interlocuteur.

— Puis-je me permettre ?

Hauptmann secoua la tête affirmativement.

— Bien sûr !

Dessain l'alluma et en tira une bouffée. Il demeura un long moment pensif tandis que la fumée emplissait l'atmosphère d'une odeur sucrée. Hauptmann cachait quelque chose.

— J'ai une théorie, commença-t-il en choisissant soigneusement ses mots. Monsieur Hauptmann, il me semble que quelqu'un aimerait fort éliminer Alexander Kirakis du monde des affaires.

— C'est absurde ! dit vivement Hauptmann. Kirakis représente plusieurs milliards de dollars. Difficile d'imaginer ce groupe en danger au point de disparaître.

— Ah ?

Dessain eut un regard étrange.

— Dans ce cas, pourquoi chercher à persuader vos collègues banquiers de retirer leurs crédits à Kirakis ?

XXIX

Meredith grimpa sur l'estrade et s'empara d'une chaise pour s'affermir sur ses jambes. Elle sentit un léger vertige en traversant le décor de *l'Observateur de Manhattan*. Elle s'installa face aux caméras. Elle s'en voulait d'avoir sauté son petit déjeuner. Après cet enregistrement, elle irait manger un sandwich accompagné d'un jus de fruit quelconque pour rester en forme jusqu'au déjeuner. Elle devait aller au restaurant italien avec Casey. «J'aurais dû parler de ce congé avec Harv», pensa-t-elle. Alexander serait furieux s'il savait qu'elle n'en avait pas encore touché un mot à son producteur. Elle leva la tête pendant qu'un technicien réglait l'éclairage. La luminosité était curieusement violente. Et la chaleur était insupportable. Elle se sentait faible mais elle était résolue à aller jusqu'au bout de l'enregistrement.

— Meredith, il me semble que vous pourriez rehausser votre maquillage, cria le réalisateur derrière les caméras. D'ici, vous avez une pauvre petite mine !

Elle eut un sourire forcé.

— Et moi, de ma place, je me sens effectivement fatiguée.

— Vous n'êtes pas malade ? s'inquiéta-t-il.

— Je survivrai – pourvu que j'aille jusqu'au bout de cet enregistrement, assura-t-elle en parcourant ses notes sur ses genoux.

— D'accord – commençons tout de suite alors, suggéra-t-il.

— Parfait.

Meredith regarda la caméra en face et sourit.

— Bonsoir. Je suis Meredith Courtney. Soyez les bienvenus chez l'*Observateur de Manhattan*. Notre invité de ce soir est un homme qui… un homme qui a…

Elle se tut, incapable de se rappeler le nom de son invité. Elle recommença, chercha fébrilement dans son texte.

— Désolée, Dave, je ne comprends pas ce qui m'arrive…

Elle regardait ses notes, mais les mots s'embrouillèrent subitement.

— Faisons une pause, cria le réalisateur à son équipe. Meredith, je crois que vous devriez abandonner pour aujourd'hui.

Elle secoua la tête avec emphase.

— Non, Dave, je me sens bien, s'obstina-t-elle. J'ai seulement besoin de boire un verre d'eau. Il fait si chaud ici…

Elle se leva, vacilla un peu, et s'évanouit.

— Quand avez-vous eu vos dernières règles, Mme Kirakis? demanda le docteur Holland en examinant son dossier pensivement.

Meredith se taisait. Elle ne s'en souvenait pas. Il s'était passé tant de choses au cours de ces derniers mois qu'elle avait omis de noter ce détail.

— Je ne sais plus, confessa-t-elle. Est-ce important?

— Oui, dit-il en inscrivant une note dans le dossier. Avez-vous pris vos pilules contraceptives régulièrement?

— Non, dit-elle en resserrant sur elle la blouse de consultation car elle se sentit soudain parcourue d'un frisson glacé.

— Il y a plusieurs mois que je n'en ai pas pris.

— Ce qui expliquerait tout.

— Expliquer quoi? demanda Meredith anxieusement.

— Vos symptômes, l'évanouissement, les nausées, la fatigue. Sans parler de votre prise de poids.

Il se tourna vers elle avec un sourire.

— Vous êtes enceinte, Mme Kirakis.

LAUSANNE

Bien qu'Alexander soit souvent allé à la clinique de Lausanne au cours des mois précédents, il ne s'était jamais avisé de remarquer l'environnement luxueux. Et ce jour-là, traversant les espaces verts en compagnie d'Elizabeth, toujours passive, il se rendit compte que ce lieu ne ressemblait nullement à un hôpital, et encore moins à l'hôpital psychiatrique le plus sophistiqué d'Europe. C'était un établissement élégant qui lui rappelait en fait un hôtel de Dubrovnik où il était descendu une fois.

Quoiqu'Elizabeth ne lui ait jamais adressé la parole, ni même un signe indiquant qu'elle eût remarqué sa présence, Alexander refusait obstinément de l'abandonner. D'une certaine manière, il se conduisait comme s'il avait fait le vœu de briser un jour la barrière qui la séparait du monde. Il fallait lui faire comprendre qui il était, qu'il était bien vivant et qu'il lui était enfin rendu. Ainsi, tout en marchant, sa mère à son bras, il ne cessait de lui parler comme si elle était en mesure de l'entendre et de le comprendre. Alexander devait faire cet effort continu au cas où, par quelque chance inouïe, elle aurait perçu sa présence et l'entendrait en dépit des apparences. Lorsqu'il raisonnait, il comprenait qu'il n'avait eu aucun contrôle sur les événements de Ioannina, et qu'il était une victime au même titre que sa mère ; il se sentait néanmoins responsable de son état actuel. Il la regarda pensivement et tenta d'imaginer comment elle percevait sa situation présente.

— Comment ont-ils pu oser vous faire cela ? demanda-t-il à haute voix.

Tandis qu'ils marchaient au bord du lac, une bande de canards pataugeaient nonchalamment vers la rive opposée. Le brillant soleil de midi dansait sur la surface de l'eau où il éclatait en milliers de diamants. Alexander regardait le visage de sa mère, dans ses grands yeux tristes, cherchant un indice de ce qu'elle pouvait penser ou éprouver sur l'instant. Mais il n'y avait rien. Le visage de la femme était sans expression, parfaitement neutre. Alexander eût souhaité se souvenir de ce qu'elle était avant l'accident, avant qu'on les eût séparés. Si seulement il se souvenait de quelque fragment de l'intimité qui avait dû exister entre eux. « Elle fut probablement une bonne mère », pensa-t-il tristement.

Il eut l'impression qu'elle commençait à être fatiguée. Aussi la conduisit-il à un banc ombragé par un immense saule et pointillé de taches de soleil. Elizabeth s'assit près de lui en silence, le regard lointain. Il lui prit la main et essaya de lui parler. Puis le découragement le prit. Décidément, rien ne l'atteignait.

Apercevant tout à coup un bouquet de fleurs sauvages épanouies au pied de l'arbre, il se souvint d'un détail mentionné par Tom Ryan dans l'un de ses enregistrements : son fils cueillait souvent des fleurs pour sa mère dans le parc.

« Ce n'était le plus souvent que des mauvaises herbes, avait dit Tom à Meredith, mais Liz s'en occupait comme s'il s'était agi des roses les plus précieuses. Elle les disposait dans son plus joli vase de cristal et les gardait jusqu'à ce qu'elles se fanent et retombent. »

Alexander se leva et se dirigea vers l'arbre. Il cueillit les fleurs et les apporta à Elizabeth.

— Voilà pour vous, mère, dit-il doucement. J'espère qu'elles vous plaisent.

Il les déposa entre les mains d'Elizabeth et referma ses doigts sur leurs tiges.

Et à ce moment, une image surgit comme un éclair devant les yeux de la femme, juste l'espace d'une seconde – un petit enfant lui offrant un bouquet de pissenlits – puis la vision s'éteignit. Une larme unique s'échappa du coin de son œil et roula sur sa joue. Mais Alexander ne la vit pas. Abattu par le manque de réaction de sa mère, il était affalé près d'elle, son visage dans ses mains, essayant de rassembler ses forces pour continuer. Il secoua enfin la tête.

— Mère, dit-il d'une voix si basse qu'elle était à peine audible, que faut-il faire pour vous atteindre, pour que vous me reconnaissiez enfin ?

Il eut pour la première fois l'impression qu'il allait céder sous la tension.

Soudain pourtant, il sentit quelque chose effleurer ses cheveux derrière sa tête. Il tourna lentement son visage. La main d'Elizabeth était tendue et ses doigts caressaient délicatement la chevelure de son fils. Le regard d'Elizabeth était posé sur le visage de son fils, mais ce regard était toujours vide, comme aveugle. Elle ne parlait pas. Mais c'était un commencement. Alexander lui prit la main.

— Mère ? murmura-t-il.

Il vit alors la larme sur sa joue. Il la serra un peu plus fort.

— Vous m'avez donc entendu ? haleta-t-il. Vous savez ! Vous savez que je suis revenu !

— À l'avenir, dit le docteur Goudron, j'aimerais bien que vous me consultiez avant de faire sortir Elizabeth de sa chambre.

Alexander arpentait le bureau du psychiatre comme un animal en cage.

— Je n'arrive pas à y croire, dit-il posément, dans un effort pour maîtriser sa colère et sa déception. Vous n'avez donc pas entendu un mot de ce que je viens de vous dire ?

— Je vous ai entendu, dit le médecin. Et je comprends votre agitation devant cette évolution. Mais je reste réaliste. Je veille sur cette femme depuis trente-quatre ans maintenant. Je crois la connaître mieux que vous ne la connaîtrez jamais.

Alexander se retourna d'un bond face au médecin, le regard noir étincelant de fureur.

— Que voulez-vous dire ? lança-t-il.

— Je veux dire, monsieur, que si vous attendez un miracle, je crains que vous n'alliez au-devant d'une grande déception, répliqua le docteur Goudron. Ce que vous avez vécu aujourd'hui ne va pas très loin ; une minuscule brèche tout au plus !

— Mais elle m'a reconnu ! Elle savait que j'étais là !

Il y avait une impatience débordante dans la voix d'Alexander.

— Permettez-moi de vous expliquer une chose, si je le peux, dit le docteur Goudron sur un ton plus calme. Madame Ryan est restée dans un état catatonique pendant de nombreuses années. Dans de tels cas, nous ne savons jamais exactement dans quelle mesure le monde extérieur pénètre jusqu'à l'esprit troublé. Peut-être l'étanchéité est-elle parfaite entre l'extérieur et le mental de la patiente. Peut-être y a-t-il pénétration, mais la malade choisit tout simplement de l'ignorer. Nous n'avons aucune certitude dans ce domaine.

Il joignit les paumes de ses mains, la mine spéculative.

— Mais les fleurs, n'auraient-elles pas pu éveiller… insista Alexander

— C'est possible, en effet.

Le médecin resta silencieux quelques instants puis reprit :

— En psychiatrie, il y a toujours des possibilités.

— Êtes-vous en train de me dire que ce qui s'est passé aujourd'hui n'est rien, que ce n'est qu'un… coup du hasard ? Alexander était visiblement incrédule.

— Peut-être pas. Ce que je veux dire, c'est que ce qui s'est produit une fois ne se reproduira peut-être plus jamais. ce n'est pas la première fois qu'une malade comme Madame Ryan réagit à un fait isolé, puis ne réagit plus ensuite, dit le docteur Goudron d'une voix égale.

Alexander était près de la fenêtre ; il contemplait le lac près duquel il s'était assis avec sa mère une heure à peine auparavant.

— Je trouve étrange que la seule réaction qu'elle ait manifesté pendant toutes ces années se soit produite à un moment où j'étais avec elle, dit-il en choisissant soigneusement ses mots.

Le docteur Goudron l'observa.

— Vous avez été très patient avec elle. Je suis même surpris qu'un homme comme vous s'ntéresse tant à une femme comme Madame Ryan qui est une inconnue pour vous.

Alexander sourit.

— Un homme comme moi, reprit-il sur un ton un peu narquois. Combien de fois ai-je déjà entendu cela !

— Ne vous méprenez pas. Je veux simplement dire que… commença le médecin, légèrement embarrassé.

Alexander eut un geste de la main pour couper court à cette remarque.

— Peu importe, dit-il avec indifférence. Je suis habitué.

— Essayez de me comprendre, dit le docteur Goudron sur un ton mesuré. Le mental est quelque chose de très complexe. Quand il souffre d'un traumatisme qu'il juge insupportable, il s'en protège de différentes manières : parfois il se contente de refouler le souvenir désagréable ; parfois il se retire totalement et se coupe lui-même du monde extérieur. On ne peut pas l'atteindre s'il ne le veut pas. Dans le cas de Madame Ryan, la rupture a été totale. Après m'être occupé d'elle aussi longtemps, je suis convaincu qu'un seul événement serait de nature à l'aider maintenant, et même cet événement extraordinaire pourrait se révéler inefficace. Malheureusement, cette éventualité ne risque guère de se présenter.

— De quoi voulez-vous parler ? demanda Alexander qui regardait toujours par la fenêtre.

— La réapparition de son enfant mort, dit le médecin avec tristesse en poussant un long soupir.

— Supposez que ce fils soit vivant !

Le docteur Goudron considéra Alexander, incertain d'avoir bien compris.

— Mais, monsieur, vous savez que son fils est mort en 1953…

— Et si je vous assurais que ce fils est toujours en vie et que je sais où il est ? suggéra Alexander.

Le médecin leva les épaules.

— Comme je vous l'ai déjà dit, il n'y a aucune garantie. Mais s'il est vivant, si vous pouvez le prouver…

— Je le peux.

Le docteur Goudron se taisait, n'en croyant pas ses oreilles. Il reprit enfin :

— Et où est-il maintenant ?

Alexander hésita un moment, sachant que la révélation de son secret pourrait avoir de graves répercussions. Mais il se rendait également compte que là résidait son seul espoir d'aider sa mère dont le destin était désormais entre ses mains. Était-il prêt à faire confiance à ce médecin ? Il lui fallait faire un choix. Il fit brusquement face au docteur Goudron.

— Vous l'avez devant vous, dit-il tranquillement.

Alexander retourna à la clinique le lendemain. Cette fois, il ne parla pas au docteur Goudron car il était certain que le psychiatre n'élèverait plus d'objections à cause du temps qu'il passait avec Elizabeth. Après sa stupéfiante confession privée, il était convaincu que le médecin se rangerait de son côté bien qu'il se soit d'abord montré incrédule. Le médecin comprendrait certainement que plus il passerait de temps avec sa mère, plus il aurait de chances de réussir.

Il emmena donc Elizabeth au bord du lac, et tout en marchant, il fredonnait une chansonnette. C'était une mélodie qu'il connaissait depuis son enfance sans en savoir le titre ; il ne savait pas non plus qui la lui avait apprise. Et tout en fredonnant, il nota une expression bizarre sur le visage d'Elizabeth. Un début de sourire se dessina sur ses lèvres. «La chansonnette viendrait-elle de ma mère ?» se demanda-t-il. Encouragé, il reprit la mélodie. La bouche d'Elizabeth trembla légèrement et une larme roula sur sa joue.

— Mère, murmura-t-il en serrant sa main. Mère, vous m'avez entendu !

Meredith dînait quand Joseph entra dans la salle à manger

— Le téléphone pour vous, Mme Kirakis, annonça-t-il. M. Kirakis appelle de la Suisse.

Meredith se leva.

— Je vais prendre l'appel dans le bureau, Joseph.

Elle se précipita dans le bureau et referma la porte sur elle. Elle s'installa dans le grand fauteuil directorial d'Alexander et décrocha.

— Je l'ai, Joseph, dit-elle au majordome.

Il entendit le déclic et raccrocha au salon.

— Alexander ? dit-elle.

— Oui, chérie, dit la voix familière à l'autre bout de la ligne. J'ai téléphoné un peu plus tôt, et Joseph m'a dit que tu te reposais, alors je l'ai prié de ne pas te déranger. Tu vas bien ?

— Jamais je ne me suis sentie mieux. Simplement fatiguée, assura-t-elle. Il aurait dû me prévenir que c'était toi.

— Joseph ne se permettrait jamais de me désobéir.

— Comment va Elizabeth ?

— Il me semble qu'elle est en train de me reconnaître, expliqua Alexander, manifestement encouragé. Oh ! C'est encore peu de chose. Elle a simplement touché mes cheveux pendant un instant l'autre jour. Et elle m'a souri aujourd'hui. C'est un début. Elle a compris que j'étais là.

— C'est formidable ! s'écria Meredith. Que dit le médecin ?

— Il pense qu'il ne faut pas se réjouir trop tôt... Je lui ai tout raconté.

Meredith, surprise, hésita un moment.

— Tu lui as parlé de Ioannina... et tu lui as révélé ton identité véritable ? demanda-t-elle serrant fort le récepteur.

— Cela m'a paru indispensable, répliqua-t-il simplement. Si, en disant la vérité au médecin, il existait la moindre chance de sauver Elizabeth, alors je devais le faire.

— Je comprends.

— Je suis certain que l'on peut se fier à lui. Car enfin, il a gardé le secret d'Elizabeth tout au long de ces années.

— Tu as sans doute raison, dit-elle en s'adossant de nouveau car une nouvelle vague de nausée venait de la saisir.

— Je pensais... reprit Alexander, peut-être qu'en restant à Lausanne quelques jours de plus...

Meredith sentit son courage faiblir, mais elle s'efforça de dissimuler sa déception.

— Penses-tu que ça serait utile? demanda-t-elle. Et avec tout ce qui se passe dans le groupe...

— Les choses se sont bien calmées durant ces dernières semaines.

— Peut-être le calme avant la tempête, non?

— Qu'est-ce qui ne va pas, chérie? s'alarma-t-il, percevant sa morosité.

— Ce n'est rien... J'ai simplement une surprise pour toi, une surprise dont j'aimerais te faire part.

— Cela ne peut-il pas attendre quelques jours?

— Ça peut attendre, en effet, mais c'est moi qui ne peux pas attendre, avoua-t-elle. Je suis allée consulter le docteur Holland hier, Alexander. Je suis enceinte depuis trois mois.

Elle n'avait pas voulu lui annoncer la nouvelle de cette manière, mais elle ne pouvait pas attendre plus longtemps.

— Enceinte? Es-tu certaine?

Elle éclata de rire.

— Absolument, chéri.

PARIS

Adrian Dessain avait examiné tous les faits au moins une douzaine de fois. Et maintenant, assis devant son ordinateur terminal du quartier général d'Interpol, il se grattait la joue pensivement en étudiant les renseignements inscrits sur l'écran; aurait-il commis une erreur? Tout cela n'avait aucun sens... et pourtant... Il tapa un autre code, et l'écran se modifia, lui fournissant un autre jeu de renseignements. Coïncidence? Non. Dessain ne croyait pas aux coïncidences. Comment avait-il pu négliger un détail aussi significatif? Les implications en étaient tout simplement effrayantes.

Si son flair ne le trompait pas – ce qui était généralement le cas – Alexander Kirakis était beaucoup plus menacé qu'il ne l'avait cru. Certes, cette personne voulait ruiner Kirakis; mais détruire le groupe Kirakis ne suffisait pas à satisfaire son désir effréné de vengeance. Si Dessain avait raison, un fou était en route pour New York, et ce fou n'avait qu'un objectif en tête : tuer Alexander Kirakis et tous ceux qui se mettraient en travers de son chemin. Dessain s'empara du téléphone et essaya d'appeler Kirakis. Ne pouvant le localiser, Dessain appela Air France et réserva une place sur le prochain vol en partance pour New York. Il fallait trouver Kirakis. Il ne pouvait qu'espérer arriver à temps.

SOUTHAMPTON

— Une tempête se prépare, dit Alexander à Meredith, tous deux se promenaient sur la plage, une forte brise inattendue s'engouffrant dans leurs cheveux.

— Regarde, au sud. Les nuages noirs s'amoncellent. Ce sera violent.

Il désigna du doigt les nuages noirs et menaçants s'amassant au loin.

Elle sourit.

— Où as-tu appris tant de choses concernant les nuages ? demanda Meredith en serrant contre elle son sweater en alpaga blanc pour se protéger du vent frais.

— Quand j'étais enfant – en Grèce, dit-il les yeux pensivement levés vers le ciel. Père m'emmenait toujours en bateau avec lui. Vivant sur une île, nous étions attentifs aux changements de temps. Il m'apprit les différentes sortes de nuages, et les différents types de climats. Lui-même avait tout appris à l'époque où il était déchargeur et voyait comment les tempêtes ravageaient les bateaux en mer et dans le port.

— As-tu entendu ce que tu viens de dire ? demanda Meredith. Tu viens d'appeler Constantine « père » ?

Le front d'Alexander se barra d'un pli.

— Les vieilles habitudes ont la vie dure, dit-il avec calme, la tête toujours levée vers le ciel du sud, ses cheveux noirs gonflés par le vent, les yeux plus noirs et plus menaçants que les nuages.

— Vraiment ?

Meredith s'arrêta et lui prit les mains.

— Ne leur pardonneras-tu donc jamais, Alexander ?

— Le pourrais-tu, si tu étais à ma place ? demanda-t-il le visage crispé de colère.

— Je crois que oui, avoua-t-elle avec sincérité. Quoi qu'ils aient fait par ailleurs, ils t'ont aimé plus que tout au monde. Je ne les ai jamais connus, évidemment, mais j'en suis venu à les connaître tout à fait bien à travers mes recherches, et je crois qu'ils seraient morts pour toi.

— Ou qu'ils auraient pu tuer pour moi, selon le cas, ajouta-t-il froidement.

— Accepte cela aussi, chéri, et laisse donc le passé derrière toi, dit Meredith sur un ton pressant. Si tu continues à te morfondre ainsi, c'est toi que tu blesseras – et moi. Je ne supporte pas de te voir te tourmenter ainsi.

— Comment pardonner et oublier alors que ma vie a été déchirée ? Les problèmes inhérents au groupe, et ce drame maintenant... J'ai l'impression que le monde entier, que *mon* monde est en train de s'écrouler autour de moi.

— Tu connais la vérité à présent. Tu sais que ta mère – ta mère naturelle – est encore vivante. Tu sais que Constantine Kirakis a voulu faire réparation, tu sais que lui et Melina ont voulu te dire la vérité...

Alexander tremblait de rage.

— Mais je ne sais pas qui je suis ! rugit-il. Suis-je David Ryan ou Alexander Kirakis ?

Meredith se tut pendant quelques secondes avant de répondre doucement :

— Dans un sens, David Ryan est mort à Ioannina. David est mort et est né une seconde fois sous le nom d'Alexander – nouvelle identité et nouvelle vie. Alexander est l'homme que tu es devenu. Tu ne peux pas retourner en arrière, même si tu le voulais. Tu ne peux qu'aller de l'avant. Tu es Alexander Kirakis depuis le jour où tu as été trouvé dans cette caverne, en 1953. Ce n'est pas un morceau de papier qui changera cela. Par contre, c'est toi qui dois laisser ton passé derrière toi et poursuivre ta vie. Pour cela, tu dois être capable de pardonner à Constantine et Melina de t'avoir aimé et d'avoir tellement désiré que tu sois leur fils qu'ils sont allés aussi loin qu'ils le pouvaient pour y réussir. Tu les aimes encore profondément. Je le vois bien, même si toi-même tu ne t'en rends pas compte. Pardonne-leur et oublie ta peine.

Il eut un sourire fatigué et la prit dans ses bras.

— Que ferais-je sans toi ?

— Je n'ai pas envie de te donner l'occasion de le savoir, dit-elle sur un ton neutre. Maintenant… pourquoi ne rentrerions-nous pas chez nous, je préparerais un cacao chaud. Il commence à faire froid ici.

« Le cyclone Sybille est à environ 150 kilomètres au sud du Cap Hatteras, Caroline du Nord, annonça la voix blanche du météorologue de service à la radio. Il devrait longer la pointe est de la Caroline du Nord puis se diriger vers le nord-est, parallèlement à la côte bordant la Virginie, le Maryland, le Delaware et le New Jersey. Des conditions favorables au cyclone sont attendues jusqu'à la Nouvelle-Angleterre. »

Meredith, pelotonnée près d'Alexander sur le canapé, était inquiète.

— Il s'approche de nous, non ?

Il sourit en caressant ses cheveux.

— Ne t'inquiète pas, *matia mou*. Il est encore très loin de nous. Même s'il nous atteignait, il aura certainement perdu de sa puissance en arrivant à New York.

— Certainement ?

— Les cyclones sont imprévisibles, dit-il. Pour le moment, Sybille assaille la côte à 240 kilomètres à l'heure. Mais cela peut très bien changer avant d'arriver jusqu'au nord. Les lames montent actuellement à douze pieds, mais en arrivant à Long Island, elles ne seront peut-être pas plus hautes que dix pieds, voire moins. Si le cyclone frappe Long Island au bon moment – à marée basse – sa puissance en sera considérablement affaiblie.

— Et dans l'autre cas ?

Il déposa un baiser sur le front de Meredith.

— Je ne veux pas que tu t'inquiètes de cela. Je ne veux pas que tu t'inquiètes de rien d'ailleurs, insista-t-il. Repose-toi, sois calme et détendue. Je m'occupe des prévisions météorologiques. Nous aviserons en cas de menace véritable.

— Comment peux-tu être aussi calme ?

Alexander fut secoué d'un rire grave.

— Chérie, j'ai grandi en Grèce ! Les tempêtes qui frappent les îles assez régulièrement ressemblent fort aux ouragans d'ici, et elles se produisent plus fréquemment. J'ai pris l'habitude de ce type de temps.

Meredith leva la tête vers lui en souriant. Bizarrement, elle se sentait en sécurité dans ses bras, cyclone ou non. En dépit de tout ce qu'il avait dû affronter au cours de ces derniers mois, son premier souci était pour elle. Elle le prit tendrement par le cou et l'embrassa, d'abord légèrement, puis avec insistance. Elle s'écarta de lui et sourit de nouveau.

— Je t'aime, dit-elle doucement.

Il sourit aussi.

— Dis-moi, le docteur Holland t'a-t-il parlé de restrictions pour ce qui est de faire l'amour ? demanda-t-il d'une voix rauque.

— Pas jusqu'à maintenant, dit-elle en le regardant. À quoi penses-tu donc ?

— Je préférerais te le faire comprendre par des gestes plutôt que par des mots.

Il se leva et l'enleva dans ses bras d'un mouvement rapide. Il la porta jusqu'à leur grande chambre. Il la déposa doucement sur le lit, referma la porte et retira sa chemise. Puis il revint à elle et s'étendit près delle ; la prenant dans ses bras, il l'embrassa longuement et avec ardeur.

— Pour détourner mon esprit de la tempête ? demanda-t-elle lorsqu'il relâcha son étreinte ?

— À ton avis ? répliqua-t-il avec un sourire suggestif.

— Tu ferais mieux de finir ce que tu as commencé !

Elle l'attira contre elle et l'embrassa ardemment tout en débouclant sa ceinture. Il ne lui fallut pas longtemps pour ouvrir la fermeture à glissière de son pantalon. Elle trouva le membre et se mit à le caresser.

À son tour, Alexander déboutonna le corsage.

— Je vois que tu ne t'inquiètes plus beaucoup du cyclone ! taquina-t-il.

— Quel cyclone ?

Elle l'embrassa encore tandis que les mains d'Alexander effleuraient ses seins avec douceur. Il lui ôta son survêtement de laine gris qu'il repoussa négligemment. Quand tous deux furent nus, il l'étreignit contre lui et l'embrassa avec une tendresse qui la surprit.

Ils oublièrent la pluie qui s'abattait contre la baie. Ils échangèrent de longs baisers avec cette ardeur renouvelée qui avait disparu de leur amour sous la pression qui avait pesé sur eux ces derniers mois. Ils prirent le temps de revivifier leur désir ignoré depuis trop longtemps.

— Tu es déjà un peu plus rondelette que d'habitude, commenta Alexander, la main posée sur le bas-ventre de Meredith. Ça ne va pas tarder à se voir, non ?

— Peut-être bien dès le mois prochain, dit-elle en passant ses doigts dans les cheveux de son mari. Que vas-tu éprouver à être vu en public avec la grosse dame du cirque ?

— De la fierté, répondit-il sans hésiter. Pour moi, tu seras toujours la plus belle femme du monde – enceinte ou pas.

— Que veux-tu – un garçon ou une fille ?

Regardant Alexander dans la pénombre, elle jouait avec une boucle de cheveux qui descendait sur sa nuque.

— C'est toi que je veux ! Garçon ou fille, cela m'est égal. Pourvu que je t'aie, toi !

Alexander était redescendu à deux heures du matin pour écouter les dernières informations diffusées à la radio concernant le cyclone. Pendant ce temps, Meredith dormait paisiblement en haut. « Il semble que l'œil de Sybille restera centré près de la côte, les conditions favorables à l'ouragan se maintiennent jusqu'à la Nouvelle Angleterre », disait un speaker du Centre National des Ouragans de Floride.

« ...atteindrait Long Island vendredi après-midi, » disait un autre speaker du Service de la Météorologie Nationale de Rhode Island. « Sybille arrive, la journée sera terrible. »

« Vents de 210 kilomètres à l'heure... on a dressé un échafaudage devant le Mémorial Jefferson à Washington pour protéger le marbre... le Pentagone a ordonné l'éloignement des bateaux de guerre tandis que des avions de combat sont envoyés à l'intérieur des terres pour éviter l'assaut destructeur du cyclone... Fire Island évacuée... »

Alexander se tenait près de la porte-fenêtre ouvrant sur la terrasse, évaluant le ciel du sud. L'ouragan arrivait. À sa vitesse actuelle, il frapperait Manhattan le vendredi vers midi, et Long Island un peu plus tard. Il aurait dû emmener Meredith à Manhattan dès la veille au soir, quand les avertissements furent diffusés. Si les choses tournaient mal maintenant, elle était trop loin du médecin. Mais il n'était plus question de retourner à Manhattan. Le risque était trop grand. Le ciel était déjà fort agité. Au matin, la situation pouvait changer très vite. Sybille pouvait reprendre de la vitesse dans la nuit. Non. Ils devaient rester ici.

Tandis que l'ouragan poursuivait sa course vers Manhattan, la cité se préparait à subir de plein fouet les fureurs de la nature. On ordonna la fermeture du World Trade Center. Les négoces cessèrent leurs activités en prévision des rafales de vent annoncées à 240 kilomètres à l'heure. Les rues d'ordinaire peuplées et animées de Manhattan se vidèrent. Le maire Koch déclara publiquement que « toute personne circulant en voiture le vendredi à Manhattan serait conduite chez le médecin pour se faire examiner le cerveau ! » Les bateaux du port de New York furent déplacés. Le personnel municipal déblaya vingt-cinq mille containers à déchets épars dans les rues de la cité afin qu'ils ne se transforment pas en « missiles non guidés » catapultés au hasard par les vents violents. Toutes les arrivées et les sorties d'avions furent annulées à l'aéroport Kennedy, de même qu'à ceux de La Guardia et de Newark.

À l'aéroport Kennedy, l'inspecteur Adrian Dessain avait essayé d'atteindre Alexander Kirakis par téléphone. Quand il eut enfin réussi à se mettre en liaison avec leur appartement, ce fut pour s'entendre dire que M. et Mme Kirakis étaient partis pour la semaine dans leur propriété de Southampton. Obtenir de leur majordome l'adresse de leur maison de Long Island lui fut aussi difficile que de tirer des renseignements d'un agent des services secrets. Mais Dessain réussit enfin à persuader Joseph qu'il était vraiment un inspecteur d'Interpol et qu'il y avait urgence. Pourvu qu'il ne soit pas trop tard.

Il se heurta à une nouvelle résistance quand il voulut engager un pilote pour l'emmener à Southampton par hélicoptère.

— Aucun pilote sain d'esprit ne prendrait l'air actuellement, lui dit le propriétaire d'un service de chartes. Vous ne savez donc pas qu'un cyclone a été annoncé ? Il peut frapper à tout moment.

— Mais vous ne comprenez donc pas, monsieur, pressa Dessain dans son anglais fortement accentué. Il s'agit d'un cas urgent ! C'est peut-être une question de vie ou de mort !

— L'ouragan aussi, mon bonhomme, dit l'homme. Ce damné ouragan va peut-être balayer New York avec la force d'une bombe atomique. Monter en hélicoptère dans ces conditions équivaudrait à un suicide !

Dessain finit par abandonner son idée et se décida à faire la seule démarche encore possible.

Il se rendit au service de la surveillance des routes de New York.

— Ne t'inquiètes pas, ça va s'arranger, assura Alexander en s'asseyant sur le bord du lit.

Il resta près d'elle jusqu'à ce qu'elle s'endorme. Puis il quitta silencieusement la chambre et retourna à son poste d'observation du rez-de-chaussée, près de la porte-fenêtre. Il ne quittait pas le ciel des yeux, sauf pour consulter sa montre : 11h30.

La tempête pouvait maintenant frapper Manhattan à tout moment.

À ce moment précis, Dessain et deux officiers de la patrouille de surveillance des routes étaient dans une voiture, à seize kilomètres au sud de Bell port, luttant contre le temps. Si Dessain ne se trompait pas, l'homme qui avait décidé de détruire Alexander Kirakis ne devrait pas tarder à faire son apparition.

Dessain ne pouvait que prier afin d'arriver le premier.

Alors que la radio annonçait un accroissement de la vitesse du vent, déchiquetant la côte et projetant en l'air toutes sortes de débris et des branches d'arbres, Alexander écouta le dernier bulletin sur la station spéciale « ouragan » branchée en permanence. Il semblait que la force de la tempête avait considérablement faibli en arrivant sur Manhattan, peu après minuit. Les vents étaient beaucoup moins forts que prévus, seulement soixante-cinq kilomètres à l'heure. Les dommages avaient été minimes. De plus, la tempête atteindrait Long Island à marée basse, donc à une puissance réduite. Il était soulagé. Le vent causerait obligatoirement quelques dégâts, mais la menace était écartée. Il décida donc de ne pas réveiller Meredith. La nuit avait été agitée pour elle, et elle avait besoin de se reposer le plus longtemps possible. Il avait essayé de téléphoner chez lui, mais en vain. Les liaisons téléphoniques avaient été endommagées sur Long Island.

Il fut fort surpris d'entendre un coup de sonnette à la porte d'entrée. Il n'attendait vraiment personne un jour comme celui-ci ! Il alla ouvrir, mais il ne reconnut pas l'homme qui se dressait devant lui.

— Oui ? demanda-t-il.

— M. Kirakis, dit l'homme avec un grand calme, le reconnaissant manifestement.

— Oui ? répéta Alexander, étonné.

— Vous ne me reconnaissez pas, n'est-ce pas ? demanda l'homme avec un sourire étrange.

— Non. Je ne saurais vraiment pas dire qui vous êtes, avoua Alexander, consterné et légèrement mal à l'aise. L'homme lui faisait une impression bizarre, mais il n'aurait su dire pourquoi.

— Je suis Julius Hauptmann.

Il parlait anglais avec un fort accent germanique.

— Je suis le sixième membre du consortium de banques de Zurich. J'ai à vous parler. C'est très important. Puis-je rentrer ?

Alexander hésita un moment, toujours sous l'emprise d'un léger malaise.

— Bien sûr, Herr Hauptmann. Entrez, dit-il finalement en s'écartant sur le côté pour laisser passer son visiteur.

Quand la porte fut close, son malaise s'accrût.

L'inspecteur Dessain tenta de téléphoner à Alexander d'une cabine téléphonique extérieure de West Hampton, mais la ligne était coupée. Il retourna en courant à la voiture de police, la ceinture de son imperméable flottant sauvagement derrière lui, des morceaux de branches et autre débris tourbillonnant autour de lui dans le vent déchaîné.

— Il faut que nous arrivions à Southampton le plus rapidement possible, dit-il aux deux policiers. Nous n'avons pas un moment à perdre.

— Nous pourrions avoir à nous mettre à l'abri, dit l'un des officiers. La conduite pourrait devenir très dangereuse si les vents devaient se renforcer. Tout peut arriver – arbres déracinés, lignes de haute tension écrasées…

— Si nous ne faisons rien, il y aura peut-être des morts quand nous arriverons, répondit Dessain avec gravité.

— Vous ne savez pas qui je suis, n'est-ce pas ? demanda Hauptmann quand il fut près de la cheminée.

Alexander, assis sur le canapé, leva vers l'homme un visage stupéfait.

— Mais si. Vous me l'avez dit. Vous êtes Julius Hauptmann et vous êtes le seul membre du consortium que je n'ai jamais rencontré au cours de mes négociations.

L'homme se comportait bien curieusement, et Alexander était inquiet. Pourquoi était-il venu jusqu'ici ? Que voulait-il ? Il ne s'agissait certainement pas d'une visite officielle.

Les regards des deux hommes se rencontrèrent, et les yeux du visiteur étaient d'une froideur mortelle.

— C'est bien ce que je pensais, dit-il. Vous ne vous souvenez même pas de Marianne, n'est-ce pas ?

— Marianne ? répéta Alexander.

Puis un éclair jaillit subitement dans sa tête.

— Marianne Hauptmann… Oh ! Mon Dieu…

Il secoua la tête lentement.

Hauptmann dardait son regard sur lui.

— Marianne était ma fille, M. Kirakis, dit-il, en jetant devant Alexander une coupure de presse jaunie tirée d'un journal de Genève. Elle est morte depuis sept ans maintenant. Dois-je vous dire comment elle est morte ?

— Je sais comment elle est morte, dit Alexander dont le cerveau se mit à fonctionner rapidement.

Parmi tous ceux qu'il soupçonnait de vouloir l'anéantir, pas une seule fois il n'avait pensé au père de Marianne. Il jeta un coup d'œil vers le haut de l'escalier, priant silencieusement pour que Meredith ne se réveille pas.

La face de Hauptmann était un masque de fureur.

— C'est à cause de vous qu'elle s'est pendue dans cette misérable chambre d'hôtel ! rugit-il. Elle s'est tuée parce qu'elle vous aimait et vous, vous lui avez tourné le dos ! Vous avez séduit ma fille et vous vous en êtes servi pour votre seul plaisir, puis vous l'avez rejetée quand vous avez été fatigué d'elle !

Il eut un rire cruel.

— Marianne était une enfant si aimable, si innocente. Si naïve. Elle a cru que vous l'aimiez et que vous vouliez l'épouser !

— Je n'ai jamais eu l'intention de blesser Marianne, commença Alexander dans une tentative pour calmer Hauptmann.

L'homme était visiblement dérangé et Alexander était décidé à l'éloigner de la maison avant que Meredith ne s'éveille.

— Silence ! s'écria Hauptmann avec colère. Vous ne vous êtes jamais soucié des sentiments de ma fille – tout le monde savait parfaitement que vous délaissiez les femmes aussi facilement que vos vêtements ! Je sais tout sur vous, je connais toutes les ruines que vous laissez sur votre passage. Combien de femmes ont voulu se suicider à cause de vous ? Vous en êtes fier ?

— Écoutez-moi, je…

Alexander se leva. Il aperçut à cet instant le revolver dans la main de Hauptmann. Il en fut pétrifié.

Dessain et les officiers de police furent retardés à l'orée de Southampton par un arbre déraciné qui bloquait la route. Tandis qu'ils s'affairaient à l'écarter pour se frayer un passage, Dessain leva les yeux vers le ciel gris et menaçant.

« N'est-il pas déjà trop tard ? » se demanda-t-il.

Meredith sortit de son sommeil profond au bruit de voix masculines empreintes de colère. Elle reconnut la voix d'Alexander, mais l'autre ne lui était pas familière. Elle s'assit sur le bord du lit et s'efforça de se faire une idée de ce qui se passait en bas. Comme elle n'entendait pas clairement, elle enfila sa robe de chambre et se glissa en silence en haut de l'escalier, pressentant quelque chose de terrible. Elle vit Alexander, mais la face de l'autre homme n'était pas nette. Ni Alexander ni Hauptmann ne la virent.

— J'ai attendu longtemps ce moment, disait Hauptmann dont la respiration était pénible tant était grande son agitation. Sept longues années de chagrin, sept années durant lesquelles j'ai forgé l'arme qui me permettrait de vous anéantir. Une longue attente en prévision de ce grand jour ; cela en valait la peine.

— Écoutez-moi, bon sang ! Alexander se faisait pressant, et Meredith pouvait lire l'angoisse inscrite sur son visage. Elle sentait aussi son propre cœur battre violemment dans sa gorge.

— Rien de ce que vous pourrez me dire ne m'intéresse, lança l'autre homme tremblant de rage. Avez-vous la moindre idée de ce que c'est que de perdre l'être qui a été votre seule raison de vivre ? J'en doute. Je doute aussi que vous ayez jamais aimé quelqu'un assez pour connaître la douleur que je ressens moi-même depuis ce matin fatal à Genève !

— Je comprends ce que vous ressentez... commença Alexander.

— Non ! Vous ne comprenez pas ! rugit Hauptmann. Comment le pourriez-vous ? Vous... qui vous êtes toujours servi des autres à vos propres fins !

— Vous ne savez de moi que ce que vous avez pu lire ça et là, avança Alexander, s'efforçant de percer l'homme sans déclencher son animosité.

— Je sais quel genre d'homme utiliserait une jeune femme fragile et innocente pour son seul plaisir égoïste – quel genre d'homme est capable d'amener une femme à se suicider !

La voix troublée de Hauptmann devint tranchante et Meredith sentit un frisson glacé parcourir son épine dorsale dans l'obscurité.

— Le jour où j'ai enterré ma fille, Herr Kirakis, continua l'homme sur un ton grave et mesuré, j'ai juré de consacrer ma vie à vous faire payer pour vos péchés. Il m'a fallu du temps, plus que je ne l'aurais souhaité, mais le moment présent me récompense de ma persévérance.

Alexander considéra l'homme avec incrédulité.

— C'était donc vous...

Hauptmann eut un rire caverneux.

— Au fil des années, j'ai amassé suffisamment d'argent et de pouvoir pour vous détruire, dit-il sur un ton de suffisance. J'ai soigneusement orchestré votre défaite finale, j'ai attaqué les points les plus faibles de votre empire tout-puissant. C'est moi, Herr Kirakis, qui ai organisé l'incendie de Montréal, mais ce n'était qu'un commencement, vous avez pu vous en apercevoir vous-même.

Alexander le fixa du regard sans souffler mot.

— Mes gens... – très efficaces, non ? – étaient derrière les problèmes juridiques soulevés par vos installations de recherche nucléaire, déclara triomphalement Hauptmann. Ça n'a pas été facile de gagner vos hommes politiques américains. Mais comme vous l'avez souvent dit vous-même, chaque individu a un prix... y compris votre Turc.

— Kafir ? Qu'est-ce que Kafir vient faire là-dedans ?

— En vérité, il m'a été très utile, révéla Hauptmann, ses lèvres minces se tordant en un ricanement diabolique. Quand j'ai découvert le squelette qu'il cachait dans son placard, ce fut relativement simple de le mettre de mon côté.

— Un squelette ?

Alexander ne comprenait pas.

— Oui. Kafir est un joueur invétéré, dit Hauptmann avec un sourire affecté. Je suis surpris que vous ne vous en soyez pas aperçu.

Il eut un petit rire railleur.

— J'ai repris tous ses jetons, de sorte qu'il est devenu ma propriété !

— Je le savais, dit Alexander dans un souffle, se souvenant du comportement étrange de Kafir le matin où il l'avait rencontré à Istanbul.

— Mes gens ont également mis Kurt Badrutt en scène, poursuivit Hauptmann, jouissant de la crainte qu'il voyait dans le regard d'Alexander, sans comprendre toutefois que ses craintes n'étaient pas pour lui-même mais pour sa femme enceinte. Nous aurions réussi notre chantage sur votre homme en Angleterre si cette femme n'était pas tombée sur l'information dont nous avions fait usage contre lui. Si elle n'avait pas découvert ce qui se tramait... Les événements ont fort mal tourné – pour elle.

— Vous avez tué Carolyn Grayson ?

Le sourire de Hauptmann était glacé.

— Disons que je lui ai arrangé un accident.

Alexander regarda son interlocuteur. L'homme n'était rien de plus qu'un tueur de sang froid. Et il osait condamner Alexander pour la mort de Marianne.

— Et Carlo Manetti ? demanda-t-il prudemment. Dans ce cas aussi, vous étiez à l'arrière-plan ?

— Bien sûr, admit Hauptmann sans hésiter. Manetti convenait parfaitement à mes desseins. Quand sa compagnie se trouva en difficulté, tout le monde – y compris Manetti lui-même – crut que vous étiez derrière. C'était la mise en scène rêvée. Quand ce fou décida de se suicider, ce fut un bienfait inespéré. Sa fille a donné de vous une image détestable dans la presse, convenez-en.

— Ma parole, vous êtes un malade ! dit Alexander d'une voix gutturale.

— Herr Kirakis, j'étais derrière tous vos ennuis, reprit Hauptmann. Les laboratoires pharmaceutiques, la mauvaise presse concernant l'instabilité de votre empire, mais mon heure la plus délectable vint le jour où j'ai fini par découvrir la vérité *vous* concernant.

Alexander le darda du regard, subitement certain que Hauptmann connaissait l'existence d'Elizabeth et les événements de Ioannina.

— J'avais suivi l'enquête de votre femme, et j'en ai été tellement intrigué que j'ai décidé de faire quelques recherches de mon côté. J'ai dépêché des gens à Athènes, à Ioannina et même à Los Angeles. C'est moi qui ai envoyé à votre femme la preuve qu'elle cherchait.

— Vous ! Alexander était stupéfait. En haut de l'escalier, le cœur de Meredith cessa un moment de battre.

— J'avais envisagé de faire parvenir la totalité de votre dossier à la presse, poursuivit Hauptmann. Sans rien omettre, Herr Kirakis, la vérité sur l'accident de Ioannina, la vérité sur votre identité réelle, le lieu de séjour actuel de votre mère, la vérité sur Constantine Kirakis qui était allé très loin pour assurer l'avenir de son empire. Tout le monde saurait ainsi que vous n'étiez pas un Kirakis

Son ricanement était de plus en plus cruel.

— Et puis j'ai jugé qu'il était préférable de vous laisser vivre en sachant qu'un inconnu connaissait toute la vérité sur vous – et que cette vérité pouvait vous exploser au visage à tout moment. Malheureusement, j'ai dû modifier mon premier projet. En effet, cet inspecteur de l'Interpol devenait dangereux en s'approchant de trop près de la vérité.

Hauptmann changea de position et Meredith vit alors le revolver. Elle se glissa silencieusement dans la chambre pour appeler la police, mais la ligne était coupée. Affolée, elle regarda autour d'elle et se souvint subitement du fusil de chasse qu'Alexander gardait dans un placard. Elle le saisit, les doigts tremblants, priant le ciel pour qu'il fût chargé. Il l'était. Elle retourna en haut de l'escalier. Les deux hommes argumentaient toujours. L'inconnu tenait toujours Alexander au bout de son revolver ; ses paroles n'avaient aucun sens pour Meredith. Alexander, faisant face à l'escalier, leva la tête à l'instant où Meredith arrivait au bord du palier.

— Meredith ! hurla-t-il. Recule – vite !

Surpris, Hauptmann appuya sur la détente. Un seul coup retentit, et Alexander se renversa sur le canapé. Dans sa réaction instinctive pour protéger son mari, Meredith leva son fusil et fit feu une seule fois. Hauptmann tomba à terre, le sang giclant de sa nuque. De son côté, Meredith tomba dans l'escalier, prise d'un tremblement incontrôlable, le cœur battant violemment, tandis qu'Alexander agrippant son épaule gauche, se levait lentement et s'approchait de la forme immobile gisant au pied de l'escalier. Ne voulant pas prendre de risques inutiles, il écarta d'un coup de pied le revolver de Hauptmann. Il remarqua alors un objet minuscule près du corps de l'homme. Il se pencha et le ramassa avec amertume. C'était une vieille histoire, mais il se souvenait encore de l'objet : le bracelet qu'il avait donné à Marianne, à Gstaad.

Il leva la tête vers Meredith, appuyée contre la rampe et qui ne cessait de trembler.

— Ça va, *matia mou* ? demanda-t-il en allant vers elle.

Elle hocha la tête affirmativement.

— Il est mort ? demanda-t-elle d'une voix hésitante.

— Oui, assura-t-il.

— Qui était-il, Alexander ? voulut-elle savoir en se relevant. Pourquoi a-t-il voulu te tuer ?

Alexander eut un pauvre sourire.

— C'est une très longue histoire, chérie. Je…

À ce moment, des coups de poing violents retentirent contre la porte d'entrée. Alexander alla ouvrir en se tenant toujours l'épaule, son sweater en laine fine était imbibé de sang. Ayant ouvert la porte, il se trouva face à Dessain et à deux policiers. Il se sentit alors soulagé. Dessain le regarda attentivement et s'adressa aux deux officiers de police.

— Appelez une ambulance, dit-il en se tournant de nouveau vers Alexander. Hauptmann? demanda-t-il.

Alexander fit un signe de tête affirmatif.

— Dans le salon.

Il se précipita dans le salon et se pencha sur le corps immobile de Julius Hauptmann, vérifiant l'artère de son cou.

— Il nous faut aussi un juge d'instruction, dit-il avec calme. Cet homme est mort.

XXX

NEW YORK, JUIN 1988

Le monde financier bourdonnait d'excitation. Les gros titres du *Wall Street Journal* annonçaient l'une des fusions de sociétés les plus importantes de tous les temps : le groupe Kirakis fusionnait avec la Hammond Transcon, le troisième conglomérat du monde. Après une année de régression et de sérieux revers, une année pendant laquelle le bruit avait couru que le groupe Kirakis était maudit et qu'Alexander Kirakis allait vers sa défaite finale, le groupe Kirakis avait rebondi, plus fort et mieux armé que jamais. L'histoire était complétée par une information en bas de page : « À Los Angeles, les installations de recherche nucléaire Kirakis étaient sur le point de rouvrir leurs portes. »

ATHÈNES

Le musée inauguré quelques semaines plus tôt par Alexander et sa charmante femme était dédié à la mémoire de ses défunts parents, Constantine et Melina Kirakis. Il attirait des foules considérables lors de chacune de ses expositions dont la plus remarquable était composée d'une collection de tableaux impressionnistes de Monet, Renoir et Manet. On parlait encore du discours émouvant d'Alexander lors des cérémonies d'inauguration, et de sa dévotion envers ses défunts parents.

LAUSANNE

Bien que le docteur Goudron n'ait jamais cru aux miracles, il avait l'impression qu'il s'en produisait un sous ses yeux. Durant l'année qui suivit l'étonnante confession d'Alexander Kirakis, l'état de Madame Ryan s'améliora de façon subtile, mais certaine. Après trente-cinq ans de silence absolu, Goudron eut vraiment l'impression qu'une brèche avait été ouverte. Alexander Kirakis visitait sa mère régulièrement et il semblait que le fils fût vraiment capable de communiquer avec sa mère. Elle ne parlait pas encore, mais le médecin était maintenant certain que ce n'était plus qu'une question de temps. Il en vint même à se demander s'il existait quelque instinct naturel permettant de reconnaître son propre enfant, même dans les circonstances les plus pénibles.

PARIS

Lorsqu'Alexander et Meredith sortirent de leur jet privé avec leur petite fille, reporters et photographes se rassemblèrent près des barrières, à plusieurs mètres de l'avion, réclamant les premières photos du rejeton de la dynastie Kirakis. L'enfant avait déjà six mois, mais elle n'avait encore jamais été photographiée dans la presse. On supposait qu'après les tourments endurés par Alexander et Meredith durant les deux années écoulées, ils craignaient encore qu'on leur enlevât leur enfant. On avait dit aussi que la grossesse de Meredith Kirakis avait été difficile et qu'elle avait failli perdre le bébé à deux reprises, la première fois à la suite du drame qui s'était déroulé dans leur maison de Southampton.

Ils atteignaient maintenant le bas de la rampe. Alexander posa un bras autour des épaules de Meredith qui portait l'enfant dans ses bras. Les journalistes réclamaient à grands cris une photo ou une déclaration. Meredith regarda son mari en souriant.

— Allons-nous nous laisser faire ? demanda-t-elle.

Il sourit à son tour.

— Pourquoi pas ?

Ils se dirigèrent ensemble vers les barrières. Meredith retira le bonnet de dentelle à l'enfant, révélant un visage qui ressemblait étonnamment à celui de son père avec sa masse de cheveux noirs et ses yeux d'un noir étincelant, deux traits caractéristiques d'Alexander.

— Mesdames et Messieurs, dit fièrement Alexander, voici notre fille, Alexis Elizabeth Kirakis.

imprimerie gagné ltée

IMPRIMÉ AU CANADA